능력 있는 시녀님

A Competent Maid

능력 있는 시녀님 2

유인 장편소설

초판 1쇄 찍은 날 | 2017년 9월 22일
초판 2쇄 펴낸 날 | 2018년 12월 5일

지은이 | 유인
펴낸이 | 권태완 우천제

편집책임 | 박은정
편집 | 김효주 천희진
편집 디자인 | 이즈플러스

펴낸곳 | (주)케이더블유북스
등록번호 | 제25100-2015-43호
등록일자 | 2015. 5. 4
WFN | 제3-021호

주소 | 구로구 디지털로31길 38-9 에이스테크노타워 1차 401호
전화 | 02-867-4626 팩스 | 02-866-4627
E-mail | cl_production@naver.com

ISBN 979-11-293-0422-3
979-11-293-0419-3 (set)

※ 이 도서의 국립중앙도서관 출판시도서목록(CIP)은 서지정보유통지원시스템 홈페이지(http://seoji.go.kr)와 국가자료공동목록시스템(http://www.nl.go.kr/kolisnet)에서 이용하실 수 있습니다.

능력 있는 시녀님

A Competent Maid

유인 장편소설

II

위치북

Contents

Chapter 1
라엘의 마음

“제국의 황태자 전하를 뵙습니다. 행정관인 지브롤 자작입니다.”

서남부 지방은 황태자의 직할령으로, 영주가 아닌 황실에서 보낸 행정관이 영지를 관리하고 있었다. 행정관 지브롤 자작은 성문 밖까지 나와 황태자 일행을 기다리고 있었다.

“그래, 자작. 고생이 많군.”

“아닙니다, 전하. 먼 길 오시느라 피로하실 텐데, 따뜻한 물과 식사를 준비해 두었습니다.”

“먼저 그간의 보고를 듣고 싶군. 식사하면서 듣도록 하지.”

그들은 지브롤 자작의 안내에 따라 내성으로 향했다. 내성으로 향하는 중, 마리는 마차 밖의 풍경을 보고 신음을 삼켰다.

‘생각보다 상황이 안 좋구나.’

사람들의 상태가 수도와는 확연히 차이가 났다. 옷차림도 전체적으로 남루해 보였고, 굶주려 보이는 사람도 많았다. 특히 사람들의 눈빛. 오랜 궁핍 탓일까, 퀭한 눈동자는 텅 비어 있었다.

'그래도 황태자가 본인의 사비를 들여 계속 구휼미를 베풀고 있다고 들었는데. 그걸로도 해결되지 않나 보구나.'

이런저런 생각을 하는 사이 마차는 내성에 도착했다. 황태자 일행은 간단히 짐을 정리하고 행정관이 준비한 음식을 들기 시작했다.

"성의 사정이 좋지 않아 준비한 것이 부족합니다. 죄송합니다, 전하."

지브롤 자작이 송구스러운 표정으로 말하자, 황태자는 고개를 저었다.

"됐다. 서남부 지방의 어려운 사정이야 익히 알고 있으니. 백성들의 굶주림에 아랑곳하지 않고 진미를 내왔으면 오히려 화냈을 것이다."

그 말에 자작은 감사하단 표정을 지었다.

"그래, 자작. 이야기는 대충 들었겠지?"

"네, 전하. 교국과의 거래에 따라 이곳 서남부 지방에서 사탕수수를 재배하신다고……."

자작은 고개를 끄덕였다. 그런데 목소리에 석연치 않은 빛이 섞여 있어서 황태자와 마리는 의아한 얼굴을 했다.

"무슨 문제가 있는가?"

"아닙니다. 당연히 진행해야지요. 성공만 하면 이 서남부 지방을 크게 부흥시킬 방법이니까요. 다만……."

"다만?"

지브롤 자작은 바로 대답하지 않고 머뭇거렸다. 황태자는 인상을 찌푸리며 말했다.

"난 이야기를 돌리는 것을 싫어한다. 괜찮으니 말해봐라. 가감 없이 정확하게."

자작은 한숨을 내쉬었다.

"서남부 지방 백성들의 반발이 심할 것 같습니다."

"반발? 그게 무슨 말이지? 사탕수수 재배는 서남부 지방에 큰 이득을 줄 일인데?"

"그건 백성들도 알고 있습니다. 하지만……."

자작은 한참을 머뭇거리다 털어놓았다.

"황실이…… 아니, 정확히는 황태자 전하께서 진행하시는 일이라 반발하고 있습니다."

자작의 말에 뒤에서 가만히 듣고 있던 마리는 깜짝 놀랐다.

'황태자가 진행하는 일이라 반발하고 있다니?'

하지만 황태자는 크게 놀라지 않는 눈치였다. 오히려 이렇게 말했다.

"그런가? 하긴 그렇겠군."

"네, 전하."

지브롤 자작은 쓴웃음을 지으며 말했다.

"이곳 서남부 지방의 사람들은 내전 당시 침략군이었던 전하께 큰 반감을 품고 있으니까요. 그래서 전하의 명으로 진행되는 일은 무슨 일이든 일단 색안경을 끼고 반발하고 있습니다."

황태자는 손가락으로 철가면을 두드렸다.

"그러면? 인력 수급은 문제가 없는가?"

자작은 곤란한 표정을 지었다.

"사실 그래서 인력을 수급하는 문제도 큰 차질을 빚고 있습니다. 자발적으로 나서는 사람이 없어서 강제로 동원하지 않는 한 인력 수급이 어려울 것 같습니다."

자작과의 대화가 끝난 후, 황태자와 일행은 고민에 빠졌다.

"곤란하군. 사탕수수 재배에는 적합한 토지뿐 아니라, 대규모 노동력도 필요한데."

누군가 의아한 목소리로 물었다.

"그냥 강제로 동원하면 되지 않겠습니까? 아무리 반발해도 명을 따르지 않을 수 없을 테니."

하지만 황태자는 고개를 저었다.

"저들은 노예가 아니야. 원하지 않는데 강제로 노역을 시키는 것은 옳지 않아. 더구나 그렇게 해서는 제대로 된 효율이 나지 않는다. 사탕수수 재배는 다른 농사에 비해 굉장히 고강도의 노동력이 필요한데, 잘못하다가는 일을 망칠 수도 있다."

황태자의 말이 옳았다. 사탕수수의 재배는 엄청난 노동력을 필요로 하는 일이다. 어설프게 노역을 시켰다가는 재배를 망쳐 버릴 수도 있다. 생각지도 못 한 부분에서 난관을 맞닥뜨리게 되었다.

마리는 가만히 고민에 빠졌다.

'사람들의 마음을 돌릴 방법은 없을까? 이대로라면 사탕수수 재배를 제대로 할 수가 없어.'

그녀는 골똘히 고민했다. 그러다 어느 순간이었다.

'혹시…… 지난번 꾼 꿈이 이번 일과 연관이 있지 않을까?'

시찰을 떠나기 전, 그녀는 꿈을 하나 꾸었었다. 바로 '파티시에의 왕'이 되는 꿈을. 혹시 그 꿈이 이번 일과 연관이 있지는 않을까? 하지만 그녀는 곧 고개를 저었다. 천재 파티시에와 성난 민심. 연관이 없어 보였다. 그때, 황태자가 이렇게 말했다.

"여기서 고민해도 해결책이 당장 나올 것 같지는 않군. 일단 거리로 나가 백성들을 살펴보지."

그들은 암행을 나와 거리의 분위기를 살폈다. 사탕수수 재배에 대한 백성들의 반응은 생각보다 냉랭했다.

"내년부터 우리 지방에 사탕수수를 재배할 것이라 그러던데?"

"사탕수수, 그게 뭔데?"

"그, 뭐 있지 않나. 높으신 양반들이 먹는 설탕이라던가?"

"그래? 그거 재배하면 밀보다 조금 나으려나?"

"나아질 리가 있어? 보나 마나 높은 놈들 배만 불리겠지. 우린 죽도록 고생만 하고."

냉소적인 반응에 마리는 답답한 마음이 들었다. 사람들은 황태자에 대한 반감 때문에 무조건 색안경을 끼고 생각하고 있었다. 심지어 이렇게 이야기하는 사람도 있었다.

"하긴. 이번 일을 추진하는 게 그 악마 같은 황태자라고 했지?"

"그래, 그 악마 같은 놈이 하는 일이니 우리한테 좋을 게 있겠어?"

"하늘은 뭐 하나? 그 악마 같은 놈 안 데려가고."

"그러게, 콱 죽어버리기라도 했으면 좋겠는데."

"그러게 말이야. 내전 때 2황자 전하가 아니라, 그놈이 죽었어야 했는데."

"이곳 서남부 지방이 황태자의 직할령이 된 뒤로 흉년이 끊이질 않아. 피의 황태자 때문에 저주를 받은 게 틀림없어."

마리는 깜짝 놀라 황태자를 바라보았다. 황태자에 대해 저렇게 욕을 하다니. 목을 베어도 할 말이 없는 중죄였다.

"저놈들이 감히 전하께……."

과연 알몬드는 딱딱하게 굳은 얼굴로 검에 손을 가져갔다.

그때, 황태자가 그를 말렸다.

"됐다. 신경 쓸 필요 없다."

"하지만 전하!"

"그만. 명령이다."

황태자의 명에 알몬드는 씩씩거리며 분노를 다스렸다. 황태자는 고개를 젓고는 말했다.

"어쨌든 백성들의 생각은 충분히 들은 것 같군. 이제 그만 돌아가지."

"……네, 전하."

그렇게 내성으로 돌아온 황태자와 일행은 각자의 숙소로 헤어졌다.
"내일 다시 만나 인력을 어떻게 수급할지 고민해 보도록 하지. 오늘은 각자의 방으로 돌아가 푹 쉬도록."
"알겠습니다, 전하."
자신에게 배정된 방으로 돌아온 마리는 생각에 잠겼다.
'황태자는 아무렇지도 않은 걸까? 그렇게 안 좋은 말을 들었는데?'
그녀라면 많이 화가 났을 것 같다. 이곳 서남부 지방을 위해 이렇게나 노력하고 있는데, 사람들은 그를 저주하고만 있으니까.
'그도 분명 기분이 나쁘겠지. 단지 티를 안 낼 뿐.'
그녀는 한숨을 내쉬었다. 안 좋은 말을 들었음에도 흔들리지 않고, 서남부 지방을 위해 노력하는 황태자를 보니, 알 수 없이 안타까운 마음이 들었다.
'황태자를 도와줄 방법이 없을까?'
그래서 그의 짐을 조금은 덜어주고 싶었다.
'어떻게 해야 백성들의 마음을 돌이킬 수 있을까?'
그녀는 생각에 빠져 고민하고 또 고민했다. 하지만 아무리 생각해 봐도 딱히 떠오르는 방법이 없었다. 백성들이 기쁜 마음으로 사탕수수 재배에 나서려면 일단 황태자를 향한 응어리가 풀어져야 했기 때문이다. 하지만 황태자를 향한 증오는 시간이 필요한 문제였다.
'정말 방법이 없는 걸까?'
결국, 벽에 막힌 그녀는 잠자리에 들기 전 밤하늘을 보며 기도했다.
'혹시 방법이 있다면 알려 주세요.'
그 바람 때문이었을까? 잠이 든 마리는 또다시 꿈을 꾸었다.

「그래, 그대가 이런 대단한 요리 솜씨를 가지게 된 이유는 무엇인가?」

지난번 꿈의 연속이었다.

지체 높은 남자는 카렘이 어떻게 이렇게 훌륭한 요리사가 되었는지 물었고, 카렘은 고민하다가 답했다.
「가난했기 때문입니다.」
「응?」
카렘은 겸연쩍은 표정을 지었다.
「가난해서 쉽게 접할 수 없는 설탕을 항상 동경했거든요. 어떻게 하면 이 귀중한 설탕을 더 맛있게, 더 값지게 다룰 수 있을까 늘 고민했습니다.」
그는 말했다.
「설탕은 정말로 행복의 가루니까요. 어떻게 하면 설탕으로 사람들을 더 행복하게 할까 고민하다 보니 어느덧 파티시에가 되어 있었습니다.」

마리는 퍼뜩 눈을 떴다.
"또…… 꿈이구나."
그녀는 왜 또 천재 파티시에의 꿈을 꾸게 된 것인지 고민했다.
'백성들, 파티시에, 사탕수수 재배…….'
그녀는 속으로 중얼거리며 자신이 꾼 꿈과 이번 일이 무슨 연관이 있을까 생각했다. 그리고 그녀의 머릿속에 꿈속의 내용과 관련하여 한 가지 방법이 떠올랐다.

「설탕은 정말로 행복의 가루니까요.」

'사람들에게 사탕수수, 즉, 설탕의 가치를 알려 주는 거야!'
그녀는 속으로 외쳤다. 획기적인 방법은 아니다. 하지만 한번 시도해 볼 만한 방법이었다.

'사람들이 반발하는 가장 큰 이유는 설탕에 대해 잘 모르기 때문이야. 그러니 설탕의 가치에 대해 알려 주면 생각을 바꿀지도 몰라.'

물론 정말로 효과가 있을지는 모른다. 하지만 가능성만으로도 시도해 볼 만한 가치는 충분했다.

'시도하는 게 그렇게 어려운 일도 아니니까.'

생각을 정리한 마리는 황태자를 찾아갔다.

"마리? 무슨 일이지?"

황태자는 의아한 표정으로 물었다. 늦은 시간임에도 역시 그는 침대에 들지 않고, 서류를 보고 있었다.

"이번 일에 대해 드릴 말씀이 있어서 왔습니다."

마리의 말에 황태자는 눈을 빛냈다. 지금껏 그녀의 능력을 봐온 그이니, 이번에도 무슨 방책을 마련한 것이라 여긴 것이다.

"무슨 좋은 방법이 있는가? 이야기해 봐라."

"확실한 방법은 아니지만……."

마리는 조심스럽게 자신이 떠올린 계획을 이야기했다. 끝까지 그녀의 말을 들은 황태자는 고개를 끄덕였다.

"괜찮군. 확실히 시도해 볼 만한 가치가 있겠어. 잘되면 사탕수수 재배는 물론, 민심도 달랠 수 있을 테니."

"감사합니다."

다행히 황태자는 그녀의 계획이 가능성이 있다고 여기는 듯했다. 다만 그는 계획의 문제점을 지적했다.

"그런데 네 계획에는 문제점이 있다. 알고 있겠지?"

"네, 전하."

마리는 고개를 끄덕였다.

"설탕이야 인근 오레 항에서 수급할 수 있지만, 설탕을 다루는 것은 누가 할 거지? 너도 알겠지만. 설탕을 다루는 것은 수도의 전문 파티시에도 어려워하는 일이다. 이곳 서남부 지방에는 설탕을 제대로 다룰 수 있는 파티시에가 없어."

황태자의 지적이 옳았다. 그녀의 계획에는 설탕을 다룰 줄 아는 파티시에가 필요한데, 가난한 서남부 지방에 그런 파티시에가 있을 리 없었다. 하지만 마리는 그에 대한 해결책이 있었다.

"설탕은 제가 다룰 수 있습니다."

황태자는 놀라 그녀를 바라보았다.

"그대가?"

물론 그도 그녀가 제과에 상당한 재주가 있음은 알고 있다. 하지만 설탕을 다룰 수 있을 거라고는 생각하지 못했다.

마리는 조심스럽게 답했다.

"네, 이전에…… 우연히 배울 기회가 있었습니다."

"대단하군."

황태자는 고개를 끄덕였다. 다른 이도 아닌 마리였다. 그녀가 할 수 있다면 정말로 할 수 있는 것이리라. 그는 그녀의 능력을 믿었다.

"알겠다. 그러면 당장 설탕을 수급해 올 테니, 그 계획을 진행하도록 하지."

그렇게 마리가 제안한 계획, 이른바 '행복 설탕 마차 계획'이 시작되었다.

며칠 뒤, 정오에 가까운 시간 베일성의 동쪽 지구. 시커멓게 꺼진 눈으로 하루를 보내던 성민들 사이로 커다란 마차가 도착했다.

"뭐지?"

"웬 마차가?"
사람들은 의아한 표정을 지었다.
"성에서 나온 건가?"
"그러게?"
그들이 말하는 성이란 성주가 거하는 내성을 뜻한다. 최근에는 황태자가 머물고 있다.
"황태자는 빨리 수도로 돌아가지. 왜 이렇게 우리 지방에서 뭉개고 있는 거야?"
"그러게 말이야."
사람들은 마차에 들리지 않게 속닥거렸다. 그때, 마차의 문이 열리며 누군가 내렸다.
"소녀?"
사람들은 마차에서 내린 이를 보고 고개를 갸웃했다. 마차에서 내린 이는 성주인 지브롤 자작이나 황태자가 아니라, 착한 인상의 귀여운 소녀였다. 웬 작은 소녀가 내린 것도 의아한데, 더 이상한 점이 있었다. 소녀가 하얀 요리사 복장을 입고 있었던 것이다.
"뭐지? 요리사인가?"
"요리사처럼 생기지는 않았는데? 아니, 그것보다 이곳에 웬 요리사가?"
모두가 혼란스러워할 때 마차에서 사람이 더 내려왔다. 험악한 인상의 덩치 큰 기사였는데, 무언가 커다란 상자를 들고 있었다.
"뭐지, 저 상자는?"
기사가 소녀 앞에서 상자를 펼치자 모두 눈을 커다랗게 떴다. 상자 안에는 빵과 과자가 수북이 들어 있었던 것이다.
"아니, 과자가?"
사람들은 자신도 모르게 침을 꿀꺽 삼켰다. 그렇지 않아도 딱 허기가 질 시간이었는데, 먹을 것을 보니 식욕이 돌았다. 더구나 구운 지 얼마 안 됐는지 상자를 여니 멀리서도 달콤한 냄새가 솔솔 풍겼다. 모양도 굉장히 아기자기하고 예쁜 것이 감탄이 나올 정도였다.

'왜 여기에 과자를 가져온 거지?'

사람들은 이해가 안 된다는 표정을 지었다 요리사 복장을 한 소녀가 왜 과자와 빵을 이곳에 가져온 것인지 짐작할 수가 없었다.

'뭐 하려는 거지?'

그때, 소녀가 생각지도 못 한 행동을 하였다. 빵과 과자를 주변 사람들에게 나누어주기 시작한 것이다.

"안녕하세요. 성에서 나왔습니다. 일하는 와중에 요기하시라고 이렇게 음식을 가져왔습니다. 맛있게 드셔 주셨으면 감사하겠습니다."

저 맛나 보이는 과자가 자신들을 위한 것이라고는 상상도 못 했던 사람들은 깜짝 놀라 빵과 과자를 받았다.

"정말 먹어도 되는 건가요?"

사람들은 의심스러운 표정으로 물었다. 딱 봐도 대단한 솜씨의 요리사가 정성을 다해 만든 과자였다. 이런 귀한 음식을 무상으로 나누어준다니 믿을 수 없었다.

"네, 황태자 전하의 명입니다."

"……!"

황태자란 단어에 장내의 분위기가 싸늘하게 굳었다. 노골적인 거부감이 느껴졌지만 작은 소녀, 마리는 꿋꿋이 빵과 과자를 사람들에게 나누어주었다.

"그러면 맛있게 드시고, 좋은 하루 되세요."

상자에 들어 있던 빵과 과자를 다 나누어준 후, 마리는 그곳을 떠났다. 성민들은 양손에 빵과 과자를 들고 떨떠름한 표정을 지었다.

"황태자가 준 거라고? 왠지 기분 나쁜데."

사람들은 투덜거렸다. 반감이 깊어 이런 선물로 풀릴 것이 아니었다. 그래도 사람들은 빵과 과자를 버리진 않았다. 워낙 배가 고팠고, 버리기에는 너무나 먹음직스럽게 생겼기 때문이다. 사람들은 빵과 과자를 입에 물었고, 그 순간 너 나 할 것 없이 눈을 크게 떴다.

'아니, 이 맛은?'

지금껏 경험하지 못한 달콤한 맛이었다. 지금까지 알던 단맛과는 전혀 다른 느낌의, 마치 천상의 것을 맛본다는 듯한 느낌이 입안에 가득 퍼졌다.

"마, 맛있어!"

"이게 황태자가 내린 거라고?"

사람들은 놀라 서로를 바라보았다. 세상에 이런 맛이 있다니? 고작 과자에 불과할 뿐인데, 먹는 순간 달콤한 행복이 온몸에 퍼졌다.

"자네, 손에 든 그거 안 먹을 건가? 안 먹으면 나 주게."

"아, 아니! 먹을 거야! 탐내지 마!"

넉넉히 받았건만 순식간에 빵과 과자는 사라졌다. 사람들은 황태자에 대한 반감도 잊고, 서로의 과자에 욕심을 내었다.

"아쉽네. 조금 더 있었으면 좋을 텐데."

"그러게. 더 먹고 싶다."

"웬일로 황태자가 우리에게 이런 것을 준 거지?"

사람들은 중얼거렸다. 그들이 그렇게 생각할 만큼 과자의 맛은 놀라웠다. 달콤함을 넘어 황홀한 맛이었다.

"더 줄 일은 없겠지?"

"당연히 그렇겠지."

사람들은 아쉬운 표정으로 마차가 사라진 방향을 바라보았다. 그런데 놀라운 일이 있었다. 과자를 담은 마차가 그날뿐 아니라 다른 날에도 왔던 것이다. 거기다 과자를 실은 마차는 동쪽 지구뿐이 아니라 여러 구역을 번갈아 가며 방문했다. 곧 베일성을 넘어, 인근까지 천상의 맛을 가진 과자를 나누어주는 마차가 온다는 소문이 퍼졌다.

마치 가랑비에 옷이 젖듯 사람들은 과자가 황태자가 선물한 것이란 반감을 조금씩 잊게 되었다. 오히려 그들은 마차를 기다리게 되었다. 과자의 맛을 경험한 사람들은 다시 한번 그 과자를 맛보기 위해 마차를 기다렸고, 맛보지 못한 사람들은 도대체 어떤 천상의 맛일까 기대하여 마차를 기다렸다.

그리고 어디서 퍼진 것인지, 과자가 어째서 천상의 맛을 내는지도 밝혀졌다.

"그 과자에는 벌꿀이 아니라, 설탕이란 것이 들어 있다고 하던데?"

"설탕? 그게 뭐야?"

"그, 뭐 있잖아. 이번에 황태자가 우리 서남부 지방에서 재배하려는 사탕수수에서 나오는 거."

지금껏 막연히 사탕수수 재배에 대해 반대하던 사람들은 고개를 갸웃했다.

"설탕 덕분에 이런 맛이 나는 거라고? 설탕이 이렇게나 대단한 거였어?"

"그러게? 몰랐네. 이렇게 천상의 맛을 내는 양념이라면, 사탕수수 재배도 나쁘지 않은 것 아닌가?"

모두 사탕수수가 설탕을 만들기 위한 작물이란 것은 알고 있었다. 하지만 막연히 알고 있는 것과 이렇게 직접 설탕의 맛을 본 것은 천지 차이로 그들에게 다가왔다. 그들은 그렇게 사탕수수 재배에 대해 다시 한번 생각하게 되었다.

그때, 놀라운 공고가 성안에 붙었다.

"이봐! 다들 들었어?"

"무엇 말인가?"

"저녁에 대광장에서 음악회를 한대?"

"음악회?"

사람들은 눈을 동그랗게 떴다. 이 시대에 음악은 쉽게 들을 수 있는 것이 아니었다.

"그 요리사 소녀가 연주한다더군. 연주를 들으러 오는 사람들한텐 설탕 과자도 준대!"

"정말? 그러면 꼭 가 봐야겠군."

사람들은 화색을 띠며 말했다. 쉽게 들을 수 없는 음악에다가 설탕 과자라니? 마다할 이유가 없었다. 시간이 되자 사람들은 부푼 기대를 안고 대광장으로 모여들었다. 모두 마리가 계획한 대로였다.

대광장에 사람이 가득 몰려들었다. 모닥불이 광장을 밝혔고, 광장 한가운데에는 내성에서 옮겨 온 피아노가 놓여 있었다.

"모두 와 주셔서 감사합니다. 부족한 솜씨지만 즐거운 시간 되셨으면 합니다."

꾸벅 인사한 마리는 피아노 앞에 앉았다. 사람들은 광장에 들어오면서 건네받은 과자를 들고 연주를 기다렸다. 이윽고 숨을 짧게 들이쉰 마리가 손가락으로 건반을 눌렀고, 곧 맑은 소리가 광장에 울려 퍼졌다. 기교가 현란하기보다는 따뜻하고 부드러운 곡이었다. 연주하는 사람도, 듣는 사람도 마음이 평안해지는 선율. 모닥불 주위에서 피아노를 연주하는 소녀를 보며 사람들은 알 수 없는 따뜻함을 느꼈다.

'좋다.'

사람들은 자신도 모르게 생각했다. 그저 한줄기 멜로디에 불과하지만 마음속 상처가 치유되는 느낌이었다. 음악을 듣는 이 순간만큼은 평온하고, 현실의 괴로움이 느껴지지 않았다.

그렇게 마리는 연주를 이어갔다. 곡은 계속해서 바뀌어 갔지만, 모두 마음에 위안을 주는 곡들이었다.

"와아!"

"최고다! 감사합니다!"

그녀의 연주가 클라이맥스에 도달하자, 사람들은 감동의 박수를 쳤다. 연주를 듣고 눈물을 흘리는 사람도 많았다.

그렇게 음악회가 성공적으로 막을 내렸다. 사람들이 연주의 여운에 잠겨 있을 때, 단상으로 의외의 인물이 올라왔다.

황태자였다! 철가면을 쓴 황태자가 나타나자 연주의 여운에 잠겨 있던 사람들은 흠칫 놀란 표정을 지었다. 전혀 예고 없는 등장이었기 때문이다. 하지만 평소처럼 적대감을 표시하지 않았는데, 이는 황태자의 뒤에 있는 기사들이 두려워서가 아니라, 이번 연주회를 비롯한 여러 일이 모두 저 황태자의 뜻이었음을 알았기 때문이다. 과거의 응어리가 없어진 것은 아니지만, 이전처럼 계속 증오를 내보내기도 모호한 상태랄까?

단상에 오른 황태자가 말없이 모두를 둘러보았다. 수많은 상처를 남긴 내전 이후 이렇게 서로가 마주한 것은 처음이었다. 대광장에 긴장감이 돌았다. 사람들은 숨을 죽이고 황태자의 말을 기다렸다. 이윽고 황태자가 철가면 밑으로 입을 열었다.

"이전의 일을 미안하다고 하지는 않겠다."

"……!"

황태자의 말에 사람들의 분위기가 순식간에 험악해졌다.

저 황태자 때문에 얼마나 많은 서남부의 사람이 피를 흘렸는데?

그때, 황태자가 말을 이었다.

"전쟁 중이니 어쩔 수 없었다는 말도 하지 않겠다. 고작 몇 마디의 말로 그때의 상처를 잊어 달라는 것은 말도 안 되는 것이니까."

사람들의 표정이 기묘해졌다. 황태자는 천천히 말을 이어 갔다.

"자다르, 스프리트, 트로기르, 크닌, 샤바츠, 루마, 노비사드……."

그의 입에서 나온 단어들에 사람들은 놀란 표정을 지었다. 모두 2황자와 황태자 간의 내전 중 피를 흘린 마을들이었다. 그 뒤로도 많은 지명이 그의 입에서 흘러나왔다.

"모두, 한 곳도 잊지 않고 있다."

"……."

"황태자인 내가 이곳들을 위해 할 수 있는 것은 단 하나다. 바로 서남부 지방을 일으켜 세우는 것!"

그의 말을 듣는 백성들의 눈빛이 흔들렸다.

"나 때문에 희생당한 사람들을 위해서라도 난 이곳 서남부 지방을 일으켜 세우고 싶다. 하지만 나 혼자 할 수 있는 일은 아니다. 바로 그대들의 도움이 필요하다. 나를 용서하라고 말하진 않겠다. 그건 염치없는 일이겠지. 하지만 희생당한 사람들을 기리기 위해서라도, 그대들이 나를 도와주었으면 좋겠다."

그렇게 이야기한 황태자는 등을 돌려 단상에서 내려왔다.

"그러면 즐거운 밤 되도록."

마리도 황태자를 따라 광장에서 사라졌고, 남은 서남부 지방의 사람들은 서로를 바라보았다. 아무리 그들이 황태자에 대한 반감이 크다 해도, 그의 방금 말이 진심이 담긴 이야기란 것을 모르진 않았다. 무언가 이전과 다른 감정이 그들 사이로 스며들었다.

내성으로 돌아온 황태자는 마리에게 말했다.

"수고했다, 정말로. 너무 많이 고생했어. 이번 일은 모두 그대가 해냈다."

"아닙니다. 결과가 좋아야 할 텐데……."

마리는 고개를 저으며 말했다. 주어진 짧은 시간, 최선을 다했다. 먼저 파티시에의 요리 실력을 이용해 사람들에게 설탕의 가치를 알렸고, 이후 황태자에 대한 경계를 누그러뜨리기 위해 마차를 이용해 조금씩, 조금씩 시간을 두어 접근하였다. 그리고 사람들의 마음이 조금씩 열릴 때를 맞추어 마음이 따뜻해지는 음악회까지.

'만약 이런 과정 없이 광장에 사람을 모아 놓고 연설을 해봤자, 아무도 내 말을 듣지 않았겠지.'

황태자는 속으로 중얼거렸다.

'만약 백성들의 마음이 누그러진다면, 그건 모두 마리 덕분이다.'

사람들의 반응이 어떨지는 아직 모른다. 최선을 다해 노력했지만 여전히 냉랭할지도. 그래도 결과가 어떻게 나온다 해도 황태자는 추후 마리의 공을 치하하기로 했다. 이번 일로 마리는 정말 많은 고생을 했으니까. 포상을 받을 만했다.

그런데 그때였다.

"전하!"

베일성의 책임자인 지브롤 자작이 숨을 헐떡이며 집무실로 들어왔다. 황태자와 마리는 놀라 그를 바라보았다.

"갑자기 무슨 일이지? 혹시 무슨 변고라도 있는 건가?"

"그건 아닙니다. 아니, 큰일이 일어나긴 했으나……!"

지브롤 자작은 얼마나 당황했는지 말을 제대로 잇지 못했다.

"천천히 말해봐라. 무슨 일이지?"

"광장에 모여 있던 백성들이……!"

"백성들이?"

"모두 전하의 뜻에 따르겠다고 의견을 전해 왔습니다!"

황태자와 마리는 서로를 돌아보았다.

"전하."

마리가 기쁜 얼굴을 했다. 황태자도 입꼬리를 살짝 들어 올렸다.

"모두 그대 덕분이군. 고맙다, 마리."

그날 황태자가 베일성에서 했던 말은 사람들의 입소문을 타고 서남부 전역으로 뻗어 나갔다. 내전의 상처가 한순간에 씻겨 나갈 순 없었지만, 서남부 지방의 사람들은 진심을 보여 준 황태자를 따르기로 하였다. 그렇게 사탕수수 재배의 인력을 확충하는 일은 성공적으로 마무리되었다.

"잘 해결되어 다행이군. 정말로."

"네, 전하."

"이제 다 끝났으니 수도로 돌아갈 때가 되었군."

인력을 수급하는 일 외에 다른 일은 모두 마무리가 되어 있는 상태였다. 황태자와 일행들은 서남부 지방을 떠날 채비를 하였다.

베일성을 떠나기 직전. 황태자와 마리는 서남부 지방이 한눈에 내려다보이는 첨탑에 올라섰다.

"이제 저 들판은 사탕수수로 채워지겠군."

마리는 황태자의 말에 시선을 돌렸다. 확실히 라엘의 말처럼 저 들판은 사탕수수로 가득 메워질 것이다.

"어떤가? 소감이?"

"그게 무슨 말씀이신지요?"

"이 서남부 지방에 사탕수수를 재배하게 된 것은 모두 그대의 공이다. 시작부터, 마무리 단계까지 모두 그대가 공을 세웠지. 그대 덕에 역사가 이루어진 것이나 마찬가지야."

황태자의 극찬에 마리는 얼굴을 붉혔다. 그렇게까지 곰곰이는 생각해 보지 않았다.

"그냥…… 나쁘지 않은 것 같습니다."

"그래?"

"네."

마리는 고개를 끄덕였다. 뭐라고 표현해야 할지 모르지만 나쁜 기분은 아니었다. 아니, 정확히 말하면 사람들에게 도움이 되었단 생각에 기쁜 마음이 들었다. 그런 마리를 잔잔히 바라보던 황태자가 입을 열었다.

"마리, 한 가지만 부탁해도 되겠느냐?"

"예, 전하."

황태자는 평소답지 않게 주저하는 기색으로 바로 입을 열지 않았다. 마리가 의아한 기색을 보일 때, 그가 입을 열었다.

"나중에 저 들판에 새로운 작물들이 자랄 때, 다시 한번 나와 함께 와서 그 모습을 보지 않겠느냐?"

마리는 흠칫 그를 바라보았다.

'내가 과연 그렇게 할 수 있을까?'

저 들판에 사탕수수가 가득 메워지려면 몇 년의 세월로는 어림도 없을 것이다. 과연 자신이 그때까지 그의 곁에 있을 수 있을까?

황태자가 말했다.

"난 내 앞으로의 길에 네가 옆에 있어주었으면 좋겠구나. 그래서 네가 내 옆에서 내가 걸을 길을 도와주었으면 좋겠다."

마리는 그 말에 알 수 없이 마음이 흔들렸다.

'내가…… 클로얀 왕국의 왕녀만 아니었다면…….'

문득 그런 욕심이 들었다. 저 황태자의 옆에 서고 싶다는 욕심이, 그가 걷는 길을 옆에서 도우며 함께하고 싶다는 욕심이.

'정말 방법이 없을까?'

그때였다. 황태자가 그녀에게 손을 내밀었다.

"안 되겠느냐?"

자신을 바라는 그의 목소리에 마리는 입술을 깨물었다.

'모르겠어.'

사실은 그녀도 그와 함께하기를 바랐다. 그의 손을 잡고 싶었다. 그래서 그의 진정한 신하가 되어 그와 함께 걸으며 그를 도와주고 싶었다.

'정말 안 되는 것일까?'

이성적으로 따지면 그녀는 황태자의 곁에 머물면 안 된다. 정체가 밝혀지는 순간, 황태자는 제국을 위해 그녀의 목을 벨 테니까.

'하지만…… 정말 다른 가능성은 없는 것일까?'

그녀는 떨리는 눈으로 생각했다. 만약. 정말로 만약에. 자신이 그의 곁에 머물며 그에게 신하로서 정말 정말 많은 도움을 주고, 그래서 그에게 둘도 없는 소중한 존재가 된다면 다른 결과가 나올 수도 있지 않을까? 무모한 도박일지도 모르지만 그가 자신이 모리나 왕녀인 것을 알아도 목을 베지 않을 수도 있지 않을까?

'도박을 해볼 수는 없을까?'

그녀가 망설이는 모습을 본, 황태자의 눈빛이 흔들렸다.

"역시…… 어려운 건가?"

그 흔들리는 목소리를 들은 순간, 마리는 입술을 강하게 깨물었다. 피가 통하지 않을 정도로 강하게. 그런 그녀의 모습에 황태자가 눈을 크게 뜨는 순간, 마리는 조심히 그가 내민 손을 붙잡았다.

"……!"

"전하."

마리는 숨을 들이켜며 말했다.

"훗날, 가능하다면 저에게 단 한 번만 자비를 베풀어주시면 안 되겠습니까?"

황태자의 얼굴이 굳었다.

"갑자기 그게 무슨 말이지?"

"약속해 주십시오. 약속해 주신다면 앞으로 전하를 진정한 저의 주인으로 섬기겠습니다."

마리의 말에 황태자의 눈동자가 흔들렸다. 하지만 황태자는 무슨 생각인지 고개를 저었다.

"네 말은 들어줄 수 없다."

"……!"

마리의 가슴이 실망으로 내려앉는 순간, 황태자가 말했다.

"한 번이 무엇이냐. 날 도대체 무엇으로 보고. 몇 번이어도 좋으니, 넌 걱정하지 말아라."

그 말에 마리는 미소를 지었다.

"감사합니다, 전하."

그녀는 알고 있었다. 그가 저렇게 이야기했어도, 만약 자신의 목을 베는 것이 제국에 이득이 되면 그렇게 할 것임을. 그게 바로 제국을 위해 악귀라도 될 수 있는 황태자 라엘이었으니까. 하지만.

'설사 도박에 불과할지라도 노력해 보자. 수많은 공을 세워 그에게 가장 소중한 존재가 되어, 그가 내 정체를 눈치채도 날 죽일 수 없도록 만들어 보자.'

그녀는 굳게 다짐하며 그의 손을 붙들었다. 그렇게 그와 그녀는 처음으로 손을 맞잡았다. 그날의 맞잡음 이후, 마리의 마음속 어딘가가 변화하기 시작했다. 그녀는 더 이상 도망치지 않게 되었다.

황궁에 돌아온 이후로, 마리와 황태자의 관계에는 조금 변화가 생겼다. 황태자의 전담 시녀인 것은 마찬가지였지만, 단순히 시중드는 것을 넘어 업무를 도와주는 여관(女官)의 일까지 하게 되었다. 일부 지체 높은 시녀들이 맡는 비서 역할을 수행하게 되었다고 보면 되었다.

"오후 2시경에 내무대신의 알현이 예정되어 있습니다."

"그래, 어떤 용무지?"

"얼마 전 발생했던 동부 지방의 소요를 상의하기 위해서라 합니다."

황태자는 고개를 끄덕였다. 수도로 돌아온 그는 이전처럼 딱딱한 철가면을 쓰고 있었다.

마리는 황태자에게 가지런히 정리한 서류를 내밀었다.

"결제 대기 중인 서류들입니다. 일의 경중을 따져 시급을 요하는 것과 깊은 검토가 필요한 것, 급하지 않은 것 등으로 분류하였습니다."

그 말에 황태자는 마리가 분류한 서류를 쓰윽 살피고 감탄한 표정을 지었다. 정말로 모든 서류가 그녀가 이야기한 대로 정리되어 있었던 것이다. 이런 식으로 정리하려면 단순히 글을 읽는 수준이 아닌, 해당 분야에 대한 깊은 식견이 필요했다.

"대단하군. 훌륭해. 이렇게 정리하면 확실히 일의 효율이 늘겠어."

"감사합니다."

마리는 어색한 얼굴로 고개를 끄덕였다.

'나도 내가 이런 재능을 가지고 있을 줄은. 맨날 구박만 받고 살아, 나도 내가 아무런 재능 없는 못난이인 줄로만 알고 있었는데.'

오죽했으면 과거 죄수에게 소원을 빌 때, 능력 있는 사람이 되었으면 좋겠다고 소원을 빌었을까. 자신에게 이런 재능이 있을 거라고는 상상도 못 했었다.

그때, 황태자가 잠시 주저하더니 그녀에게 말했다.
"너와 함께하니 좋구나."
마리는 자신의 능력을 칭찬해 준 것으로 여기고 고개를 숙였다.
"네. 감사합니다, 전하."

마리는 순조롭게 새로운 황궁 생활을 시작했다. 다만 그녀가 생각지도 않은 곳에서 난관이 밀려오고 있었는데, 그건 다름 아닌 두 황태자비 후보, 아리엘과 레이첼이었다.
"두 델피나분을 뵙습니다."
마리는 황태자의 명을 받아 행정부로 향하는 중, 정원에서 낯익은 두 사람을 마주하고 고개를 숙였다. 아리엘과 레이첼이었다.
'앙숙인 두 분이 왜 한자리에?'
마리는 의아한 표정을 지었다. 찻잔을 두고 대화를 나누고 있던 것을 보니 그냥 우연히 만난 것 같지는 않았다.
"오랜만이에요, 온 힐데른. 잘 지내셨나요?"
레이첼이 평소처럼 친절하게 웃으며 인사를 받았다. 반면 아리엘은 인상을 찌푸리며 코웃음을 치고 마리를 무시했다.
"특별한 일은 없으셨죠?"
"네, 레이첼 님."
"오랫동안 못 뵌 것 같은데, 가끔 별궁으로도 놀러 오세요."
마리는 그 말에 어색한 표정을 지었다. 아무래도 레이첼은 그날의 일 이후 대하기 편하지 않았다. 레이첼도 예의상 저렇게 이야기하지만, 진정으로 자신을 초대하는 것은 아닐 것이다.
"감사합니다. 다음에 꼭 가도록 하겠습니다."

"네, 기다리고 있을게요."

짧은 사교적 대화를 나눈 후, 마리는 황태자의 명을 수행하기 위해 자리를 떠났다.

"그러면 전 이만 전하의 명을 수행하러……."

"아, 그래요. 바쁘신데 제가 눈치 없이 붙잡고 있었네요. 수고하세요."

그렇게 길을 가며 마리는 문득 궁금해졌다.

'저 두 분 중 과연 누가 황태자비가 되실까?'

이런저런 일로 관심에서 멀어지긴 했지만 황태자비 간택은 아직 진행 중이었다.

'모르겠네. 이 부분에 관해서는 전하도 전혀 말씀이 없으셔서.'

서남부를 다녀오며 황태자와 많은 대화를 나누었지만, 그는 간택에 대해서는 아무런 말도 꺼내지 않았다. 의아할 정도로 말이다.

'뭐, 내가 관심 가질 일은 아니니까. 전하께서 알아서 현명하게 결정하시겠지.'

마리는 간택에 대해서는 신경을 껐다. 간택은 더 이상 그녀의 관심사가 아니었다. 이미 그를 모시기로 결정한 후였고, 무엇보다,

'나와 황태자 전하는 그런 남녀 문제와는 전혀 상관없는 관계니까.'

마리는 속으로 중얼거렸다. 하지만 그녀가 모르는 것이 있었다. 황태자와 그녀와의 사이에 남녀 간의 감정이 전혀 없다고 생각하는 것은 오로지 마리 혼자뿐이란 것을. 남몰래 홀로 괴로워하고 있는 황태자는 물론이고, 주변 사람들도 둘의 관계를 조금씩 의심하고 있었다.

심지어 '이러다 정말 마리가 황태자비가 되는 것 아니야?' 이렇게 생각하는 이도 있을 정도였다. 물론 대부분은 그럴 리 없다고 여겼지만 남녀 간의 일은 모르는 것이다. 그런 의심을 하는 이 중, 황태자비 후보인 아리엘과 레이첼도 있었다.

"대단하죠?"

레이첼이 우아한 동작으로 차를 한 모금 머금으며 말했다.

"'전 이만 전하의 명을 수행하러'라니, 전하의 총애를 받는다고 정말 대단해요. 우리 같은 델피나 따위는 안중에도 없나 봐요."

아리엘은 벌레 씹은 표정으로 레이첼의 말을 듣고 있었다.

"전하께서 이번에 서남부 지방을 시찰 가셨을 때 온 힐데른과 무슨 일이 있었는지 궁금하지 않으세요, 공녀 저하?"

"그게 무슨 뜻이죠, 영애?"

"조금 이상해서요."

레이첼은 요정처럼 청초한 눈을 깜빡거리며 물었다.

"둘이서 서남부 지방에 다녀온 뒤로 힐데른 예작과 황태자 전하가 부쩍 가까워진 것 같아서요. 단순히 시녀로서 시중을 드는 것을 넘어 중요한 일도 많이 맡는 것 같고."

"……."

"물론 지체 높은 시녀가 여관(女官)으로서 비서 역할을 하는 경우가 없는 일은 아니지만, 온 힐데른이 아직 그 정도 직책은 아니잖아요?"

아리엘은 눈살을 찌푸리며 날카롭게 물었다.

"그 말은? 영애는 지금 서남부 지방에서 저 천한 시녀와 황태자 전하 간에 무슨 불미스러운 일이라도 있었다고 생각하는 건가요?"

레이첼은 화들짝 고개를 저었다. 자신이 어떻게 그런 망측한 생각을 하겠느냐는 듯한 목소리로 말했다.

"어머, 제가 어떻게 그런 일을 알겠어요. 다만……."

"다만?"

"오랫동안 같이 여행했으니까. 같이 있으면서 무슨 일이 있었을지……."

레이첼은 민망하다는 듯 고개를 저었다.

"물론 전하께서 그러지는 않으셨겠죠. 전하는 올곧으시니까. 그래도…… 혹시나 전하도 남자이시니 유혹이 있었으면…….”

레이첼은 조심조심 말하다 곧 다시 고개를 저었다.

“설마 아니겠죠. 아무리 유혹이 있었어도 아닐 거예요.”

“…….”

하지만 이미 아리엘의 안색은 붉으락푸르락해진 상태였다. 아리엘은 분노로 떨리는 손으로 찻잔을 움켜쥐었다.

‘그 천한 시녀가 설마 전하를?’

아리엘도 설마 그건 아닐 거라고 고개를 저었지만, 최근 그 시녀와 전하의 관계가 가까워진 것처럼 보이는 것은 사실이었다.

‘설마 정말로? 그 천한 년이?’

아리엘의 머릿속에 마리가 황태자를 유혹하는 모습이 자꾸 상상이 되었다. 그때, 레이첼이 크게 한숨을 내쉬며 말했다.

“그나저나 어떻게 하죠?”

“……?”

“전 사실 저보다는 아리엘 공녀가 황태자비로 최종 지명될 확률이 높다고 생각하고 있었어요. 물론 저도 쉽게 포기할 생각은 없지만, 아무래도 가문의 격 차이가 있으니까요.”

그 말에 아리엘은 의아한 표정을 지었다. 갑자기 왜 그런 이야기를?

“사실 그래도 큰 상관은 없어요. 아리엘 공녀같이 훌륭한 분께 지는 것은 전혀 수치가 아니니까요.”

레이첼은 속상한 눈빛으로 말을 이었다.

“하지만 혹시나…… 그런 일은 일어나지 않겠지만, 그래도 만약 저 근본 없는 시녀에게 밀려 황태자비가 되지 못한다면 그때는 정말 수치스러울 것 같아요. 자살하고 싶을 만큼.”

아리엘의 얼굴이 매서워졌다.

“그게 무슨 말이죠, 영애? 본 공녀도 영애도 아닌, 저 시녀가 황태자비가 된다니.”

“아, 불쾌하셨으면 죄송해요. 저도 그럴 일은 절대로 없다고 생각하지만…… 주변에서 그런 이야기를 들어서.”

레이첼은 급히 고개를 저었다.

“그래도 남녀 간의 일은 모르는 것이니까요. 만약 저 시녀가 정말로 황태자비가 되면, 저야 그렇다 치지만 제국 최고의 대귀족인 슐레안 대공가의 공녀께서는 입장이 어떻게 되실지…….”

거기까지 이야기한 순간, 아리엘이 자리를 박차고 일어섰다. 그녀의 얼굴은 새빨갛게 달아올라 있었다.

“그런 일은 일어나지 않을 테니 걱정하지 마세요.”

아리엘은 표독스러운 얼굴로 말했다.

“내가 그 천한 년에게 본인의 주제를 똑똑히 교육시킬 테니.”

아리엘은 이를 바득 갈고 정원에서 사라졌다. 홀로 남게 된 레이첼은 아리엘에게 보였던 연약한 표정을 풀고, 찻잔을 들어 한 모금 머금었다.

“……쉽네.”

식어버린 차만큼이나 차가운 목소리였다.

그 뒤 아리엘은 이를 갈며 마리를 노려보았다.

‘저 천한 시녀가 황태자비가 된다고?’

말도 안 되는 이야기였다. 레이첼에게 밀리는 것도 참을 수 없는데, 저 시녀에게?

아리엘은 주변 시녀들을 추궁하였고, 실제로 일부 궁인들 사이에서 그런 소문이 돌고 있다는 이야기를 듣고 화가 머리끝까지 치솟았다.

"가만두지 않겠어."

아리엘은 분노로 입술을 깨물었다. 물론 그녀도 소문이 진짜일 거라고 전혀 생각하지 않았다. 하지만 그런 소문이 돈다는 것 자체만으로도 지극히 불쾌했다.

'제대로 혼찌검을 내줘야겠어. 천한 본인의 주제를 똑똑히 가르쳐 줘야지.'

아리엘은 원래부터 마리가 마음에 안 들었었다. 이번 기회에 단단히 혼찌검을 내주어야겠다고 마음먹었다. 그런데 그렇게 마음먹고 움직이려는 순간이었다. 한 가지 난관에 아리엘은 몸을 멈칫했다.

'그런데 무슨 핑계로 혼찌검을 내지?'

마음에 안 드는 것투성이지만 막상 혼낼 핑계를 찾기가 어려웠다. 근거 없는 소문을 핑계 댈 수도 없었고, 그렇다고 마리가 평소에 특별히 잘못하는 것도 없었기 때문이다. 오히려 칭찬을 받을 만한 일만 가득했지.

'이익! 분명 무언가 잘못하는 것이 있을 거야. 두고 보자.'

그렇게 생각하며 눈에 불을 켜고 마리를 한참이나 노려본 다음이었다. 아리엘은 마리를 혼내 줄 핑계를 발견했다. 시녀인 그녀가 지엄한 황족에게 실례하는 것을 목격한 것이다. 정확히는 마리가 상대 황족에게 마술 쇼를 하고 있었는데, 살짝 무례해 보이는 동작이 있었다.

'이는 황족모독죄에 해당하는 중죄!'

그렇게 생각한 아리엘은 의기양양한 표정으로 마리를 혼내 주기 위해 나섰다.

"시녀 마리! 지금 이게 무슨 짓이지?! 감히 지엄한 황자 전하께!"

마리는 마술 쇼를 하다가 갑작스레 나타난 아리엘을 보며 황당한 표정을 지었다.

"……네?"

"당장 무례를 멈추지 못할까?!"

아리엘의 갑작스러운 난입에 황당한 표정을 지은 것은 마리만이 아니었다. 같이 있던 황자가 황당한 목소리로 마리에게 물었다.

"앤 누구야?"

황자의 이름은 오스카. 황후 소생의 적통으로 이제 갓 7살이 된 꼬마 황자였다. 라엘이 황태자가 된 후, 숙청의 위협을 겪고 있으며, 지난번 수정궁 지하 창고에서 화재를 낸 후 중벌을 받을 뻔하다가 마리의 도움으로 구원을 받은 적이 있었다. 이후 자신의 궁에서 감금되어 있다가 얼마 전 풀려나 마리를 보러 왔던 것이다.

"마리!"

"오스카 전하!"

오랜만에 나타난 꼬마 황자를 보고 마리는 반가워했다.

"잘 지내셨나요, 전하?"

"응, 난 잘 지냈어. 넌? 나 안 잊어 먹고 있었지? 잊었으면 혼내 줄 거야!"

꼬마 황자의 으름장에 마리는 미소를 지었다.

"안 잊었어요. 어떻게 이렇게 귀여우신 황자님을 잊었겠어요?"

"나 안 귀여워! 난 귀여운 게 아니라 멋진 거야!"

"아, 죄송해요. 멋진 황자님."

오스카가 뾰로통한 표정을 짓자 마리는 웃음을 터뜨렸다. 정말 귀여웠다. 꾸밈없는 꼬마여서일까. 몇 번 만난 적 없고, 이번에도 오랜만에 만나는 건데 친근감이 들었다.

"참, 마리. 마리!"

"네?"

"나 너한테 보여 줄 마술 연습해 왔어!"

마리는 그 말에 눈을 크게 떴다.

"마술이요?"

"응, 오늘도 마술로 누가 이길지 내기하자. 이번엔 꼭 내가 이길 테니 각오해!"

오스카는 감금당해 있는 동안 할 것이 없어 마술을 절치부심으로 익힌 모양이다. 마리는 웃으며 고개를 끄덕였다.

"네, 그러면 한번 볼까요?"

그들은 이런저런 마술을 서로 선보이며 놀이를 한창 하였다. 마리가 마술을 펼치기 위해 오스카의 눈가를 자신의 손으로 가릴 때였다. 갑작스레 날카로운 목소리가 그들 사이에 끼어들었다.

"시녀 마리! 지금 이게 무슨 짓이지?! 감히 지엄한 황자 전하의 얼굴을 함부로 만지다니!"

마리는 당황해 고개를 돌렸다. 그곳에는 난데없이 아리엘이 나타나 씩씩거리고 있었다.

"……네?"

"당장 무례를 멈추지 못할까?!"

장내에 어색한 침묵이 흘렀다. 마리와 오스카의 머릿속으로 동시에 '갑자기 이건 뭐지?'란 생각이 스쳐 지나갔다. 오스카가 황당한 목소리로 마리에게 물었다.

"앤 누구야?"

"……슐레안 대공가의 아리엘 공녀 저하이십니다."

"아니, 그것 말고."

오스카는 귀여운 얼굴로 짜증을 내며 말했다.

"앤 뭔데 우리가 노는데 갑자기 끼어든 거냐고. 마리, 네 친구야?"

"……친구는 아닙니다."

"그렇지?"

고개를 끄덕인 오스카는 아리엘을 노려보았다.

"넌 뭐야?"

오스카가 되레 자신을 노려보자 아리엘은 일순 주춤거렸다. 하지만 곧 가슴을 쫙 펴며 말했다.

"저 천한 시녀가 전하께 무례를 범하고 있기에 버릇을 고쳐 주려 나서게 되었습니다, 전하."

"무례는 네가 범하고 있잖아."

"네?"

"너 제대로 나한테 예 안 표했잖아. 대공가의 일원이면 인사 안 해도 돼? 무릎 안 꿇어?"

"……!"

아리엘은 다시 한번 당황했다. 상대가 원체 꼬마이기도 했고, 마리를 혼내 줄 꼬투리를 잡았다는 생각에 사로잡혀 제대로 예를 표하는 것을 깜빡한 것이다. 그녀는 당황한 얼굴로 예를 표했다.

"슐레안 대공가의 아리엘이 10황자 전하께 인사를 올립니다."

오스카는 팔짱을 낀 채 고개를 까닥이며 인사를 받았다. 일부러 오만해 보이려는 행동이었다.

"그래, 왜 왔다고?"

"저 천한 시녀가 전하께 무례를 범하는 것을 지적하고자……."

"무례?"

아리엘은 고개를 강하게 끄덕이며 말했다.

"네, 저 시녀가 전하의 얼굴을 함부로 만진 것은 용납할 수 없는 죄로……."

"내가 해달라고 한 건데?"

"네?"

"내가 마술 보여 달라고 부탁해서 한 거야."

아리엘은 순간 말문이 막혀 떠듬거렸다.

"하, 하지만 전하…… 마술은 저잣거리의 천민들이나 즐기는 놀이로, 전하께 그런 잡스러운 놀이를 보여 주는 것도 궁중의 예법상 맞지 않고……."

그녀가 떠듬떠듬 이야기하던 중이었다. 오스카가 버럭 화를 냈다.

"너 지금 무슨 말을 하는 거야?"

"네? 네?"

"이 마술 놀이는 마리가 아니라 내가 하자고 한 건데. 그러면 내가 지금 잘못했다는 거야?!"

황자가 자신을 향해 화를 내자 아리엘의 얼굴이 파랗게 변했다. 그녀가 생각하던 것과 전혀 다른 전개였다.

"아, 아니. 그게 아니라……."

"그리고 마술이 어때서? 백성들이 즐기는 놀이는 황족이 즐기면 안 된다는 제국법이라도 있나? 오히려 높은 사람일수록 백성들을 잘 이해하기 위해 그들의 문화도 체험해야 하는 것 아니야?"

"그, 그렇기는 합니다만……."

옆에서 듣던 마리는 감탄한 표정을 지었다. 누가 황태자 형제 아니랄까 봐, 어린 꼬마인데도 말발이 보통이 아니었다. 아리엘은 식은땀을 삘삘 흘렸다. 이런 전개는 생각해 본 적 없었다. 무슨 7살짜리 꼬마가…….

그때, 오스카가 말했다.

"사과해."

"네?"

"함부로 이야기한 것 사과하라고."

아리엘의 얼굴이 붉으락푸르락해졌다. 이게 무슨 수모란 말인가! 하지만 아무리 힘없는 꼬마라도 황족은 황족. 이런 상황에서 사과를 하지 않을 수 없었다.
“죄, 죄송합니다, 전하.”
“좋아, 사과를 받아들이지.”
오스카는 턱을 내밀며 고개를 끄덕였다. 일부러 근엄해 보이려는 제스처였는데, 어린 외견 탓에 굉장히 귀여워 보여 마리는 웃음이 나올 뻔했다.
“그, 그러면 저는 이만.”
아리엘은 자리에서 벗어나려 했으나 오스카가 그녀를 붙들었다.
“어디 가? 사과 마저 하고 가야지.”
“네? 사과는 이미…….”
“마리한테 안 했잖아.”
“……!”
오스카가 성질을 내며 말했다.
“너 방금 마리한테 천하다고 했지. 너 마리가 누구인지는 알아?”
“네? 시녀…….”
“그래, 시녀지. 내가 나중에 결혼할 시녀.”
그 말에 아리엘은 물론이고, 마리도 깜짝 놀랐다.
“전하?”
누구 마음대로 결혼이란 말인가?! 하지만 오스카는 농담이 아니라는 듯 조막만 한 가슴을 당당하게 펼치며 외쳤다.
“마리는 나중에 이 오스카와 결혼할 예정이니, 마리를 모욕한 것 당장 사과해!”

결국 꼬마 황자 오스카 때문에 아리엘은 본전도 못 찾고 쫓겨났다. 오스카가 강짜를 부린 탓에 결국 마리에게 사과를 해야 했다.
“아악! 빌어먹을!”

와장창!

자신의 별궁으로 돌아온 아리엘은 있는 대로 물건들을 집어 던졌다. 거울이 깨지고, 찻잔이 박살 나고, 가구가 뒤집혔다.

"공녀 저하. 고정을……."

시녀들이 말렸으나 아리엘의 귀에는 들리지 않았다. 그렇지 않아도 잔뜩 쌓여 있던 것이 폭발해 이성을 반쯤 잃은 것이다.

"절대 가만두지 않겠어."

아리엘은 이를 빠득 갈았다. 그녀의 눈이 위험하게 번득였다.

"마틸다."

"네, 저하."

"시녀 마리를 정원으로 불러와."

아리엘의 전담 시녀 마틸다는 조심스럽게 말렸다.

"마음을 조금 진정시키고 부르는 것이 어떨지요?"

"지금 당장 부르라고! 할 이야기가 있으니."

하지만 아리엘은 버럭 소리 질렀다. 어쩔 수 없이 마틸다는 고개를 숙이고 물러났다. 어느 정도의 시간이 지난 후, 아리엘은 별궁 근처의 정원에서 마리를 기다렸다.

'절대 가만히 두지 않겠어.'

그녀는 찻잔을 움켜쥐며 생각했다.

"마틸다, 그 시녀는 언제 온다고 했지?"

"정확한 시간은…… 보던 업무가 끝나고 온다고 했으니, 아마 곧 도착하지 않을까 싶습니다."

"그래."

아리엘은 분노를 삭이며 고개를 끄덕였다.

'두고 보자.'

그런데 10분이 지나고, 20분이 지나고, 30분이 지나도 마리는 코빼

기도 보이지 않았다. 그렇지 않아도 화가 나 있던 아리엘은 다시 한번 폭발했다.

"도대체 언제 오는 거야! 지금 당장 끌고 와!"

"그, 그게…… 황태자 전하의 명을 수행하고 있는 거라……."

마틸다가 곤혹스러운 얼굴로 아리엘을 말렸다.

"공녀 저하, 조금만 진정을……."

그때였다. 드디어 저 정원 끝에서 작은 소녀의 모습이 보이기 시작했다. 아리엘이 오매불망 기다리던 마리였다!

"크흠!"

마리의 모습을 발견하고, 아리엘은 최대한 위엄 있는 표정을 지었다. 마음 같아서야 대화를 나눌 것도 없이 치도곤을 치고 싶었지만, 그럴 수는 없었다. 일단 저 천한 것에게 자신의 위엄을 보이고 잘못을 시인하게 해야 했다.

"아리엘 공녀 저하를 뵙습니다."

마리는 먼저 예를 표했다. 공손한 태도였지만, 아리엘은 속으로 인상을 찌푸렸다. 마음이 꼬이니 다 고깝게 보였다.

'가증스럽긴. 저 순진한 얼굴로 전하를 유혹했다고?'

물론 마리가 황태자를 유혹했다는 소문은 떠들기 좋아하는 궁인들의 낭설일 뿐이었으나, 아리엘은 이미 반쯤 확신하고 있었다.

"내가 왜 너를 불렀는지 모르겠어?"

"네? 그게 무슨 말씀이신지요?"

마리는 의아한 표정을 지었다. 아리엘은 목소리에 최대한 서릿발 같은 위엄을 담으려 노력하며 말했다.

"네가 주제도 모르고 황궁의 기강을 난잡하게 흐리고 있다는 소문이 파다한 바. 차후 황태자비가 될 델피나로서 이를 책하기 위해 너를 불렀다."

마리는 그 말에 의아한 표정을 지었다. 이게 갑자기 무슨 말? 너무 난데없는 이야기라 마리는 당황했다.
“저…… 그게 무슨 말씀이신지.”
“발뺌하는 거냐?”
“발뺌하는 것이 아니라, 실제로 무슨 말인지 모르겠어서…….”
아리엘이 꾸짖듯 말했다.
“네가 전하를 유혹하며 혜안을 흐리고 있다는 소문이 파다한데! 지금이라도 잘못을 인정하면 죄를 감해 주겠다.”
“유혹…… 이요? 제가요?”
마리는 당황해 반문했다. 너무 황당한 이야기라 화가 나기보다는 그냥 당황스럽기만 했다.
“저는 전하를 유혹한 적이…….”
“어디서 거짓말을?! 혼쭐이 나야 정신 차릴 것이냐?!”
버럭 화를 내는 아리엘을 보며 마리는 한숨을 내쉬었다.
‘어느 정도 말이 통해야 상대하지.’
너무 어이가 없다 보니 뭐라고 이야기를 정정해 줄 생각도 안 들었다.
‘그나저나 빨리 재무대신한테 가 봐야 하는데.’
마리는 황태자가 자신에게 내린 일을 떠올렸다. 이런 이야기로 낭비할 시간이 없었다. 원래는 이렇게 찾아오기도 곤란했었지만, 아리엘의 시녀 마틸다가 반드시 와야 한다고 신신당부하며 그녀를 불러 심부름 가는 길에 잠시 들렀던 것이다.
마리는 조심스럽게 입을 열었다.
“공녀 저하, 죄송하지만 제가 이만 가 봐야 할 것 같습니다.”
“뭐야?! 지금 나를 무시하는 것이냐?”
“무시하는 것이 아니라 볼일이 있어서…… 정말 죄송합니다. 양해를 부탁드립니다. 일이 끝난 후 다시 찾아뵙도록 하겠습니다.”

마리는 최대한 예의를 잃지 않고, 꾸벅 고개를 숙이고 몸을 돌려 행정부를 향해 발걸음을 옮겼다. 한편 그런 마리를 보며 아리엘은 주먹을 움켜쥐었다.

‘전쟁 포로였던 천한 년이 황태자 전하의 총애만 믿고서 나를 무시해?’

사실 마리는 아리엘을 무시한 것이 아니라, 황태자의 명을 수행하기 위해 떠난 것이지만, 화가 치밀어 올라 있었던 아리엘에게는 무시로만 여겨졌다.

‘이익! 가만히 두지 않겠어.’

최근 레이첼과 비교당하며 받은 스트레스까지 더하여 아리엘은 씩씩거리며 마리에게 다가갔다.

“너, 마리!”

“……!”

고개를 돌린 마리는 깜짝 놀라 눈을 크게 떴다. 어느새 다가온 아리엘이 그녀의 어깻죽지를 잡더니 한쪽 손을 번뜩 치든 것이다. 마치 따귀라도 때리려는 것처럼.

‘아.’

피하기엔 이미 늦었다. 마리는 얼굴에 전해질 통증에 눈을 질끈 감았다. 그런데 그 순간.

덥석.

무언가 가로막는 느낌과 더불어 낮은 음성이 들렸다.

“오랜만에 친구나 만날까 하여 지나가던 중이었는데, 큰일 날 뻔했군요.”

익숙한 목소리에 놀라 눈을 뜬 마리의 시야에 조각 같은 은발의 남자가 들어왔다.

"……후작 각하?"

키에르한 후작. 그가 평소와 전혀 다른 차가운 눈빛으로 아리엘 공녀를 바라보고 있었다. 마리를 때리려던 그녀의 팔을 붙든 채.

"제 친구에게 지금 무슨 짓을 하고 있는 것입니까, 공녀?"

키에르한이 무거운 목소리로 물었다.

"……!"

아리엘은 황실 친위대 단장인 키에르한 후작이 갑자기 나타났다는 사실에 정신을 차리지 못했다.

"후작 각하? 이곳엔 왜?"

하지만 키에르한은 대답하지 않았다. 탁, 하고 아리엘의 손을 놓더니 고개를 돌려 마리를 바라보았다.

"괜찮으십니까?"

"아, 아. 네."

마리는 얼떨떨하게 고개를 끄덕였다. 키에르한은 다행이라는 듯 살짝 고개를 끄덕이더니 다시 차가운 눈빛으로 아리엘을 바라보았다.

"지금 무슨 일을 하고 있었던 것이죠, 공녀?"

"그……."

"설마 제 친구에게 손찌검하려고 했었던 것입니까?"

아리엘은 당황해 생각했다.

'왜 키에르한 후작님이?'

키에르한 후작! 황실친위대의 단장이자 제국 3대 대귀족 중 하나인 세이튼가의 당주! 작위는 후작으로 슐레안 대공가에 비해 다소 낮지만, 지니고 있는 저력은 결단코 그에 못지않았다. 오히려 변경백으로서의 군사력은 제국 최강. 그런 세이튼가의 키에르한 후작이 왜 갑자기 이곳에 나타났단 말인가?

'더구나 저 눈빛은?'

아리엘은 침을 꿀꺽 삼켰다. 원래 키에르한 후작은 타인에게 친절하기로 유명했다. 그럼에도 왠지 모를 벽이 있어 사람들은 그를 대하는 것에 어려움을 느끼긴 했지만, 어쨌든 키에르한은 늘 사람들을 친절하게 대했다. 하지만 지금은 그런 친절함은 온데간데없었고, 싸늘함만이 가득했다.

"말씀해 보십시오, 공녀."

"……."

아리엘은 마리를 대할 때의 당당함을 잃고 입을 다물었다. 키에르한의 싸늘한 분위기에 압도당한 것이다.

"그, 그…… 교육을 하려고 했어요."

"교육 말입니까?"

"네, 저 시녀가 건방져서……."

아리엘이 떠듬떠듬 내뱉은 말에 키에르한의 얼굴이 더욱더 차가워졌다.

"슐레안 대공가에서는 교육을 그런 식으로 하나 보군요."

아리엘의 얼굴이 붉어졌다.

"그리고 황궁 어디에서나 칭찬이 자자한 온 힐데른인데, 무슨 잘못을 했다는 것인지 의아하군요."

키에르한은 나직이 한숨을 내쉬었다. 낮지만 무거운, 그래서 듣는 사람의 가슴이 서늘해지는 한숨이었다.

"마리 양."

"네, 각하?"

마리는 키엘이 보여 주는 뜻밖의 모습에 놀라 멍하니 있다가 답했다. 키엘은 평소와 똑같은 부드러운 말투로 마리에게 말했다.

"바쁘신 것 같은데, 먼저 돌아가 주시겠습니까?"

"아, 아니, 전……."

마리는 당황해 고개를 저었다. 왠지 그냥 가면 안 될 것 같다. 하지만 키에르한은 웃음을 띤 채 강하게 거절할 수 없는 음성으로 말했다.

“세이튼가의 당주로서 아리엘 공녀에게 할 말이 있거든요. 개인적인 이야기이니 부탁합니다.”

그 말에 마리는 얼떨떨한 표정을 지었다. 갑자기 가주로서 할 말이 있다니? 어쨌든 저렇게까지 이야기하는데, 그 자리에 있을 수도 없어서 마리는 어쩔 수 없이 자리에서 물러났다.

마리가 사라진 후, 아리엘은 딱딱하게 굳었다. 마치 맹수 앞에 홀로 남겨진 것 같은 느낌이었다.

“무, 무슨 말씀이시죠, 각하? 세이튼가의 당주로서 제게 하실 말씀이 있다니?”

“아아, 그 말 그대로입니다.”

키에르한은 고개를 끄덕이며 한 손으로 이마를 가리고 있는 은발을 뒤로 넘겼다. 그러자 조각 같은 얼굴이 그대로 드러나며 아리엘을 주시했다.

“아리엘 공녀. 아니, 아리엘. 우리 세이튼가가 어떤 가문인지 알고 있나?”

갑작스러운 하대. 하지만 뻣뻣이 굳은 아리엘은 반발할 생각도 하지 못했다.

“황실의 수호 가문, 제국의 방패 등. 이런저런 호칭이 많지만 쉽게 이야기해 피로 얼룩진 전투 가문이지. 지극히 호전적인. 물론 아무 때나 그 호전성을 드러내지는 않지만 몇 가지 예외가 있어.”

나직이 말을 잇는 키에르한을 보며 아리엘은 침을 꿀꺽 삼켰다.

“바로 소중한 것이 침범당했을 때와 참을 수 없는 분노를 느꼈을 때. 그리고 이번 경우에는 둘 다 해당이 되지.”

“그, 그게 무슨……?”

아리엘은 떠듬떠듬 말했다.

"저 소녀는 내가 가장 소중하게 생각하는 존재다."

"……!"

"그리고 난 지금 굉장히 화가 나 있고."

창백하게 질리는 아리엘을 보며 키에르한은 낮게 일갈했다.

"너희 델피나 중 누가 황태자비가 되는지 따위는 내 관심사가 아니야. 하지만 명심하도록. 저 소녀의 털끝 하나라도 건드릴 생각하지 마. 또 이런 일이 있다면 다음에는 그냥 넘어가지 않을 테니까."

그날 밤, 아리엘은 자신의 별궁에서 하얗게 질려 가만히 있었다. 키에르한 후작의 말이 머릿속에서 떠나지 않았다.

"저 소녀의 털끝 하나라도 건드릴 생각하지 마."

"말도 안 돼."

아리엘은 입술을 깨물었다. 도저히 어떻게 된 것인지 이해할 수가 없었다. 그 못난 시녀가 키에르한 후작의 비호를 받고 있다고? 도저히 받아들일 수 없었다.

'어떻게 된 거지?'

하지만 그녀는 생각을 이어갈 수가 없었다. 누군가 그녀를 방문한 것이다.

"공녀 저하, 손님이 왔습니다."

"이 시간에? 돌려보내."

아리엘은 버럭 성질을 냈다. 그렇지 않아도 머리가 복잡한데, 이 시간에 무슨 손님이란 말인가. 하지만 시녀 마틸다는 우물쭈물 말했다.

"그게 돌려보낼 수 있는 분이 아니라……."

"……?"

곧 손님의 얼굴을 확인한 아리엘의 눈이 화등잔만 하게 커졌다. 비단 같은 금발, 그림같이 아름다운 얼굴. 황태자 라엘이었다!

"저, 전하? 어떻게 기별도 없이 이곳에?"

"아아. 지나가다 할 말이 있어서 들렀다."

"자, 잠시만 기다려 주십시오. 뭐 하느냐? 빨리 다과와 차를 내오너라!"

아리엘은 갑작스러운 황태자의 방문에 너무나 놀라 허겁지겁 외쳤다. 도대체 황태자가 이 시간에 왜? 더구나 늘상 착용하던 가면도 쓰지 않고 있다. 혹시나 밤을 함께 보내려 온 것인가 싶었지만, 그런 것은 아닌 것 같았다. 아직 자신이 비로 확정된 것도 아닌데 몸을 탐할 황태자가 아니었고, 무엇보다 황태자의 분위기가 좋지 않았다. 무언가 불쾌한 모습?

"전하? 무슨 일이신지……."

아리엘은 왠지 모를 불안감이 들어 조심스럽게 물었다. 황태자는 잠시 말없이 가만히 있었다. 그 침묵이 길어질수록 아리엘의 가슴은 더욱더 조마조마해져 갔다.

이윽고 황태자가 말했다.

"할 말이 있어서 왔다."

"말씀하십시오, 전하."

"그대는 이 제국 황실에서 예작(禮爵)의 의미를 알고 있는가?"

"……!"

아리엘의 얼굴이 하얘졌다. 모르고 있을 리가 없었다. 황제나 황태자가 자신이 가장 아끼는 권속에게 내리는 명예 작위. 그녀는 황태자가 왜 이 늦은 밤에 자신을 찾아온 것인지 깨달았다. 지금 이 황실에서 예작위를 받은 인물은 단 한 명이었으니까.

“힐데른은 내가 가장 아끼는 존재이다. 오늘 같은 일이 또 내 귀에 들어오지 않았으면 좋겠군.”

라엘은 아리엘의 방에서 나온 후, 깊게 한숨을 내쉬었다.

“하아.”

오늘 별궁에서 아리엘이 마리에게 했던 일을 우연히 전해 들은 순간 라엘은 아찔한 분노가 치밀어 올랐다. 당장 아리엘을 대령하라고 하고 싶었던 걸 참느라 얼마나 힘이 들었는지. 만약 그대로 그녀를 만났다면 감정을 조절하지 못해 큰 실수를 저지를 것 같아 간신히 자제했다.

“이제 또 이럴 일은 없겠지.”

알아듣게 일렀으니 그녀가 또 마리에게 해코지하는 일은 없을 것이다. 그건 걱정이 없었지만 문제가 있었으니…….

“난 도대체 어떻게 해야 한단 말인가.”

황태자는 깊고 깊은 한숨을 내쉬었다. 곧 황태자비 간택이 끝나는 순간이 온다. 아리엘과 레이첼, 둘 중 하나를 선택해 아내로 맞아야 한다. 하지만 그래야 하는데…….

“왜 나는 계속 너만 떠오르는 것이냐.”

그를 끝없이 괴롭히는 마음. 이 문제를 떠올릴 때마다 마리의 얼굴만 생각났다.

“그저 이렇게 옆에 두는 것만으로도 행복하다고 생각했지만.”

황태자는 씁쓸히 중얼거렸다. 마리와 서남부 지방을 다녀오며 생각했다. 자신의 여인으로 만들지 못하더라도, 그래도 그저 이렇게 같이 있을 수 있는 것만으로도 행복할 것 같다고. 하지만 아니었다. 전혀 아니었다. 그저 같이 있는 것만으로는 이 갈망을 채울 수가 없었다. 오히려 같이 있을수록 타오르는 마음만 커질 뿐이었다. 그녀를 자신의 것으로 만들고 싶었다. 이런 허울뿐인 소유가 아닌, 그녀의 몸과 마음, 모든 것을 자신의 것으로 품고 싶었다.

'그러면 그냥 그렇게 하면 되잖아?'란 생각이 들었지만 곧 라엘은 입술을 강하게 깨물었다.

"하아. 어떻게 해야 한단 말인가."

단지 신분의 문제만이 아니었다. 그는 이 제국의 지배자. 그의 모든 삶은 오로지 이 제국만을 위한 것이다. 수많은 피로 물든 내전을 끝내며 그렇게 맹세했다.

'내 결혼은 가장 훌륭한 정치적 도구다. 난 제국에 이득이 될 결혼을 할 의무가 있어.'

그는 그렇게 생각했다. 하지만 왜 자꾸 알몬드의 말이 떠오르는 것일까?

"때로는 복잡한 사정보다 본인의 솔직한 감정이 중요할 때가 있습니다."

라엘이 다시 한숨을 내쉬고 있을 때, 낮은 목소리가 그를 불렀다.

"황태자 전하를 뵙습니다."

라엘은 흠칫 표정을 굳혔다. 익숙한 목소리였던 것이다.

"키엘?"

나타난 이는 다름 아닌 키에르한 후작이었다. 그는 평소와 다르게 딱딱하게 굳은 얼굴로 황태자를 바라보고 있었다.

"네가 이곳엔 무슨 일이지?"

황제가 누워 있는 자운궁과 이곳 별궁은 거리가 상당해 우연하게 마주칠 장소는 아니었다. 과연 키에르한은 고개를 끄덕이며 말했다.

"사실 전하께 드릴 말씀이 있어서 오게 되었습니다."

"무엇이지?"

"마리 양에 대해서입니다."

"……?!"

키에르한은 푸른 눈을 들어 라엘을 바라보았다. 보석 같은 푸른 눈동자에는 옅은 분노가 섞여 있었다.

"마리 양에 대해 가벼운 마음으로 대하는 것이면 그만둬 주십시오."

"뭣이?"

"마리 양이 전하께는 가벼울지 모르나, 누군가에게는 그 어떤 것보다 소중한 존재일 수 있으니까요."

라엘의 얼굴이 딱딱하게 굳었다. 그는 서늘한 눈빛으로 키에르한을 노려보았다.

"그게 무슨 말이지? 그 누군가란 너를 이야기하는 것인가?"

키에르한은 부정하지 않았다. 라엘은 낮은 목소리로 말했다.

"마리를 아끼는 것은 나도 마찬가지이다. 절대 가볍게 여기는 것이 아니야."

"그렇습니까?"

키에르한이 물었다.

"그러면 왜 오늘 같은 일이 발생한 것입니까?"

"……!"

라엘의 입술이 굳게 다물어졌다.

"만약 진정으로 마리 양을 아끼는 것이 아니라면 모호한 태도는 그만두어주십시오."

키에르한은 결례를 범했다는 듯 고개를 숙였다.

"오늘 무례한 말 사과드립니다. 하지만 오늘 제가 드린 말씀은 진지하게 생각해 주십시오. 말없이, 안타까운 마음으로 그녀만 바라보고 있는 사람도 있습니다."

"……."

"그러면 이만 물러가겠습니다."

키에르한은 몸을 돌려 별궁에서 멀어져 갔다. 라엘은 창백하게 굳은 얼굴로 그 뒷모습을 노려보았다.

그 뒤, 황궁에는 미묘한 분위기가 감돌았다. 일단 하늘을 찌를 것 같던 아리엘 공녀의 기세가 팍 하고 꺾여 버렸다. 마리에게 이전처럼 함부로 대하지 않는 것은 물론, 굉장히 조용해진 것이 무언가 기가 죽은 느낌이었다. 그런 아리엘을 보며 레이첼은 속으로 미소를 지었다.

'충격을 많이 받은 것 같네. 어쨌든 계획대로 잘됐어.'

그때 그녀가 정원에서 아리엘을 부추긴 것은 마리를 노린 것이 아니었다. 오히려 아리엘을 노린 음모였다. 마리를 건드리려 하면 황태자가 가만히 안 있을 것임을 꿰뚫어 보았기 때문이다.

'사실 가문의 위세만 빼면 아리엘 공녀는 내 상대가 아니야. 문제는 마리인데.'

레이첼은 고민에 잠겼다.

'분명 둘 사이에 무언가가 있어.'

단순히 황궁에 도는 민망한 소문 때문만은 아니었다. 이전부터 그녀는 마리와 황태자를 지켜보고 있었다. 서남부 지방에서의 일뿐이 아니라도, 둘은 무언가 이상했다. 단순한 주인과 시녀의 관계라 보기는 어려웠다.

'……정확히는 황태자가 마리를 보는 게 이상해.'

근거 없는 생각은 아니었다. 가만히 주의 깊게 살펴보면 마리를 바라보는 황태자의 눈빛은 다른 이를 바라볼 때와는 확연히 달랐으니까.

'어쩌면 황태자가 우리 두 후보 중 누구에게도 관심을 두지 않는 것은 마리 때문일지도.'

레이첼은 자신의 추측이 정확할 거라 생각했다.

'물론 황태자가 어떤 마음을 가지고 있든 관심 없지만.'

사실 그가 누구를 마음에 두고 있는지는 상관없었다. 어차피 레이첼이 바라는 것도 그의 마음이 아니라, 황태자비 자리였으니까. 그가 마음속에 누구를 담고 있든 그녀로서는 황태자비만 될 수 있다면 괜찮았다. 하지만 문제가 있었으니.

"마리 때문에 간택전에서 선택받지 못할지도 모른다는 느낌이 자꾸 든단 말이지."

레이첼은 자신의 생각이 어이가 없어 헛웃음을 지었다. 근본도 없는 전쟁 포로 출신 따위가 경쟁자라니. 웃기지도 않는 이야기다. 하지만 아예 근거 없는 불안도 아니다. 황태자비를 선택할 권한은 오로지 황태자의 손에 달려 있으니까. 냉철하고 지극히 계산적인 황태자가 마리를 선택하는 '사고'를 치지야 않겠지만 남녀 간의 일은 모르는 것이다.

'정말 나도 아리엘도 아닌, 저 시녀 마리가 황태자비가 되는 것은 아니겠지?'

레이첼은 고개를 강하게 저었다.

"안 돼. 난 무조건 황태자비가 되어야 해. 우리 이스트반 백작가의 '진정한 목적'을 위해서."

그녀가 숨기고 있는 가문의 '진정한 목적'. 서제국의 요하네프 3세와 연관된 그 목적을 위해서 그녀는 반드시 황태자비가 되어야 한다.

"불확실한 요소가 있다면."

레이첼은 조용히 읊조렸다.

"손을 써야겠지."

슐레안 대공가에 의해 보호받고 있는 아리엘과 다르게, 마리는 손쓰기 어려운 것도 아니었다.

'그러고 보니 요하네프 3세 폐하가 부탁한 일이 있었지. 그 일과 엮으면 되겠어.'

레이첼은 한 가지 묘안을 떠올렸다. 요하네프 3세의 부탁을 들어주면서 동시에 마리를 몰락시킬. 그녀는 종이 위에 잉크로 편지를 썼다. 그리고 그 편지를 은밀히 어느 곳으로 보냈다.

한편, 묘한 분위기가 감도는 것은 두 황태자비 후보만이 아니었다. 황태자의 분위기도 이상했다.

"전하? 혹시 안 좋은 일이시라도 있으신지요?"

"아니다."

마리는 의아한 목소리로 물었지만, 황태자는 고개를 저을 뿐 별다른 이야기가 없었다. 하지만 계속해서 기분이 좋지 않아 보였다.

'뭐지? 특별히 국정에 안 좋은 일은 없는데?'

그녀는 모르고 있었다. 황태자의 기분이 안 좋은 이유가 그녀 때문이란 것을. 아니, 정확히 말하면 키에르한이 남기고 간 말 때문이었다.

"만약 진정으로 마리 양을 아끼는 것이 아니라면 모호한 태도는 그만두어 주십시오."

그가 남기고 간 말이 라엘의 마음을 끝없이 헤집어 놓았다.

"……나도 절대 가벼운 마음이 아니야."

황태자가 중얼거리는 목소리에 마리가 물었다.

"네, 전하?"

"아, 아니다. 신경 쓰지 말도록."

당황해 고개를 젓는 그를 보며 마리는 의아한 표정을 지었다.

어쨌든 그렇게 며칠간의 시간이 지나고, 어느 날 밤. 마리는 꿈을 꾸었다. 그녀에게 능력을 주는 신비한 자각몽을.

「서두르게! 경찰이 오겠어!」

「허허. 뭘, 그렇게 초조한가? 다 됐네. 이 금고 참 튼튼하게 만들었군. 어쨌든 거의 다 풀었어.」

금고를 터는 도둑의 꿈이었다.

'웬 도둑?'

마리는 꿈을 바라보며 당황했다. 아니, 지금까지 별의별 꿈을 다 꾸긴 했지만 거짓말도 잘 못 하는 내가 도둑이라니!

'나 도둑 안 해! 내가 무슨 도둑이야!'

꿈을 꾸면 꼭 관련된 일이 일어난다. 그러니 그녀가 이번엔 도둑이 될 수도 있는 것이다.

'차라리 일어나자! 꿈에서 깨면!'

그녀는 잠에서 깨어나려 했지만 소용없었다. 그녀의 노력과 상관없이 꿈의 내용은 계속해서 진행되었다.

「흠, 이번 금고는 쉽지 않군. 굉장히 튼튼하게 잘 만들었어.」

「아니, 그게 할 이야기인가? 경찰이 거의 다 왔다고! 곧 저택 안으로 들어올 거야!」

「기다려 보게. 뭘, 그렇게 초조한가? 아, 거의 다 됐네.」

금고를 따는 꿈속의 인물은 굉장히 특이했는데, 훤칠한 키에 매혹적인 외모를 가지고 있었다. 그는 급박한 상황 속에서도 여유롭게 금고를 해체했다.

딸칵!

이윽고 금고의 문이 열리고 안에 들어 있던 기이한 문양의 목걸이를 도둑이 챙겼을 때, 저택 안으로 경찰이 들어오는 소리가 들렸다.

「끝났어! 우린 체포될 거야.」

동료 도둑은 창백하게 질려 외쳤지만, 남자는 여전히 여유로운 말투로 말했다.

「뭘 그렇게 걱정하는가?」

「겨, 경찰이.」

남자는 피식 웃었다.

「걱정하지 말게. 땅속으로 꺼지거나, 하늘로 사라지면 되니까. 우린 방법을 알고 있잖나?」

그러며 대괴도라 불리는 남자가 손을 뻗었다.

「나를 믿게.」

마리는 부스스한 얼굴로 자리에서 일어났다.

"안 해. 안 해. 도둑질이라니. 그건 아니지."

그녀는 다짜고짜 중얼거렸다. 이제는 꿈에 대해 순응하고 있었지만 그래도 정도가 있다. 도둑질이라니!

"그런데 도대체 무슨 일이 일어나려는 거지?"

그녀는 한숨을 푹 쉬었다.

"몰라. 어쨌든 도둑질이라니. 절대로 안 해."

그렇게 다짐한 그녀는 자리에서 일어났다. 오늘도 황태자의 일정에 맞추어 움직여야 하기 때문에 바빴다. 개인 숙소에서 서둘러 준비를 마친 그녀는 사자궁으로 출근했다. 아직 이른 새벽이었지만 황태자가 기침하기 전에 그날의 일을 간략하게 정리해 놓기 위해서였다.

'오늘 하루도 힘내자!'

마리는 사자궁의 집무실로 들어갔다. 그런데 안에 들어간 마리는 놀란 표정을 지었다. 아무도 없을 줄 알았는데, 황태자가 나와 있었던 것이다.

"전하?"

"아, 마리. 왔군."

황태자뿐이 아니었다. 알몬드 자작은 물론, 재상 오른도, 심지어 키에르한 후작도 있었다.

'키에르한 각하께서 왜?'

마리는 의아한 마음이 들었다. 친위대의 단장인 키에르한은 황태자의 집무실에 단 한 번도 방문한 적이 없었다.

'혹시 무슨 일이?'

다들 표정이 심각했다. 키에르한은 마리를 보고 살짝 반가운 티를 내었지만, 어두운 낯빛은 바뀌지 않았다.

"아무리 찾아도 없다는 말이지, 알몬드 자작?"

"네, 전하."

"간밤에 수상한 기색도 없었고?"

"네, 경비병들에게 확인해 보았으나, 아무도 보지 못했다고 합니다."

마리는 그들의 대화를 듣는 순간 등줄기에 싸한 느낌을 받았다. 간밤에 꾼 꿈의 내용이 스쳐 지나갔다.

'설마?'

그 순간, 황태자가 말했다.

"큰일이군. 국보인 성배가 사라졌다니."

"……!"

생각지도 못 한 이야기에 마리의 얼굴이 딱딱하게 굳었다. 이른 새벽부터 이들이 모여 있었던 이유. 지난밤 사이 제국의 국보인 성배가 도난당했기 때문이다!

'맙소사. 말도 안 돼.'

마리는 속으로 생각했다. 성배(聖杯)는 클로얀 왕국의 성인(聖人) 리하르트의 유품으로, 대대로 클로얀 왕성에 보관되어 전해지다 50년 전 모종의 이유로 제국으로 넘어온 보물이다. 클로얀 왕국의 건국과 연관이 있었기에 굉장히 중요한 가치를 지닌 보물이었고, 그런 만큼 황궁 대성당에 엄중히 보관되어 있었는데, 도난당했다고? 보통 중요한 일이 아니었던지라 장내의 모두 심각한 얼굴이었다.

"큰일이군. 다른 보물도 아닌 성배를 도둑맞다니."

"네, 클로얀 왕국의 건국과 연관된 보물인 만큼 도난 사실이 퍼지면 클로얀 지방에서 큰 동요가 일어날 것입니다."

황태자와 재상 오른이 곤란한 얼굴로 말했다. 그렇지 않아도 클로얀 지방은 제국에 복속된 지 얼마 되지 않아 불안 요소가 많았다. 오죽했으면 황태자가 모리나 왕녀를 찾아 자신의 비로 삼으려 했겠는가? 최근 들어서 여러 이유로 클로얀 지방의 상황이 더욱 악화되고 있는데, 성배까지 도난당하다니. 곤란하기 그지없었다.

"죄송합니다, 전하. 모두 제 책임입니다."

황궁의 경비를 책임지는 근위 기사단의 단장, 알몬드가 무릎을 꿇었다.

"됐다. 이미 일어난 일. 지금은 성배를 찾는 것이 우선이다. 황궁의 출입은 모두 폐쇄했겠지?"

"네, 전하. 철저히 통제하고 있습니다."

황태자는 고개를 끄덕이며 말했다.

"일단 직접 현장을 봐야겠군. 대성당으로 가자."

그렇게 그들은 대성당으로 가기 위해 자리에서 일어났다.

대성당은 황실친위대가 통제하고 있었다. 황실의 사건, 사고가 발생 시 수사권이 친위대에 있었기 때문이다.

"황태자 전하를 뵙습니다!"

"그래, 상황을 보고하도록."

"대성당 안쪽에 보관 중이던 성배가 사라졌으며, 동시에 금촛대와 금잔이 사라졌습니다."

그 말에 황태자를 비롯한 일행은 의아한 표정을 지었다.

"금촛대와 금잔?"

"네, 전하. 그 밖에 돈이 될 만한 보석도 일부 사라진 상태입니다."

황태자는 팔짱을 끼며 중얼거렸다.

"뭔가 이상한데. 그저 금품을 노린 단순 절도인 건가?"

이상한 점이었다.

"어쨌든 안을 살펴보지."

그들은 대성당 안으로 들어가 상황을 확인했다. 그런데 도난 현장을 꼼꼼히 확인한 그들은 곤혹스러운 표정을 지었다. 이해가 되지 않는 점이 있었기 때문이다.

"도대체 어떻게 대성당 안으로 들어와 성배를 훔친 것이지?"

황태자가 중얼거렸다.

"성배는 밀폐된 격실에 있었을 텐데?"

성배는 대성당의 3층, 밀폐된 격실 안에 있었다. 출입구를 지키는 경비의 이목을 피해서는 누구도 들어갈 수 없었다.

"어떻게 된 거지? 혹시 대성당 내부자의 소행인가?"

하지만 조사 결과 관련자 모두 알리바이가 있어 내부자의 소행일 가능성은 떨어져 보였다.

"도대체 어떻게 된 일인지 모르겠군. 짐작 가는 바가 있는가, 오른?"

"송구합니다."

오른도 고개를 절레절레 저었다. 잠시 모두가 침묵에 잠겼다. 완전 미스터리였다.

"설마 도둑이 하늘에서 뚝 하고 이 격실 안으로 떨어지기라도 했단 말인가?"

오른이 말도 안 된다는 듯 중얼거렸다. 그가 생각 없이 중얼거린 말에 생각에 잠겨 있던 마리는 흠칫 놀란 표정을 지었다.

'하늘에서 뚝 하고 떨어졌다고?'

그녀의 머릿속에 어젯밤 꿈속 내용이 떠올랐다.

「걱정하지 말게. 땅속으로 꺼지거나, 하늘로 사라지면 되니까. 우린 방법을 알고 있잖나?」

꿈속 도둑이 마지막에 했던 이야기.

'혹시 지금 이 상황과 연관이 있는 말일까?'

그녀는 고민에 잠겼다. 하지만 딱 하고 떠오르는 내용은 없었다. 그때, 황태자가 말했다.

"안 되겠군. 일단 지금으로서는 여기서 더 단서를 얻을 수는 없겠어."

키에르한이 동의했다.

"네, 일단 다른 방법으로 접근하는 것이 좋겠습니다."

"도난당한 성배의 크기가 얼마나 되지?"

"자그마한 항아리 정도의 크기입니다."

황태자는 잘되었다는 듯 고개를 끄덕였다.

"그 정도 크기면 몰래 황궁 밖으로 가지고 나갈 수는 없겠군."

"네, 아직 성배는 이 황궁 안에 있을 확률이 높습니다."

생각을 정리한 황태자는 명령을 내렸다.

"황궁의 출입을 철저히 통제해라. 그리고 의심이 가는 사람들 위주로 샅샅이 탐문하도록. 범인은 내부인일 가능성이 높다."

"알겠습니다, 전하."

황태자는 낮은 목소리로 말을 이었다.

"성배는 황궁 어딘가에 숨겨져 있을 것이다. 황궁 전체를 뒤지는 한이 있더라도 반드시 찾아내도록."

난데없는 도난 사건으로 황궁이 발칵 뒤집혔다. 시녀들은 불안한 표정으로 속닥거렸다.

"도대체 누가 성배를 훔쳐간 걸까요?"

"듣기로는 황궁 내부인의 소행일 가능성이 가장 높다는데요?"

"내부인이요?"

"네, 외부인이 한밤중에 수도 경비대와 근위 기사단의 경계를 뚫고 대성당 내부까지 들어오는 것은 불가능한 일이니까요. 황궁 내부 사람이 몰래 대성당에 들어가서 훔쳤을 가능성이 높다고 하네요."

맞는 말이라 다른 이들은 고개를 끄덕였다.

"그러면 도대체 누구의 소행일까요?"

"글쎄요. 모르죠."

"무섭네요. 이러다 괜한 누명을 쓸지도 모르고."

하급 시녀들은 몸을 떨었다. 이런 일에 잘못 불똥을 맞으면 큰일이 난다. 최대한 몸을 사려야 한다.

"그렇지 않아도 친위대와 근위 기사단에서 성당 주변의 사람들 위주로 수색하고 있나 보더라고요. 만약 발견되는 것이 없다면 황궁 전체를 다 뒤질 거라고."

"조심해야 해요. 다들 몸 사리세요."

대화를 나누던 시녀들은 긴장한 표정을 지었다. 하지만 그렇게 황궁이 살얼음판으로 뒤덮였을 때, 남몰래 여유로운 표정으로 콧노래를 부르고 있는 인물이 있었다. 이스트반 백작가의 영애 레이첼이었다.

"아가씨, 뭐 보세요?"

"아, 이곳 별궁의 고용인들 고용 장부."

황태자비는 차후 황궁의 내명부를 총괄해야 한다. 그래서 그 자질을 알아보기 위해 간택 기간 중 자신의 별궁 관리는 스스로 하게 되어 있었다. 보통 고용인의 관리는 연륜 있는 전속 시녀에게 맡기는 경우가 많았지만, 레이첼은 일일이 스스로가 다 챙기고 있었다.

"전 그거 아무리 봐도 모르겠던데."

"네가 알면 안 되지. 내가 관리하는 것인데."

"그런가요? 헤헤. 어쨌든 아가씨 오늘 기분이 좋아 보여요."

"아아. 그냥, 뭐."

레이첼은 묘한 웃음을 흘렸다. 시녀 지나는 한숨을 내쉬었다.

"아가씨는 성배가 도난당했다는데, 걱정 안 되세요?"

"뭐, 황태자 전하께서 알아서 해결하시겠지. 전하 곁에는 무슨 일이든지 척척 해결해 내는 '황궁의 천사'도 있고 말이야."

뼈가 있는 말이었으나 지나는 알아듣지 못했다.

"아, 아가씨. 편지 왔어요."

"편지? 어디서?"

"정확히는 모르겠어요. '친애하는 친우에게서'라고 적혀 있던데요?"

그 말에 레이첼의 눈이 낮게 빛났다.

"그래? 읽어 봐야겠다. 너는 이만 나가서 일 보렴."

"네, 필요한 일 있으면 부르세요."

지나를 내보낸 레이첼은 주변에 사람이 없는지 확인 후 조심히 편지를 읽었다. 편지는 올스텐 가문의 카탈락 백작이 보냈다고 적혀 있었다. 물론 그건 표면상의 발신인일 뿐이고, 레이첼은 이 편지의 진짜 발신자가 누구인지 알고 있었다.

날씨가 점점 추워지는데, 건강은 괜찮으신지 염려됩니다.

편지의 내용은 일반적인 안부만 적혀 있었을 뿐, 별다른 내용은 없었다. 하지만 레이첼은 그 안에서 일정한 법칙에 따라 한 글자, 한 글자를 따로 뽑아내었다. 사전에 약속한 암호로, 곧 완전한 문장 하나가 완성되었다.

이번 일, 협조해 주셔서 감사합니다.

레이첼은 피식 웃었다.

"별말씀을."

그녀는 편지지에 촛불의 불을 붙였다. 얇은 종이는 곧 재로 변해 사라졌다.

"저도 이번 일로 큰 도움을 얻었는걸요."

그녀는 낮게 말했다.

"……요하네프 3세 폐하."

레이첼은 힐끗 창밖을 통해 사자궁을 바라보았다. 황태자와 '황궁의 천사'가 머무는 곳.

"이제 곧 '천사'의 날개도 꺾이겠네."

여상이 중얼거린 레이첼은 다시 서류를 바라보았다. 그녀가 바라보고 있는 서류는 별궁 고용인들의 고용 장부였다.

하루가 지나고 이틀이 되었으나 수사에는 진척이 없었다. 황궁을 폐쇄 후 대성당 주위 사람들의 거처를 샅샅이 뒤졌으나, 성배는 여전히 오리무중이었다. 어쩔 수 없이 수색 범위가 전방위적으로 확대되었다. 특히 클로얀 왕국 출신의 시녀들은 잠재적 용의자로 수색받게 되었는데, 마리도 당연히 수색을 받았다.

"그렇게 되어 오게 되었습니다. 죄송합니다, 마리 양."

"아, 아니에요, 각하."

마리는 화들짝 고개를 저었다. 그녀의 숙소를 수색하러 온 이는 다름 아닌 키에르한이었다. 친구를 배려해 친위단장인 그가 직접 방문한 것이다.

"최대한 불편하지 않게 금방 끝내도록 하겠습니다."

어차피 그녀가 범인일 가능성은 없으니, 키에르한은 대충 탐색하는 시늉만 하고 나가 볼 생각이었다. 하지만 마리는 고개를 저으며 말했다.

"아니에요. 각하와 개인적 친분이 있다고 특혜를 받을 수는 없죠. 다른 숙소에서 했던 것처럼 똑같이 살펴주세요."

그 말에 키에르한이 부드러운 미소를 지었다.

"알겠습니다. 그러면 결례를 용서하시길. 최대한 조심스럽게 수색하도록."

"네, 단장님!"

키에르한이 명하자 동행한 친위기사단의 기사들이 마리의 숙소를 뒤지기 시작했다.

마리는 그 모습을 보며 말했다.

"고생이 많으시군요."

"아닙니다. 그나저나 수색의 성과가 있어야 하는데. 이러다 성배를 찾지 못할 것 같아서 걱정입니다."

키에르한은 고개를 저으며 말을 이었다. 마리도 그 걱정에 동의했다. 분명 성배는 황궁 안에 있을 것이다. 하지만 귀신같은 범행을 해낸 도둑이 과연 찾기 쉬운 곳에 성배를 숨겨 놓았을 리 없었다.

'대성당에서 단서를 찾아야 해. 분명 단서가 있을 거야.'

귀신이 아닌 이상 정말 하늘에서 뚝 하고 격실로 떨어지진 않았을 거다. 마리는 일단 도둑이 성배를 훔친 방법을 먼저 알아내야 할 것 같다고 생각했다.

「걱정하지 말게. 땅속으로 꺼지거나, 하늘로 사라지면 되니까. 우린 방법을 알고 있잖나?」

'뭘까? 도대체?'

생각이 날 듯 말 듯 아련하게 머릿속을 스쳐 지나갔다. 마리가 인상을 찌푸리고 있을 때, 황실기사단의 기사가 키에르한에게 무언가를 말했다.

"단장님."

"무언가?"

"그게……."

귓속말을 들은 키에르한이 곤란한 표정을 지었다. 그는 마리에게 미안한 얼굴로 말했다.

"죄송하지만 급히 자운궁에 돌아가 봐야 할 것 같습니다."

"아, 네. 저는 신경 쓰지 않으셔도 괜찮아요."

"그러면 다음에 뵙겠습니다."

키에르한은 숙소를 수색하는 기사에게 잘 부탁한다고 이르고 사라졌다. 숙소에는 친위기사단의 기사 2명과 마리만 남게 되었다. 기사들은 정말 먼지 하나라도 놓치지 않겠다는 듯 샅샅이 방을 뒤졌다.

얼마나 시간이 지났을까? 방을 수색하는 것이 거의 끝났을 무렵, 한 기사가 그녀에게 물었다.

"온 힐데른. 이 문은 무엇인지요?"

“아, 옷가지를 보관해 놓은 곳이에요.”

“확인해도 되겠습니까?”

“네, 당연하죠.”

그녀는 손수 문을 열어주었다. 안에는 여러 벌의 시녀복과 몇몇 일상 활동복이 있었다. 별것 없음을 확인하고 문을 닫으려는 순간, 기사의 눈에 생소한 상자가 눈에 들어왔다.

“저 상자는 무엇입니까?”

“어?”

마리는 의아한 표정을 지었다.

‘저게 뭐지?’

그녀도 처음 보는 상자였다.

“확인해 봐도 되겠습니까?”

마리는 갑자기 이유 없는 불안감이 들었다. 하지만 거절할 이유도 없어 고개를 끄덕였다. 기사는 거침없이 상자를 열었고, 그 상자를 연 순간. 믿을 수 없는 것들이 안에 들어 있었다.

“……!”

“이, 이건?”

금촛대, 금잔, 보석들. 대성당에서 성배와 같이 사라진 귀금속들이 나온 것이다. 갑자기 장내에 침묵이 내려앉았다. 기사들은 생각지도 못 한 곳에서 도둑맞은 보석들이 튀어나오자 당황한 눈빛이었고, 마리는 돌처럼 굳어버렸다.

‘이, 이게 왜 여기에서?’

“온 힐데른?”

기사 중 한 명이 조심스럽게 입을 열었다. 마리는 퍼뜩 정신을 차리며 생각했다.

‘이건 음모야!’

누군가 그녀의 방에 저 귀금속을 갖다 놓았다. 그녀를 함정에 빠뜨리기 위한 음모가 틀림없었다.

"이, 이건……!"

마리가 급히 입을 여는 순간, 기사 한 명이 스르릉 검을 빼 들었다.

"……!"

마리의 안색이 하얘졌다. 검을 그녀에게 겨눈 기사는 무거운 말투로 말했다.

"저희도 당황스럽습니다만…… 일단 저희와 함께 가 주셔야 할 것 같습니다."

마리의 방에서 도난당한 귀금속이 발견되었다. 그리고 그 소식은 순식간에 황궁 전체에 퍼졌다.

"들었어요? 온 힐데른의 방에서 도난당한 귀금속이 발견되었대요."

"그러게요. 그러면 성배를 훔친 범인도 그녀일까요?"

"아마 그렇겠죠? 성배를 훔친 도둑이 아니라면, 귀금속이 방에 있었을 리가 없었을 테니까."

"세상에나. 황태자의 총애를 그렇게나 받더니. 혹시 이번 일을 저지르기 위해 황태자 전하께 접근했던 것일까요?"

"모르죠. 하여튼 정말 놀랍네요."

마리를 모르는 사람들이 소곤소곤거렸다. 순식간에 마리는 성배를 훔친 범인이 되어버리고 말았다. 그 소식을 들은 레이첼은 가만히 차를 마시며 생각했다.

'미안하게 됐네. 사실 이렇게까지 심하게 할 생각은 없었는데.'

당연히 성배를 훔친 범인은 마리가 아니었다. 그 범인은 지금 레이첼의 비호를 받고 있었고, 성배도 그 누구도 상상 못 하는 곳에 숨겨져 있었다.

'성배는 이제 슬슬 성 밖으로 빼돌려야겠군.'

물론 항아리만 한 성배를 몰래 빼돌리는 것이 쉬울 리는 없었다. 하지만 그녀와 범인이 생각하고 있는 방법이면 손쉽게 가능했다. 황궁을 경비하고 있는 이들은 두 눈을 똑바로 뜨고도 성배가 밖으로 빠져나가는 것을 눈치채지 못할 것이다.

'요하네프 3세 폐하도 대단하시지. 먼 서제국에서 어떻게 이런 계획을.'

이번 성배 탈취 사건은 레이첼이 고안한 것이 아니었다. 모든 것은 서제국의 요한이 계획한 것. 레이첼은 그저 사소한 도움만 줬을 뿐이다. 요하네프 3세는 이번에 탈취한 성배를 훗날 자신의 계획을 이루는 데 사용할 것이다.

'그리고 난 겸사겸사 마리를 제거하는 데 도움을 얻고.'

이번에 마리를 음모에 빠뜨린 것은 요하네프 3세의 뜻이 아닌, 레이첼이 개인적으로 진행한 것이다. 만약 요하네프 3세가 알았으면 반대했을 것이다. 계획에 쓸데없는 변수가 생기는 것을 원치 않았을 테니까.

'어쨌든 잘됐어. 마리는 이걸로 퇴장하겠지.'

성배를 훔쳤다는 증거가 없다고 해도 다른 물건들이 방에서 발견된 이상 끝이었다. 진짜 범인을 찾아내지 않는 한, 그녀는 죄를 뒤집어쓸 것이다. 실제 범인이 잡힐 가능성도 없었다.

"네가 너무 황태자 전하의 주목을 끈 탓이야. 날 원망하지 말라고."

레이첼은 우아한 동작으로 차를 마시며 중얼거렸다.

"차 맛이 좋네."

그런데 레이첼이 고려하지 못한 것이 있었다. 지금껏 마리가 주변에 쌓은 신망과 키에르한과 황태자가 그녀를 향해 어떤 신뢰와 마음을 가지고 있는지를. 그리고 또 하나, 레이첼이 고려하지 못한 것이 있었다. 그건 마리의 능력이었다.

황태자의 사자궁은 죽을 듯이 무거운 분위기가 감돌고 있었다. 황태자 라엘은 철가면을 쓴 채 굳게 입을 다물고 있었고, 재상 오른도 굳은 얼굴이었다.

"어떻게 하실 것입니까, 전하?"

"……."

오른은 추궁하듯 날카롭게 말했다.

"이대로 가만히 넘어가실 겁니까?"

황태자는 여전히 답하지 않았다. 둘 사이의 분위기가 칼날처럼 날카로워졌다. 호위 기사 알몬드 자작은 그런 그들의 대립을 조심스러운 눈빛으로 바라보았다.

"오른."

황태자가 이윽고 입을 열었다. 섬뜩할 정도로 건조한 목소리로.

"내가 지금 기분이 좋지 않으니, 잠시만 그 시끄러운 입을 다물고 있어줄 수 없겠나?"

"……!"

친우인 재상에게 저런 말을 하는 것은 처음이었기에 알몬드는 깜짝 놀랐다. 오른 본인도 기분이 나쁘다는 표정으로 입을 다물어버렸다. 그렇게 숨이 막힐 것 같은 분위기가 집무실에 감돌 때, 갑자기 문밖이 소란스러워지기 시작했다.

"여기가 어디라고! 돌아가라!"

"안 됩니다! 꼭 황태자 전하를 만나 뵈어야 합니다!"

"어떤 벌을 받아도 좋습니다. 한 번만 전하를 알현할 수 있게 해주시옵소서!"

"부탁합니다!"

마치 싸움이라도 일어난 것 같은 소란이 일었다. 한두 명이 몰려온 것 같지가 않았다.

"무슨 일이지? 문을 열어라."

황태자가 인상을 찌푸리며 말했다. 알몬드는 고개를 갸웃하며 문을 열었는데, 나타난 인물들의 모습을 보고 깜짝 놀랐다. 생각지도 못 한 인물들이 수없이 서 있었던 것이다.

"무례를 용서해 주시옵소서, 전하!"

그들은 한마음 한뜻으로 무릎을 꿇으며 외쳤다.

"마리는, 아니, 온 힐데른은 결단코 그런 일을 저지를 인물이 아닙니다! 누명이 분명하니 통촉해 주시옵소서!"

그들은 제인과 수잔을 비롯한 수많은 동료 시녀였다. 지금껏 마리와 함께했던 그들은 마리의 결백을 믿고 이렇게 그녀를 변호하러 달려온 것이다. 그리고 시녀들뿐이 아니었다. 황궁 정원의 책임 정원사 한스, 악단의 악장 바한, 백합궁의 주방장 피터, 심지어 10황자 오스카도 있었다. 모두 마리에게 도움을 받았던 적이 있던 인물들이었다.

"마리의 결백을 주장하기 위해 이렇게 온 것인가? 무슨 증거로?"

라엘은 물었다. 피의 황태자로 불리는 그가 두려웠지만 모두 침을 꿀꺽 삼키며 말했다.

"며, 명확한 증거는 가지고 있지 않습니다. 하지만 저희는 그녀를 알고 있습니다. 저희가 아는 그녀라면 결단코 그런 범행을 저지르지 않았을 것으로 확신합니다."

황태자는 그들의 말에 입을 다물었다. 곧 그들의 뒤에 서 있던 조그만 꼬마 황자 오스카가 벌벌 떨며 나섰다.

"1, 10황자 오스카가 형님을 뵙습니다."

어린 오스카가 세상에서 가장 두려워하는 것은 다름 아닌 황태자였다. 같은 배에서 나온 형인 1황자도 황태자에 의해 죽었고, 배다른 형제들도 모두 황태자에게 죽었고, 자신도 언젠가 저 황태자의 손에 숙청당할 운명인 것을 알고 있었기 때문이다. 하지만 그렇게 두려워함에도 불구하고 꼬마 황자는 주먹을 불끈 쥐고 고개를 숙였다.

"마, 마리가 그런 죄를 저질렀을 리가 없습니다! 마, 만약 정말로 죄를 저질렀다면 대, 대신 저를 벌해 주십시오! 이전에 마리가 제 죄를 대신해서 벌 받았으니, 이번엔 제가 대신 벌 받겠습니다!"

그 말에 황태자는 묘한 눈으로 오스카를 바라보았다. 10황자 오스카는 황후의 적통이다. 즉, 정통성을 이은 황자라 장성하면 라엘의 위치를 위협할 수 있기에 항상 목숨의 위협을 받고 있었다. 본인도 그 사실을 잘 알고 있을 텐데 저렇게 위험을 무릅쓰고 나서다니?

그때였다. 낮은 목소리가 그들 사이를 갈랐다.

"저도 한마디 하고 싶군요, 전하."

"후작 각하!"

모두가 깜짝 놀라 고개를 돌렸다. 그곳에는 은발의 남자가 조각 같은 얼굴에 서늘한 분노를 담은 채 서 있었다. 키에르한이었다.

"말해봐라, 후작."

"무턱대고 마리 양의 결백을 주장하진 않겠습니다. 지금 상황에서 아무런 근거도 없이 이야기해 봤자 소용없을 테니까요."

"그러면?"

키에르한은 푸른 눈동자를 차갑게 빛내며 말했다.

"조금만 시간을 주십시오. 세이튼가의 이름을 걸고, 무슨 일이 있더라도 지옥 끝까지 쫓아서라도 진범을 잡아내겠습니다. 그래서 그 범인의 목을 쳐 전하께 바칠 테니 그때까지만 기다려 주십시오."

키에르한이 거기까지 이야기했을 때였다. 황태자 라엘이 돌연 웃음을 터뜨렸다.

"……?"

사람들은 피의 황태자가 철가면 밑으로 웃음을 흘리자 의아한 표정을 지었다. 특히 황태자의 끔찍한 소문만 알고 있는 몇몇 인물은 잔뜩 겁까지 먹었다. 황태자가 화가 났다고 생각한 것이다. 하지만 웃음을 멈춘 황태자가 한 말은,

"너희는 도대체 내가 마리에 대해 어떻게 생각하고 있다고 여기는 것이지?"

"……."

"이 자리에서 마리에 대해 가장 잘 아는 사람은 바로 나다. 나도 마리의 결백을 믿는다."

그 말에 누군가 조심히 말했다. 아까 문밖에서 황태자와 오른의 말다툼을 엿들었던 인물이다.

"하, 하지만 아까 기분 나빠하셨던 것은?"

"그거야 이 상황 자체가 기분이 나빴으니까."

"그러면 재상께서는?"

오른은 황태자에게 가만히 있으면 안 된다고 자꾸 재촉했었다. 오른 공작은 인상을 찌푸리며 말했다.

"그거야 진범을 빨리 잡아야 한다는 이야기였지."

"아……."

"물론 나는 힐데른을 자네들처럼 믿지는 않아. 다만 그녀가 정말 범인이라면, 자신의 방에 훔친 물건을 두는 바보 같은 일을 저지르진 않았겠지."

사람들은 서로 바라보았다. 아무것도 모르고 나선 것이다. 황태자는 그들을 내보냈다.

"마리를 향한 그대들의 마음은 잘 알았으니, 나가 보지. 생각할 것이 산더미니."

"죄, 죄송합니다!"

그렇게 키에르한을 제외한 모두가 후다닥 사라졌다. 라엘은 고개를 저었다. 저 모습을 보니 마리가 황궁 생활을 헛되게 한 것 같지는 않았다. 주변이 정리된 후 황태자는 키에르한에게 말했다.

"나도 이번만큼은 그대의 의견에 동의한다. 지옥 끝까지라도 가서 진범을 찾아내야겠어."

키에르한은 굳은 얼굴로 고개를 끄덕였다.

"이건 마리 양을 함정에 빠뜨리기 위한 음모가 분명합니다."

"굉장히 악랄한 음모이지. 만약 진범을 찾지 못하면 마리는 죽을 테니까."

진범을 못 찾으면 성배를 훔친 범인으로 몰린다. 그러면 단순히 죽는 것으로 끝나지 않는다. 온갖 고초를 당하다 화형당하리라.

"굉장히 화가 나지만, 그래도 한 가지 다행인 것이 있어."

"무엇입니까?"

황태자는 피식 웃었다.

"드디어 단서가 하나 생겼다는 것이다. 범인은 마리와 악연이 있는 사람이 분명해."

"……!"

"범인이 누구인지 모르지만, 만약 성배가 진정한 목적이었다면 큰 실수를 한 거지. 성배를 훔치는 김에 마리도 음모에 빠뜨릴 생각이었겠지만, 이렇게나 큰 단서를 주었으니."

키에르한은 고개를 끄덕였다. 범인은 제 꾀에 제 발목을 찍은 셈이었다.

"문제는 이것만으로는 범인을 확정할 수가 없다는 건데. 조금 더 단서가 필요해. 수색은 어떻게 되고 있지?”

“아직 별다른 성과는 없습니다.”

“그렇군. 역시 이런 무차별적인 수색으로는 찾기 어렵겠지. 결정적인 단서가 필요해.”

고개를 끄덕인 황태자는 자리에서 일어났다. 어딘가로 갈 채비를 하는 그를 보며 호위 기사 알몬드가 물었다.

“어디로 가시렵니까?”

“마리에게 가 보려 한다. 현명한 그녀이니 어쩌면 이번 일에 대해 좋은 생각을 가지고 있을지도 모르지.”

황태자는 키에르한에게 고개를 돌리며 말했다.

“아까 그대의 말에 대부분 동의하지만, 한 가지 허락할 수 없는 것이 있다.”

“무슨 말입니까?”

“아까 범인을 찾으면 목을 쳐 나에게 바친다고 했지? 그건 허락할 수 없다.”

의아한 표정을 짓는 키엘에게 황태자가 낮게 말했다.

“범인을 찾으면 그 범인을 처리하는 것은 네가 아니라 나다.”

“……!”

“이번엔 나도 정말로 화가 났으니까.”

황태자는 무저갱 같은 목소리로 말을 이었다.

“그자는 누구이든지 태어난 것을 후회하게 될 것이다.”

마리는 스올의 탑에 갇혀 있었다. 스올의 탑은 귀족들이 구금되는 곳으로 일반적인 감옥보다는 훨씬 깔끔하고 쾌적했다. 다만 감옥은 감옥인지라 문과 창문에는 쇠창살이 달려 있었다. 마리는 그 감옥에서 아무 말 없이 가만히 창밖을 바라보았다. 무슨 생각을 하고 있는지 깊은 상념에 잠긴 눈치였다.

'도대체 범인은 누구일까? 누가 날 함정에 빠뜨린 걸까?'

그녀는 차분히 속으로 중얼거렸다. 절체절명의 위기에 빠진 사람치고는 의외로 덤덤했다.

'두려워하고 있어 봤자 해결되는 것은 없으니까. 내가 누명을 벗으려면 무조건 진범을 잡아야 해.'

그녀가 이 위기에서 살아날 방법은 오로지 한 가지였다. 바로 진범을 잡는 것! 그것을 위해 마리는 감옥 안에서 온 생각을 집중했다.

'생각해, 마리. 완벽한 범죄란 없어. 네가 알고 있는 것 중에 분명 범인을 잡을 단서가 있을 거야.'

그녀는 먼저 알고 있는 사항들을 정리해 몇 가지 사실을 유추했다.

'범인은 단순한 내부인이 아니야. 분명 전문적인 도둑이야.'

아무도 모르게 대성당에 잠입한 점. 자신의 방에 남몰래 성물들을 숨겨 놓은 점 등, 이런저런 사항을 볼 때, 범인은 일반인이 아니었다. 전문적인 도둑이 분명했다.

'또 하나의 사실. 범인은 한 명이 아니야. 분명 내부에 협력자가 있어. 즉, 전문적인 도둑이 내부인의 협력을 받아 잠입했을 가능성이 높아.'

외부인이 황궁에 들어왔다면 기사단의 수색에 걸리지 않을 리가 없다. 분명 내부에 협력자가 있을 것이다.

'그 내부의 협력자가 나에게 악감정을 가지고 있는 사람이겠지.'

그녀는 생각했다.

'일단 진범을 잡으려면 어떻게 성배를 훔쳤는지는 알아내야 해. 거기에 답이 있을 거야.'

마리는 생각을 집중했다.

「걱정하지 말게. 땅속으로 꺼지거나, 하늘로 사라지면 되니까. 우린 방법을 알고 있잖나?」

꿈속에서 들었던 말. 여기에 힌트가 있을까?

'제발 생각해 내, 마리. 분명 답이 있을 거야. 주여, 제발 저를 도와주시옵소서.'

한참을 고민하며 입술을 깨무는 순간, 그녀의 머릿속에 번뜩 생각이 떠올랐다.

'잠깐. 땅속으로 꺼진다고?'

지금까지는 신출귀몰한 도망을 비유해서 말한다고 생각했다. 하지만 그게 아니라면? 정말로 땅속으로 꺼지는 방법이 있다면?

'그런 방법이⋯⋯ 하나 있긴 있잖아.'

그녀는 꿈속 '괴도'의 입장이 되어 생각했다.

'설마 성배를 훔친 범인도 그 방법을 사용해서?'

근거는 전혀 없었다. 남들에게 이야기하면 비웃음만 살 확률도 높았다. 하지만 마리는 확인해 볼 필요가 있다고 생각했다.

'그런데 어떻게 확인을 하지?'

평소라면 단번에 달려가 확인해 봤겠지만, 지금 그녀는 감옥에 갇혀 있는 처지다. 곤란한 표정을 짓는 순간, 뜻밖의 음성이 들려왔다.

"온 힐데른, 면회입니다."

그 말에 마리는 의아한 표정을 지었다. 지금 자신은 특급 범죄 용의자로 지목되어 면회가 금지되어 있는데? 곧 이어지는 목소리에 그녀의 몸이 굳었다.

"황태자 전하이십니다."

곧 철문에 놓인 쇠창살 너머로 황태자의 모습이 나타났다.

"아……."

마리는 그를 마주하고, 뻣뻣이 굳어 아무 말도 하지 못했다. 결백했지만 '만약 그가 날 믿어주지 않고 있으면 어떻게 하지? 만약 날 범인으로 생각하고 실망했다면?' 하고 그가 자신을 어떻게 생각하고 있을지 걱정이 되었다.

황태자가 먼저 입을 열었다.

"하루 만에 말랐군. 음식은 제대로 먹고 있는 건가?"

걱정이 담긴 목소리에 마리의 눈동자가 흔들렸다. 황태자는 여전히 자신을 믿어주고 있었던 것이다.

"죄, 죄송합니다, 전하."

마리는 왠지 울컥한 마음이 들어 고개를 숙였다.

"네가 뭐가 죄송하지?"

"그, 그냥 전부 다……."

황태자는 혀를 찼다.

"일단 뭐라도 먹여야겠군. 삐쩍 말라 아주 보기 안 좋아. 여봐라, 먹을 것을 좀 내와라."

곧 간수가 음식을 내왔다. 라엘은 아예 문을 열고 그녀가 머물고 있는 방 안으로 들어왔다. 간수가 뒤에서 난색을 보였으나, 그는 신경도 쓰지 않았다.

"일단 먼저 먹어라."

"가, 감사합니다."

그렇지 않아도 범인으로 몰린 뒤로 물 한 모금도 대지 않은 그녀다. 마음이 무거워 도저히 먹을 생각이 들지 않았다. 그런데 참 신기하게도 황태자가 여전히 자신을 믿어준다 생각하자, 마리는 다시 음식을 먹을 생각이 들었다. 라엘은 가만히 그녀가 음식을 먹는 것을 지켜본 뒤,

입을 열었다.
"마리."
"네, 전하."
"지금 상황이 곤란한 것은 알지?"
마리는 고개를 끄덕였다.
"난 너를 믿지만 무턱대고 너를 빼 줄 수는 없다. 먼저 네 결백을 증명해야 해."
"알고 있습니다."
"네 결백을 증명하려면 진범을 잡는 수밖에 없다. 너는 혹시 따로 생각하는 방법이 있느냐?"
마리는 잠시 자신이 떠올린 추측을 이야기해도 될지 고민했다.
'근거는 없어. 아닐 확률도 높고. 황당하다 여기실 가능성이 높아.'
하지만 그녀는 고개를 저었다. 받아들여지지 않더라도 이야기를 해봐야 했다.
"이번 일은 먼저 범인이 성배를 훔친 방법을 주목해야 합니다."
"그렇지. 하지만 도무지 어떻게 격실로 들어갔는지 알 수가 없으니 문제 아닌가? 마치 하늘에서 뚝 하고 떨어진 것 같으니."
황태자는 고개를 저었다. 하지만 마리는 이렇게 말했다.
"그게 바로 저희가 주목해야 할 점입니다."
"무슨 말이지?"
"하늘에서 뚝 하고 떨어지듯 격실로 들어가 아무도 모르게 빠져나온 점. 이 사실 자체가 사건을 해결하는 열쇠가 될지도 모릅니다."
황태자의 얼굴이 살짝 굳었다. 마리가 이야기하려는 점을 어렴풋이 눈치챈 것이다.
"마리, 네 말은 설마?"
"네, 대성당의 수많은 경비병의 눈을 속이는 것은 불가능합니다. 그렇게 하기 위해선 정말로 하늘에서 뚝 하고 격실로 떨어지는 수밖에 없습니다."

황태자는 굳게 입을 다물고 그녀의 말을 들었다.

"하지만 어느 곳도 통하지 않고 격실 안으로 들어가는 게 불가능한 것은 아닙니다. 격실 안으로 곧바로 연결되는 비밀 통로가 있다면, 그러면 가능합니다."

"……!"

"물론 대성당에 비밀 통로가 존재하는지, 아닌지는 아무도 모릅니다. 대성당은 무려 건축된 지 300년이나 지난 건물이니까요. 하지만 범인이 비밀 통로를 이용한 것이 아니라면 이 사건을 설명할 수가 없습니다."

마리는 무거운 목소리로 마무리를 지었다.

"따라서 저는 먼저 이 비밀 통로의 존재 유무를 확인해 봐야 한다고 생각합니다."

그녀의 말이 끝나고, 황태자는 깊은 침묵에 빠졌다.

'비밀 통로라. 그래, 황궁 가장 깊숙한 곳에 위치한 대성당이니 비밀 통로가 있을 수도 있겠지.'

원래 오래된 성에는 적의 침입으로 위기에 빠질 때를 대비해 비밀 통로를 마련해 놓는다.

'나도 이 황궁의 비밀 통로는 대부분 모르니까.'

황궁 비밀 통로의 위치는 오로지 황제와 황태자에게만 구두로 전승된다. 따라서 비밀 통로를 아는 것은 현 황제인 토른 2세와 전(前) 황태자인 1황자밖에 없었다. 라엘은 힘으로 황태자의 지위를 찬탈한 것이기 때문에 비밀 통로의 존재를 모르고 있었다.

"그래, 일리가 있는 말이군. 만약 정말로 비밀 통로를 이용한 거면, 범인을 추적할 결정적 단서가 될 테니까."

그는 마리의 눈을 바라보았다.

"마리."

"네, 전하."

"나는 네가 그 비밀 통로를 찾는 일을 해주었으면 좋겠구나."

"……!"

"다른 사람보다 네가 가장 적임일 것 같아. 해줄 수 있겠느냐?"

마리의 눈이 다시 한번 흔들렸다. 변함없는 그의 신뢰에 가슴이 울렁거렸다.

"……감사합니다, 전하. 최선을 다하겠습니다."

황태자는 자리에서 일어났다.

"그러면 곧바로 시작하지. 시간을 더 소요하면 범인이 영원히 도망가 버릴 수도 있으니."

마리는 비밀 통로를 찾는 일에 나섰다. 다만 주요 용의자의 신분으로 감옥을 벗어나 수사에 임하는 것에 대신들과 마찰이 있었는데, 황태자가 자신의 권한을 사용해 무마시켰다.

"모든 일의 책임은 내가 지겠다."

지고한 황태자의 책임. 그 한마디로 사람들은 입을 다물었다. 마리는 그가 자신을 위해 얼마나 큰 부담을 진 것인지 알기에 속으로 다짐했다.

'반드시 범인을 잡겠어. 나를 위해, 그리고 황태자 전하를 위해.'

대성당에는 그녀의 조사를 돕기 위해 친위대의 기사가 나와 있었다.

"격실은 이쪽입니다. 들어오십시오, 온 힐데른."

"감사합니다."

마리는 굳은 얼굴로 격실 안을 바라보았다.

'생각하자.'

그녀는 최대한 '꿈속 괴도'의 입장이 되어 생각하도록 노력했다.

'도둑을 제일 잘 아는 것은 바로 도둑이니까.'

그녀는 먼저 격실 전체를 꼼꼼하게 살폈다. 혹시나 비밀 통로의 흔적을 발견할 수 있을까 싶어서였다. 하지만 비밀 통로의 흔적은 전혀 보이지 않았다. 그녀는 '꿈속 괴도'였다면 이런 상황에서 어떻게 했을까 고민했다. 분명 먼지 털듯 무작정 찾지는 않았을 것이다.

그 순간이었다. 그녀의 머릿속에 비밀 통로를 찾을 방법이 번뜩 떠올랐다.

"공간!"

성당 관계자가 의아한 표정으로 물었다.

"공간이라고요? 무슨 말입니까, 온 힐데른?"

"혹시 이 성당에 구조도가 있나요?"

"워낙 오래된 건물이라 따로 전해져 내려오는 것은 없습니다만……?"

마리는 황태자에게 다급히 말했다.

"전하, 이 격실 안의 각 방들과 성당 전체의 구조도를 만들어야 할 것 같습니다."

"구조도?"

명민한 황태자는 마리가 무슨 말을 하는지 금방 깨달았다.

"그렇군! 구조도를 만들면 비밀 통로가 어디에 있는지 알 수 있겠군."

"네."

마리는 고개를 크게 끄덕였다.

"네, 계측했는데 구조도상 빈 공간으로 나오는 곳이 있다면 그곳이 바로 비밀 통로가 위치한 곳일 것입니다."

그녀가 지금 말하는 방법은 꿈속의 괴도가 고성의 비밀 통로를 찾을 때 사용하는 방법이었다. 황태자는 감탄한 표정을 지었다. 그녀의 말이 옳았다. 비밀 통로가 정말로 있다면 계측 시 덩그러니 빈 공간으로 표시될 것이다.

"훌륭하군. 좋은 생각이다. 지금 바로 시행하지."

황태자가 명을 내리자 일이 착착 진행되었다. 건물을 짓는 건축사들이 와서 성당 전체의 구조와 격실의 넓이, 천장, 각 면의 길이 등을 계측했고, 격실 안의 방들도 따로 계측하였다. 그렇게 오래 지나지 않아 구조도가 완성되었고, 그 구조도를 본 마리는 신음을 흘렸다.

"이곳에…… 빈 공간이……."

격실 왼쪽에 위치한 방 안쪽이었다. 그렇지 않아도 다른 방보다 좁은 편이었는데, 딱 사람 한 명이 지나갈 만한 넓이의 공간이 비어 있었다.

"기둥이 있을 위치는 아닌가?"

황태자가 빈 공간이 혹시 성당을 지탱하기 위한 구조물이 아닐지 물었다. 하지만 건축사들은 고개를 저었다.

"아닙니다. 건물 구조상 기둥이나 다른 구조물이 있을 곳은 아닙니다."

"그렇군. 그러면 역시 이곳이 비밀 통로인 것인가?"

황태자는 마리를 바라보며 말했다.

"그럴 가능성이 높을 것 같습니다."

그녀는 고개를 끄덕였다. 그런데 문제점이 있었다. 그냥 돌벽이라 어떻게 비밀 통로를 여는 것인지 알 수가 없었던 것이다.

'아니야. 분명 비밀 통로를 여는 장치가 있을 거야. 그것도 주변에. 눈에 띄지 않는 형태로.'

마리는 다시 '괴도'의 마음으로 돌아가 주변을 살폈다.

'비밀 통로는 위급 시에 사용하기 위해 만든 거야. 그러니 분명히 이

근처에 조작하기 쉬운 장치가 있을 거야.'

그 장치를 찾아야 했다.

그렇게 주변을 살피던 그녀의 눈에 이질적인 물건이 보였다. 바로 벽면에 매달린 촛대였다. 얼마나 오래된 것인지 철 전체가 녹슬어 있었다. 그런데 그녀는 그 촛대의 녹이 희미하게 떨어져 있는 것을 발견했다. 누군가 최근에 만진 듯한 흔적이다.

'혹시?'

그녀의 가슴에 '괴도'의 직감이 스쳐 지나갔다. 마리는 덥석 촛대를 잡았다.

"온 힐데른? 그건 건드리면 안 되는……."

갑작스러운 그녀의 행동에 성당 관계자가 당황했지만, 마리는 직감적으로 그 촛대를 아래 방향으로 확 잡아당겼다.

"온 힐데른?!"

성당 관계자가 놀라 소리를 높이는 순간!

드르륵.

조용한 소리와 함께 돌벽 일부분이 구멍을 드러냈다.

"……!"

모두가 깜짝 놀라 눈을 크게 떴다. 사람 한 명이 간신히 지나갈 만한 지하 통로가 있었던 것이다!

300년의 세월을 건너뛰어 발견된 비밀 통로의 존재에 황궁이 난리가 났다.

'정말로 비밀 통로가 존재했을 줄이야.'

황태자는 다시 한번 감탄하여 마리를 바라보았다. 이제는 새삼스러운 일도 아니지만 그녀를 보면 늘 감탄하게 된다. 그와 동시에 커지는 그녀를 향한 갈증. 그녀와 함께하고 싶다. 단순히 그녀의 재능이 뛰어나기 때문이 아니다. 라엘은 이렇게 그녀와 함께하는 것이 좋았다. 그녀와 대화를 나누는 것이 좋았고, 그녀가 능력을 보이는 것을 보는 것도 좋았다. 그녀의 모든 것이 좋았다. 계속해서 영원히, 아니, 단순히 함께 있는 것을 넘어. 끝없이 치밀어오르는 갈망에 라엘은 입술을 깨물었다.

'지금은 일단 마리의 누명을 벗기는 데 집중해야 해.'

그렇게 생각한 라엘은 물었다.

"비밀 통로에 범인이 지나간 흔적이 있는가?"

"네, 전하. 최근에 남겨진 것으로 보이는 흔적이 있습니다."

"그렇군. 범인은 정말로 이 통로를 이용해 성배를 훔친 거였어. 그래서 전혀 흔적을 못 잡은 거였고."

황태자는 생각에 잠겼다. 뭔가 석연치 않은 점이 떠올랐다.

'그런데 범인은 어떻게 이 비밀 통로의 존재를 알고 있었던 것이지? 누구의 조력을 받았길래 비밀 통로를?'

이 비밀 통로는 그도 모르는 것이었다. 토른 2세나 전(前) 황태자는 알고 있었을지도 모르지만, 그들이 범인에게 알려 줬을 가능성은 없다.

'어떻게 된 것인지 확인해 봐야겠군.'

그렇게 생각한 황태자는 마리와 함께 직접 비밀 통로로 들어가 보았다. 비밀 통로는 지하로 연결되어 있었는데, 굉장히 좁고 길었다. 한참이나 걸은 끝에 통로의 반대편으로 나올 수 있었다. 그곳은 익히 익숙한 장소였다. 황궁 동쪽 정원의 조각상 밑으로 연결되어 있었던 것이다!

"생각지도 못 했군. 이곳으로 비밀 통로가 연결되어 있다니."

라엘은 놀란 표정을 지었다. 동쪽 정원은 그가 일하는 사자궁 바로 옆에 위치한 정원이다. 범인은 그의 코앞을 지나가 범행을 저지른 것이다.

"범인은 이 근처에 숨어 있었을 가능성이 높겠군."

마리는 황태자의 추측에 고개를 끄덕였다.
“네, 저도 그렇게 생각됩니다.”
“이 근처라면…….”
황태자는 주변을 둘러보았다. 그가 머무는 사자궁이 보였고, 시녀들의 숙소가 보였다. 그리고 또 하나 눈에 들어오는 곳.
“……별궁도 확인해 봐야겠군.”
황태자는 차갑게 중얼거렸다.
별궁, 델피나인 레이첼이 머무는 곳이었다.

그 뒤 수사는 착착 진행되었다. 사자궁을 포함해 숙소의 시녀들, 델피나들의 별궁을 표적으로 수사의 포위망이 좁혀졌다.
“그런 이유로 실례해도 괜찮겠습니까, 영애?”
수사를 나온 친위대의 기사가 레이첼에게 말했다.
“네, 확인하셔도 괜찮습니다.”
레이첼은 잘못한 것이 없으니 거리낄 것 없다는 표정으로 말했다. 하지만 태연한 얼굴 뒤로 그녀의 가슴은 바싹바싹 타고 있었다.
‘어떻게 비밀 통로의 존재를 알아낸 것이지?’
상상도 못 했다. 비밀 통로의 존재를 밝혀내다니. 그 때문에 그녀는 단숨에 수사의 포위망에 들어오게 되었다.
‘아니야. 진정해, 레이첼. 아직 아무도 내가 내부 조력자인 것을 의심하지 않고 있어.’
그래도 천만다행이었다. 범인은 마침 오늘 오전 성배를 들고 황궁을 빠져나갔다. 만약 조금만 지체했다면 꼼짝없이 걸렸을 것이다.
‘괜찮아. 이제 들킬 가능성은 없으니 걱정하지 마.’
하지만 왜일까? 자꾸만 불안한 마음이 들어 레이첼은 초조한 표정을 지었다.

한편 사자궁과 별궁을 샅샅이 뒤지고 있는데도, 성배가 나타나지 않자 황태자와 마리는 다시 상의하였다.

"성배가 이미 황궁을 빠져나갔을 수도 있겠어."

"네, 전하. 그 가능성을 생각해야 할 것 같습니다."

그 대화에 재상 오른이 의문을 표했다.

"하지만 전하. 지금 황궁은 나는 새도 지나다니지 못할 만큼 엄중하게 폐쇄되어 있습니다. 그런데 어떻게 성배를 밖으로 빼돌린단 말입니까?"

오른의 지적은 옳았다. 하지만 황태자는 자꾸만 성배가 이미 황궁을 빠져나갔을 거란 느낌이 들었다.

"정말 없나?"

"네?"

"정말 빠져나갈 방법이 없느냐 말이야."

그 물음에 장내가 침묵에 잠겼다. 현재 황궁의 경계는 지극히 삼엄하다. 그런 경계를 뚫고 항아리만 한 성배를 들고 은밀히 도주하는 것은 아무리 전설의 대도라도 쉽지 않았다.

하지만 정말 불가능할까? 그들은 혹시나 자신들이 놓치고 있는 것은 없는지 생각에 빠졌다. 마리도 고민했다.

'이런 상황에서 황궁을 빠져나갈 수 있는 방법이 무엇이 있을까?'

그녀는 다시 한번 괴도의 마음이 되었다.

'내가 도둑이라면?'

신비한 꿈의 영향일까? 마리는 번뜩 생각이 떠올라 탄성을 뱉었다.

'그러고 보니 그 방법이 있어!'

"전하, 황궁을 빠져나갈 방법이 있습니다!"

"그게 뭐지?"

모두가 놀라 마리를 바라보았다.

"오물을 옮기는 잡부로 위장해 황궁을 빠져나가는 것입니다."

모두의 눈이 커졌다.

"오물을 옮기는 잡부?"

"네, 이렇게 경계 중이어도 황궁을 출입하는 사람들이 있습니다. 바로 식자재를 운반하는 운반인이나 오물을 옮기는 이들입니다."

그들은 그녀의 말을 알아듣고 침음을 흘렸다.

"그렇군. 오물을 옮기는 이라면 검문도 피했겠군."

"네, 아무리 검문을 한다고 해도 똥오줌이 가득한 오물통을 뒤져 보지는 않으니까요. 범인이 황궁을 빠져나갔다면, 바로 그 오물통에 성배를 숨기고 빠져나갔을 것입니다."

모두는 감탄한 얼굴을 하였다. 마리의 말이 옳았다. 그녀가 생각한 방법이라면 정말로 경계를 뚫고 성배를 밖으로 빼돌릴 수 있었다. 황태자는 무거운 목소리로 물었다.

"지금 당장 추적해 봐야겠군."

그는 명령을 내렸다.

"황실 기사단과 근위 기사단을 모두 움직이도록. 최근 오물을 들고 황궁을 빠져나간 이들의 신병을 모두 확보해라."

황태자의 명을 받은 기사들이 번개처럼 움직였다. 그들은 오늘 아침에 별궁의 오물을 들고 빠져나간 이들 말고도 최근 보급품을 들고 황궁을 들락거린 이들의 신병을 모두 확보했다. 이 과정에서 친위대의 단장 키에르한의 지휘가 빛을 발했다. 그의 탁월한 지휘 덕에 순식간에 처리할 수 있었다.

그리고 그 와중에 수상한 점이 눈에 띄었다. 다른 이들은 모두 신병을 확보하는 데 별문제가 없었지만, 오로지 한 명의 행적만 찾을 수가 없었던 것이다. 바로 오늘 아침에 별궁의 오물을 들고 황궁을 빠져나간 이였다. 황태자는 바로 그 인물이 범인임을 직감했다.

"무슨 일이 있어도 그놈을 잡아야 한다."

"알겠습니다!"

명을 받은 근위 기사단의 기사들이 크게 소리쳤다. 그때 키에르한이 황태자에게 말했다.

"저도 추격에 참가하는 것을 허락해 주십시오, 전하."

"그대가? 그대는 황궁에……."

황태자는 의아한 표정으로 말하다 키에르한의 표정을 바라보고 얼굴을 굳혔다. 키에르한은 돌처럼 딱딱한 표정으로 범인이 도주한 북쪽을 가만히 주시하고 있었다. 무언가 분노를 잔뜩 억누르고 있는 듯한 느낌이었다.

"알겠다. 다만 조건이 있다."

"무엇입니까?"

"마리를 함정에 빠뜨리게 한 놈이다. 절대 그냥 돌아오지 말도록."

"걱정하지 마십시오."

그는 자신의 흑마에 올라타며 답했다.

"그녀를 위해 절대 빈손으로 돌아오지 않을 테니."

추격이 시작되었다. 추격당하는 일꾼은 정체가 무엇인지, 기상천외한 도주 실력을 보였다. 추격대의 이목을 몇 번이나 속이며 이리저리 빠져나갔는데, 놓칠 뻔한 것이 한두 번이 아니었다. 추격대를 이끄는 인물, 키에르한이 아니었다면 분명 놓쳤을 것이다. 키에르한은 마리에게 보여 주던 부드러운 모습이 거짓말이었던 것처럼 한없이 차가운 눈빛으로 집요하게 추적을 이어 갔다.

'단장님이 왜 저러시지?'

'저런 모습도 있으셨나?'

동행한 기사들은 고개를 갸웃했다. 키에르한이 분노한 이유는 단 하나. 범인이 마리에게 악랄한 누명을 씌웠기 때문이다.

'절대 놓치지 않겠다.'

그런 집요한 추적 덕에 그는 결국 범인을 따라잡는 데 성공했다. 키에르한은 범인과 거친 급류가 흐르는 깎아 내린 절벽 위에서 마주했다. 하지만 결국 범인을 체포하는 데에는 실패했다. 범인이 최후의 순간 급류 밑으로 뛰어내렸기 때문이다.

"이런! 바로 뒤쫓도록!"

키에르한은 다급히 절벽 밑으로 내려갔다. 하지만 이미 절벽 아래로 내려갔을 때는 범인은 종적을 감춘 뒤였다. 의식을 잃고 급류에 휩쓸려 떠내려간 것인지, 아니면 무사히 중간에 탈출한 것인지 알 수가 없었다.

'이런. 마리 양을 음모에 빠뜨린 배후를 알기 위해서는 반드시 생포해야 했는데.'

키에르한은 낭패한 표정을 지었다. 그뿐이 아니었다. 성배를 훔치려 한 이유도 알아내야 했는데, 놓쳐 버린 것이다. 그래도 그나마 다행인 일이 있었다.

"단장님! 강 밑에서 성배를 발견했습니다!"

이번 사건에 가장 중요한 성배를 되찾은 것이다. 하지만 성배를 찾았음에도 키에르한은 어두운 표정을 풀지 않았다.

'그래도 범인을 잡았어야 했는데.'

사실 그에게는 성배의 행방보다도 범인의 정체가 중요했다. 그에게 있어 가장 중요한 것은 누가 마리를 음모에 빠뜨리려고 했는가였으니까.

'비록 도둑은 놓쳤지만.'

그는 낮게 중얼거렸다.

'누가 그녀를 해하려고 한 것인지 끝까지 추적해 내고 말겠다.'

황궁을 뒤집어 놓았던 성배 도난 사건이 일단락되었다. 사람들은 누명을 썼음에도 이번 사건을 해결하는 데 가장 큰 공을 세운 마리를 치켜세웠다.

"이번 일도 온 힐데른이 해결했다고 하던데요?"

"황태자 전하와 키에르한 각하가 아니고요?"

"네, 그분들도 공을 세우긴 했지만, 가장 결정적인 역할을 한 것은 그녀라고 하더라고요."

맞는 말이었다. 대성당의 비밀 통로를 발견하고, 성배가 외부로 빼돌려진 방법을 추측해 낸 것은 바로 마리였다. 물론 황태자와 키에르한의 조력이 없었다면 범인을 잡는 것이 불가능했겠지만, 가장 큰 공을 세운 것은 누가 뭐라고 해도 마리였다.

"대단하네요, 정말. 지난번 동방 교국과의 문제를 해결할 방법을 떠올린 것도 그녀가 아니었던가요?"

"맞아요. 황태자 전하께서 괜히 아끼시는 것이 아닌가 봐요."

황궁의 사람 모두가 마리에 대해 찬사를 뱉었다. 황태자가 그녀를 총애하는 것에 불만을 품고 헐뜯던 사람들도 그녀를 인정하게 되었다.

"지난번에 온 힐데른에 대해 안 좋게 이야기했던 것이 죄송하네요."

"그러게요. 저도 아무것도 모르고 험담을 했었는데."

"다음부터는 온 힐데른에 대한 이상한 소문은 듣지도 말아야겠어요."

또 이런 이야기를 하는 사람도 있었다.

"그거 알아요?"

"뭐가요?"

"온 힐데른이 사실은 황궁의 천사란 이야기가 있어요."

"정말요?"

황궁의 천사. 이전부터 유명한 존재였다.

"네, 가만히 생각해 보면 그녀와 딱 맞잖아요. 뭐, 정확한 것은 모르지만 정말로 황궁의 천사가 실존한다면 그건 온 힐데른이 아닐까 싶어요."

"하긴…… 그럴 수도 있겠네요."

사람들은 고개를 끄덕였다. 마리에 대해 감탄하고 칭찬하는 것은 궁인들뿐이 아니었다. 황태자도 크게 치하를 하였다.

"이번에도 그대 덕분에 또 문제를 넘길 수 있었구나. 고맙다."

마리는 화들짝 고개를 저었다.

"아닙니다, 전하. 모두 전하께서 저를 믿어주시고 이끌어주신 덕분입니다."

마리의 말은 빈말이 아니었다. 실제로 황태자가 그녀를 믿어주지 않았다면, 이끌어주지 않았다면 마리는 아무것도 못 했을 테니까.

"전하 덕분에 부족한 능력이나마 보탬이 될 수 있었습니다."

그녀는 그렇게 감사를 표했다.

황궁의 분위기가 풀리고 마리가 이리저리 칭찬을 듣고 있을 때, 두려움에 벌벌 떨고 있는 사람이 있었다. 이 일을 획책했던 레이첼이었다.

'어떻게 하지? 어떻게 하지? 나까지 들킨 것은 아니겠지?'

아무도 없는 자신의 방에서 손톱을 깨물며 레이첼은 중얼거렸다.

'만약 들키면 끝이야.'

설마 이 완벽한 음모가 실패로 돌아가다니. 상상도 못 했다. 초조함에 물든 그녀의 모습에 평소의 우아함은 온데간데없었다.

'키에르한 후작이 조사하고 있다던데. 내가 관여했다는 것을 들키면 그때는 어떻게 하지?'

성배를 훔쳤던 범인은 서제국의 요하네프 3세가 보낸 전문적인 도둑이었다. 레이첼은 그 도둑이 자신의 별궁에 오물을 나르는 일꾼으로 황궁에 입궁할 수 있도록 도움을 주었다.

'키에르한 후작이 내가 관여했단 사실을 밝혀내지 못할 리가 없어.'

레이첼은 키에르한 후작을 떠올렸다. 누구에게나 친절한 태도를 보이는 그이지만, 결단코 물렁한 인물이 아니었다. 오히려 적에게는 지극히 무서운 인물이었다.

'아니야. 진정해, 레이첼. 만약 들키더라도 잡아떼면 돼. 그 일꾼이 도둑인지는 전혀 몰랐다고. 실제로 그 일꾼을 추천한 것은 내가 아니니까.'

틀린 생각은 아니었다. 그녀는 요하네프 3세의 연락을 받아 그 도둑이 별궁의 일꾼으로 들어오는 것을 허락했을 뿐이다. 그러니 전혀 몰랐다고 잡아떼면 뭐라고 할 증거가 없었다.

'그래, 그렇게 하자. 침착해, 레이첼. 괜찮을 거야.'

그렇게 생각한 레이첼은 마음을 가다듬었다. 마침 그 순간이었다. 거친 소리가 그녀의 방 밖에서 울렸다.

"이스트반 백작가의 레이첼 영애는 밖으로 나오십시오!"

"……!"

레이첼은 올 것이 왔다는 것을 직감했다. 그녀는 최대한 차분히 마음을 가다듬으며 손님들을 맞았다.

"무슨 일이죠?"

그들은 황실친위대의 기사였다. 기사는 차갑게 그녀를 바라보더니 짧게 말했다.

"금번에 있었던 성배 도난 사건으로 조사할 것이 있으니, 지금 당장 사자궁으로 오십시오."

사자궁에는 황태자와 재상 오른이 기다리고 있었다. 조사를 담당했던 키에르한은 무슨 이유에서인지 보이지 않았다.

"왜 그대를 불렀는지 아는가?"

레이첼은 황태자의 말을 듣는 순간, 이미 모든 것을 조사한 뒤란 것을 깨닫고 바로 무릎을 꿇었다.

"죄송합니다, 전하. 차마 입에도 꺼내기 힘든 참담한 일이오나, 범인이 제가 관리하는 별궁의 일꾼으로 위장해 들어왔다는 이야기를 들었습니다. 아무것도 모르고 도둑을 황궁으로 불러들인 죄, 어떤 벌이라도 달게 받겠습니다."

레이첼은 울먹이며 죄를 고했다. 정말 자신은 아무것도 몰랐다는 괴로운 모습이었다. 아름다운 그녀가 눈물을 글썽이며 고개를 숙이는 모습은 그 어떤 사내의 가슴이라도 울릴 만큼 안타까워 보였다. 하지만 그녀에게는 불행하게도 이 자리에 그런 것에 흔들리는 남자는 아무도 없었다.

"정말 몰랐나?"

황태자가 나직이 물었다. 레이첼은 더욱더 고개를 밑으로 숙였다.

"네, 전하. 능력이 부족하여 밑의 일꾼들이 누구인지는 일일이 확인하지 못하였습니다. 그저 아랫사람을 믿고 큰 문제없으리라 생각하고 승인하였습니다."

거짓말이었다. 하지만 그녀가 이렇게 잡아떼는 한, 아무도 확인할 길이 없었다.

"그런가?"

"네, 전하. 별궁의 관리자로서 일꾼들의 상세한 점을 꼼꼼히 확인하지 못한 것 정말 사죄드립니다. 어떤 벌을 내려도 달게 받겠습니다."

그렇게 이야기한 레이첼은 가슴이 쿵쾅쿵쾅 뛰었다. 황태자가 어떻게 반응할 것인가? 자신의 이야기를 듣고 그냥 넘어가 줄 것인가? 아니면?

"……."

황태자는 잠시 아무 말이 없었다. 레이첼에겐 천년만년처럼 느껴지는 시간이 지나가고, 이윽고 그가 입을 열었다.

"알겠다. 허드렛일하는 일꾼들을 네가 일일이 직접 확인하기는 어려웠겠지."

"……!"

레이첼은 얼굴이 환해졌다. 놀랍게도 황태자가 그녀의 결백을 믿어준 것이다.

"하지만 별궁을 관리하는 책임자로서 이번 일에 책임이 아예 없다고 할 수는 없다. 당분간 근신하고 자중하도록."

"감사합니다, 전하."

근신이야 벌도 아니다. 위기를 벗어난 레이첼은 웃음을 짓고 싶은 것을 간신히 참으며 고개를 숙였다.

"그만 물러가도록."

"네, 전하."

레이첼이 물러가자 황태자는 힐끗 고개를 돌려 뒤편을 바라보았다.

"어떻게 생각하나, 후작?"

그러자 라엘의 뒤편에서 서늘한 목소리가 들려왔다.

"가증스럽군요."

키에르한이었다. 그는 분노가 섞인 표정으로 말했다.

"저런 태연한 태도라니. 정말 가증스럽습니다."

황태자는 피식 웃었다.

"그렇지. 저 레이첼이 도둑을 도운 조력자인 것은 거의 확실한데 말이야."

레이첼에게는 소름 끼치게도 그들은 모든 것을 간파하고 있었다. 그 이유는 간단했다.

'함정에 빠뜨릴 만큼 마리에게 악감정을 가지고 있는 인물은 거의 없지.'

만약 레이첼이 마리를 함정에 빠뜨리지 않았다면 그들도 그녀를 의심하지 못했을 것이다. 도둑이 그녀의 별궁의 일꾼으로 위장하긴 했지만, 그것만으로 그녀를 용의자로 모는 것은 무리가 있었다. 하지만 마리를 함정에 빠뜨릴 만큼 악감정을 가지고 있으면서, 도둑을 별궁에 들어올 수 있도록 조력해 줄 수 있는 인물은 레이첼 단 한 명밖에 없었다.

"문제는 심증은 확실한데, 명확한 증거가 부족하군."

황태자는 나직이 중얼거렸다.

"그냥 잡아들여서 심문해 볼까?"

오른이 흠칫 놀라 고개를 저었다.

"그, 그건…… 이스트반 백작가의 영애를 명확한 증거도 없이 심문할 수는……."

"증거야 심문하다 보면 나오겠지. 그녀가 어떤 이유로 성배를 훔치는 데 도움을 주었는지도 밝혀지겠고. 어떻게 생각하지, 후작?"

그런데 의외로 키에르한은 고개를 저었다. 황태자는 의아한 목소리로 물었다.

"어째서지?"

"억지로 자백을 받아서는 제대로 된 처벌을 할 수 없기 때문입니다."

"……!"

키에르한은 딱딱한 얼굴로 말했다.

"그거 아십니까, 전하?"

"무슨 말이지?"

"전 마리 양을 정말로 소중하게 생각하고 있습니다. 제가 왜 이런 마음을 가지게 되었는지 의아할 정도로요."

진중한 목소리에 황태자는 입을 다물었다.

"그런 소중한 이가 큰 위기에 빠질 뻔했습니다. 마리 양이 누명을 썼을 때 제가 어떤 참담한 마음이 들었는지 전하는 모르실 것입니다."

키에르한은 천천히 말을 이었다.

"그런 만큼 전 이번 일을 대충 넘어갈 생각이 없습니다. 명확한 증거로 배후까지 확실히 밝혀 반드시 제대로 된 처벌을 받게 할 것입니다."

그가 말을 마친 후, 집무실에는 침묵이 감돌았다. 황태자는 무거운 얼굴로 키에르한을 바라보았고, 키에르한 역시 그를 마주 바라보았다. 옆에 있는 오른의 가슴이 조마조마해질 정도로 날카로운 시선이었다.

"마리를 소중히 여기는 것은…… 나도 마찬가지다."

"그렇습니까?"

키에르한이 반문했다.

"그런데 왜 또 이런 일이 생겼는지 모르겠군요."

철가면 아래 황태자의 얼굴이 딱딱하게 굳었다. 이번 일도 결국 그가 마리를 총애하기 때문에 생긴 일이다. 키에르한은 화를 억누르는 듯한 목소리로 말했다.

"지난번 말씀드렸다시피, 그녀를 가벼운 마음으로 대하지 말아주십시오."

"……."

"그러면 이만."

이윽고 키에르한이 짧게 인사하며 집무실을 나갔고, 황태자는 그가 나간 자리를 한참이나 지켜보았다. 키에르한이 남긴 말들이 그의 가슴을 다시 휘저었다.

"가볍게 여기지 말라고?"

황태자는 입술을 깨물었다.

"그녀를 생각하는 것만으로도 이렇게나 가슴이 터질 것 같은데, 가볍게 여길 수 있을 것 같아?"

그는 중얼거렸다.

"웃기지 마."

그 뒤 약간의 시간이 흘렀다. 날씨가 조금 더 추워졌고, 황궁에는 아무도 모르는 사이 뒤편으로 날카로운 기운이 흘렀다.

황태자는 레이첼을 은밀히 눈여겨보았다.

'이유 없이 성배를 훔치는 일에 도움을 주지 않았겠지. 분명 뒤에 배후가 있어. 그걸 알아내야 해.'

사실 레이첼보다도 중요한 것은 그녀 뒤에 있을 진정한 배후였다. 라엘은 속으로 중얼거렸다.

'기다리다 보면 분명 빈틈을 드러낸다. 그때는 지난번처럼 놓치지 않아.'

그렇게 생각하던 라엘은 문득 깊은 한숨을 내쉬었다. 얼마 전 키에르한이 자신에게 던지고 간 말이 떠올랐던 것이다. 그의 시선에 서류를 정리하고 있는 소녀의 모습이 들어왔다.

'마리.'

그녀를 보고 있으니 가슴이 답답해져 왔다.

"전하? 시키실 일이라도 있으신지요?"

마리는 그가 자신을 가만히 바라보자 의아한 표정을 지었다.

"아니다. 아무것도."

그는 고개를 저으며 속으로 씁쓸한 표정을 지었다.

'넌 내가 너에 대해 어떤 생각을 하고 있는지 꿈에도 모르고 있겠지.'

시간이 지날수록 그녀를 향한 마음은 점점 커져 이제는 도저히 어떻게 해야 할지 알 수 없는 지경이 되어버렸다.

'함께하는 것만으로는 참을 수가 없어.'

그래, 참을 수가 없었다. 이 갈망과 갈증은 그녀의 모든 것을 원하고 있었다. 간절히, 미치도록.

'내 개인적인 감정은 중요하지 않다고 생각해 왔는데……."

라엘은 괴로운 얼굴로 생각했다.

'이 마음은 도대체 어떻게 해야 한단 말인가?'

그렇게 그가 괴로워하고 있을 때, 새로운 행사가 다가왔다. 바로 겨울을 맞이하기 전의 황궁 연례행사인 늦가을 사냥이었다.

"이번 사냥 장소는 수도 남쪽 지팡 산맥의 아르트 숲이죠?"

"네, 매번 맹수가 많이 나오는 곳이니까요."

"기사님들이 많이 다치지 않았으면 좋겠네요."

시녀들은 곧 있을 대규모 사냥에 대해 두런두런 떠들었다. 황궁의 연례행사인 늦가을 사냥은 귀족의 유희를 위한 것이 아니었다. 오히려 그 반대. 맹수가 많이 출몰하는 지역을 지정해 대규모 소탕을 하여 맹수로 인한 백성들의 피해를 줄이고, 기사단의 훈련을 겸하기 위한 동제국의 오래된 전통이다.

"이번에는 델피나분들도 동행하시겠죠?"

"당연히 그렇겠죠. 간택 기간 중 거의 마지막 행사니까요."

"벌써 그렇게 되었네요."

시녀 중 한 명이 말했다. 사냥이 끝나면 겨울이 되고 간택 경합도 끝이 난다. 이제 두 후보 중 한 명이 최종적으로 황태자비로 선택될 것이다. 그런데 누군가 고개를 갸웃하며 말했다.

"두 분 중 누가 황태자비가 되실까요? 지금 분위기로 봐서는 전혀 짐작하기가 어려워서."

"그러게요."

다른 시녀들도 그 말에 동의했다. 누가 황태자비가 될지 전혀 짐작할 수 없었다. 둘의 경합이 치열해서가 아니었다. 오히려 반대로 둘 모두 황태자와 전혀 가깝지 않아 누가 황태자비가 될지 짐작할 수가 없었다.

"열심이시던 아리엘 공녀 저하도 왜인지 최근에는 아무런 활동이 없으시고, 레이첼 영애도 그렇고. 어떻게 될지 모르겠네요."

"이러다 정말 온 힐데른이 황태자비가 되는 것은 아니겠죠?"

누군가 마리를 이야기했다. 하지만 대부분 그 의견에는 반대했다.

"에이, 아무리 전하께서 그분을 총애하신다지만 그건 아니겠죠."

"그래요. 전하께서 어떤 분인데. 제국에 이득이 될 권세 있는 가문의 여식을 선택하시겠죠."

대부분의 사람은 그렇게 생각했다.

시간이 지났고, 수도 남쪽 지팡 산맥의 아르트 숲으로 사냥을 떠나는 날이 다가왔다. 사냥을 인솔하는 자가 황태자였기에 마리도 당연히 따라가게 되었다. 다만 의외로 키에르한은 황궁에 남게 되었다. 그건 그가 황제를 수호하는 친위대의 단장이기 때문이다.

"꼭 조심하셔야 합니다. 지팡 산맥은 맹수가 많이 출몰하니 절대 위험한 곳으로는 가지 마십시오."

사냥을 떠나기 전날, 마리는 키에르한을 만났다. 키에르한은 마리가 걱정되는지 몇 번이고 당부의 말을 하였다.

"걱정하지 마세요, 각하. 어차피 제가 사냥하는 것도 아닌데요, 뭘."

"그래도 위험할 수 있으니 꼭 조심하십시오. 막사 밖으로는 절대 벗어나지 마십시오."

마리는 웃음을 지었다. 키에르한의 모습이 왠지 엄마가 아들을 걱정해 주는 모습 같았던 것이다.

"제가 같이 가야 하는데."

키에르한은 정말 속상한 목소리로 말했다. 마리는 미소 지으며 고개를 저었다.

"정말 조심할 테니 걱정하지 마세요. 제가 이렇게 약속해 드릴게요."

마리는 새끼와 엄지손가락을 내밀었다. 키에르한이 무슨 뜻인지 몰라 의아한 표정을 짓자, 그녀는 설명했다.

"이렇게 새끼손가락을 걸고, 엄지손가락을 맞대 약속을 하는 것이에요."

그 설명에 키에르한은 부드러운 미소를 지었다.

"그렇군요. 그러면 꼭 조심하는 걸로 약속하는 것입니다."

"네, 약속."

그의 손가락과 그녀의 손가락이 맞닿았다. 어릴 때 친구들 사이에 흔하게 하는 약속 표시지만, 그와 하니 왠지 좋은 느낌이 든다고 그녀는 생각했다. 그렇게 약속한 후, 키에르한은 한 가지 부탁을 더 했다.

"그런데 언제쯤 저를 키엘이라 불러 주실 것입니까?"

"아……."

마리는 고민하더니 결국 말했다. 사실 후작인 그의 이름을 부른다는 것은 말도 안 되는 일이었지만, 왠지 이제는 그래도 될 것 같은 친근감이 들었다.

"……키엘 님."

그렇게 부르자 왠지 간질간질한 느낌이 들어 고개를 숙이려는 순간이었다. 키에르한이 한없이 기쁜 표정을 지어 마리는 살짝 놀랐다.

"좋군요."

"네?"

"마리 양이 제 이름을 불러 주니, 더 가까워진 것 같아 좋습니다."

그 말을 들은 마리는 이유 없이 얼굴이 살짝 붉어졌다. 그에게서는 항상 자신을 아껴 주는 마음이 느껴졌다. 물론 그녀도 그가 좋았다.

"네, 저도 좋아요."

키에르한에게 했던 말과 다르게 마리도 나름 이번 사냥을 걱정하고 있었다. 다만 그녀 본인에 대한 걱정이 아니라 사냥에 직접 참가할 사람들에 대한 걱정이었다.

'혹시 사냥 중 다치는 사람은 없겠지? 황태자가 다친다든지, 알몬드 자작님이 다친다든지.'

이번 사냥은 유희를 위한 사냥이 아니다. 실전을 겸한 사냥이니, 당연히 부상자가 나온다. 마리는 혹시나 자신에게 가까운 인물이 다칠까 걱정이 들었다.

'내가 황태자를 걱정하다니.'

그녀는 문득 그런 마음이 들어 실소했다. 살다가 설마 그를 걱정하게 되는 날이 올지는 몰랐다. 완전히 쥐가 고양이를 생각해 주는 격이었다.

'그래도 다치는 것을 보고 싶지는 않은걸.'

그녀는 잠자리에 들기 전, 짧게 기도했다.

'주여, 이번 사냥 때 제 주변의 누구도 다치는 일 없이 무사히 끝나게 해주시옵소서.'

걱정하며 잠든 탓일까. 사냥을 출발하기 전날 밤, 그녀는 또 꿈을 꾸었다. 그런데 꿈속의 내용이 심상치가 않았다.

'저건?'

꿈속 주인공은 굳은 얼굴의 사내였다. 한 손에 활을 들고 있었는데, 활활 타오르는 눈동자에 고통과 고뇌, 분노가 뒤섞여 있었다. 그리고 그 남자 앞에 서 있는 소년.

「아버지, 저는 괜찮아요.」

그런 소년을 보며 꿈속 남자는 안타깝게 외쳤다.

「제미!」

제미라 불린 남자의 아들 머리 위에는 사과가 올려져 있었다. 그 옆에는 야비한 인상의 귀족 사내가 미소를 짓고 있었다.

「어떤가? 천하의 자네라면 아들 머리 위에 있는 사과도 아무런 문제 없이 맞출 수 있을 것 같은데? 재미있군. 안 그런가, 텔?」

꿈속 남자는 귀족의 말에 이를 바득 갈았다. 분노와 고통으로 그의 손이 부들부들 떨렸다.

'맙소사.'

마리는 꿈속의 상황을 바라보고 손을 떨었다. 지금 꿈속 남자는 아들 머리 위에 올려진 사과를 활로 쏘아 맞히라는 명령을 받은 것이다.

「너희를 절대 용서하지 않으리.」

남자는 이를 악물며 활시위를 당겼다. 그리고 펼쳐지는 신기에 가까운 솜씨! 남자의 손을 떠나간 화살은 정확히 아들의 머리 위에 올려진 사과를 꿰뚫었고, 장내가 안도의 함성으로 뒤덮였다.

마리는 심각한 표정으로 꿈에서 깨어났다.

"이게 무슨 꿈이지? 궁수가 되는 꿈이라니?"

꿈의 의미는 명확했다. 그녀에게 궁수의 능력을 주는 꿈이다. 하지만 왜 하필 사냥터에 가기 직전에 이런 능력이?

'난 사냥에 참가할 예정이 아닌데.'

그녀는 시녀다. 당연히 사냥에 참가하지 않는다. 그런데 궁수의 꿈이라니. 도대체 무슨 의미란 말인가?

'사냥터에서 도대체 무슨 일이 생길 예정이길래?'

그녀는 굳은 표정으로 생각했다.

마리의 걱정을 뒤로하고 사냥이 시작되었다.

두웅!

"와아!"

커다란 북소리와 함께 기사단이 함성을 내질렀고, 철가면을 쓴 황태자가 칼을 높게 쳐들며 외쳤다.

"사냥을 시작한다. 잡은 맹수의 숫자대로 상급을 지급할 테니, 모두 최선을 다하도록!"

"알겠습니다! 제국과 전하께 영광을!"

황태자를 선두로 무장한 기사들이 숲으로 돌진했다. 곧 몰이꾼이 멧돼지를 유인해 왔고, 선두에서 말을 몰던 황태자가 화살을 쏴 단번에 관통시켰다.

"와아! 황태자 전하 만세!"

그 모습을 본 기사들이 함성을 질렀고, 본격적인 사냥이 시작되었다. 한편 시녀들은 후방 안전한 곳에 남아 사냥을 마치고 돌아올 기사들을 맞을 준비를 하였다.

"이번에 가장 많은 맹수를 잡을 기사님은 누구일까요?"

"근위 기사단의 단장 알몬드 자작님 아니실까요?"
"남부의 호른 경도 실력이 대단하시다던데."
"에이, 당연히 황태자 전하시겠죠."
시녀들은 손을 놀리며 수다를 떨었다. 이번 사냥은 근위 기사단뿐 아니라, 여러 기사단의 합동 작전이라 쟁쟁한 기사가 많았다. 시녀들은 누가 과연 최고의 공을 세울까 떠들었다.
누군가가 마리에게 물었다.
"예작님께서는 누가 제일 사냥감을 많이 잡을 것 같아요? 당연히 황태자 전하시겠죠?"
"……아무도 안 다쳐야 할 텐데요."
"네?"
생각에 잠겨 있다 자신도 모르게 답한 마리는 본인이 말실수했다는 것을 깨달았다.
"아, 아니…… 아니에요. 전 다른 곳에 가서 일 볼게요."
시녀들이 의아한 표정을 지었으나, 마리는 걱정 때문에 잡담을 나눌 기분이 아니었다. 그녀는 아무도 없는 곳에서 한숨을 내쉬었다.
'그냥 내 걱정이 기우였으면. 하필 사냥터에 나오기 전에 그런 꿈을 꿔서.'
그때 그녀는 의외의 사람을 만났다.
"온 힐데른?"
흑발의 도도한 미녀, 아리엘 공녀였다.
"아리엘 공녀 저하를 뵙습니다."
마리는 그녀가 또 괜한 시비를 걸지 않을까 걱정이 들었다. 그런데 아리엘은 의외의 반응을 보였다.
"네, 안녕하세요."
아무런 시비 없이 꾸벅하고 인사를 받아준 것이다. 그것도 마리에게 예까지 갖추어서! 생각 외의 반응이어서 마리는 얼떨떨한 표정을 지었다.

'그러고 보니 최근 굉장히 조용하게 지내셨지.'

이전에는 하루가 멀다고 그녀가 부리는 소란을 전해 들을 수 있었는데, 요즘에는 별다른 이야기를 들은 적이 없었다.

'무슨 심경의 변화가 있으셨나?'

마리는 아리엘의 안색을 살폈다. 여전히 도도한 인상이긴 했지만, 늘 눈가에 머물던 마리를 깔보는 빛이 사라져 있었다.

'뭐지?'

그때, 아리엘이 말했다.

"그러면 수고하세요."

"아, 네. 감사합니다, 공녀 저하."

마리는 멀어지는 그녀를 고개를 갸웃하며 바라보았다. 그리고 다른 일을 하고 있는데, 마리는 또 한 명의 인물과 마주쳤다. 레이첼이었다.

"수고하시네요, 온 힐데른."

"아, 네."

마리는 얼굴을 굳히며 인사를 받았다.

'무슨 속셈이지?'

마리도 레이첼이 지난 도난 사건의 유력한 용의자란 것을 알고 있는지라 미심쩍은 마음이 들었다.

'혹시 이번 사냥터에서 일어날 일이 레이첼 영애와 연관이 있는 것은 아니겠지?'

그런 생각이 들었으나, 레이첼은 평소의 부드러운 모습 그대로 일상적인 이야기만을 꺼낼 뿐이었다.

"날씨가 많이 쌀쌀하네요. 감기 조심하시고요."

"……네, 감사합니다."

"그러면 다음에 뵐게요. 수고하세요."

레이첼은 고개를 숙인 후, 자신의 막사로 들어갔다. 마리도 그녀와 지나친 후 자신의 볼일을 보러 사라졌다. 그런데 머릿속이 워낙 복잡해서일까? 마리는 자리를 떠날 때 자신을 남몰래 바라보던 레이첼의 눈빛을 미처 확인하지 못했다. 섬뜩할 만큼 차가운 눈빛이었다.

늦은 오후가 된 후, 사냥에 나섰던 기사들이 막사로 복귀했다. 역시나 가장 많은 맹수를 사냥한 것은 황태자였다. 그는 맹수들의 피로 젖은 망토를 펄럭이며 명했다.

"모두 수고했다. 내일도 고된 일정이 될 테니, 다친 자는 상처를 치료하고, 충분히 먹고 푹 쉬도록."

"알겠습니다, 전하!"

기사들은 우렁찬 함성으로 답했다. 그 모습을 보며 마리는 속으로 안도의 숨을 내쉬었다.

'다행히 아무 일도 없었구나.'

곧 진영이 시끌벅적해졌다. 시종들은 기사들이 잡아온 맹수들의 가죽을 분리하고, 장작에 불을 붙여 구이 요리를 시작했다.

오늘 온종일 고생한 기사들은 약간 풀어진 얼굴로 모닥불 주위에 옹기종기 앉아 음식과 가벼운 술을 마셨다. 따뜻한 모닥불에 멧돼지 구이, 가벼운 술도 있으니 자연스레 분위기가 흥겨워졌다. 맹수를 잡는 사냥도, 전쟁을 나온 것도 아니니, 라엘도 흥겨운 분위기를 막지 않았다.

"내일도 사냥에 나서야 하니, 조금씩만 마시도록."

"알겠습니다! 명심하겠습니다!"

주의시킨 라엘은 그를 위해 설치된 막사로 들어갔다.
"오늘 하루 고생하셨습니다."
막사 안에는 그의 전속 시녀 마리가 그를 기다리고 있었다.
"식사하시겠습니까, 아니면 먼저 씻으시겠습니까?"
그런데 그의 반응이 이상했다. 푸른 눈으로 가만히 그녀를 바라만 볼 뿐, 아무런 대답이 없었다. 마리는 고개를 갸웃하고 물었다.
"전하?"
"……아니다."
라엘은 한참을 가만히 있다가 고개를 저었다.
"먼저 간단히 씻도록 하지."
"네, 그러면 바로 준비하겠습니다."
마리는 어딘지 이상한 라엘의 모습에 의아했으나, 크게 신경 쓰지 않고 그가 씻을 준비를 하였다.
한편 라엘은 그런 그녀의 모습을 보며 속으로 길게 한숨을 내쉬고 있었다.
'하아, 미치겠군.'
그가 한숨을 내쉬는 이유는 늘 그렇듯 똑같았다. 그녀를 향한 자신의 마음 때문이었다.
'고작 한나절 보지 않았다고 이런 마음이 들다니.'
사냥을 시작할 때만 해도 그는 기분이 좋았다. 그렇지 않아도 최근 머리가 복잡했는데, 외유를 나와 사냥을 하니 기분이 전환되었다. 그는 모든 생각을 비우고 사냥에 몰두했다.
하지만 그렇게 몇 시간이나 지났을까? 라엘은 자꾸만 허전한 기분이 들어 고개를 갸웃하다가 한 가지 사실을 깨달았다. 최근 늘 그의 곁에 붙어 있던 마리가 없었던 것이다. 라엘은 그 사실을 깨닫고 어이없는 기분이 들었다. 아니, 아예 멀어진 것도 아니고 고작 한나절 떨어져 있는 건데 허전함이라니? 자신이 미쳤다고 생각하며 그는 일부러 사냥에 더욱더 몰두했다. 자꾸만 떠오르는 그녀의 생각을 떨치기 위해.

하지만 떨치려고 하면 떨치려 할수록 계속해서 그녀가 생각났다. 지금 막사 안에서 무엇을 하고 있을지, 밥은 먹었을지, 무슨 생각을 하고 있을지, 혹시 날 생각하고 있지는 않을지. 그녀에 대해 별의별 생각이 다 났고, 그 생각은 결국 하나로 귀결됐다.

보고 싶다.

고작 한나절 떨어져 있던 것이지만 그녀가 보고 싶었다. 그것도 간절히. 우스운 일이었다.

그때, 그의 마음속 깊은 곳에서 목소리가 들렸다.

'인정해. 넌 그녀에게서 벗어날 수 없어.'

그래, 그럴지도 모른다. 이미 그의 마음은 모두 그녀에 대한 것으로 뒤덮여 있었으니까.

그때, 마리가 라엘에게 다가왔다.

"씻을 준비가 다 됐습니다. 갑옷을 벗겨 드리겠습니다."

그 말에 라엘은 흠칫한 표정을 짓고 고개를 저었다.

"됐다. 내가 벗겠다."

그는 지금 숲에서 기동하기 쉬운 가죽 갑옷을 입고 있었다. 갑옷의 구조상 벗기려면 그녀의 손이 그의 몸에 닿아야 한다. 그에게 곤혹스러운 일이 될 게 뻔해 거절한 것이다.

"전하께서요?"

하지만 마리는 얼떨떨한 표정을 지었다.

"손이 안 닿지 않으십니까?"

"……."

라엘은 입을 다물었다. 마리의 말이 옳았다.

'젠장, 왜 갑옷을 이런 식으로 만든 거야. 혼자 벗을 수 있게 만들었

어야지.'

결국, 그녀의 손이 갑옷의 끈을 풀기 위해 그의 어깨에 닿았고, 그녀의 손의 감촉을 느끼는 순간 라엘은 자신도 모르게 움찔했다.

"전하? 혹시 불편하신지요?"

불편하다. 아주 불편하다. 라엘은 그녀의 손이 자신의 몸에 닿을 때마다 움찔움찔 곤혹스러웠지만, 침음을 삼키며 참을 수밖에 없었다.

"괜찮다. 최대한 빨리 벗기도록."

"네, 알겠습니다."

마리는 잔뜩 불편해 보이는 그의 표정에 자신이 무언가 실수했나 고민하며 그의 갑옷을 벗겼다. 드디어 갑옷이 다 벗겨져 그녀의 손이 자신에게서 떨어지자 라엘은 안도의 한숨을 내쉬었다.

'이제 됐군. 나머지는 내가 하면 되니…….'

하지만 그의 수난(?)은 아직 끝나지 않았다.

"전하, 이 상처는?"

갑옷을 벗은 후 팔뚝에 새겨진 기다란 상처에 마리가 눈을 크게 뜬 것이다. 라엘은 대수롭지 않다는 듯 대답했다.

"아, 늑대의 발톱에 긁혔을 뿐이다. 큰 상처는 아니니 신경 쓰지 않아도 된다."

사실 이 상처는 중간에 그녀 때문에 딴생각에 빠져 있다가 실수로 입은 것이다. 다행히 깊지 않았고, 가만히 내버려 두어도 될 것 같아 라엘은 막사 안쪽에 마련된 욕조로 그대로 씻으러 들어가려 했다. 하지만 마리가 그를 붙들었다.

"안 됩니다, 전하! 제대로 치료를 해야 합니다."

"괜찮다. 그냥 놔둬도 돼."

마리는 고개를 저었다.

"절대 안 됩니다. 그냥 놔두었다가 상처가 곪기라도 하면 큰일 납니다."

결국, 황태자는 고개를 끄덕였다.

"알겠다. 상처 소독은 내가 하도록 하지."

"제가 해드리겠습니다."

상처 소독은 당연히 시녀인 그녀가 할 일이었다. 하지만 라엘은 아까 전 자신에게 닿았던 그녀의 손의 느낌을 떠올리며 화급히 고개를 저었다. 상처를 닦고 소독하며 붕대를 감다 보면 당연히 그녀의 손이 그의 맨살에 닿게 된다. 옷 위로 닿는 것도 견디기 힘들었는데, 맨살이라니? 절대 안 됐다.

"안 돼. 그냥 내가 하겠다."

강하게 거부했으나, 결국 소독은 마리가 하게 되었다. 상처가 난 곳이 뒤편이라 라엘이 스스로 하기에는 어려운 위치였기 때문이다. 라엘은 소독을 위해 내의를 제외하고 상의를 벗고 마리의 앞에 앉았다. 겉으로 봤을 때 호리호리해 보이던 것과 다르게 그의 몸은 탄탄한 근육으로 덮여 있었다.

"그러면 실례하겠습니다."

그의 바로 옆에 앉아 약을 꺼낸 마리는 소독을 시작했다.

"불편하시면 바로 말씀해 주세요."

"……괜찮다."

이전 요하네프 3세의 심정지를 구조할 당시 의무병의 꿈을 꾸었던 덕에 그녀의 상처 처치 솜씨는 훌륭했다. 먼저 주위를 깨끗이 닦고, 상처를 자극하지 않게 부드럽게 소독하고, 붕대를 감기 시작했다. 부드러우면서도 꼼꼼한 처치였다. 특히 다른 사람도 아닌 황태자의 몸인지라 그녀는 더욱 공을 들였다.

한편 그 처치를 받는 황태자는 빨개진 얼굴로 눈을 질끈 감고 있었다.

'돌겠군. 언제 끝나는 거지?'

그녀의 손길이 맨살에 스칠 때마다 아찔한 기분이 들었다. 바로 옆에서 느껴지는 그녀의 체향에 정신을 차릴 수가 없었다. 그녀가 꼼꼼히 공들일수록 그의 괴로움은 더욱 길어졌다.

실제로는 얼마 안 되는 시간이었지만, 그에게는 아득하게 느껴졌던 시간이 지났다. 소독을 끝낸 마리가 말했다.

"다 됐습니다. 씻을 때도 상처 부위는 피해서 씻는 것이 좋겠습니다."

"……."

"전하?"

그가 답을 하지 않자 그녀는 고개를 갸웃했다. 오늘따라 그가 이상했다.

"……아니다. 수고했다. 그리고 마리."

"네, 전하?"

"오늘은 이만 네 막사로 들어가서 쉬도록."

그 말에 마리는 고개를 저었다.

"씻고 난 후, 식사 시중을 들어야……."

"됐다. 나 혼자 먹겠다. 너는 가서 쉬도록."

"전하?"

마리는 의아한 표정을 지었다. 그가 일부러 자신을 내쫓으려 한다고 느낀 것이다. 황태자는 한숨을 내쉬며 말했다.

"……내가 생각할 것이 있어서 그런다."

무언가를 억누르는 듯한 목소리라 마리는 뭐라고 더 이야기할 수 없었다.

그날 밤이 지나갔다. 마리는 평소와 다른 황태자의 모습에 고민에 빠졌다.

'무슨 안 좋은 일이 있으셨나? 하지만 특별히 그런 일은 없는 것 같은데.'

그녀는 골똘히 생각했다. 그러고 보니 그가 자신에게 이상한 모습을 보인 것은 어제만이 아니었다. 최근 들어 계속 이상했었다. 마리는 한숨을 내쉬었다.

'오늘 밤 사냥이 끝나고 돌아오시면 무슨 일인지 전하께 직접 여쭈어 봐야겠구나.'

하지만 그날 밤, 그녀는 황태자를 만나지 못했다. 그가 그녀를 피한 것이다.

"전하께서 혼자 있겠다고 하셨다고요?"

"그래."

알몬드 자작이 곤란한 표정으로 말했다. 그는 그녀에게 무언가를 이야기하고 싶은 눈치인 듯했으나 입을 열지는 않았다. 그리고 그건 다음 날, 그다음 날도 마찬가지였다.

'도대체 뭐지? 진짜 무슨 일이 있으신가?'

그녀는 고민했다. 그렇게 그녀와 그가 서로 엇갈리는 그때, 레이첼이 아무도 몰래 수상한 움직임을 보였다.

사냥의 막바지를 앞둔 오후, 마리는 막사의 바깥쪽으로 나왔다.

'곧 사냥도 끝나겠구나. 아무 일 없어서 다행이야.'

그녀는 한숨을 내쉬었다. 걱정했는데, 천만다행이었다. 막사 바깥을 걷던 중, 마리는 의외의 인물을 마주했다. 흑발의 아름다운 여인, 아리엘 공녀였다.

“공녀 저하?”

“마리…… 아니, 온 힐데른?”

아리엘도 그녀를 만난 것이 뜻밖이었는지 흠칫 놀란 표정을 지었다.

“이곳에는 어떻게?”

“그냥 답답해서 바람이나 쐬러 왔어요. 생각을 정리할 것도 있고.”

그 말에 마리는 의외란 표정을 지었다. 생각을 정리하기 위해 홀로 산책이라니. 아리엘과 전혀 어울리지 않았다. 그 눈빛을 눈치챘는지, 아리엘은 아미를 찌푸렸다.

“뭐예요, 그 눈빛은? 저도 고민 많이 하면서 살거든요?”

“죄송합니다, 저하. 그렇게 본 게 아니라…….”

“변명은 됐어요.”

아리엘은 흥, 하고 고개를 저었다. 그 모습을 본 마리는 어색한 표정을 지었다.

‘그냥 돌아가야겠다.’

특별히 할 말도 없고 돌아가려는데, 아리엘이 의외의 말을 하였다.

“이전에 미안했어요.”

“……!”

마리는 깜짝 놀라 아리엘을 바라보았다. 자신이 잘못 들었다 생각한 마리는 반문했다.

“제가 잘못 들은 것 같은데…… 뭐라고 하셨…….”

아리엘은 버럭 짜증을 내었다.

“아, 지금까지 미안했다고요. 이야기하면 한 번에 제대로 들어요.”

마리는 묘한 표정을 지었다. 잘못 들은 것이 아니었다. 짜증이 잔뜩 섞여 있긴 했지만, 그건 아리엘의 말투가 원래 그래서 그랬던 거고, 아리엘은 정말로 그녀에게 사과하고 있었다.

“어째서 저에게 사과를……?”

마리는 의아한 마음으로 물었다. 아리엘은 인상을 찌푸리더니 말했다.

"그냥요."

"네?"

"그냥 그날 당신과 싸운 이후 다 허무해졌어요. 황태자비가 되는 것도. 그러고서 생각해 봤더니 제가 너무 과민하게 굴었던 것 같기도 하고……."

그녀는 다시 한번 짜증을 내었다.

"아, 몰라요. 하여튼 전 사과했어요."

아리엘은 등을 돌려 마리에게서 멀어졌다. 엄청 민망했는지 귀가 빨개져 있었다. 마리는 잠시 멍한 표정으로 그 뒷모습을 바라보았다. 아리엘 공녀에게 저런 면이 있었다니. 생각지도 못 했었다. 그녀가 아리엘에게 무어라 말을 하려는 순간이었다. 뜻밖의 외침이 그녀를 불렀다.

"온 힐데른!"

"……!"

다급한 외침이라 마리와 아리엘은 흠칫 놀라 고개를 돌렸다. 처음 보는 남자가 말을 타고 그녀에게 달려오고 있었다. 순간 마리의 가슴이 덜컥 내려앉았다.

'혹시?'

"누구시죠?"

"사냥터에서 온 전령입니다!"

"……!"

"사냥 중 전하께서 크게 부상을 입으셨습니다. 지금 당장 사냥터로 와 달라는 전갈입니다!"

마리의 가슴이 철렁하고 내려앉았다.

마리는 허겁지겁 전령의 말에 올라탔다. 혹시나 몰라 활과 화살도 챙겼다.

"전하께서 부상이 심하신가요?"

"저도 정확히는 모르겠습니다. 어쨌든 바로 출발하겠습니다. 꽉 잡으십시오."

마리는 급하게 고개를 끄덕였다. 황태자가 중한 부상을 입었다는 이야기에 다른 생각을 할 겨를이 없었다. 그런데 그때, 날카로운 목소리가 그들을 잡았다.

"저도! 저도 같이 가게 해주세요!"

아리엘이었다. 그녀는 황태자가 부상을 입었다는 말에 얼굴이 창백해졌다. 전령은 고개를 끄덕였다.

"뒤에 타십시오. 급하게 달릴 테니 꽉 잡으셔야 합니다."

그렇게 마리와 아리엘을 태운 남자는 숲 깊숙한 곳으로 말을 몰았다. 그리고 그 순간, 은밀히 그 모습을 지켜보던 이가 있었다. 레이첼이었다.

"드디어 치웠군."

그녀의 입에서 흘러나온 섬뜩한 목소리. 마리를 데려간 전령은 다름 아닌 레이첼의 계략이었던 것이다.

"목격자 없이 기회를 잡기가 어려웠는데, 잘됐어. 아리엘 공녀가 같이 있었던 것은 계산 밖이긴 하지만……."

그녀는 차갑게 중얼거렸다.

"둘 다 치울 수 있으면 더 좋지."

전령은 저들을 사냥터가 아닌 숲속 깊숙한 곳, 맹수가 들끓는 곳으로 데려갈 것이다. 그리고 그곳에서 저들은 맹수의 밥이 될 것이다.

'목격자도 없으니 완벽해.'

그녀는 흡족한 표정으로 막사로 돌아왔다. 지독히도 괴롭히던 앓는 이를 제거한 느낌이었다.

마리가 이상한 점을 느낀 것은 숲속으로 한참이나 들어온 다음이었다.

"전하께서는 어디에 계시나요?"

"조금 더 들어가야 합니다."

마리는 의구심 섞인 표정을 지었다.

대규모 사냥 중이니 이 정도 들어왔으면 사람의 흔적이 보여야 하는데, 아무런 인기척도 느껴지지 않았다. 남자가 변명하듯 말했다.

"전하께서 외진 곳에서 맹수를 토벌 중이셔서…… 조금만 더 가면 도착합니다."

점점 마리의 의심이 커져 갈 때, 남자가 말을 우뚝 멈추어 세웠다.

"이곳입니다. 내리십시오."

"……?"

말에서 내린 후 고개를 돌려 보았으나, 아무도 없었다. 숲 안으로 얼마나 깊이 들어온 것인지 나무들이 하늘을 가릴 듯 치솟아 있어 을씨년스러운 느낌마저 들었다.

"이곳에 전하가 계시다고요?"

"네, 이곳이라 들었습니다. 제가 확인해 보고 올 테니 잠시만 기다리고 계십시오."

남자는 그들을 내버려 둔 채 말을 타고 후다닥 어딘가로 사라져 버렸다.

"자, 잠깐만요!"

마리가 급히 불렀으나, 이미 남자는 사라진 뒤였다. 그렇게 그녀와 아리엘은 졸지에 숲속에 덩그러니 남겨지게 되었다.

"이, 이게 어떻게 된 거죠?"

아리엘이 겁먹은 표정으로 물었다. 무언가 그녀도 이상하단 것을 느낀 것이다. 그 순간 마리는 속으로 직감했다.

'함정이야! 전하께서 이런 식으로 날 부를 리가 없어!'

마리의 얼굴이 창백해졌다. 그때였다. 숲 어딘가에서 소름 끼치는 울음소리가 울려 퍼졌다.

우우우!

늑대의 울음소리였다. 아리엘이 겁먹은 표정으로 마리에게 달라붙었다. 숲에 덩그러니 버려졌다는 공포에 평소의 도도한 얼굴은 온데간데없었다.

"어, 어떻게 하죠? 황태자 전하를 기다려야 할까요?"

마리는 굳게 고개를 저었다.

"아니에요. 무언가 이상하니 지금 당장 막사로 돌아가는 게 좋겠습니다."

아리엘은 허겁지겁 고개를 끄덕였다.

"그런데 어떻게 막사로 돌아가죠?"

마리는 입을 다물었다. 말은 정체불명의 남자가 타고 가 버렸기 때문에 걸어가야 했다.

'막사까지 어떻게.'

마리는 막막한 마음이 들었다. 한참이나 말을 타고 들어온 탓에 막사와의 거리가 까마득했다. 돌아가는 도중에 맹수와 만날 것이 분명했다.

'그래도 일단 가야 해. 서두르자.'

그녀는 활을 굳게 붙들었다. 만일을 대비해 활과 화살통을 챙겨서 다행이었다.

그런데 그때였다. 아리엘이 떨리는 목소리로 말했다.

“히, 힐데른…….”

고개를 돌린 마리의 얼굴이 하얗게 질렸다.

크르릉.

늑대였다. 커다란 늑대 한 마리가 그녀들을 사납게 노려보고 있었다.

‘아…….’

분명 꿈을 통해 궁수의 능력이 생겼지만, 몸은 여전히 여린 소녀의 것이었다. 본능적인 공포에 마리의 몸이 뻣뻣이 굳었다. 무언가 움직여야 하는데, 아무런 생각도 들지 않았다.

크르릉.

늑대는 천천히 그녀들에게 걸어왔다. 집채만 한 늑대는 한쪽 다리를 절고 있었는데, 상처로 무리에서 멀어진 것 같았다. 상처 때문에 잔뜩 굶은 상태인지 침을 뚝뚝 흘리고 있었다.

“……!”

그 순간, 마리는 화들짝 정신을 차리고 몸을 움직였다. 그러고는 활에 화살을 메겨 늑대를 향해 겨누었다.

“다가오지 마!”

마리는 숨을 크게 들이쉬었다.

‘정신 차려, 마리! 저런 늑대 따위 아무것도 아니야!’

그녀는 꿈속 주인공을 떠올렸다. 아들 머리 위의 사과를 맞추던 그 남자라면 저런 늑대 따위는 눈 하나 꿈쩍하지 않을 것이다. 과연 그런 생각을 하자, 그녀의 가슴이 차분하게 가라앉았다. 눈빛이 무거워졌고, 활시위는 정확히 늑대의 미간을 가리켰다.

크르르!

늑대는 작은 소녀의 기세가 심상치 않게 느껴졌는지 본능적으로 주춤했다. 그 순간, 마리의 눈이 빛났다.

파앙!

마리의 손에서 화살이 떠나갔고, 파공음과 함께 늑대의 미간을 정확히 관통했다! 외마디 비명을 지르며 절명하는 늑대를 보며 마리는 몸에서 힘이 빠져나갔다.

'사, 살았어.'

아리엘도 놀라 마리를 바라보았다.

"어떻게 활 쏘는 법을?"

"그냥 예전에……."

마리는 대충 얼버무렸다. 솔직히 이야기할 내용도 아니었고, 그럴 상황도 아니었다.

"빨리 가죠."

마리는 최대한 마음을 침착하게 가라앉히며 아리엘을 이끌었다.

'정신 차려. 정신 차리면 살 수 있어.'

그녀는 해가 떠 있는 방향과 그림자의 모습으로 방향을 가늠하며 막사를 향해 나아갔다. 중간중간 맹수들이 튀어나왔지만 다행히 궁수의 능력으로 해결할 수 있었다. 하지만 최대한 능력을 발휘했음에도 마리는 곧 문제에 봉착했다. 그건 바로 체력이었다.

"하아, 하아."

늑대를 한 마리 더 해치운 마리는 거친 숨을 몰아쉬었다.

'이젠 한계야. 더는 활시위를 당길 힘이 없어.'

팔이 부들부들 떨렸다. 꿈을 통해 능력이 생겼다고 해서 몸이 궁수의 것으로 바뀌는 것은 아니다. 그녀는 여전히 여린 소녀의 몸이었고, 무거운 활시위를 당겨 몇 번 화살을 쐈더니 팔이 떨어질 것 같았다.

하필 그때였다.

크르릉!

얼마나 걸은 뒤였을까? 섬뜩한 소리가 마리의 뒤에서 들렸다. 늑대와는 비교도 안 되는 무서운 울음소리였다. 마리는 떨리는 눈동자로 고개를 돌렸다. 그리고 나타난 맹수를 본 순간, 절망에 빠졌다. 산더미만 한 덩치, 하얀 가죽에 검은 줄무늬. 이 아르트 숲의 지배자, 백호(白虎)였다.

'아…….'

순간 마리의 세상이 정지했다. 죽음의 공포가 들이닥쳤다. 머릿속으로 수많은 생각이 스쳐 지나갔고, 마지막으로 황태자와 키에르한의 얼굴이 떠올랐다.

"앞으로도 나와 함께해 줄 수 있겠느냐?"

"꼭 조심하셔야 합니다, 마리 양."

그 이야기들이 떠오른 순간, 마리는 번뜩 정신을 차렸다.

'안 돼! 이렇게 죽을 수는 없어!'

마리는 안간힘을 다해 활시위를 당겼다. 하지만 백호는 자신에게 겨누어진 화살을 전혀 신경 쓰지 않았다. 오히려 가소롭다는 듯이 볼 뿐이었다.

'아, 안 돼.'

마리의 몸이 파르르 떨렸다. 전력을 다해 쏴도, 아니, 꿈속 궁수 본인이 온다고 해도 저 백호의 가죽을 뚫지 못할 텐데, 힘이 빠진 지금은 말할 것도 없었다. 화살을 쏴 봤자 가죽을 튕겨 나올 것이 분명했다.

'아…… 주여. 제발……!'

마지막 순간.

백호가 번개처럼 그녀에게 달려들었고, 마리는 눈을 질끈 감았다.

그 순간.

푸욱!

크허헝!

무언가 섬뜩한 관통 음과 함께 백호의 고통스러운 비명이 울려 퍼졌다.

"……!"

마리는 멍하니 눈을 떴다. 눈을 뜬 그녀의 시야에 믿을 수 없는 장면이 들어왔다.

"하아, 하아."

찬란한 금발과 푸른 눈동자, 그리고 그림처럼 아름다운 얼굴. 황태자가 피에 젖은 몸으로 숨을 몰아쉬며 백호의 숨통을 끊고 있었다.

"……저, 전하?"

마리는 자신이 꿈을 꾸고 있는 건가 싶어 입을 열었다. 황태자가 어떻게 여기에?

"마리."

황태자는 그녀를 돌아보았다. 어떤 이유인지, 그는 철가면이 벗겨져 있었는데 피에 젖은 그의 얼굴은 괴로움이 가득했다.

'정말 황태자 전하구나.'

그 생각이 든 순간, 마리의 몸에 긴장감이 딱 풀렸다. 그녀를 함정에 빠뜨린 남자의 말과 다르게 황태자의 몸에선 큰 부상은 보이지 않았다. 정신없는 와중에도 마리는 다행이란 생각이 들었다.

"전하……."

머리가 멍해 무슨 말을 해야 할지 알 수 없어 하고 있는데, 생각지도 못 한 일이 일어났다.

"……!"

황태자가 와락 그녀의 몸을 껴안은 것이다. 마리의 눈이 커다래졌다. 그의 단단한 몸이 전신으로 느껴졌다.

"저, 전하?"

당황해 입을 여는 순간, 황태자가 한 손을 들어 그녀의 머리를 감싸 안으며 말했다.

"괜찮으냐?"

"……!"

"혹시 어디 다친 데는 없는 거지? 괜찮은 거지?"

한없는 걱정이 담긴 목소리. 마리는 당황도 잊고 자신도 모르게 울컥했다.

"……네, 전하."

"미안하다. 정말로 미안해. 내가 늦었어."

괴로운 목소리로 사죄한 그는 그녀에게서 살짝 떨어졌다. 그리고 떨리는 손으로 피에 젖은 그녀의 얼굴을 어루만졌다. 그의 손이 그녀의 눈가를 거쳐 뺨, 입술로 향했다. 연약한 유리를 만지듯 그녀의 입술을 어루만졌다.

"이제 앞으로는."

그의 얼굴이 그녀의 얼굴에 가까워졌다. 서로의 숨결이 느껴질 정도로 가까운, 서로의 눈동자만이 보이는 거리에서 그가 맹세했다.

"널 놓치지 않겠다."

마리의 심장이 파르르 떨리는 순간, 천천히 그의 입술이 그녀의 입술에 겹쳐졌다.

그간 황태자 라엘은 마리를 피하고 있었다. 마리가 오해한 것처럼 그녀가 무슨 잘못을 해서가 아니라 스스로의 마음 때문이었다.

'이대로는 안 돼.'

황태자는 더는 그녀에 대한 자신의 마음을 주체할 자신이 없었다. 그래서 그녀를 향한 자신의 마음을 꾹 억누르고 거리를 두었던 것이다.

'물론 별 도움은 안 됐지.'

보고 있지 않은데도 왜 갈망은 식지 않는 건지. 오히려 사막에 떨어진 것처럼 심한 갈증으로 괴로울 뿐이었다. 어쨌든 그렇게 그녀와 떨어져 있으면서도 황태자는 자신이 해야 하는 중요한 일을 잊지 않았다. 바로 레이첼을 감시하는 것이었다.

'분명 움직인다. 그때 증거를 잡아야 해.'

그렇게 생각한 황태자는 마리를 보호하기 위해 뒤에 사람을 붙여 두었다. 레이첼이 움직인다면 그 목표는 마리가 될 테니까. 황태자 본인은 사냥하면서도 언제든 막사로 달려올 수 있도록 대비하였다.

그렇게 며칠이 지나자, 드디어 레이첼이 움직였다. 마리를 멀찍이서 보호하며 레이첼을 감시하던 기사는 쾌재를 불렀다. 드디어 레이첼을 단죄할 때가 온 것이다.

정체불명의 인물이 마리와 아리엘 공녀를 태워 어딘가로 향하자, 기사는 곧바로 황태자에게 연락을 보냄과 동시에 정체불명의 인물을 뒤쫓았다. 마리를 구하고 정체불명의 인물을 생포하기 위해. 하지만 기사가 계산하지 못한 것이 있었다. 정체불명 인물의 숲에 대한 지식이었다. 정체불명 인물은 숲이 안방이라도 되는 듯 이리저리 빠져나가더니 기사를 따돌려 버렸다.

'큰일이다!'

하얗게 질린 기사는 다급히 달려온 황태자와 합류하였고, 마리를 놓쳤다는 소식을 들은 황태자는 미친 듯이 마리가 사라진 방향을 향해 달려갔다.

'마리, 안 돼!'

황태자는 정신없이 말을 달리며 생각했다. 이렇게 그녀가 위기에 빠지다니. 만약 그녀가 잘못되기라도 하면? 혹시나 죽기라도 하면? 황태자의 얼굴이 하얗게 질렸다. 이성을 유지할 수가 없었다. 생각하는 것만으로도 아득한 절망이 밀려왔다.

그 순간 황태자는 깨달았다. 더는 그녀에 대한 감정을 부정할 수 없다는 것을. 이미 자신은 그녀 없이는 살 수 없게 되었으니까. 그 어떤 것보다 그녀가 소중했다. 그녀를 원했다.

'제발. 제발! 살아만 있어다오! 그때는……!'

맹수들이 앞을 가로막았으나, 무시하고 미친 듯이 앞으로 나아갔다. 철가면이 떨어져 나가고, 몸에 수없는 상처가 났으나 신경 쓸 정신이 없었다. 반쯤 미쳐 앞으로 나아갔고 드디어 무사한 그녀를 마주한 순간.

"이제 앞으로는."

파르르 떨리는 그녀의 눈동자를 보며 그는 자신의 가슴에 맹세했다.

"널 놓치지 않겠다."

자신의 마음을 맹세한 황태자는 일단 마리와 아리엘을 안전한 곳으로 보내 안정시킨 후 곧바로 레이첼이 있는 막사로 돌아갔다. 아직 중요한 일이 남아 있었다.

"아니, 전하?"

막사에 남아 있던 시녀들이 피에 젖은 황태자를 보고 눈을 동그랗게 떴다. 놀란 이 중에는 레이첼도 있었다.

'왜 황태자가 지금 이곳에?'

그녀는 본능적으로 불길한 느낌을 느꼈다. 그리고 그 순간. 황태자가 그녀를 똑바로 노려보며 말했다.

"저 악녀를 체포해라."
"……!"
막사가 소란에 빠져들었다. 황태자비 후보인 레이첼을 체포하라니? 레이첼도 당황한 표정을 지으며 외쳤다.
"저, 전하? 왜 그러십니까?"
"왜?"
"저는 아무런 잘못도 저지르지 않았습니다. 무언가 오해가 있는 것 같습니다!"
레이첼은 진심으로 억울하다는 듯 눈물을 글썽이며 항변했다. 라엘은 그 모습을 보며 욕지기가 치밀어 올랐다.
"잘못이 없단 말이지?"
"네, 전하."
"황태자에게 거짓을 고하면 혀를 자른다는 제국법도 모르나 보군."
"……!"
차가운 말에 레이첼의 눈이 파르르 떨렸다. 무언가 잘못되었다. 안 그러면 황태자가 저렇게 강하게 나올 리가 없었다.
"끌고 와라."
그의 명을 받은 기사들이 뒤편에서 밧줄에 묶인 한 인물을 질질 끌고 왔다. 그 인물을 본 레이첼의 얼굴이 시체처럼 질렸다. 그녀가 사주했던, 마리를 위기에 빠뜨렸던 남자였다! 도주하던 그를 기사들이 사로잡았던 것이다.
"이놈을 보고도 계속 거짓말을 할 수 있을지 모르겠군."
"그, 그…… 저, 저는……."
눈치를 보니, 남자는 이미 그녀의 사주를 받았음을 다 고백한 듯했다. 레이첼은 주춤주춤 뒤로 물러섰다. 끝이었다. 더는 발뺌할 수 없었다. 황태자는 차갑게 말했다.

"뭐 하느냐. 저 악녀를 빨리 체포하라!"

곧 기사들이 달려들어 거칠게 그녀를 구속했다.

"아악!"

밧줄에 묶여 흙바닥에 쓰러진 레이첼은 마지막 순간까지도 자신의 죄를 부인했다.

"저, 전하. 무언가 오해가 있는 것 같습니다. 저, 저는……."

그 이야기를 듣는 순간, 라엘은 왈칵 화가 치밀어 올랐다.

파악!

레이첼의 얼굴 바로 앞으로 철검이 꽂혔다. 레이첼에게 검을 겨눈 채 황태자가 말했다.

"앞으로 너에게 남은 길은 단 두 가지다. 죽거나, 아니면 죽는 것보다 비참한 상황이 되거나."

"……!"

"너에게 남은 시간은 얼마 되지 않으니, 그동안 네 죄를 참회라도 하고 있도록."

그렇게 사냥터에서의 사건이 마무리되었다. 황궁, 아니, 제국 전체가 경악에 빠졌다. 황태자비 후보인 델피나가 살인을 교사하다니! 다들 믿을 수 없다는 반응이었지만, 증거가 워낙 확실했다. 사로잡힌 남자는 레이첼이 자신을 사주했음을 낱낱이 고백했다. 레이첼은 재판을 위해 감옥에 갇혔고, 곧바로 그녀의 가문인 이스트반 백작가의 가주 보잉 백작이 수도로 올라왔다.

"아, 아버지."

감옥에 갇힌 레이첼이 아버지를 보며 눈물을 글썽였다.

"제, 제발……."

하지만 보잉 백작의 눈빛은 싸늘했다.

찰싹!

보잉 백작의 손이 레이첼의 뺨을 후려쳤다.

"뱀의 배에서 나온 것 같은 년. 넌 더 이상 내 딸이 아니다."

"……!"

"지금까지 가문에서 받은 은혜는 죽음으로 갚아라."

레이첼의 눈이 절망에 빠졌다. 그녀가 일련의 일을 저지른 것은 단순히 자신의 영달만을 위해서가 아니었다. 바로 가문을 위해, 서제국의 요하네프 3세와의 계약을 지키기 위해 일으킨 것이건만, 차갑게 버림받은 것이다.

보잉 백작은 자신과 가문은 레이첼이 저지른 일과 전혀 상관이 없다는 것을 강조하려는 듯, 그녀에게 침을 뱉고 사라졌고, 아리엘과 마리에게 사과 입장을 표명했다.

[불의의 일을 겪은 두 분께 사과를 드립니다.

이번 일은 시기에 사로잡힌 레이첼의 단독 범행이며, 이스트반 백작가는 연관이 없습니다. 하지만 가문의 일원이 잘못을 저지른 바, 이스트반 백작가는 이번 일에 대한 책임으로 은인자중하도록 하겠습니다. 또한, 레이첼을 가문에서 파문하겠습니다.]

레이첼과의 선을 냉정하게 그은 사과문이었다. 그렇게 레이첼은 가문으로부터 버림받았다. 이후 성배 도난 사건에 대해서도 새롭게 조사가 이루어졌는데, 레이첼은 그 부분에 대해서는 완강히 부정했다.

"이번 일을 저지른 것은 황태자 전하와 관련하여 그녀들을 질투했기 때문입니다. 하지만 성배 도난과 저는 아무런 연관이 없습니다."

살인 교사에 성배 도난까지 죄를 더하게 되면 절대 목숨을 부지할 수 없었기 때문에 그녀는 필사적이었다. 어쩔 수 없이 성배 도난 사건은 증거 불충분이 되었다. 그런 상태에서 재판이 치러졌고, 황태자가 직접 판결을 내렸다.

"죄인 레이첼을 무간의 탑에 유폐한다. 그녀는 평생토록 탑에서 벗어나지 못할 것이며, 그 누구도 만나지 못하게 될 것이다."

"……!"

그 판결을 들은 레이첼의 눈이 파르르 떨렸다. 두려워했던 사형은 아니었다. 하지만 어쩌면 사형보다 끔찍한 형벌이었다. 아무도 없는 탑에서 일평생을, 아무도 만나지 못하고 유폐되어야 했으니까. 하지만 그녀가 저지른 죄에 비하면 중하다 할 수 없는 처벌이었다. 그렇게 레이첼은 제국 북쪽에 위치한 무간의 탑에 유폐되었다.

황궁에 놀라운 일이 한 가지 더 일어났다. 또 다른 델피나인 아리엘 공녀가 간택을 포기한 것이다.

"아니, 어째서?"

사람들은 놀라 그녀를 바라보았다. 레이첼이 유폐되었으니, 이제 그녀는 유일한 후보였다. 그런데 왜 포기를 한단 말인가? 아리엘은 간택을 포기하는 이유에 대해 이렇게 말했다.

"황태자비보다 나를 사랑해 주는 사람과 살고 싶어졌어요."

묘한 의미가 담긴 말이었다.

그녀가 간택을 포기한 날 밤, 마리는 아리엘 공녀를 찾아갔다. 아리엘 공녀는 삐딱한 표정으로 마리를 맞았다.

"왜 찾아왔어요?"

"공녀 저하, 어째서……."
"몰라서 물어요?"
아리엘은 코웃음 치며 반문했다. 마리는 곤란한 얼굴로 고개를 저었다.
"……저와 황태자 전하는 그런 관계가……."
"내 눈앞에서 그런 모습을 보이고도요?"
"……."
마리는 입을 다물었다. 사냥터에서 위기를 맞은 그날. 황태자는 그녀에게 입을 맞추었다. 그 일 때문에 그녀는 아직도 황태자의 얼굴을 보지 못하고 있었다.
'왜…… 어째서?'
그녀는 혼란스러운 마음으로 생각했다. 아니, 사실은 알고 있었다. 모를 수가 있겠는가. 하지만 알고 싶지 않았다. 부정하고 싶었다.
'난 전하와 맺어질 수 없어.'
그녀는 굳은 얼굴로 생각했다. 그를 섬기는 것과 사랑을 나누는 것은 완전히 다른 일이었다. 전쟁 포로 출신인 자신이 황태자와 사랑이라니. 말도 안 되는 일이다.
무엇보다 클로얀 왕국의 왕녀인 자신이 어떻게 그와 맺어지겠는가? 정체를 숨기고 그와 사랑을 나누는 것은 있을 수 없는 일이었다.
그때, 가만히 있던 아리엘이 말했다.
"뭐, 사실 간택을 포기한 것은 당신 때문만은 아니에요."
"그러면?"
"이야기했던 것처럼 정말로 나를 사랑해 주는 남자와 만나고 싶어졌어요. 황태자비 따위보다."
"그렇군요."
마리는 고개를 끄덕였다. 도도한 모습은 그대로지만 어딘지 이전과 다른 그녀이니, 곧 그녀를 진심으로 사랑해 주는 사람을 만날 수 있을 것 같았다.

"그런데 어떻게 할 거예요?"

"네, 무슨?"

"황태자 전하와 키에르한 후작 각하. 어떻게 할 거냐고요."

"……!"

마리의 얼굴이 굳었다. 아리엘 공녀가 무엇을 물어보는지 깨달은 것이다. 그녀를 바라보고 있는 것은 황태자뿐이 아니었다. 키에르한 후작도 있었다.

'키엘 님.'

키에르한의 마음에 대해서는 사실 마리도 어느 정도 짐작하고 있었다. 단순히 친구 사이로는 설명하기 어려운 감정을 그녀에게 종종 비추었으니까.

'나도 키엘 님이 싫은 것은 아니지만…….'

그에게 설렌 적이 없다면 거짓말이리라. 만약 그녀가 평범한 귀족가의 영애였다면 분명 그와의 사랑을 바랐을 것이다. 그만큼 그는 좋은 남자였다.

'하지만 난 평범한 귀족가의 영애가 아닌걸.'

마리는 씁쓸히 생각했다. 황태자도 키에르한도 다 마찬가지였다. 그녀는 그중 누구의 마음에도 응답할 수 없었다.

'그냥 평범하게 태어났다면 얼마나 좋았을까.'

그러면 키에르한이든, 황태자든 아무런 부담 없이 그들의 마음을 마주했을 텐데. 하지만 마리는 불가능했다. 그녀가 모리나 왕녀로 태어난 이상, 사랑 따위는 생각할 수 없었다.

"어떻게 하실 거예요?"

마리는 재차 물어보는 아리엘을 바라보았다.

"저는……."

한편 사자궁의 집무실. 황태자 라엘은 재상 오른과 이야기를 나누고 있었다.

"그저 유폐만으로 되겠습니까? 처벌이 약한 것 아닌가 싶습니다."

레이첼에 대한 이야기였다. 황태자는 고개를 끄덕였다.

"약하지. 고작 유폐라니."

"그런데 왜 유폐를 하신 겁니까?"

"그녀에게서는 아직 얻어 낼 것이 있다."

아리송하게 답한 황태자는 섬뜩한 목소리로 말을 이었다.

"그리고 때로는 죽는 게 나은 상황도 있으니까."

"……!"

오른은 황태자가 아직 레이첼에 대한 벌을 끝낸 것이 아님을 깨달았다.

'하긴. 그렇게 노하셨으니.'

오른은 황태자가 그렇게 분노하는 것을 처음 보았다. 레이첼이 다른 사람도 아닌, 마리를 건드렸기 때문이다.

"전하, 황태자비 간택은 어떻게 하실 겁니까? 아리엘 공녀가 간택을 포기하였는데……."

오른은 조심스럽게 황태자의 눈치를 살폈다. 혹시나 자신이 우려하는 답이 나올까 걱정스러워서였다. 황태자는 역시나 그가 우려하는 답을 하였다.

"마리를 비로 맞을 거다."

"전하!"

오른은 자신도 모르게 외쳤다. 황태자는 고개를 저었다.

"무슨 말 할지 알고 있으니, 더는 이야기하지 말도록. 난 그녀를 내비로 맞기로 결정했다."

강한 의지가 담긴 말이었다. 재상 오른은 그의 친우이자 충신으로서 가만히 있을 수 없었다.

"전하께서 깊은 숙고 끝에 결정을 내리신 것 알고 있습니다. 저도 친우로서 전하의 결정을 존중하고 싶습니다. 하지만 그녀는 안 됩니다."

오른은 이를 악물며 충언했다. 그녀가 천한 전쟁 포로 출신이라서가 아니었다. 다른 이면 몰라도, 오른은 황태자가 제국을 위해 어떤 노력을 하며 살아왔는지 알기 때문에 그가 마음을 준 이면 누구라도 응원하고 싶었다. 하지만 그녀는 안 됐다.

"어째서지?"

"알고 계시지 않습니까? 그녀는 수상합니다!"

오른은 강한 목소리로 외쳤다. 마리가 안 되는 이유. 그녀의 수상쩍은 신변 때문이다.

"아무리 조사해 봐도 아무것도 안 나옵니다. 기록은 분명 있는데, 유령처럼 아무런 흔적이 없어요!"

"그건 마리가 이미 다 설명한 사실 아닌가? 인적 드문 통원의 궁 근처에서 일해서 자신을 아는 이가 거의 없었다고. 그나마 아는 이는 전쟁 중 죽었다고."

"그건 그녀의 이야기일 뿐입니다!"

"오른."

황태자는 고개를 저으며 말했다.

"물론 네 염려는 이해한다. 하지만 난 그녀를 믿는다. 그녀는 날 속일 사람이 아니야."

그 말에 오른은 답답한 표정을 지었다. 물론 오른도 알고 있었다. 마리가 악한 이는 아니란 것을. 아니, 오히려 착하고 신뢰할 만한 인품을 가지고 있는 것도 안다. 하지만 그래도 수상한 것은 수상한 거다. 그런 이를 라엘의 비로 맞을 수는 없었다.

"전하, 그래도 다시 한번 생각을……."

그때였다. 의외의 소리가 문밖에서 들려왔다.

"전하, 온 힐데른이 왔습니다. 들여보내도 되겠습니까?"

"……!"

당사자인 마리의 방문에 오른은 흠칫했다.

"들어오게 하라."

곧 문이 열리고 마리가 들어왔다.

"황태자 전하를 뵙습니다."

예를 표하는 마리의 얼굴은 마치 돌처럼 굳어 있었다. 황태자는 그런 그녀를 잠시 빤히 바라보더니 말했다.

"몸은 괜찮은가? 불편한 곳은 없고?"

무뚝뚝한 목소리에 담긴 걱정. 마리는 자신을 향한 그의 마음이 느껴졌지만, 입술을 깨물었다. 그녀가 온 것은 그의 마음을 밀어내기 위해서였으니까.

"드릴 말씀이 있어서 왔습니다."

"그래?"

"네, 전하."

무언가 무거운 분위기에 황태자는 오른을 돌아보았다.

"그녀와 잠시 이야기를 나누어야 할 것 같군."

"……알겠습니다."

오른은 집무실을 나갔다.

"그래, 인제 말해보도록."

하지만 마리는 한참을 주저할 뿐 곧바로 입을 열지 못했다. 황태자는 가만히 그 모습을 보다가 말했다.

"괜찮다. 무슨 이야기든 괜찮으니 편하게 이야기하도록."

그가 자신을 배려해 부드럽게 이야기하자 마리는 더욱 이야기를 꺼내기가 불편해졌다. 지금 자신이 할 이야기는 그에게 좋지 않은 이야기였으니까.

'그래도 말해야 해. 황태자를 위해서라도.'

마리는 크게 숨을 들이쉬고 뱉어 내듯 말을 꺼냈다.

"전하, 저를 향한 마음을 거두어주십시오."

단도직입적인 거절에 황태자의 얼굴이 굳었다.

"그게…… 무슨 말이지?"

"저는 전하의 마음을 받을 만한 존재가 되지 못합니다. 전하께서 좋게 여겨 주신 것은 일생의 영광이오나 미천한 저로서는 감히 감당하기가 어렵습니다."

마리는 최대한 딱딱한 말투로 말했다. 여지를 남기지 않도록. 황태자는 잠시 가만히 있다가 입을 열었다.

"어째서지? 신분이 마음에 걸리는 건가?"

"네, 전하. 전하께서 은총을 내려주신 덕에 예작위를 받기는 하였으나, 저의 근본은 미천한 전쟁 포로입니다. 전하의 마음을 받을 수 있는 존재가 아닙니다."

사실 신분 말고도 더 중요한 문제가 있었다. 바로 자신이 모리나 왕녀라는 것. 하지만 그 사실을 언급할 수는 없으니 마리는 신분을 표면적인 이유로 내세웠다.

'내가 모리나 왕녀만 아니었다면 그를 조금 더 똑바로 바라볼 수 있었을지도 모르는데.'

마리가 그렇게 씁쓸하게 생각하고 있을 때, 황태자가 생각지도 못 한 말을 하였다.

"신분이 문제란 말이지. 별문제 아니군."

"……네?"

"그대에게 내 비에 걸맞은 작위를 내리면 될 것 아닌가?"

"아, 아니…… 그건……."

마리는 당황한 표정을 지었다. 그게 무슨 말도 안 되는 소리란 말인가? 하지만 황태자는 진지했다.

"이 제국의 모든 신분은 바로 나 라엘의 권한 아래 있다. 높은 자를 낮게 만드는 것도, 낮은 자를 높게 만드는 것도 모두 내 권한이거늘, 신분 따위 무슨 상관이냐?"

"……!"

틀린 말은 아니었다. 제국의 모든 신분은 황제의 권한 아래에 있었으니까. 신분을 높일 권한도, 주어진 신분에 권위를 부여하는 것도 모두 라엘의 손에 달려 있었다.

"그, 그…… 전 더 높은 작위를 받을 자격이 없습니다."

"자격? 자격이야 만들면 되지. 그리고 마리, 네가 지금껏 쌓은 공을 보면 작위 정도야 충분히 더 받을 수 있을 것 같은데?"

"……."

마리는 말문이 턱 하고 막혔다. 이게 아닌데, 뭔가 말발에 밀리는 느낌이 들었다.

'아, 안 돼. 이대로 넘어가면.'

결국, 마리는 꺼내고 싶지 않은 이유를 꺼낼 수밖에 없었다.

"전하, 제 마음을 고려해 주십시오."

"그게 무슨 말이지?"

"전 전하를 지극히 존경하오나, 이성으로서의 감정을 품은 적이 없습니다."

"……!"

황태자의 얼굴이 방금과는 비교도 할 수 없게 딱딱하게 굳었다. 마리는 그 모습을 보며 죄책감을 느꼈다.

'죄송해요, 전하.'

사실 거짓말이다. 그를 군주로서 존경하는 것은 맞았다. 제국을 위해 헌신하는 모습을 보며, 그를 섬기기로 마음먹었으니까. 하지만 정말 그뿐일까? 그가 무뚝뚝한 말투로 자신을 배려할 때, 굳건한 눈빛으로 자신을 믿어줄 때, 자신을 위해 분노해 줄 때. 그저 군주로서의 존경만 느꼈던 걸까? 키에르한에게 설레었던 것처럼, 그에게도 흔들렸던 것은 아닐까?

모르겠다. 일부러 외면하려고 했던 감정이니까. 어쨌든 명확한 것은 만약 자신이 평범하게 태어났다면, 둘 중 한 명에게 마음을 주었을 것이란 것이다.

'나는 어째서 클로얀 왕국의 왕녀로…….'

마리는 가슴이 파르르 아려 오는 것을 참으며 무릎을 꿇었다.

"그저 지금처럼 권속으로서 전하를 섬길 수 있도록 허락해 주십시오."

장내에 숨 막힐 듯한 침묵이 흘렀다.

"그렇군."

"……죄송합니다, 전하."

그런데 그 순간 라엘이 나직이 말했다. 마리가 전혀 생각지도 못 한 내용이었다.

"잘됐군."

"……네?"

마리는 순간 자신이 잘못 들었나 싶었다. 잘됐다고? 무릎 꿇은 상태에서 라엘을 바라보기 위해 고개를 든 그녀는 깜짝 놀랐다. 그가 타오르는 듯한 눈빛으로 자신을 바라보고 있었기 때문이다.

"마리. 넌 내가 너에 대해 어떤 마음을 가지고 있다고 생각하는 거지? 단순히 비로 맞고 싶다고?"

"……."

마리는 대답하지 못할 분위기에 침을 꿀꺽 삼켰다.

"천만에. 비로 맞고 안 맞고는 부차적인 문제일 뿐이야. 난 너의 모든 것을 바란다. 손끝부터 심장 안, 그리고 마음까지. 털끝 하나도 빠지지 않고 모든 것을."

"……!"

"네가 날 거부한다면, 좋다. 어차피 나도 네가 억지로 빈껍데기 상태로 나에게 오는 것을 원하지는 않으니까."

황태자는 강렬한 눈빛으로 그녀를 주시하였다. 마치 밧줄에 묶이는 것처럼 그 푸른 눈빛이 그녀의 모든 것을 옭아매었다.

"너의 모든 것, 모든 마음을 나의 것으로 만들어 널 가지겠다."

황태자는 자신을 거부하는 마리를 향해 말했다.

Chapter 2
마리의 선택

계절이 깊어졌다. 완연한 겨울이 되었고, 살을 엘 듯한 바람과 눈 다발이 날리기 시작했다. 제국 북쪽 지방을 흐르는 유프테강. 그 안에 떠 있는 인적 없는 섬. 황량하기 그지없는 그곳에 낡은 돌탑이 서 있었다. 중죄를 지은 죄인이 유폐되는 무간(無間)의 탑이었다. 현재 탑에 유폐되어 있는 죄인은 레이첼이었다.

"……."

레이첼은 시커멓게 죽은 눈빛으로 탑 밖을 바라보았다. 쇠창살 너머로 거멓게 흐르는 강물 외에는 아무것도 보이지 않았다. 외부와의 소통은 식사 시간에 빵이 공급될 때가 유일했다.

'그래도 살았으니까.'

레이첼은 속으로 생각했다. 그녀는 자신이 당연히 사형당할 줄 알았다. 그만큼 중죄를 저질렀으니까. 하지만 예상외로 황태자는 자비를 베풀었다. 유폐 생활이 괴롭긴 했지만 그래도 죽는 것보다는 나았다.

레이첼이 나름대로 유폐 생활에 적응하며 지내고 있을 때였다. 무언가 그녀의 삶에 이변이 일어났다.

"왜 빵이?"

늘 정해진 때 배급되던 빵이 들어오지 않은 것이다. 무언가 문제가 있었나 하고 넘겼으나 그다음 식사 때도, 그다음 식사 때도 마찬가지였다. 식사는커녕 물도 공급되지 않았다.

"이봐요, 배급이 나오지 않았어요."

그녀는 자신의 방문을 지키고 있는 간수에게 말했다. 하지만 간수는 그녀를 힐끗 바라볼 뿐 대꾸도 하지 않았다. 그제야 레이첼은 배급이 끊긴 것이 우연이 아니란 것을 깨달았다.

'설마?'

그녀의 얼굴이 창백해졌다. 역시나 다음 날도 배급은 주어지지 않았다. 쓰러질 듯한 배고픔에 간수에게 애원했으나, 간수는 못 들은 척했다.

'황태자는 날 아사시킬 생각인 거야!'

레이첼이 절망적으로 생각했다. 철가면 속 그의 차가운 눈빛이 떠올랐다. 탑은 외부와 완전히 단절된 공간이다. 따라서 안에서 무슨 일이 일어나도 외부에서는 알 수가 없었다. 황태자는 그 점을 이용해 그녀를 굶겨 죽일 생각임이 분명했다.

"앞으로 너에게 남은 길은 단 두 가지다. 죽거나, 아니면 죽는 것보다 비참한 상황이 되거나."

황태자가 그녀에게 했던 이야기. 죽음에 직면한 레이첼은 공포에 덜덜 몸을 떨었다.

"제발! 제발 빵을 주세요! 살려 주세요!"

하지만 다음 날도, 그다음 날도 배식은 전혀 없었다. 아무리 애원해도 소용없었다. 4일을 연속으로 물 한 모금 마시지 못한 그녀는 피골이 상접한 몰골로 변해 갔다. 비쩍 탈수된 그녀는 철문을 손톱으로 긁으며 애원했다.

"제…… 제발…… 무…… 물이라도 한 모금……."

그런 그녀에게선 이전의 아름다움은 전혀 찾아볼 수가 없었다. 얼마나 철문을 긁었는지 손톱이 다 상해 있었다.

그 순간이었다. 믿을 수 없는 일이 일어났다. 절대로 열리지 않을 것 같은 문이 열린 것이다.

"오랜만이군."

나타난 이는 철가면을 쓴 황태자였다. 레이첼은 지금 자신이 헛것을 보는 건가 했다. 왜 황태자가 이곳에?

황태자는 간수를 보며 말했다.

"물과 먹을 것을 가져오도록."

"네, 전하."

곧 간수가 김이 모락모락 피어오르는 빵과 물을 가져왔다. 4일 동안 굶은 레이첼의 눈이 돌아갔다. 그녀는 엎드린 채 황태자의 발을 붙잡으며 말했다.

"제, 제발 무, 물을……!"

하지만 황태자는 차갑게 그녀를 내려다볼 뿐이었다.

"내가 왜 너에게 물을 주어야 하지?"

"……!"

"아니, 말을 정정하지. 내가 왜 너를 살려 두어야 하지?"

그 물음에 레이첼의 얼굴이 참혹하게 무너졌다. 사흘 동안 시달려 왔던 죽음에 대한 공포가 그녀의 정신을 무너뜨렸다. 그녀는 눈물을 흘리며 애원했다.

"제, 제발…… 흐윽. 사, 살려 주세요."

황태자는 아무런 말 없이 가만히 그녀를 바라보았다. 탑에는 오로지 그녀의 처연한 울음소리만 울려 퍼졌다.

얼마나 지났을까. 황태자가 뜻밖의 말을 하였다.

"살고 싶나?"

"……!"

"살고 싶으냐고 물었다."

레이첼은 허겁지겁 고개를 끄덕였다.

"내 물음에 제대로 답하면 널 죽이지 않으마. 아니, 이 탑에서 평생을 안락하게 보낼 수 있도록 해주지."

"……무, 무엇입니까?"

"성배 도난 사건 때 너를 사주한 인물이 누구지?"

"……!"

레이첼의 얼굴이 굳었다. 그건 그녀가 지금까지 철저히 입을 다물었던 내용이었다. 황태자는 피식 웃었다.

"대답하긴 싫은가 보군. 알겠다. 그러면 이만 가 보지."

그는 등을 돌려 방을 빠져나가려 했다. 김이 올라오던 빵과 물을 가지고 있던 간수도 같이 등을 돌렸다. 그 모습을 본 레이첼이 다급히 그를 붙들었다. 평소라면 모를까, 굶주림과 죽음의 공포에 지칠 대로 지친 그녀는 그의 물음을 거부할 수 없었다.

"대, 대답하겠습니다."

"말해보아라."

레이첼은 주저하다가 입을 열었다.

"서제국의 황제 요하네프 3세입니다."

황태자는 동행한 재상 오른과 무간의 탑을 빠져나왔다.

"씁쓸하군요."

"무엇이 씁쓸하지?"

"레이첼 영애의 모습 말입니다. 처음 델피나로 입궁할 때만 해도 참 아름답고 빛나 보였는데."

오른은 쓴웃음을 지으며 말했다. 하지만 황태자는 일말의 동정도 없는 표정으로 답했다.

"저게 원래의 모습인 거지. 애초에 시커먼 속을 가지고 황궁에 들어온 자다. 동정할 필요 없어."

"그러면 레이첼 영애와의 약속은 어떻게 하실 생각이신지요?"

방금 황태자는 진실을 말하면 레이첼에게 평생 안락한 삶을 보장해주겠다고 약속했었다.

"내가 저 악녀와의 약속을 지켜야 할 이유가 어디에 있지?"

하지만 황태자는 호인이 아니었다. 오히려 지극히 냉혈한 자. 최근에야 제국을 위해 헌신하느라 그런 모습이 두드러지지 않았지만, 원래의 그는 수없이 많은 피를 뿌린 철혈의 지배자였다. 황태자는 자신의 목숨보다 소중하게 생각하는 마리를 몇 번이나 죽음의 함정에 빠뜨린 레이첼을 용서할 생각이 전혀 없었다.

"유폐된 탑에서는 무슨 사고가 일어나도 이상하지 않으니. 그렇게 처리하면 되겠지."

"알겠습니다. 적절히 시행하겠습니다."

오른은 고개를 끄덕였다.

"그런데 전하. 서제국의 요하네프 3세와 결탁한 이스트반 백작가는 어떻게 하시겠습니까?"

방금 레이첼이 털어놓은 정보는 어마어마한 것이었다. 성배 도난 사건의 진정한 배후는 서제국의 요하네프 3세였다! 그뿐 아니라, 그녀의 진술에 따르면 이스트반 백작가는 이미 서제국과 결탁한 상태였다. 하지만 황태자는 이렇게 결정했다.

"일단은 묻어 두지."

"네, 어째서?"

오른은 의아한 표정을 지었다. 서제국과 결탁한다는 것은 반역의 죄이다. 당장 군대를 보내 토벌하는 것이 당연했다. 내버려 두었다가는 내부에 큰 위협이 될 것이다. 그러나 황태자는 고개를 저었다.

"모르고 있다면 큰 위협이겠지만, 알고 있는 한 별 위협이 되지 않는다. 오히려 이 정보를 역으로 이용하면 결정적인 순간에 요하네프 3세에게 뼈저린 타격을 줄 수도 있겠지."

그 말에 오른은 감탄한 표정을 지었다. 황태자의 말이 옳았다.

"그런데 서제국의 요하네프 3세는 왜 성배를 훔쳐 가려고 한 걸까요?"

"그 이유야 간단하지. 클로얀 왕국 때문이다."

"……!"

"클로얀 지방은 서제국과 동제국의 가운데에 위치한 요충지. 클로얀 왕국의 건국과 연관된 보물인 성배를 이용해 클로얀 지방을 자신들의 세력권으로 끌어들이려 한 것이다."

오른은 침음을 삼켰다. 그렇지 않아도 클로얀 지방은 제국령에 포함되어 있음에도 지극히 불안정한 상태다.

'만약 요하네프 3세가 수작을 부려 클로얀 지방이 서제국 쪽으로 넘어가면? 그건 재앙이야.'

오른은 딱딱하게 굳은 표정으로 생각했다. 서제국과 동제국의 힘의 추가 단숨에 서제국으로 기울 것이다. 그만큼 클로얀 지방은 중요했다.

"오른, 클로얀 지방의 상태는 요즘 어떠하지?"

"최근에 더욱 좋지 않습니다. 세율도 감면하고, 제국에 융화될 수 있도록 많은 배려를 하고 있으나 저항이 더욱 거세지고 있습니다."

황태자는 입을 다물고 생각에 잠겼다. 그러다 물었다.
"모리나 왕녀의 행방은?"
"죄송합니다, 전하. 아직입니다."
면목 없는 표정으로 고개를 숙인 오른은 조심히 물었다.
"혹시 모리나 왕녀를 찾으면 비로 맞으시려는 겁니까?"
"아니, 이제 모리나 왕녀를 비로 맞는 것은 의미가 없어졌다."
오른은 황태자의 말에 이해할 수 없다는 표정을 지었다. 클로얀 지방을 제국의 세력권에 완전히 포함하기 위해 왕국의 마지막 후예인 모리나 왕녀를 비로 맞으려고 했던 황태자가 아니었던가? 그런데 의미가 없어졌다니?
"마리 때문에 그러십니까?"
"물론 마리 때문에 모리나 왕녀를 비로 맞을 생각이 사라진 것은 맞지. 하지만 그것 외에도 정말로 그녀의 가치가 사라졌다."
"……?"
"이전에 비해 클로얀 지방의 저항이 훨씬 거세졌어. 이렇게 저항이 거세진 상태에서 내가 모리나 왕녀를 비로 맞으면, 클로얀 지방의 사람들은 내가 왕국을 모욕했다고 여길 것이다."
"……!"
"지금 클로얀 지방 사람들의 저항이 거센 이유는 다른 게 아니야. 바로 전(前) 왕조에 대한 그리움과 충성 때문이다."
라엘의 판단은 정확했다. 그는 클로얀 지방이 제국에 융합될 수 있도록 굉장히 많은 노력을 했다. 세율도 굉장히 낮추었고, 각종 분야에 대한 지원도 아끼지 않았다. 왕국민이라고 제국민에 비해 차별받는 일은 상상할 수도 없었다. 따라서 생활적인 문제로 거부감을 가질 이유는 없었다. 클로얀 지방의 사람들이 제국을 거부하는 이유는 전 왕조에 대한 그리움과 충성 때문이었다.

'최근의 왕은 현명하지 못했지만, 오랫동안 선정을 많이 베푼 왕조였지. 그러니 모리나 왕녀 같은 대단한 인물도 태어난 것일 거고.'

얼굴 없는 성녀, 모리나 왕녀.

황태자는 어린 나이임에도 이렇게 계속해서 널리 회자될 정도로 남몰래 선행을 베푼 모리나 왕녀를 한번 만나 보고 싶었다.

"그러면 모리나 왕녀를 찾는 일은 그만두시겠습니까?"

"아니, 모리나 왕녀는 찾아야 한다. 무슨 일이 있어도 반드시."

오른은 의아한 표정을 지었다. 비로 맞지 않을 거면서 왜? 황태자는 차갑게 말했다.

"찾아서 죽여야 하니까."

"……!"

"왕국민이 전 왕조를 그리워하며 계속 반발하는 것은 결국 왕가의 마지막 후예인 그녀가 생존해 있기 때문이다. 그러니 모리나 왕녀를 죽여 왕가의 핏줄을 끊어야 한다."

오른은 고개를 끄덕였다. 황태자의 말이 옳았다. 모리나 왕녀를 처형하면 당장에야 거세게 반발하겠지만, 그런 반발은 시간이 지나면 사그라질 것이다. 더는 충성을 바칠 왕국의 후예가 없으면 그들은 점차 제국에 융화될 것이다.

"만약 모리나 왕녀를 죽이지 않으면 왕국이 제국에 융화되는 데 최소 2세대, 40년은 걸릴 것이다. 반면 왕녀를 죽여 왕가의 흔적을 지워 버리면, 그 기간은 굉장히 짧아지겠지. 그러니 반드시 그녀를 찾아내 죽여야 한다."

황태자는 서류를 보며 읽듯 무감정하게 말했다. 모리나 왕녀는 죽임을 당할 만한 죄가 없다. 오히려 그가 감탄할 정도로 대단한 인물이다. 하지만 그런 것은 상관없었다. 황태자는 제국을 위해 악귀라도 될 것이라 다짐한 인물이니까. 제국의 이득을 위해 얼마든지 냉혹해질 수 있었다.

“대충 결정된 것 같으니, 수도로 돌아가지.”

“네, 전하.”

그들은 작은 배에 올라탔다. 사공이 배를 강 연안으로 이끌었다. 배를 타고 강을 건너며 그들은 서로 말이 없었다. 오른은 모리나 왕녀에 대한 생각으로, 황태자는 다른 무언가에 대한 생각으로 입을 다물었다. 황혼이 질 무렵 배는 강 연안에 도착했다.

“무슨 생각을 하십니까, 전하?”

황태자는 대답 없이 시선을 돌렸다. 그의 눈에 황혼을 받아 붉게 변한 무간의 탑이 들어왔다.

“오른.”

“네?”

“내가 너무 냉혹하다 생각하나?”

“……!”

오른은 급히 고개를 저었다.

“저도 모리나 왕녀를 죽이는 것이 옳다고 생각합니다. 그게 제국을 위한 길이니까요.”

“…….”

“전 전하의 모든 결정이 제국을 위한 것임을 알고 있습니다. 제국민들은 훗날 전하를 역사에 길이 남을 성군으로 기억할 것입니다.”

황태자는 피식 웃었다.

“그렇게 말해주어 고맙군.”

“진심입니다.”

황태자는 고개를 끄덕인 후, 지나가듯 말했다.

“레이첼은 그냥, 죽이지 말도록.”

“……!”

오른은 놀란 표정을 지었다. 황태자답지 않은 결정이었다.
“어째서입니까?”
“그냥 변덕이다.”
그러니까 왜 그런 변덕을? 하지만 황태자는 자세한 설명은 해주지 않았다.
“가지. 늦었군.”
그는 자신의 흑마에 올라타 말을 달렸다.
“어, 전하? 같이 가십시오!”
오른은 허겁지겁 뒤를 따랐다.
황태자는 말 위에서 바람을 맞으며 생각했다. 레이첼을 살려 주기로 한 이유.
‘이미 피에 물들 대로 물든 손이지만, 불필요한 살생을 한 명이라도 줄이면 신께서 기뻐하시지 않을까 싶어서.’
그게 이유였다. 그리고 그가 그런 생각을 하게 된 까닭이 있었다. 간절히 바라는 것이 생겨서. 신께 기도해서라도 원하는 것이 생겼기 때문이다. 그건 바로 마리였다.
‘신이여.’
황태자는 말을 달리며 생각했다.
‘비록 이런 죄인이지만, 나와 마리의 앞날을 축복해 주소서.’

그때, 제국의 서쪽 경계에서 수상한 대화를 나누고 있는 자들이 있었다.
“라키, 어때? 감쪽같지 않나?”
갈색 머리에 검은 눈을 지닌 쾌활한 인상의 남자였다. 대단한 미남이었는데, 거울을 보며 연신 감탄성을 뱉고 있었다.

"감쪽같습니다."

"조금 더 감정을 넣어서 대답해 줄래? 이건 혁명이라고! 완전히 다른 사람이 되었잖아."

라키라 불린 여인처럼 아름다운 외모의 남자는 고개를 절레절레 내젓더니 악센트를 넣어 말했다.

"감.쪽.같.습.니.다. 폐하."

뭔가 불만이 가득한 악센트였는데, 마지막 단어가 이상했다. 갈색 머리의 남자를 폐하라고 부른 것이다. 그와 요하네프 3세는 완전히 다르게 생겼는데. 갈색 머리의 남자는 아니라는 듯 고개를 저었다.

"폐하라니. 동방의 역용술로 다시 태어난 카탈락 백작이라고 불러야지."

그렇게 말하는 남자의 정체는 서제국의 요하네프 3세. 그의 말처럼 동방에서 전해진 역용술로 얼굴을 변장한 것이다. 과연 그 효과는 혁명에 가까워, 완전히 다른 사람처럼 보였다.

라키 드 스토른 백작, 은막(銀幕)의 인형술사로 불리는 서제국의 재상은 자신의 주군인 요하네프 3세를 어린애 보듯 바라보았다.

"너무 설레시는 것 아닙니까?"

"안 설레게 생겼나? 그녀를 보러 가는데. 내가 얼마나 그녀를 그리워했는지 알고 있잖아."

요하네프 3세는 웃으며 말했다.

"이렇게 보고 싶을 줄 알았으면 그냥 그때 납치해 올 걸 그랬어. 그러면 모든 게 손쉬웠을 텐데."

그가 말하는 이는 다름 아닌 마리였다. 그런데 서제국의 재상 라키의 반응이 이상했다. 장난스러운 황제의 말에 고개를 끄덕인 것이다.

"이번엔 정 안 되면 그렇게라도 하십시오."

"정말로?"

"그만큼 그녀는 우리의 계획에 중요한 인물이니까요."

요하네프 3세가 묘한 얼굴을 하였다.

"그래, 중요하긴 정말로 중요하지. 우리 '계획'의 열쇠이니까. 마리는…… 아니, 모리나 왕녀는."

그의 입에서 어마어마한 이야기가 튀어나왔다. 이미 마리의 정체가 모리나 왕녀인 것을 밝혀낸 상태인 것이다!

"아직 동제국은 모르고 있지?"

"네, 모르고 있습니다."

라키는 여상하게 답했다.

"제가 정보를 교란시키고 있으니까요."

"역시 비열한 우리 재상님이군."

"다 폐하께 배운 것입니다만."

라키 드 스토른 백작. 천민 출신으로 요하네프 3세에게 발탁된 입지전적인 인물로, 서제국 내에서는 '인형술사'라 불리는 공포의 대상이다. 참고로 지난 성배 도난 때 전체적인 사건을 설계한 것도 그였다.

"그러면 슬슬 동제국의 수도로 출발해 볼까. 그녀를 만난다 생각하니 벌써부터 설레는군."

"잊지 마십시오. 폐하께는 중요한 임무가 있다는 것을."

"잊을 리가 있나. 모리나 왕녀를 내 것으로 만드는 것."

"……그게 아니지 않습니까?"

"맞잖아. 뭐가 아니야?"

라키는 한숨을 푹푹 내쉬었다.

"모리나 왕녀 때문에 폐하께서 직접 가는 것은 맞지만, 다른 중요한 임무가 하나 더 있지 않습니까?"

"아아. 알고 있다고. 팍팍하게 굴기는."

요하네프 3세는 이를 드러내며 웃었다. 장난스러운 말투와 다르게 맹수와도 같은 미소였다.

"동제국의 수도에 가서 최대한 분탕을 치라는 거지."

"네, 맞습니다."

서제국의 황제와 재상 사이에 섬뜩한 이야기가 오갔다. 라키는 차분한 말투로 말했다.

"저는 그사이 '계획'을 진행하고 있겠습니다."

시간이 흘렀다. 겨울이 깊어지고, 새해가 며칠 앞으로 다가왔다. 하늘에서 내린 눈이 사방을 하얗게 물들였지만, 황궁에는 특별히 눈에 띄는 변화는 없었다. 여전히 황태자는 국정에 열중이었고, 키에르한은 황제를 수호했으며, 마리도 여전히 황태자를 섬겼다. 하지만 그 내면을 들여다보면 매우 큰 변화가 있었다.

"오늘 본 회의의 의제들입니다."

"그대가 정리한 건가?"

"네, 사안별로 참고 자료를 첨부해 두었습니다."

마리는 조금 더 여관로서의 업무를 맡게 되었다. 이제는 단순한 시녀가 아닌 보좌관의 역할을 하게 된 것이다. 원래 직위가 높은 시녀들이 주인의 일을 보조하는 것은 종종 있었지만, 무려 황태자의 업무를 보좌하는 것은 흔한 일이 아니었다. 그래서 그녀가 황태자의 일을 보조하는 것에 대해 안팎으로 논란이 있었다. 재상 오른의 경우에는 차라리 정식 보좌관을 임명하라 성화였지만, 황태자는 '그녀보다 내 일을 잘 도와줄 수 있는 사람이 어디에 있지?'라며 반대 목소리를 잠재웠다.

확실히 그녀의 업무 능력은 탁월한 바가 있었다. 오른도 그건 부정할 수가 없었다.

'그, 그래도 시녀가 전하의 국정을 보조하는 것은…….'

오른은 그렇게 떠듬떠듬 반대를 표했지만, '그녀의 직책이 문제면 아예 정식 보좌관 지위를 부여하면 되겠군. 어떻게 생각하나?'라며 황태자는 한술 더 떠 그렇게 나왔다.

졸지에 마리는 황태자의 전속 시녀 겸 보좌관이 되었다. 마리는 자신에게 내려진 보좌관 직위를 떠올리며 어색한 표정을 지었다.

'내가 보좌관이라니.'

황태자의 보좌관. 요직 중의 요직인 자리였다. 직책 자체도 높았고, 제국의 지배자를 바로 옆에서 보필하는 자리였기 때문이다. 그런 어마어마한 직책에 시녀인 그녀가 오르게 되다니. 믿기 어려운 일이 아닐 수 없었다.

'거절하려고 했지만.'

의외로 황태자는 완강히 뜻을 굽히지 않았다.

"나에게 가장 큰 도움을 줄 수 있는 이는 마리, 너다."

강한 신뢰가 담긴 말이었다. 마리는 나직이 한숨을 내쉬었다.

'보좌관이 된 것이 나쁘진 않지만.'

이제 그녀는 더는 도망가지 않고 그를 옆에서 보필하기로 마음먹은 상태다. 따라서 그를 보필하는 데 보좌관의 직위는 큰 도움이 된다. 하지만 문제가 있다면,

"피로해 보이는구나. 혹시 몸이 불편한 것은 아니냐?"

"아…… 괜찮습니다, 전하."

"무리하지 말도록. 절대로."

마리는 어색한 표정을 지었다. 그녀에게 당면한 문제. 그건 바로 자신을 향한 그의 마음이었다.

"너의 모든 것, 모든 마음을 나의 것으로 만들어 널 가지겠다."

그날의 일 이후로, 그는 자신의 마음을 숨기지 않았다. 타오르는 눈빛으로 그녀를 바라보며 자신의 마음을 드러냈다.

'난 그의 마음을 받아들일 수 없어. 받아들여선 안 돼.'

마리는 속으로 한숨을 내쉬었다. 하지만, 사실 가장 큰 문제는 따로 있었다. 그녀는 자신을 갈망하는 그의 눈빛에 끝까지 흔들리지 않을 자신이 없었다. 그게 그녀의 가장 큰 문제였다.

"아, 빗방울이."

늦은 시간까지 서류를 보다 뒤늦게 사자궁을 나온 마리는 하늘을 보고 곤란한 표정을 지었다. 진눈깨비가 섞인 비가 주룩주룩 내리고 있었다.

'어쩌지? 숙소까지 그냥 가면 홀딱 젖을 것 같은데.'

고민하고 있을 때, 부드러운 목소리가 그녀를 불렀다.

"우산이라도 빌려드릴까요, 레이디?"

"키엘 님!"

마리는 놀란 표정으로 고개를 돌렸다. 그곳에는 은발의 키에르한이 우산을 든 채 옅게 미소 짓고 있었다.

"이곳에는 어째서? 혹시 저 때문에……?"

마리는 미안한 표정을 지었다. 하지만 키에르한은 신경 쓰지 말라는 듯 고개를 저었다.

"그냥 우연히 지나가다 마주친 것이니 신경 쓰지 마십시오. 특별히 마리 양 때문에 기다린 것은 아닙니다."

그의 말에 마리는 웃음을 지었다. 바보가 아니라면 그가 일부러 자신을 위해 기다렸다는 것을 알 수 있었다. 자신이 부담스러워할까 봐 저렇게 말하는 것이리라.

"바쁘신데 다음부터는 이러지 마세요. 비나 눈 좀 맞아도 괜찮으니."

"생각해 보겠습니다."

"꼭이에요."

사실 키에르한이 그녀를 마중 나온 것은 이번이 처음이 아니었다. 이전에 그녀가 눈에 홀딱 젖은 것을 우연히 목격한 그는 그다음부터 비나 눈이 오는 날마다 그녀가 숙소에 돌아가는 시간에 맞춰 우산을 들고 기다리곤 했던 것이다. 아무리 괜찮다고 말해도 그는 고집을 굽히지 않았다.

'키엘 님.'

마리는 자신도 모르게 한숨을 내쉬었다. 황태자와 마찬가지로 그녀는 키에르한의 마음도 받아들일 수 없었다. 그가 자신에게 잘해 줄수록 미안한 마음이 들었다. 한편 그녀가 한숨을 내쉬자 키에르한이 몸을 흠칫했다.

"마리 양."

"네?"

키에르한은 주저하다가 물었다.

"혹시 제가 이렇게 나오는 것이 불편하십니까?"

그 말에 그녀는 화들짝 고개를 저었다.

"그, 그건 아니에요. 다만……."

"다만?"

"……지난번에 말씀드렸다시피 죄송해서요."

잠시 침묵이 흘렀다. 사실 마리는 얼마 전 키에르한의 마음을 밀어냈다. 더는 그의 마음을 외면하기 어려웠기 때문이다.

"죄송해요. 전 각하의 마음을 받아줄 수 없어요."

그날, 마리는 여지를 남기지 않기 위해 최대한 딱딱한 말투로 말했었다. 그런데 키에르한의 대답은 의외였다.

"받아주지 않아도 상관없습니다. 애초에 보답을 바라고 마리 양을 좋아한 것이 아니니까요."

그는 그녀의 손을 부드럽게 붙잡았다. 그리고 그녀의 손을 조심히 자신의 입술로 이끌며 말했다.

"당신을 사랑합니다. 그저 이렇게 보는 것만으로도, 함께 있는 것만으로도 좋으니 그 정도만 허락해 주실 수 없으시겠습니까?"

"하지만……."

"부탁합니다."

그렇게 말하는 그의 눈빛이 너무 간절해서 마리는 차마 거절할 수가 없었다.

"마리 양."

그때, 키에르한이 상념에 빠져 있던 그녀를 불렀다.

"지난번 말씀드렸다시피 저에게 미안해할 필요 없다고 하지 않았습니까."

"……."

"그저 제가 좋아서 하는 일일 뿐입니다. 저는 마리 양과 이렇게 잠시 함께할 수 있는 것만으로도 행복하고 기쁩니다. 그러니 마리 양은 그냥 편하게 생각해 주시면 좋겠습니다."

편하게. 도저히 그의 말처럼 생각할 수는 없었지만, 마리는 어쩔 수 없이 고개를 끄덕였다. 옅은 미소를 띤 채 잠시 가만히 그녀를 보던 키에르한이 물었다.

"마리 양."

"네?"

"혹시 이번 신년 연회 때 참석하십니까?"

마리는 고개를 끄덕였다. 이전의 하급 시녀 때라면 모를까, 현재 그녀는 작위를 받은 귀족이니 신년 연회에 참석할 의무가 있었다.

"네, 그런데 그건 왜?"

"음……."

키에르한은 주저하다가 입을 열었다.

"혹시…… 그날 신년 연회 때 제 파트너가 되어주실 수는 없으십니까?"

"……!"

마리가 놀라 그를 보자 키에르한이 조심스러운 말투로 말했다.

"그냥…… 저는 마리 양과 함께라면 좋을 것 같아서…… 만약 불편하시면 괜찮습니다."

마리는 잠시 망설여졌으나 고개를 끄덕였다. 대단한 부탁도 아니고, 고작 연회의 파트너다. 저렇게까지 말하는데 거절하는 것도 예의가 아닐 것 같았다.

"네, 알겠어요. 그런데 제가 동행하면 후작님께 누가 되지는 않을지……."

그녀도 나름 귀족 작위를 받긴 했지만 대귀족인 키에르한과 비교하면 격이 한참 떨어졌다. 하지만 키에르한은 고개를 저었다.

"누라니요? 그런 말씀하지 마십시오."

그러며 강한 목소리로 말했다.

"오히려 지극한 영광입니다."

그런데 마리는 다음 날 황태자에게 생각지도 못 한 말을 들었다.

"신년 연회 때 내 파트너가 되어주겠나?"

"……네?"

마리는 당황한 표정으로 고개를 저었다.

"제가 어찌 감히 전하의 에스코트를. 거두어주시옵소서."

하지만 황태자는 그녀를 똑바로 응시하며 말했다.

"그대가 아니라면 누가 나의 에스코트를 받지?"

그녀를 바라보는 그의 시선이 뜨거웠다. 그 눈빛에 담긴 의미는 명백했으나, 마리는 애써 고개를 돌리며 쥐 죽은 듯 말했다.

"그…… 다른 지체 높은 영애들이나 사절로 온 타국의 공주나 저 말고……."

황태자는 나직이 한숨을 내쉬었다.

"마리."

"……."

"마리, 날 봐라."

그녀는 어쩔 수 없이 고개를 돌려 그를 마주 바라보았다. 그는 여전히 타는 듯한 갈망으로 그녀를 보고 있었다. 옴짝달싹 얽어매는 듯한 눈빛이라 그녀는 손가락 하나 까닥하기 힘들었다.

"누누이 이야기하지만 내가 원하는 것은 오로지 너야. 다른 누군가가 아니라. 알겠나?"

그 노골적인 말에 마리의 얼굴이 화악 붉어졌다. 그녀는 알 수 없이 떨리는 가슴을 억누르며 입을 열었다.

"그 마음 받아들일 수 없습니다."

"상관없어."

황태자는 나직이 말했다.

"그대의 마음, 절대 포기하지 않을 테니까. 아무리 나를 밀어내더라도 소용없어."

"……!"

마리는 입술을 깨물었다. 이대로는 안 된다. 그녀는 굳은 목소리로 말했다.

"어쨌든 이번 신년 연회의 파트너는 안 됩니다."

"어째서지?"

"키에르한 후작 각하와 이미 약속되어 있습니다."

그 말을 꺼낸 순간, 황태자의 얼굴이 굳었다.

"……키에르한과?"

"네, 전하. 선약이 되어 있어서 에스코트를 받을 수 없어 죄송합니다."

마리는 일부러 강한 목소리로 말했다.

"……."

약속이 되어 있다 하니 황태자는 신년 연회에 대해 더 이야기를 꺼내지 못했다. 공과 사를 철저히 구분하는 그인 만큼 업무 중 특별히 불편한 기색을 보이지는 않았지만, 마리는 그의 기분이 굉장히 저조해졌음을 느낄 수 있었다.

신년 연회의 날이 다가왔다. 마리는 오래간만에 시녀복을 벗고 드레스를 입고 단장했다.

"와, 정말 예쁘다, 마리."

하급 시녀 때부터의 친구 제인이 그녀의 단장을 도와주었다. 작위를 받아 귀족이 되었지만, 서로 둘만 있을 때는 말을 편하게 하였다.

'괜찮나?'

마리는 거울을 보며 생각했다. 꾸미지 않은 평소와 전혀 다른 모습의 소녀가 거울 속에서 눈을 깜빡이고 있었다.

'이렇게 보니…… 나름 괜찮은 것 같기도 하네.'

거울 속의 그녀는 스스로가 보기에도 귀엽고 예뻤다. 곱게 꾸며진 자신의 모습을 보니 마리는 나쁘지 않은 기분이 들었다. 꼭 남들에게 보여주기 위해서라기보다는 자기만족이 되는 것 같았다.

"오늘 고마워. 나중에 맛있는 것 사 줄게, 제인."

"응, 연회 잘 다녀와!"

숙소를 나가니 그녀를 에스코트하기로 한 키에르한이 기다리고 있었다. 깔끔한 친위대 정복을 입은 그는 마리의 변한 모습을 보고 놀란 표정을 지었다.

"……마리 양?"

그가 너무 놀란 표정이어서 마리는 살짝 민망한 마음이 들었다.

"이상…… 한가요?"

키에르한은 크게 고개를 저었다.

"이상하긴요. 아름답습니다. 그 누구보다도."

그는 한쪽 무릎을 꿇으며 그녀의 손등에 입을 맞추었다.

"오늘 이렇게 아름다운 레이디를 에스코트할 수 있게 되어서 영광입니다."

지나친 극찬에 마리의 얼굴이 붉어졌다.

'그, 그 정도는 아닌 것 같은데…….'

"저, 저도 에스코트해 주셔서 감사합니다."

예법에 맞춰 인사를 받자 그가 자리에서 일어난 후 말했다.

"그런데 곤란하군요."

"네?"

마리가 의아한 표정을 짓자 그가 무언가 못마땅한 목소리로 말했다.

"이렇게 예쁜 모습은 저 혼자만 보고 싶은데 말입니다."

마리의 얼굴이 화악 붉어졌다. 이런 유의 말에 익숙하지 않다 보니, 뭐라고 대답해야 할지 알 수가 없었다.

"노, 농담하지 마세요."

"농담 아닙니다. 진심입니다."

"……."

마리가 당황해 입을 다물자 키에르한이 못마땅한 기색을 지우고 손을 내밀었다.

"어쩔 수 없지요. 만약 이상한 날파리가 꼬이면 제가 다 해결해 드리겠습니다."

"아, 안 꼬여요."

키에르한은 옅게 웃으며 말했다.

"어쨌든 가시죠."

"……네."

마리는 귓불까지 붉어진 얼굴로 고개를 끄덕였다.

그녀의 숙소와 연회장은 지척이었다. 그의 에스코트를 받으며 조금 걸으니 금방 연회장에 도착할 수 있었다.

"제국을 수호하는 방패, 키에르한 후작 각하입니다!"

연회장 입구를 지키는 나팔 기수가 그의 등장을 알렸고, 연회장 안 사람들의 시선이 그에게 쏠렸다.

'친위대 단장인 후작 각하께서? 원래 이런 연회는 잘 참석 안 하시

는데?'

'옆의 레이디는 누구지?'

사람들의 관심은 키에르한의 손을 잡고 들어온 마리에게 집중되었다. 키에르한이 연회에 여인을 에스코트하며 입장한 것은 처음이었기 때문이다.

'귀엽고 예쁘게 생긴 소녀네. 수도에 저런 레이디가 있었나?'

'어디서 본 것 같은 소녀인데, 어디서였지?'

사람들은 마리를 쉽게 알아보지 못했다. 시녀복을 벗고 곱게 꾸민 그녀의 모습에서 평소의 모습을 찾아보기가 어려웠기 때문이다. 지금의 그녀는 어느 누가 봐도 귀엽고 예뻤다. 최고의 미인이라고는 할 수 없어도, 맑고 귀여운 그녀 나름의 매력이 느껴졌다.

"가만…… 온 힐데른 아닌가요?"

"어, 정말? 그러고 보니 그런 것 같네요."

누군가의 이야기에 사람들은 눈을 동그랗게 떴다. 다시 보니 그녀가 맞았다. 다들 시녀복 차림의 수수한 모습에서 탈바꿈한 그녀를 보고 놀란 표정을 지었다.

한편 마리는 사람들의 시선이 자신에게 집중되자 민망한 표정을 지었다. 이런 관심은 전혀 익숙하지 않았다.

그 순간이었다. 나팔 소리가 울리고 문지기의 목소리가 울려 퍼졌다.

"황태자 전하 납십니다!"

평소보다 빠른 황태자의 등장에 사람들의 시선이 입구로 몰렸다. 황태자는 특별히 누군가와 동행하지 않고, 홀로 연회장에 모습을 드러냈다.

"황태자 전하를 뵙습니다."

연회장의 음악이 일순간 멈추었고 모두 황태자에게 예를 표했다. 황태자는 예를 받은 후, 마치 누군가를 찾기라도 하는 듯 고개를 두리번거렸다. 그리고 그의 시선이 키에르한의 에스코트를 받고 있는 마리에게 정면으로 꽂혔다.

"……."

마리는 엉거주춤한 자세를 했다. 거리가 꽤 있었지만 그가 자신을 보고 있다는 것이 분명히 느껴졌다. 철가면 아래로 드러난 그의 눈빛은 굉장히 불편한 기색이었다. 그의 눈동자가 그녀의 얼굴로, 그리고 예쁘게 단장한 드레스로, 마지막으로 키에르한의 손을 잡고 있는 그녀의 손으로 옮겨 갔다. 키에르한의 하얀 장갑 위에 올려진 그녀의 손을 본 순간, 라엘의 눈동자에서 전해지는 불편함은 극에 달해 마리는 어쩔 줄 모르겠는 마음이 들었다.

'어, 어쩌지.'

물론 그녀가 특별히 잘못한 것은 없었다. 연회에서 누구의 에스코트를 받든 그건 그녀의 자유니까. 하지만 황태자의 저런 눈빛을 받으니 뭔가 굉장히 잘못한 것 같은 마음이 들었다.

그때, 키에르한이 자신의 손 위에 올라가 있던 그녀의 손을 꽈악 붙들었다. 그의 강인한 손은 그녀에게 신경 쓰지 말라고 이야기하는 듯했다.

"……."

라엘은 그 모습을 말없이 바라보더니 고개를 획 하고 돌리고 상석에 위치한 자신의 자리로 올라갔다. 뭔가 불쾌해 보이는 모습인지라, 영문을 모르는 사람들은 고개를 갸웃했다.

"신년 연회를 시작하도록."

"네, 전하."

황태자의 손짓과 함께 신년 연회가 시작되었다. 먼저 성당의 추기경이 기도문을 낭독하며 축사를 하였고, 황태자가 예식을 진행하였다. 연회에 참석한 사람들은 예를 갖추어 그 절차를 지켜보았고, 황궁 오케스트라단의 신년 축하 음악 공연이 이어졌다.

타앙!

악장 바한이 지휘봉을 힘차게 내젓자 높고 우렁찬 팀파니 소리가 음악의 시작을 알렸다. 곧바로 뒤따르는 현악기의 경쾌한 울음소리. 신년 연회에 어울리는 즐겁고 밝은 전주곡이라 연회에 참석한 사람들은 편안한 마음으로 음악을 즐겼다.

"좋군요."

"네, 역시 황궁 악단의 악장 바한이에요. 훌륭합니다."

사람들은 뛰어난 음악을 연주하는 악장 바한을 칭찬했다. 그런데 눈썰미 좋은 몇몇 사람은 오케스트라단에서 무언가 이상한 점을 느꼈다. 단상 가운데 피아노가 덩그러니 있었던 것이다.

"저 피아노는 무엇일까요?"

"그러게요. 가운데에 피아노가 있네요."

"이번 전주곡이 끝난 후 마에스트로 바한이 연주하려는 걸까요?"

"그러겠죠? 바한 경의 피아노 솜씨가 궁금하군요."

사용하지 않을 피아노를 굳이 연회장에 가져다 놓을 이유는 없다. 사람들은 이번 곡이 끝난 후 이어질 악장 바한의 피아노 연주를 기대했다. 얼마 지나지 않아서 곡이 끝을 맺었고, 다음 곡을 연주할 차례가 왔다. 악장 바한이 이어 연주할 곡을 소개했다.

"다음에 이어질 곡은 피아노 협주곡, '축복(Blessing)'입니다."

예상대로 이번에는 피아노와 오케스트라단의 협연이었다. 사람들은 훌륭한 전주곡을 들려준 악장 바한의 피아노 솜씨를 기대했다. 그런데 바한은 뜻밖의 이야기를 하였다.

"이번 연주를 위해 특별한 연주자를 초빙했습니다. 저와 비교할 수 없을 정도로 뛰어난 음악적 소양을 지닌 분으로, 이번 신년 연회를 빛나게 해줄 연주자입니다."

사람들은 의아한 표정을 지었다. 악장 바한이 연주하는 게 아니라고? 어떤 연주자이기에 저런 거창한 소개지?

"누구지?"

"그러게요? 독일 지방에서 유명한 음악가라도 초빙해 왔나?"

이윽고 악장 바한이 연주자를 소개했을 때, 사람들은 깜짝 놀랄 수밖에 없었다.

"이번 협주곡의 피아노 솔리스트, 힐데른 예작님입니다."

"……!"

힐데른 예작, 즉 마리가 피아노 연주자였던 것이다!

'아니, 온 힐데른이 피아노 연주를?'

'물론 어느 정도 피아노를 친다고 이야길 듣긴 했지만…….'

연회장이 술렁거렸다. 마리가 어떤 음악 실력을 지니고 있는지 모르고 있는 사람들은 미심쩍은 눈빛으로 그녀를 바라보았다.

"잘 부탁합니다, 힐데른 예작님."

"네, 저도 잘 부탁해요."

단상 위로 올라간 마리는 살짝 고개를 숙여 인사 후, 피아노 앞에 가서 앉았다. 사람들은 과연 그녀가 제대로 된 연주를 해낼 수 있을까 하는 의심에 찬 시선을 보냈다.

"시작하겠습니다."

하지만 그녀가 첫 피아노 건반 음을 누르는 순간. 사람들은 자신들의 생각이 쓸데없는 기우였음을 깨달았다. 맑고도 맑은, 마음을 정화시켜 주는 듯한 음색이 연회장에 울려 퍼졌다.

'아…….'

마치 천사의 아리아 같은 투명한 멜로디. 푸른 호수에 햇살이 반짝이듯, 새싹에 맺힌 이슬이 떨어지듯, 청명한 소리가 피아노의 건반을 통해 흘러나왔다.

'이런 아름다운 소리가…….'

사람들은 자신도 모르게 그 음색에 빠져들었고, 곧 악장 바한의 지휘와 함께 오케스트라단의 음악이 그 사이로 흘러들었다.

'역시 대단해.'

악장 바한은 지휘봉을 흔들며 생각했다.

'어떻게 이런 선율을.'

사실 이번 협연은 악장 바한이 고안한 깜짝 이벤트였다. 이전부터 마리의 실력을 동경해 왔던 그는 그녀에게 가르침을 받고 싶어 했으나, 여러 면으로 바쁜 마리의 사정상 뜻을 이루지 못했다. 그래서 생각해 낸 것이 그녀와의 협연이었다. 가르침 대신 그녀와 연주라도 같이 해 보고 싶었던 것이다. 바한의 생각은 대성공이었다. 지금 그는 그녀와의 연주를 통해 지극한 고양감을 느끼고 있었으니까.

'대단한…… 그야말로 천상의 음악…….'

그러한 고양감은 그만 느끼고 있는 것이 아니었다. 연회장에서 음악을 듣는 청중도 똑같은 고양감을 느끼고 있었다. 맑게 시작한 음색은 주제를 거듭하며 점차적으로 깊은 의미를 더해 갔다. 투명하면서도 깊은, 마치 천사들의 합창 같은 소리가 연회장 안을 가득 채웠고, 사람들은 천상에 초대된 듯한 느낌을 받았다.

천국의 소리를 듣는 듯한 환희. 오케스트라의 음악을 배경으로 피아노는 클라이맥스를 향해 나아갔고, 옥타브를 넘나드는 현란한 기교는 사람들을 향해 찬란한 축복을 뿌렸다.

짝짝짝짝!

그렇게 연주가 끝을 맺었고, 우레와 같은 박수 소리가 연회장 안을 가득 메웠다. 이 자리가 신년 연회가 아니었다면 터질 듯한 환호성이 울려 퍼졌을 것이다. 마리는 살짝 상기된 얼굴로 자리에서 일어나 청중을 향해 인사 후 키에르한의 옆자리로 돌아왔다.

"최고입니다. 내 생애 최고의 음악이었습니다."

키에르한이 귓속말로 그녀에게 속삭였다. 진심이 담긴 칭찬이라 마리는 쑥스러운 표정을 지었다. 한참의 시간이 지난 후에야 사람들은 연주의 여운에서 벗어날 수 있었고, 연회가 이어졌다.

"그러면 모두 즐겁게 즐기도록."

황태자가 공식 절차가 끝났음을 알렸고, 곧 흥겨운 음악 소리가 울려 퍼졌다. 본격적인 연회가 시작된 것이다. 사람들은 새해의 시작을 기념하며 밤늦게까지 먹고 마시며 춤을 출 것이다. 그런 즐거운 분위기 속에서 의외의 주목을 받는 사람이 있었다. 바로 훌륭한 연주를 해낸 마리였다. 사람들이 그녀에게 다가와서 감탄의 말을 전했다.

"이번 연주 정말 감동적이었습니다."

"네, 정말 훌륭했어요."

"다음번에 또 연주를 들을 수는 없을는지요?"

마리는 수많은 사람이 자신을 둘러싸자 어색한 표정을 지었다. 늘 자신을 숨기기만 했던 그녀는 이런 상황이 익숙하지 않았다. 그렇게 그녀에게 다가온 이들 중 생각지도 못 한 인물이 있었다.

"훌륭한 연주였어요."

흑발의 아름다운 미녀, 아리엘 공녀였다. 마리는 아리엘 공녀에게 놀라 고개를 숙였다.

"좋게 봐주셔서 감사합니다, 공녀 저하."

"좋게 봐준 게 아니라 정말 훌륭하던데요. 감동적인 연주였어요. 이런 솜씨가 있었으면서 지금까지 왜 숨기고 있었던 거예요?"

마리는 그저 가만히 웃을 뿐 대답할 수 없었다. 아리엘은 새의 깃털로 장식한 부채를 펼치더니 뜻밖의 제안을 하였다.

"다음에 우리 가문의 저택에서 티 파티가 있어요. 혹시 생각 있으시면 참석하겠어요?"

마리는 눈을 깜빡였다. 자신이 제대로 들은 것인지 헷갈렸던 것이다.

'아리엘 공녀가 나를?'

아리엘은 그녀가 곧바로 대답하지 않자 부채로 얼굴을 가리며 눈살을 찌푸렸다.

"싫으면 안 와도 돼요."

"아, 아니! 꼭 참석하겠습니다."

"억지로 올 필요는 없어요."

"억지 아닙니다. 초대해 주셔서 감사합니다."

아리엘은 흥 하고 코웃음을 치더니 등을 돌려 사라졌다. 자신이 마리에게 먼저 손을 내민 것이 민망한 눈치였다. 마리는 그런 아리엘의 등 뒤에 대고 말했다.

"공녀 저하! 초대해 주셔서 다시 한번 감사합니다."

"……초대장 보낼 테니 꼭 오기나 해요."

그 모습을 보던 키에르한이 미소를 지었다.

"아리엘 공녀와 친해진 모양이군요."

'그런가?'

친해진 것인지는 모르겠지만 관계에 변화가 있는 것은 사실이다. 아마 사냥터에서의 위기를 같이 겪은 이후부터였던 것 같다.

"마리 양."

"네?"

생각에 빠져 있는데, 키에르한이 그녀에게 말했다.

"저와 함께 춤을 춰 주실 수는 없으시겠습니까?"

"아…… 그건 좀……."

마리는 곤란한 표정을 지었다. 그녀의 거절에 키에르한은 실망한 표정을 지었다.

"혹시 저와 춤을 추는 것이 싫으신 것입니까?"

"아니! 그런 건 아니에요. 그냥 단지 제가 춤을 못 춰서……."

마리는 부끄러운 얼굴로 말했다.

"만약 같이 춤을 추면 엄청 실례하게 될 거예요."

키에르한은 자신을 거절한 것이 아니란 것을 알고 안도한 표정을 지었다.

"그런 건 괜찮습니다. 어차피 편하게 추는 춤인걸요."

"안, 안 돼요. 분명 엄청 밟을 거예요."

"네?"

"키엘 님의 발이요. 엄청 밟을 게 분명해요."

마리는 그것만은 정말 안 된다는 결연한 표정으로 고개를 저었다. 그녀의 말에 키에르한은 쿡쿡 웃음을 터뜨렸다.

"아아, 그런 이유라면 정말 괜찮습니다."

그는 그녀의 손을 부드럽게 붙잡았다. 하얀 장갑 너머로 강인하면서도 따뜻한 느낌이 전해졌다.

"발이 밟히는 것은 리드하는 사람이 초보일 때나 그런 것이죠. 제가 생각보다 굉장히 잘 추니 그런 걱정은 안 하셔도 됩니다. 지난번 가면무도회 때 한번 같이 춰 봐서 아시지 않습니까?"

"……."

"저만 따라오면 되니 편하게 한 곡 추시죠, 레이디."

마리는 잠시 그에게 붙들린 자신의 손을 바라보며 고민했다.

"진짜…… 발을 밟을지도 모르는데."

"잘 피할 테니 괜찮습니다. 그리고 밟히면 좀 어떻습니까?"

키에르한은 말을 이었다.

"다른 사람도 아닌 제가 소중하게 생각하는 마리 양인데. 얼마든지 밟아도 괜찮습니다."

둘은 춤을 추기 시작했다. 마리가 이야기한 것처럼 그녀의 춤은 미숙하기 그지없었다. 애초에 제대로 배워 본 적이 없었기 때문이다. 하지만 키에르한이 정말로 능숙했다. 그는 최대한 쉽게 따라올 수 있도록 천천히 그녀를 이끌었고, 그녀가 실수하려고 할 때마다 능숙한 솜씨로 붙들어주었다. 덕분에 마리는 편안한 마음으로 춤을 즐길 수 있었다.

"감사해요."

"무엇 말입니까?"

"그냥요. 전부 다."

그녀는 진심을 담아 말했다. 그래, 그에게는 항상 감사하기만 했다. 모든 것이 전부 다. 하지만 그래서 동시에 더욱 미안했다. 그의 마음을 받아줄 수 없기에.

'하아.'

그녀의 얼굴이 어두워지자 키에르한이 표정을 굳혔다. 그녀의 속마음을 짐작한 걸까? 그가 이렇게 말했다.

"그런 표정 안 지었으면 좋겠습니다. 저는 지금 충분히 행복하니까요."

"……네."

마리는 애써 미소를 지었다. 자꾸만 안 좋은 표정을 보이는 것도 그에게 실례일 것 같아 그녀는 복잡한 생각을 떨쳐 버렸다. 그리고 음악의 흐름에 맞춰 춤추는 것에만 집중했다.

한편, 그런 그녀를 끓는 듯한 시선으로 바라보고 있는 사람이 있었다. 연회장 상석에 앉아 있는 황태자 라엘이었다.

"……."

라엘은 입을 굳게 다물고 키에르한과 손을 맞잡고 춤을 추는 그녀를 쏘아 보았다. 가슴이 들끓었다. 오만 가지 감정이 그의 마음을 들었다

놓았다.

'뭘 저렇게 웃고 있는 거지? 저놈과 춤추는 것이 그렇게나 즐거운가? 춤이야 나도 얼마든지 춰 줄 수 있는데.'

라엘은 속으로 중얼거렸다. 키에르한의 손이 그녀의 몸을 스칠 때마다 터질 듯한 감정이 치밀어 올랐다. 당장에라도 달려가 둘을 떨어뜨려 놓고 싶었다.

'옷은 왜 저렇게 입고 온 거야. 다들 힐끗힐끗 쳐다보잖아.'

연회장에 와서 그녀를 본 순간, 라엘은 가슴이 두근거렸다. 평소에도 예뻐 보였지만 오늘은 마치 천사가 내려온 듯이 아름다웠기 때문이다. 물론 마리가 실제로 그렇게까지나 아름다운 것은 아니지만 라엘의 눈에는 그렇게 보였다.

그런데 그렇게 아름답게 꾸민 그녀는 자신이 아닌 키에르한의 에스코트를 받고 있었다. 그 사실을 떠올린 순간, 두근거리던 마음은 와락 구겨졌다. 더구나 상의가 파인 드레스를 입은 탓에 웬 잡놈들이 힐끗힐끗 그녀를 바라보았다. 구겨진 기분이 더욱더 바닥으로 떨어졌다. 그들에게 눈 치우라고 외치고 싶었다.

'젠장.'

라엘은 애꿎은 술만 마셨다.

그 순간이었다. 그들의 춤을 보던 라엘의 눈이 찢어질 듯 커졌다. 마리가 키에르한의 품으로 부드럽게 안겨 들어간 것이다!

'……!'

사실 춤에 따른 동작에 불과했지만 그에게는 그렇지 않았다. 그녀와 키에르한이 서로의 숨결이 닿을 거리에서 눈동자를 마주하는 것을 본 순간, 라엘의 머릿속에서 무언가가 뚝 하고 끊어졌다. 머릿속이 하얗게 마비되는 느낌이었다. 더는 참을 수 없었다.

"전하?"

곁에 있던 오른이 벌떡 일어선 그를 보고 놀란 표정을 지었다. 철가면 아래에서 느껴지는 기세가 심상치 않았다.

"잠시 다녀오겠다."

"네? 어디를?"

라엘은 대답하지 않고 성큼성큼 발걸음을 옮겼다.

"저, 전하?"

황태자가 향한 곳. 그곳은 막 춤이 끝나고 홀에서 내려온 마리와 키에르한이 있는 곳이었다.

"괜찮으셨습니까?"

"네, 즐거웠어요. 잘 이끌어주셔서 감사해요."

홀에서 내려온 마리는 이마에 살짝 흐르는 땀을 닦았다. 워낙 능숙하게 이끌어준 덕에 문제없이 춤을 마칠 수 있었다.

"그러면 잠시 쉰 후 조금 있다가 한 곡 더 추시겠습니까?"

마리는 별생각 없이 고개를 끄덕이려다 멈칫했다. 왠지 모르게 등 뒤로 싸한 느낌이 들었던 것이다.

'뭐지?'

의아한 얼굴로 고개를 돌린 그녀의 몸이 뻣뻣이 굳었다.

황태자가 타오르는 듯한 눈동자로 그녀를 바라보고 있었기 때문이다.

"화, 황태자 전하를 뵙습니다."

마리는 당황해 고개를 숙였다.

'황태자가 왜?'

마리는 이 근처에 혹시 다른 용무가 있나 했지만 그럴 리가 없었다.

그는 그녀를 보러 온 것이다.

"……."

황태자는 아무런 말 없이 그녀를 바라만 보았다. 그는 할 말이 굉장히 많은 듯한 분위기였지만 입을 꾹 다물고 열지 않았다. 마리는 그 눈빛을 보니 불편한 마음이 들었다. 잘못한 것도 없는데, 굉장히 잘못한 느낌이었다.

'어, 어쩌지? 아니, 내가 특별히 잘못한 것은 없긴 한데…….'

마리가 쩔쩔매고 있을 때, 키에르한이 그녀의 앞으로 나섰다. 마치 황태자의 시선에서 그녀를 지키듯.

"무슨 일이십니까, 전하? 혹시 하실 말씀이라도?"

황태자가 아주 낮은 목소리로 답했다.

"비켜."

"……!"

"난 네가 아니라 마리에게 용무가 있다. 그러니 비켜."

키에르한의 표정이 굳었다. 그는 물러서지 않고, 예의를 갖추되 강한 목소리로 말했다.

"마리 양은 지금 제 파트너입니다. 그녀에게 무슨 용무가 있는지 저도 궁금하군요."

그 말에 황태자가 키에르한을 차갑게 노려보았다. 살갗이 베일 듯한 시린 눈빛이었다.

"너……."

그 순간, 자신을 사이에 두고 둘의 분위기가 급속도로 안 좋아지자 마리가 허겁지겁 둘 사이로 나섰다.

"자, 잠깐만요! 저 괜찮으니 말씀하시옵소서, 전하!"

마리는 둘 사이에 껴서 눈치를 살폈다.

'이게 도대체 무슨 일이야.'

자신을 사이에 두고 이런 난리라니!

“…….”

라엘과 키에르한 사이에 잠시 정적이 흘렀다. 둘 모두 서로를 날카로운 눈빛으로 노려보았다.

뭔가 가만히 놔두면 충돌이 일어날 것 같아 마리는 다시 급히 고개를 숙였다.

“말씀해 주십시오, 전하!”

라엘은 나직이 한숨을 내쉬고, 마리에게로 시선을 돌렸다. 그리고 하얀 장갑을 낀 손을 그녀에게 내밀었다.

“……?”

무슨 뜻인지 몰라 그녀가 의아한 표정을 지을 때, 그가 전혀 예상하지 못한 말을 뱉었다.

“춤을 신청하러 왔다.”

“……네?”

“나와 춤을 추어주지 않겠나, 마리?”

“……!”

그 생각지도 않은 제안에 마리의 얼굴이 하얗게 변했다.

‘화, 황태자와 춤을?’

안 된다. 절대 안 된다. 키에르한과도 간신히 추었는데 어떻게 황태자와 출 수 있겠는가? 하지만 황태자는 한마디 말을 더 뱉었다.

“참고로 거절은 허락하지 않겠다.”

마리는 하얗게 질린 얼굴로 홀 위로 올라갔다. 제국 3대 대귀족 중 하나인 키에르한과 춤을 춘 후, 이어 황태자와 춤을 추는 그녀를 보고 사람들은 놀란 표정을 지었다.

"이번 신년 연회의 주인공은 다른 누구도 아닌 온 힐데른 같네요."

"그러게 말이에요. 방금 천사의 음악 같은 연주를 보여 주고 제국에서 가장 존귀하고 아름다운 두 남자와 연달아 춤이라니. 정말 부럽네요."

연회장의 귀부인들이 부러운 표정으로 떠들었다.

"그런데 그 소문이 역시 사실일까요?"

"뭐요?"

"전하께서 힐데른 예작에게 마음이 있다는 소문이 황궁에 파다하더라고요."

"정말요?"

"네, 저도 반신반의했지만, 전하께서 직접 춤을 신청하신 것 보니 틀린 말이 아닐지도 모르겠는데요?"

연회에서 춤을 추는 일이 극히 드문 황태자였다. 그런 그가 직접 춤을 신청하다니. 눈이 휘둥그레질 일이었다.

"그러면 황태자비는 힐데른 예작이 되는 걸까요?"

"글쎄요. 그건 잘 모르겠어요."

"왜요? 신분 때문인가요? 하긴 황태자비가 되기에는 힐데른 예작의 신분이 너무 낮으니."

하지만 질문을 받은 귀부인이 고개를 저었다.

"신분도 신분이지만, 키에르한 후작 각하도 그녀에게 마음이 있다는 소문이 있거든요."

"정말요?"

그 말에 다른 이들이 놀란 표정을 지었다.

"네, 오늘 키에르한 후작 각하가 그녀를 에스코트한 것 보세요. 원래 이런 연회에는 일절 관심도 없으신 분인데."

"하긴……."

"어쨌든 후작 각하도 힐데른 예작에게 마음이 있어서 그녀가 황태자비가 될지는 조금 더 봐야 할 것 같아요."

사람들은 묘한 표정으로 마리를 바라보았다. 황태자와 키에르한. 제국에서 최고로 아름다운 두 남자이자 서로 강력한 정적이었다. 그런 두 사람이 한 소녀를 동시에 좋아하게 되다니. 묘한 일이 아닐 수 없었다.

누군가 중얼거렸다.

"어쨌든 소설처럼 황홀한 일이네요. 부러워요."

한편 뭇 여인의 부러움을 한 몸에 받게 된 마리는,

'내가 황태자와 춤이라니!'

하얗게 질린 표정으로 패닉에 빠져 있었다.

'황태자의 발이라도 밟으면 어떻게 하지?'

아니, 무조건 밟게 될 것이다. 그녀는 춤의 왕초보였으니까.

'안 돼! 그것만은.'

그녀는 구두 굽으로 황태자의 발을 밟는 것을 상상했다. 끔찍한 상상이었다.

"어디 불편한가?"

황태자가 묻자 마리는 다급하게 말했다.

"전하, 저와 춤을 추는 것을 다시 한번만 생각해 주십시오."

"……."

"이대로 춤을 추면 전하께 실례를 범할 것이 분명합니다. 그러니……!"

황태자는 나직이 한숨을 내쉬었다. 춤을 추기 위해 그녀의 어깨에 얹어져 있던 그의 왼손이 위로 올라가더니 그녀의 머리를 감싸 안았다. 날카로운 분위기와 다르게 부드럽기 그지없는 손길.

"……!"

그가 자신의 머리칼을 어루만지자 마리의 가슴이 덜컥 내려앉았다. 전기가 심장에 내리꽂히는 듯한 느낌이었다.

"저, 전하, 손을……."

마리가 떨리는 목소리로 말하는 순간, 황태자가 허리를 굽혀 그녀의 귓가에 자신의 입술을 가져갔다. 귓불과 입술이 닿을락 말락 한 거리에서 그가 말했다.

"얼마든지 실수해도 좋으니 편하게 춰라."

마리의 얼굴이 화악 달아올랐다.

'이, 이런데 어떻게 편하게 춰요!'

마리는 울상을 지었다. 방금 귓불에서 느껴진 그의 숨결 때문일까. 가슴이 진정이 안 돼 뭐라고 입을 열 수가 없었다.

"시작하지."

그렇게 그녀와 황태자는 춤을 추기 시작했다. 마리는 방금 전해졌던 그의 느낌에 혼이 빠진 상태에서 익숙하지 않은 춤을 추느라 정신을 차릴 수가 없었다.

'정신 차려, 마리! 밟으면 안 돼!'

키가 작은 그녀인지라 신고 있는 구두는 굽이 굉장히 높았다. 밟히면 어마어마하게 아플 것이 뻔했다.

'스텝을……!'

하지만 그 순간.

콱!

그녀의 굽이 황태자의 발등을 정통으로 밟았다.

"……!"

마리의 얼굴이 시체처럼 질렸다. 결국 사고를 치고 만 것이다.

"죄, 죄송……!"

그때, 황태자가 말했다.

"이런 것 가지고 뭘 그렇게 신경 쓰느냐. 그것보다 발을 삐끗하진 않았느냐?"

아까 전 날카로운 분위기와는 전혀 다른 부드러운 목소리. 분명 무척 아팠을 텐데 전혀 티 내지 않는 것은 물론, 오히려 그녀를 염려하고 있었다. 황태자는 피식 웃었다.

"더 밟아도 되니, 편하게 추어라."

"아닙니다. 절대 안 밟겠습니다!"

마리는 굳은 의지로 대답했다. 하지만 긴장에 잔뜩 뻣뻣한 몸이 한순간에 좋아질 리가 없었다. 얼마 지나지 않아, 그녀는 다시 실수를 저질렀다.

"……!"

이번엔 발을 밟는 실례는 아니었다. 하지만 어떻게 보면 더 최악의 실수였는데, 발이 꼬여 그의 품으로 풀썩 넘어져 버린 것이다. 졸지에 그에게 화악 안겨 버린 그녀는 사색이 되어 그의 품에서 벗어나려 했다.

"죄, 죄송……!"

하지만 그 순간, 황태자가 한 손으로 그녀의 허리춤을 감싸 안았다. 단단히. 그녀가 자신의 품에서 벗어나지 못하도록.

"전하……."

마리가 떨리는 목소리로 입을 열었다. 머리에서 느껴지는 단단한 그의 가슴에, 자신의 허리를 감싸 안은 그의 팔뚝에 머리가 백지장처럼 변했다. 아무런 생각도 할 수가 없었다.

"춤을 못 추긴 하는구나."

"……!"

"앞으로는 많이 춰야 할 텐데 연습을 하긴 해야겠어."

마리는 화급히 고개를 끄덕이며 그의 품에서 벗어나려 했다.

“네, 최대한 연습해 오겠습니다. 그러니 손을…….”

하지만 라엘은 허리를 감싼 손을 풀어주지 않았다. 오히려 조금 더 힘을 줘 자신 쪽으로 끌어안았다. 그의 단단한 몸이 더욱 밀착했다. 마리의 가슴이 터질 듯 쿵쾅거렸다.

“연습은 나와 해야지. 어차피 이제 나하고만 출 텐데.”

“……!”

마리는 아무런 대답도 할 수 없었다. 전신으로 느껴지는 그의 느낌에 심장이 터질 것만 같았다. 황태자는 눈을 옅게 감았다. 그리고 그녀의 허리를 감싼 팔의 힘을 살짝 풀며 말했다.

“잠시만 이대로.”

나직한 목소리. 평소의 그의 모습에서 전혀 상상할 수 없는 달콤한 음성이었다. 마침 오케스트라단이 감미로운 선율의 음악을 연주하기 시작했다. 황태자는 그 음악에 맞춰 그녀를 자신의 품 안에서 부드럽게 이끌었다. 마리는 사과처럼 붉어진 얼굴로 춤을 따라갔다. 가슴이 터질 듯이 두근거리며 동시에 간질간질한 느낌이 들어 정신을 차릴 수가 없었다.

“마리.”

“…….”

“지난번에 말했다시피, 난 너의 모든 것을 갖고 싶다.”

마리는 말없이 그의 말을 들었다. 뭐라고 대답할 정신이 없었다.

“그래서 네가 날 밀어내도 기다리는 중이야. 내가 원하는 건 마음이 없는 빈껍데기가 아니니까. 네 마음까지 모두 갖고 싶으니까.”

거기까지 이야기한 황태자의 분위기가 낮게 내려앉았다.

“하지만 난 참을성이 많지 않다.”

그 무거운 목소리를 듣자 마리는 마치 맹수의 먹잇감이 된 초식동물이 된 듯한 느낌을 받았다. 가슴이 덜컥 내려앉았다.

"만약 오늘처럼 또 날 자극한다면."

그 순간 황태자는 허리춤을 감싼 팔에 힘을 줘, 그녀를 다시금 자신 쪽으로 강하게 끌어안았다. 도망가지 못하도록. 마치 자신에게 가둬 두려는 것처럼.

황태자는 그녀의 귓가에 대고 말했다.

"그대로 널 가져 버릴지도 몰라. 그러니 날 너무 자극하지 마. 이건 경고야."

"하아."

마리는 연회장 밖의 정원에서 한숨을 내쉬었다. 그 뒤 춤이 어떻게 끝났는지 모르겠다. 춤이 끝나자마자 그녀는 도망치듯 연회장을 빠져나왔다. 황태자와 키에르한. 그 둘에 대한 생각 때문에 가슴이 터질 것 같아 도저히 연회장 안에 있을 수 없었다.

"그대로 널 가져 버릴지도 몰라. 그러니 날 너무 자극하지 마. 이건 경고야."

"하아."

황태자가 자신에게 남긴 말을 떠올린 마리는 깊게 한숨을 내쉬었다. 도대체 어떻게 해야 할지 모르겠다. 모리나 왕녀인 그녀로서는 황태자와 키에르한 그 누구의 마음도 받아들일 수 없는데. 너무 괴로웠다.

'그냥 도망이라도 가 버릴까.'

마리는 씁쓸하게 생각했다. 오죽 답답했으면 그녀는 도주할 생각마저 하였다. 하지만 그것도 불가능했다. 여인의 몸으로 홀로 수도를 떠나는 것도 위험천만한 일이었고, 무엇보다 황태자나 키에르한이나 그녀가 도주하는 것을 지켜보고 있을 리가 없었다. 얼마 가지도 못 하고 잡혀 올 게 분명했다.

그녀는 입술을 깨물었다. 솔직한 심정으로는 그녀도 이렇게 피하고 싶지 않았다. 만약 그녀가 평범한 태생이었다면 마음을 열었을 것이다. 그리고 둘 중 한 명과 사랑을 나누었겠지.

'하지만 이렇게 정체를 숨긴 채 그들의 마음을 받아들일 수는 없어. 그건 기만이야.'

그렇다고 정체를 드러낼 수는 더더욱 없다.

'그러니 생각해 내. 마음을 거절할 방법이 뭐가 있을까?'

하지만 아무리 그녀라도 떠오르는 방법이 없었다. 황태자는 이 제국의 지배자다. 그리고 귀족 작위를 받았다지만 그녀는 전쟁 포로이다. 지금도 그녀는 공식적으로는 황태자의 개인 소유다. 그러니 만약 황태자가 오늘 밤 그녀를 원한다면, 그녀로서는 거절할 권한이 없었다. 지금 이렇게 기다려 주는 것만으로도 황태자가 굉장히 배려해 주는 거였다. 그렇다고 야밤에 도망칠 수도 없으니, 이렇게 생각해도 저렇게 생각해도 막다른 길에 몰린 상황이었다. 울고 싶었다.

'아니야. 하늘이 무너져도 솟아날 길은 있다고 했어. 분명 방법이 있을 거야. 어떻게든 생각해 보자.'

그녀는 애써 굳은 표정을 지었다. 그렇게 결론을 내린 그녀는 자리에서 일어났다. 아무것도 해결되지 않은 결론이었지만, 지금 상황에서는 딱히 더 내릴 수 있는 결론이 없었다.

'이제 그만 돌아가야지.'

연회장 쪽으로 갈까 하다가 그녀는 고개를 저었다. 돌아가면 황태자와 키에르한을 봐야 한다. 오늘은 그러고 싶지 않았다.

'숙소로 돌아가자.'

그렇게 생각한 그녀는 몸을 돌려 발걸음을 옮기는데.

"앗!"
워낙 깊게 생각에 잠긴 탓일까. 어둠 속에 사람을 미처 확인하지 못하고 누군가와 부닥쳐 버렸다. 상대의 가슴에 정통으로 머리를 부닥친 그녀는 엉덩방아를 찧고 다급히 사과했다.
"죄, 죄송합니다!"
"아, 괜찮아요. 그쪽이야말로 넘어지셨는데 다치지 않으셨나요?"
어디선가 들은 듯한 느낌의 부드러운 말투. 마리는 의아한 얼굴로 고개를 들었다. 갈색 머리카락에 흑색 눈. 친절한 인상의 대단한 미남이었다. 분명 처음 보는 인물인데 왜인지 익숙한 느낌이 들었다.
'착각인가?'
한 번이라도 봤으면 절대 잊어버릴 리 없는 대단한 미남이니, 그냥 착각인 것 같았다. 그녀는 고개를 갸웃하다, 그의 하얀 정장을 보고는 깜짝 놀라 고개를 숙였다.
"아, 옷이! 죄송합니다!"
하얀 정장이 노랗게 물들어 있었다. 남자의 손에 음료 잔이 들려 있는 것으로 보아, 그녀와 부닥치면서 흘린 것이 분명했다.
하지만 남자는 괜찮다는 듯 고개를 저었다.
"괜찮습니다. 옷이야 세탁하면 그만인걸요. 그것보다 다치진 않았나요, 레이디?"
그는 손을 내밀어 넘어진 그녀를 일으켜 세워 주었다. 자리에서 일어난 그녀는 자신의 실례를 거듭 사과했다.
"죄송합니다. 궁에 이야기해 새 옷이라도……."
"아니요. 괜찮습니다. 어차피 이제 저택으로 돌아가려고 했던 참이기도 하고요."
남자는 미소를 지으며 말했다. 사람 좋아 보이는 웃음이었다.
"그리고 보고 싶었던 레이디를 만나게 되었으니, 이런 옷쯤이야 얼마든지 버려도 상관없습니다."

그 말에 마리는 의아한 표정을 지었다.

"그게 무슨 말이죠? 보고 싶었던 레이디라니요?"

"온 힐데른. 당신을 만나고 싶었거든요."

"네? 어째서 저를?"

남자는 잠시 말없이 마리를 바라보았다. 깊은 흑색 눈동자에 그녀가 알 수 없는 느낌을 받는 순간. 그가 가볍게 웃으며 말했다.

"다른 게 아니라, 제가 당신의 팬이거든요."

"그게 무슨?"

"오늘 연주를 보고 팬이 되어버렸습니다."

"아……."

마리는 그가 무슨 말을 하는지 깨달았다. 오늘 연회 시작 때 그녀가 연주했던 피아노 협연. 그걸 이야기하는 것이었다. 남자는 정말 기쁘다는 목소리로 말했다.

"그렇지 않아도 연회장에서 대화를 나누어 보고 싶었는데, 기회가 되지 않아 서운했습니다. 그런데 이렇게 우연히 만날 수 있게 되어 매우 기쁩니다."

"아…… 네."

그녀는 어색한 표정을 지었다.

"혹시 오늘 또 연주하실 계획은 없으신지?"

"아…… 없어요. 오늘은 이만 돌아가려고 해요."

그 말에 남자는 아쉽다는 표정을 지었다.

"숙소로 돌아가시는 중이었습니까?"

"네."

"돌아가시는 길, 혹시 제가 에스코트해 드려도 되겠습니까?"

마리는 놀라 고개를 저었다.

"아니, 괜찮아요. 그런 폐를 끼칠 수는 없어요. 어차피 여기 바로 앞이에요."

"아쉽군요. 조금 더 대화를 나누고 싶었는데."

마리는 다시 어색하게 웃었다. 그가 누구인지도 모르는데 어떻게 에스코트를 받겠는가.

'왠지 불편해.'

마리는 속으로 생각했다. 사람 좋은 호인 같은 인상이지만 이유 없이 불편한 마음이 들었다. 그냥 느낌이었다. 어쨌든 그녀는 남자와 헤어지기 전, 자신이 버린 옷을 보고 말했다.

"저…… 옷을 주시면 제가 깨끗이 세탁 후 머무시는 곳으로 보내드리도록 할게요."

"아, 괜찮습니다."

"제가 마음이 불편해서요."

그러자 남자가 의외의 말을 하였다.

"그러면 옷 말고 이렇게 하는 것은 어떠십니까?"

"네?"

"제가 곧 저택에서 연회를 열 예정입니다. 그때 귀빈으로 방문해 연회장을 빛내 주실 수는 없으시겠습니까?"

뜻밖의 연회 초대였다. 고민하는 마리에게 그가 말했다.

"사실 긴밀히 드릴 말씀도 있고요."

"긴밀히요?"

"네, 연회에 참석해 주시면 말씀드리겠습니다."

마리는 어쩔 수 없이 고개를 끄덕였다. 귀족들 간의 연회 초대는 일상적인 일이었고, 그녀가 실수한 것도 있는 상태라 거절하기가 곤란했다.

"네, 그러면 방문하도록 할게요."

"감사합니다. 정말 기쁩니다."

남자는 그녀의 승낙에 활짝 웃음을 지었다.

"그러면 바로 초대장을 보내드리지요. 연회 날만 기다리고 있겠습니다. 행복한 밤 되십시오, 레이디."

그렇게 남자는 인사를 하고 등을 돌렸고, 마리는 고개를 갸웃했다.

'오늘 처음 본 사이인데 긴밀히 할 이야기가 있다고? 뭐지?'

의아해하던 그녀는 문득 중요한 것을 묻지 않았다는 것을 깨닫고 물었다.

"그런데 성함이 어떻게 되시는지요?"

그 물음에 남자는 고개를 돌려 그녀의 눈동자를 바라보았다.

"카탈락 폰 올스텐. 카탈락 백작이라 부르면 됩니다. 북부의 한자동맹에서 왔습니다."

남자, 카탈락 백작은 미소 지으며 답했다.

한자동맹(Hansa同盟). 북해와 발트해 연안을 근거지로 한 상인들의 연합체로, 60개가 넘는 독일의 도시들이 가입된 거대 상인 연합체였다. 지중해 무역이 이탈리아 상인들에 의해 주도된다면, 북방의 무역은 그들 한자동맹의 손에 달려 있다고 해도 과언이 아니었다.

'카탈락 백작. 들어 본 기억이 있어.'

마리는 숙소에서 가만히 생각했다.

'맹주인 뤼베크 가문 정도는 아니어도 동맹에 막대한 영향을 끼치는 거상. 그 남자가 그런 거물이었다니.'

이탈리아 피렌체에 메디치 가문이 있다면, 한자동맹에는 뤼베크 가문이 있다. 카탈락 백작은 그들 정도까지는 아니어도, 바로 아래 급 정도는 되는 거물이었다.

'그런데 카탈락 백작의 올스텐 가문은 상거래를 할 때도 직접 모습을 드러내지 않고, 대리인을 내세우는 것으로 유명한데, 왜 이 먼 동제국

까지 직접 온 거지? 그리고 나한테 긴밀히 할 이야기는 뭘까?'

마리는 고개를 갸웃했다. 올스텐 가문은 그 어마어마한 부로도 유명하지만, 좀처럼 모습을 드러내지 않는 신비스러움으로도 유명했다. 오죽하면 가주인 카탈락 백작을 직접 본 사람이 손에 꼽는다고 한다. 그런 그를 그녀가 우연히 마주친 것이다.

'어쨌든 신기하네. 이곳 제국에서 큰 상거래를 할 것이 있나?'

마리는 나중에 한번 확인해 봐야겠다고 생각했다.

'그나저나 이 초대장은 어떻게 하지? 역시 가야겠지?'

마리는 초대장을 보며 곤란한 표정을 지었다. 그날의 우연한 만남 후, 백작은 곧바로 그녀에게 초대장을 보내었다. 마침 연회 날이 그녀가 쉬는 날이었던지라 별다른 무리 없이 참석하려고 했는데, 한 가지 문제점에 직면했다.

'에스코트는 어떻게 하지?'

초대장을 보니 단순한 파티가 아닌 대규모 연회였다. 소규모 파티면 모를까, 대규모 연회에 레이디 혼자서 참석하는 경우는 없었다. 연인이 있다면 연인에게, 없다면 가문 기사의 에스코트를 받는 게 보통이다. 하지만 마리에게는 에스코트해 줄 연인도, 기사도 없었다.

'어쩌지?'

마리는 고민했다.

'키엘 님께 부탁하면 흔쾌히 들어주시기야 하겠지만…….'

하지만 그녀는 고개를 저었다. 그에게 이런 부탁을 하고 싶지는 않았다.

'내가 알고 있는 기사가…….'

생각해 보았으나 딱히 떠오르는 인물이 없었다. 황궁에서 오래 지냈지만 키에르한 말고 딱히 친분이 있던 기사가 없었다.

'그냥 혼자 참석해야 하나?'

그렇게 곤란해하던 중 그녀는 문득 한 사람을 떠올렸다. 친하지는 않지만, 이런 부탁을 해볼 만한 기사였다.

'알몬드 자작님! 그분이면 내 부탁을 들어주시지 않을까?'

30대인 알몬드는 그녀와 나이 차이가 조금 있긴 하지만, 솔로라 충분히 그녀를 에스코트해 줄 수 있었다. 늘 황태자를 곁에서 밀착 호위했지만, 그도 사람인 만큼 쉬는 날이 있었는데, 마침 연회 날이 그날이었다.

'한번 부탁해 보자.'

마리는 사자궁으로 출근 후 황태자가 없을 때, 알몬드에게 자초지종을 설명한 후 부탁했다.

"연회장의 에스코트를?"

"네, 자작님. 정말 죄송한데 부탁드려도 될까요?"

마리는 최대한 죄송한 표정으로 말했다. 하지만 알몬드는 매정하게 고개를 저었다.

"안 된다."

"아…… 네."

너무 칼같이 거절해 뭐라고 더 부탁할 수가 없었다. 마리는 시무룩한 표정을 지었다. 알몬드는 미안했는지 머쓱한 표정으로 말했다.

"그날 낚시 약속이 있어서 그렇다."

"낚시요?"

"그래, 내 취미 생활이다."

"……."

뭔가 무뚝뚝한 알몬드와 심각하게 잘 어울리는 취미 생활이었다. 어쨌든 저렇게 거절하는데, 더 부탁하는 것도 실례였다.

'어쩌지?'

그때, 알몬드가 뭘 그런 걸 고민하느냐는 듯한 목소리로 말했다.

"황태자 전하께 부탁하면 되지 않는가."
마리는 말도 안 된다는 표정을 지었다.
"어떻게 황태자 전하께 부탁을……!"
"왜? 기쁘게 받아주실 것 같은데?"
마리는 굳게 입을 다물었다. 최근 황태자의 행동을 보면 그녀의 에스코트 부탁을 거절하지는 않을 것 같기는 했다. 오히려 기뻐하면 기뻐했지.
'하지만 어떻게 전하의 에스코트를 받아. 차라리 혼자 가면 혼자 갔지.'
그렇게 결론을 내린 그녀는 고개를 저었다.
"그냥 차라리 혼자 가야겠어요. 황태자 전하께는 말씀드리지 말아주세요."
"흠."
알몬드는 턱을 쓰다듬었다. 누가 봐도 몰래 황태자에게 말할 모양새라 그녀는 강하게 다시 말했다.
"절대 전하께 말씀드리면 안 돼요. 알았죠?"
"흠, 글쎄."
"자작님!"

그 뒤 며칠이 지났다. 다행히 그녀의 간곡한 부탁 덕분에 알몬드가 별다른 말을 안 한 것인지, 황태자는 카탈락 백작의 연회에 대해 특별한 말이 없었다.
'다행이야. 연회는 그냥 혼자 가야겠어.'
에스코트를 받지 않고 참석하는 레이디는 아무도 없겠지만 뭐, 상관없었다. 그게 무슨 중요한 일이라고.

'그런데…… 그날 일에 대해 아무런 말씀이 없으시네.'

마리는 황태자를 도와 서류를 검토하며 힐끗 그의 얼굴을 바라보았다. 이제 그녀가 많이 편해진 것인지, 둘만 있을 때는 종종 가면을 벗고 있었다. 덕분에 지금 그는 그림같이 아름다운 얼굴을 그대로 드러내고 있었는데, 한 치의 흔들림도 없는 표정이었다.

'그때의 일, 전혀 신경 쓰시지 않는 건가. 난…… 많이 신경 쓰이는데.'

마리는 심란해졌다.

"그대로 널 가져 버릴지도 몰라. 그러니 날 너무 자극하지 마. 이건 경고야."

그가 자신에게 던졌던 말이 떠올랐다. 그 말뿐이 아니었다. 황태자를 마주할 때마다 자신의 허리춤을 감싸 안던 팔뚝, 단단한 몸, 부드러운 체향. 그 모든 것이 생생하게 떠올랐다.

'……하아.'

마리는 마음이 복잡해져 한숨을 내쉬었다.

"왜 그러지?"

"아, 아닙니다!"

"혹시 몸이 불편한가? 몸이 안 좋으면 참지 말고 바로 말하도록."

"괜찮습니다."

마리는 어색한 표정으로 답했다. 황태자만 아니면 다 괜찮았다. 그때, 황태자가 서류를 살피더니 그녀에게 물었다.

"이 서류에 적힌 건에 대해서는 어떻게 생각하지?"

공적인 일을 묻는 그의 목소리에 마리는 서둘러 정신을 차리고 서류를 살폈다.

'아편 중독 사건이구나.'

제국은 마약을 엄격히 금지하고 있었다. 하지만 아무리 노력해도 마약을 완전히 근절할 수는 없었는데, 어째서인지 최근 들어 점점 마약 적발 건수가 늘어나는 추세였다.

"좀 더 엄중히 단속해야 할 것으로 보입니다."

"당연히 그래야겠지. 그런데 그것만으로 되겠는가?"

물론 아니었다. 마리는 고개를 저으며 답했다.

"단순히 중독자를 적발하는 것만으로는 안 됩니다. 최근 들어 마약 적발 건수가 늘어난 것은 분명 수도 근교 어디선가 마약 밀매가 성황하고 있다는 것. 그 밀매 자체를 근절해야 합니다."

황태자는 고개를 끄덕였다.

"내 생각도 같다. 치안을 담당하는 내무대신에게 그 내용을 전달해 주도록."

"네, 전하."

명에 따르기 위해 자리에서 일어나는데, 황태자가 의외의 물음을 하였다.

"혹시 좋아하는 꽃이 있나?"

마리는 의아한 표정으로 답했다.

"장미를 좋아합니다만……."

"좋아하는 케이크는?"

"……생크림 케이크를."

이런 걸 왜 물어보지? 고개를 갸웃하는데, 황태자의 다음 말에 마리는 가슴이 철렁했다.

"그러면 이번 주말에는 무얼 할 예정이지?"

"……!"

이번 주말. 카탈락 백작의 연회가 예정된 날이다. 마리는 적당히 둘러대었다.

"아, 아는 분이 초대해 주어 잠시 바람이나 쐬다가 올까 싶습니다."

정확히 이야기하지 않았을 뿐, 거짓말은 아니었다.

"그래?"

"……네."

"정말로?"

황태자가 물끄러미 그녀를 바라보았다. 뭔가 이상한 기색에 마리는 등 뒤로 식은땀이 나는 것 같았지만 애써 모른 척하였다.

"그 아는 사람이 혹시 카탈락 백작인가?"

"……!"

마리는 깜짝 놀라 눈을 크게 떴다. 그녀는 직감적으로 알몬드가 황태자에게 몰래 말했다는 것을 깨달았다.

'자작님! 말하지 말라고 그렇게나 부탁했는데!'

그녀는 속으로 외쳤지만 황태자 뒤에 서 있는 알몬드는 뻔뻔한 표정이었다.

"카탈락 백작의 연회에 가는 것이 맞나 보군. 파트너가 없는 것 같던데. 에스코트는 내가 해주지."

마리는 하얗게 질려 고개를 숙였다. 역시 걱정한 대로였다.

"제가 어찌 감히 전하께. 감당하기 어려우니 거두어주시옵소서."

하지만 황태자는 뻔뻔한 목소리로 말했다.

"그대를 위해서 하는 게 아닌데?"

"네?"

"내가 그대와 함께하는 것이 즐거워 그러는 거다. 그러니 그대의 거절은 받아들이지 않겠다."

마리는 황당한 표정을 지었다. 그게 무슨 궤변이란 말인가! 그때, 황태자가 자리에서 일어나 그녀에게 다가왔다. 마리는 오싹한 느낌이 들어 뒷걸음질 쳤다. 지난번 연회장에서의 일이 떠올랐다. 하지만 곧 탁 하고 벽에 등이 닿았고, 코앞으로 황태자가 다가왔다.

"……저, 전하?"

서로의 숨결이 느껴질 정도로 가까운 거리에서 라엘은 손을 들어 그녀의 머리카락을 조심히 쓰다듬었다. 부드러운 손길이었지만, 그의 손가락이 닿을 때마다 마리는 가슴이 덜컥덜컥 내려앉는 것 같았다.

"그리고 내가 따라가야 하는 이유가 하나 더 있다."

"어, 어떤?"

머리에 닿는 그의 손길에, 코끝에서 느껴지는 그의 체향에 마리는 멍하니 물었다. 황태자는 피식 웃었다.

"내가 안 따라가면 또 다른 잡놈들과 춤을 출 것 아닌가? 그러니 내가 따라가야지."

그는 살짝 짓궂은 목소리로 물었다.

"춤 실력은 그사이 조금 늘었는지 모르겠군."

그 말에 마리의 얼굴이 새빨개졌다. 지난번 신년 연회 때 실수로 그의 품에 안겼던 것이 떠올랐던 것이다.

그렇게 그녀는 생각지도 않게 황태자와 함께 카탈락 백작의 연회에 참석하게 되었다. 황태자는 정말로 그녀를 에스코트해 주었다.

"가지."

"……네, 전하."

카탈락 백작의 저택은 수도 근교에 있었다. 황궁과는 거리가 있었던지라, 그들은 마차를 타고 저택으로 향했다.

"……."

마차 안에 앉은 둘 사이에는 침묵이 흘렀다. 마리는 말없이 창밖을 바라보며 생각했다.

'정말 황태자의 에스코트를 받게 되다니.'

지극한 영광이 아닐 수 없으나, 그녀는 한숨이 나왔다. 그에게서 벗어나야 하는데, 왠지 더욱더 늪에 빠지는 느낌이었다.

그때, 마차 안에서도 서류를 보고 있던 황태자가 말했다.

"거리가 좀 되니 잠시 눈이라도 붙이거라. 최근 무리하는 것 같던데."

"괜찮습니다."

"괜히 내 눈치 보지 말고. 조금 쉬어."

마리는 그의 따뜻한 말에 용기를 내어 말했다.

"전하, 한 가지만 말씀드려도 되겠습니까?"

"왜 그러지?"

"저…… 오늘은 춤 안 출 겁니다."

"……."

마리는 그가 뭐라고 이야기하기 전에 강하게 말했다.

"정말. 정말로 안 출 겁니다. 절대로."

그녀는 지난번 연회를 떠올렸다. 당시에도 심장이 터질 것 같았는데, 이번에 또 그의 품에 안기게 된다면 더 못 버틸 것 같았다.

그때였다. 황태자가 돌연 웃음을 터뜨렸다. 그가 소리를 내어 웃는 것은 정말 드문 일이라, 마리는 의아한 표정을 지었다.

"마리."

"네?"

그가 고개를 돌려 그녀를 바라보았다. 철가면 속의 눈동자는 평소와 다르게 어딘지 따뜻한 기색을 띠고 있었다.

"걱정하지 마라. 네가 싫어하는 일을 강제로 할 생각은 전혀 없으니."

"……네."

뭔가 지금까지 마리에게 한 행동들을 보면 신뢰가 안 가는 말이었지만, 그녀는 고개를 끄덕였다.

"그나저나 춤을 추는 게 미숙해서 그런 거면 연습을 해야겠군. 앞으로 일정을 조정해 그대와 매일 춤 연습을 해야겠어."

무슨 말도 안 되는! 마리는 기겁해 고개를 저었다.

"아, 아닙니다! 춤 연습 필요 없습니다."

"필요할 것 같은데? 오늘도 춤이 미숙해서 안 춘다고 한 것 아닌가?"

물론 그거야 그렇지만! 그래도 그와 매일 춤 연습이라니. 절대 안 됐다.

"아닙니다. 제가 혼자 연습하겠습니다."

"혼자? 안 될 텐데?"

"됩니다. 허수아비라도 붙잡고 하겠습니다."

그렇게 마리가 진땀을 흘리며 그와 대화를 나누는 사이, 마차는 다그닥다그닥 목적지를 향해 달려갔다.

"도착했습니다, 전하."

호위를 맡은 알몬드 자작이 도착을 알렸다. 원래 그는 오늘 낚시 약속이 있었지만, 황태자가 연회에 참석한다는 이야기에 호위를 자청했다.

"그래, 수고했다."

먼저 마차에서 내린 황태자가 마리가 내려오는 것을 도와주었다. 드레스를 입어 조심스럽게 마차에서 내린 마리는 눈앞에 나타난 저택을 보고 놀란 표정을 지었다.

'엄청 큰 저택이네. 한자동맹의 거상이라더니.'

거의 작은 성채만 한 대저택이었다. 마리는 얼마나 부자이기에 이런 저택을 살 수 있는 건가 하는 생각이 들었다. 그때, 익숙한 목소리가 들렸다.
“도착하셨군요! 기다리고 있었습니다, 레이디.”
갈색 머리에 흑색 눈동자, 그리고 사람 좋아 보이는 미소. 카탈락 백작이었다. 계속 기다리고 있었는지 직접 마중 나온 그는 마리의 옆을 보고 놀란 표정을 지었다. 그로서는 생각지도 못한 황태자가 있었던 탓이다. 하지만 금방 놀란 표정을 다스리고 그는 우아한 동작으로 예를 표했다.
“제국의 황태자 전하를 뵙습니다. 한자동맹의 카탈락 폰 올스텐입니다. 누추한 곳에 발걸음 해주셔서 지극한 영광입니다.”
“한자동맹에서 왔다고?”
“네, 전하.”
황태자의 눈에 살짝 이채가 스쳐 지나갔다.
“올스텐 가문은 우리 제국과 특별한 교역이 없었던 것 같은데? 샹파뉴의 교역이 주력인 가문 아니었나?”
역시 황태자답게 북부 유럽의 한자동맹의 구성원에 대해서 상세히 알고 있었다.
“네, 지금까지는 그랬습니다.”
묘한 뉘앙스의 말투.
“지금까지는?”
“앞으로는 다를 것이란 거죠. 사실 그렇지 않아도 조만간 전하께 알현 신청을 하려고 했었습니다.”
카탈락 백작은 기분 좋게 웃으며 그들을 안으로 이끌었다.
“일단 안으로 들어가시죠. 오늘은 참 영광인 날입니다. 온 힐데른뿐 아니라 전하께서도 발걸음 해주시다니.”
그렇게 마리와 황태자는 백작의 안내를 받아 저택 안 연회장으로 들어갔다. 산더미 같은 부를 쌓아 놓은 거상답게 연회는 굉장히 호화로웠다. 진미와 미주가 넘쳐흘렀고, 많은 귀족이 춤을 추며 연회를 즐기고 있었다.

“황태자 전하와 힐데른 예작이십니다!”

곧 문지기가 그들의 등장을 알렸고, 한창 흥겨운 분위기로 연회를 즐기던 사람들은 깜짝 놀라 고개를 돌렸다.

“황태자 전하께서 이곳에?”

“어째서?”

사람들은 서로를 바라보았다. 황태자는 궁중의 공식 행사가 아니면, 이런 귀족 개인이 여는 연회는 절대 참석하지 않았는데?

“아무리 카탈락 백작이 한자동맹의 거상이라지만, 전하가 발걸음을 하게 할 정도는 아닌데 어째서 발걸음하신 걸까요?”

“그러게요? 놀랍네요.”

사람들은 놀라 웅성거렸다. 그러다 그들 중 한 명이 황태자 옆에 서 있는 소녀를 보고 조심스럽게 추측했다.

“그러고 보니 힐데른 예작도 함께이네요. 혹시 힐데른 예작님을 에스코트해 주기 위해 오신 것은 아닐까요?”

“그러고 보니 연회 참석자 명단에 온 힐데른의 이름이 있긴 있었는데 설마…….”

사람들은 혹시나 하는 표정을 지었다. 보통 이런 대규모 연회 때는 참석자의 명단을 미리 알려 주는 경우가 많았다. 그런데 그 참석 예정자 중 황태자의 이름은 없었다. 동행한 마리의 이름은 있었어도. 그 말의 뜻은 하나였다. 믿기지 않는 일이지만, 황태자는 원래 연회에 참석할 계획이 없다가 저 힐데른 예작을 에스코트해 주기 위해 참석했다는 뜻이다.

귀족들은 눈을 휘둥그레 뜨고 마리를 바라보았다. 저 철혈의 황태자가 에스코트를 해주다니. 도대체 이 의미가 무엇이란 말인가?

'신년 연회 때 춤도 먼저 신청하셨지.'

'전하께서 힐데른 예작에게 마음이 있다는 소문이 사실인 건가?'

'그러면 차기 황태자비는 힐데른 예작?'

그렇지 않아도 간택전이 무산돼 차기 황태자비가 누가 될지 모두 지대한 관심을 두고 있었다. 사람들은 속으로 생각했다.

'힐데른 예작의 신분이 낮긴 한데. 그래도 황태자 전하이시니까. 전하의 마음이 가장 중요하지.'

'누가 황태자 전하가 원하는 것을 반대하겠어.'

이 제국에서 황태자의 권세는 절대적이었다. 그가 자신의 비를 결정했다면 그걸로 끝이었다.

'뭐, 신분이 낮긴 해도 힐데른 예작이면 나쁜 황태자비가 되진 않겠지.'

그녀가 어떤 공으로 예작위를 받았는지 모르는 이는 없었다. 지난번 동방 교국과의 일부터 성배 도난 사건까지. 황태자가 마리의 공을 적극적으로 홍보해서 모두 그녀가 어떤 활약을 했는지 자세히 알고 있었다. 덕분에 그녀의 명민함을 의심하는 사람은 없었다.

'신분이 걸리긴 하지만 전하께 감히 반대할 사람도 없을 테고. 신분이야 전하께서 알아서 하시겠지. 어쨌든 눈여겨봐야겠군.'

연회에 참석한 귀족들의 머리에 마리의 존재가 각인되었다. 유력한 차기 황태자비 후보로! 의외로 부정적인 시선을 보내는 사람은 많지 않았다.

한편, 그 시선을 받고 있는 마리는 속으로,

'……아니야! 아니라고.'

울고 싶었다. 저들이 황태자와 함께 온 자신을 보고 어떻게 속삭이고 있을지 안 들어도 뻔했다. 마음만 같아서는 일일이 돌아다니며 착각이라고 말해주고 싶었다.

"발밑을 조심하도록."

"……네."

그때, 황태자가 턱이 높은 바닥을 오르며 그녀에게 손을 내밀었다. 그의 단단한 손을 맞잡으며 마리는 속으로 한숨을 내쉬었다.

'사실…… 사람들의 생각이 완전히 오해는 아니지.'

황태자는 그녀를 바라고 있었다. 또한, 진심으로 그녀를 자신의 비로 만들려 하고 있었다. 그 생각은 큰 이변이 없는 한 이루어질 가능성이 굉장히 높았다.

'하아.'

그녀는 속으로 한숨을 내쉬었다. 신비한 꿈의 능력을 얻은 뒤부터 왠지 한숨이 대폭 늘어난 기분이었다. 소원대로 분명 유능해졌지만, 뭔가 수난의 연속인 느낌이었다.

'어떻게 도망이라도 갈 수 있는 능력이라도 생겼으면.'

물론 꿈을 통해 그런 능력이 주어질 가능성은 거의 없었다. 꿈의 능력은 오로지 남들에게 도움을 줘야 할 상황에만 주어졌으니까. 참 신기하게도 그녀가 처음 죄수에게 남들에게 도움을 주며 살고 싶다고 소원을 빌었던 그대로였다.

'실제로 그렇게 살고 있는지는 모르겠지만.'

남들을 돕기는커녕 하루하루 생존에 바쁜 느낌이다.

"많이 피로한가?"

"아…… 아닙니다."

황태자가 그녀를 염려했다.

"굳이 오래 머물지 않아도 되니 피로하면 바로 말하도록."

마리는 고개를 끄덕였다. 참석하는 것으로 초청받은 것의 예의는 다 했으니 적당히 일어나면 될 것 같았다.

그렇게 둘은 카탈락 백작이 따로 마련해 준 귀빈석에 앉아 연회를 구경했다. 그런 그들에게 고위 귀족들이 다가와 인사를 올렸다.

"동부 지방의 요르함 후작입니다. 전하를 뵙습니다."

"스토아 백작입니다. 황태자 전하를 뵙게 되어 영광입니다."

황태자는 고개를 끄덕여 귀족들의 인사를 받았다. 귀족들은 황태자 옆의 마리에게도 친근하게 말을 걸었다.

"힐데른 예작께서는 오늘도 아름다우신 것 같습니다."

"전하와 정말 잘 어울립니다."

그 말에 마리는 곤란한 표정을 지었다. 황태자비가 될지도 모르는 그녀에게 미리 잘 보이려는 말들이었다.

'안 돼. 이러다가 내일 아침이면 수도 전체에 내가 차기 황태자비란 소문이 퍼지겠어.'

마리는 그들의 그릇된 생각을 바꿔야겠다고 마음먹었다. 하지만 옆에 있던 황태자가 선수를 쳐 버렸다.

"그렇게 이야기해 주니 고맙군. 나와 힐데른 예작이 어울리긴 하지."

"……!"

마리는 그게 무슨 말이냐는 듯 눈을 크게 떴다. 그녀와의 관계를 인정하는 것이나 다름없는 말이었기 때문이다. 하지만 음료를 마시고 있는 황태자는 미동도 없었다. 뻔뻔하기 그지없는 모습이었다. 과연 귀족들은 둘의 관계를 완전히 오해한 듯한 눈빛이었다.

'역시! 전하와 힐데른 예작의 관계가!'

'그러면 차기 황태자비는 정말로 힐데른 예작?'

"그러면 두 분 좋은 시간 되십시오. 소신들은 이만 물러가겠습니다."

귀족들이 물러가자 마리는 다급히 황태자에게 말했다.

"전하, 방금 그게 무슨 말씀이십니까?"

"뭘? 난 그대와 내가 정말로 잘 어울린다고 생각해서 한 말인데?"

너무 당연하다는 듯한 목소리라 마리는 말문이 막혔다. 오히려 황태자는 이렇게 물었다.

"그대도 우리가 꽤 잘 어울린다 생각하지 않나?"

전혀! 완전히 극과 극인 두 사람이다. 어울리긴 뭐가 어울린단 말인가? 마리가 고개를 저으려고 할 때, 익숙한 목소리가 들려왔다.

"연회에 불편함은 없으십니까, 전하? 좀 더 극진히 모셨어야 하는데, 죄송합니다."

친절한 음성. 저택의 주인인 카탈락 백작이었다.

황태자는 고개를 저었다.

"괜찮다. 나쁘지 않군."

"그렇게 말씀해 주셔서 감사합니다."

카탈락 백작은 고개를 숙였다.

"사실 제가 두 분을 위해 따로 준비한 것이 있습니다. 혹시나 괜찮으시다면 시간을 내주실 수 있으신지요?"

백작은 은밀한 목소리로 말했다.

"따로 드릴 말씀도 있고요."

황태자와 마리는 백작을 따라 자리를 이동했다. 그들은 백작이 상거래에 관한 이야기를 할 거로 예상했다.

'나에게 긴밀히 할 이야기가 있다는 것도 상거래에 관한 이야기였나?'

마리는 속으로 그럴 수도 있겠다고 생각했다. 현재 그녀는 황태자의 전속 시녀일 뿐 아니라 보좌관의 직책도 겸임하고 있었으니까. 그녀를 통하면 수월하게 황태자에게 의견을 전달할 수 있었다.

'그런데 왠지 단순히 그런 이야기가 아닌 것 같았는데.'

마리는 고개를 갸웃했다. 그런 생각이 드는 근거는 딱히 없었다. 그저 느낌이었다.

'그런데 정말 초면인가? 왜 이렇게 자꾸 익숙한 느낌이 들지?'

그녀는 앞서서 걷고 있는 카탈락 백작을 보며 생각했다. 분명 처음 보는 사람인데, 자꾸만 익숙한 기시감이 들었다.

"무슨 생각을 하지?"

황태자가 마리에게 나직이 물었다.

"아…… 아닙니다."

마리는 고개를 저었다. 확실한 것도 아닌데, 황태자에게 미주알고주알 떠들 수는 없었다. 곧, 카탈락 백작이 커다란 방으로 그들을 안내했다.

"이곳입니다. 특별히 두 분을 위해 준비했습니다."

방 안에는 온갖 호화로운 진미가 가득했다. 쓸데없는 사치를 싫어하는 황태자는 눈살을 찌푸렸다.

"너무 과하군. 어차피 별로 들지도 못 할 텐데."

카탈락 백작은 유들유들하게 대답했다.

"전하와 힐데른 예작을 향한 제 마음입니다. 마음만이라도 받아주셨으면 합니다."

황태자는 대답 없이 자리에 앉았다.

"백작."

"네, 전하."

"난 돌려 이야기하는 것을 좋아하지 않는다. 이렇게 자리를 청한 것은 저런 쓸데없는 음식 때문이 아니라 할 이야기가 있어서겠지?"

카탈락 백작은 웃음을 지었다. 짙은 미소였다. 마리가 그 미소를 보며 또 한 번 기묘한 기시감을 느낄 때, 백작이 말했다.

"네, 맞습니다. 저 카탈락은 한자동맹의 일원인 올스텐 가문의 대표로서 전하께 제안할 거래가 있습니다."

"무엇이지?"

"제국의 서남부 지방에 계획 중인 교역 도시에 교역로를 만들고 싶습니다. 투자도 하고요."

황태자는 놀란 표정을 지었다. 서남부는 마리가 고안한 사탕수수를 재배할 지방으로, 황태자는 그 사탕수수를 기반으로 교역 도시를 건설할 계획을 가지고 있었다. 서남부 지방에서 생산될 설탕은 물론 지중해의 특산품을 북방과 거래되는 장소로 만들 계획으로, 성공만 하면 제국에 어마어마한 부를 안겨 줄 것이다. 다만 도시를 건설할 재원과 교역로의 개발이 문제였는데, 한자동맹의 거상이 도와주겠다고 나선 것이다.

"그건 올스텐 가문의 뜻인가, 아니면 한자동맹의 뜻인가?"

"일단은 저 개인의 생각입니다. 하지만 거래가 성공적으로 이루어지면, 나머지 동맹들도 알아서 움직이지 않겠습니까?"

황태자는 입을 다물었다. 반대할 이유가 없는 이야기였다. 아니, 오히려 제국 측에서 먼저 나서서 부탁해야 할 내용이었다. 하지만 그는 곧바로 고개를 끄덕이진 않았다. 뭔가 석연치 않았다.

"제국에 더할 나위 없이 좋은 내용이군. 투자에 교역로 개발이라니. 하지만 너무 좋은 조건이라 석연치가 않아. 너희 올스텐 가문은 왜 이런 일을 제안하는 거지?"

"그야 당연히 장기적으로 큰 이득이 될 것으로 판단해서입니다. 전하께서 그리는 계획이 성공만 한다면 프랑스의 샹파뉴를 능가하는 교역 도시가 탄생할 테니까요."

얼핏 들으면 타당해 보이는 이유였다. 하지만 황태자는 매섭게 카탈락 백작을 노려보았다.

"백작."

"네?"

"난 속에 다른 속셈을 가지고 있는 자를 좋아하지 않아."

경고였다. 카탈락 백작은 잠시 말없이 있다가 웃음을 터뜨렸다.

"하하. 맞습니다, 전하. 사실 다른 이유가 하나 더 있긴 합니다."

"말해봐라."

"교역 도시를 돕는 대가로 수도에서 한 가지 사업에 대한 허가권을 받고 싶습니다."

"무슨 사업이지?"

카탈락 백작은 빙글 미소를 지었다.

"문화 사업입니다."

"문화 사업?"

"네, 정확히 말하면 오락 사업이죠."

그러며 그는 테이블 아래에서 미리 준비한 물품을 꺼내었다. 손바닥보다 조금 작은 직사각형 모양의 종이 뭉치. 귀족들 사이의 유흥인 카드였다.

"카드군. 카드놀이에 대한 사업을 하겠다는 건가?"

"네, 카드놀이는 누구나 좋아하지만, 막상 즐기기가 편하지 않죠. 카드놀이를 하는 사람들을 모으기가 의외로 불편하니까요. 그래서 아예 귀족들이 편하게 와서 카드놀이를 즐길 수 있는 고급 사업장을 운영해 볼까 싶습니다."

황태자는 잠시 생각했다.

'카드놀이에 대한 오락 사업이라. 독특한 발상이군.'

"그런데 왜 우리 제국의 수도이지? 그대들 한자동맹 근처에도 사업할 곳은 많을 텐데?"

카탈락 백작은 당연하다는 듯 답했다.

"그거야 이 동제국의 수도야말로 대륙에서 가장 번창한 대도(大都)이기 때문입니다. 문화 사업은 이런 곳에서 해야죠."

카탈락 백작의 말은 타당했다. 문화 오락 사업은 번창한 도시에 적합한 사업이었으니까.

"그렇군."

황태자는 고개를 끄덕였다. 특별히 문제는 없어 보였다. 어차피 카드놀이는 귀족들이 일상적으로 즐기는 놀이었으니까.

"알겠다. 다만 속임수는 안 된다."

"이를 말씀이겠습니까? 반드시 공정하게 운영될 것입니다."

고개를 끄덕인 황태자는 자리에서 일어났다.

"그러면 그렇게 알고 진행하지. 자세한 이야기는 재상 오른과 하도록."

"네, 좋게 생각해 주셔서 정말로 감사합니다!"

황태자는 마리와 함께 방을 나가며 백작에게 물었다.

"그런데 그대가 생각하는 카드 사업의 이름은 무엇이지?"

카탈락 백작은 짙게 미소 지었다. 마리가 어디선가 본 것 같다는 느낌을 주는 미소였다.

"'카지노'라 하옵니다, 전하."

히잉!

곧 황태자와 마리가 탄 마차가 카탈락 백작의 저택을 빠져나갔다. 카탈락 백작은 저택 2층 자신의 방에서 한 손에 와인을 들고 그 모습을 지켜봤다.

"훨씬 예뻐졌군."

그렇게 중얼거리는 백작의 얼굴은 아까와 전혀 달랐다. 호인처럼 보이는 미소는 온데간데없이 무감정하고 섬뜩한 느낌을 주는 차가운 표정만이 가득했다.

"무얼 말입니까?"

그를 수발드는 저택의 집사가 물었다.

"힐데른 예작, 아니."

백작은 자신이 위장한 가면을 벗고 말했다.

"모리나 왕녀 말이야."

모리나 왕녀! 놀라운 이야기였다. 마리의 진정한 정체였으니까. 하지만 집사는 전혀 놀란 표정이 아니었다. 오히려 태연하게 답했다.

"예, 지난번 봤을 때보다 많이 예뻐진 것 같군요."

카탈락 백작, 아니, 서제국의 황제 요하네프 3세는 고개를 끄덕인 후 와인을 한 모금 머금었다.

"이거 큰일이군. 한눈을 팔 때가 아닌데, 이러다 진짜로 반하겠어."

그 말에 집사가 여상하게 답했다.

"마음이 가시면 취하시면 되지 않습니까?"

"뭐라고?"

"어차피 계획을 위해서는 모리나 왕녀를 폐하의 것으로 만드는 것이 최선 아니었습니까? 상황이 뜻하지 않게 흘러가면 죽여야겠지만."

마치 아침 날씨를 이야기하듯 담담한 말투였지만 그 안에 담긴 내용은 놀랍다 못해 소름 끼치는 것이었다. 마리를 요한의 여인으로 만들거나, 아니면 죽여야겠다니? 하지만 요한은 그 놀라운 이야기를 부정하지 않았다. 그저 가만히 고개를 끄덕일 뿐이었다.

"그래, 로이스. 네 말이 맞다. 계획을 완전히 우리 통제에 두려면 죽이는 것도 나쁘지 않은 선택이지"

요한은 입꼬리를 들어 올렸다. 섬뜩한 느낌이 드는 미소였다.

"하지만 이왕이면 내 것으로 만드는 것이 훨씬 좋아."

요한은 그녀를 자신의 것으로 취하고자 했다. 계획도 계획이지만, 그의 마음이 그걸 바랐다. 로이스는 고개를 끄덕인 후 다른 내용을 보고했다. 이것 역시 놀라운 내용의 이야기였다.

"아편을 실은 배가 수도 인근의 유프테강 하류 쪽에 곧 도착한다고 합니다."

"그래? 생각보다 빠르군. 수량은?"

"충분합니다. 아편이 수도로 풀리면 제국 내무부와 치안부는 당장 마비될 것입니다."

"좋군."

요한은 흡족한 표정을 지었다.

"우리의 흔적은 남기지 않았겠지?"

"네, 올스덴 가문이나 서제국 쪽이 아닌 아예 3국을 돌아 거래했으니까요. 만약 밀매업자들이 체포된다 해도 우리 쪽의 흔적은 그림자도 발견할 수 없을 것입니다."

믿을 수 없는 대화 내용. 최근 마리와 황태자가 골머리를 앓고 있던 마약 밀매 사건의 배후에 그들이 있었던 것이다.

요한은 피식 웃었다.

"곧 재미있어지겠군. 란은 어떻게 대응하려나."

란. 황태자의 아명이었다. 요한은 와인을 한 모금 머금으며 창밖을 통해 저 멀리 밤하늘 너머를 바라보았다. 마리와 황태자의 마차가 사라진 쪽이었다.

한편 황태자와 마리는 마차를 타고, 어딘가로 향하고 있었다.

"전하, 혹시 불편하신 일이라도 있으신가요?"

마리가 의아한 표정으로 물었다. 백작의 저택에서 나온 후 황태자가 줄곧 아무런 말도 없었던 것이다.

"아아, 아까 백작과의 거래를 생각하고 있었다."

"무슨 문제라도 있었습니까?"

"문제는 전혀 없었다. 오히려 제국에 무척이나 유리한 거래였지."

"그런데 어째서?"

마리는 의아한 표정을 지었다. 그녀가 생각하기에도 제국에 유리한 거래였다. 새로운 교역 도시에 대한 투자는 별개로, 카드 사업도 제국에 나쁘지 않았다. 카드 사업으로 벌어들이는 수익의 4할을 세금으로 진상하겠다고 했기 때문이다. 그런데 좋은 거래를 한 것치고는 황태자의 분위기가 너무 무거웠다.

"너무 유리해서 카탈락 백작의 진의가 의심되는군."

마리의 얼굴이 굳어졌다.

"백작에게 다른 숨겨진 의도가 있다고 생각하시는 것입니까?"

황태자는 고개를 끄덕였다.

"물론 근거는 없다. 단순한 느낌이긴 하지만 내가 백작이라면 이렇게 남에게 퍼 주는 거래를 하지는 않았을 것 같군."

마리는 황태자의 생각에 동감했다. 그녀도 카탈락 백작에게 비슷한 느낌을 받았었기 때문이다.

'보고 있으면 괜히 불길한 느낌이 들어. 아무런 이유가 없는데도.'

"제가 백작에 대해 따로 조사해 보겠습니다."

하지만 의외로 황태자는 고개를 저었다.

"아니, 그대는 됐다."

"네, 어째서?"

"이미 맡고 있는 일이 있지 않은가?"

"아……."

마리는 고개를 끄덕였다. 그녀는 황태자의 보좌관으로서 내무대신과 협력하여 마약 밀매 사건에 대해 알아보고 있었다.

'황태자가 나를 신뢰해서 맡긴 일.'

아무리 보좌관이라지만, 시녀에다 여자인 그녀가 마약 밀매 사건에 관여하는 것에 반대 목소리가 컸다. 하지만 황태자가 그녀의 능력을 신뢰해 전격적으로 맡긴 것이다.

"그대는 일단 그 일에 집중하도록. 카탈락 백작에 대한 일은 오른에게 맡길 테니."

"네, 알겠습니다."

그렇게 화제가 종료된 후 대화가 잠시 중단되었다. 마리는 창밖을 보다가 의아한 표정으로 말했다.

"전하, 그런데 마차의 방향이?"

한참을 지나 보니, 마차는 황궁을 향하고 있는 것이 아니었다. 뭔가 처음 보는 언덕길을 계속해서 올라가고 있었다.

"아아. 제대로 가고 있는 거다."

"어디 따로 들르실 곳이 있습니까?"

"그래."

마리는 고개를 갸웃했다. 왜 미리 이야기 안 해준 거지? 그런데 황태자가 생각지도 못 한 이야기를 하였다.

"미안하다."

"전하?"

"사실 오늘 외출의 핵심은 이것이었는데, 중간에 이런저런 일이 있어 신경을 못 썼군."

마리는 황태자의 갑작스러운 사과에 당황한 표정을 지었다. 이게 무슨 말이지?

"전하, 무슨 말씀이신지……?"

"가 보면 안다. 곧 도착하겠군."

마리는 아리송한 표정을 지었다. 도대체 뭐지? 그때, 마차 옆에서 말을 몰던 알몬드가 말했다.

"곧 목적지입니다."

"준비는 차질 없이 했겠지?"

"네, 미리 확인했습니다."

마리는 이해할 수 없는 대화였다. 그녀가 재차 물어보려 할 때, 황태자가 말했다.

"도착했다."

"……?"

황태자의 에스코트를 받으며 마차에서 내린 마리는 그가 한 말들의 뜻을 깨달을 수 있었다.

'아…….'

그녀는 눈앞에 펼쳐진 광경을 보고 손으로 입을 가렸다. 황태자가 조금은 머쓱한 얼굴로 말했다.

"마음에 들었으면 좋겠군."

"저, 전하…… 어째서……."

수도의 전경이 한눈에 내려다보이는 정원이었다. 그 정원에 수없이 많은 촛불이 가득 채워져 예쁘게 불을 빛내고 있었다. 마치 그녀를 환영하듯, 축복하듯. 낭만적이고 아름다운 광경. 황태자가 오로지 그녀를 위해 준비한 광경이었다.

"저, 전하 어째서……?"

마리의 눈동자가 흔들렸다. 그가 자신을 위해 준비한 것을 보니 마음이 울렁했다. 그러면서 가슴 한구석에 의문이 들었다. 왜 갑자기 이런 일을? 황태자는 대답 대신 고개를 돌렸다.

"가져오도록."

곧 정원 한구석에서 시종이 무언가를 가져왔다. 시종이 가져온 것을 본 마리가 또 놀란 표정을 지었다. 장미꽃과 커다란 다이아몬드 목걸

이였던 것이다. 옆 트레이의 은쟁반 안에는 생크림 케이크도 있었다.

'설마?'

마리는 얼마 전 황태자가 자신에게 물었던 것이 떠올랐다.

"혹시 좋아하는 꽃이 있나?"

"장미를 좋아합니다만……."

"좋아하는 케이크는?"

"……생크림 케이크를."

'왜? 어째서?'

그때, 황태자가 머쓱한 표정으로 말했다.

"사실 내가 선물을 해본 적이 별로 없다. 그래서 좋아할지 모르겠군."

그는 꽃을 그녀에게 내밀며 말했다.

"오늘 생일 축하한다."

"……!"

"좀 더 잘해 주고 싶었는데, 그렇게 못 해서 미안하다."

마리의 눈이 커졌다. 황태자가 이런 준비를 한 이유. 그건 본인도 생각 못 한 그녀의 생일 때문이었던 것이다.

"저, 전하……."

꽃을 받아 든 마리의 목소리가 파르르 떨렸다. 가슴이 파도를 만난 것처럼 흔들려 뭐라고 말을 이을 수가 없었다. 황태자는 잠시 주저하더니 다이아몬드 목걸이를 조심스러운 동작으로 그녀의 목에 직접 걸어주었다. 그러며 그가 말했다.

"그대의 생일이지만, 사실 나에게 더 기쁜 날이다. 왜 그런지 아느냐?"

"……."

"그대가 이렇게 태어나 그대를 만날 수 있었기 때문이다. 고맙다. 이렇게 태어나 주어서. 나와 만나 주어서."

그녀를 향한 마음이 담긴 목소리. 마리는 그 목소리를 듣는 순간 가슴이 울컥했다. 이유 없이 눈물이 나올 것 같아 입술을 꽉 깨물었다. 황태자는 따뜻한 빛이 감도는 눈동자로 잠시 말없이 그녀를 바라보았다. 그러다 손을 들어 그녀의 머리를 부드럽게 어루만졌다.

"영원히 축복받길. 내 소중한 그대여. 이 순간 함께 있어주어 고맙다."

그 말을 마친 그가 그녀를 감싸 안았다. 조심스러우면서도 부드러운 포옹이었다.

그렇게 여러 일이 있었던 '마리의 생일'이 지나갔다. 마리와 황태자는 평소의 일과로 돌아왔다. 황태자는 늘 그렇듯 한 치의 흔들림도 없이 국정을 보았다. 하지만 마리는 그러지 못했다. 굳은 얼굴로 계속해서 빈 허공을 응시하는 것이 무언가 깊은 생각에 잠긴 눈치였다.

"마리?"

"……."

"마리?"

"아! 전하, 죄송합니다. 어떤 말씀을 하셨는지요?"

마리는 화들짝 고개를 숙였다.

"가서 쉬라고."

"네?"

마리는 눈을 동그랗게 떴다. 황태자가 염려 섞인 눈빛으로 그녀를 보고 있었다.

"괜찮습니다."

"아니야. 내가 걱정되어서 그러는 거니 그만 가서 쉬어. 참고로 명령이다."

그렇게 이야기하니 어쩔 수 없어 마리는 고개를 숙이고 물러갔다. 그녀가 물러가자 황태자가 옆의 알몬드에게 물었다.

"어떻게 생각하나?"

"무얼 말입니까?"

"마리 말이야. 어제 내가 준비한 게 별로였던 건가?"

황태자답지 않게 소심한 물음이었다. 알몬드는 별생각 없이 고개를 저었다.

"그럴 리 있겠습니까? 어제 무리해 컨디션이 안 좋은 거겠죠."

그 대답에 황태자는 쓴웃음을 지었다. 마리의 얼굴은 몸이 안 좋은 안색이 아니었다. 마음이 심란한 표정이었다. 그리고 그녀가 심란해할 이유는 어제의 일밖에 없었다. 그때, 알몬드가 황태자의 염려를 눈치챈 듯 말했다.

"걱정하지 마십시오. 힐데른 예작은 머지않아 전하께 마음을 열 것이 분명합니다."

"어째서 그렇게 생각하지?"

"남자의 직감입니다."

"……."

이보다 더 신뢰성이 없을 수 없는 근거였다.

"……일이나 하지."

황태자는 한숨을 내쉬고 서류를 펼쳤다. 집중이 되지는 않았다. 아까 본 그녀의 얼굴이 자꾸 떠올랐다. 그녀의 어두운 표정이 자신 때문이라 생각하자, 라엘은 마음이 좋지가 않았다. 그녀가 자신을 계속해서 밀어내는 것이 솔직히 조금은 아팠다.

'날 밀어내는 게 아프지 않은 것은 아니지만.'

황태자는 속으로 중얼거렸다.

'그래도 상관없어.'

그는 이미 그녀 없이는 살 수 없게 되었다. 그러니 그녀 때문에 조금 아프더라도 괜찮았다.

한편 마리는 자신의 숙소로 들어와 침대 한편에 앉아 생각에 잠겼다.

'이대로는 안 돼. 더는 그를 기만할 수 없어.'

그녀가 심란한 이유. 그건 황태자의 짐작대로 어제의 생일 축하 때문이었다. 물론 그의 준비가 실망스러워서는 절대 아니었다. 오히려 너무나 마음이 흔들렸기에 심란한 것이다. 마리는 그가 선물한 목걸이를 어루만지며 생각했다.

'그래, 이건 기만이야.'

모리나 왕녀. 클로얀 왕가의 마지막 핏줄. 그에게 잠재적인 위협 존재인 적. 그게 바로 자신이었다. 그 사실을 숨긴 채 자신에게 진심인 그를 대하는 것은 기만이나 다름없었다.

'더는 황태자의 마음을 모른 척할 수는 없어.'

그래, 이제는 더는 외면할 수가 없었다.

"고맙다. 이렇게 태어나 주어서. 나와 만나 주어서."

어제 들었던 말이 떠올랐다. 가슴이 파르르 떨렸다. 아팠다. 마리는 입술을 깨물었다.

'마리, 너는 이미 알고 있잖아. 네 앞에 놓인 선택은 단 하나뿐이란 것을.'

정체를 드러낼 수는 없다. 그러면 남은 길은 단 하나였다. 바로 그의 앞에서 사라지는 것. 자신과 모두를 위한 길이었다.

'쉽지 않은 일이지만, 불가능하지 않아.'

지금껏 그녀가 계속 고민하면서도 그 선택을 실행하지 않은 것은 여인 혼자의 몸으로 수도를 벗어나 탈주하는 것이 거의 불가능했기 때문이다.

일단 허가 없이 황궁을 벗어나는 것부터 문제였고, 어찌어찌 경비대의 눈을 피해 수도 밖으로 나간다고 해도 그다음이 더 문제였다. 도시와 도시 사이의 들짐승, 강도들을 비롯해 목숨을 위협하는 것이 너무나 많았던 것이다. 대륙에서 치안이 가장 좋은 편인 제국도 그러할진대 제국 밖으로 나가면 더욱 위험했다. 그 모든 위험을 뚫고 새로운 곳에 정착하는 것은 현실적으로 불가능에 가까운 일이라 실행할 수가 없었다.

'육로로 도망가는 것은 불가능에 가깝지만, 바다를 통하면 달라. 난 지금 황태자의 보좌관 신분을 가지고 있어서 혼자 항구에 갈 수 있으니까. 어떻게든 몰래 배를 타면 안전히 도망갈 수 있어.'

그녀는 현재 황태자의 보좌관 신분으로 내무대신을 도와 아편 밀매를 조사하고 있었다. 그래서 종종 혼자 항구에 갔고, 몰래 배를 타는 것도 어렵지 않을 것이다.

'어떻게든 배를 타면 아무런 위협 없이 제국을 벗어날 수 있어. 제국만큼이나 치안이 안전한 이탈리아의 자유도시로 가면 정착할 수 있을 거야.'

현 대륙에서 가장 치안이 안정된 곳은 황태자가 통치하는 동제국과 이탈리아의 자유도시들이었다. 이탈리아로 향하는 배를 타면 아무런 문제 없이 제국을 탈출할 수 있었다.

'어려울 것도 없어. 아무도 모르게 항구에 가서 탈 배를 구하기만 하면 돼.'

마리는 길고 긴 고민의 결론을 내렸다.

"그래, 떠나자. 아무도 없는 곳으로. 사실 진작 이렇게 해야 했어. 이게 나와 모두를 위해 가장 좋은 길이야."

그런데 왜일까? 긴 고민의 결론을 내렸으니 속이 시원해야 하는데 그렇지가 않았다. 오히려 마음이 텅 빈 것 같았다. 가슴이 아리고 아팠다.

"조금만 자자."

마리는 침대 위에 엎드려 베개에 얼굴을 묻었다. 그런 그녀의 눈에서 눈물이 흘러내리기 시작했다.

"흑. 흐윽."

급히 베개로 닦았지만 한 방울 한 방울 흘러내리기 시작한 눈물은 멈출 기색을 보이지 않았다. 떠나자고 결론을 내리니 이곳에서 만났던 이들의 얼굴이 떠올랐다. 친구들과 따뜻하게 대해 주었던 사람들. 그리고 자신에게 과분한 마음을 준, 그녀에게도 너무나 소중한 키에르한. 마지막으로 황태자 라엘.

"고맙다. 이렇게 태어나 주어서. 나와 만나 주어서."

어제 라엘이 했던 말이 다시 떠올랐다. 그녀는 더는 생각을 이을 수 없어 눈을 질끈 감았다. 눈물이 계속해서 흘렀다.

그 뒤 마리는 조용히 떠날 계획을 세웠다. 생각대로 어려울 것은 없었다. 마약 밀매 조사차 항구에 가 이탈리아 소속의 배를 확인했고, 이탈리아 반도로 돌아갈 때 승선하기로 선장과 은밀히 약속했다. 황태자와 키에르한, 주변 사람에게는 당연히 아무런 티도 내지 않았다. 최대한 평소와 다르지 않으려 노력했다.

'그래, 이렇게 떠나는 거야.'

마리는 속으로 중얼거렸다. 마음이 욱신거리지 않은 것은 아니었다. 금방 괜찮아질 거라 생각한 것과 다르게 계속 아팠다. 하지만 균열을 모래로 덮듯 마리는 자신의 마음을 억눌렀다.

'이게 모두를 위해 가장 옳은 선택이야.'

그녀는 반복해서 속으로 중얼거렸다.

그렇게 시간이 흘렀고, 출항 날이 다가왔다. 배는 수도 근처 유프테 강 하류에서 늦은 밤에 떠날 테니 오늘만 지나면 모두 끝이었다.

"마리."

"네, 전하?"

"요즘 무슨 근심이라도 있는 건가? 계속 얼굴이 좋지 않군."

그 말에 마리는 어색한 표정을 지었다. 최대한 아무렇지 않은 척하려 했는데, 역시 황태자의 눈은 피할 수 없었다.

"아무것도 아닙니다, 전하."

"흠. 너무 과로해서 그런 건가? 조금 쉬는 게 좋을 것 같군. 대충 중요한 일은 끝났으니, 가서 푹 쉬도록."

평소와 똑같은 염려. 저 걱정도 이제 오늘이 마지막이라 생각하니 마리는 괜히 울컥한 마음이 들었다. 그녀는 주저하다 입을 열었다.

"전하, 한 가지만 청하여도 되겠습니까?"

"그대의 부탁이라면 뭐든지."

황태자는 고민 없이 고개를 끄덕였다.

"오늘 저녁, 제가 식사를 대접해 드려도 괜찮겠습니까?"

황태자는 의아한 표정을 지었다. 그녀가 갑자기 왜 그러는지 의문이 들었던 것이다. 마리는 이유를 얼버무렸다.

"특별한 이유는 아닙니다. 그냥 여러 가지로 감사해서……."

황태자는 잠시 가만히 있다가 말했다.

"싫다."

"네?"

뜻밖의 거절이었다. 그가 거절할 줄 몰랐던 마리는 당황했다. 라엘은 인상을 찌푸리며 말했다.

"그렇지 않아도 피로해 보이는데 무슨 요리냐. 차라리 내가 주방장에 일러 그대의 몸을 보할 음식을 해놓으라 이르겠다."

"아니, 그냥 오늘은 제가……."

너무나 황태자다운 답변이었다. 그래도 마지막 날이니 음식이라도 대접하고 싶었던 마리는 떠듬떠듬 말했다.

"마리."

라엘이 나직이 말했다.

"이리로 가까이 와 봐라."

"……."

"어서."

마리는 머뭇거리다가 조금, 딱 한 걸음 나아갔다.

황태자는 인상을 찌푸렸다.

"조금 더. 바로 앞으로."

뭔가 맹수 앞으로 나아가는 초식동물의 느낌이 들어 그녀는 주춤주춤 그의 앞에 섰다.

"마리."

한숨을 내쉰 그가 그녀의 머리를 부드럽게 쓰다듬었다. 머리에 와 닿는 그의 손길에 마리는 흠칫 놀랐지만, 피하지는 않았다. 그가 이렇게 말했던 탓이다.

"나는 네가 해주는 요리보다 너의 밝은 얼굴을 원한다. 그렇게 피로하고 어두운 얼굴이면서 무슨 요리란 말이냐. 그냥 오늘 푹 쉬고, 내일은 밝은 얼굴로 나와 주었으면 좋겠구나."

그의 평소 차가운 성격과 전혀 다른 따뜻한 목소리. 오로지 그녀에게만 보여 주는 자상함이었다. 마리는 자신의 머리를 쓰다듬어주는 손길이 부드럽다고 느꼈다. 왠지 마음이 편안해졌다.

"그러면 가서 쉬도록."

"……네, 전하."

결국 마리는 황태자에게 마지막 식사를 대접하려는 계획을 실패하고 집무실에서 물러났다.

마리가 나간 후, 황태자는 손가락으로 철가면을 두드렸다.

"뭔가 이상하군."

"무엇이 말입니까?"

알몬드가 물었다.

"마리 말이야. 뭔가 이상하지 않나?"

"조금 그렇긴 하군요."

"왜 저러는 거지?"

"글쎄요? 별다른 이유 없지 않겠습니까."

별 고민 없는 알몬드의 답에 황태자는 한숨을 내쉬었다. 섬세함이라고는 눈곱만큼도 없는 알몬드에게 무얼 바라겠는가.

'분명 무슨 일이 있어. 뭐지?'

황태자는 심각한 안색으로 고민하다 말했다.

"알몬드. 오늘 밤 외유를 나갔다 와야겠다."

"외유라면 암행을 말씀하시는 것입니까?"

황태자는 고개를 끄덕였다.

"무슨 일로?"

알몬드가 의아한 표정으로 물었으나, 황태자는 특별한 답을 해주지 않았다.

드디어 대망의 시간이 다가왔다. 황궁의 불빛이 꺼진 늦은 밤. 마리는 침대에서 일어났다.

"……."

미리 준비를 마친 마리는 옷을 갈아입고 숙소를 나오려 했다. 그 순간, 라엘이 생일 선물로 준 목걸이가 눈에 띄었다. 놓고 갈까 고민하다 손을 뻗어 챙겼다.

"마지막이구나."

마리는 황태자가 머무는 사자궁을 보며 복잡한 얼굴을 하였다. 하지만 곧 굳은 얼굴로 몸을 돌렸다. 그리고 황궁의 입구로 발걸음을 옮겼다.

한참을 걷다가 키에르한이 머무는 토른 2세의 자운궁이 나타나자 그녀는 잠시 고민했다.

'마지막으로 키엘 님을 잠시 뵐까.'

하지만 곧 고개를 저었다. 갑작스럽게 이 시간에 보자고 하면 이상하게 생각할 것이 뻔했다.

'나중에 편지라도 하자.'

시간이 정말 많이 지난 후에 그를 만나기 위해 그의 영지로 찾아가 보는 것도 괜찮을 것이다.

황태자의 사자궁도, 키에르한이 있는 자운궁도 지나친 마리는 황궁의 성문에 도착했다.

"힐데른 예작님께서 이 시간에 무슨 일이십니까?"

입구를 지키는 근위대가 의아한 표정으로 물었다. 마리는 최대한 태연한 얼굴로 말했다.

"잠시 항구 쪽에 다녀오려고 합니다."

"아, 그렇군요. 알겠습니다."

황태자의 신임을 받는 마리인지라, 근위대는 별다른 의심 없이 고개를 끄덕였다.

"시간이 늦었으니 조심해서 다녀오십시오."

"네, 수고하세요."

그렇게 마리는 탈출의 1차 관문인 황궁을 별다른 문제 없이 벗어났다.

'이제 시간에 맞춰 배에 승선만 하면 돼.'

속으로 중얼거린 마리는 미리 예약해 둔 마차를 타고 항구로 향했다.

유프테강 하류는 수도 근교에 위치한 항구였다. 바다를 통해 들어오는 모든 물류는 이 항구를 거치게 되어 있다. 마리가 타기로 한 배는 그 항구에서도 멀찍이 떨어진 외곽에 정박해 있었다. 다른 사람의 눈을 피해 승선하기 위해 최대한 멀리 떨어진 배를 알아본 것이다.

"이런 곳에서도 배가 뜨네."

마리는 썰렁한 주위를 보며 중얼거렸다. 많은 배가 놓인 중앙 선착장과 다르게 이곳에는 배가 거의 보이지 않았다. 주변의 드문드문 있는 건물도 모두 낡고 비어 있었다.

"출항까지는 1시간 정도 남아 있습니다. 내부를 정리 중이니 조금만 기다려 주시지요."

마리가 타기로 한 배의 선장이 말했다. 그녀는 여객선을 타기로 한 게 아니었다. 여객선을 예약하면 중도에 발각될 위험이 컸기 때문에 화물선의 짐칸에 몰래 타기로 했다.

"그런데 제국의 귀족께서 왜 이탈리아 반도에 가시는지요? 그것도 이런 화물선을 타고……?"

배의 선장이 조심히 물었으나, 마리는 딱딱하게 답했다.

"그건 묻지 않기로 약조하지 않았던가요."

"읍. 그렇지요."

"추후에도 제가 이 배에 탔다는 사실은 비밀로 지켜 주세요."
"알겠습니다."
선장은 더 묻지 않기로 했다. 어차피 그야 충분한 돈을 받았으니, 저 소녀가 왜 홀몸으로 험한 항해를 하려는 것인지 상관할 필요도 없었다.
"잠시 바람이라도 쐬고 오시지요? 출항하면 땅을 밟을 때까지 한참 걸릴 테니."
마리는 고개를 끄덕였다. 그렇지 않아도 정말로 제국을 떠난다 생각하니 가슴이 답답하던 차였다. 조금 걷고 싶었다.
'이제 정말로 떠나는구나.'
그녀는 씁쓸한 표정을 지었다.
'사실 기뻐야 하는데. 제국을 떠나면 더는 목숨의 위협을 받을 일도 없고.'
클로얀 왕국의 멸망 후 지금껏 황궁에 숨어 살며 정체를 들킬까 봐 얼마나 가슴을 졸여 왔던가? 까마득한 지중해 너머에 위치한 이탈리아 반도는 제국과 전혀 연관이 없었다. 따라서 그녀가 목숨을 위협받을 일도 없었다.
'정착도 어렵지 않겠지. 나에겐 여러 능력이 있으니까.'
그녀가 얻은 수많은 능력 중 하나만 사용해도 충분히 풍족하게 먹고 살 수 있었다. 즉, 저 배를 타는 순간 그녀의 제2의 인생이 시작된다고 할 수 있었다. 그리고 그 인생은 평안하고 걱정 없는 삶이 될 것이다.
'그러니 기뻐해야 하는데.'
마리는 힘없는 표정을 지었다.
'왜 하나도 안 기쁠까.'
자꾸만 이전 일들이 떠올랐다. 죄수를 간병하고 처음 능력을 얻었던 일. 여러 사람을 만난 일. 황태자와 키에르한과 처음 마주한 일. 키에르한과 가까워진 일. 지난 과오로 괴로워하는 황태자에게 마음이 흔들렸던 일 등등.

수없이 많은 일이 그녀의 머릿속에 한번에 떠올랐다. 너무 한꺼번에 많은 일이 떠올라 그녀 스스로도 자신이 무슨 생각을 하는지 알 수 없었다. 그냥 가슴이 터질 듯 답답하기만 했다.

'걷자.'

마리는 고개를 강하게 젓고 발걸음을 옮겼다. 마음을 가라앉히기 위해 아무런 생각 없이 걸어야 할 것 같았다. 그녀는 쌀쌀한 바닷바람을 맞으며 한참을 걸었다. 아무것도 없는 외진 곳이라 굉장히 조용했다.

그런데 한참을 걸었을 때였다. 이제 슬슬 돌아가 봐야겠다고 생각하고 있을 때, 그녀는 이상한 광경을 발견했다.

'어? 저게 뭐지? 여기에 웬 배가?'

마리는 고개를 갸웃했다. 한참이나 걸어온 탓에 그녀는 선착장에서 벗어나 있었다. 그런데 웬 배가 강어귀에 정박해 있었던 것이다.

'빈 배인가? 아닌데?'

사람들이 분주히 배에 오르내리고 있었다. 그리고 밑에 대기하고 있는 마차들로 무언가를 채운 포대를 부지런히 옮기고 있었다.

'밀인가? 그런데 이 시간에 왜 하역을 하지?'

뭔가 이상했다. 더구나 포대를 나르는 이들도 일반적인 항구의 일꾼들과 복색이 달랐다. 마리의 얼굴이 굳었다. 무언가 심상치 않은 느낌이 그녀의 등줄기로 흘렀다.

'설마?'

순간 그녀의 머릿속에서 한 가지 추측이 떠올랐다.

'마약 밀수?'

그녀는 불현듯 떠오른 생각에 침을 꿀꺽 삼켰다. 마약 밀수. 최근 그녀와 황태자가 몰두하고 있던 사건으로, 마리는 밀수 현장을 확인하기 위해 숱하게 항구에 왔었다.

'아니야. 아직은 확실하지 않아.'

워낙 중대한 사안이라, 그녀는 현재 자신의 처지도 잊고 긴장한 표정으로 조심히 배 쪽으로 다가갔다. 다행히 폐건물들이 있어 몸을 숨길 수 있었고 그녀는 곧 하역 현장 근처에 도착했다. 그러자 대화 소리가 들려왔다.

"어이, 조심해! 비싼 거라고. 한 톨이라도 흘리면 안 돼."

"저거 한 포대에 얼마나 받으려나."

"최상품 아편이니 어마어마하지 않을까? 귀족들 상대로 은밀히 거래할 예정이라고 하던데?"

"아직 고객들이 확정된 것은 아니고?"

"오늘 온 물건들로 접근해야지. 은밀히 조금씩 맛을 보여 주면, 누구라도 못 견디고 달려들걸?"

어마어마한 내용의 대화들. 마리의 눈동자가 크게 흔들렸다.

'정말 아편이야! 마약 밀수가 이곳에서 일어나고 있었어!'

완전히 우연에 의한 발견이었다. 그녀가 제국을 탈출하려 이 근처로 온 덕분에 밀수 현장을 목격할 수 있었던 것이다. 소가 뒷걸음질 치다가 쥐를 잡은 격.

'도대체 저게 몇 포대지?'

마리는 자신도 모르게 침을 꿀꺽 삼켰다. 힐끗 보기에도 어마어마한 양이었다.

'이 정도 양이 퍼지면…… 제국에 큰 혼란이 생길 거야.'

마리는 일단 자리를 벗어났다. 혼자 몸으로 함부로 움직여 봤자 화만 당할 것이다.

'일단 경비대를 불러와야 해. 저들이 떠나기 전 경비대를 불러오면 마약이 퍼지는 것을 막을 수 있는 건 물론, 마약 밀수 조직도 일망타진할 수 있어.'

그렇게 생각하며 서둘러 발걸음을 옮기던 마리는 순간 멈칫했다.
'지금 뭐 하는 거야, 마리. 넌 이제 배를 타고 떠나야 하잖아?'
워낙 놀랄 만한 사안이어서 잊고 있었다. 그녀는 이제 제국을 떠날 몸이었다.
'경비대에 알려 주기만 할까?'
하지만 곧 출항 시간이라 멀리 떨어진 경비대까지 다녀올 수가 없었다. 경비대에 밀수 사실을 알리러 가면 그사이 배는 떠나 버릴 것이고, 그녀의 탈출 계획도 실패로 끝날 것이다.
'아니, 왜 하필 오늘 이런 일이?'
그녀는 곤혹스러운 표정을 지었다. 그렇게 마약 밀수 현장을 잡으려 할 때는 쥐꼬리도 보이지 않다가 이런 상황에서 우연히 발견되다니. 마치 누군가 그녀의 인생에 농간이라도 부리는 것 같은 상황 아닌가?
'안 돼. 난 떠나야 해.'
마리는 입술을 깨물었다. 그녀는 최대한 마음을 독하게 먹으려고 노력했다.
'정신 차려, 마리. 이제 제국의 일은 너와 상관없어. 마약 문제는 황태자 전하가 알아서 잘 해결할 거야. 넌 떠나야 해.'
속으로 애써 되뇌었지만, 그녀의 눈동자가 끝없이 흔들렸다. 마리의 머릿속에 저 아편이 퍼져 나가 고통에 빠질 사람들의 모습이 떠올랐다. 그리고 고뇌에 빠질 황태자의 모습도 떠올랐다. 분명 또 그는 침식을 잊고 사건에 매달릴 것이다. 몸을 혹사시키는 것도 아랑곳하지 않고.
거기까지 생각한 마리는 울상을 지으며 긴 한숨을 내쉬었다.
"내가…… 외면할 수 있을 리가 없잖아."
마리는 하늘을 원망스러운 눈으로 올려다보았다. 하필 떠나려고 할 때 이런 시련을 주다니. 하늘이 밉고 원망스러웠다.
그녀는 눈을 질끈 감고 달리기 시작했다. 그리고 그 방향은 그녀가 탈 배가 정박해 있는 곳이 아니라, 경비대가 위치한 곳이었다. 한참이나 달린 끝에 그녀는 중심 선착장 근처의 경비대 지구에 도착했다.

"아니, 힐데른 예작님?"

대기하고 있던 기사가 그녀를 보고 놀란 표정을 지었다. 최근 마약 사건으로 여러 번 방문한 적이 있어 기사는 마리의 얼굴을 알고 있었다.

"이 시간에 이곳에는 어쩐 일이십니까?"

"하아. 하아. 빨리 경비대의 병사들을 모아주세요. 급해요."

전력을 다해 뛰어와 숨이 턱 끝까지 차오른 마리가 말했다.

"네, 갑자기 그게 무슨?"

기사는 당황한 표정을 지었다.

"마약 밀수 현장을 포착했어요! 밀수업자들을 체포해야 해요!"

"……!"

기사의 안색이 변했다. 그도 최근 수도를 들썩이게 하고 있는 마약 밀수 사건을 잘 알고 있었다.

"알겠습니다. 바로 사람들을 모으겠습니다."

하지만 문제가 있었다. 늦은 밤이라 모을 수 있는 경비병의 숫자가 많지 않았다. 애초에 이곳은 전선도 아니었고, 선착장의 치안을 유지하려는 병력만 있었다. 따라서 선착장이 쉬는 밤에는 소수의 인원만 경비를 섰다.

"이게 전부인가요?"

"네."

마리는 모인 인원들을 보고 곤란한 표정을 지었다. 대략 20명 남짓한 경비병들. 자정에 가까운 시간에 급한 대로 모은 것치고 적은 숫자는 아니었지만 턱없이 모자랐다.

'범인은 50명도 넘어 보이던데. 분명 죽기 살기로 대항할 텐데 이 정도 숫자면 모자라. 역으로 당할지도 몰라.'

마리는 물었다.

"혹시 더 동원할 수 있는 병력은 없나요?"

"있긴 있습니다만……."

"어디죠?"

기사는 어려울 거라는 목소리로 답했다.

"인근에 위치한 제국 함대입니다. 그곳에 천 명이 넘는 병사가 있습니다. 하지만 임의로 움직일 수가……."

마리는 기사의 말뜻을 알아들었다. 치안과 사건, 사고를 담당하는 경비병과 다르게 함대는 제국의 정규군이었다. 따라서 감히 그녀가 움직일 수 있는 병력이 아니었다. 함대의 병사들을 움직이려면 황태자에게 직접 위임받은 권한이 필요했다.

'어쩌지? 너무 늦으면 범인들이 다 떠날 텐데.'

확실한 방법은 황궁으로 돌아가 황태자에게 보고 후 병력을 움직이는 것이다. 하지만 그러면 너무 시간이 오래 걸려 범인들은 현장에서 다 사라진 뒤일 것이고 사건은 다시 미궁에 빠질 것이다.

결국, 마리는 무리한 방법을 시도해 보기로 결심했다.

"제가 함대의 책임자분과 이야기를 해보겠어요."

"예? 하지만……."

기사는 놀라 마리를 바라보았다. 함대의 책임자면 워드 장군을 뜻한다. 아무리 마리가 황태자의 총애를 받는 보좌관이라지만, 완고한 장군이 그녀의 말을 신경이나 쓸까? 역정이나 안 내면 다행이다. 그러나 마리는 굳게 말했다.

"지금 그것 외에는 방법이 없어요. 그대로 내버려 두면 범인들은 다 흩어져 사라질 거예요. 사건은 난항에 빠질 거고, 많은 피해자가 나올 거예요."

"역정만 들을 수도 있습니다."

"괜찮아요. 범인들을 잡을 수만 있다면 그 정도는 감수할 수 있어요."

워낙 중대한 사건이니까, 무슨 수를 써서라도 범인들을 일망타진해야 했다.

하지만 그렇게 생각하면서도 마리는 왠지 속으로 한숨이 나왔다.

'오늘 제국을 탈출하려 했는데, 어쩌다 이렇게 된 것인지.'

이런 상황까지 되고 보니 확실했다. 그녀의 인생은 꼬일 대로 꼬인 것이 분명했다. 그리고 왠지 앞으로도 계속해서 꼬이기만 할 것 같은 느낌이 들었다. 기사는 그녀의 심란한 속도 모르고 감탄한 표정으로 말했다.

"역시 온 힐데른! 알겠습니다! 바로 채비하겠습니다!"

그때였다. 얼음처럼 차가운 목소리가 그들 사이로 떨어졌다.

"그럴 필요 없다."

"……!"

마리의 눈이 찢어질 듯 커졌다. 지금 이 순간 도저히 들을 수 없는 목소리가 들렸기 때문이다.

"……전하?"

고개를 돌리니 정말로 황태자가 저벅저벅 경비대로 걸어오고 있었다.

'왜 황태자가 이곳에?'

마리는 당황한 얼굴로 황태자를 바라보았다. 어째서 그가 이곳에 와 있는 것이지? 더구나 분위기도 이상했다. 황태자는 가면을 쓰지 않은 채 맨얼굴이었는데, 그녀를 바라보는 눈이 평소와 전혀 달랐다. 화가 난 듯 들끓어 오르는 감정을 꾹 억누르고 있는 느낌이었다.

'왜?'

특별히 그에게 잘못한 것은 없는데? 순간 마리의 머릿속에 한 가지 사실이 떠올랐다. 그가 저렇게 분노할 만한 이유.

'설마? 내가 도망치려 한 것을?'

마리는 침을 꿀꺽 삼켰다. 들키지 않았을 거라 생각하지만, 그것이 아니라면 황태자가 그녀에게 저렇게 화가 날 이유가 따로 없었다. 어떤 이유에서든지 황태자가 눈치챈 것이 분명했다.

'어, 어떻게 알게 된 거지? 어쩌지?'

마리의 안색이 하얗게 변했다.

"마리."

"……네, 전하."

황태자는 입술을 지그시 깨물며 그녀를 바라보기만 했다. 마리는 심장이 쿵쾅거렸다. 황태자에게 뭐라 이야기해야 할지 막막했다. 라엘은 깊게 한숨을 내쉬었다.

"아니다. 일단 일을 먼저 해결하고 이야기하지."

마리는 그 말에 형 집행을 앞둔 죄수의 심정이 되었다.

'어, 어떻게 하지.'

황태자는 경비대의 기사에게 고개를 돌렸다.

"마약 밀수 현장을 포착했다고?"

"네, 전하! 모두 힐데른 예작의 공입니다! 힐데른 예작 덕분에 제국을 어지럽히는 범인을 소탕할 수 있게 되었습니다!"

기사는 마리의 공을 잔뜩 칭찬했다. 황태자는 별다른 말없이 고개만 끄덕였다. 평소라면 분명 짧게라도 칭찬의 말을 남겼을 텐데.

"시간이 촉박하니 바로 출발하지."

황태자는 말을 몰아 인근 함대를 들러 병력을 차출했다. 그리고 곧바로 밀수 현장을 급습했다.

"크억! 제국군이?!"

"죽이진 마라! 취조해야 하니 모두 구금하라!"

범인들은 혼비백산한 표정을 지었다. 잡히면 중벌을 피할 수 없음을 알기에 무기를 빼 들고 저항했지만 아무런 소용없었다. 제국군의 검을 당해 낼 수가 없었다. 특히 황태자의 활약은 눈이 부셨다. 그림처럼 아름다운 얼굴로 일말의 자비도 없이 검을 휘두르는데, 범인들은 그의 냉막한 눈을 마주하는 것만으로도 오금이 저릴 지경이었다. 그렇게 마약 밀수범들은 모조리 체포되었고, 범인을 잡은 병사들은 크게 함성을 질렀다.

"황태자 전하 만세!"

"온 힐데른 만세!"

이번 일의 일등 공신은 다름 아닌 마리였다. 그녀가 마약 밀수 현장을 포착했기 때문에 이런 일망타진이 가능했던 것이다.

"역시 온 힐데른입니다. 힐데른께서 지금껏 왜 그런 명성을 얻었는지 이번에 똑똑히 알게 되었습니다."

경비대의 기사가 다시 황태자 앞에서 마리를 칭찬하였다. 기사뿐이 아니었다. 함대에서 온 제국군 장교도 그녀의 공을 치켜세웠다.

"우리는 그저 손만 거들었을 뿐, 모든 공은 힐데른 예작의 것이군요. 어떻게 이렇게 마약 밀수 현장을 정확히 포착한 것인지. 분명 몸을 아끼지 않고 제국을 위해 노력한 덕이겠지요. 대단합니다."

그런 칭찬을 들으며 마리는 꿀 먹은 벙어리처럼 있을 수밖에 없었다. 일단 이번 일은 황태자에게서 도망치려다 소 뒷걸음질 치듯 발견한 것이고, 무엇보다 아까부터 아무런 말도 않는 황태자의 눈치가 보였다. 이윽고 뒤처리를 어느 정도 마친 후, 라엘이 입을 열었다.

"마리."

"……!"

낮은 음성에 마리의 가슴이 덜컥 내려앉았다. 드디어 올 것이 왔다. 황태자는 짧게 말했다.

"나를 따라오도록. 너에게 할 말이 있다."

황태자가 그녀를 데려간 곳은 근처 인적 없는 공터였다. 자정이 넘은 늦은 밤, 살이 에일 듯한 매서운 강바람이 그녀의 뺨을 훑고 지나갔으나 황태자와 마주해 뻿뻿이 굳은 마리는 추위를 느낄 수도 없었다. 가만히 말없이 자신을 바라보는 황태자의 눈빛을 보니 그녀는 머릿속이 하얗게 마비되는 것 같았다.

'황태자가 저렇게 화가 나다니.'

아무런 말도 안 하고 있지만 그녀는 똑똑히 느낄 수 있었다. 황태자는 그녀에게 화가 나 있었다. 그것도 굉장히. 푸른 눈동자는 끓어오르는 감정을 잔뜩 억누르고 있는 게 분명했다. 그가 저렇게나 화를 내는 것은 처음이었다. 아니, 그녀에게 화를 내는 것 자체가 처음이었다.

'당연히 화나겠지. 실망스럽고.'

그녀는 속으로 씁쓸히 생각했다. 지금껏 그가 자신에게 얼마나 잘해주었던가. 그런데 도망가려 하다니. 자신의 숨겨진 사정을 모르는 그로서는 당연히 화가 나고 실망스러우리라.

"마리. 내가 왜 너에게 화를 내는 것인지는 잘 알고 있겠지?"

"……."

마리는 뭐라고 변명할 수가 없었다. 자신이 모리나 왕녀라서 도망쳤다고 이야기할 수는 없었으니까.

'아프구나.'

마리의 눈썹이 파르르 떨렸다. 그가 자신에게 실망했다고 생각하자 이유 없이 가슴이 아팠다. 하지만 그녀는 결국 이렇게밖에 이야기하지 못했다.

"……죄송합니다, 전하."

"……."

황태자는 잠시 가만히 그녀를 바라보다 거친 발걸음으로 그녀에게 다가왔다. 그가 매서운 기세로 자신에게 다가오자 마리는 눈을 질끈 감았다. 분노하고 실망한 그가 자신을 어떻게 대하든 감수해야만 할 일이었다. 이윽고 그녀의 앞으로 다가온 그는 생각지도 못 한 행동을 하였다. 와락 하고 으스러지듯 그녀를 껴안은 것이다!

"저, 전하?"

마리는 그에게 안겨 당황한 소리를 내었다. 갑자기 왜? 그때, 라엘이 입을 열었다. 여전히 분노가 찬 음성이었다.

"누가 그러라 했지?"

"……?"

"누가 그렇게 혼자 위험하게 나서라고 했느냐고!"

라엘은 그녀를 안은 팔에 더욱더 강하게 힘을 주었다. 숨이 막힐 정도로, 절대 놔주지 않겠다는 듯이.

"혹시나 잘못되기라도 하면 어떻게 하려고! 그렇게 무모하게 혼자 나섰다는 말이냐."

마리의 눈동자가 흔들렸다. 뭔가 황태자가 오해하고 있다는 것을 깨달았다.

'황태자가 화난 것이 설마 내가 도망치려 한 것을 들켜서가 아니라 마약 조직을 혼자 소탕하려 했다 착각해서?'

마리는 그에게 안긴 채로 조심히 물었다.

"전하, 혹시…… 화가 나신 것이 제가 마약 밀수 현장을 혼자 조사해서? 그냥 그런 이유로?"

마리가 묻는 순간이었다. 황태자가 딱딱하게 굳은 얼굴로 그녀의 몸에서 떨어졌다. 그리고 분노가 가득한 눈빛으로 그녀를 바라보며 말했다.

"그냥 그런 이유?"

"……."

"무장한 밀수단 틈으로 혼자 갔다 왔으면서. 잘못 들키기라도 하면 목숨을 잃을 일이었는데, 그냥 그런 이유?"

마리는 침을 꿀꺽 삼켰다. 특별히 큰 말실수도 아니었는데 황태자에게는 그렇지 않았던 것 같다.

"하아."

황태자는 자신의 감정이 너무 격해져 있다는 것을 의식한 듯 깊게 한숨을 내쉬었다. 그리고 다시 그녀를 품에 안았다. 이번엔 거칠지 않고 부드러운 포옹이었다.

"화내서 미안하다. 하지만 마리, 너는 모를 거야. 네가 위험할 수도 있었다는 것을 안 순간 내가 어떤 심정이었는지."

"……전하."

"사실 난 그대를 도와주러 암행을 나왔었다. 그러다 그대가 위험도 가리지 않고 마약 조직단을 살피는 것을 보았을 때, 어찌나 가슴이 내려앉던지. 그러다 네가 잘못되기라도 하면 나는 어떻게 하라고?"

다시 감정이 치밀어 오르는지 황태자는 입술을 지그시 깨물었다.

"잊지 마라. 넌 내 어떤 것보다 소중해. 나 자신보다도. 네가 위험할 바에는 내가 죽는 것이 나아. 그러니 다시는 이런 위험한 일은 하지 말도록."

왜일까. 귓가에서 들리는 그의 말을 듣는 순간 마리는 가슴이 울컥 치밀어 올랐다. 황태자의 걱정은 다 오해였다. 그녀가 이곳에 온 목적은 마약 밀수범을 무리해서 소탕하려는 것이 아니었으니까.

그런데 그녀의 가슴은 왜 이렇게 흔들리는 건지.

"하, 하."

마리의 입술 사이로 의미 모를 웃음소리가 흘러나왔다. 황태자는 눈썹을 찌푸렸다.

"왜 웃는 것이지?"

마리는 대답하지 못했다. 입을 열었다가는 당장에라도 왈칵 눈물이 쏟아질 것 같아서.

'모르겠어. 정말로.'

자신은 그를 떠나야 한다. 그게 자신과 모두를 위한 길이었다. 하지만 왜 이렇게 그의 품에 안겨 있는 것에 안도감이 드는 걸까? 그의 목소리를 들으니 마음이 안정되는 걸까? 배를 타고 떠나기 전 가슴을 가득 채웠던 터질 듯한 답답함이 왜 지금은 느껴지지 않는 걸까?

'모르겠어.'

마리의 눈에서 결국 한 방울의 눈물이 흘러내렸다. 정말 아무것도 모르겠다.

"마, 마리? 미안하다. 내가 너무 화내서……."

황태자는 마리가 눈물을 흘리자 자신이 너무 화내서 그런 것인 줄 알고 당황했다. 그는 곤혹스러운 얼굴로 사과했다.

"아무리 걱정되고 화가 나도 그렇게 화내서는 안 되는 거였는데. 미안하다. 그러니 울지 말고……."

식은땀을 흘리는 황태자를 보며 마리는 깨달았다.

'아아, 그렇구나.'

마리는 웃음을 지었다. 눈에서 눈물이 흐르는 채 엉망인 미소였다.

"전하."

황태자가 눈을 크게 뜨는 순간, 마리가 말했다.

"감사합니다."

그녀는 다시 한번 말했다.

"감사합니다, 정말로."

마리는 눈을 감으며 속으로 생각했다.

'떠나고 싶지 않아.'

그를 향한 자신의 마음은 모르겠다. 그런 마음을 돌아볼 여유가 없었으니까. 하지만 확실한 것은 하나 있었다. 떠나고 싶지 않았다. 이대로 그의 곁에 있고 싶었다. 그의 곁에 있으며 언제나 무리하는 그를 도와주고 싶었고, 피로해할 때 차라도 한잔 대접해 주고 싶었고, 가끔씩은 맛있는 식사를 하며 같이 대화도 나누고 싶었다.

'그의 곁에 있는 것 정도는 괜찮지 않을까. 그래서 그를 도와주는 것 정도는 괜찮지 않을까.'

사실 모르겠다. 이게 옳은 선택인지. 이성적으로 생각하면 떠나는 것이 옳았다. 떠나면 정체를 들켜 목숨을 잃을 위험도 없었다. 무엇보다 그의 곁에 머물면 자신은 그에게 계속해서 흔들릴 것이다. 그와 자신, 모두가 힘들 것이다.

하지만 이 순간 그녀는 어리석은 선택을 하고 싶었다.

'안 그러면 내 마음이 죽어버릴 것 같으니까.'

그녀는 하늘을 올려다보며 기도했다.

'주여. 저와 전하를 축복해 주시옵소서. 제발.'

제발. 제발. 저를 가련히 여겨 주시사. 어떤 결말이어도 좋으니, 그와 자신의 이야기가 불행하지 않은 결말로 마무리될 수 있기를. 그렇게 그녀는 간절히 기도했다.

Chapter 3
다가오는 음모

그날의 일은 곧 수도 전체로 뻗어 나갔다. 뒤 사정이야 어쨌든 마리가 또 어마어마한 공을 세운 것이다.

"들었어요? 힐데른 예작께서 마약 밀수 범인들을 일망타진하셨다고 하던데요?"

"정말요? 어떻게 또 그런 공을?"

"은밀히 범인들을 추적한 끝에 밀수 현장을 포착했다고 하더라고요. 그래서 현행범으로 모조리 잡아들였다고 해요."

"정말 대단하네요. 역시 온 힐데른이에요."

하마터면 굉장히 골머리를 앓게 될 뻔한 사건이었는데, 미연에 일망타진한 것이다. 대단한 공이 아닐 수 없었다. 사람들은 또다시 대단한 일을 해낸 마리에게 감탄의 목소리를 내었다.

'……사실이 아닌데.'

물론 진실을 알고 있는 마리 본인은 부끄러운 표정을 짓고 있었다. 전혀 칭찬받을 만한 일이 아니었는데, 민망해 죽을 것 같았다. 그렇다고 진실을 말할 수도 없으니 당분간은 부끄럽게 지내야 할 것 같았다.

하여튼 다시 한번 수도 전체가 마리가 세운 공으로 시끌벅적할 때, 묘한 표정을 짓고 있는 사람이 있었다.

"모리나 왕녀가 밀수 현장을 덮쳤다고?"

바로 이 음모의 배후자였던 카탈락 백작, 아니, 요하네프 3세였다.

"네, 폐하."

서제국에서 그를 따라온 집사, 정확히는 서제국 정보부 소속의 부부장 로이스가 답했다.

"어떻게 그곳에서 아편을 하역하는지 알았던 거지? 그것도 정확한 시간까지 알고. 정보가 중간에 새었나?"

"그런 징후는 없습니다."

"이해할 수가 없군."

요하네프 3세는 혀를 찼다. 사실 아편 건은 그가 그렇게 비중을 둔 일은 아니었다. 그래도 어느 정도 동제국에게 혼란을 주며 황태자의 시선을 끌어주길 바랐는데, 이렇게 계획을 시작도 하기 전에 일망타진당하다니?

'큰 타격은 아니지만 아쉽게 됐군. 그나저나 이번 일도 그녀가 해낸 거라고? 역시 모리나 왕녀답군.'

요한은 얼마 전 만났던 모리나 왕녀의 모습을 떠올리고 옅게 미소 지었다.

'점점 더 마음을 자극하는군.'

역시나 죽이긴 아까웠다.

'무슨 수를 써서라도 내 것으로 만드는 것이 좋겠어.'

요한은 미소를 더욱 짙게 그리며 물었다.

"우리의 다른 사업은 잘 진행되고 있겠지?"

"네, 물론입니다. 수도의 여러 고위 귀족들이 관심을 보이고 있습니다.”

“그래, 좋아. 오늘 만나 볼 새로운 고객이 누구라고?”

고객. 그들의 먹이를 뜻한다. 집사 로이스가 서류를 보며 차분한 목소리로 답했다.

“슐레안 대공가의 아리엘 공녀입니다.”

마리는 공을 세운 대가로 큰 포상금을 받았다. 거절하려 했지만 황태자는 받아들이지 않았다. 잘못은 감싸 주더라도 세운 공은 그냥 넘어가지 않는 것이 그의 원칙이었기 때문이다. 하지만 포상금과 함께 벌도 내렸다.

“이건 내가 비공식적으로 내리는 벌이다.”

벌을 내리는 이유는 그녀가 조심하지 않고 함부로 무리했기 때문이다. 황태자는 그녀가 위험을 무릅쓴 것에 대해 아직도 화가 덜 풀려 있었다. 그래서 벌을 내렸는데, 벌의 내용은 이러했다.

“마리 폰 힐데른에게 일주일간 사자궁으로의 출근을 금하고, 앞으로 황궁을 벗어날 시 반드시 호위 기사를 동행해야 하는 벌을 내리겠다.”

마리는 얼떨떨한 표정으로 벌을 받았다. 벌을 내린다길래 잔뜩 긴장했는데 이게 무슨 벌이란 말인가?

‘그냥 일주일간의 휴가랑 호위 기사를 붙여 준다는 거잖아.’

오히려 상이나 다름없는 내용. 얼떨떨한 마리의 표정을 보고 황태자가 말했다.

“벌이 부족한가 보군.”

“아, 아니…… 그게…….”

“그러면 벌을 추가해 주지.”

"네, 네?"

황태자가 피식 웃었다.

"일주일의 근신 기간 중 매일 저녁 나와 함께 식사를 할 것."

마리는 얼굴이 빨게졌다. 아니, 그러니까 이게 무슨 벌이란 말인가? 그런 그녀에게 황태자가 또 입을 열었다.

"그것도 부족한가? 그러면 또 추가로……."

"추, 충분합니다!"

그렇게 그녀의 벌을 빙자한 휴가가 결정되었다. 근신이라지만 자택에 머물라는 이야기도 없고, 출근만 안 하면 되는 것이니 정말로 휴가나 다름없었다.

"……좋네."

마리는 멍하니 침대에 누워 중얼거렸다. 항상 바쁘게만 살다가 오랜만에 여유를 맛보는 것 같았다.

'이런 휴가는 내가 아니라 전하에게 필요한 것 같은데.'

마리는 도통 쉬지를 않는 황태자를 떠올리며 생각했다. 매일 밤마다 그녀가 편안한 연주를 해준 덕분인지 불면은 많이 호전되었지만, 여전히 하루에 4시간도 안 자면서 일에 열중이었다. 부지런한 편에 속하는 그녀도 혀가 절로 내둘러질 정도의 업무량이었다.

'조금은 어깨의 짐을 내려놓아도 괜찮을 텐데.'

마리는 문득 떠오른 생각에 한숨을 내쉬었다.

'오늘 저녁에는 전하가 좋아하는 과자를 구워 가야겠구나.'

벌을 빙자한 휴가를 받은 그녀에게 딱 한 가지 정해진 스케줄이 있었으니, 그건 바로 황태자와의 저녁 식사였다. 어차피 할 일도 없으니 마리는 간만에 과자를 굽기로 했다. 온종일 빈둥거리다가 마리는 저녁 시간에 맞춰 프랑스식 과자를 구워 갔다.

저녁 식사는 황태자가 따로 언질한 것인지 사자궁의 주방장이 한껏 솜씨를 부린 상태였다. 영양이 풍부하고 맛난 요리가 가득했다. 마리는 배부르게 식사를 마친 후, 자신이 준비한 과자를 꺼냈다.

"그건?"

황태자는 과자를 보며 크게 눈을 떴다. 마리는 왠지 민망한 마음이 들어 시선을 피했다.

"그, 그냥…… 시간이 남아서 준비해 보았습니다. 업무를 보면서 가볍게 드시라고……."

"……."

"부족한 솜씨여서 맛이 있을지는……."

황태자가 계속 아무런 말이 없자 마리는 더욱 민망해졌다. 그녀는 조심스럽게 입을 열었다.

"혹시 원치 않으시면 알몬드 자작님이나 오른 공작님께라도……."

하지만 그녀가 말을 끝맺기도 전에 황태자의 목소리가 튀어나왔다.

"안 돼."

라엘이 건들지 말라는 듯 과자 바구니를 자신 쪽으로 끌어당겼다.

"이건 내 거다. 누구에게도 주지 않겠다."

"……."

방금 발언은 정말 황태자스럽지 않았다. 마리는 얼떨떨하게 말했다.

"다른 분들과 함께 드시라고 한 거라 혼자 드시기에는 많을 텐데."

"뭐? 그놈들 것도 섞여 있다는 말인가?"

"아…… 네. 알몬드 자작님이랑 늘 오시는 오른 공작님과도 같이 드시라고……."

황태자는 굳게 입을 다물었다. 철가면을 벗어 훤히 드러나 있는 그림 같은 얼굴에 못마땅한 기색이 떠올랐다.

"그놈들은 먹을 필요 없다. 모두 내가 먹겠다."

"……네."

누구의 뜻인데 거스르겠는가. 마리는 고개를 끄덕였다. 마치 국보라도 다루듯 과자 바구니를 챙기던 황태자가 문득 떠오른 생각에 물었다.

"혹시 키에르한, 그놈 것도 만든 것은 아니겠지?

마리는 입을 다물었다. 어차피 만드는 김에 키엘의 것도 만들긴 했다.

"아…… 네, 조금."

"조금?"

"……네, 아주 조금."

황태자의 얼굴이 더욱 못마땅해져 마리는 다급히 '조금'을 강조했다.

사실은 많이 만들었지만 곧이곧대로 대답하면 안 될 것 같았다. 황태자는 고개를 끄덕였다.

"그렇군. 그러면 그 과자도 전부 내 거다."

"저, 전하?"

마리는 깜짝 놀라 그를 바라보았지만 황태자는 흔들림 없이 강한 목소리로 말했다.

"키에르한, 그놈 따위에게 그대가 만든 과자는 과분하지. 다 나에게 주도록."

"전하, 제가 조금 더 만들어 드릴 테니……."

"안 돼. 명령이다."

그가 굳건히 말하자 마리가 매달리며 말했다.

"전하, 그러지 마시고 전하께는 다시 더 해드릴 테니……."

계속 마리가 키에르한에게 과자를 줄 뜻을 굽히지 않자 황태자는 살짝 눈썹을 찌푸렸다.

'심술 나는군.'

사실 그녀가 누구에게 과자를 주든 중요한 일은 아니었다. 자신에게 준 것만 해도 크게 감사한 일이니까. 하지만 저렇게 키에르한을 굳이 챙기려는 모습을 보니 발끈 심술이 났다. 그냥 괜히 심술을 부리고 싶어졌다.

"마리. 이리로 와 봐라."

"네, 어떤 일 때문에 그러시는지요?"

"별것 아니다. 이리로 와 봐."

마리는 화급히 고개를 저었다. 왠지 가면 안 될 것 같았다. 초식동물의 본능이었다.

"그냥 그쪽에서 말씀하셔도 잘 들리는데……."

그녀가 오지 않자 황태자가 의자에서 일어나, 마리가 앉은 자리로 다가왔다. 마리는 등줄기에 흐르는 불안감에 뒷걸음질 쳤으나 의자에 앉은 채 어디로 가겠는가? 지척에 도착한 황태자가 허리를 숙이더니 그녀의 귓가에 입술을 가져갔다.

"마리."

"……."

"잘 들어라."

귓불 바로 옆에서 그의 숨결이 느껴지자 마리는 숨을 흡 하고 들이켰다. 아찔한 마음이 들었다. 하지만 진정한 아찔함은 시작도 안 했으니, 왜냐하면…….

"그대는 내 것이니, 그대가 만든 것도 전부 다 내 것이다."

이렇게 말한 황태자가 지그시 그녀의 귓불을 깨문 것이다!

"……!"

귓불에서 전해지는 아찔함에 마리의 머릿속이 하얘졌다. 마치 전기가 온몸으로 흐르는 듯했다.

"저, 전하."

그는 금방 그녀를 놓아주었다. 하지만 생생하게 남아 있는 그의 느낌에 그녀의 목소리가 떨렸다. 황태자도 자신이 저지르고 조금 놀랐는지 헛기침하였다.

“어쨌든 그러니 난 네가 나만 바라봐 주었으면 좋겠구나.”

“……네.”

마리는 자신이 뭐라 대답하는지도 모르고 멍한 얼굴로 고개를 끄덕였다.

평화로운(?) 휴가 기간이 지나갔다. 마리는 낮에는 휴식을 취한 뒤, 저녁에는 황태자와 함께 식사를 했다. 그리고 종종 산책도 하며 시간을 보냈다.

그러던 어느 날, 휴가의 막바지 낮에 마리는 홀로 산책하다가 반가운 얼굴을 발견했다.

“각하!”

“아, 마리 양.”

최근 도통 얼굴을 보기 힘들었던 은발의 조각 미남, 키에르한이었다.

“반갑습니다. 마약 조직 소탕 소식은 들었습니다. 이번에도 공을 세운 것 축하합니다. 대단합니다.”

“아…… 아니에요.”

마리는 민망한 표정으로 고개를 저었다.

“그나저나 각하께서는 안녕히 지내셨나요?”

마리는 그를 만나는 게 오랜만이라는 생각이 들었다. 이전에는 그가 종종 자신을 만나러 왔지만, 최근에는 그런 게 없었기 때문이다.

“네, 그냥 지냈습니다.”

키에르한은 옅게 미소 지으며 말했다. 그런데 그 미소에 평소와 다르게 어둠이 담겨 있어서 마리는 의아한 마음이 들었다.

'혹시 그간 무슨 일이 있었나?'

마리는 자신이 키에르한에게 무심했다는 것을 깨닫고 반성했다. 그가 자신을 소중하게 여겨 주는 만큼 자신도 그를 신경 쓰는 게 맞는 일인데.

"각하. 혹시 그간 무슨 일이 있으셨는지요?"

"마리 양께서 신경 쓰실 일은 아닙니다."

키에르한은 걱정하지 말라는 듯 고개를 저었다. 하지만 마리는 그에게 무슨 일이 있다는 것을 직감했다. 마리는 주저하다가 입을 열었다.

"각하…… 아니, 키엘 님. 전 힘들 때마다 저에게 큰 힘이 되어주신 키엘 님에게 늘 감사하게 생각하고 있어요. 그러니 무슨 일인지는 모르지만, 만약 키엘 님께 힘든 일이 있으면 저도 키엘 님께 도움을 드리고 싶어요."

"……."

키에르한은 잠시 입을 다물었다가 말했다.

"감사합니다. 절 생각해 주시는 마음만으로도 큰 힘이 되는 것 같습니다."

"……네."

마리는 고개를 끄덕였다. 무슨 일인지 이야기하지 않는 것을 보니 아마 그녀가 알면 곤란한 내용 같았다.

'무슨 일인지 모르지만 잘 해결되어야 할 텐데.'

마리는 염려가 섞인 얼굴로 생각했다. 키에르한은 그런 그녀를 말없이 바라보더니 입을 열었다.

"마리 양. 그거 알고 있습니까?"

"네?"

"지금까지 저도 마리 양께 많이 감사하고 있다는 것을."

마리는 아리송한 표정을 지었다. 그가 자신에게 고마워할 일이 뭐가 있는가. 자신이 그에게 감사하면 감사했지. 하지만 키에르한은 그녀에게 무엇에 감사했는지는 말해주지 않았다. 대신 따뜻한 눈빛으로 그녀를 바라보며 말했다.

"마리 양. 한 가지만 부탁해도 되겠습니까?"

"네, 말씀하세요."

"오늘 하루만 저에게 시간을 내주실 수 없겠습니까?"

그녀는 놀라 그를 바라보았다.

"그건……."

당연히 마다할 이유가 없는 부탁이지만 근신 기간이란 것이 걸렸다. 황태자가 그녀에게 딱히 제약을 두지는 않았지만 괜찮을까?

그때, 키에르한이 말했다.

"부탁합니다."

"……!"

마리는 흠칫 그를 바라보았다. 그의 목소리에 알 수 없는 안타까움이 담겨 있었던 탓이다. 그리고 그녀는 그의 눈동자에서 따뜻함에 가려진 아픔을 읽을 수 있었다.

'뭐지?'

마리의 눈동자가 흔들렸다. 지금껏 그와 오랫동안 만나 왔지만 이런 모습은 처음이었다. 마리는 왠지 무거운 마음으로 고개를 끄덕였다.

"네, 알겠어요."

그녀가 승낙하자 키에르한이 밝게 웃음을 지었다. 왠지 아련한 느낌이 드는 웃음이었다.

"감사합니다. 정말로."

키에르한은 그녀를 궁 밖으로 이끌었다. 마리가 궁 밖으로 나가려 하자 성문에서 근위 기사가 제지했다.

"호위 기사를 대동하셔야 합니다, 온 힐데른."

궁 밖에 나갈 때는 반드시 호위를 대동할 것. 황태자가 내린 명령이었다. 마리가 어떻게 해야 할지 고민할 때 키에르한이 근위 기사에게 말했다.

"호위는 내가 하겠다."

"네? 하지만."

"나보다 그녀를 안전하게 호위할 기사가 또 있는가?"

현직 황실친위대 단장의 이야기에 근위 기사는 꿀 먹은 벙어리가 되었다. 제국 최강의 기사인 그가 지킨다면 확실히 아무도 그녀에게 손끝 하나 건들지 못하리라.

"가시죠, 마리 양."

"네, 그런데 어디에 가는 건지?"

키에르한은 잔잔한 표정으로 답했다.

"특별한 곳에 가려는 것은 아닙니다. 오늘은 제가 해보고 싶었던 것을 할까 합니다."

"해보고 싶었던 거요?"

"네."

"그게 무엇인데요?"

마리의 물음에 키에르한이 짧게 답했다.

"마리 양과 일상적인 시간을 함께 보내 보는 것. 그게 제 평소 소원이었습니다."

그렇게 대답한 키에르한은 수도의 번화가로 그녀를 이끌었다. 그리고 정말로 그녀와 평범하게 시간을 보내기 시작했다. 수도에서 유명한 음식점에 가서 맛있는 식사를 함께하고, 차를 마셨고, 한적한 뒷골목을 산책했다. 그리고 마침 공연을 시작한 오페라를 발견해 같이 관람

했다.

'이렇게 있으니 마치 연인이라도 된 것 같네.'

마리는 묘한 마음으로 생각했다. 그가 그녀를 이끄는 코스는 완전히 연인 간의 데이트 코스였다.

"공연은 괜찮았습니까?"

"아, 즐거웠어요."

"황궁의 천사께 보여 주기에는 오페라 수준이 조금 낮았지요?"

황궁의 천사. 신년 연회 당시 그녀의 뛰어난 같은 연주 솜씨를 들은 사람들이 가끔 하는 이야기였다. 마리는 키에르한의 농담에 민망한 얼굴을 했다.

"놀리는 거죠?"

"놀리다니요? 그럴 리가요. 어쨌든 저는 정말 즐겁게 봤습니다."

키에르한의 말에는 '당신과 함께 봐서 즐거웠다'는 뜻이 담겨 있었다.

"……."

그의 마음이 느껴져 마리는 입을 다물었다. 자신과 일상적인 시간을 보내는 것이 소원이었다는 것이 진짜인지, 그는 정말로 즐거워 보였다. 중간중간 어두운 기색이 보이긴 했지만, 그는 진실로 그녀와 함께하는 이 시간을 소중히 여기며 기뻐하고 있었다.

'……키엘 님.'

그런데 왜일까? 그런 그를 보는 그녀는 자꾸 아련한 마음이 들었다. 마치 손을 뻗으면 사라지는 신기루처럼. 그가 금방이라도 사라질 것만 같은 느낌이 들었다.

'도대체 무슨 일이 있는 걸까?'

마리는 어두운 얼굴로 생각했다. 키에르한이 이유 없이 이런 모습을 보여 줄 리가 없었다. 그에게 무슨 일이 있는 것이 분명했다.

결국, 마리는 한참을 주저하다가 입을 열었다.

"키엘 님, 정말 괜찮으신 건가요?"

그 물음에 키에르한은 입을 다물었다. 그의 푸른 눈동자에 고뇌가 스쳐 지나갔고, 그는 곧 고개를 저었다.

"괜찮습니다."

"……키엘 님."

"그냥 지금은 마리 양과의 시간을 즐기고 싶군요. 저에게는 정말 소중한 순간이어서. 죄송합니다, 마리 양."

키에르한은 진심으로 미안한 표정으로 말했다. 마리는 마음이 무거워졌다. 지금 자신과 함께하는 순간순간을 너무나 소중하게 여기는 그가 안타까웠고, 도대체 무슨 일이 있는 것인지 걱정되었다.

"레이디, 손을. 마지막 장소로 가시지요."

키에르한은 다시 따뜻한 얼굴로 돌아와 그녀를 오늘의 마지막 장소로 이끌었다.

"이곳은?"

"어릴 적 친구들과 자주 오던 호수입니다. 경관이 예쁘지요?"

마리는 감탄한 표정을 지었다. 그가 마차를 타고 그녀를 데려온 곳은 수도 인근에 자리한 작은 호수였다. 맑은 햇살이 호수의 물결을 빛나게 했다. 이제 막 겨울이 지나 새싹이 틀려는 주변 나무들이 싱그러웠다.

"친구라면 누구와?"

마리는 궁금한 표정으로 물었다. 그의 친구라? 누구일까? 자주 만나왔지만, 정작 그의 개인적인 이야기는 듣지 못했던 것 같다. 하지만 마리는 그의 답을 듣고 얼굴을 굳힐 수밖에 없었다.

"황태자 전하와 오른 공작입니다."

"……!"

"그때는 황태자가 아니라 4황자 전하셨군요. 오른 공작도 공작이 되기 전이었고요. 어쨌든 이전에는 7황녀 마마까지 합해 네 명이 함께 친하게 지냈었습니다."

생각지도 못 했던 이야기였다. 그와 황태자가 친하게 지냈던 시기가 있었다니.

'하지만 지금은.'

현 정계에서 키에르한은 황태자의 유일한 정적이었다. 지금이야 데면데면하게 지내고 있지만, 언젠가 그들이 서로를 향해 칼을 꺼낼 것이란 것은 모두가 알고 있었다.

키에르한이 신경 쓰지 말라는 듯 빙긋 웃으며 말했다.

"그래도 친구들과 오는 것보다 역시 마리 양과 오는 것이 훨씬 좋군요."

그는 그녀의 손을 부드럽게 잡고 이끌며 말했다.

"잠시 걷지 않겠습니까? 호수가 예뻐 산책하기에 좋습니다."

마리는 고개를 끄덕이고, 그를 따랐다. 그의 말처럼 호수는 정말 아름다웠다. 어째서 이런 곳을 모르고 살았나 싶을 정도였다. 조용한 호수 곁에서 바람을 맞으며 걸으니 가슴이 차분하게 안정되는 기분이 들었다.

키에르한은 그녀의 곁에서 아무런 말 없이 호수를 보며 발걸음을 옮겼다. 그의 입가에 희미하게 매달려 있는 미소를 보니, 마리는 자신도 모르게 가슴이 울컥했다. 그는 정말로 그녀와 함께하는 지금의 순간순간을 소중히 가슴에 새기고 있는 듯했다.

'도대체 왜?'

결국, 마리는 발걸음을 우뚝 멈췄다. 도저히 저런 그의 모습을 가만히 두고 볼 수가 없었다.

"말씀해 주세요."

"마리 양?"

그녀는 굳은 표정으로 말했다.

"도대체 무슨 일이 있었길래 그렇게 슬픈 표정인 거죠? 전 키엘 님의 친구예요. 키엘 님에게 조금이라도 도움을 주고 싶어요."

키에르한은 발걸음을 멈추어 섰다. 그의 바다같이 푸른 눈동자에 알 수 없는 감정이 차올랐다. 마리는 이번에야말로 그에게서 이유를 들어야겠다는 듯 굳은 표정으로 그를 바라보았다. 키에르한의 눈동자가 흔들렸다. 시시각각 변하는 그의 눈빛에 교차하는 감정은 안타까움과 무언가를 향한 갈망이었다. 한참을 주저한 끝에 그는 결국 입을 열었다.

"마리 양, 부탁을 하나 해도 되겠습니까?"

"네, 당연히요. 무엇이든 말씀하세요."

키에르한은 입술을 지그시 깨물었다. 그리고 어떤 이야기를 꺼내려는 것인지 입술을 열었다 닫았다를 반복하며 망설이다 입을 열었다.

"저와…… 저와 함께 모든 것을 내려놓고 떠나 주시겠습니까? 단둘이서. 아무도 없는 곳으로."

"……!"

마리의 눈동자가 찢어질 듯 커졌다.

"키엘 님? 그게 무슨?"

순간 그녀는 자신이 잘못 들었나 했다. 하지만 아니었다. 그의 눈동자는 그녀를 향한 간절한 진심을 담고 있었다. 그 마음을 마주한 순간 마리의 눈동자가 파르르 흔들렸다.

'키엘 님.'

그가 말하는 것은 단순한 떠남이 아니었다. 모든 것을 내려놓고, 오로지 서로만을 바라보며 살자는 것이었다. 그만큼 키에르한이 그녀를 생각하는 마음이 깊고 깊다는 것이리라.

'하지만 그건 안 돼.'

마리는 속으로 고개를 저었다. 사실 그녀도 그런 생각을 안 해본 것은 아니었다. 황태자를 두려워할 때, 저 키에르한과 단둘이 황궁을 벗어나면 어떨까 하는 상상을 했던 적이 있다. 백마 탄 왕자님 같은 키에르한과 함께라면 어딜 가도 나쁘지 않으리라.

'하지만…… 그건 아니야. 안 돼.'

일단 그녀는 황태자와 마찬가지로 그의 마음을 받아줄 수가 없었다. 그건 그를 기만하는 것이니까.

'물론 키엘 님이라면, 내 정체를 밝혀도 나를 받아주실지도 모르지만.'

그리고 그녀의 비밀보다도 더 중요한 이유가 있었다.

'나 이제는 황태자 전하를 떠나고 싶지 않아.'

방금 그가 떠나자고 했을 때 순간적으로 떠오른 얼굴. 그건 바로 황태자 라엘이었다. 그녀는 그를 떠나고 싶지 않았다. 어리석은 일일지라도, 훗날 후회할지라도 그의 곁에 있고 싶었다.

"안…… 되겠습니까?"

그녀의 마음을 눈치챈 듯 키에르한의 목소리가 흔들렸다. 마리는 가슴이 욱신거렸다. 그녀는 그가 상처 입지 않도록 조심스럽게, 하지만 명확하게 말했다.

"죄송해요, 키엘 님."

확실한 거절에 키에르한은 입을 다물었다. 그의 얼굴이 안타까움과 씁쓸함으로 물들었다.

"……그렇군요."

"죄송해요. 정말로."

키에르한은 고개를 저었다.

"아닙니다. 오히려 제가 마리 양의 마음도 배려하지 않고 멋대로 이야기해서 죄송합니다."

"……키엘 님."

"방금 제가 한 이야기는 그냥 잊어주십시오. 괜히 신경 쓰게 해서 다시 한번 죄송합니다."

그의 말에 마리는 안타까운 마음이 들었다. 거절에 분명 상처 입었을 텐데, 오히려 그녀를 배려했다. 키에르한다웠다. 그는 평소와 같은 부드러운 얼굴로 돌아가 말했다.

"산책이나 마저 하지요, 마리 양."

"……네."

둘은 호숫가를 마저 걸었다. 두 사람 모두 호수를 바라볼 뿐, 특별한 말 없이 조용히 산책을 했다.

이윽고 돌아가기 직전. 키에르한이 조심스럽게 입을 열었다.

"마리 양."

"네?"

"마리 양에게 저는 소중한 친구이지요?"

마리는 그의 눈동자를 바라보았다. 그의 푸른 눈동자는 잔잔했지만, 그녀는 왠지 그 잔잔함 뒤에 숨어 흔들리는 감정이 느껴졌다.

"네, 당연히요. 키엘 님은 제 가장 소중한 친구예요."

그 말에 키에르한은 미소를 지었다. 그의 눈동자 뒤에 숨어 흔들리던 감정이 조금은 평안해졌다.

"그렇군요. 감사합니다."

그 뒤 숙소로 돌아온 마리는 침대에 누워 한숨을 내쉬었다.

'키엘 님.'

그가 마지막에 보여 준 미소가 계속 마음 한편에 걸렸다. 가슴이 탁 막힌 것처럼 답답하였다.

'그런데 왜 갑자기 그런 제안을 한 걸까? 혹시 키엘 님에게 무슨 일이 있는 걸까?'

마리는 그와 함께 있을 때는 떠올리지 못한 생각을 하였다. 감정에 못 이겨 한 말일 수도 있지만, 혹시 그에게 무슨 일이 있는 것은 아닐까?

'오늘 무언가 이상했어.'

특별히 딱 꼬집어서 이야기하기는 어려웠지만, 어딘지 그에게서 이질감이 들었다. 마치 무언가를 정리하는 듯한 느낌이었다.

'정말 무슨 일이 있는 것은 아니겠지?'

마리는 갑갑한 마음이 들어 침대에서 일어났다. 마지막 순간 아련하게 보였던 그의 미소도 그렇고, 혹시나 그에게 무슨 일이 있나 드는 걱정도 그렇고, 마음이 복잡했다.

'산책이나 좀 하고 오자.'

벌써 시간이 늦은 저녁이었다. 마리는 밤공기를 마시며 숨을 크게 들이쉬었다. 그녀는 생각을 정리하기 위해 정처 없이 발걸음을 옮겼다. 하지만 걸음을 옮길수록 머리는 복잡해지기만 했다. 마리가 결국 다시 한숨을 내쉬는 순간, 뜻밖의 목소리가 들려왔다.

"왜 한숨이십니까, 아름다운 레이디?"

깜짝 놀라 고개를 돌린 그녀의 눈에 익숙한 얼굴이 들어왔다.

"카탈락 백작님?"

사람 좋은 호인 형의 미남. 한자동맹의 거상, 카탈락 백작이었다. 그는 그녀가 자신을 기억하고 있다는 것에 영광이란 표정을 지었다.

"오랜만입니다. 그나저나 아름다운 밤하늘 밑인데, 왜 그렇게 근심어린 표정이십니까?"

"아무것도 아닙니다."

마리는 어색한 얼굴로 고개를 저었다. 다른 사람에게 이야기할 수 있는 일도 아니었고, 무엇보다 그녀는 저 카탈락 백작이 꺼림칙했다. 특별한 이유는 없지만 괜히 꺼려졌다. 그런데 카탈락 백작은 그녀를 만난 것이 반가웠는지, 이런저런 말을 계속해서 걸었다.

"지난번 마약 조직을 소탕한 이야기는 들었습니다. 대단합니다. 어떻게 그런 일을 해낼 수 있었던 것입니까?"

"그냥…… 운이 좋았습니다."

백작의 눈이 아무도 모르게 낮게 빛났다.

"혹시 사전에 정보를 알고 있었던 것인지요?"

마리는 자꾸 꼬치꼬치 말을 걸어오는 백작에게 애매한 미소를 지었다.

'그렇지 않아도 머리가 복잡한데, 그냥 빨리 가 주었으면.'

그런 그녀의 속마음을 눈치챈 것인지, 백작은 아쉬운 표정을 지었다.

"이런, 피로하신데 제가 눈치 없이 군 것 같군요. 죄송합니다."

"아닙니다."

"힐데른 예작을 보니 괜히 반가운 마음이 들어서요. 마치 이전부터 계속해서 봐 온 사이처럼 친근한 느낌이 듭니다."

마리는 고개를 끄덕였다. 이전부터 봐 온 것 같은 느낌이 드는 것은 그녀도 마찬가지였다. 단, 그녀는 친근감보다는 거부감이 들어서 그랬지. 그런데 카탈락 백작은 검지를 입술에 가져가더니, 고민에 빠진 표정으로 말했다.

"계속 이런 생각이 드는 거 보니 어쩌면 그냥 느낌이 아니라, 실제로 이전에 만난 적이 있는지도 모르겠습니다. 어디서 힐데른 예작을 봤을까요?"

"글쎄요."

마리는 별생각 없이 답했다. 그런데 백작은 한참을 골똘히 생각하더니 떠올랐다는 듯 외쳤다.

"아, 기억났습니다! 이전에 어디서 뵈었는지."

"……?"

마리는 의아한 표정을 지었다. 날 이전에 만난 적이 있다고? 그럴 리가? 카탈락 백작은 짙은 미소를 지었다. 그리고 청천벽력 같은 말을 하였다.

"우리 과거 클로얀 왕국 왕성에서 만나지 않았습니까?"

"……!"

마리의 가슴이 덜컥 내려앉았다. 지금 뭐라고?

"클로얀 왕성 어디더라…… 아, 맞아. 통원의 궁에서 만났던 것 같은데요."

카탈락 백작은 묘한 눈빛으로 말했다. 마리는 아무런 대답도 하지 못했다. 그녀의 눈동자가 흔들렸다.

통원의 궁. 과거 모리나 왕녀였던 그녀가 클로얀 왕성에서 유폐되었던 곳이었다.

"그렇지 않습니까?"

백작, 아니, 서제국의 황제 요하네프 3세는 여전히 짙은 미소를 지우지 않은 채 말했다.

마리의 근신 기간이 끝났다. 그녀는 황태자의 전담 시녀이자 보좌관으로 다시 사자궁으로 출근했다. 미리 집무실에 나와 있던 알몬드가 그녀를 보고 인사를 하였다.

"그간 잘 쉬었나?"

나름 반갑게 인사를 하던 그는 순간 멈칫했다. 마리의 안색을 본 것이다.

"온 힐데른?"

마리의 안색은 창백하다 못해 파리했다. 나름 그녀를 오랫동안 봐 온 알몬드였지만 마리의 저런 얼굴은 처음이었다.

"괜찮나? 얼굴이 좋지 않군."

"……아, 네. 네. 괜찮습니다."

마리는 급히 미소를 지으며 대답했다.

"몸이 안 좋은 것 같은데?"

"그냥 어제 잠을 설쳐서 그런 것 같습니다. 신경 써 주셔서 감사합니다."

알몬드는 고개를 갸웃했다. 단순히 그런 게 아닌 것 같은데, 마리 본인이 괜찮다 하니 그는 넘어가기로 했다.

한편 마리의 머릿속은 한 가지 생각으로 가득했다.

'날 클로얀 왕성에서 봤다고? 그것도 통원의 궁에서?'

그녀의 머릿속에 가득 찬 생각. 그것은 바로 어제 카탈락 백작이 남기고 간 말 때문이다.

"우리 과거 클로얀 왕국 왕성에서 만나지 않았습니까?"

'마리를 이야기하는 것일 리가 없어. 난 실제 하녀 마리와 전혀 다르게 생겼으니까.'

그녀의 눈동자가 파르르 흔들렸다. 클로얀 왕국에서 왕녀였던 그녀는 왕국이 멸망당하기 전, 자신의 궁 근처에서 일하다 죽은 하녀, '마리'로 위장했다. 자신만큼이나 사람 간의 왕래가 없었던 '마리'이니, 정체를 들킬 가능성이 적다 생각한 것이다.

다행히 그 생각은 적중해 지금껏 정체를 들키지 않을 수 있었다. 한데 어제 처음으로 그녀를 알아보는 사람이 나타나 버렸다.

'그가 클로얀 왕성에서 정말로 날 봤다면, 그건 마리가 아니라 모리나 왕녀를 본 거야.'

마리는 하얗게 질린 얼굴로 생각했다. 혹시나 카탈락 백작이 다른 사람을 보고 자신으로 착각한 것은 아닐까 생각했지만 그건 아닌 것 같았다.

'어제 그 눈동자. 분명 내 정체를 정확히 아는 눈빛이었어.'

백작의 눈동자는 그 순간 마치 뱀이 쥐를 보듯 섬뜩한 빛을 띠고 있었다. 그는 분명 자신이 모리나 왕녀인 것을 알고 있었다.

'어떻게 하지? 그가 내 정체를 밝히면?'

마리는 주먹을 움켜쥐었다. 그녀는 황태자의 빈자리를 힐끗 바라보았다.

'물론 전하는 날 아끼지만…… 그래도 정체를 알게 되면 어떻게 될지 몰라.'

마리는 입술을 깨물었다. 이제 그녀는 그를 두려워하지 않는다. 그가 자신을 어떻게 생각하고 있는지 알고 있으니까. 만약 자신의 정체를 그가 알게 되더라도 자신을 죽이려 들 것 같지는 않았다.

'하지만 실제로 어떻게 될지는 몰라.'

그녀가 그렇게 생각하는 이유는 이것이 개인감정을 넘어서 국가 단위의 정치적 문제이기 때문이다. 클로얀 왕가의 마지막 후예인 그녀를 살려 두는 것은 제국에 큰 위해가 된다. 그러니 아무리 황태자가 그녀를 아낀다 해도 모른 척 넘어갈 수는 없었다.

'특히 최근 클로얀 왕국의 상황은 점점 악화되고 있어. 전하의 선정으로 일반 백성들은 제국의 통치를 받아들이고 있지만 왕가를 그리워하는 일부 인원들이 문제야.'

주로 전(前) 왕실 기사단 출신의 기사들이 주축이 되어 제국에 저항

하고 있었는데, 그들은 왕가의 마지막 후예인 그녀를 애타게 찾고 있다고 들었다. 그런 상황에서 그가 아무리 황태자라도, 아니, 제국의 지배자인 황태자이기 때문에 더욱더 그녀를 내버려 둘 수는 없었다. 일국의 지배자로서 때로는 원하지 않더라도 해야만 하는 일이 있다. 특히 오로지 제국을 위해서만 살아가는 황태자라면 더 말할 것도 없었다.

'그러니 전하의 귀에 내 정체가 들어가면 안 돼. 카탈락 백작의 입을 막아야 해.'

마리는 굳게 생각했다. 다행인 점은 그도 당장 그녀의 정체를 밝힐 생각은 없는 것 같다는 것이다. 만약 밝히려고 했으면 진즉 밝혔을 것이다. 그러지 않고 지나가듯 자신의 정체를 알고 있다고 흘린 것은 어떠한 의도를 가지고 있는 것이 분명하다.

'일단 그걸 알아야 해. 그거에 맞춰서 대응하자.'

마리는 카탈락 백작이 금방 접근해 올 거라 예상했다. 하지만 그녀의 생각과 다르게 백작에게서는 아무런 소식이 없었다. 꾹 참고 기다렸으나, 일주일이 지나고, 이 주일이 지나도 마찬가지였다.

'혹시 날 알아본 것이 아니었나?'

마리는 눈을 깜빡거리며 생각했다. 하지만 그건 아닌 것 같았다. 황궁에서 우연히 백작을 마주칠 때가 몇 번 있었는데, 그때마다 늘 그녀를 묘한 눈빛으로 바라보았던 것이다. 마치 자신의 함정에 빠진 먹이를 보는 뱀의 눈빛 같은 눈동자라, 그녀는 섬뜩함을 느꼈다.

결국 그녀는 직접 카탈락 백작을 찾아가기로 했다. 황태자에게 양해를 구한 그녀는 마차를 타고 황궁을 나섰다. 그리고 곧바로 카탈락 백작이 머무는 저택으로 향했다.

'도대체 무슨 생각을 하는 것인지 만나서 담판을 짓자.'

그녀의 방문을 전해 들은 카탈락 백작은 직접 저택 밖으로 나와 마리를 환대했다.

"이렇게 또 뵙게 되어 영광입니다, 레이디."

카탈락 백작은 한쪽 무릎을 꿇으며 그녀의 손등에 입을 맞추었다. 부담되게 느껴지는 극진한 예였다. 마리는 고개를 젓고는 입을 열었다.

"드릴 말씀이 있어서 왔어요."

"아름다운 레이디께서 저에게 무슨 말을 하실지 기대되는군요."

백작은 장난스러운 말투로 이야기했다. 하지만 마리는 아무런 반응 없이 가만히 그를 바라보기만 하였다. 백작은 무뚝뚝한 그녀의 반응에 어깨를 으쓱했다.

"저는 힐데른 예작을 만나 무척이나 기쁜데, 예작은 그렇지 않은 것 같군요. 굉장히 슬픕니다."

그러며 그는 저택 안쪽으로 팔을 내밀었다.

"일단 들어가시지요. 안으로 모시겠습니다."

저택 안쪽으로 들어간 마리는 커다란 홀 안쪽에서 들리는 음악 소리에 의아한 표정을 지었다.

'웬 음악 소리가? 악단이 연습 중인 건가?'

그런 그녀의 의문을 눈치챈 듯 백작이 친절한 말투로 입을 열었다.

"지난번 황태자 전하께 재가받았던 문화 사업 때문입니다."

"문화 사업이요?"

마리는 지난번 저택에 왔을 때 들었던 사업 내용을 떠올렸다. 백작은 서남부 교역 도시에 돈을 투자하는 대신에 카드놀이를 이용한 오락 사업을 허가받았다.

'카지노라고 했던가? 최근 수도 사교계에서 굉장한 유행이라고 하던데.'

역시 한자동맹의 거상답달까. 수완이 보통이 아니어서, 재가받은 지 얼마 되지도 않았는데 수도 사교계에 카지노 유행이 불고 있었다.

"카드 게임을 하다가 중간중간 기분을 전환할 수 있게 여러 공연을 같이 진행하고 있습니다. 다행히 반응은 괜찮은 것 같습니다."

마리는 고개를 끄덕이고, 연회장 안을 살펴보았다. 백작은 커다란 연회장을 게임장으로 운영하고 있었는데, 이른 시간이어서 그런지 사람이 많이 보이진 않았다.

'오락의 일종이긴 하지만, 도박 요소가 많은데 과열되지 않는지 잘 지켜봐야겠구나.'

마리는 황태자가 사업 허가를 내주며 했던 걱정을 떠올렸다. 당시 황태자는 사람들이 지나치게 카드 게임에 빠져 가산을 탕진할까 봐, 출입이나 베팅 액수 등에 제한을 두는 등 여러 안전장치를 마련했었다.

'아직은 다들 그냥 유희 정도로만 즐길 뿐 크게 빠진 이는 보이지 않긴 하지만, 계속 눈여겨봐야겠어.'

그렇게 생각하는 사이, 마리는 카탈락 백작이 안내한 응접실에 도착했다.

"시장하진 않으십니까? 마침 신선한 해산물이 들어왔는데, 식사라도 하면서 이야기 나누겠습니까?"

"괜찮아요."

마리는 고개를 저었다. 카탈락 백작은 서운한 표정을 짓더니 그녀에게 자리를 권했다.

"알겠습니다. 그런데 저에게 하실 말씀이란 것이?"

자리에 앉아 그를 마주한 마리는 똑바로 백작의 눈을 바라보았다. 그리고 오히려 이렇게 물었다.

"혹시 백작님께서는 저에게 하실 말씀은 없으신가요?"

"그게 무슨 말씀이신지요?"

"말 그대로예요. 저에게 혹시 하실 말씀은 없으신가요?"

그렇게 물은 마리는 입을 다물고 그의 반응을 기다렸다.

'일단 내가 먼저 패를 꺼낼 필요는 없어. 그건 어리석은 짓이야.'

분명 백작은 자신에 대해 알고 있다. 그리고 그에 대해 무언가 의도를 가지고 있다. 그건 확실했다. 하지만 저 뱀 같은 백작이 자신의 의도를 쉽게 드러내지는 않을 것이다. 그녀로서는 최대한 조심스럽게 접근해 그의 의도를 알아내고 담판을 지어야 했다.

"제가 온 힐데른께 할 말이라……."

가만히 중얼거린 백작은 빙글 웃음을 지었다. 그리고 단숨에 이렇게 내뱉었다.

"통원의 궁에서 만났던 일을 이야기하는 것인가요, 모리나 왕녀님?"

"……!"

마리의 몸이 뻣뻣이 굳었다. 생각지도 않게 그가 단숨에 그녀의 정체를 내뱉은 것이다. 하얗게 질린 그녀의 얼굴을 감상하듯 바라본 그는 짙은 미소를 지은 채 자리에서 일어났다. 그리고 마치 광대가 하듯 거창한 예를 표했다.

"다시 한번 인사하는 게 맞겠죠? 한자동맹의 카탈락 백작이 클로얀 왕국의 모리나 왕녀마마께 예를 올립니다."

인사를 마친 후 응접실에 무거운 침묵이 내려앉았다. 마리는 창백해진 얼굴로 생각했다.

'역시 내 정체를 알고 있었어.'

예상하고 있었지만 직접 귀로 들으니 충격이 컸다. 그녀는 덜컥 내려앉은 가슴을 억지로 진정시키며 중얼거렸다.

'정신 차려. 어차피 짐작하고 있었잖아. 여기서 중요한 것은 그의 의도야.'

마리는 딱딱한 눈으로 그를 바라보았다.

"제게 무엇을 원하는 것이죠?"

카탈락 백작의 미소가 짙어졌다.

"원하는 것이요? 글쎄요. 전 그저 뜻하지 않은 재회에 반가움을 표한 것일 뿐입니다."

그 능청스러운 말에 마리는 입술을 굳게 다물었다. 바보라도 그의 말을 믿지 않을 것이다. 딱딱한 그녀의 반응에 백작은 억울하다는 표정을 지었다.

"정말입니다. 제가 왕녀님의 정체를 밝혀 왕녀님을 곤란하게 한다고 해서 무슨 이득을 얻겠습니까?"

"……."

"전혀 안 믿으시는 것 같기야 하지만, 전 왕녀님께 호감을 품고 있습니다. 우연히 만난 왕녀님의 모습을 보고, 몇 날 밤을 설레 잠 못 들었는지 모릅니다."

그렇게 말하던 그의 눈빛이 어느 순간 낮게 가라앉았다.

"정체를 밝히면 제 마음속에 들어온 왕녀님이 잔학한 황태자에게 목숨을 잃을지도 모르는데. 제가 설마 그런 일을 저지르겠습니까?"

"……!"

마리의 몸이 흠칫 떨렸다. 장난스러운 말투였지만 그는 방금 그녀에게 협박한 것이다. 그녀는 질끈 입술을 깨물고 물었다.

"그래서 원하는 게 무엇이죠? 말장난하지 말고 말해주세요."

"흐음."

카탈락 백작은 느긋한 표정으로 의자에 등을 기대었다.

"원하는 것이라. 사실 없는 것은 아니죠. 왕녀님의 짐작대로 전 당신께 바라는 것이 있긴 합니다. 그것도 간절히."

"그게 무엇이죠?"

카탈락 백작이 짙은 웃음을 지었다. 그녀에게 몇 번이고 기시감을 준, 어딘지 섬뜩한 느낌의 미소였다.

"바로 당신입니다."

"네?"

마리는 그의 말을 알아듣지 못하고 반문했다. 백작은 천천히 다시 입을 열었다.

"제가 바라는 것은 바로 당신입니다."

"……!"

"다시 말씀드리죠. 전 바로 당신을 원하고 있습니다."

마리의 눈빛이 당황으로 흔들렸다. 이게 도대체 무슨 뜻이란 말인가?

생각지도 않은 그의 말에 마리는 떠듬떠듬 입을 열었다.

"장난이…… 지나치시는군요, 백작님."

"장난이 아닙니다. 제 말은 오로지 진심입니다."

백작의 목소리는 평소와 다르게 진중했다. 전혀 예상치 못한 이야기라, 마리는 뭐라고 반응해야 할지 알 수가 없었다.

'나를 바란다고? 이게 무슨 뜻이지?'

그녀는 물었다.

"백작님의 말씀을 정확히 이해하기가 어렵군요. 저를 바란다니, 그게 무슨 뜻이죠?"

"그 말 그대로입니다. 모리나 왕녀, 당신을 제 것으로 만들고 싶다는 것입니다."

마리는 흔들리는 눈으로 백작을 바라보았다.

'날 놀리는 건가?'

하지만 그의 눈빛은 평소와 다르게 장난기가 전혀 없었다. 진심인 것이다. 마리는 등줄기가 서늘해졌다. 저 불길하기 짝이 없는 백작이 나를 본인의 것으로 만들길 바라고 있다고?

"……어째서죠?"

백작은 어깨를 으쓱했다.

"그저 제 마음이 당신을 바랄 뿐, 사람의 마음이 향하는 데 이유가 있겠습니까?"

그녀는 강하게 고개를 저었다.

"저는 백작님의 마음을 받아들일 수 없어요."

백작은 그럴 줄 알았다는 듯 고개를 끄덕이고 물었다.

"만약 제가 강제로라도 당신을 원한다면 어떻게 하겠습니까?"

"……!"

마리는 주먹을 움켜쥐었다. 여차하면 황태자에게 정체를 폭로할 수도 있다는 협박이었다.

"그러면 당신은 저의 아무것도 얻을 수 없게 되겠지요."

정체가 폭로되더라도 그런 협박에는 굴복하지 않겠다는 대답에 백작은 턱을 쓰다듬었다.

"그렇군요. 그렇게 말씀하실 줄 예상하고 있었습니다. 그런데 어떻게 하죠? 저는 무슨 수를 써서라도 왕녀님을 제 것으로 만들고 싶은데."

그는 정말로 고민이라는 표정을 지었다. 그런 백작을 보며 마리는 혼란에 빠졌다.

'왜? 왜 나를 바라는 거지?'

그의 말처럼 단순히 이성으로서의 호감일 수도 있지만, 그녀는 왠지 그가 밝히지 않은 이유가 있다는 느낌이 들었다.

'어째서 한자동맹의 거상이 망국의 왕녀인 나를?'

그때였다. 마치 품 안에 든 쥐를 바라보는 고양이 같은 백작의 얼굴을 보는 순간, 그녀의 머릿속에 번개 같은 생각이 스쳐 지나갔다. 저 이전에 본 듯한 기시감이 어디에서 기인한 것인지 깨달은 것이다.

'혹시?'

마리의 얼굴이 딱딱하게 변했다. 그녀의 추측이 맞는다면 이건 보통 문제가 아니었다.

"백작님."

"말씀하십시오, 왕녀님."

"절 클로얀 왕성 어디에서 본 것이지요?"

그 물음에 백작의 눈이 희미하게 굳었다 풀렸다. 그 변화는 찰나에 불과했지만, 마리는 놓치지 않았다.

"그야 당연히 통원의 궁 근처를 지나가다 뵈었습니다. 우연히 탑의 창가에 서 있는 것을 뵈었는데, 어쩌면 당신을 향한 제 마음은 그때부터였는지도 모르겠군요."

백작은 차분하게 답했다. 하지만 그 대답을 들은 순간이었다. 마리는 곧바로 되물었다.

"제가 그때 어느 쪽 창문에 서 있었죠?"

이번엔 백작의 얼굴이 눈에 띄게 굳었다.

"……글쎄요. 시간이 오래되어 정확히 기억이 나지 않는군요. 본궁에서 나 있는 길 쪽의 창문으로 기억합니다만. 그건 왜 물으시는지?"

마리의 머리가 차갑게 식었다. 그녀는 딱딱하게 굳은 얼굴로 자리에서 일어났다.

"백작님의 말씀은 이상하군요. 통원의 궁에는 본궁 쪽으로 나 있는 창문이 없어요. 오로지 궁에 딱 붙어 있는 성벽 방향으로만 창문이 나 있죠. 그러니 외부의 길에서 안을 들여다보는 것은 불가능해요."

백작은 어색한 얼굴을 했다. 무언가 그녀가 낌새를 챘음을 직감한 것이다.

"그렇군요. 워낙 오래된 일이라 제가 헷갈렸던 것 같습니다. 사실……."

그가 둘러대듯 이야기하는 순간, 마리가 말을 잘랐다.

"절 정말로 통원의 궁에서 본 것이 맞나요? 아니, 질문을 바꾸죠. 당신은 도대체 누구죠?"

"……!"

백작은 곤란한 표정으로 미소를 지었다. 습관적으로 미소를 짓긴 했지만, 평소의 여유는 보이지 않았다.

"그건……."

마리가 말했다.

"제가 대신 대답해 보죠. 당신의 진정한 정체는 바로……."

그녀는 잠시 머뭇했다. 이 이름을 꺼내는 것이 두렵다는 듯. 하지만 곧 이를 악물고 말했다.

"서제국의 황제 요하네프 3세가 아닌가요?"

장내에 죽을 듯한 침묵이 내려앉았다. 카탈락 백작은 말없이 마리를 바라보았다. 마치 위험한 맹수가 바라보는 듯한 느낌에 마리는 가슴이 떨렸지만 눈길을 피하진 않았다. 그런데 어느 순간이었다. 카탈락 백작이 나지막한 웃음을 흘리기 시작했다.

"큭큭……."

그는 손바닥으로 얼굴을 가렸다. 손바닥 사이로 흘러나온 웃음소리는 점점 커지기 시작했다.

"하하! 대단합니다. 어떻게 눈치챈 것인지 모르겠군요."

한참을 그렇게 웃은 그는 얼굴을 가린 손바닥을 떼었다. 그리고 형형하게 빛나는 눈으로 짙은 미소를 지으며 말했다.

"맞습니다. 전 당신의 추측대로 한자동맹의 카탈락 백작이자, 서제국의 요하네프 3세입니다."

"……!"

생각지도 않은 진실에 마리의 가슴이 두근거렸다.

'정말로? 카탈락 백작이 정말로 서제국의 황제 요하네프 3세였다고?'

사실 그녀는 확신을 가지고 말을 내뱉은 것이 아니었다. 백작의 불길한 느낌이 서제국의 황제를 마주했을 때와 똑같아서 도박하는 마음으로 내지른 것이었는데, 그가 수긍한 것이다.

카탈락 백작, 아니, 서제국의 요하네프 3세는 다시 여유로운 표정으로 돌아와 의자에 몸을 기대었다.

"정말 의외군요. 이렇게 빨리 정체를 들키게 되다니. 뭐, 상관은 없습니다. 어차피 모리나 왕녀, 당신에게는 제 정체를 곧 이야기할 생각이었으니."

"어째서 신분을 위장하고 제국에 온 것이죠?"

"위장하지 않았습니다. 올스텐 가문은 원래 제 소유였거든요. 정확히는 한자동맹의 올스텐 가문은 서제국 황실이 운영하는 상단입니다."

요한의 말은 사실이었다. 유럽에서 흔하게 사용되는 '브란덴 국의 왕이자 소시엔 땅의 백작이자 겐달 지방의 남작' 같은 호칭처럼, 일국의 군주가 타국의 영지나 재산을 소유하는 일은 흔한 일이었으니까. 즉, 그는 원래 서제국의 황제이자 카탈락 백작이었던 것이다.

"그런 것을 묻는 것이 아니에요. 어째서, 무슨 의도로 서제국의 황제께서 동제국의 수도에 오신 것이죠?"

마리는 날카롭게 물었다. 물론 서제국의 황제라도 동제국으로의 출입이 금지된 것은 아니다. 용무가 있다면 얼마든지 올 수 있다. 하지만 이렇게 정체를 숨기고 들어오다니. 분명 어떤 흉계가 있는 것이 틀림없었다.

"흠. 왕녀의 말은 일단 틀렸습니다. 전 정말로 이 자리에 서제국의 황제로 온 게 아니라, 한자동맹의 올스텐 가문의 대표로 온 것이니까요."

"……."

"어쨌든 이유는 말씀드리기로 하죠. 어차피 왕녀에게는 다 말해야 하는 내용이었으니."

요한은 마리의 눈을 똑바로 주시했다. 무언가 섬뜩한 눈빛에 마리가 흠칫하는 순간.

"제가 이곳에 온 진짜 이유는 모리나 왕녀, 바로 당신 때문입니다."

"그게 무슨 뜻이죠?"

"좀 더 확실하게 말씀드리죠."

요한의 음성이 선명하게 그녀의 귀에 내리꽂혔다.

"제가 이곳에 온 것은 모리나 왕녀, 당신을 제 것으로 만들기 위해서입니다."

마리의 안색이 변했다. 받아들이기 어려운 이야기였다.

"도대체…… 어째서?"

요한이 싱긋 웃더니 말했다.

"그야, 아까 이야기했듯이 마음에 들어서요?"

"농담하지 마십시오."

"진심입니다, 정말로. 물론 그 이유만 있는 것은 아니지요. 뭐, 현명한 왕녀이니 제가 말하지 않아도 대충은 짐작할 거라 예상합니다만."

그 말에 마리는 그가 자신을 원하는 진정한 이유를 깨달았다.

'클로얀 왕국! 그는 클로얀 왕국의 영향력을 얻기 위해 날 원하는 거야!'

클로얀 지방은 서제국과 동제국 사이의 요충지로, 현재 동제국의 지배에 놓여 있다. 동제국 입장에서는 클로얀 지방에 대한 지배를 공고히 하기 위해서 왕가의 후예인 그녀를 제거해야 하지만, 서제국의 입장에서는 반대였다. 그녀를 받아들이면 클로얀 왕국에 대한 권리를 주장할 수 있게 된다.

"폐하께서는 클로얀 지방을 원하고 있군요."

요한은 가만히 미소 지었다.

"역시 모리나 왕녀. 자세히 설명할 필요가 없어서 좋군요. 물론 제가 당신을 원한다고 말한 것은 거짓은 아닙니다. 그저 당신을 바라는 제 마음과 정치적 이득이 합치(合致)할 뿐이지요."

"……."

마리는 입을 다물었다. 뭐라고 입을 열기에는 너무 어마어마한 사안이었다.

"어쨌든 이렇게 되었으니 차라리 잘되었습니다. 단도직입적으로 이야기하죠."

요한은 그녀를 향해 자신의 손을 부드럽게 내밀었다.

"모리나 왕녀, 저와 함께 이 제국을 떠나지 않겠습니까?"

그는 달콤한 목소리로 말을 이었다.

"저에게로 온다면 이곳 동제국에서처럼 정체를 들킬까 봐 벌벌 떨 필요도 없습니다. 오히려 모두가 당신을 존귀한 이로 섬기겠지요. 그뿐만 아니라, 저는 당신에게 인간이 누릴 수 있는 모든 부귀영화를 드릴 것이며, 서제국의 황후로 삼는 것은 물론 클로얀 왕국의 여왕으로 책봉해 드리겠습니다."

"……!"

마리의 눈동자가 흔들렸다. 어마어마한 제안이었다. 서제국의 황후이자 클로얀 왕국의 여왕이라니. 그녀는 온 세상에서 가장 존귀한 여인이 될 것이다. 그리고 그의 제안에서 가장 무서운 점은 요한의 말이 단순한 감언이설이 아니란 것이다. 그는 그녀에게 약속한 것을 반드시 줄 생각이었다. 자신의 정치적 이득을 위해서라도.

"어떻습니까? 클로얀 왕국의 고귀한 핏줄인 당신이 이곳에서 시녀

일이나 하고 있을 필요가 있습니까? 더구나 목숨의 위협을 받으면서까지?"

요한은 마치 유혹하듯 이야기했다.

"저에게로 오십시오. 비단 정치적 이유뿐이 아니라, 전 진심으로 당신을 원하고 있습니다. 저에게로 온다면 여인으로서의 모든 행복과 세상의 모든 권세를 드리겠습니다."

마리는 입술을 깨물었다.

'요한과 함께 이 제국을 떠난다고?'

객관적으로 봤을 때, 굉장히 매혹적인 제안임이 분명했다. 저 모든 제안이 속임 없는 진심이란 점에서 더욱더. 그를 따라가면 정체를 들킬까 두려워할 필요도 없을 것이고, 분명 부귀영화와 권세도 얻을 것이다. 하지만…….

마리는 강한 목소리로 말했다.

"거절하겠어요."

요한의 표정에 금이 갔다.

"지금 그 말, 정말이십니까?"

"네, 거절하겠어요."

일말의 고민도 없는 거절에 요한은 충격을 받은 듯했다.

"어째서입니까? 잘 생각해 보십시오. 이 동제국은 모리나 왕녀, 당신이 있을 곳이 아닙니다."

"그럴지도 모르죠."

마리는 순순히 고개를 끄덕였다. 사실 그의 말이 모두 옳을지도 몰랐다. 동제국보다는 그를 따라가는 것이 비교적 안전할 테니까. 그의 제안을 거절하고 동제국에 남는 것은 어리석은 선택일지도 몰랐다. 만약 이전이었다면 그의 제안을 승낙했을지도.

'하지만 난 이미 황태자의 곁에 남겠다고 선택했어.'

그의 달콤한 제안을 듣는 순간 떠오른 얼굴. 그건 자신을 바라보는 라엘의 얼굴이었다. 이제 그녀는 정말 불가피한 상황이 아니라면 그를 떠나고 싶지 않았다. 그리고 무엇보다 중요한 이유가 하나 더 있었다.

"전 폐하를 신뢰하지 않아요. 만약 이 동제국을 떠나게 된다 해도, 그건 제 스스로의 걸음으로 인한 것이지 폐하를 따라 떠나는 것은 아닐 거예요."

"……!"

확고한 그녀의 목소리에 요한의 얼굴이 굳었다. 그는 잠시 침묵하다가 입을 열었다.

"왕녀께서는 조국인 클로얀 왕국의 재건을 바라지 않으십니까?"

"그건 제가 원해서 결정할 문제가 아니라, 클로얀 왕국의 진정한 주인인 백성들이 결정할 문제예요."

마리는 날카롭게 말을 이었다.

"그리고 폐하의 뜻에 따르면 클로얀 왕국은 진정한 클로얀 왕국이 아닌, 오로지 서제국을 위한 클로얀 왕국이 되겠지요. 제 말이 틀렸나요?"

정확히 핵심을 꿰뚫는 이야기에 요한은 입을 다물었다. 둘 사이에 침묵이 감돌며 살이 베일 듯한 날카로운 긴장감이 내려앉았다. 마리는 말없이 그를 바라보았고, 요한도 가만히 그녀를 주시했다. 하지만 그것도 잠시. 요한은 고개를 내저으며 한숨을 내쉬었다.

"후우, 알겠습니다. 역시 보통이 아니십니다. 쉽지 않군요."

"……."

"하지만 어쩌죠? 어차피 칼자루는 제가 쥐고 있는데? 제가 왕녀의 정체를 흘리는 순간 어떤 일이 벌어질지는 예상하고 있으시죠?"

그의 말이 옳았다. 그가 이야기를 흘리는 순간, 그녀는 당장 옥에 갇힐 것이고, 최악의 경우 죽임을 당하리라.

"제 정체를 흘리면 저도 가만히 있지만은 않겠어요."

요한은 피식 웃음을 흘렸다.

"마주 제 정체를 흘리겠다는 것이지요? 뭐, 그러십시오. 어차피 정체가 드러나도 저는 기껏해야 추방 정도로 끝나겠지만, 왕녀의 입장은 다를 텐데요?"

"……."

마리는 주먹을 움켜쥐었다. 분하지만 그의 말이 맞았다. 황태자가 서제국과 전쟁을 원하지 않는 한 요한을 직접 건드릴 수는 없다. 그가 동제국에 중대한 잘못을 저지른 것도 없고 말이다. 요한은 예의 여유로운 표정으로 말했다.

"왕녀께서 제 제안을 수락해 주셨으면 좋았겠지만, 이렇게 된 이상 어쩔 수 없군요."

그의 말에 마리의 낯빛이 변했다.

"절 강제로 서제국으로 끌고 가겠다는 것인가요?"

"뭐, 그것도 하나의 선택 사항이지요. 그렇게 어려운 일도 아니고."

요한은 그녀를 바라보았다.

"하지만 그건 일단 미루어 두죠. 강제로 데려간다고 해도 당신의 모든 것을 가지기는 어려울 것 같으니까요."

마리는 그가 무슨 생각을 하는 것인지 바라보았다. 요한은 빙글 웃더니 손가락을 들었다.

"왕녀께서는 거부하지만 전 당신을 어떻게든 데려가고 싶습니다. 그러니 이렇게 하는 것이 어떻겠습니까?"

"무엇을 말이죠?"

"저와 게임을 하나 하는 것입니다."

"게임이요?"

난데없는 게임 이야기에 마리는 눈살을 찌푸렸다.

"이곳에서 진행 중인 카드 게임을 말하는 건가요?"

"고작 그런 것이 아닙니다. 물론 어느 정도 포함된다고 할 수 있겠지만 제가 제안하는 게임은 이 제국 수도를 놓고 벌이는 게임입니다."

이해가 되지 않는 말이었다. 제국 수도를 놓고 벌이는 게임이라니? 요한은 장난스러운 말투로 말했다.

"이건 왕녀에게만 말하는 비밀인데, 전 사실 예언의 이능이 있습니다."

"……."

"아, 그렇게 이상한 눈빛으로 바라보진 마십시오. 저 생각보다 소심해서 상처 입으니까. 어쨌든 그 예언의 능력으로 보았을 때, 이 제국의 수도에는 곧 여러 재앙이 올 것입니다."

마리의 안색이 변했다. 수도에 재앙들이 오고 있다니?

"그게…… 무슨 말이죠?"

"저도 정확히는 모릅니다. 원래 예언이란 것이 그렇지 않습니까? 두루뭉술. 그저 재앙이 온다는 것만 알고 있습니다."

당연히 마리는 그의 말이 거짓임을 눈치챘다.

'예언이 아니야. 저 서제국의 황제가 무슨 음모를 꾸미고 있는 것이 분명해!'

요하네프 3세는 서제국을 평정할 때부터 음흉한 계략가로 유명했다. 분명 동제국에 대해서도 간악한 계략을 꾸미고 있는 것이 분명했다.

'그런데 왜 나에게 자신의 음모를 암시해 주는 거지?'

그녀가 의아해할 때, 그가 자신의 뜻을 밝혔다.

"저는 궁금합니다. 신의 가호를 받았다는 성인(聖人) 힐데가르트의 재림이라는 당신이 그 재앙들을 맞아 어떤 능력을 보여 줄지."

"……!"

"만약 당신이 그 재앙들을 아무런 문제 없이 해결해 낸다면, 신의 뜻으로 생각해 당신을 순순히 포기하고 물러나겠습니다. 당신의 정체도 영원히 함구하도록 하죠. 이건 서제국의 황제인 제 이름을 걸고 맹세할 테니 믿어도 됩니다. 하지만 만약 당신이 그 재앙들을 해결해 내지 못한다면!"

요하네프 3세는 광기가 흐르는 눈빛으로 그녀를 바라보았다.

"그때는 당신이 저를 따라오는 것입니다. 어떻습니까, 제가 제안하는 게임이?"

마리는 침을 꿀꺽 삼켰다.

"그게 무슨……."

그녀로서는 따를 이유가 없는 게임이다. 왜 그녀가 음모를 해결하지 못했다고 해서 그를 따라가야 하는가? 하지만 그때 요한이 웃으며 협박했다.

"물론 알고 계시겠죠? 당신에게 선택 권한은 없다는 것을."

"……!"

요한은 달래듯이 말했다.

"너무 나쁘게만 생각하지 마십시오. 어떻게 생각하면 전 당신에게 기회를 주는 것이기도 하니까요. 만약 당신이 수도에 올 재앙들을 말끔히 해결해 낸다면, 전 약속을 지키겠습니다."

마리는 주먹을 움켜쥐며 그를 바라보았다. 더없이 부당한 게임이다. 하지만 그의 말처럼 그녀에게는 선택 권한이 없었다. 그녀는 이해가 되지 않는다는 목소리로 물었다.

"도대체…… 왜? 어째서 제게 이런 일을 하는 거죠?"

요한은 어깨를 으쓱하더니, 당연하다는 목소리로 말했다.

"말하지 않았습니까? 당신을 진정으로 가지고 싶어서라고."

그러며 그는 말을 이었다.

"이런 거창한 내기라도 해야, 당신이 조금이라도 납득하고 절 따라

오지 않겠습니까?"

그렇게 마리와 카탈락 백작, 아니, 모리나와 요하네프 3세의 만남이 끝났다.

그녀가 저택을 떠난 후, 한 남자가 은밀한 기척을 드러내며 나타났다. 집사로 위장한 서제국의 정보부 부부장 로이스였다.

"그냥 지금 바로 납치해 버리는 것이 낫지 않습니까?"

말만 정보부지, 정보 조작, 은폐, 공작 등의 음험한 일을 주로 하던 그는 태연히 물었다.

"괜히 놔주었다가 쓸데없는 이야기를 흘릴까 걱정입니다."

"그렇지는 못 할 거다. 내 정체를 흘렸다가는 바로 본인의 정체가 들통날 테니."

"그래도…… 왜 굳이 그런 내기를?"

로이스는 이해가 되지 않았다. 방금 요한이 모리나에게 말한 내기의 내용은 사실 극비였다. 음모가 성사될 때까지 어디에도 새어 나가서는 안 되는.

"……."

요한은 말없이 창밖을 바라보았다. 그곳에는 딱딱한 안색의 모리나가 막 마차에 오르고 있었다.

"왜라……."

요한은 나직이 중얼거렸다. 무표정한 그의 얼굴에서는 아까 전의 장난기는 전혀 찾아볼 수 없었다.

"말하지 않았는가. 그녀를 바라기 때문이라고."

그는 말했다.

"내기에 졌다는 억지 핑계라도 만들어야 그녀가 조금이라도 납득하겠지. 단지 그런 이유에서다."

한편, 황궁으로 돌아온 마리는 고뇌에 휩싸였다.

'곧 수도에 재앙이 올 거라고? 뭘 이야기하는 거지?'

요한이 정말로 꿈에서 미래를 봤을 리는 없다. 그는 자신이 수도에 음모를 꾸미고 있다는 걸 그런 식으로 표현한 것이 분명했다.

'혹시 지금 진행 중인 카지노 사업? 아니야, 아직까지는 별다른 문제는 없어 보여.'

고민해 보았으나, 당연히 짐작되는 것이 없었다. 그녀는 굳은 표정으로 생각했다.

'차라리 황태자에게 요한의 정체를 폭로할까?'

하지만 마리는 곧 고개를 저었다. 자신의 정체가 탄로 날 것은 둘째치고 사태 해결에 도움이 될 것 같지가 않았다.

'천하의 요하네프 3세가 자신과 연관되었다는 증거를 남겨 두었을 리 없어. 그냥 일반적인 핑계만 대고 동제국을 떠날 것이 분명해. 그러면 사태는 더욱 오리무중에 빠질 거야.'

아무리 동제국과 서제국이 사이가 안 좋다 해도, 타국의 황제를 함부로 구금할 수는 없다. 물론 명백한 잘못을 했다면 모르겠지만, 요하네프 3세는 겉으로는 전혀 그런 티가 없었다. 그녀는 생각했다.

'차라리 그를 주시하다가, 결정적인 순간에 연관된 증거를 잡는 것이 나올지도 몰라.'

그렇게 결론 내린 그녀는 눈을 감았다. 심적으로 너무나 지쳐서 피로를 참을 수가 없었다.

'꿈…… 을 꾸지는 않을까?'

문득 그녀는 자신에게 능력을 주던 꿈을 떠올렸다. 꿈을 꾸면 항상

관련된 일이 일어난다. 그러니 요하네프 3세의 음모도 짐작할 수 있을 것이다.

그녀가 잠들면서 바란 덕분일까? 마리는 그날 밤 꿈을 꾸었다.

'그 자각몽이야!'

마치 현실처럼 선명한 시야. 능력을 주는 신비한 자각몽이 분명했다.

'이번엔 무슨 꿈을?'

늘 그렇듯, 꿈의 의미를 짐작하는 것은 쉽지가 않았다.

「각하, 리 장군의 남부군이 동쪽으로 진격 중입니다.」

「멕클레런 장군이 대비하고 있겠지?」

「네, 그렇습니다.」

꿈속의 주인공은 턱수염을 기른 장신의 사내였다. 그는 안심했다는 듯 고개를 끄덕였다.

「괜찮겠지. 그나저나 군자금 마련이 문제군. 지금 당장은 문제가 없다고 해도, 전쟁이 장기전으로 간다면 남부에 비해 열악한 우리 군의 사정으로는 버틸 수 없을 거야.」

「영국의 은행들에 손을 벌리는 게 어떻습니까?」

참모가 조언했다. 하지만 꿈속 주인공은 고개를 저었다.

「가장 손쉬운 방법이지. 하지만 은행에 손을 벌리면 전후에 막대한 이자를 내야 해. 그건 정부에 큰 부담으로 작용할 것일세.」

「그렇긴 하지만…….」

「완전히 새로운 방법을 찾아야 해. 군자금을 마련하면서도, 전쟁이 끝난 후 설립된 정부가 빚에 허덕이지 않을 방법을.」

그러며 꿈속의 주인공은 고뇌에 잠겼다.

마리는 부스스한 표정으로 일어났다. 창밖에서 닭이 우는 소리가 들렸다.

"이건…… 무슨 꿈이지?"

그녀는 심각한 얼굴로 중얼거렸다.

'그냥 개꿈은 아닌 것 같은데.'

분명했다. 이건 분명 자신에게 능력을 주는 신비한 꿈이었다. 하지만 무슨 능력인지 짐작되지 않았다.

'전쟁 중 총사령관이 되는 꿈이라니?'

그녀는 고개를 갸웃했다. 전쟁이 일어난다는 것일까? 그건 아닌 것 같았다. 전운의 징조도 전혀 없었고, 일단 꿈의 내용의 포인트도 전쟁이 아니었다.

'군자금 부족이라고? 제국 경제에 문제가 생긴다는 걸까?'

마리는 심각하게 고민했다.

'혹시 요하네프 3세는 한자동맹의 거상이란 신분을 이용해 제국 상거래에 혼란을 주려는 것일까?'

일리가 없는 추측은 아니었다. 현재 요하네프 3세의 입장에서 피를 흘리지 않고 가장 손쉽게 제국을 흔들 수 있는 방법이니까.

'확인해 볼 필요가 있겠어.'

마리는 일단 사자궁으로 출근해 황태자에게 수도의 상거래 현황을 검토하는 것을 허락 맡았다. 다행히 황태자는 별다른 의심 없이 고개를 끄덕였다.

"좋은 생각이군. 농업이 나라의 뿌리이면, 상업은 나라의 혈맥과도 같은 것. 문제가 없는지 늘 헤아려야겠지."

"그렇게 말씀해 주셔서 감사합니다."

"다만 궁 밖을 나갈 때는 반드시 호위 기사를 대동하도록."

정무를 논하는 중에도 꼭 빠지지 않고 그녀를 염려하는 황태자였다.

'전하.'

그런 그를 보자 마리는 최근의 일들이 떠오르며 갑자기 가슴이 울컥하였다. 그와 멀어지고 싶지 않았다. 계속해서 함께하고 싶었다.

'일단 요하네프 3세의 음모를 먼저 막자.'

마리는 굳게 생각했다. 물론 그녀는 요하네프 3세를 믿지 않는다. 내기에서 이긴다고 해서 그가 모든 마수를 포기할 거라고는 생각하지 않는다. 그런 것을 떠나, 그녀는 요한의 음모로 제국민들이 고통받는 것을 보고 싶지 않았다. 마리는 자신과 황태자, 제국민을 위해 요한의 음모를 저지하기로 다시 한번 다짐하고 황태자를 바라보았다.

"전하."

"왜 그러지?"

마리는 무언가 말을 하려다가 입을 다물었다. 황태자는 서류를 보다가 힐끗 그녀를 바라보았다.

"왜 그러지?"

마리는 대답 대신 헤실 웃음을 지었다. 무언가 평소와 다른 그녀의 미소에 라엘은 의아한 표정을 지었다.

"왜 그렇게 웃지?"

"그냥요."

마리가 그렇게 웃은 이유, 그건 문득 머릿속에 떠오른 생각 때문이다.

정체를 숨기는 일 없이 그의 곁에 서서 행복해하는 상상. 그런 상상을 하니 괜히 웃음이 나왔었다.

'언젠가 꼭 그의 옆에 당당히 설 수 있으면…….'

그렇게 그녀는 생각하며 말했다.

"그러면 다녀오겠습니다."

마리는 황태자의 재가를 받아 먼저 재무부에 가서 황실의 재정 상황을 살폈다. 역시나 별다른 문제는 없었다. 다음은 수도의 상거래 현황을 살폈다.

'먼저 슐레안 대공가에 가자.'

수도의 상거래를 장악하고 있는 가문은 다름 아닌 아리엘 공녀의 슐레안 대공가였다. 슐레안 대공가가 제국 3대 대귀족인 이유는 슐레안 영지의 대공이기도 했지만, 제국 전역에 걸쳐 상거래를 장악한 거부였기 때문이다. 하지만 슐레안 대공가에 도착한 그녀는 난관에 부닥쳤다. 슐레안 대공과 만남 자체를 갖지 못한 것이다.

"대공께서 카탈락 백작님과 만나고 계시다고요?"

더구나 슐레안 대공이 만나고 있는 인물도 꺼림칙했다. 하필 음모의 주체인 카탈락 백작과 만나고 있다니?

"네, 예작님. 아마 용무가 오래 걸릴 것 같아 대공께서 시간을 따로 내드리긴 어려울 것 같습니다. 대신 실무를 담당하는 제가 도움을 드리겠습니다."

슐레안 대공의 보좌관의 말에 마리는 어쩔 수 없이 고개를 끄덕였다.

'왜 카탈락 백작과 슐레안 대공이?'

물론 두 명 모두 상계의 큰손이니 만난다 하더라도 이상할 것은 없다. 하지만 마리는 괜히 찝찝한 마음이 들었다.

'무슨 일인지 꼭 확인해 봐야겠구나.'

마리는 보좌관과 함께 수도 상거래 현황을 확인했다. 꼼꼼하게 내역을 확인했으나, 역시나 특별한 문제는 없었다.

'상거래 쪽 문제가 아닌 건가?'

마리는 꿈을 떠올리며 고심에 잠겼다. 그렇게 생각에 잠겨 대공가의 정원을 산책하고 있을 때였다. 마리는 뜻밖의 인물을 마주했다.

"이런, 또 뵙는군요. 역시 우리는 운명인가 봅니다."

"……!"

사람 좋은 호인형의 미소. 요하네프 3세가 위장한 카탈락 백작이었다!

"얼마 전 뵈었지만 또 뵙고 싶었습니다. 내 마음속 피앙세여."

그는 마리의 앞에서 한쪽 무릎을 꿇고 그녀의 손등에 입을 맞추었다. 마리는 급히 그에게 잡힌 손을 빼며 말했다.

"내 마음속 피앙세라니? 그게 무슨 말이죠?"

"무슨 말이긴요. 제가 말하지 않았습니까? 전 당신을 원하고 있다고."

그러며 요한은 유들유들하게 말했다.

"뭐, 그리고 피앙세란 말이 틀린 것은 아니죠. 어차피 당신은 제 것이 될 것이니까요."

그녀는 요한이 얼마 전 한 내기를 이야기하는 것이란 것을 깨달았다. 마리는 딱딱하게 말했다.

"그럴 일은 없어요. 그나저나 무슨 음모를 꾸미려 대공가에 온 것이죠?"

요하네프 3세는 태연스레 말했다.

"음모라니요? 대공 전하와는 같이 즐기는 일이 있어서 방문했을 뿐입니다."

억울하다는 목소리였지만, 천하의 요하네프 3세 아닌가? 믿을 수 없었다.

'더구나 같이 '즐기는' 일이라니? 이게 무슨 말이지?'

의혹에 인상을 찌푸리는데, 요하네프 3세가 말했다.

"그나저나 대단하긴 하군요. 며칠도 안 되어서 이렇게 슐레안 대공가에 오시다니. 역시나 왕녀는 제가 인정할 만한 인물이에요."

"……!"

의미심장한 이야기였다. 그는 자신의 입으로 음모의 꼬리를 드러낸 것이다.

'역시 상거래 쪽 문제를 일으키려는 게 맞았어. 하지만 도대체 뭐지?'

그런데 그때 요한은 어깨를 으쓱했다.

"방향을 잘 잡으신 것은 맞는데, 목적지는 잘못 도착하셨군요. 여기가 아닌데."

"그게 무슨 말이죠?"

"글쎄요. 뭘까요?"

장난스러운 말투에 마리는 그를 쏘아보았다.

요한은 빙글 웃음을 지었다.

"그래도 연모하는 왕녀께서 고생하시는 것을 보니 제 마음이 찢어지는군요. 그러니 특별히 말씀드리죠."

그는 하늘을 올려다보았다.

"사실 어제 또 예언을 받았습니다. 이 제국 수도의 곳곳에 화약이 매설되어 있다가 쾅, 하고 터지는 예언을요."

"……."

마리는 표정을 굳혔다. 화약이라고?

"아마 그 화약이 터지기 전까지 시간이 많이 남지는 않았을 것입니다. 화약이 터지게 되면 얼마나 큰 재앙이 될지 모르겠군요."

요한은 부드러운 말투로 말했다.

"시간이 얼마 없으니 서두르십시오."

슐레안 대공가의 저택을 나온 마리는 생각에 빠졌다.

'화약이라고?'

당연히 진짜 화약을 말하는 것일 리 없다. 무언가 제국 상거래에 문제가 될 만한 뇌관을 심어 놨다는 것일 거다. 마리는 요한의 말을 떠올렸다.

"방향을 잘 잡으신 것은 맞는데, 목적지는 잘못 도착하셨군요. 여기가 아닌데."

'도대체 무얼 말하는 거지?'

화약이라 하니 가장 먼저 떠오르는 것은 대량의 부실 어음이었다. 하지만 여러 상단을 돌아다니며 어음의 건전성을 살펴보았으나 문제는 없었다.

'모르겠어. 도대체 뭐지?'

마리는 무력함을 느끼며 생각했다.

"화약이 터지게 되면 얼마나 큰 재앙이 될지 모르겠군요."

빈말로 하는 말이 아닐 거다. 터지기 전에 해결하지 못하면 큰 문제가 생길 것이 분명했다.

'생각해 내야 해.'

그렇게 한참을 간절히 생각하고 있을 때였다. 그녀의 눈에 길거리 바닥에 떨어져 있던 물건 하나가 들어왔다.

"이건 뭐죠?"

그녀를 호위하던 기사가 뭘 그런 걸 묻느냐는 듯 대답했다.

"은화 아닙니까? 누군가 흘리고 갔군요."

"그렇죠? 은화죠?"
"네, 그렇습니다."
당연한 걸 묻는 그녀를 보며 기사는 고개를 갸웃했다.
"왜 그러십니까?"
하지만 마리는 대답할 수가 없었다. 혹시나 하는 생각에 빠져든 것이다.
'지금 수도의 상거래에는 특별히 문제 될 만한 요소는 없어. 그러면 화폐는? 화폐 자체는 괜찮은 걸까?'
모든 상거래는 화폐로 이루어진다. 그런데 화폐에 문제가 생긴다면? 그러면 상거래에 어마어마한 재앙이 일어날 것이다. 상거래 자체가 마비될 수도 있었다.
'화폐에 문제가 있다면, 그건 한 가지뿐이야!'
마리는 생각을 이어갔다.
'위조화폐! 화폐의 금과 은의 비율을 속이면 문제가 생길 수 있어!'
마리는 침을 꿀꺽 삼켰다. 전 세계의 모든 화폐는 금과 은을 기반으로 만들어진다. 정해진 비율 이상으로 금과 은이 섞이지 않으면 화폐로서의 가치를 잃는다.
'만약 금과 은의 비율을 속인 위조화폐가 대량으로 유통되고 있다면? 그건 재앙이야!'
수도에 유통되고 있는 화폐는 대부분 황실의 화폐청에서 발급된 화폐들이었다. 하지만 모든 화폐가 황실에서 발급되는 건 아니다. 이 시대에는 화폐를 만드는 권한이 각 지방의 귀족들에게도 있었다.
그렇게 각지에서 화폐를 찍어 내기 때문에, 위조화폐 문제가 생길 수도 있었다. 마리는 수도에 유통되고 있는 화폐들을 모두 확인해 보기로 하였다.
'황실 화폐소에서 발급한 화폐에 문제가 있을 리는 없어. 다른 화폐

소에서 찍은 화폐들을 확인해 봐야 해.'

마리는 화폐소의 감별 전문가와 함께 화폐들을 하나하나 확인해 보았다. 당연히 대부분의 화폐에는 이상이 없었다. 하지만 서제국과 인접한 남부의 루이나 영지에서 발급한 화폐를 확인한 순간이었다.

"온 힐데른, 이건……."

화폐 감식가가 놀란 표정으로 말했다.

"위조화폐군요. 은의 함량이 기준치에 비해 20% 정도 모자랍니다."

"……!"

마리의 눈동자가 흔들렸다. 그녀의 추측이 맞았다. 수도에 위조화폐가 유통되고 있었던 것이다. 그것도 대량으로.

'요하네프 3세는 수도에 위조화폐를 은밀히 유통한 후 그 사실을 한번에 터뜨려 상거래를 마비시키려고 했던 거야.'

마리는 등줄기가 서늘해졌다. 섬뜩한 귀계가 아닐 수 없었다. 만약 모르고 당했다면 끔찍한 일이 벌어졌으리라. 그로 인한 혼란은 재앙이라 칭해도 부족하지 않을 것이다.

마리는 곧바로 이 사실을 황태자에게 알렸다. 그녀 선에서 해결할 수 있는 문제가 아니었다. 위조화폐가 유통되었다는 사실에 황궁 전체가 발칵 뒤집혔다.

"당장 루이나 지방의 화폐소를 조사하도록! 그리고 얼마나 많은 위조화폐가 유통되었는지도 확인하도록!"

황태자는 급하게 필요한 조처를 하였다.

"네, 전하!"

사색이 된 오른이 고개를 숙였다.

"이런 일이 일어나다니. 어쨌든 미리 알아내서 다행이다. 잘했다, 마리."

혀를 내두른 황태자는 마리의 공을 치하했다. 조사대는 곧바로 루이나 지방의 화폐소를 조사했다. 하지만 이미 위조화폐를 찍어 낸 화폐소의 범인들은 도주한 상태였다. 곧바로 추격대를 보냈지만, 이미 국경을 넘은 것으로 보여 체포할 수 있을지는 명확하지 않았다.

"위조화폐라니. 미리 알아내긴 했지만 큰일이군."

황태자는 인상을 찌푸렸다.

"네, 서둘러 조처를 하지 않으면 큰 피해가 올 것입니다."

위조화폐의 양을 확인한 오른은 창백한 안색으로 말했다. 황태자가 물었다.

"위조화폐의 양이 얼마나 된다고?"

"정확하지는 않지만, 최소 172만 페나는 될 듯합니다."

마리는 그 말에 깜짝 놀랐다.

'뭐라고? 172만 페나?'

페나는 제국의 화폐 단위였다. 172만 페나면 제국 황실로서도 적은 금액이 아니었다. 황태자도 생각보다 많은 금액에 침음을 삼켰다.

"큰일이군. 무턱대고 회수했다가는 은행들이 줄도산하겠어."

불행인지 다행인지 위조화폐는 아직 시장에 유통되지 않고 은행들이 가지고 있었다. 만약 172만 페나에 달하는 금액을 아무런 대책 없이 회수한다면, 파산하는 은행이 한둘이 아닐 것이다. 은행과 연관된 상단들도 큰 피해를 입을 것이고. 결과적으로 시장에 큰 혼란이 올 것이 분명했다.

'설마 일부러 나에게 위조화폐의 단서를 흘린 것인가?'

요하네프 3세의 얼굴을 떠올린 마리는 순간 섬뜩한 생각이 들었다. 이 모든 것이 그가 의도한 바가 아닌가 하는.

'진짜 문제는 위조화폐를 밝혀내는 게 아니야. 시장의 피해를 막기 위한 대책을 마련해야 해.'

하지만 쉬운 일이 아니었다. 172만 페나에 달하는 거액 전액을 황실이 보존해 줄 수도 없는 노릇이기 때문이다. 다른 묘책을 생각해 내야 했다.

"어쩌다 이런 일이 생겼는지 모르겠군. 루이나 지방의 영주는 조사하고 있나?"

"네, 하지만 화폐소를 담당하던 이들이 저지른 범행이라, 영주는 전혀 모르고 있었던 듯합니다."

"흠."

황태자는 손가락으로 철가면을 두드렸다. 그러더니 불쑥 말했다.

"서제국이 연관되었을 가능성은 없나?"

"……!"

마리는 깜짝 놀라 황태자를 바라보았다. 아무런 단서도 없는데 정확히 추측한 것이다. 오른이 물었다.

"이번 일에 서제국이 연관되었다고 보시는 것입니까?"

"증거는 없다. 하지만 단순히 화폐소 직원의 개인 범행이라기에는 규모가 너무 크군. 만약 뒷배경이 있다면 서제국 놈들이 가장 가능성이 높겠지."

오른은 고개를 끄덕였다. 일리가 있는 생각이었다.

"네, 확인해 보도록 하겠습니다."

그리고 오른은 위조화폐에 대한 대책을 물었다.

"유통된 위조화폐는 어떻게 하시겠습니까? 회수 명령을 내리도록 할까요?"

"원칙적으로 따지면 당연히 회수해야겠지만, 그렇다가는 은행들이 줄도산할까 문제군. 큰일이야."

황태자는 무거운 얼굴로 말했다.

"그렇다고 황실이 손실액을 보상해 줄 수도 없고."

"네, 충당 못 할 금액은 아니나, 재정에 큰 타격이 있을 것입니다."

제국은 세수가 많은 만큼 지출도 많았다. 늘 세수와 지출이 일정한 균형을 이루어왔는데, 172만 페나면 재정에 큰 부담을 주게 될 것이다.

"어떻게든 대책을 마련해야겠군."

한편, 그들의 대화를 듣고 마리도 고민에 빠졌다.

'방법이 없을까?'

시장의 혼란을 막으면서도, 재정 부담은 최소화할 방법이 필요했다. 하지만 쉽지 않은 일이었다. 이대로는 고스란히 172만 페나를 손해 볼 판국이었다. 시간이 흘러도 마땅한 수를 내지 못하자 황태자가 말했다.

"좀처럼 방법이 떠오르지 않는군. 조금 더 고민을 해봐야겠어."

그렇게 자리가 파했다. 자신의 방으로 돌아간 마리는 골똘히 생각에 잠겼다.

'생각해 봐, 마리. 혹시라도 방법이 생각날지도 몰라.'

조금이라도 황태자에게 도움을 주고 싶었다. 하지만 아무리 고민해도 방법은 떠오르지 않았다. 이윽고 늦은 밤이 되어 마리는 한숨을 내쉬며 잠자리에 누웠다.

'제발 방법을 알려 주세요.'

그녀는 잠이 들기 전 창밖을 바라보며 기도했다.

그리고 그 기도 덕분일까? 그녀는 다시 꿈을 꾸었다.

「이대로는 무기를 살 돈은 물론, 병사들의 봉급도 못 주겠어.」

군자금 문제로 한탄하는 꿈속의 주인공. 마리는 지난번 꾸던 꿈을 이어서 꾸는 것이란 것을 깨달았다.

「어떻게든 돈을 마련해야 해. 이런 식으로는 전쟁에서 이길 수가 없어.」

꿈속의 주인공은 계속해서 돈 문제를 고민했다. 지금 자신의 고민과 흡사한 고민이라 마리는 꿈속 내용에 집중했다. 한참을 생각에 잠겨 있던 꿈속의 주인공은 답을 마련했다는 듯 번뜩 고개를 들었다.

「우리 군에서 자체적으로 돈을 더 찍어야겠어.」
「하지만 각하, 우리 군에는 돈을 추가로 찍을 수 있는 금과 은이 없습니다.」
「금과 은이 들어가지 않은 돈을 만드는 거야.」
그 말을 들은 참모는 말도 안 된다는 표정을 지었다.
「각하, 금과 은이 없는 돈은 돈으로서의 가치가 없지 않습니까?」

마리도 참모의 말에 동의했다. 금과 은이 섞이지 않은 화폐는 화폐로서의 가치가 없다.
하지만 꿈속 주인공은 고개를 저었다.

「아니야. 한 가지 방법이 있네. 금과 은이 없어도 화폐로서의 가치를 지니게 할 방법이. 그건 바로…….」

마리는 퍼뜩 정신을 차렸다.
'이건 무슨 꿈이지?'
마리는 깊은 눈동자로 생각했다. 늘 그랬듯 이유 없이 꿈을 꾸었을 리는 없다. 분명 지금 상황과 어떤 식으로든 연관이 있을 것이다.

'확실히 금과 은이 섞이지 않은 돈을 만들 수 있으면, 이번 사태를 피해 없이 해결할 수 있어. 손실액만큼의 화폐를 추가로 만들어 지급하면 되니까.'

그러나 그녀는 곧 고개를 저었다.

'하지만 말도 안 되는 이야기잖아. 금과 은이 섞이지 않은 화폐라니. 그건 돈으로서의 가치가 없어.'

마리는 지극히 당연한 생각을 하였다. 모든 화폐는 금과 은으로 만든다. 그건 제국뿐 아니라 전 유럽, 아니, 실크로도 너머의 동방도 마찬가지다. 이것이 바로 세상에 통용되는 금화본위제도였고, 국가들이 원하는 대로 화폐를 찍어 낼 수 없는 이유였다.

'아니야. 다시 한번 생각해 보자.'

마리는 원점에서 생각해 보았다.

'금화와 은화가 화폐로서의 가치를 인정받는 것은 바로 금과 은의 희소성 때문이야. 그 희소성 때문에 금과 은은 화폐로서의 권위를 갖게 돼. 그러면? 금과 은 없이 화폐로서 가치가 있으려면?'

마리의 머릿속이 깊은 고민에 빠졌다.

'과연 어떤 방법을 써야 화폐로서의 권위를 줄 수 있지? 금과 은의 희소가치 없이 가능하긴 한 걸까?'

하지만 당장 답이 떠오르진 않았다. 사자궁으로 갈 시간이 되어 마리는 준비를 마치고 집무실로 나갔다. 이른 시간이었으나, 오른도 위조화폐 대책을 논하러 나왔다.

"대책을 생각해 보았는가?"

"은행의 연쇄적인 파산만은 막아야 한다 판단됩니다."

"나도 그렇게 생각한다. 문제는 돈이지. 이번 일로 큰 손해를 보게 생겼어."

오른은 무거운 얼굴로 고개를 끄덕였다. 결국 은행의 피해를 황실이 보존해 주는 쪽으로 결론이 나자 마리는 안타까운 마음이 들었다.

'정말 방법이 없을까?'

그때였다. 고민에 빠져 있던 마리의 눈에 황태자가 무언가를 집어 드는 것이 들어왔다.

"이게 결재안인가?"

"네, 전하."

마리의 눈이 흠칫 커졌다. 황태자가 손에 든 것은 국보인 옥새였다. 바로 황제의 권한을 대행하는. 그 순간, 마리의 머리에 번개처럼 깨달음이 스쳤다.

'잠깐! 있어! 금과 은이 없이도 화폐로서의 권위를 부여할 방법이!'

그녀는 속으로 탄성을 뱉으며 생각했다.

'황제의 권한으로 화폐의 가치를 보증하는 거야! 그러면 금과 은이 안 섞여도 그 화폐는 시장에서 믿고 사용할 수 있게 돼!'

그때, 황태자가 오른에게 말했다.

"어쩔 수 없이 이대로 진행해야겠군. 힐데른이 미연에 발견한 덕에 최악의 시장 혼란은 피할 수 있었지만, 그래도 손실이 크군."

그러며 그가 결재 서류에 옥새를 찍으려는 순간이었다. 마리가 다급히 말했다.

"전하."

"무언가?"

"황실의 지출을 최소화하며 이번 사건을 해결할 방법이 있습니다."

황태자와 오른이 놀란 얼굴을 했다.

"그게 무엇이지?"

"위조화폐를 환수할 때 금과 은이 섞인 화폐를 지급하는 것이 아닌, 새롭게 만든 화폐를 지급하는 것입니다."

"금과 은을 섞지 않은 새로운 화폐를 발행하자고?"

"네, 전하."

오른은 말도 안 된다는 목소리로 반문했다.

"그게 무슨 말인가? 그런 걸 누가 돈이라 여긴다고? 세상의 모든 돈에는 금과 은이 섞여 있어야 해. 그렇지 않으면 아무도 그 돈을 신뢰하지 않아."

오른의 말은 타당했다. 마리도 고개를 끄덕였다.

"맞습니다. 그게 바로 금화본위제도지요. 하지만 금과 은이 없어도 화폐로서의 가치를 부여할 방법이 있습니다."

마리는 자신의 생각을 말했다.

"바로 황제 폐하의 권한으로 돈에 직인을 찍는 것입니다."

"……!"

오른은 흠칫 표정을 굳혔다. 마리가 무슨 말을 하는 것인지 깨달은 것이다.

"폐하의 직인을 찍자고?"

"네, 황실의 권한으로 동일한 가치의 화폐와 똑같은 값을 인정받을 수 있도록 보증하는 것이지요. 타국에서는 무리겠지만, 황실의 직인이니 제국 내에서는 충분히 화폐로서의 가치를 인정받을 수 있을 것입니다."

장내가 조용해졌다. 금과 은이 섞이지 않은 화폐를 만들어 지급하자니! 당시 통용되는 상식으로는 너무나 파격적인 생각이었다.

"그래도 그건……."

오른은 고개를 저으려 했으나, 그때 황태자가 말했다.

"파격적이긴 하지만, 일리가 없는 생각은 아니군. 아니, 굉장히 좋은 생각이야."

"네, 필요시 동일한 가치의 금화나 은화와 교환할 수 있도록 황실이 보증하면 사람들도 받아들일 것입니다."

황태자는 감탄한 표정으로 고개를 끄덕였다. 황실의 권위로 화폐의 가치를 보장한다. 훌륭한 생각이었다. 마리가 제시한 의견의 가장 매력적인 점은 금과 은을 사용하지 않기 때문에 추가적인 재원이 거의 들지 않는다는 점이다. 그야말로 큰 피해 없이 이번 위조화폐 사건을 마무리할 방법이었다.

'대단하군. 정말 대단해.'

황태자는 다시 한번 마리에게 감탄했다. 도대체 저 소녀가 가진 능력의 끝은 어디란 말인가? 이번에 위조화폐를 알아낸 것부터 그렇고 새로운 화폐의 발급까지. 놀랍지 않은 것이 없었다.

'특히 황실의 보증으로 인한 화폐라니.'

엄밀히 말하면 마리가 제안한 화폐도 금화본위제도의 큰 틀에서 벗어난 것은 아니었다. 필요시 같은 가치의 금화와 은화로 교환할 수 있도록 황실이 보증한 것이니까. 그래도 동시대의 패러다임을 깬 혁명적인 아이디어인 것은 분명했다.

어쩌면 먼 훗날에는 마리가 고안한 형태의 화폐가 일반적인 화폐로 사용될지도 몰랐다.

'마리, 넌 도대체…….'

황태자는 그녀를 보며 거듭 감탄을 하였다. 한편, 오른은 황태자와 달리 의심의 눈으로 마리를 보았다.

'의심스러워.'

그는 남몰래 눈살을 찌푸렸다. 그녀의 의견을 인정하지 않아서가 아니었다. 그도 뛰어난 식견을 가지고 있는 만큼, 마리가 고안한 것이 패러다임을 뛰어넘는 대단한 일인 것은 알고 있다. 하지만 그래서 의심스러웠다. 그녀를 알게 된 처음부터 지금까지 계속해서 떠나지 않는 의심.

'정말 단순한 시녀 출신이 맞는 걸까? 저런 식견을 가진 소녀가?'

오른은 클로얀 왕국의 '마리'에 대한 인적 사항을 떠올렸다. 평범한, 아무런 특이 사항 없는 하급 시녀. 눈여겨볼 만한 점은 모리나 왕녀가 머물던 통원의 궁 근처에서 일했다는 것 외에는 전혀 없었다.

'그 외의 점은 아무리 조사해도 나오지가 않지. 마치 누군가 일부러 지우기라도 한 것처럼 말이야.'

그것도 의심스러운 점이었다. 왜 아무리 조사해도 나오는 것이 없는 거지? 어떻게 그럴 수가 있지?

'모리나 왕녀와 똑같아.'

의심이 점점 깊어졌다.

'단순히 넘어갈 일이 아니야. 전하께서는 저 시녀를 자신의 비로 삼으려 하고 있으니까.'

그는 제국과 황태자를 위해 이 문제를 다시 샅샅이 파헤쳐 보기로 했다.

'이번에야말로 반드시 저 시녀의 진정한 정체를 밝혀내겠어.'

그렇게 오른이 다짐할 때, 황태자가 결론을 내렸다.

"훌륭한 생각이다. 네가 이야기한 대로 진행하도록 하지."

그는 그녀의 공을 치하했다.

"이번 위조화폐 사건을 해결할 수 있었던 것은 모두 그대의 공이다. 그대가 아니었다면 제국 상거래에 큰 혼란이 올 뻔했어."

"아닙니다, 전하."

황태자는 물었다.

"지난번 마약 사건부터 이번 일까지. 네가 세운 공은 모두 잊지 않고 있다가 반드시 상을 내리도록 하겠다."

그 말에 마리는 고개를 저었다.

"아닙니다, 전하. 그저 도움이 된 것만으로도 기쁩니다."

그녀의 말은 진심이었다. 그에게 도움이 되었다니 기뻤다.

그렇게 요하네프 3세가 획책했던 위조화폐 사건이 마무리되었다. 황태자는 루이나 영지에서 발급된 위조화폐의 거래를 금지하고 모두 환수했다. 대신 황실이 보증한 특수 화폐를 지급했다.

"황제 폐하가 보증한 화폐라고?"

"다른 금은화폐와 똑같이 사용할 수 있고, 필요할 때는 다른 금은화폐와 언제든 교환할 수 있다더군."

"그렇다면야."

금은이 섞이지 않은 화폐에 대해 거부감이 없는 것은 아니었지만, 황제 폐하가 직접 공증한 것이라는 말에 모두 별다른 말없이 수긍했다. 덕분에 시장은 큰 혼란 없이 안정을 유지했다. 사람들은 이번 일을 해결한 마리에 대해 이야기를 나누었다.

"이번 일도 힐데른 예작님이 공을 세웠다는데?"

"그게 정말이야?"

"그래, 위조화폐를 발견한 것부터 후속 대책을 마련한 것까지 모두 예작님의 공이라 하더라고."

"허, 대단하군."

사람들은 감탄성을 뱉었다.

"아니, 이게 몇 번째야. 동방 교국과의 일, 성배 도난 사건, 지난번 마약 밀매 사건…… 작은 소녀라 들었는데, 몇 번의 공을 세웠는지 모르겠군."

"그러게 말이야. 최근 제국에서 가장 많은 공을 세운 분 아닌가."

짧은 기간 동안 세운 수많은 공 덕분에 마리의 이름은 수도 전체에 퍼졌다. 이제 아무도 마리란 이름을 모르는 사람이 없을 정도로, 그녀는 이름 높은 명사(名士)가 되어 있었다. 그때, 누군가 지나가는 듯한 말투로 말했다.

"황태자 전하께서도 홀몸이신데, 힐데른 예작님 같은 훌륭한 분과 맺어지면 좋겠구먼."

그 말에 다들 고개를 끄덕였다. 평민이 함부로 이야기하기에는 굉장히 조심스러운 주제였지만, 없을 때는 나라님 욕도 하는 법이라 그들은 거침없이 이야기를 꺼냈다.

"그래, 다른 허영심 많은 귀족 여인 말고 힐데른 예작님 같은 분이 황태자비가 되면 좋을 텐데."

"그러게 말이야."

그들의 말에 누군가 고개를 저었다.

"에이, 그래도 다른 아름다운 영애가 많을 텐데 힐데른 예작님이 황태자 전하의 눈에 차겠는가?"

그 말에 다른 이들이 발끈했다.

"그게 무슨 말이야? 그 말 취소하게. 힐데른 예작님이 얼마나 귀여우신데!"

"그래, 자네 직접 예작님 뵌 적 있나? 난 지난번 뵌 적 있는데 엄청 귀여우셨어!"

백성 모두 제국을 위해 많은 공을 세운 마리에 대한 호감이 높았다. 누군가 헛기침을 하더니 진지한 목소리로 말했다.

"사실 이건 황궁에서 일하는 고용인에게 들은 비밀인데, 어쩌면 정말로 힐데른 예작님이 황태자비가 될지도 모르네."

"그게 무슨 말인가?"

"황태자 전하께서 힐데른 예작님을 간절히 원하고 계신다더군. 지난번 간택이 흐지부지된 것도 그 때문이고."

"오호, 그렇단 말인가? 그러면 정말로 힐데른 예작님이 황태자비가 되시겠군!"

사람들은 놀라 고개를 끄덕였다. 만약 저 소문이 사실이라면 힐데른 예작이 황태자비가 되는 것은 시간문제였다. 그 누가 황태자의 마음을 거부하겠는가?

"잘됐군. 난 이 결혼에 찬성일세."

"나도 찬성이야. 다른 못된 귀족 여인보다야 힐데른 예작님이 훨씬 낫지."

그렇게 백성들 사이에서 마리와 황태자의 결혼을 바라는 목소리가 퍼지기 시작했다.

한편 그때, 마리는 황궁 외곽에 위치한 정원의 호수 인근에 앉아 생각에 잠겨 있었다.

"꺄아, 장난치지 마세요, 공자."

"하하."

봄이 깊어지고, 화창한 날이 이어지자 황궁의 정원에서는 많은 남녀가 산책을 즐겼다. 사랑이 싹트기 좋은 계절이라, 서로 간의 애정을 드러내는 남녀도 많았다. 물론 마리에게는 먼 나라 일이었다. 그녀는 수풀에 앉아 무릎 사이로 얼굴을 묻었는데, 표정이 심란했다. 고민할 일이 한두 개가 아니었기 때문이다.

'위조화폐 건은 다행히 잘 넘길 수 있었지만, 다음 재앙은 무엇일까?'

당시 요하네프 3세는 여러 개의 재앙이 올 것이라 말했었다. 귀계의 달인인 그가 고작 이번 사건 하나로 음모를 마무리할 것 같지는 않았다.

'분명 다른 음모가 다가올 거야. 그것도 조만간. 그리고 그 음모는 이번 사건보다 더 치명적일지도 몰라.'

마리는 깊은 한숨을 내쉬었다.

"나…… 앞으로 어떻게 해야 할까."

요하네프 3세의 음모는 당연히 막아야 한다. 자신을 위해서도, 황태자를 위해서도, 이곳 제국민을 위해서도.

"하아."

왠지 모든 것이 안개에 낀 듯 막막하게 느껴져 다시 한숨을 내쉴 때였다. 나직한 목소리가 그녀의 귓가 바로 옆에서 들렸다.

"웬 한숨이지?"

"……!"

워낙 깊은 생각에 빠져서일까, 그녀는 바로 옆에서 들려온 목소리에 화들짝 놀랐다.

"누, 누구?"

마리가 허겁지겁 고개를 돌리는 순간, 목소리의 주인이 그녀의 어깨를 단단한 팔로 감싸 안았다.

"……!"

갑작스러운 껴안음에 당황한 마리가 버둥거리자 남자가 부드러운 목소리로 말했다.

"나다."

금발에 푸른 눈, 그리고 그림 같은 얼굴. 황태자 라엘이었다.

"놀라지 말도록. 괜찮아."

그의 품에 안긴 마리의 얼굴이 화악 붉어졌다. 뭐, 뭐가 괜찮다는 건가?! 하나도 안 괜찮았다!

"저, 전하."

두근두근.

완전히 쓰러지듯 품에 안긴 탓에 전신으로 그의 몸이 느껴졌다. 가슴이 터질 듯이 두근거렸다. 그녀는 정신을 못 차리고 어떻게든 그의 품에서 벗어나려고 했다. 하지만 황태자의 말에 마리의 몸이 뻣뻣이 굳었다.

"그대로 있어. 안 그러면 입 맞춰 버릴 테니."

'지, 지금 뭘 한다고?'

라엘이 피식 웃더니 그녀의 귓가에 다시 말했다.

"시험해 보든지. 참고로 난 그쪽도 나쁘지 않은 것 같군."

"그, 그대로 있겠습니다!"

정말로 입을 맞출 기세라 마리는 허겁지겁 이야기했다.

'이, 이게 갑자기 뭐야.'

그녀는 울상을 지었다. 생각지도 못 한 기습 공격이었다. 이렇게 그와 밀착해 있으니 심장이 터질 것 같았다. 단단하면서 따뜻한 그의 느낌에, 부드러운 그의 향기에 숨이 멎을 것 같았다. 그때, 라엘이 말했다.

"뭘 그렇게 한숨을 쉬고 있었던 것이냐? 내가 이전에 말하지 않았느냐. 문제가 있으면 내가 다 해결해 줄 테니, 나한테 맡기라고."

라엘은 작게 한숨을 내쉬었다.

"뭐, 너도 당연히 남에게 말 못 할 고민이 있겠지. 그래도 잊지 마라. 네가 한숨을 쉬면 난 그 몇 배, 몇십 배로 걱정한다는 것을."

"……!"

그 말을 들은 마리의 눈동자가 흔들렸다. 아까와는 다른 의미로 가슴이 떨렸다. 왜일까? 왜 이렇게 가슴이 울컥한 걸까?

"이야기하기 곤란하면 당장 이야기하지 않아도 좋다. 다만 너무 무리하지 말도록. 언제든 나에게 기대어도 좋다."

마리는 뭐라고 대답할 말을 찾지 못하여, 그저 이렇게만 말할 수밖에 없었다.

"……감사합니다, 전하."

그녀는 이 순간 그의 품에 안겨 있어서 다행이란 생각이 들었다. 만약 그와 얼굴을 마주하고 있었으면 동요하는 마음을 단번에 들켰을 것이다.

'따뜻해.'

마리는 눈을 감았다. 자신을 감싸 안은 그의 손이, 그의 품이, 그의 마음이 모두 따뜻하다고 느껴졌다. 그래서일까? 아주 잠시만 이대로 있을 수 있으면 좋겠다는 생각이 들었다. 아무런 생각도 하지 않고 말이다.

그런 그녀의 마음을 눈치챈 것일까? 라엘은 아무런 말 없이 가만히 그녀를 보듬어주었다. 조용히 자신의 품에 안겨 있는 그녀를 보는 그의 푸른 눈동자에 얼핏 안타까움이 스쳐 지나갔다.

"마리."

"……네, 전하."

"그거 아느냐? 내가 요즘 가면을 자주 쓰지 않게 되었다는 것을."

마리는 의아한 표정을 지었다.

'그러고 보니?'

원래 황태자는 타인 앞에 나설 때 반드시 철가면을 쓰고 나섰었다. 그런데 최근에는 그녀와 함께 있을 때는 물론, 가끔씩 가면을 쓰지 않고 국정을 볼 때가 있었다.

"원래 가면을 쓴 것은 마음을 독하게 먹기 위해서였다. 내전 때 흔들리지 않기 위해 가면을 쓰기 시작했지."

마리는 그의 말에 귀를 기울였다. 처음 듣는 이야기였다.

"내전이 끝난 다음에는 가면을 쓰는 이유가 바뀌었다. 승리하기 위해서였다지만, 너무 많은 피를 흘렸지. 그래서 그에 대해 속죄하기 위해, 그 피를 잊지 않기 위해 맹세하는 마음으로 가면을 썼다."

"……."

"즉, 나 자신을 몰아붙이기 위해 가면을 쓴 것이야. 아니, 사실은 솔직히 말하면 가면을 씀으로써 죄책감에서 벗어나고 싶었던 것인지도 모르지."

라엘은 그녀에게 말했다.

"그런데 최근 들어 가면을 덜 쓰게 된 이유가 무엇인지 아는가? 모두 그대 때문이다."

마리는 아리송한 표정을 지었다.

"어째서 저 때문인 건가요?"

그는 고개를 저었다.

"나도 정확한 이유는 모르겠다."

"……?"

"그냥 그대와 함께 있으니, 마음이 이전보다 편안해서 그냥 그래서 그런 것 같다. 내 죄를 잊을 생각은 없지만, 그래도 그대 덕분에 마음은 한결 편해진 것 같아."

사실 그도 본인의 변화를 정확히는 설명하지 못했다. 그래도 한 가지 확실한 것은 있었다.

"마리, 네 덕분인 것 같다. 고맙다."

"……!"

"앞으로도 이렇게 영원히 내 곁에 있어주도록."

마리는 그 말에 입술을 깨물었다. 가슴이 파르르 떨려 입을 열기가 어려웠다. 그녀의 침묵을 거절이라 오해한 황태자가 이렇게 말했다.

"네가 싫다고 해도 상관없다. 내가 놔주지 않을 테니. 네 모든 것은 다 내 것이니."

그 말을 듣는 순간, 마리는 가슴이 두근 뛰었다. 라엘이 그녀를 똑바로 바라보았다.

"그러니 나에게서 도망갈 생각 하지 말도록. 어디로 가도 영원히 쫓아갈 테니. 알겠나?"

마리의 눈동자가 흔들렸다. 그의 눈빛이, 그녀를 향한 마음이 마리의 가슴에 와서 꽂혔다. 그녀는 한참이나 입을 다물고 있었다. 뭐라고 입을 열면 동요하는 마음을 들킬 것만 같았다.

잠시 후, 그녀는 주저하며 입을 열었다.

"전하, 한 가지만 부탁해도 되겠습니까?"

"당연히."

"제 머리를 조금만 쓰다듬어줄 수는 없으시겠습니까?"

황태자는 뜻밖의 부탁에 놀라 그녀를 바라보았다. 그녀가 자신에게 이런 부탁을 하다니? 란 표정이었다.

마리는 민망한 마음이 들어 얼굴을 붉혔다. 그녀도 자신이 갑자기 왜 이런 부탁을 한 것인지 모르겠다. 그냥 문득 그런 마음이 들었다. 그가 자신의 머리를 쓰다듬어주었으면 좋겠다고. 그러면 마음이 안정될 것 같았다.

"그…… 지난번 위조화폐 사건을 해결한 보상으로……."

당황해 변명하듯 말하던 마리는 입을 다물었다. 뭔가 이 변명이 아닌 것 같은데. 황태자도 황당한 목소리로 물었다.

"보상으로 머리를?"

"……."

마리의 머리에 순간 강아지가 떠올랐다. 착한 일 하고 쓰다듬받는 강아지.

'이, 이게 아닌데.'

그녀는 민망한 마음에 버둥거리며 그의 품에서 벗어나려고 했다. 하지만 황태자가 그녀를 놔줄 리가 없었다. 그는 오히려 힘을 주어 그녀를 확 끌어안았다.

"저, 전하?"

마리는 당황해 더욱 버둥거렸으나, 라엘은 오히려 더욱 강하게 끌어안을 뿐이었다. 그렇게 그녀를 자신의 품 안에 가둬 버린 그가 무뚝뚝한 평소의 목소리와 다르게 달콤하게 말했다.

"얼마든지."

그의 목소리가 그녀의 귀를 간지럽히듯 와 닿았다.

"이런 부탁이면 얼마든지 들어주지."

그러며 그는 그녀의 머리카락을 부드럽게 쓰다듬기 시작하였다. 마리는 라엘의 품 안에 안겨 머리를 쓰다듬는 그의 손길을 느꼈다. 그녀는 가만히 눈을 감았다. 따뜻하고 달콤한 손길이 마음에 촉촉이 와 닿았다.

그날 밤 마리는 꿈을 꾸었다. 선명한 자각몽. 그녀에게 능력을 주는 그 신비한 꿈이었다.

「자, 밑장 빼다 걸리면 어떻게 되는지 알지? 구라칠 거면 안 걸리게 잘해.」

「에헤, 말 많네. 빨리 돌리기나 하소.」

어두운 밀실이었다. 작은 등불 하나에 의존해 몇 명의 남자가 테이블에 앉아 있었다.

'카드?'

마리는 눈을 깜빡였다.

'카드 게임의 꿈인가?'

그런데 분위기가 단순한 게임이 아닌 것 같았다. 테이블 위에 섬뜩한 단도가 놓여 있었고, 각자의 앞으로 수북한 돈뭉치가 쌓여 있었다.

'저 정도 액수면 완전히 도박이잖아.'

사실 카드 게임과 도박을 나누는 기준은 굉장히 모호하다. 귀족들의 유희인 카드 게임을 할 때도 일정량의 금액을 거는 것이 보통이었기 때문이다.

하지만 그 금액이 일반적인 수준을 넘어가면, 그건 도박이 된다. 즉, 놀이를 목적으로 소량의 금액을 거는 것은 게임이지만, 정도가 심해지면 도박인 것이다.

'혹시 요하네프 3세가 운영 중인 카지노와 연관이 있는 건가?'

마리는 문득 그런 생각이 들었다. 그녀 주변에 도박과 연관된 일이라고는 그것밖에 없었다. 어쨌든 마리는 꿈속의 내용에 집중했다.

「스트레이트.」

「아, 거기서 스트레이트가 나오네. 가져가슈.」

「다음 사람?」

「다운.」

도박은 빠르게 진행되었다. 얼마 지나지 않았아 파산한 사람도 나왔고, 가운데 앉은 사람 쪽으로 돈이 쌓여갔다. 잔뜩 돈을 딴 사람이 피식 웃더니 반대 측 사람에게 말했다.

「라스베가스(Las Vegas)의 전설이라더니, '미스터(Mr.) Choi'도 별것 없네? 다 허명이었나 봐?」

하지만 전설이라 불린 남자, 'Mr. Choi'는 아무런 반응 없이 카드를 돌릴 뿐이었다. 그의 반응에 남자는 재미없다는 듯 입술을 씰룩하며 카드를 받았다. 그리고 카드를 확인한 상대는 속으로 환호를 지르며 돈을 걸었다. 굉장히 좋은 패가 들어온 듯했다.

「100만!」

그런데 그가 그렇게 호기롭게 외친 순간이었다. 'Mr. Choi'가 가만히 상대를 바라보았다. 무감정한, 그래서 섬뜩한 느낌이 드는 그 눈빛에 상대가 움찔하는 순간, 'Mr. Choi'가 말했다.

「100만 받고, 올인(All in).」

게임을 끝내는 선언이었다.

거기까지 꾼 마리는 번뜩 눈을 떴다.

"꿈…… 이구나."

창밖을 보니 아직 새벽이었다.

"도박이라니. 겜블러의 능력을 얻은 걸까?"

겜블러. 전문 도박사를 뜻한다. 그녀는 확인을 위해 숙소에 보관 중인 카드를 꺼냈다. 가끔 시녀들끼리 놀이 삼아 하는 카드였다.

'맞구나. 겜블러의 능력을 얻게 된 것이.'

카드를 게임의 형식에 맞춰 펼치는 순간 알 수 있었다. 눈앞에 놓인 3장의 오픈 카드로부터 앞으로 어떤 식의 경우의 수가 펼쳐질지 떠올랐다.

'이건 메이드 확률 14%, 이 배열은 풀 하우스 확률 9%. 이 배열에서는 그냥 죽어야…… 이건 블러핑(공갈) 찬스…….'

마치 카드 게임을 직업으로 삼은 전문가처럼 카드에 대한 모든 것이 떠올랐다.

'카드로는 누구한테도 질 것 같지가 않아.'

마리는 차오르는 자신감에 황당한 마음이 들었다. 누구에게도 질 것 같지 않다니. 살면서 이런 대단한 자신감이 드는 것은 또 처음이다.

'겜블러의 능력이라니. 그러면 요하네프 3세의 카지노에서 문제가 생기는 걸까?'

마리는 생각했다. 그것 외에는 딱히 떠오르는 것이 없었다.

'한번 확인해 봐야겠어.'

마리는 그렇게 생각하고 사자궁으로 출근할 채비를 하였다. 준비를 맞춘 후 사자궁으로 가고 있는데, 그녀는 뜻밖의 사람을 보았다.

'어, 아리엘 공녀가 왜 이 시간에 이곳에?'

마리는 의아한 표정을 지었다. 한참 앞에 있어 자세히 보이진 않지만, 굉장히 어두운 안색이었다.

'황태자를 뵈러 온 건가? 그런데 왜 이렇게 안색이 어둡지?'

마리는 고개를 갸웃했다. 그렇게 생각하며 집무실에 들어갔는데, 마리는 깜짝 놀랐다.

"전하?"

"아, 마리. 왔군."

굉장히 이른 시간이었는데 황태자가 이미 나와 있었던 것이다. 그리고 나와 있는 이들은 황태자뿐이 아니었다.

'오른 각하와 재무부 대신, 내무부 대신도?'

사실상 행정부의 실세가 모두 모여 있는 셈이었다. 한데 분위기가 모두 어두웠다.

'무슨 일이지? 아리엘 공녀 때문인가?'

마리는 그들 한편에서 창백한 얼굴의 아리엘 공녀를 바라보았다. 그녀는 평소와 다르게 마치 죄라도 지은 것처럼 고개를 푹 숙이고 있었다. 무슨 일이 일어났기에?

"그래, 공녀. 내가 잘못 들은 것은 아니겠지?"

황태자가 무거운 말투로 그녀에게 말했다.

"슐레안 대공이 어젯밤부터 행방불명이 되었다고?"

마리는 깜짝 놀라 아리엘을 바라보았다. 지금 뭐라고? 제국 최고의 대귀족인 슐레안 대공이 행방불명? 거짓이 아닌 듯 아리엘은 처연하게 고개를 끄덕였다.

"맞습니다, 전하."
"하, 이 어리석은."
황태자는 역정을 내며 말했다.
"대공가를 파산시킨 것도 모자라 도주를 했다고?"
뭐? 파산? 제국 최고의 거부인 슐레안 대공가가? 마리는 순간 자신이 잘못 들었나 했다. 하지만 아니었다. 아리엘 공녀가 눈물을 흘리기 시작한 것이다.
"끄윽, 끅. 죄, 죄송합니다, 전하. 모두 저희의 잘못입니다."
"하!"
황태자는 재무부 대신을 바라보았다.
"슐레안 대공가 말고 또 피해를 본 가문은 어딘가?"
"파산에 이를 정도로 큰 피해를 본 곳은 레돈 가문과 케이원 가문, 그리고 야니스 가문입니다."
마리는 눈을 크게 떴다. 방금 재무부 대신이 이야기한 가문은 모두 제국 경제의 한 축을 지탱하는 거부들이었다. 그런 가문들이 갑자기 도산했다고?
'전혀 그런 징후가 없었는데? 어째서 파산한 거지?'
순간 마리의 머릿속에 얼마 전 슐레안 대공가에서 만났던 요하네프 3세의 모습이 떠올랐다.
'설마?'
섬뜩한 불안감이 등줄기에 꽂힐 때, 황태자가 말했다.
"이게 모두 카탈락 백작의 짓이라고?"
역시나 카탈락 백작, 아니, 요하네프 3세의 소행이었던 것이다. 마리는 정신이 아찔했다.
'이게 바로 요하네프 3세가 말한 두 번째 재앙이었구나.'
슐레안 대공가를 비롯한 경제 거부들의 몰락! 위조화폐 사건 때와는 비교도 안 되는 충격을 주는 재앙이었다.

'그런데 도대체 어떤 수로? 그들 가문을 한번에 파산하게 한 거지?'

아무리 요하네프 3세가 신출귀몰한 귀계를 가지고 있어도 이해가 안 되는 일이었다. 산더미 같은 부를 가진 그들 가문을 어떻게 몰락시켰단 말인가?

그때 내무부 대신이 감정이 격해져 외쳤다.

"이런 짓을 저지르다니! 당장 카탈락 백작을 잡아와 재산을 몰수해야 합니다!"

"어떻게? 무슨 명목으로 말인가?"

황태자가 반문했다.

"카탈락 백작은 적법하게 카지노를 운영했을 뿐이야. 그런 백작에게 푼돈을 잃은 것에 분노해 비밀 도박을 하자고 부추긴 것은 슐레안 대공이고. 그리고 거기서 끝나면 됐을 텐데, 파산에 이를 정도로 자제하지 못하고 거듭 비밀 도박을 요청한 것도 슐레안 대공이야."

황태자는 이번엔 아리엘 공녀에게 물었다.

"내가 조사한 바가 틀렸나, 공녀?"

"네. 네, 맞습니다, 전하. 저희 부녀가 악마에 씌었는지. 정말 죄송합니다."

거기까지 들은 마리는 어떻게 된 상황인지 모두 파악했다.

'맙소사. 카탈락 백작과의 도박으로 모든 재산을 날린 거라고? 그 산더미 같은 재산을?'

마리는 머리가 하얘졌다. 요하네프 3세가 왜 카드 게임 사업을 운영한 것인지 의아했는데, 이런 꿍꿍이가 있었던 것이다.

'카지노가 문제가 아니었어. 카지노는 미끼에 불과할 뿐. 실제로는 카지노를 빌미로 저런 대어를 낚아 파산시키려는 거였던 거야!'

마리는 꿈에서 꾼 '겜블러'의 마음이 되어 생각했다.

'요하네프 3세는 은밀히 슐레안 대공에게 접근했을 거야. 그러며 어떨 때는 잃어주고, 어떨 때는 조금 따기도 하면서 조금씩 조금씩 도박 중독에 빠뜨렸겠지. 마치 악마가 유혹하는 것처럼 조금씩. 그러며 점점 판을 키워 나중에는 모든 재산을 도박으로 날리게 한 게 분명해.'

순간 마리의 머릿속에 요하네프 3세의 비릿한 미소가 떠오르며 등줄기에 서늘한 느낌이 들었다. 마리가 방금 생각한 것은 마귀(도박 사기꾼)들의 일반적인 수작이었다.

그때 오른이 물었다.

"슐레안 대공가를 비롯한 각 가문의 피해는 어떻게 처리하시겠습니까?"

그 물음에 장내가 침묵에 잠겼다. 쉬운 문제가 아니었다. 왜냐하면 도박의 길로 유혹한 것은 카탈락 백작이지만, 실제로 비밀 도박에 빠져 돈을 잃은 것은 슐레안 대공을 비롯한 제국의 귀족들이 자처한 것이었기 때문이다. 따라서 카탈락 백작에게 죄를 묻기가 힘들었다.

"그냥 체포하고, 목을 벤 후 재산을 몰수하는 것은 어떻겠습니까?"

내무부 대신이 거친 목소리로 말했다. 치안을 담당하는 내무부의 대신답게 그는 다혈질의 성격을 가지고 있었다. 하지만 재무부 대신이 난색을 표했다.

"카탈락 백작은 독일의 귀족이지 우리 동제국의 귀족이 아닙니다. 그렇게 했다가는 외교 문제가 생길 것입니다. 최악의 경우 신성 로마제국과 전쟁이 일어날 수도 있습니다. 그리고 한자동맹과도 완전히 척을 지게 될 텐데, 그건 우리 동제국으로서도 큰 부담입니다."

내무부 대신이 답답한 표정으로 말했다.

"그렇다고 저들 가문들이 도산하게 놔둘 수도 없지 않소? 슐레안 대공가를 비롯한 가문이 모두 파산하면 제국에 얼마나 큰 혼란이 올지 모르오?"

그의 말이 맞았다. 다른 가문이면 모르겠지만 저들 가문은 모두 상계에 큰 영향을 끼치는 가문들이어서, 저들의 파산은 단순히 각자의 피해에 머물지 않고 제국 전체에 미칠 것이다. 그리고 그 피해는 고스란히 제국과 제국민에게로 쏟아질 게 분명했다.

"……."

황태자는 잔뜩 심기가 불편한 표정으로 고뇌에 잠겼다. 카탈락 백작의 재산을 몰수할 수는 없다. 그렇다고 그냥 이대로 놔두면 제국에 얼마나 큰 피해가 올지 몰랐다. 곤란하기 그지없는 상황. 해결할 방법도 없었다.

"저들 가문이 카탈락 백작에게 갚아야 할 채무가 총 얼마이지?"

"1억 2천 327만 페나입니다."

"……!"

말도 안 되는 금액에 모두가 충격에 빠졌다. 얼마 전 위조화폐 사건 때 고작 172만 페나로 곤경에 빠졌는데, 50배가 훌쩍 넘는 금액이었다.

"아니, 네 가문의 재산이 그렇게나 많았다고? 네 가문을 모두 판다고 해도 저 금액을 충당할 수 있나?"

"아마 반도 못 갚을 것입니다."

"이러다 상단은 물론, 네 가문의 영지까지 모조리 카탈락 백작에게 넘어가겠군. 그래도 한참 모자라겠어."

황태자는 기가 막힌다는 듯 말했다. 옆에서 듣는 마리도 기가 막히긴 마찬가지였다. 도대체 어떻게 도박을 했길래 저런 막대한 빚을 지게 되었단 말인가?

얼마 전 위조화폐 사건 때 172만 페나도 부담되는 액수였건만, 그것과도 아예 비교도 되지 않는 규모였다. 네 가문의 전 재산, 상단은 물론 광산, 영지를 포함해 모든 것을 깡그리 팔아 치워도 반이나 갚을까 의문.

그야말로 나라의 기둥이 흔들릴 만한 금액이었다.

"알겠다. 일단 물러가도록. 간단히 결정한 문제가 아니군. 모두 해결책을 강구해 보도록."

황태자는 고개를 저었다. 화가 들끓었지만 간신히 참는 듯했다. 모두가 그의 눈치를 보며 조심히 나갔고, 집무실에는 그와 마리만이 남게 되었다.

"하아, 이 어리석은 것들 같으니. 도박에 빠져도 그렇게 빠지다니."

황태자는 철가면을 벗으며 탄식했다. 이런 일을 염려하며 카지노 운영에 여러 제한을 두었건만, 결국 최악의 사달이 난 것이다.

"마리, 무슨 좋은 생각이 있느냐?"

황태자의 물음에 마리는 입을 다물었다.

'이번 일은 어떤 방법을 써도 해결하기 어려워. 카탈락 백작의 재산을 몰수할 수도 없고, 네 가문의 피해를 두고 볼 수도 없으니까. 외통수나 다름없는 상황이야.'

마리는 이런 일을 해낸 요하네프 3세에게 섬뜩한 두려움을 느꼈다. 도대체 그는 악마의 화신이라도 된단 말인가?

'이번 일을 아무런 피해 없이 해결할 방법은 그것밖에 없어.'

마리는 굳은 얼굴로 생각했다.

'똑같이 도박으로 응수하는 것! 요하네프 3세에게 도전해 저들 가문이 잃은 돈을 되찾으면 돼.'

도박으로 잃은 돈을 도박으로 되찾는다. 올바른 방법은 아니지만, 이것 외에는 지금 상황을 문제없이 해결할 방법이 없었다. 물론 도박으로 1억 페나를 따는 건 불가능에 가까운 일이다. 하지만 꿈속에서 전설의 도박사의 능력이라면 가능했다. 다만 문제점이 있었다. 만에 하나 패할 경우, 그녀는 큰 위험을 감수해야 한다.

'만약 내가 패하면 요하네프 3세는 패배의 대가로 감당 못 할 요구를

할 거야.'

마리는 입술을 깨물었다.

'그런 위험을 감수하면서까지 내가 나서야 할까?'

문득 그런 마음이 들었다. 이번 일은 오로지 슐레안 대공을 비롯한 여러 귀족이 도박에 빠진 탓이었다. 책임을 져도 그들이 져야지, 꼭 그녀가 이런 위험까지 감수할 필요는 없었다.

하지만 그 순간, 그녀의 눈에 황태자의 모습이 들어왔다. 어떻게든 백성들에게 피해를 주지 않기 위해 고뇌하는 모습을 본 마리는 주먹을 움켜쥐었다.

'그를 도와주고 싶어.'

그래, 그에게 도움을 주고 싶었다. 그리고 요하네프 3세의 악의 때문에 많은 사람이 고통받는 모습을 보고 싶지 않았다. 마음을 정한 마리는 굳게 생각했다.

'꼭 잘해 내자. 할 수 있어.'

밤이 되었다. 달이 높게 떠오르고 사위가 조용해졌을 때, 마리는 숙소에서 몸을 일으켜 조용히 황궁을 벗어났다. 마리는 정문을 이용하지 않고 하급 시녀들 사이에 알려진 조그만 개구멍을 통해 몰래 빠져나왔다.

'정문으로 나오면 내 출궁 사실이 전하께 알려지니까.'

황태자가 알면 막을 테니 눈을 피해야 했다. 마리는 미리 준비해 둔 마차를 타고 목적지로 향했다. 그리고 밤길을 한참이나 달린 후에야 마차가 멈추어 섰다.

"도착했습니다."

“네.”

마리는 굳은 표정으로 마차에서 내렸다. 싸늘한 밤바람이 그녀의 머릿결을 어지럽혔고, 그녀의 눈동자에 커다란 저택이 들어왔다. 바로 카탈락 백작, 아니, 요하네프 3세의 저택이었다. 그녀는 준비해 온 가면을 얼굴에 쓰고 저택에 들어갔다. 문지기가 앞을 가로막자 초청장을 보여 주었다. 이전에 카탈락 백작이 카지노를 홍보하기 위해 수도의 귀족들에게 보냈던 초청장이었다.

“환영합니다. 안내해 드리겠습니다.”

문지기는 그녀가 쓴 가면을 힐끗 보고 안내했다. 문지기를 따라가니 곧 반짝이는 샹들리에와 흥겨운 음악 소리, 수많은 사람이 뒤엉켜 있는 연회 홀이 모습을 드러냈다.

‘이곳이 바로 카지노.’

마리는 가면 아래로 인상을 찌푸렸다. 카탈락 백작의 카지노에 입장할 때는 남녀 모두 가면을 쓰는 것이 원칙이었다. 서로 신분에 구애받지 않고 편안하게 게임하라는 이유였는데, 모두 화려한 옷을 입은 채 가면을 쓰고 있으니 퇴폐적인 분위기가 짙게 흘렀다.

“무엇을 도와드릴까요, 레이디?”

카지노의 운영을 담당하고 있던 저택의 집사 로이스가 웃으며 그녀를 반겼다.

“저기 저 카드 게임은 어떻습니까? 아름다운 레이디가 하시기에 가볍게 즐길 만한 것이 많습니다.”

마리는 로이스를 바라보며 단도직입적으로 말했다.

“비밀 도박을 하러 왔어요.”

비밀 도박이란 말에 집사 로이스가 순간 움찔했다. 하지만 그는 티를 내지 않고 부드럽게 말했다.

“네? 비밀 도박이라니 그게 무슨 말씀이신지요?”

"이곳 카지노에 카탈락 백작님이 직접 게임에 참가하는 비밀 도박이 열린다고 들었어요. 저는 그 비밀 도박을 하러 온 것이에요."

비밀 도박. 바로 요하네프 3세가 직접 참여하는 은밀한 도박판으로, 슐레안 대공을 비롯한 네 가문은 모두 이 비밀 도박에 빠져서 파산했다. 상대가 정확히 알고 왔음을 깨달은 로이스는 곤란한 목소리로 말했다.

"비밀 도박은 최고의 VVIP가 아니면 참가가 불가합니다, 레이디."

"VVIP의 조건은 무엇이죠?"

"최소 50만 페나 이상의 재산을 가지고 있거나, 카탈락 백작님이 인정할 만한 카드 게임 실력을 가지고 있어야 합니다."

어마어마한 조건이었다. 비밀 도박에 참여하려면 50만 페나 이상의 재산을 소유해야 한다니. 수도 전체를 통틀어도 자격이 되는 사람이 많지 않을 것이다. 하지만 마리는 선선히 고개를 끄덕였다.

"50만 페나나 카드 게임 실력이라. 알았어요."

"네, 그러니 저기 간단한 카드 게임을 하시는 게……."

"지금 바로 입증해 보이죠."

"네?"

마리는 당황한 표정의 로이스를 뒤로한 채 게임 테이블에 가서 앉았다. 작은 소녀가 테이블에 앉자 가면을 쓰고 게임을 즐기던 이들이 놀란 표정을 지었다.

"카드 게임을 하기에는 조금 어린 것 같은데?"

"용돈으로 온 건가? 용돈 다 잃으면 집에서 혼나지 않아?"

"뭐, 돈 다 잃으면 이야기하라고. 이 몸이 도와줄 테니. 물론 공짜는 아닌 것 알지?"

옆에 앉은 이들이 짓궂게 말하며 킥킥거렸다. 가면을 썼기 때문인지, 주고받는 말이 거침이 없었다. 마리는 별다른 반응 없이 테이블 위에 카드를 집어 들었다.

"바로 시작하시죠."

"그래, 살살 해줄 테니 겁먹고 도망가지 말라고."

그렇게 카드 게임이 시작되었다. 상대들은 작은 소녀인 마리를 얕잡아 보며 생각했다.

'한 번에 많이 따서 놀라 도망가게 하지 말고, 살살 따기 시작해 완전히 다 잃게 해주어야겠구나. 멋모르는 꼬마는 혼내 주어야지.'

그들은 횡재한 표정으로 게임을 했다.

하지만 즐거운 기분도 잠시.

"스트레이트. 가지고 있는 돈 주시지."

"죄송해요. 제가 이겼네요. 플러시예요."

"뭐? 자, 잠깐."

"다음 판. 풀 하우스예요."

"마, 말도 안 돼!"

몇 판 가지도 않아 그들은 가지고 있는 돈을 몽땅 잃어버렸다. 마리의 신출귀몰한 솜씨에 완전히 휘말려 버린 것이다. 상대들은 귀신에 홀린 표정으로 거덜 난 자신의 주머니를 바라보았다. 주변에서 구경하던 사람들이 놀라 탄성을 뱉었다.

"대단한데?"

"누구지? 처음 보는 레이디인데 저런 실력을?"

"저와도 한판 해보시죠, 레이디!"

호승심을 느낀 사람들이 마리에게 도전장을 내밀었지만, 결과는 마찬가지였다. 압도적인 실력 차에 모두 가지고 온 돈을 잃어버렸다. 그런 일을 몇 번 반복하자, 그녀의 앞에 돈이 수북이 쌓이게 되었다.

"무슨 실력이 저렇게?"

"도대체 누구지, 저 레이디는?"

사람들은 놀란 표정으로 마리를 바라보았다. 가면 아래로 감정을 읽을 수 없는 포커페이스를 한 소녀는 마치 전설의 도귀(賭鬼)가 강림한 듯했다. 더는 아무도 감히 그녀에게 도전하지 못했다.

그때였다. 높은 박수 소리가 연회 홀에 울렸다.

"하하! 이거 대단한 손님이 오셨군요."

연회 홀에 연결된 계단으로 사람 좋은 인상의 미남이 손뼉을 치며 내려오고 있었다.

저택의 주인인 카탈락 백작, 아니, 요하네프 3세였다.

"귀한 손님이 온 줄도 모르고 있었군요. 미리 연락이라도 주시지 그러셨습니까. 그러면 입구까지 가서 직접 에스코트해 드렸을 텐데."

요하네프 3세는 기사가 레이디에게 하듯 그녀의 손등에 입을 맞추었다. 그리고 의미심장한 목소리로 말했다.

"그나저나 정말 대단하군요. 카드에도 정통하다니. 도대체 당신의 능력의 끝은 어디까지인지 모르겠군요."

그 말을 들은 마리는 가면을 쓰고 있음에도 그가 자신의 정체를 단박에 눈치챘음을 깨달았다. 인적이 없는 곳에 그녀를 이끈 요한은 남들이 듣지 못하게 목소리를 낮추며 말했다.

"그래, 저를 보러 오셨다고요, 왕녀? 무슨 이야기를 하러 오신 겁니까?"

"폐하와 이야기를 나누러 온 것은 아니에요."

마리는 가만히 그를 바라보며 말했다.

"폐하께 도전하러 왔어요."

"……!"

"설마 제 도전을 피하진 않으시겠죠?"

그녀의 도발적인 말에 요하네프 3세의 미소가 짙어졌다.

"하하! 당신은 도대체. 어찌도 날 이렇게 자극하는지. 그거 아십니까? 제가 밤마다 당신을 그리워하며 얼마나 잠 못 드는지. 당신을 생각하는 마음으로 쓴 시가 몇 편인지 모를 지경입니다."

"……."

"진짜입니다. 그런 황당한 표정 짓지 마시고. 저 생각보다 소심해서 상처 입습니다. 어쨌든 비밀 도박을 원하신다고 했죠?"

마리는 고개를 끄덕였다. 요한은 묘한 표정으로 말했다.

"그런데 저와 결판을 보기 위해 오신 것 같은데, 그 몇천 페나 가지고는 턱없이 부족할 것 같은데요. 제가 이래 봬도 재산이 꽤 많아서요."

아무리 그녀가 발군의 카드 실력을 가지고 있다고 해도, 이 정도의 돈으로는 승부를 걸 수가 없었다. 마리가 뭐라고 입을 열기 전, 요한이 무슨 생각이 났는지 턱을 쓰다듬었다.

"흐음. 그렇다고 겁도 없이 스스로 걸어 들어온 당신을 그냥 놔주긴 싫고. 차라리 잘된 것인지도 모르겠군요. 우리 이렇게 합시다."

"……?"

"전 1억 2천 327만 페나를 걸겠습니다. 슐레안 대공가를 비롯한 네 가문이 저에게 진 빚의 금액과 딱 맞죠. 대신 당신은!"

요한은 짙게 미소를 지었다.

"당신 자신을 거십시오. 만약 지면 당신은 이제 온전히 제 것이 되는 것입니다. 어떻습니까?"

"……!"

마리의 눈동자가 흔들렸다. 애초에 이곳에 오려고 다짐할 때부터 요하네프 3세가 이런 조건을 걸 거라고 예상했다. 그래서 처음에 망설였던 것이고. 미리 각오하고 있었어도 직접 귀로 들으니 긴장이 되었다. 하지만 마리는 이를 악물었다.

'괜찮아. 이기면 돼. 난 지지 않아. 전하와 나를 위해 무조건 이기겠어.'

그렇게 다짐한 마리는 굳은 표정으로 말했다.

"그건 공정하지 못한 것 같군요."

"……공정하지 못하다?"

"제 가치가 고작 1억 2천 327만 페나밖에 되지 않나요? 지금까지 저를 그렇게밖에 생각하지 않고 있었던 건가요?"

그녀의 말에 요한은 허를 찔린 듯 눈을 동그랗게 떴다. 하지만 그것도 잠시, 그는 손바닥을 얼굴을 가리며 크게 웃음을 터뜨렸다.

"아하하! 맞습니다! 제가 큰 실례를 하였습니다. 당신의 가치는 고작 1억 페나에 불과한 것이 아니죠!"

마리는 딱딱한 목소리로 말했다.

"내가 이긴다면 1억 2천 327만 페나는 물론, 이곳에 가지고 온 모든 것을 넘기고 영원히 동제국을 떠나세요."

"크큭, 좋습니다. 오히려 제가 이득인 거래 같군요. 고작 그런 헐값에 당신을 가질 수 있게 되다니."

요한은 섬뜩하게 눈을 빛내며 말했다.

"알고 있겠지만, 이런 베팅은 사실 진다면 아무런 의미가 없습니다. 승자가 모든 것을 갖게 되는 거죠."

"……."

"어쨌든 오늘은 기쁜 날입니다. 그토록 갈망하던 당신을 가지게 되다니!"

마리는 쓸데없는 이야기는 그만하라는 듯, 그의 말을 잘랐다.

"바로 시작하시죠."

"큭큭, 좋습니다."

그는 광대처럼 과장된 동작으로 그녀에게 손을 내밀었다.

"따라오십시오. 운명을 건 승부를 하기엔 이런 시장통은 어울리지 않으니. 좋은 곳이 있습니다."

그는 섬뜩하게 웃었다.

"당신의 새로운 운명이 시작되기에 부족함이 없는 곳입니다."

요한이 그녀를 이끈 곳은 VVIP 전용 게임장이었다.

'이곳이 바로 그 소문의 비밀 도박 장소.'

마리는 속으로 생각했다.

비밀 도박은 밖의 카지노 게임장과 달랐다. 오로지 최고의 고객들을 대상으로 요한이 직접 상대했는데, 오가는 금액이 상상을 초월했다.

'슐레안 대공을 비롯한 네 가문은 모두 이 비밀 도박에 빠져 파산했다고 했지.'

카드 한 판으로 수만, 수십만 페나를 버는 쾌락을 알게 되면 결코 도박을 끊을 수 없게 된다. 나락으로 떨어져 가는 중에도 중독에서 벗어나지 못하게 되는 것이다.

"도착했습니다. 운명의 승부를 벌일 장소로 제법 그럴싸하지 않습니까?"

요한의 말에 마리는 주변을 훑어보았다. 확실히 VVIP 전용답게 화려하다 못해 아름답기까지 한 공간이었다. 최고급을 넘어 예술의 수준으로 꾸며진 인테리어는 안에 머무는 사람의 격을 높여 주는 듯했다. 하지만 이 화려함이야말로 사람을 나락으로 이끄는 눈속임임을 알고 있는 마리는 현혹되지 않았다. 그저 차갑게 주변을 둘러보는데, 의외의 광경을 발견했다.

"우리 둘만 게임하는 것이 아닌가요?"

마리와 요한 말고도 몇몇 인물이 더 있었다. 모두 가면을 쓴 채 흥미롭게 그녀를 바라보고 있었다.

"아아. 승부는 우리 둘이 할 것입니다. 저들은 참관자입니다."

"참관자요?"
"한 판, 한 판에 수만 페나 이상이 오가는 게임이니 보는 것만으로도 짜릿한 재미가 있어서요."
그는 그녀의 귓가에 살짝 속삭였다.
"그리고 도박에 자신의 모든 것을 잃고 몰락해 괴로워하는 모습을 보는 것도 굉장히 짜릿하죠. 그래서 은근히 참관하고 싶어 하는 분이 많습니다."
그 말을 들은 마리는 혐오감에 미간을 찌푸렸다. 타인의 불행을 보고 즐기다니. 그게 인간이 할 짓이란 말인가?
'도대체 누가 그런 악취미를 가지고 참관하는 거지?'
마리는 참관자들을 살폈다. 하지만 모두 가면을 쓰고 있어 정체를 알 수가 없었다. 다만 딱 한 명. 어딘지 모르게 익숙한 느낌을 주는 인물이 한 명 있었다. 찬란한 금발의 남자였는데, 얼굴 전체를 가리는 무면(無面)의 가면을 쓰고 있었다. 얼굴을 전혀 볼 수가 없었는데도 실루엣만으로도 익숙한 느낌이 들었다.
'누구지? 내가 아는 사람인가?'
그때, 요한이 참관자들에게 말했다.
"오래 기다리셨습니다, 여러분. 오늘은 이 저와 여기 아리따운 레이디가 승부를 벌일 예정입니다."
"승부의 조건은 무엇입니까?"
누군가의 물음에 요한은 짙게 웃음을 지었다.
"자신의 모든 것입니다."
"그게 무슨 말이오?"
"전 이번 승부에 제 전 재산을 걸 것입니다."
그 말에 참관하던 모든 이가 술렁였다. 모두 카탈락 백작이 얼마나 큰 부자인지 알고 있었다. 그런데 전 재산을 건다고?

"자신의 모든 것을 거는 것은 여기 레이디도 마찬가지입니다. 패배 시 제 여인이 되기로 하였거든요."

"……!"

그러며 요한은 천천히 말을 이었다.

"저는 제게 충분히 유리한 조건이라 생각합니다. 제가 세상에서 가장 소중하게 생각하는 이 레이디를 제 것으로 만들 수만 있다면야 전 재산 정도야 얼마든지 걸 수 있죠."

"그래도 그렇게 큰 재산을……."

이해할 수 없다는 기색의 참관자들을 보며 요한은 싱긋 웃음을 지었다.

"제가 원래 로맨티시스트입니다."

그 말에 참관자들은 웃음을 지으며 박수쳤다.

"그래, 알겠소! 굉장히 재미있는 게임이 되겠군. 바로 시작하시오!"

자신의 전 재산을 건 백작과 자신의 운명을 건 소녀. 재밌는 승부가 나올 것이 분명해 참관자들은 기대가 가득한 표정을 지었다.

다만 참관자 중에 남몰래 인상을 찌푸리고 있는 이가 있었다. 바로 처음 마리가 익숙함을 느꼈던 인물이다. 믿을 수 없게도 그 인물의 정체는 황태자 라엘이었다.

'저 소녀는 누구지?'

그는 비밀 도박 현황을 파악하기 위해 남몰래 참관자로 잠입했다. 그런데 카탈락 백작이 가면을 쓴 소녀를 데리고 오더니, 도박에서 이기면 자신의 소유로 만들겠다고 선언한 것이다. 소녀는 얼굴의 대부분을 가리는 가면을 쓰고 있어서 정체를 알아볼 수가 없었다. 하지만 왜 이렇게 익숙한 느낌이 든단 말인가? 그것도 그가 자신의 목숨보다도 소중하게 여기는 소녀의 느낌이 계속해서 들었다.

'설마……?'

그가 혼란스러워하는 사이 게임이 시작되었다. 종목은 포헨. 훗날 포커라 불리는 게임으로 중국의 당나라, 혹은 인도에서 기원했다고 알려져 있다. 유럽에서는 약 11세기경부터 여러 가지 형태로 유행하기 시작했다.

"룰은 간단합니다. 각자 앞에 있는 칩을 똑같이 100만 페나라 가정하고, 먼저 다 잃는 사람이 패배하는 것입니다. 아, 로티플이 뜨면 베팅액의 10배를 가져가는 예외 룰도 두고요. 어떻습니까?"

로티플. 로열 스트레이트 플러시의 줄임말. 포헨 최강의 패로 649,740분의 1의 확률이기에 일평생 한 번도 만나 보기 어려운 패다.

"속임수는요?"

요한은 뭘 그런 걸 묻느냐는 듯 답했다.

"들키면 패배, 안 들키면 승리 아니겠습니까? 속이는 것도 실력이죠."

마리는 고개를 끄덕였다. 요하네프 3세는 양손으로 카드를 스르륵 셔플링하였다.

"드디어 당신이 제 품 안에 들어온다고 생각하니, 가슴이 두근거려 손이 떨리는군요."

"그럴 일 없어요. 어차피 이 승부를 이기는 것은 제가 될 테니까요."

"과연 그럴까요?"

요한은 테이블에 한 손으로 좌악 카드를 펼쳤다. 그러며 웃음기가 없어진 목소리로 말했다.

"저도 질 생각은 전혀 없는데 말이지요?"

그 순간, 마리는 본능적인 직감을 느꼈다.

'요하네프 3세의 실력은 나보다 결코 하수가 아니야!'

그건 '겜블러'로서의 육감이었다. 갑자기 서늘한 긴장감이 등줄기로 스쳐 지나갔다. 이렇게 되면 승부는 누가 이길지 모른다.

"자, 시작하시죠."

마리는 자신의 패를 보고 칩 하나를 내밀었다.

"1만 페나 걸겠어요."

요한은 자신의 카드를 보고 어깨를 으쓱하더니 말했다.

"패가 안 좋군요. 다운."

짧은 시간 안에 수없는 공방이 이루어졌다. 겜블러의 능력을 받은 마리는 말할 것도 없고, 요한도 굉장히 신중했다. 입가에는 싱글싱글 가벼운 미소가 걸려 있었지만, 마치 웅크린 뱀과도 같았다.

'어떻게 이런 실력을 가지고 있는 거지?'

마리는 속으로 생각했다. 공방이 오갈수록 쉽지 않다는 느낌이 들었다. 분명 자신의 능력은 전설의 겜블러의 것이었지만, 요한도 전혀 뒤지는 느낌이 아니었다.

"제가 어릴 때부터 이런 종류의 놀이를 좋아했습니다."

요한의 미소가 짙어졌다.

"남들을 파멸시킬 수 있는 놀이라면 가리지 않고 모두 좋아했죠."

그들은 치열하게 공방을 주고받았다. 함정을 파고, 그 함정을 역으로 이용하며, 몇 수 앞을 내다보는 수 싸움이 이어졌다. 하수는 상상도 할 수 없는 경지의 싸움이었다.

"오오! 정말 대단하군요. 카탈락 백작님과 비등한 실력이라니."

"그러게 말입니다. 최근 본 이 중 가장 뛰어난 실력이군요."

"저러다 카탈락 백작님이 지시는 것은 아니겠지요?"

누군가의 물음에 다른 참관자가 피식 웃었다.

"그럴 리 있겠습니까? 아무리 저 소녀의 실력이 뛰어나도 카탈락 백작을 넘지는 못 하겠죠. 그 증거로 보십시오."

"……?"

"카탈락 백작의 얼굴에는 여전히 여유가 가득하지 않습니까? 반면 저 소녀는 어딘지 쫓기고 있지요. 저것만 봐도 누구의 실력이 우세한

지는 명확하지 않습니까?"

그 말을 들은 참관자들은 고개를 끄덕였다. 그들이 느끼는 바도 같았다.

"그러면 저 소녀는 이제 카탈락 백작님의 소유가 되는 건가요?"

"흐흐. 백작님은 오늘 뜨거운 밤을 보내겠군요."

참관자들은 가련한 소녀의 운명에 시커먼 웃음을 지었다. 다른 이가 몰락하는 것을 보는 것은 그들에게 참을 수 없는 짜릿함을 주었다.

그때였다. 낮은 목소리가 그들 사이로 파고들었다.

"닥쳐라."

"……뭐?"

"닥치라고. 그 더러운 입."

"……!"

옆에서 들려온 갑작스러운 욕설에 참관자들은 버럭 화를 내려고 했다. 하지만 욕설의 주인, 무면 가면을 쓴 금발 청년의 눈빛을 마주한 순간 그들은 아무런 말도 할 수 없었다. 마치 당장에라도 그들의 목을 베어버릴 것 같은 서늘한 살기가 푸른 눈동자에서 흘러나오고 있었다. 라엘은 속으로 이를 갈았다.

'빌어먹을. 뭐가 어쩌고 어째? 이번 일만 끝나면 다들 정체를 알아내 가만두지 않겠다.'

그는 굳은 눈빛으로 카탈락 백작과 승부를 겨루는 소녀를 바라보았다. 계속해서 드는 익숙한 느낌. 라엘은 주먹을 움켜쥐었다.

'마리, 정말로 너인 것이냐?'

얼굴을 가리고 있기에 확실히 알 수는 없었다. 하지만 계속해서 의심이 들었다. 저 소녀가 마리가 아닐까 하고.

'이 승부를 지면 뭐라고? 저 빌어먹을 놈의 여인이 된다고? 누구 마음대로?'

마리일지도 모르는 소녀가 도박에 지면 카탈락 백작의 소유가 될 수도 있다는 사실에 터질 것 같은 분노가 차올랐다. 마리가 맞는지도 모르는데도 이렇게 터질 것 같은 기분인데, 실제로 저 소녀가 마리가 맞는다면 어떤 기분이 들지 상상도 되지 않았다.

'더구나 게임 상황이 유리하지도 않아.'

라엘이 보기에 소녀보다는 백작이 반 끝 정도 앞서는 실력을 가지고 있었다. 이대로 게임이 흘러가면 저 소녀의 필패였다.

'게임에 졌는데, 정말로 저 소녀가 마리라면? 그때는?'

라엘은 입술을 질끈 깨물었다. 상상도 하기 싫은 일이었다. 그가 판을 엎어버릴까 고민하고 있을 때, 게임의 승패를 가릴 거대한 승부가 벌어졌다.

"올인(All in)입니다."

요한이 돌연 자신의 전 재산을 베팅한 것이다! 모두가 침을 꿀꺽 삼켰다. 마리의 손끝이 희미하게 떨렸다.

'올인이라고? 지금 상황에서?'

그녀는 자신의 패를 바라보았다.

'난 지금 풀 하우스야. 그걸 모르지 않을 텐데. 어떻게 올인을?'

풀 하우스! 1649,740(0.0001%) 확률의 로열 스트레이트 플러시나 14,195 (0.02%) 확률의 포카드를 제외하면 사실상 최고의 패! 그 풀 하우스를 상대로 자신의 전 재산을 베팅하다니?

'도대체?'

마리의 등줄기에 식은땀이 흘렀다.

그녀는 요하네프 3세를 바라보았다. 여전히 미소를 머금고 있는 그의 얼굴에서는 아무런 것도 읽을 수가 없었다. 마리는 갑자기 그의 모습이 크게 느껴졌다. 마치 고양이 앞에 선 쥐가 된 섬뜩함이 엄습했다. 이번 판만 이기면 이 도박은 그녀의 승리였다. 하지만 도저히 이길 수 있을 것 같지가 않았다.

'정신 차려, 마리. 네 패는 풀 하우스야. 일반적으로 나올 수 있는 패 중 가장 강한 패라고. 풀 하우스를 들고 지는 경우는 거의 존재하지 않아.'

그녀는 요하네프 3세가 공개한 카드를 확인했다.

4 5 6 6.

4장의 카드. 4부터 6까지 이어져 있고, 이건 연속된 숫자로 만들어지는 스트레이트를 뜻한다.

'스트레이트를 가지고 공갈을 치는 걸까? 내가 지레 겁먹고 도망치게?'

그럴 수도 있었다. 요한은 심리전의 귀재이니까.

하지만 아니라면? 그가 들고 있는 패가 스트레이트가 아니라 더 강력한 패라면?

'저 배열에서 나올 수 있는 더 강력한 패는?'

마리의 눈에 6, 6이라는 같은 숫자의 카드가 들어왔다. 저 6, 6의 숫자 조합에서 나올 수 있는 최강의 조합은 과연? 그녀는 침을 꿀꺽 삼켰다.

'풀 하우스야. 요하네프 3세도 풀 하우스를 들고 있는 것이 분명해!'

풀 하우스 대 풀 하우스! 최강의 패가 격돌하게 된 것이다! 밤새 게임을 하면 한 번 나올까 말까 한 대격돌이었다. 하지만 그 순간, 그녀는 속으로 안도의 한숨을 내쉬었다.

'풀 하우스면 됐어. 내 승리야.'

같은 풀 하우스라도 서로 간의 우위가 있다. 그녀가 들고 있는 것은 A(에이스) 풀 하우스. 풀 하우스 중에서 가장 강한 풀 하우스였다. 반면 요한이 들고 있는 것으로 추정되는 것은 6 풀 하우스. 둘이 충돌한다면 그녀의 필승이었다.

"올인, 받겠어요!"

마리도 자신의 돈 전부를 테이블 앞으로 밀었다. 그녀가 가지고 있던 돈이 조금 많았기에 베팅을 끝내자 고작 9만 페나 정도 남았지만, 상관없었다. 어차피 그녀의 승리였으니까.

'끝났어. 내 승리야.'

마리는 속으로 한숨을 내쉬었다. 그때, 요한이 웃음을 머금고 말했다.

"카드 공개하시죠."

"네, A(에이스) 풀 하우스예요!"

마리가 공개한 패를 보고 참관인들은 놀란 표정을 지었다. 풀 하우스끼리의 격돌인지는 짐작하고 있었지만, 설마 최강이라는 에이스 풀 하우스인지는 짐작 못 했다.

'이러면 저 소녀의 승리인가?'

'카탈락 백작이 패했다고?'

그들은 반신반의한 표정을 지었다. 여기까지만 보면 저 소녀의 승리지만, 왜인지 카탈락 백작이 질 것 같지가 않았다. 한편 라엘도 그들과 같은 심정이었다. 계속 불길한 느낌이 들었다. 그때, 마리가 강한 목소리로 말했다.

"이걸로 끝이에요. 약속하신 내용은 그대로 이행해 줄 거라고 믿어요."

"흐음. 물론 약속은 지켜야죠."

요한은 당연하다는 듯 고개를 끄덕였다. 그런데 갑자기 그의 미소가 짙어졌다. 섬뜩한 느낌을 주는 그 미소에 마리가 의아한 표정을 짓는 순간, 요한이 말했다.

"그런데 약속은 제가 아니라 당신께서 지키셔야겠군요."

"그게 무슨?"

요한의 손이 뒤집히며 카드가 공개되었다. 그리고 나타난 카드의 정체는.

'포 카드(Four card)?!'

마리의 얼굴이 시체처럼 새파래졌다. 요한의 패는 풀 하우스가 아니라, 14,195의 확률의 포 카드였던 것이다.

'마, 말도 안 돼. 어떻게 거기서 포 카드가?'

마리의 손끝이 떨렸다. 믿을 수 없게도 그녀의 패배였다! 요한이 테이블 위에 쌓인 칩을 모조리 자신 쪽으로 끌어당겼다.

"이걸로 승부는 얼추 끝난 것 같군요. 이제부터는 해보나 마나일 것 같은데, 어떻게 하시겠습니까? 저는 자비로운지라 기권도 받아주겠습니다."

사람의 마음을 자극하는 유들유들한 목소리. 하지만 방금 전의 충격에서 벗어나지 못한 마리는 아무런 대꾸도 하지 못했다.

'어떻게 거기서 풀 하우스가 아니라 포 카드가? 어떻게 그럴 수가 있는 거지?'

물론 불가능한 일은 아니었다. 아무리 적은 확률이라도 0%가 아닌 한 일어날 수는 있는 법이었으니까.

'하지만 하필 그때, 그 낮은 확률을 뚫고? 기다렸다는 듯이?'

마리의 얼굴이 얼음처럼 굳었다. 겜블러로서의 능력이 한 가지 사실을 직감했다.

'이건…… 속임수야! 속임수를 쓴 게 분명해!'

마리는 차가운 목소리로 물었다.

"무슨 방법을 쓰신 거죠?"

"네, 무슨 말씀이신지?"

요하네프 3세는 천연덕스럽게 말했다.

"전 그저 게임을 했을 뿐인데요? 절 어여삐 여기시는 누군가가 축복을 내려 주었나 보죠."

마리는 입술을 깨물었다. 속임수를 쓴 것이 분명했다. 하지만 이 자리에서 추궁한다고 해도 말할 리가 없었다.

'아직 안 끝났어. 절대 지지 않을 거야.'

마리는 굳게 마음을 먹었다. 그녀의 다짐을 눈치챈 듯 요하네프 3세가 조롱하듯 말했다.

"호오, 계속하시겠습니까? 저야 즐거운 시간이 늘어나 좋지만, 어차피 승산이 있을지……."

"그건 해봐야 아는 거겠죠. 카드 돌려주세요."

완전히 동요를 가라앉힌 그녀의 목소리에 요한은 웃음을 터뜨렸다.

"하하! 알겠습니다. 다시 시작하죠."

한편 그 모습을 보며, 황태자는 주먹을 움켜쥐었다.

'마리!'

이젠 확실히 깨달았다. 저 소녀는 마리가 분명했다.

'당장 나서야.'

황태자는 도박을 당장 중지시키려고 하였다. 이런 도박 따위로 그녀를 걸다니. 말도 안 되는 일이었다. 절대 용납할 수 없었다. 그런데 라엘이 정체를 드러내며 나서려는 때였다. 그는 자신도 모르게 멈칫했다. 강하게 타오르는 마리의 눈빛을 보았기 때문이다.

'마리?'

그는 지금껏 마리의 저런 눈빛을 여러 번 본 적이 있다. 어려운 문제를 마주했을 때마다 보여 주던 눈빛이었다. 그리고 그는 알고 있었다. 그녀가 저런 눈빛을 하였을 때마다 항상 기적이 일어났다는 것을.

"……."

황태자는 잠시 고민하였다. 이성적으로 생각하면 도박을 멈춰야 했다. 이대로 진행하면 마리의 필패였다. 물론 그렇다고 그녀를 저놈에게 넘길 생각은 추호도 없었지만, 빌미를 주는 것만으로도 끔찍하게 싫었다. 하지만 그녀를 아끼는 만큼 그녀를 믿고 있었기에 주저되었다. 저렇게 의지를 불태우고 있는데 막는 것이 맞는 걸까? 결국, 라엘은 조금만 더 지켜보자 생각했다.

'그래도 안전장치는 해야겠지.'

그렇게 생각한 황태자는 자신의 뒤에서 말없이 참관하고 있던 알몬드를 불러 은밀히 명을 내렸다. 알몬드는 살짝 놀란 표정을 지었다가 고개를 끄덕였다.

"알겠습니다. 바로 수행하겠습니다."

알몬드가 떠난 후, 황태자는 팔짱을 꼈다. 마리를 믿는 마음에 조금 더 지켜보기로 했지만, 이런 위험한 도박에 스스로 나섰다는 점은 마음에 들지 않았다. 아니, 솔직히 말하면 가슴이 들끓을 정도로 화가 났다.

'마리. 이기든 지든 큰 벌을 받을 각오를 해라.'

그러는 사이 승부는 계속해서 진행되었다. 가지고 있는 돈이 20배나 넘게 차이가 났지만, 그녀는 한 치도 물러서지 않았다. 정확한 계산과 판단으로 조금씩 승리를 쌓아 갔고, 10여 번의 게임이 끝났을 때에는 9만 페나가 20만 페나로 불어나 있었다.

"호오, 정말 대단하군요. 그런 상황에서 20만 페나까지 불리다니."

"……."

"물론 그래도 안 되는 것 아시죠?"

선전하고 있지만, 아직도 칩의 차이가 180만 페나나 났다. 마리는 대답 없이 카드를 섞었다. 이번엔 그녀가 카드를 나누어줄 차례였다. 마리는 심상치 않은 표정으로 입술을 지그시 깨물었고, 카드를 한 장씩 자신과 그의 앞에 번갈아 놓았다. 그리고 본인의 카드 내용을 확인한 요하네프 3세는 눈에 이채를 띠었다.

'호오?'

그렇게 마지막 게임이 시작되었다.

'스트레이트 플러시?'

요한은 속으로 눈을 크게 떴다.

'이런 행운이?'

그는 자신의 카드를 바라보았다.

클로버(♣) 3 4 5 6 7.

연속된 숫자 5개, 그것도 동일한 클로버 문양이었다. 포 카드보다 나오기 힘들다는 스트레이트 플러시였다! 로열 스트레이트 플러시 바로 다음의 가장 높은 카드. 방금 포 카드보다도 높은 패였다.

'살면서 수없이 카드 게임을 해봤지만, 스트레이트 플러시가 나오는 것은 처음이군.'

방금 나왔던 포 카드는 그가 속임수를 쓴 결과였다. 아무도 모르게 슬쩍 카드를 바꿔치기해 인위적으로 포 카드를 만들었다. 그런데 이번엔 그런 속임수도 없이 1108,290의 확률의 스트레이트 플러시가 나오다니?

'이걸로 끝이군. 내 승리야. 좋군. 아주 좋아.'

속으로 웃음을 짓는 순간이었다. 그는 한 가지 떠오른 생각에 흠칫했다.

'설마 이게 속임수는 아니겠지?'

갑자기 그 천고의 확률의 스트레이트 플러시가 나오다니. 의심할 만했다. 하지만 그는 마주 앉은 소녀를 바라보고 고개를 저었다. 저 착한 소녀가 속임수라니. 어울리지 않았다.

'모리나 왕녀라면 정정당당하게 겨루다 산화할 스타일이지, 아무리 궁지에 몰려도 남을 속일 스타일은 아니야.'

무엇보다 그의 눈에 걸린 것이 없었다. 그는 카드 속임수의 달인으로, 그의 눈을 피해 속임수를 쓰는 것은 불가능했다.

'카드를 섞으며 즉석으로 원하는 패를 만들어 내는 기술이면 모를까.'

요한이 떠올린 기술은 전문 도박사들 사이에서 전설처럼 내려오는 속임수였다. 정확히 말하면 속임수라기보다는 마술 같은 손기술. 카드를 손으로 섞는 순간, 원하는 패의 배열을 만들어 내는 것이다. 그게 실제로 가능한 기술인지는 모른다. 카드 게임을 하며 온갖 종류의 속임수를 자유자재로 사용하는 요한이었지만, 그 기술만큼은 불가능했다.

'어쨌든 좋아. 아주 좋아.'

"5만 추가로 가겠습니다. 베팅하시죠."

그런데 그 순간, 뜻밖의 대답이 돌아왔다.

"올인(All In)! 남은 돈 모두 걸겠어요."

"……!"

요한의 눈이 크게 떠졌다.

'뭐라고? 올인이라고? 정말로?'

그는 마리를 바라보았다. 자신보다는 못해도 정상급의 실력을 가진 그녀다. 그러니 자신의 카드가 최강의 패인 스트레이트 플러시인 것을 짐작하고 있을 텐데, 올인이라고?

"정말입니까? 다시 생각하지 않으셔도 되겠습니까?"

"네, 올인하겠어요."

한 치의 흔들림도 없는 목소리. 요한은 혼란에 빠졌다.

'뭐지? 설마 로열 스트레이트 플러시라고?'

그의 패는 스트레이트 플러시다. 포커에서 스트레이트 플러시를 이길 수 있는 것은 단 하나. 로열 스트레이트 플러시뿐.

'말도 안 돼. 그럴 리가 있나? 스트레이트 플러시와 로열 스트레이트

플러시가 동시에 나왔다고?'

스트레이트 플러시의 확률은 0.0009%이다. 로열 스트레이트 플러시의 확률은 그보다 더 낮은 0.0001%. 그런데 그 극악한 확률의 패가 서로의 손에 동시에 나온다? 그게 가능하다고?

'아니야. 그럴 리가 없어. 그럴 리가 없잖아.'

하지만 요한은 선뜻 그녀의 공격을 받지 못했다. 만약 그가 실력 없는 하수였으면 이런 고민 없이 곧바로 응수했을 것이다. 그녀의 손에 로열 스트레이트 플러시가 있을 확률은 0에 가까우니까. 하지만 그가 모든 상황을 다 고려하는 고수란 점이 고민을 더 하게 했다.

'아니야. 분명 아닐 거야. 하지만 만약 정말로 로열 스트레이트 플러시라면?'

로열 스트레이트 플러시면 그의 패배다. 이번 판만 지는 것이 아니라, 완전히 게임 자체를 지는 것이다. 로열 스트레이트 플러시에 패배시 10배의 배당금을 물어주기로 예외 룰을 적용했으니까.

'젠장. 도대체 뭐지?'

요한이 입술을 깨물 때였다. 요한과 마리의 눈이 정면으로 마주쳤다.

"……!"

그녀의 눈을 본 요한은 모든 것을 깨달았다.

'공갈이야! 로열 스트레이트 플러시일 리가 없지.'

마리의 눈동자 깊숙한 곳에는 희미한 불안감이 감돌고 있었다. 만약 로열 스트레이트 플러시면 저런 불안감이 있을 리가 없다. 그녀는 지금 공갈을 치고 있는 것이 분명했다. 결론을 내린 요한은 크게 웃으며 카드를 오픈했다.

"하하! 제 승리입니다. 스트레이트 플러시입니다!"

"……!"

그의 카드를 본 참관자들이 역시 하는 표정을 지었다. 카탈락 백작이 도박에서 질 리가 없는 것이다.

“이번에도 카탈락 백작님의 승리군요. 그래도 참 명승부였습니다.”

“그러면 도박의 조건대로 이제 저 소녀는 카탈락 백작의 소유가 된 건가요?”

참관자들은 그의 승리를 확신하고 떠들었다. 그때 가만히 있던 무면 가면의 청년, 황태자가 입을 열었다.

“시끄럽군. 아직 승부는 끝나지 않았다.”

“뭐라고? 스트레이트 플러시가 나왔는데 승부가 끝나지 않았다고?”

참관자들은 모두 비웃었다. 라엘은 짧게 답했다.

“그건 저 소녀의 카드를 확인해 보면 알겠지.”

그 말에 요한은 웃음을 터뜨렸다.

“하하, 맞습니다. 아직은 게임이 끝난 게 아니지요. 이제 보여 주시지요. 저도 아주 궁금합니다.”

그때, 마리가 한숨을 내쉬었다. 그 한숨을 들은 요한은 순간 흠칫했다. 마리의 한숨이 절망보다는 일이 끝났다는 안도를 담고 있었기 때문이다.

‘뭐지? 설마?’

그의 눈이 커지는 순간, 그녀가 패를 오픈했다.

하트(♥) A K Q J 10.

“…….”

요한은 자신도 모르게 들고 있던 카드를 떨어뜨렸다. 저게 지금? 마리가 진이 다 빠진 목소리로 말했다.

“로열 스트레이트 플러시예요.”

“……말도 안 돼.”

요한은 멍한 표정으로 중얼거렸다. 그는 믿을 수 없다는 듯 몇 번이고 그녀의 카드를 바라보았다. 하지만 아무리 봐도 로열 스트레이트 플러시가 맞았다. 즉, 그의 패배였다.

"제 승리예요. 인정하시나요?"

마리는 확인하기 위해 물었다. 요한은 힘없이 고개를 끄덕였다.

"그렇죠. 그렇죠. 제가 진 거죠. 하지만…… 하지만 어떻게 이런 일이?"

도저히 믿을 수 없다는 듯 중얼거리던 그의 머리에 한 가지 생각이 번뜩 떠올랐다.

'설마? 모리나 왕녀도 속임수를?'

만약 그녀가 전설의 카드 섞기 기술을 사용했다면? 그 기술이라면 이런 상황을 만들 수 있었다.

"한 가지만 묻죠. 도대체 무슨 수를 쓴 것입니까?"

마리는 고개를 저었다.

"아무런 수도 쓰지 않았어요."

"걱정하지 마십시오. 패배를 번복하지는 않을 테니. 그냥 궁금해서 그렇습니다. 알려 주십시오."

"정말로 아무런 수도 쓰지 않았어요."

흔들림 없는 목소리. 그 목소리에는 일말의 거짓도 섞여 있지 않았다.

"……!"

요한은 믿을 수 없다는 표정을 지었다.

'정말로? 그냥 그런 확률이 나온 거라고?'

마리는 지친 한숨을 내쉬었다.

"저도 저 하늘에서 누군가 도와주셨나 봐요. 불쌍하게 악당에게 안 끌려가게요."

요한은 그녀의 말에 잠시 침묵했다. 도저히 믿을 수 없다는 눈치였다. 그 순간이었다. 한기가 뚝뚝 떨어지는 목소리가 그들 사이로 떨어졌다.

"그만. 거기까지. 이젠 끝이다."

무면 가면을 쓴 금발 청년이었다. 마리는 익숙한 목소리와 말투에 흠칫 놀랐다.

'설마?'

그가 가면을 벗자 마리는 심장이 떨어질 듯이 놀랐다. 그림같이 아름다운 외모. 황태자 라엘이었던 것이다.

'저, 전하?'

그녀는 침을 꿀꺽 삼켰다. 어쩐지 익숙한 느낌이다 했는데 황태자였던 것이다. 그의 얼굴을 알아본 것은 마리뿐이 아니었다. 가면을 쓴 참관자 중에서도 당연히 황태자의 얼굴을 알아본 이들이 있었다. 그들은 경기를 일으키듯 놀란 표정을 지었다.

"저, 전하?! 어, 어찌 이런 곳에……!"

"허억?! 황태자 전하라고?!"

그들은 화들짝 무릎을 꿇으며 몸을 엎드렸다. 이런 비도덕적인 도박에 참관한 것도 모자라, 황태자에게 무례까지 범했다. 화가 난 라엘이 그들에게 벌을 내려도 할 말이 없었다. 라엘은 벌레 보듯 그들을 바라보았다.

"가면을 쓰고 있다 해서 내가 그대들이 누군지 모를 것이라 생각하는 것은 아니겠지?"

"죄, 죄송합니다. 용서를……!"

"제발 목숨만……!"

그들은 엎드린 채 벌벌 떨었다. 저 피의 황태자라면 자신들에게 큰 벌을 내리고도 남았다. 황태자는 경멸이 담긴 목소리로 말했다.

"당장 꺼져라. 더 눈앞에 보이면 목을 쳐 버릴 것 같으니까."

그들은 화들짝 도망갔다.

"쓰레기 같은 놈들."

황태자는 혀를 찼다. 그는 이번엔 엉거주춤 서 있는 마리를 바라보았다.

"마리."

"……네, 전하."

"네가 한 잘못은 알고 있겠지?"

"……네."

마리는 고개를 숙였다.

"누가 이런 위험한 일을 허락했지?"

"……죄송합니다."

"물론 네가 어떤 의도로 도박에 나선지는 안다. 하지만 이런 위험한 일에 나서는 것은 결단코 용납할 수 없다. 당장 황궁으로 돌아가도록. 이번 일에 대한 벌은 따로 내리겠다."

마리는 그의 눈치를 보다가 주춤주춤 자리에서 물러났다. 이번엔 카탈락 백작, 아니, 요하네프 3세의 차례였다. 황태자는 다른 이들을 볼 때와는 비교도 안 되는 차가운 눈빛으로 요하네프 3세를 바라보았다.

"카탈락 백작. 내기의 내용은 들었다. 네 가문의 채무 변제는 물론, 네가 가져온 재산을 모두 놔두고 제국을 떠나기로 했지?"

"네, 맞습니다."

요하네프 3세는 고개를 끄덕였다.

"네놈과 길게 이야기하고 싶지 않군. 떠나라! 지금 당장."

"알겠습니다. 약속은 약속이니. 그대로 지켜야죠."

요한은 과연 서제국의 황제답게 라엘의 눈빛에도 전혀 주눅이 들지 않았다. 오히려 특유의 유들유들한 말투로 말했다.

"그런데 지금 당장은 너무 매정한 것 아닙니까? 이왕 온 것 동제국 관광 좀 하다가 가고 싶은데. 몇 달만 유예를 주시죠."

"몇 달? 단 하루도 줄 수 없다. 지금 당장 떠나라."

요한은 어쩔 수 없다는 듯 어깨를 으쓱했다.
“알겠습니다. 어쩔 수 없군요. 지금 당장 떠나도록 하죠. 다만.”
요한은 아직 장내를 벗어나지 않고 상황을 살피던 마리에게 말했다.
“온 힐데른!”
“……!”
“1억 페나든, 2억 페나든 돈을 잃은 것은 하나도 안 아까운데. 당신을 얻지 못한 것은 가슴이 찢어지는군요.”
그는 정말로 슬픈 표정으로 말했다.
“제 상사병은 해결될 길이 없나 봅니다. 오늘 밤도, 내일 밤도, 계속해서 앞으로 영원히 당신 때문에 고통받을 운명인가 봐요.”
“…….”
“하지만 안심하지 마십시오. 상사병에 괴로워하던 제가 언제 당신의 꿈속에 나타나 납치를 시도할지도 모르니.”
마리는 이런 와중에도 저런 말을 하는 요한을 보며 질린 표정을 지었고, 황태자는 진심으로 버럭 화를 내었다.
“꺼져라! 당장!”
요한은 이크 하는 표정을 짓고는 집사 로이스에게 말했다.
“바로 떠나야겠군. 빈털터리로 쫓겨나는 거니, 짐을 챙길 게 없어서 차라리 다행이라고 해야 하나?”
“……네, 백작님.”
로이스는 한숨을 삼키며 고개를 끄덕였다. 설마 이렇게 쫄딱 망해서 쫓겨나게 되다니. 단 한 번도 생각하지 못한 일이다.
“가자.”
그렇게 요한이 로이스와 함께 밀실에서 나와 연회홀로 내려갔을 때였다. 그들은 놀란 표정을 지었다.
“……!”

카지노 손님들로 시끌벅적하던 연회홀이 텅 비어 있었다. 마치 누가 쫓아내기라도 한 것처럼. 얼굴을 굳히며 밖에 나오니 더욱 더 놀라운 광경이 펼쳐졌다.

"……!"

저택을 포위하고 있는 무수히 많은 군마. 당장에라도 전투를 치르려는 듯 완전 무장한 기사들이었다.

"이건?"

일부러 가린 것인지, 소속을 구분할 문장(紋章)은 보이지 않았지만, 요한은 저들이 황실 근위 기사단인 것을 곧바로 눈치챘다. 기사단을 이끄는 알몬드 자작이 뒤따라 나온 황태자를 향해 다가갔다. 그의 곁에는 소식을 듣고 달려온 오른도 있었다. 그런 그들의 모습을 보며 요한은 고개를 절레절레 저었다.

"이런이런. 애초에 힐데른이 내기에서 지면 절 무사히 돌려보낼 생각이 없었군요."

황태자가 당연하다는 듯 답했다.

"마리만큼은 절대로 양보할 수 없으니까."

"크큭. 그렇군요."

실소한 요한이 무겁게 물었다.

"그런데 절 죽이면 후환을 감당할 자신은 있으셨던 것입니까? 한자동맹이 가만히 있지 않았을 텐데요? 아무리 제국이라도 한자동맹과 척을 지면 여러모로 피로하지 않습니까?"

그 물음에 황태자는 가만히 그의 얼굴을 바라보았다.

"북부 최대의 상인 집단인 한자동맹과 척을 지면 아무래도 피로하겠지. 하지만 서제국과 척을 지는 것은 신경 쓸 필요가 없어."

"네?"

난데없는 이야기에 요한의 얼굴이 딱딱하게 굳었다.

"어차피 우리와 서제국은 적국이니까. 그렇지 않은가, 요하네프 3세?"

"……!"

카탈락 백작, 아니, 요하네프 3세의 표정은 이전과 비교할 수 없을 정도로 딱딱하게 굳었다. 황태자 라엘은 마치 알고 있는 사실을 확인하듯 다시 한번 물었다.

"내 말이 틀렸나, 요하네프 3세?"

"……."

찰나의 순간 요하네프 3세의 낯빛이 변했다. 초조한 빛을 띠었다가, 종국에는 차분한 빛으로 돌아왔다. 요하네프 3세는 피식 웃으며 말했다.

"이런. 한 방 먹었군요. 어떻게 안 겁니까?"

"원래부터 의심하긴 했었다. 하지만 확신은 못 했지. 내가 아는 서제국의 황제와 카탈락 백작은 전혀 다른 용모였으니까. 분위기가 비슷해도 둘을 같은 인물로 엮는 것은 무리였지."

"……."

"하지만 이번에 게임하는 모습을 보면서 확신이 들었다. 저런 음흉한 모습을 보일 수 있는 건 네놈 말고는 없으니까."

황태자는 차갑게 말했다.

"그리고 네놈이 요하네프 3세가 아니면 이런 일들을 저지를 이유가 없지."

그 말에 요한은 웃음을 터뜨렸다. 멋진 추측이었다. 완전히 그가 한 방 먹은 것이다.

"크큭, 그렇군요. 그러면 저를 어떻게 하실 것입니까? 설마 죽이려는 것은 아니시죠?"

완전히 여유를 찾은 요한은 빙글 웃으며 물었다. 황태자는 물끄러미 요한의 얼굴을 바라보았다.

"고민 중이다."

"……!"

"물론 죽이는 것은 무리겠지. 네놈을 죽이면 당장 서제국과 전쟁이 일어날 테니까. 하지만."

스릉.

황태자는 검을 꺼내 요하네프 3세의 목에 겨누었다. 금방이라도 목을 벨 것 같은 싸늘한 살기에 요하네프 3세의 표정이 굳었다.

"네놈이 마리한테 하는 것을 보니, 그냥 죽여 버리는 게 낫지 않을까 하는 생각이 계속해서 드는군."

주륵.

칼날이 목에 파고들며 피가 흘러나오기 시작했다. 황태자는 지금 진심이었다. 그는 정말로 요한을 죽일지 말지 고민하고 있었다. 둘 사이에 숨이 막힐 듯한 침묵이 내려앉았다. 황태자는 칼을 겨눈 채 무표정한 얼굴로 요한을 바라보았고, 요한은 딱딱하게 굳은 눈빛으로 그 시선을 마주했다. 그렇게 둘 사이에 긴장감이 터질 듯 고조될 때, 황태자가 검을 움직여 요한의 얼굴을 향해 정면으로 찔렀다.

파앗!

"폐하!"

뒤에서 보고 있던 로이스가 경악해 외쳤다. 알몬드와 재상 오른도 황태자가 정말로 검을 내지르자 눈을 크게 떴다. 그리고 요한을 향해 정면으로 쇄도하던 검은 요한의 뺨을 아슬아슬하게 스쳐 지나가며 옆의 기둥에 꽂혔다.

"……."

요한은 자신의 뺨을 스쳐 간 검날을 곁눈으로 바라보았다. 마지막 순간, 황태자가 손목을 비틀지 않았다면 그는 죽었다.

"요하네프 3세. 이건 경고다. 이번엔 그냥 놔주겠지만, 만약 우리 동제국에 또다시 수작을 부리려 한다면. 특히, 마리의 손끝 하나라도 건드리려 한다면."

라엘은 차갑게 선언했다.

"그때는 내가 직접 너희 서제국으로 가서 네 목을 베겠다."

폐부를 찌를 듯한 살기에 요하네프 3세는 아무런 대답도 할 수 없었다.

"알아들었으면 당장 꺼져라."

요한은 입술을 비틀어 올리곤 몸을 돌렸다. 수행원 로이스가 그의 뒤를 따랐다. 그렇게 요하네프 3세가 사라지자, 오른이 황태자에게 다가왔다. 오른은 점차 멀어지는 요하네프 3세의 뒷모습을 바라보며 물었다.

"그냥 죽이는 게 낫지 않았습니까?"

"요하네프 3세를 말인가?"

"네. 경고한다고 해서 우리 동제국을 향한 수작을 멈추지 않을 겁니다."

황태자도 그 말에 동의했다.

"저 간악한 놈이 마수를 뻗는 것을 멈출 리가 없지."

"그렇다면 어째서?"

"나라고 저 요하네프 3세를 살려 두고 싶은 것은 아니야. 하지만 지금 우리 동제국은 전쟁을 할 수 있는 상황이 아니다."

라엘은 한숨을 내쉬었다.

"원래 우리 동제국은 서제국을 압도하는 국력을 가지고 있지. 하지만 지금은 이야기가 다르다."

그건 바로 제국을 피로 물들였던 황자들 간의 내전 때문이다.

"내전 당시 사망한 병사의 숫자만 40만 명이야. 우리 동제국 상비군의 숫자가 20만 명 정도인 것을 생각하면 어마어마한 희생이지. 아직 우리 동제국은 당시의 피해를 다 복구하지 못했어."

그러며 황태자는 자신의 생각을 말했다.

"앞으로 최소 3년. 3년의 시간이 필요하다. 그 안에 제국 내 피해를 복구하면 이제 우리는 서제국의 눈치를 볼 필요가 없어진다."

황태자의 말이 옳았다. 국력을 회복하기만 하면 동제국의 힘은 서제국의 힘을 압도한다. 그때는 저 요하네프 3세도 감히 이런 수작을 벌이지 못할 것이다.

'이런 정세에서 가장 중요한 것은 클로얀 지방이야.'

오른은 속으로 생각했다. 서제국과의 관계가 악화할수록 클로얀 지방의 지정학적 가치는 올라간다. 만약 클로얀이 서제국의 영향권으로 넘어가면 동제국에게는 악몽 같은 일이 되리라.

'결국, 가장 중요한 것은 모리나 왕녀의 행방.'

클로얀 왕국민들은 아직도 모리나 왕녀를 그리워하고 있다. 그녀를 그리워하며 전 왕조를 향한 향수를 잊지 못하고 있었다.

'마리.'

오른은 저택 안쪽을 향해 고개를 돌렸다. 그의 시선이 향한 곳 끝에는 한 소녀가 있었다. 오른의 눈빛이 차갑게 깊어졌다. 점점 깊어만 가는 의심은 확신에 가깝게 변해갔다.

'너는 정말로 모리나 왕녀와 관련이 없는 거냐?'

오른은 속으로 자신의 생각을 내뱉었다.

'아니면, 네가 모리나 왕녀인 것은 아니냐?'

마리가 알면 가슴이 덜컥 내려앉을 생각. 결국, 오른도 진실에 근접한 것이다. 물론 아직 증거는 없었다. 하지만 파고 들어갈수록 마리와 모리나 왕녀가 동일 인물이 아닐까 하는 의심을 떨치기 어려웠다.

'만약 마리가 모리나 왕녀면 전하는 어떤 결정을 내릴 것인가?'

오른은 무겁게 생각했다. 황태자는 모리나 왕녀를 죽여 클로얀 왕국의 분란의 씨앗을 없앨 생각이었다. 최근 들어 극도로 악화한 클로얀의 상황을 생각하면 그게 가장 올바른 선택이었다. 하지만 저렇게나 소중하게 여기는 마리가 모리나 왕녀라면? 과연 그는 어떤 선택을 할 것인가? 오른은 그의 의중을 짐작하기 위해 고개를 돌렸다.

그런데 속을 짐작할 수 없는 라엘의 얼굴을 본 순간, 오른은 갑자기 한 가지 의문이 들었다.

'그러고 보니 전하께서는 왜 마리를 의심하지 않지?'

오른의 등줄기에 한기가 스쳐 지나갔다. 그러고 보니 어째서? 왜 전하는 아무런 의심도 하지 않는 거지?

'너무나 아껴서? 아니야, 그럴 리가 없잖아.'

아무리 사랑에 빠졌다고 해도 눈이 멀 황태자가 아니었다. 일개 시녀라기엔 너무나 뛰어난 그녀의 모습에 의구심을 품는 것이 당연한 일일 텐데? 그러고 보니 오른은 황태자가 마리에 대해 의구심을 표한 적이 단 한 번도 없다는 것을 떠올렸다. 어떻게 그럴 수가 있는 거지? 일부러 눈을 감지 않는 한 이게 자연스러운 일인가?

'어째서지?'

오른은 침을 꿀꺽 삼켰다.

'설마…… 전하께서는?'

그때, 추방을 명령받은 요하네프 3세와 로이스는 한참을 말을 타고 달리다 어느 언덕에 멈추어 섰다.

"하아, 조금 쉬었다가 가지. 내가 원래 조금 체력이 약해서."

"괜찮으십니까?"

"괜찮긴 한데. 이거 꼴이 말이 아니군. 제대로 해본 것도 없이 이렇게 쫓겨나 버리다니. 라키한테 엄청 혼나겠어."

인형술사 라키. 요하네프 3세의 측근으로 서제국의 재상이자 책략가였다.

"라키 님이 확실히 한마디 할 것 같기는 합니다."

"그렇겠지?"

"네, 계획한 대로 이루어진 게 하나도 없으니까요."

부하의 냉정한 평가에 요하네프 3세는 좌절한 표정을 지었다.

"으아, 나도 이렇게 될 거라고는 상상도 못 했어. 동제국을 위해 선물을 4개나 준비했는데, 뭐 제대로 풀어 보기도 전에 모리나 왕녀가 다 해결해 버렸으니."

요하네프 3세는 악당처럼 잔뜩 치명적인 음모를 준비해 왔는데, 제대로 진행하기도 전에 전부 가로막혀 버린 것이다. 마약 밀수, 위조 화폐, 사기도박…… 원래대로라면 하나하나가 동제국을 뒤흔들 음모였으나 모리나 왕녀 때문에 채 봉오리를 피워 보지도 못 했다.

"폐하의 책임도 어느 정도 있지 않습니까? 그때 하셨던 내기만 아니었으면 모리나 왕녀도 곧바로 음모를 눈치채지는 못 했을 겁니다."

로이스의 지적이 옳았다. 확실히 요한이 힌트만 주지 않았어도 이렇게까지 쉽게 계략이 막히지는 않았을 것이다.

"그건 그렇긴 하지만 내기를 빌미로라도 그녀를 가지고 싶었다고."

"그래도 그때 내기는 폐하가 잘못하신 것 같습니다."

로이스는 냉정하게 말했다.

"으아, 몰라. 어쨌든 이건 내가 잘못한 게 아니라 모리나 왕녀가 너무 뛰어난 탓이라고."

요하네프 3세는 삼류 악당이라도 된 것처럼 중얼거렸다.

"오늘의 수모는 반드시 갚아주마, 모리나 왕녀. 꼭 내 것으로 만들어 이 수모를 갚아주겠어. 오늘은 실패했지만, 절대 포기하지 않아."

요하네프다운 말에 로이스는 혀를 찼다. 어쩌면 저렇게 황제로서의 위엄이 없는지.

그런데 그때였다. 요한의 표정이 갑작스럽게 굳었다. 그의 안색이 창백해지며 식은땀이 흐르기 시작했다.

"폐하?!"

'발작'이 일어났음을 깨달은 로이스가 놀라 그를 불렀다. 요하네프 3세는 잠시 가슴을 부여잡고 신음을 삼켰다. 다행히 금세 가라앉았는지 그는 고개를 젓고는 씨익 웃었다.

"오랜만의 발작이군. 약을 잔뜩 먹고 있으니 당분간 괜찮을 줄 알았는데."

로이스가 안타까운 시선으로 그를 바라보았다. 요한은 가벼운 말투로 말했다.

"그렇게 보지 말라고. 발작이 일어난 것이 하루 이틀 일도 아니고. 이건 어쩔 수 없는 일이야."

"폐하……."

로이스는 한숨을 삼켰다. 그는 요하네프 3세가 지병에 대해 더 이야기하고 싶어 하지 않는 것을 깨닫고 화제를 돌렸다.

"그러면 이제 어떻게 하시겠습니까? 제 생각에는 바로 서제국으로 돌아가시는 것이 좋을 것 같습니다."

그러며 로이스는 말했다.

"이제 우리가 굳이 더 동제국에 남아 있을 필요는 없으니까요."

묘한 의미의 말이었다.

"어차피 마지막 계략은 준비를 다 끝내 놓아 우리가 동제국에 남아 있을 필요는 없습니다."

요하네프 3세도 가벼운 표정을 지우고 특유의 섬뜩한 표정으로 돌아왔다.

"그래, 지금까지의 일들은 가벼운 인사 정도였지. 진짜 재앙은 바로 이번 것이니까."

로이스도 요한의 말에 동의했다.

"네, 동제국 수도는 큰 혼란에 빠질 겁니다. 그런데 괜찮으시겠습니까?"

"뭐가?"

"만약 이번 일이 폐하가 꾸민 일이라는 게 밝혀지면 사가(史家)들은 폐하를 역사에 다시없을 악마로 기록할지도 모릅니다."

요하네프 3세는 피식 웃었다.

"안 들키면 되지. 증거도 없는데 알 게 뭐야?"

"하긴……."

"그리고 내가 조금 욕먹더라도 '계획'이 성공해 우리 서제국의 후손들이 조금 더 행복해진다면, 그걸로 가치 있는 일이 아닌가? 이러니저러니 해도 나도 나름 군주니까 말이야."

로이스는 고개를 끄덕였다. 적들에게는 음흉한 음모가로 손가락질당하는 요하네프 3세였지만, 서제국 백성들은 그를 명군이라 부르며 칭송한다.

'결국, 폐하의 계획도 궁극적으로는 서제국의 백성들을 위한 일.'

로이스는 문득 궁금한 점이 생겨 물었다.

"폐하."

"응, 말해봐."

"폐하의 계획은 오로지 서제국의 백성들을 위한 것입니까?"

요한은 대답했다.

"서제국의 백성들을 위한 것이기도 하지."

묘한 의미의 답.

"그 말씀의 뜻은?"

"백성들을 위한 것이기도 하지만, 내 개인적인 야망도 섞여 있지. 당연한 것 아닌가?"

요하네프 3세는 씨익 웃으며 솔직히 말했다.

"죽기 전 내 개인적 야망도 이루고, 그로 인해 서제국 백성들의 삶도 좋아지고. 뭐, 그런 거지."

로이스는 고개를 끄덕였다. 요하네프 3세다운 답이었다. 로이스는 안타까운 마음이 들었다. 요하네프 3세에게 남은 시간을 떠올린 탓이다. 지병을 앓고 있는 그에게 남은 시간은 많지 않았다. 그렇기에 이렇게 무리해서까지 일을 진행하는 것이다. 자신이 죽기 전 모든 일을 마무리 짓기 위해서.

'현재의 의술로는 손댈 수조차 없는 병.'

명의 중의 명의인 서제국의 어의는 요하네프 3세의 지병을 밝혀냈다. 하지만 차라리 모르는 게 나았다. 이 시대의 의술로는 손댈 수 없는 병이기 때문이다.

'시대를 뛰어넘는 천고의 명의라도 나온다면 모를까.'

로이스는 순간 떠오른 생각에 속으로 고소를 지었다. 물론 그런 명의가 세상에 존재할 리가 없었다. 요하네프 3세의 병을 치료할 수 있는 이는 세상에 아무도 없을 거다.

그때, 요하네프 3세가 말했다.

"어쨌든 다행이야. 여기 일은 망쳤지만, 우리 유능한 재상님은 계획을 착실히 진행하고 있으니까."

"네, 결국 중요한 것은 클로얀 지방의 일이니까요."

로이스는 가만히 고개를 끄덕였다.

"마침 클로얀 지방에 여러 재난이 발생한 덕분에 크게 시간을 아낄 수 있었던 것 같습니다."

그들의 대화는 놀라운 사실을 암시했다. 최근 악화를 거듭하고 있던 클로얀 지방의 상황이 어쩌면 서제국과 연관된 것일 수도 있다는 사실을 말이다.

"그러면 이제 어떻게 하시겠습니까? 바로 동제국으로 돌아가시겠습니까?"

요하네프 3세는 고개를 저었다.

"돌아가기로 약속했으니 돌아가긴 해야겠지. 하지만 조금만 있다가 돌아가지."

"네? 어차피 마지막 계략은 이미 시작되어서 군이 있을 필요는 없지 않습니까?"

요하네프 3세는 짙은 웃음을 지었다.

"내 마음속 피앙세에게 인사라도 하고 싶군. 떨어져 있는 동안 날 잊지 않게 말이야."

Chapter 4
깨달음

제국의 경제를 뒤흔들 뻔했던 도박 사건이 큰 문제 없이 막을 내렸다. 모두 마리 덕분이었다.

"정말 감사하오, 힐데른 예작."

"우리 가문은 결단코 예작님의 은혜를 잊지 않겠습니다."

슐레안 대공가를 비롯한 네 가문의 가주들은 모두 마리에게 직접 고개를 숙이며 감사를 표했다. 그럴 수밖에 없었다. 그녀가 아니었다면 가문 전체가 거덜 날 뻔했으니까.

마리는 애매한 얼굴로 그들의 인사를 받았다. 사실 그녀는 저들 네 가문을 도와주려고 했다기보다는 저들이 몰락함으로써 생길 제국의 피해를 막기 위해 나선 것뿐이었다.

'애초에 자업자득인 면이 있으니까.'

요하네프 3세가 의도적으로 접근했다고 해도 가문이 날아갈 정도로 도박에 빠진 것은 결국 그들의 잘못이었다. 그녀 덕분에 어떻게 잘 끝났어도, 저들은 결코 해서는 안 될 일을 한 것이다. 그 생각은 황태자도 마찬가지인지 싸늘하게 말했다.

“힐데른에 대한 감사는 별개로, 너희의 잘못은 어떻게 책임질 거지?”

그들은 꿀 먹은 벙어리가 되어 아무런 말도 못 했다.

“그리고 힐데른이 카탈락 백작에게서 돈을 되찾았으니, 너희의 재산은 모두 엄밀히 말하면 힐데른 예작의 소유이다.”

“저, 전하?!”

모두가 깜짝 놀라 외쳤다. 하지만 황태자는 차갑게 말했다.

“내 말에 틀린 부분이 있나?”

“그, 그래도…….”

“동의하지 않는다면 그냥 파산하는 것도 괜찮겠군. 힐데른 예작이 꼭 그대들의 빚을 변제해 주어야 하는 것은 아니니까.”

황태자는 마리에게 말했다.

“축하한다. 전 대륙을 통틀어 가장 재산이 많은 부자가 되었군.”

마리는 어색한 표정을 지었다. 그녀는 황태자가 지금 저들에게 나름의 벌을 내리려 한다는 것을 눈치챘다.

“죄, 죄송합니다! 제발 한 번만 살려 주십시오, 전하!”

“힐데른 예작님! 제발 자비를……!”

가주들은 사색이 되어 마리와 황태자에게 매달렸다. 마리가 요한과의 도박에 승리함으로써 1억 페나 빚의 채권자는 황실, 정확히는 마리가 되었다. 만약 그녀가 빚을 변제해 주지 않는다면 저들은 동전 한 닢 남기지 못하고 파산이었다. 아무 말 없이 한참이나 차가운 분위기만 풍기던 황태자가 입을 열었다.

“지예프 광산, 스트린 광산, 스키너 상단, 지리엔 지방, 유리안 지방, 빌레드 조선소…….”

황태자의 입에서 저들 네 가문의 알짜 재산이 흘러나왔다.

“그대들의 빚을 변제해 주는 대신 저 자산은 모두 이 순간 이후부터 황실로 귀속한다. 이의 있는가?"

"……!"

가주들은 주먹을 움켜쥐었다. 받아들이기 어려운 말이었다. 하지만 그들은 곧 힘없이 어깨를 떨구었다. 어찌 거부하겠는가? 그들에게는 아무런 선택 권한이 없었다. 빚을 변제해 가문을 존속시켜 주는 것만으로도 큰 은혜였다.

황태자는 그것에 그치지 않고 각 가문이 운영하는 사업의 핵심 지분을 가져갔다. 즉, 네 가문이 하는 사업의 대주주가 된 것이다. 운영권은 각 가문에 그대로 맡기지만, 언제든 문제가 생길 시 운영권에 개입할 수 있게 되었다. 그 때문에 네 가문은 껍데기는 그대로지만, 실질적인 힘은 대폭 줄어들었다. 그리고 그들이 약해진 만큼 황태자와 황실의 권한은 강력해졌다.

"자비에 감사합니다."

가주들은 생살이 뜯겨 나가는 느낌이었지만, 그래도 한 마디의 반발도 하지 못했다. 정말로 그가 자비를 베푼 것이 맞으니까. 황태자는 원한다면 이번 일을 빌미로 네 가문을 몰락시키고 그들의 재산을 모두 황실의 것으로 만들 수도 있었다.

"그러면 이만 물러나도록."

그들이 물러간 후 황태자는 혀를 찼다.

"한심한 것들. 도박 따위에 빠져서. 카지노를 폐쇄시키고, 카드 게임에 일정 이상의 돈을 거는 것도 금지해야겠어."

황태자는 인상을 찌푸리며 중얼거렸다. 다행히 큰 피해 없이 잘 끝나긴 했지만, 그는 이런 일이 일어났다는 것 자체가 불쾌했다. 마리는 조심히 그의 눈치를 살폈다. 그가 불쾌한 데에는 그녀도 한몫했기 때문이다. 그의 뜻을 무시한 채 큰 위험을 무릅쓰고 도박을 했으니까.

"이번 일이 끝나면, 결과에 상관없이 너에게 큰 벌을 내리겠다."

마리는 당시 그가 했던 말을 떠올렸다. 아직은 별다른 이야기가 없지만, 저 상벌이 명확한 황태자가 잊고 있을 리 없다. 그녀는 긴장된 마음으로 기다렸다. 과연 황태자는 곧 그녀에게 시선을 주었다.

"마리, 이번엔 네 차례다."

"네, 전하. 무엇이든 말씀하시옵소서."

결과는 좋았지만, 분명 그녀가 무리해서 도박에 나선 것은 잘못이었다. 따라서 그녀는 무슨 벌이든 받을 각오가 되어 있었다. 그런데 황태자의 말은 뜻밖이었다.

"네가 받을 상은 다음과 같다."

"상이요? 벌이 아니라요?"

마리는 눈을 크게 떴다. 황태자는 미간을 찌푸리며 말했다.

"네 덕분에 큰 피해를 막을 수 있었으니 당연히 상을 내려야지. 물론 마음대로 위험하게 행동한 것에 대한 벌은 따로 내릴 것이다."

황태자다운 처사였다. 마리는 고개를 끄덕였다.

'도박으로 상을 받는다는 게 조금 이상하지만…….'

도박은 어떤 경우에도 옳지 않다. 이번에는 불가피한 상황이었을 뿐이다. 마리는 앞으로는 즐기기 위한 카드 게임이면 몰라도 이런 도박은 절대 하지 않겠다고 다짐했다. 그리고 황태자가 이야기한 상을 들은 마리는 깜짝 놀랐다.

"너, 너무 과합니다, 전하!"

"뭐가 과하지?"

"천만 페나라니!"

황태자가 그녀에게 내린 상은 무려 천만 페나였다!

'천만 페나면 도대체 얼마야? 웬만한 영지를 몇 개나 사고도 남을 금

액이잖아!'

얼마 전 위조 화폐 사건 때 손해 볼 뻔한 금액이 172만 페나이다. 당시 172만 페나만으로도 은행의 부도를 걱정했었는데 천만 페나라니?

일개 개인이 가지기에는 말도 안 되게 큰돈이다.

"거두어주시옵소서. 감당할 수 없습니다."

하지만 황태자는 고개를 저었다.

"내가 주는 것이 아니다. 이건 원래부터 그대 소유의 돈이다."

"네? 그게 무슨 말인가요?"

"이건 그대가 카탈락 백작, 아니, 요하네프 3세에게 이겨 얻은 돈이다. 그러니 그대의 것이 맞지."

마리는 입을 다물었다. 당시 그녀는 도박 조건으로 요하네프 3세에게 동제국에 가져온 재산 전부를 걸라고 했었다. 그게 천만 페나인 것이다. 요한에게 이겨 얻은 것이니, 그녀의 소유가 맞긴 맞았다.

"그, 그래도 이건……."

"됐다. 엄밀히 말하면 저 네 가문의 재산도 다 그대의 것이다. 그거라도 챙기도록."

하지만 마리는 바로 고개를 끄덕이지 못했다. 너무나 큰 금액이었다. 하지만 황태자가 말했다.

"사양하지 말고 받도록. 왠지 그대라면 이 금액을 가치 있게 사용할 것 같아서 내리는 거다."

"가치 있게……."

"그래, 그냥 그런 생각이 드는군."

황태자가 반복해서 강하게 권해 마리는 어쩔 수 없이 받아들였다. 그녀는 생각했다.

'가지고 있다가 혹시나 다른 사람들을 위해 필요한 일이 있으면 사용하자.'

물론 그녀라고 물욕이 없는 것은 아니다. 하지만 천만 페나는 개인이 감당하기에 너무나 큰 거액이다. 10만 페나 정도만 있어도 평생을 부자처럼 살고도 몇 대가 평생 놀고먹을 수 있다. 마리는 언젠가 꼭 필요한 일이 있을 때 사람들을 위해 사용하자고 다짐했다. 그렇게 마리는 제국에서 손꼽는 부자가 되었다. 그리고 그녀가 받을 상은 그것만이 아니었다. 마리는 자신이 받을 추가적인 상에 대해 듣고 놀라 물었다.

"……승작과 봉토 말입니까?"

"그래, 이제 승작을 할 때가 되었지."

"예, 예작위를 받은 지 아직 1년이 채 되지 않았습니다."

"기간이 중요한 게 아니다. 쌓은 공이 중요하지. 지금껏 그대가 쌓은 공을 보면 충분히 남작위를 받을 만해."

황태자의 말은 옳았다. 성배 도난 사건, 마약 밀수 사건, 위조 화폐 사건에 이번 일까지. 하나하나가 제국을 뒤흔들 뻔한 일이었는데, 마리 덕분에 해결할 수 있었다.

"다만 이번 건은 행위 자체가 떳떳한 일은 아닌지라, 당장 승작을 하기는 그렇군. 남작으로의 승작과 봉토 수여는 추후 기회를 봐서 진행하겠다."

"화, 황공하옵니다."

마리는 고개를 숙였다. 남작이라니. 명예 작위인 예작과는 아예 차원이 다른 작위였다. 일단 단승이 아닌 계승 작위이며 가문과 봉토의 주인(Lord)인 것이다.

그때였다. 황태자가 무거운 목소리로 말했다.

"상은 여기까지."

"……!"

마리는 표정을 굳혔다. 이젠 걱정하던 벌을 받을 차례였다.

"말씀하시옵소서."

그녀는 고개를 숙이며 생각했다. 과연 무슨 벌을 내릴까? 지난번처럼 근신? 아니면 이번에야말로 화가 많이 나셨으니 더 중한 벌을 내리실까? 생각해 보았으나 잘 짐작되지 않았다.

황태자가 나직이 말했다.

"마리, 가까이 오도록."

갑작스러운 말에 마리는 긴장한 표정으로 그에게 다가갔다. 둘 사이의 간격이 가까워지며 가면을 쓰지 않은 그의 얼굴이 그녀의 눈에 그대로 들어왔다.

'……아름다워.'

마리는 긴장된 상황도 잊고 그의 얼굴이 아름답다는 생각을 했다. 볼 때마다 느끼는 거지만 그는 정말로 아름다웠다. 마치 신이 직접 붓을 들고 그린 듯한 미였다. 살짝 찡그린 눈매도 그의 완벽함을 훼손하지는 못 했다. 아니, 더욱 아름답게 만드는 듯했다.

마리는 그의 얼굴을 홀린 듯 보다가 화들짝 놀라 고개를 숙였다.

'지금 무슨 생각을 하는 거야. 이런 생각을 할 상황이 아니잖아.'

그녀는 괜히 민망한 마음이 들었다. 라엘이 말했다.

"더. 더 가까이 오도록."

그 말에 마리는 당황했다.

"더 말입니까?"

지금도 충분히 가까운데? 작게 중얼거려도 들릴 거리였다. 하지만 황태자는 고개를 끄덕였다.

"그래, 더 가까이."

마리는 머뭇거렸으나 그가 계속 자신을 바라보자 어쩔 수 없이 주춤주춤 발걸음을 옮겼다. 아까와는 다른 느낌의 긴장감이 그녀의 등줄기로 흘렀다. 살짝만 손을 뻗어도 닿을 거리에 마리가 멈춰 섰을 때, 이번엔 그가 그녀에게 다가왔다. 그녀와 그의 사이에 거리가 사라지며 그의 몸이 창가에서 내려오는 햇빛을 가려 버렸다. 서로의 숨결이 느껴질 정도로 가까운 거리.

"전…… 하?"

마리는 자신도 모르게 침을 꿀꺽 삼켰다. 마치 맹수 앞에 선 토끼가 된 듯한 긴장감이 들었다.

그리고 그 순간, 라엘이 손을 들더니 마리의 뺨을 어루만졌다. 갑작스러운 터치에 마리가 자신도 모르게 얼굴을 피하려고 하자, 라엘이 낮은 목소리로 말했다.

"가만히. 그대로 있도록."

"저, 전하?"

마리의 목소리가 떨렸다. 무거운 목소리와 다르게 라엘의 손길은 굉장히 부드러웠다. 마치 깨지기 쉬운 유리에 닿듯 조심스러운 손길. 그런 그의 손가락이 자신의 뺨에 닿으며 미끄러질 때마다 마리는 정신이 아득해졌다. 너무나 부드러워 달콤하다고 느껴질 정도의 손길이었다. 그저 뺨을 어루만질 뿐이건만 간질간질하며 동시에 정신을 차릴 수 없을 만큼 자극적이었다.

"전하, 그만……."

마리가 울상을 지었지만, 라엘은 오히려 손가락을 움직여 목을 어루만졌다. 그 부드러우면서도 열기를 담은 손가락이 목덜미를 쓰다듬자 마리는 숨을 들이켰다.

"저, 전하……."

마리는 파르르 떨리는 목소리로 말했다. 목소리뿐만 아니라 손끝도 떨렸다.

그때, 라엘이 입을 열었다. 부드러운 손길과 다르게 타오르듯 뜨거운 눈길로 마리를 바라보며.

"내가 지금 왜 화가 났는지는 아는가?"

"……."

"네 모든 것은 내 것이다. 손끝 하나도 함부로 하는 것을 허락할 수 없거늘, 그런 위험한 일을 해? 내가 얼마나 걱정할지, 속이 탈지는 신경도 쓰지 않는 것이냐?"

"……."

마리는 할 말이 없어서 고개를 숙였다. 결과가 나쁘지 않았어도 이번 일은 그녀가 백번 잘못한 것이 맞았다.

그때, 황태자가 고개를 숙인 그녀의 턱 끝을 잡더니 위로 올렸다. 그러자 자신의 의지와 상관없이 그를 올려다보게 된 마리의 눈동자가 커졌다.

"저, 전하?"

라엘이 다른 한 손으로 그녀를 자신 쪽으로 끌어안으며 말했다.

"눈을 감아라."

마리의 눈동자가 흔들렸다. 그가 무슨 일을 하려는지 본능적으로 직감했다. 지금까지와는 비교도 할 수 없는 긴장감에 몸이 저절로 굳었다.

"어서."

안 된다는 생각이 순간적으로 스쳐 지나갔으나, 그의 재촉에 그녀는 어쩔 수 없이 눈을 감았다.

그리고 그 순간. 그의 입술이 그녀의 입술에 겹쳐졌다.

"……!"

마리는 심장이 멎을 듯 놀랐다. 난생처음 해보는 입맞춤이었다. 놀람도 잠시. 그가 자신의 입술로 그녀의 입술을 부드럽게 건드렸다. 마치 노크를 하듯. 그 달콤한 베이비 키스에 그녀의 입술이 살짝 벌어지자 곧바로 그의 혀가 그녀의 안으로 침범해 들어왔다.

"……!"

그리고 격렬한 키스가 이어졌다. 그의 혀가 마치 탐닉하듯 그녀의 안을 헤집었다. 처음 경험하는 키스에 그녀의 혀가 도망가려 했지만 놔주지 않았다. 그는 그녀의 모든 것이 자신의 것이라는 듯 거침없이 그녀를 정복해 나갔다. 그런 그의 키스에 마리는 아무런 생각도 할 수가 없었다. 머리가 하얗게 변하며 전신이 마비되는 듯한 느낌이 들며 힘이 풀렸다.

"저, 전하…… 제발 그만……."

그녀가 애원하듯 그의 옷을 움켜잡았으나, 그는 놔주지 않았다. 오히려 다리에 힘이 풀린 그녀를 단단한 팔로 강하게 끌어안으며 키스를 이어 갔다. 그의 혀가 자신의 안을 스칠 때마다 그녀의 몸이 파르르 떨렸다. 너무나도 강렬한 느낌이었다. 온몸에 전기가 흐르는 듯한, 그러면서도 구름에 뜬 듯한 몽롱한 감각에 마리는 도저히 정신을 차릴 수 없었다.

"저, 전하……."

그렇게 입맞춤이 끝났다. 그녀는 완전히 녹초가 되어버렸다. 눈가에 눈물이 맺혀 있었는지 라엘이 손가락으로 닦아주었다.

"하아."

젖은 눈동자로 자신의 품에 안겨 있는 그녀를 보며 그는 한숨을 내쉬었다. 무언가 참는 듯한 한숨이었다. 짧지 않은 키스였지만 그에게는 한없이 모자라기만 했다. 그녀가 정말로 울어버릴 것 같아 멈추긴 했지만, 멈추고 싶지 않았다. 사실 단순한 입맞춤이 아닌, 그녀를 탐닉하고 싶었다. 놔주지 않고 영원히. 그렇게 그녀를 가지고 싶었다.

한편 마리는 키스를 끝냈음에도 여전히 불타는 듯한 눈으로 자신을 바라보는 그를 보며 가슴이 떨렸다. 마치 먹이를 지금 먹을까, 아니면 조금만 참았다가 먹을까 고민하는 맹수의 눈빛 같았다.

"전하……?"

마리는 조심스럽게 그를 불렀다. 그 떨리는 음성에 라엘은 크게 한숨을 내쉬었다.
"마리. 너를 향한 내 마음은 잘 알고 있겠지?"
당연히 모를 리가 없었다.
"난 당장 지금에라도 너를 가지고 싶다. 그렇게 널 완전히 내 것으로 만들어 놔주고 싶지 않아. 다만 네가 조금 더 마음을 열길 기다려 주고 있을 뿐이야."
그는 손가락을 들어 그녀의 뺨을 어루만졌다. 그리고 그녀의 눈동자를 똑바로 응시하며 말했다.
"하지만 최근 들어 점점 인내심이 바닥이 남을 느낀다. 널 향하는 마음이 점점 더 커지기 때문이겠지. 주체할 수 없을 정도로."
"……전하."
"그런 상황에서 만약 이번처럼 네가 위험한 일을 저지른다면, 그때는 고작 입맞춤으로 끝나지 않을 것이다."
마리의 눈동자가 흔들렸다. 라엘은 고개를 숙여 그런 그녀의 얼굴에 자신의 얼굴을 가까이했다.
"그러니 내 말 명심하도록. 알겠나?"
나직이 경고한 그의 입술이 다시 그녀의 입술에 겹쳐졌다.

황태자와 처음으로 입맞춤한 마리는 며칠간 멍하니 지냈다.
'내가 키스를 하다니. 그것도 전하와.'
워낙 순진하게 지내서일까, 자신이 이런 입맞춤을 할 거라고는 생각도 못 했었다. 그녀의 머릿속에 당시의 감각이 떠올랐다. 아득하면서도 아찔한 느낌. 뭐라고 말로 표현하기 어려웠다. 그저 자신의 안을 침범하던 그의 느낌만 자꾸 떠올랐다.

'그, 그만. 이제 그만 생각해.'

업무를 보다가 또 떠오른 입맞춤에 마리는 얼굴을 붉혔다. 도대체 오늘 몇 번째 떠올리는 건지 모르겠다.

그때, 그녀와 함께 서류를 보던 황태자가 물었다.

"얼굴이 붉군. 혹시 몸이 안 좋은가?"

그 물음에 마리는 자신도 모르게 울컥했다.

'다, 당신 때문이잖아요!'

정말로 몰라서 저렇게 물어보는 걸까? 혹시 놀리려는 것은 아니겠지? 어쨌든 확실한 것은 그는 그날의 입맞춤 이후에도 일말의 동요도 없다는 것이다. 자신과 다르게 한 치의 흐트러짐도 없는 그를 보며 마리는 입술을 삐죽 내밀었다. 왠지 얄미웠다.

'전혀 신경 쓰지 않는 건가? 물론 신경 써 주길 바라는 것은 아니지만…….'

그래도 하나도 신경 안 쓰는 것 같으니 그것도 좀, 아니, 이러면 신경 써 주길 바라는 것인가?

'신경 써 주길 바라는 게 아니라, 너무 안 쓰니 그냥 그런…… 아, 몰라.'

또 그녀는 얼굴을 붉혔다. 입맞춤 이후 이런 생각이 부쩍 는 느낌이었다.

'쓸데없는 생각 말고 집중. 집중하자.'

한편 마리가 모르는 것이 있었다. 황태자는 그날의 입맞춤을 신경 쓰지 않는 것이 아니란 것을. 오히려 너무 신경 쓰여 억지로 티를 내지 않고 있을 뿐이다.

'미치겠군.'

황태자는 속으로 중얼거렸다. 업무를 보는데 서류가 하나도 눈에 들어오지 않았다. 계속 그녀만 신경 쓰였다. 저 붉은 입술에 다시 입을 맞추고 싶은 충동이 불쑥불쑥 치밀어 올라 곤욕스러울 정도였다.

'괴롭군.'

황태자는 마리 몰래 한숨을 내쉬었다. 그녀와 함께 있는 것은 행복하면서도 고통스러운 일이었다. 그렇게 두 남녀는 서로를 앞에 두고, 같으면서도 다른 생각을 하였다.

한편, 사자궁과 떨어진 행정부에서 깊은 고뇌에 잠겨 있는 인물이 있었다. 오른이었다. 그는 자신의 집무실에 잔뜩 쌓인 서류를 바라보았다. 모두 마리와 모리나 왕녀를 조사한 서류였다. 하지만 산더미 같은 서류의 양과 다르게 내용은 별것이 없었다.

[특이 사항 없음.]
[추가로 밝혀낸 사항 없음.]

이게 조사 결과의 전부였다.

'두 명 다 똑같아.'

짜 맞추기라도 한 것처럼 아무리 조사해도 두 명 다 나오는 게 없었다.

'일부러 조작이라도 한 것 같지 않은가?'

오른의 눈빛이 무거워졌다.

'그 둘이 공교롭게 클로얀 왕궁 비슷한 곳에서 거주했고, 둘 모두 아무도 아는 사람이 없다는 것이 단순한 우연에 불과한 것일까? 아니면?'

오른은 딱딱해진 눈으로 두 장의 서류를 살폈다. 각각의 종이에는 모리나와 마리의 이름이 적혀 있었다.

'마리의 식견은 어떤 면에서는 재상인 나보다 뛰어날 때가 많아. 정

말 일개 시녀가 그럴 수 있을까? 정말로?'

음악, 요리 등. 다방면으로 재능이 많은 것은 그럴 수 있다. 재능은 신분을 가려 내려지지 않으니까. 하지만 식견은 다르다. 그건 타고나는 것이 아닌, 길러지는 것이다. 평범한 시녀가 저런 식견을 기르는 것이 가능할까?

'……얼굴 없는 성녀라는 모리나 왕녀라면 몰라도.'

오른은 모리나 왕녀에 대한 이야기를 떠올렸다. 어린 나이에 유폐되어 있던 와중에도 남몰래 선행을 베풀었다는 모리나 왕녀. 그녀라면 이런 식견을 가지고 있지 않을까?

'확실하지는 않아. 가능성에 불과할 뿐이야.'

일단 증거가 없었다. 그리고 둘이 동일 인물이라기에는 걸리는 점이 있었다. 마리가 모리나 왕녀라면 왜 황태자의 곁에 머무른단 말인가?

'그녀가 모리나 왕녀라면 진즉 도망갔겠지. 정체가 밝혀지면 죽는 걸 뻔히 아는데.'

클로얀 지방의 상황은 지금도 악화 일로를 걷고 있었다. 황태자는 거듭해서 선정을 베풀려 노력했지만 가뭄과 홍수가 번갈아 오며 민생이 악화하였고, 최근에는 모리나 왕녀를 찾는 왕실 기사단 출신의 반동분자들도 문제를 일으키고 있었다.

'이런 상황에서 황태자의 곁에 머물며 제국에 공을 세울 이유가 없어.'

하지만 석연치 않은 점이 있음에도 그는 자꾸만 둘이 동일 인물일 가능성이 떠올랐다. 두 사람이 동일인이라면, 지금껏 풀리지 않던 많은 의문이 해결되기 때문이다.

'전하는 무슨 생각이신 걸까?'

누구보다도 명민한 황태자이다. 그런 그가 자신이 했던 의심을 안 해봤을 리가 없다.

'마리가 모리나 왕녀일 가능성은 생각하고 있을 거야. 증거가 없으

니 확신은 못 하더라도 말이야.'

오른은 고민에 빠졌다.

'그런데 왜 아무런 말이 없는 걸까?'

그날 이후 오른은 넌지시 황태자를 떠보았다. 하지만 라엘은 두루뭉술 넘어갈 뿐이었다.

'왜지? 무슨 생각이신 거지?'

"날씨가 정말 따뜻해졌네."

마리는 황태자의 명령으로 내무대신에게 서류를 건네주고 난 후, 시간이 남아 정원을 산책하다 화창한 햇살을 보며 중얼거렸다. 정말 봄이 깊어졌다.

'벌써 능력을 얻는 꿈을 꾼 지도 1년이 되어 가네.'

1년 사이, 정말 다양한 일이 있었다. 많은 사건, 사고를 겪으며 수많은 사람과 만났고, 황태자와도 만났다. 소중한 친구인 키에르한도 만났고, 악연이지만 요하네프 3세와도 만났고.

'난 지난 1년간 잘 산 걸까?'

그녀는 아마 처음 능력을 얻게 된 계기, 죄수와의 대화를 떠올렸다.

"너는 능력을 얻는다면 어떤 삶을 살고 싶느냐?"

그때 자신은 이렇게 답했었다.

"할 수 있다면, 다른 사람들에게 행복을 주는 삶을 살고 싶어요. 그게 제 소원이에요."

당시 바랐던 대로 그녀는 능력을 얻었다. 그런데 지난 1년간, 과연 당시의 소원대로 살았다고 할 수 있을까? 솔직히 잘 모르겠다. 그저 정신없이 삶에 휘말리기만 한 것 같다.

'앞으로는 바라던 대로 살 수 있었으면 좋겠구나.'

하지만 솔직히 앞으로도 그렇게 살 수 있을지는 모르겠다. 자신의 운명이 앞으로 어떤 방향으로 나갈지 짐작조차 할 수 없으니까.

'전하는…… 어떻게 해야 할까.'

마리는 문득 라엘이 떠올랐다. 그를 향한 마음은 점점 복잡해져만 갔다.

'사실 떠나는 것이 맞지.'

클로얀 지방을 안정시키려는 황태자의 노력에도 불구하고 최근에는 가뭄에 이은 홍수까지 겹쳤고, 덕분에 민심이 악화하며 모리나 왕녀를 찾는 목소리가 점점 더 커지고 있다고 한다. 이런 상황에서 황궁에 머무는 것은 그녀 입장에서는 사자 굴에 있는 거나 마찬가지였다.

'하지만 나 떠나고 싶지 않아.'

마리는 무릎 사이로 얼굴을 파묻었다. 그러고 다시 한번 속으로 중얼거렸다.

'많은 것을 바라는 것이 아닌데. 그저 같이 있을 수만 있다면. 그것만으로도 만족할 수 있을 텐데.'

곁에 있으며 그의 일을 도와주고, 그와 대화하며, 간혹 그와 즐거울 수 있는 것. 그게 그녀가 가진 작은 바람이었다.

'방법이 없을까? 전하의 곁을 떠나지 않으면서도 모든 게 잘 해결될 방법이?'

그녀는 답답한 마음에 주변을 둘러보았다. 심란한 심정과 다르게 정원은 꽃이 예쁘게 만발해 있었다.

"하아."

그 순간이었다. 생각지도 못 한 목소리가 그녀를 불렀다.

"왜 한숨이십니까, 마리 양?"

마리는 깜짝 놀라 고개를 돌렸다. 그곳에는 조각 같은 은발의 미남자가 그녀를 바라보고 있었다.

"키엘 님!"

황실친위대 단장 키에르한 후작이 미소를 지었다. 오랜만에 봤지만 여전히 아름다운 미소였다.

"반갑습니다. 잘 지내셨습니까?"

마리는 반가운 마음에 고민을 잊고 고개를 끄덕였다.

"네, 저는 잘 지냈어요. 후작님께서도 잘 지내셨나요?"

키에르한은 웃는 얼굴로 고개를 끄덕였다. 그런데 그 웃는 얼굴에 그늘이 짙게 느껴져 마리는 의아해졌다.

'왜 표정이? 무슨 일이 있으신 건가?'

그러고 보니 마리는 그가 그간 어떻게 지냈는지 전혀 모른다는 생각이 들었다. 요하네프 3세와의 일 때문에 그에게 전혀 신경을 쓰지 못했던 것이다. 아무리 정신이 없었어도 소중한 친구에게 소홀했던 것 같아 마리는 미안한 마음이 들었다.

"그런데 이곳 정원에는 어떤 일로 오셨나요?"

이곳은 재상 오른의 행정부 근처의 정원이다. 키에르한이 머무는 황제 토른 2세의 자운궁과는 거리가 멀었다. 키에르한은 여전히 미소를 머금은 채 그녀를 바라보았다.

"마리 양. 당신을 보려고요."

"네?"

"당신을 보러 온 것입니다. 하도 오랫동안 못 뵈어서 뵙고 싶어서요."

"아……."

마리는 그 말에 민망한 표정을 지었다.

"죄송해요. 그간 제가 바빠서……."

아무리 바빴어도 신경을 썼어야 하는데. 마리는 그렇게 생각했다. 늘 키에르한에게는 받기만 하는 입장이라, 자신이 그라면 서운했을 것 같았다. 하지만 키에르한은 개의치 말라는 듯 고개를 저었다.

"아닙니다. 신경 쓰지 마십시오. 괜찮습니다. 오늘 이렇게라도 만날 수 있어서 매우 기쁩니다."

그는 정원을 바라보며 말했다.

"잠시 걸으며 이야기나 하지 않겠습니까? 오랜만에 뵈었는데, 바로 헤어지긴 싫군요."

"네, 그렇게 해요."

그와의 만남이 반가운 것은 마찬가지인지라 그녀는 고개를 끄덕였다. 어차피 시간도 넉넉하게 있었다.

"정원에 꽃이 참 예쁘게 폈군요. 혹시 좋아하는 꽃이라도 있습니까?"

가벼운 주제부터 시작해 그와 그녀는 이런저런 이야기를 나누었다. 늘 느끼는 것이지만, 별다른 주제가 아니라도 그와의 대화는 참 편안하고 즐거웠다. 마음이 통하는 이와 같이 있는 느낌이었다. 오랜만에 봤지만 마치 어제 만났던 것 같다. 다만 그녀의 마음에 걸리는 것이 있었다. 그건 그의 얼굴에 보이는 어둠이었다. 그녀는 지난번 만남이 떠올랐다.

"저와…… 저와 함께 모든 것을 내려놓고 떠나 주실 수는 없습니까?"

당시 그는 그녀에게 자신과 함께 떠나지 않겠느냐고 물었었다. 그의 마음을 받아줄 수 없는 그녀는 그 제안을 거절했었다.

'그런데 그때 키엘 님은 왜 나에게 떠나자고 했던 것일까?'

당시에는 자신을 향한 마음 때문이라고 생각했지만, 저 어두운 모습을 보니 다른 의문이 들었다. 혹시 그에게 무슨 일이 있는 것은 아닐까? 결국, 그녀는 참지 못하고 입을 열었다.

"키엘 님, 혹시 무슨 안 좋은 일이 있으신가요?"

키에르한은 입을 다물었다가 고개를 저었다.

"아닙니다."

"말씀해 주세요. 전 키엘 님을 소중한 이라 생각하고 있어요. 그러니 안 좋은 일이 있으면 도움을 드리고 싶어요."

비록 그의 마음을 받아줄 순 없지만, 그래도 그가 자신의 소중한 이임은 변하지 않는다.

그녀의 말에 그는 옅게 웃었다. 그녀를 향한 고마움과 씁쓸함. 그리고 괴로움이 복잡하게 섞인 미소였다.

"알겠습니다. 다 말씀드리겠습니다. 다만 조금만 기다려 주시지 않겠습니까? 어쩌면 마리 양과 마지막이 될지도 모르는 산책인데, 이 느낌을 더 간직하고 싶군요."

마리는 그의 말에 표정을 굳혔다.

'마지막이라니? 도대체 무슨 일이 있기에?'

마리는 그에게 생긴 일이 보통 심각한 것이 아님을 직감했다.

"이쪽으로 걸을까요? 이 방향 길이 더 예쁘고 볼만합니다."

키에르한은 여전히 부드럽고 친절한 태도로 그녀를 에스코트하며 산책을 이어갔다. 하지만 마리는 그 모습이 어딘지 안 좋은 마음을 억지로 숨기려는 것 같아 불길했다. 이윽고 키에르한은 산책로 끝 부분에서 멈추어 섰다. 아기자기한 연못이 있는 곳으로, 인적 드문 곳이었다.

"키엘 님……."

그녀는 그를 바라보았다.

"말씀해 주세요. 도대체 무슨 일이 있는 것인지."

키에르한이 고개를 끄덕였다.

"알겠습니다."

그는 잠시 입을 열지 않고 말없이 그녀를 바라보았다. 너무나 소중한 것을 바라보는 듯한 눈길이 왜인지 아련하게 느껴져 마리는 입술을 깨물었다. 그렇게 잠시의 시간이 지난 후, 그가 입을 열었다.

"죄송합니다. 말씀드리겠습니다."

그의 입에서 나온 말은 생각지도 못 한 충격적인 것이었다.

"지금…… 그 말씀이 사실인가요?"

"네, 사실입니다."

키에르한은 고개를 끄덕였다.

"현 황제이신 토른 2세 폐하께서 위독하십니다."

"……!"

키에르한이 무겁게 말을 이었다.

"어의의 말로는 1~2주 정도가 될 것이라 하더군요. 정말 짧으면 1주 안에도 붕어하실지 모릅니다."

마리의 얼굴이 하얘졌다. 왜 키에르한이 저런 표정이었는지 깨달은 것이다.

'맙소사! 토른 2세가 곧 사망한다고? 그러면 앞으로는?'

황제가 사망하는 것 자체는 큰 문제가 아니다. 어차피 수년째 의식을 못 차리고 있던 그가 언제고 병사할 것이란 것은 예정된 일이었다. 문제는 그로 인해 파생될 결과다. 정확히 말하면 오로지 황제에게만 충성을 바치며 황태자를 반대해 온 키에르한과 세이트 가문의 운명이 앞으로 어떻게 될지가 문제였다.

'황태자 전하가 황위에 오르면…… 자신을 반대하는 키엘 님의 세이트 가문을 가만히 놔둘 리가 없어. 피의 바람이 몰아닥칠 거야.'

황위 계승에 이어질 피의 숙청. 그 대상은 분명 키에르한의 세이트 가문이 될 것이다.

마리는 침을 꿀꺽 삼켰다. 황태자 라엘과 키에르한이 대립하는 이유는 간단했다. 현 황제인 토른 2세가 서자인 라엘을 후계자로 인정하지 않았기 때문이다.

'과거 토른 2세는 황후의 소생만을 후계로 인정하겠다고 공식적으로 천명했었지. 따라서 원칙적으로 서자인 라엘 전하는 황위 계승권이 전혀 없었어.'

하지만 중간에 토른 2세가 불의의 사고로 의식불명이 되며 이야기가 달라졌다. 황자들 간의 내전이 일어났고, 라엘과 오스카를 제외한 모든 황자가 사망했다. 의식을 회복할 가능성이 없는 토른 2세의 뜻은 무시되었고, 라엘은 스스로의 힘으로 황태자 지위에 올라섰다.

'다른 귀족들은 모두 시류에 순응해 라엘 전하에게 무릎을 꿇었지만, 전통적으로 황실의 수호 가문이었던 키엘 님의 세이튼 가문은 라엘 전하를 인정하지 않고 있어. 현 황제가 남긴 의지에 따르면 적법한 황위 계승자는 라엘 전하가 아닌 황후 소생의 오스카 전하이니까.'

이것이 바로 황태자 라엘과 키에르한의 갈등의 원인이었다. 키에르한의 세이튼 가문은 현 황제의 의지에 따라 라엘을 황제로 인정하지 않을 것이고, 라엘로서는 자신을 반대하는 키에르한의 세이튼 가문을 가만히 놔둘 수가 없었다. 라엘은 세이튼 가문을 반역죄로 토벌할 것이다. 그러면 키에르한도 당연히 죽임당할 것이다.

'그건 안 돼! 절대로!'

그가 왜 이렇게 최근 어두운 표정이었는지 깨달은 마리의 얼굴은 하얗게 질렸다. 키에르한이 죽는다니? 그것도 라엘의 손에? 있을 수 없는 일이었다. 자신을 소중히 대해 준, 저 따뜻하고 친절한 남자가 목숨을 잃는다고? 마리는 정신이 아득해졌다. 그런 일은 상상하고 싶지도 않았다. 생각하는 것만으로도 가슴이 무너지는 것 같았다. 마리는 어떻게든 비극을 막고 싶어 다급히 말했다.

"키엘 님의 세이튼 가문과 황실이 충돌하면 셀 수도 없는 피가 흐를 거예요. 그건 오히려 제국을 수호해 온 가문의 기치에 어긋나는 일 아닐까요?"

마리는 그에게 뜻을 돌이키라 설득해 봤자 듣지 않을 것이라 생각해 일부러 이런 식으로 설득했다. 키에르한은 고개를 끄덕였다.

"마리 양의 말씀이 맞습니다. 변경백인 우리 세이튼 가문과 황실이 충돌하면 상상할 수도 없이 많은 피가 흐르겠지요."

"네, 그러니……."

"하지만 걱정하지 마십시오. 그런 일은 일어나지 않을 것이니."

"어떤?"

마리는 눈을 동그랗게 뜨며 물었다. 하지만 키에르한은 잔잔한 미소를 지을 뿐이었다.

"……키엘 님?"

마리는 덜컥 불안한 마음이 들었다. 그리고 그녀는 그의 미소에 담긴 뜻을 번뜩 깨달았다.

'설마?'

마리는 떨리는 목소리로 물었다.

"혹시…… 스스로를 희생하려는 것인가요?"

"……."

"대답해 주세요! 지금 키엘 님은 가문을 위해 목숨을 바치려 하는 것 아닌가요?"

그녀가 절박하게 목소리를 높이며 거듭 묻자, 키에르한은 씁쓸히 웃었다.

"이것 외에는 방법이 없습니다."

"……!"

"황태자 전하가 우리 세이튼을 징벌하기 위해 칼을 꺼내 드실 때, 가문의 대표인 제가 스스로 목을 바친다면 전하도 그 이상으로 세이튼 가문의 피를 흘리려 하지는 않을 겁니다."

마리는 말도 안 된다는 표정을 지었다. 지금 키에르한은 더 큰 피가 흐르는 것을 막기 위해 스스로를 희생하겠다는 것이었다. 물론 세이튼 가문의 기치와 명예를 지키면서도 큰 피가 흐르는 것을 막을 방법은 그게 유일하긴 했다. 가주인 그가 모든 것을 짊어지고 희생하는 것.

"말도 안 돼요. 그건 있을 수 없는 일이에요."

마리는 강하게 고개를 저었다. 남들은 명예로운 죽음이라 할지 모르지만, 그녀는 아니었다. 절대 그가 죽는 것을 두고 볼 수 없었다. 하지만 키에르한은 가만히 고개를 저었다.

"저는 괜찮습니다. 저 하나의 목숨으로 가문의 명예를 지키고, 피가 흐르는 것도 막을 수 있다면 충분히 이득인 일이지요."

그게 무슨 말도 안 되는 말이란 말인가! 마리는 담담한 그의 목소리에 가슴이 터질 것 같았다. 마리가 뭐라고 입을 열려는 순간이었다.

"마리 양."

키에르한이 애잔한 눈빛으로 그녀를 바라보았다.

"사실 죽는 것은 두렵지 않습니다. 저에게 안타까운 것은 단 하나. 바로 당신을 더 볼 수 없다는 것입니다."

"……!"

"조금 더 함께하고 싶은데. 아니, 솔직한 마음으로는 영원히 모든 것을 당신과 함께하고 싶은데. 그러지 못한다는 것이 너무나 속상합니다."

마리는 입술을 깨물었다. 키에르한은 머뭇거리더니 손을 천천히 들어 올렸다.

"잠시만. 정말 죄송하지만…… 잠시만 무례를 용서해 주십시오."

그는 조심스럽게 마리의 얼굴을 어루만졌다. 너무나 소중해 감히 함부로 건드리기 어려운 것을 어루만지는 듯한 조심스러운 손길이었다.

"당신은 모를 것입니다. 제가 얼마나 당신을 소중히 여기고 있는지. 어떤 마음으로 당신을 바라보고 있는지."

"키엘 님……."

"만약 당신을 만난 처음부터 이런 결말이 예정되어 있지 않았다면, 저는 이렇게 당신을 바라보는 것만으로는 참을 수 없었을지 모릅니다. 제 모든 것을 바쳐 당신과 함께하기 위해 노력했을 것입니다."

마리는 그 말에 지금껏 키에르한이 보인 태도를 어느 정도 이해할 수 있었다. 그는 자신을 갈망하면서도 황태자와 다르게 거리를 두어 왔다. 바로 이런 자신의 운명을 예상하고 있었기 때문이었던 것이다.

"그래도 지금껏 함께한 것만으로도 행복했습니다. 당신과 함께한 순간순간이 저에게는 모두 너무나 소중합니다. 늘 무채색이던 제 삶이 당신으로 인해 의미를 가지게 되었습니다."

그는 말했다.

"지금껏 감사했습니다. 그리고…… 사랑합니다."

그 이야기를 듣는 순간, 마리는 결국 참지 못하고 입을 열었다.

"안 죽으면 되잖아요!"

"마리 양."

"왜 그런 선택을 하려는 거예요?"

그녀는 가슴이 울컥 치밀어 올라 이를 악물었다. 눈물이 터져 나올 것 같았다. 하지만 키에르한은 가만히 고개를 저을 뿐이었다.

"제가 세이튼가의 가주인 이상 어쩔 수 없는 일입니다."

그렇게 키에르한과의 대화가 끝났다. 마리는 다른 방법을 생각해 보기를 간구했으나, 그는 이미 마음을 굳힌 상태였다.
"안 돼. 절대 이대로 지켜볼 수는 없어."
마리는 자신의 숙소로 걸어가며 생각했다. 가문의 명예를 지키려는 그의 마음은 이해한다. 황실을 수호하며 황제의 뜻을 대행하는 것은 세이튼 가문의 존재 의의였으니까. 이제 와서 토른 2세의 뜻을 어기고 황태자 라엘에게 무릎을 꿇으면 세이튼 가문의 고고한 명예는 땅에 떨어질 것이다.
'하지만 그래도 키엘 님이 이대로 목숨을 잃는 것을 두고 볼 수는 없어. 아무리 가문의 명예가 중요해도 키엘 님의 목숨보다 중요하진 않아.'
마리는 굳게 생각했다. 왕녀로 클로얀 왕성에 끌려가기 전 유년기를 평민으로 보내서일까? 솔직히 그녀는 잘 모르겠다. 가문의 명예가 목숨보다 중요한 것인지는. 그들의 숭고한 뜻을 존중하지 않는 것은 아니지만, 그녀는 키에르한이 이런 일로 목숨을 잃는 것을 받아들일 수 없었다. 그는 그녀의 소중한 이였으니까.
'상상하는 것만으로도 이렇게 가슴이 찢어질 것 같은데, 그가 정말로 죽는다고? 안 돼. 무조건 막아야 해. 어떻게든 방법을 마련할 거야.'
키에르한을 설득하는 것은 무리로 보였다. 부드러운 외모와 다르게 강철 같은 의지를 지닌 그는 결단코 자신의 뜻을 굽히지 않을 것이다. 그러니 다른 방향으로 방법을 찾아야 했다.
'어떻게 해야 할까?'
마리는 생각에 잠겼다. 분명 방법이 있을 거다. 아니, 없어도 만들어내야 했다. 키에르한과 황태자, 그녀 모두를 위해서.
그렇게 생각에 빠져 있던 중이었다. 마리의 머릿속에 한 가지 방법이 번뜩 떠올랐다!
'전하도 실제로는 자신의 친우였던 키엘 님을 죽이고 싶어 하진 않을 거야. 정치적 상황상 어쩔 수 없는 것일 뿐이지. 그러니 황태자에게 키

엘 님을 '면죄'할 수 있는 명분을 만들어드리면 되지 않을까?'

마리는 생각을 이어갔다.

'내가 큰 공을 세워 키엘 님을 살려 달라 요청드리는 거야!'

나쁘지 않은 생각이었다. 그렇게만 되면 키에르한과 황태자, 그리고 그녀 모두에게 행복한 결말이 될 것이다. 하지만 마리는 곧 자신이 떠올린 생각의 문제점을 깨닫고 시무룩해졌다.

'그런 공을 당장 세울 수 있을 리가 없잖아.'

보통 큰 공을 세워서 될 일이 아니었다. 토른 2세의 붕어까지 남은 시간은 길어야 2주 남짓. 아니, 당장 며칠도 못 넘길 가능성이 높은데 그 안에 무슨 공을 세운단 말인가?

"하아. 그래도 무슨 방법이 있을 거야. 생각해 보자."

그녀는 깊게 한숨을 내쉬며 숙소로 들어섰다. 아마 오늘 밤은 고민으로 한잠도 못 잘 듯싶었다. 그런데 자신의 방에 도착한 그녀는 흠칫 놀랐다.

"이게 무슨 편지지?"

침대 한가운데 고풍스럽게 꾸며진 편지가 올려져 있었던 것이다.

'뭐지? 왜 편지가 숙소 침대 위에? 누가 편지를 놓고 갔지?'

마리는 고개를 갸웃하고 편지를 들었다. 그리고 편지지 겉에 쓰인 문장을 본 그녀의 안색이 굳어졌다.

나의 마음속 피앙세에게.

그대를 간절히 사모하는 가련한 이가 보냄.

얼핏 보면 단순한 연서 같지만 아니었다. 그녀는 이런 말투를 쓰는 이를 알고 있었다.

'설마?'

마리는 급히 편지지를 뜯었다. 편지의 내용은 이러했다.

보고 싶습니다. 며칠 안 되었다고 가슴이 타들어 갈 듯 그립군요. 이렇게 괴로울 줄 알았으면 정말 납치라도 할 걸 그랬습니다.

여기까지 읽은 그녀는 편지를 보낸 이가 누구인지 확실히 깨달았다.
'요하네프 3세가 보낸 편지야!'
분명했다. 필체도 그렇고, 문체도 그렇고. 요한이 분명했다. 편지에는 정확한 일시와 장소까지 명시되어 그녀와 만나고 싶다고 적혀 있었다.
'그냥 무시하자.'
마리는 속으로 생각했다. 그녀는 그를 다시는 만나고 싶지 않았다. 하지만 다음에 이어진 내용을 본 순간, 마리의 얼굴이 하얗게 변했다.

혹시나 만나러 와 주시지 않을까 봐 첨언합니다. 수도에 올 재앙이 지난번 일로 끝났다고 생각하시는 것은 아니시겠지요?

'뭐라고? 수도에 재앙이 또 닥칠 예정이라고?!'

간밤에 예지몽을 꾸었는데, 곧 동제국 수도에 큰 재앙이 올 것으로 보입니다. 지금까지와는 비교도 안 되는 끔찍한 재앙이.

뒤이어 적힌 내용은 이러했다.

저를 만나러 와 주시면, 당신을 만난 기쁜 마음에 재앙에 대한 힌트를 드릴지도 모르겠습니다.

거기서 편지의 내용은 끝났다. 마리는 하얗게 질린 얼굴로 편지를 바라보았다.

'재앙이 올 거라고? 그것도 지금까지와는 비교도 안 되는?'

예지몽이라고 표현했지만, 그건 다 저 요하네프 3세가 꾸민 음모가 틀림없었다.

'이번엔 무슨 음모를 꾸몄길래?'

요한이 직접 이전과 비교도 할 수 없을 정도로 끔찍하다고 표현했으니, 보통 음모가 아닐 것이다. 실제로 그녀의 걱정처럼 제국의 수도에는 큰 재앙이 몰려오고 있었다. 그저 수식적 표현이 아닌, 정말로 말 그대로 '재앙'이었다. 그리고 그 재앙은 결론적으로 그녀와 황태자 모두에게 큰 영향을 끼쳤다. 이번 재앙을 비롯해 연속적으로 일어난 일들로 그들의 운명은 큰 변혁을 맞게 되었다. 변곡점(變曲點)의 시작이었다.

깊은 밤, 마리는 번뜩 눈을 떴다. 약속한 시간이었다.

'요하네프 3세를 만나러 가야 해.'

남들의 눈을 피해 가야 하기에 조심스러웠다. 마리는 늦은 밤 몰래 황궁을 빠져나왔다. 그리고 준비해 둔 마차를 타고 약속 장소로 향했다.

요하네프 3세가 지정한 장소는 수도 인근의 인적 없는 야산이었다. 한참을 달려 목적지에 도착한 그녀는 저 멀리 보이는 남자의 모습에 얼굴을 굳혔다. 흑발에 흑안. 지적인 인상의 아름다운 외모. 동방의 역용술을 푼 요하네프 3세였다. 곁에는 집사였던 로이스도 있었다.

"어째서 동제국을 떠나지 않은 거죠?"

마리는 그에게 따지듯 물었다. 요한은 카드 게임을 패배한 대가로 동제국을 떠나기로 약속했었다. 그뿐이 아니라 황태자에게도 정체를 들켜 당장 떠나기로 했는데, 이렇게 버젓이 수도 근처에 머물고 있다니? 대담하기도 했고 대단하기도 했다.

요하네프 3세는 고개를 저었다.

"약속을 어길 생각은 없습니다. 동제국은 곧바로 떠날 겁니다. 다만 제 마음속 피앙세인 당신을 마지막으로 한 번만 더 뵙고 싶어 잠시 유예를 둔 것이지요."

그는 마리의 손을 잡았다. 그리고 자신의 입가로 끌어가 입을 맞추려 하자 마리는 화급히 손을 빼었다. 아무리 레이디를 향한 예의 표현이라도 요한의 입맞춤이라니. 절대 싫었다.

"이런, 서운하군요. 인사하는 것도 허락지 않는 것입니까? 전 당신을 그렇게나 그리워했었는데."

"용건만 말씀하세요. 곧 재앙이 올 거라니. 무슨 뜻이죠?"

마리는 차가운 말투로 말했다. 요한은 어깨를 으쓱했다.

"그 말 그대로입니다. 제가 예지몽을 꾸었는데, 제국 수도에 큰 재앙이 올 예정이더군요. 아무리 동제국이 우리 서제국의 적국이라지만, 제 가슴이 다 아플 지경이었습니다."

참 웃기지도 않은 말이었다. 자기가 꾸민 음모면서 가슴이 아프다니!

"도대체 무슨 꿍꿍이인 거죠?"

"말하기 싫은데요?"

"……뭐라고요?"

요한은 빙글 웃었다.

"왕녀가 아무리 제 마음속 피앙세라 해도 제가 말씀드릴 이유는 없지 않습니까? 공은 공이고 사는 사인 법이니까요."

마리는 입술을 깨물었다. 물론, 공은 공이고 사는 사인 법이지만 이런 경우에 쓸 말은 아니지 않은가? 하지만 그가 말하기 싫다면 말하게 할 방법도 없었다. 마리는 깊게 한숨을 내쉬었다.

"알겠어요. 그러면 우리가 더 대화를 나눌 이유는 없겠군요. 이만 가 볼 테니 당장 동제국을 떠나세요."

요한이 고개를 저으며 말했다.

"이런, 화내지 마십시오. 제 말은 아직 끝나지 않았으니. 제 말씀에 따라 주시면 재앙의 내용은 물론 해결책까지 알려드리겠습니다."

"무엇이죠?"

요한은 장난스러운 말투로 말했다.

"제게 키스해 주시면 말씀드리겠습니다."

"……."

"……."

마리는 황당함에 입을 다물었고, 옆에서 아무 말 없이 대화를 듣고 있던 로이스는 황당함에 입을 벌렸다. 로이스의 표정은 '아무리 자신의 주군이라지만, 저건 좀……'이었다. 반응이 너무 싸하자 요한은 헛기침하였다.

"농담입니다. 너무 그렇게 노려보지 마십시오."

"전 지금 농담할 기분이 아니에요."

"아니, 사실은 아예 농담은 아니고, 진담이기도 한데…… 키스 한 번이면……."

말을 이어갈수록 그녀의 눈빛이 더욱더 매서워지자, 요한은 어깨를 으쓱했다.

"알겠습니다. 이제 제대로 말씀드리겠습니다."

요한은 다시 평소의 표정으로 돌아와 입을 열었다.

"왕녀, 정말로 저를 따라 서제국으로 오실 생각은 없으십니까?"

"……!"

"제가 바라는 것은 누누이 이야기했듯 당신이 제 것이 되는 것입니다. 저를 따라 서제국으로 오십시오. 그러면 지난번 약속드렸던 부와 영광을 드림은 물론, 이번 재앙에 대한 모든 것을 말해주겠습니다."

마리의 얼굴이 굳었다. 재고할 가치도 없는 말이었다.

"거절하겠어요."

요한은 그녀의 말을 이미 예상했는지 별 반응이 없었다. 그녀의 거절에 군말 없이 고개를 끄덕였다.

"후후. 그렇군요. 아쉽군요."

마리는 무슨 속셈을 꾸미고 있는 건지 그를 쏘아보았다. 요한은 빙글 웃었다.

"너무 매달리는 남자는 매력적이지 못하니, 여기까지만 하죠. 저는 이만 서제국으로 돌아가겠습니다. 다만 제 제안은 제가 떠나도 계속 유효합니다."

"그게 무슨 말이죠?"

"혹시나 재앙의 해결책이 필요하면 언제든 저를 찾아오시란 뜻입니다."

"……!"

"아무리 왕녀라도 이번 재앙만큼은 해결하기 힘들 겁니다. 제가 생각해도 최악의 재앙이거든요."

마리는 심상치 않은 그의 말에 안색을 굳혔다.

"그러니 만약 해결책이 필요하면 언제든 저를 찾으십시오. 저를 찾아오신다면 곧바로 해결책을 알려드리겠습니다."

마리는 그의 진정한 뜻을 깨달았다.

'요하네프 3세는 해결책을 찾지 못한 내가 제 발로 자신에게 걸어오기를 바라는 거야!'

도대체 무슨 음모를 꾸몄길래?

그런데 그때였다. 요하네프 3세가 마리의 손을 낚아채더니 그녀가 반응하기 전, 자신의 입가로 가져가 입을 맞추었다.

"……!"

손등에 닿는 그의 느낌에 마리가 화들짝 놀라는 순간 요한이 입을 열었다.

"만약 결정하실 거면 빨리 결정하는 것이 좋을 것입니다."

"그게 무슨 뜻이죠?"

"시간이 많지 않으니까요. 당신의 결정이 늦어지면 늦어질수록 피해는 계속해서 커질 겁니다."

그렇게 말하는 그의 음성은 지금까지의 장난스러움은 온데간데없이 무겁기 그지없었다.

요한과의 대화가 끝난 후, 마리는 황궁으로 돌아갔다. 떠나는 그녀를 보며 로이스가 입을 열었다.

"괜히 쓸데없이 단서를 주신 것 아닙니까?"

"그런가?"

요한은 이미 사라진 그녀의 자취를 좇는 듯 먼 곳을 응시하고 있었다.

"물론 아무리 그녀라도 이번 일을 해결할 수는 없을 거라 생각하지만…… 굳이 나서서 문제가 일어날 거라 알려 줄 필요가 있나 싶습니다."

로이스는 지난번처럼 괜히 왕녀에게 단서를 알려 주었다가 일이 뜻대로 안 풀릴까 걱정인 듯했다. 요한은 고개를 끄덕였다.

"그래, 로이스 네 말대로 저 모리나 왕녀라면 기적을 일으킬지도 모르지."

"그런데 어째서?"

요한은 옅게 웃음을 지었다.

"내 마지막 양심이랄까?"

"……예?"

"우리 재상님의 의견에 따라 이번 일을 진행하긴 했지만, 내가 생각해도 조금 심하긴 한 것 같단 말이지."

그 말에 로이스는 서제국의 재상 인형술사 라키를 떠올렸다. 여인처럼 아름다운 외모를 지녔지만 지극히 잔혹한 심성을 지닌 계략가. 수단 방법을 가리지 않는 그 수법의 지독함은 요하네프 3세마저도 혀를 내두르게 했다. 이번에 수도에서 진행될 재앙도 바로 그 라키가 고안한 작품이다.

"뭐, 내가 말하기엔 웃긴 이야기긴 하지만 너무 인륜을 저버린 일 같아서. 모리나 왕녀가 기적을 일으켜 주거나, 그게 안 되면 너무 늦지 않게 날 찾아와 주었으면 좋겠군."

로이스는 고개를 끄덕였다.

"알겠습니다. 그러면 이제 서제국으로……."

그런데 그 순간이었다. 로이스는 눈을 크게 떴다. 요하네프 3세가 가슴을 움켜쥐더니 거칠게 기침을 하기 시작한 것이다.

"폐하! 괜찮으십니까?"

"아아…… 괜찮아. 이 정도는."

하지만 로이스는 염려 섞인 표정을 거둘 수 없었다. 입가를 가린 요한의 손가에서 옅은 피를 본 탓이었다. 요한은 쓴 표정을 지었다.

"어의가 6개월은 아무 일 없을 거라 했는데, 예상보다 빠르군."

"폐하……."

요한은 괜찮다는 듯 웃음을 지었다.

"괜찮아. 모르고 있었던 일도 아니고."

그는 서북 방향을 향해 고개를 돌렸다.

"다만 계획을 서두르긴 해야겠군. 예상보다 시간이 부족할 것 같으니."

그가 바라본 서북 방향. 그곳에는 클로얀 지방이 자리하고 있었다.

마리는 도대체 요한의 음모가 무엇일까 고민했다. 그러나 떠오르는 것은 없었다.

'뭐지?'

그녀는 길게 고민할 수가 없었다. 사자궁의 집무실로 출근하자 생각지도 못 했던 변고가 일어났기 때문이다.

"전하?"

"아…… 마리."

언제나 굳건하던 황태자의 얼굴이 창백했다.

"전하, 혹시 몸이 편찮으십니까?"

"몸이 조금 좋지 않군. 감기라도 든 것 같아. 이상하군. 이렇게 따뜻한 날씨에 감기라니."

그는 거칠게 기침을 하였다. 가볍게 걸린 감기가 아닌 것 같아 마리는 다급히 말했다.

"전하, 정무는 미루고 정양하셔야 할 것 같습니다."

"괜찮아. 무슨 감기 가지고 쉰단 말인가? 오늘 참석해야 할 회의가…… 큭."

거기까지 말하고 황태자는 다시 크게 기침을 하였다. 무언가 느낌이 좋지 않아 마리는 다급히 그의 몸에 손을 가져갔다.

"잠시 실례하겠습니다, 전하."

그의 체온을 확인한 마리의 안색이 딱딱해졌다.

'고열이야! 전신이 뜨거워!'

그것도 보통의 고열이 아니었다. 마리는 지금껏 이렇게 높은 고열을 본 적이 없었다. 손에 닿은 피부가 끓듯이 뜨거웠다.

"안 되겠습니다. 당장 쉬셔야 합니다."

"괜…… 찮다. 감기 가지고……."

"안 돼요. 이러다가 큰 병으로 도질 수도 있습니다."

그녀가 만류했지만, 황태자는 고작 감기로 정무를 쉰다는 것을 상상하지도 못 하는 눈치였다.

"내가 쉬면 그만큼 일 처리가 늦어지고, 그건 제국의 피해로 돌아간다. 그러니 이런 일로 쉬어서는 안 돼."

억지로 책상에서 서류를 보려는 그를 보며 마리는 자신도 모르게 울컥했다. 저 남자는 왜 이렇게 자신을 안 챙긴단 말인가? 저러다 잘못되기라도 하면 어떻게 하려고?

"제발 쉬십시오, 전하. 부탁이옵니다!"

감정이 격해진 탓일까, 마리의 목소리가 자신도 모르게 올라갔다.

'아차.'

마리는 순간 멈칫했다. 뜻하지 않게 황태자에게 언성을 높이는 무례를 저질러 버린 것이다. 황태자는 마리를 잠시 말없이 바라보았다. 그는 마리의 무례를 탓하지 않았다. 대신 이렇게 물었다.

"지금 날 걱정해 주는 것인가?"

마리는 머뭇거리다가 답했다.

"……네."

"정말로?"

"……네."

"잘 안 들리는군. 다시 한번 이야기해 보도록. 조금 더 크게. 자세히."

마리는 빨개진 얼굴로 말했다.

"편찮으시니 걱정하는 게 당연하지 않습니까. 그저 그뿐입니다."

"정말로? 정말로 그뿐인가?"

마리는 집요하게 묻는 그의 눈길을 피했다.

"자, 잘 모르겠습니다."

마리는 조심히 개미가 기어가는 것보다 작게 말했다.

"전하라서…… 조금 더 걱정하는 것은 있습니다."

작은 목소리였으나 황태자는 알아들은 듯했다. 그는 기쁜 표정으로 와락 그녀를 껴안았다. 그는 아픈 것보다 그녀가 자신을 걱정해 준 게 더 중요한 듯했다.

"……!"

그가 갑자기 강하게 자신을 껴안자 마리의 얼굴이 사과처럼 붉어졌다. 처음 껴안는 것도 아니지만 늘 적응이 되지 않았다. 부끄럽고 민망하면서도, 포근하면서 간질간질한 느낌이었다. 하지만 마리는 곧 자신을 껴안은 그의 몸이 불덩이처럼 뜨겁다는 것을 깨닫고 표정을 굳혔다.

"정말 안 되겠습니다. 조금이라도 쉬셔야 합니다."

"그래, 그대가 이렇게까지 이야기하니 따라야지."

그녀가 자신을 걱정해 준다는 것이 황태자의 마음을 움직였다. 황태자는 침실로 가 몸을 눕혔고, 간병은 당연히 전속 시녀인 마리의 몫이었다.

"어의가 처방한 약입니다. 여기 물과 함께 드십시오."

"고맙다."

황태자는 창백한 얼굴로 약을 먹었다. 누워서 휴식을 취하고 있지만, 처음 봤을 때보다 더욱 상태가 나빠 보여 마리는 걱정이 들었다.

'단순한 감기가 맞는 걸까? 이렇게 아파하시는데…….'

괜히 불안한 마음이 들었다. 하지만 황태자는 그런 그녀의 걱정도 모르고 옅게 웃음을 지었다.

"그래도 아프니 하나 좋은 것이 있군."

"무슨 말씀이십니까?"

"그대가 이렇게 걱정해 주니 말이야. 백번이라도 더 아파도 될 것 같아."

마리는 한숨을 내쉬며 고개를 저었다.

"그런 말씀 하지 마십시오. 전하의 옥체는 그 어떤 것보다 중요합니다."

"단순히 내가 황태자라서 걱정하는 건가?"

"그건……."

마리는 입을 다물었다. 물론 그건 아니었다. 하지만 제 입으로 그걸 꺼내긴 민망했다.

"대답해 봐라."

그녀가 입을 다물고 있자 황태자는 대답을 재촉했다. 그는 그녀가 자신을 걱정해 주는 게 그렇게 기쁜지 몇 번이고 그녀의 걱정을 확인하고 싶어 했다.

"그, 그만 물어주십시오."

"난 듣고 싶은데?"

"저, 전하!"

마리는 민망한 얼굴로 살짝 목소리를 높였다. 그런데 그때였다. 행정부에서 관리가 찾아왔다.

"재상께서 오후에 있을 정무 회의에 참석하지 못할 거라 아뢰러 왔습니다."

"그래? 잘됐군. 그렇지 않아도 나도 회의를 미루려고 했는데. 그런데 오른에게 무슨 일이 있는가?"

관리는 별것 아니란 듯 고개를 저었다.

"재상께서 감기에 걸리셨습니다. 열이 심하게 나서 자택에서 정양 중입니다."

재상도 감기에 걸렸다는 이야기에 마리는 놀란 표정을 지었다.

'감기라고? 황태자 전하와 재상께서 둘 다? 그냥 우연인가?'

황태자도 공교롭다는 듯 중얼거렸다.

"감기가 돌 계절도 아닌데. 신기하군. 어쨌든 알겠다. 몸조리 잘하라 이르도록."

"네, 알겠습니다."

관리는 예를 표하고 물러갔다. 황태자는 마리를 돌아보았다.

"황궁에 감기가 도나 보는군. 그대도 조심하도록."

그는 그 이상으로는 깊게 생각하지 않았다. 하지만 마리는 달랐다. 바로 어제, 요하네프 3세와 했던 대화 때문이었다.

"곧 이전과는 비교도 할 수 없을 큰 재앙이 제국 수도에 올 것입니다."

'설마 요하네프 3세가?'

그녀는 고개를 저었다. 두 명이 감기에 걸린 것으로 요하네프 3세의 음모와 연관 짓는 것은 무리였다. 하지만 마리는 자꾸만 불길한 마음이 들었다. 명확한 근거는 없었지만, 그녀의 감이 자꾸만 경고하고 있었다. 그냥 넘어가서는 안 된다고. 확인해 봐야 한다고. 결국 그녀는 자리에서 일어났다.

"전하, 한 가지만 확인하고 오겠습니다."

"무엇을?"

마리는 짧게 답했다.

"궁 내에 추가적인 감기 환자가 발생하지 않았는지 확인해 보겠습니다."

마리는 조사를 시작했다. 황태자의 전속 시녀이자 보좌관으로 상당한 권한을 지니고 있기에 빠르게 조사를 진행할 수 있었다. 그리고 나온 조사 결과에 마리의 눈동자가 흔들렸다.

'황태자와 재상뿐이 아니야! 환자가 더 있어!'

황궁 내 새롭게 생긴 감기 환자는 총 12명이었다. 모두 어제, 오늘 사이에 생긴 환자였다.

'그냥 감기가 유행하는 것인가? 아니면 설마 이게 요하네프 3세가 말한 새로운 재앙?'

마리는 깊은 고민에 빠졌다. 황궁 내 발생한 환자만으로는 확신할 수 없었다.

'더 확인을 해봐야겠어.'

마리는 수도 전체에 비슷한 증상의 환자가 발생하고 있는지 조사토록 하였다. 그러는 사이, 하루가 지나고 황궁 내 환자는 12명에서 25명으로 늘어났다. 무언가 심상치 않음을 직감했을 때, 사달이 났다. 황궁에서 발생한 환자 중 몇 명의 눈이 빨갛게 충혈되기 시작한 것이다.

"……!"

직접 그 충혈된 눈동자를 확인한 마리의 안색이 하얘졌다. 마치 피가 나듯 눈동자가 새빨갛게 변해 있었다.

'단순한 감기가 아니야! 감기로 이렇게 눈동자가 충혈될 리가 없어.'

마리의 머릿속에 한 가지 유력한 가능성이 떠올랐다.

'이건 전염병이야! 설마 요하네프 3세가 말한 재앙이 바로 이 전염병?'

마리의 얼굴이 하얗게 질렸다.

'어떻게 이런 악독한 음모를 꾸밀 수 있지?'

수많은 사람이 사는 도시에 전염병을 퍼뜨리다니. 요하네프 3세가 꾸민 음모의 끔찍함과 두려움에 마리의 손끝이 희미하게 떨렸다.

'무슨 수를 써서라도 막아야 해. 하지만 어떻게?'

문제는 이게 요하네프 3세로 인한 전염병이 맞는다고 해도 해결할 방법이 없다는 것이다. 이 시대에 전염병은 하늘이 내리는 천벌에 가까웠다. 그저 큰 피해 없이 지나가길 바랄 뿐, 대응할 방법이나 해결책은 거의 없었다.

'아니야. 무언가 방법이 있을 거야. 요하네프 3세도 본인의 입으로 해결책이 있다고 했었어. 그걸 찾아야 해.'

아직 희생자가 나오기 전이니, 마리는 늦기 전에 해결책을 찾아내리라 다짐했다.

갑작스러운 전염병의 창궐에 황궁이 난리가 났다. 황태자는 당장 병석을 박차고 일어났다. 그의 병세도 상당히 심각했지만, 이런 긴급 상황에서 누워 있을 수 없었다.

"그래, 상황이 어떻다고?"

"현재 황궁 내 환자는 78명입니다. 수도 전체로는 아직 조사가 끝나지 않았지만, 약 300명 내외로 보입니다."

"사망자는?"

"아직 없습니다."

"그건 다행이군."

황태자는 고열로 힘든지 의자에 등을 기대었다.

"무슨 전염병인지는 확인되었나?"

"그건 아직…… 어의도 처음 보는 종류의 전염병이라고 합니다."

"혹시 흑사병은 아니겠지?"

그 물음에 재상 오른의 안색이 하얘졌다.

"그건 아닐 겁니다. 흑사병과는 증상이 전혀 다르니까요."

"하아, 어쨌든 아직까지는 피해가 크지 않아서 다행이군."

황태자는 필요한 조처를 지시했다.

"당분간 사람들에게 외출을 삼가라 전하도록. 많은 사람이 모이는 집회는 전부 취소시켜라. 병에 걸린 사람들은 적절히 치료받을 수 있도록 지원하고, 다른 사람과 접촉하지 않도록 필요한 모든 격리 조치를 하도록."

"네, 알겠습니다."

황태자는 할 수 있는 모든 조처를 꼼꼼하게 명령했다.

"더 확산되지 말아야 할 텐데, 큰일이군."

황태자는 걱정 어린 목소리로 중얼거렸다. 마리도 그렇게 되길 바랐지만 불안은 사라지지 않았다. 이게 정말로 요하네프 3세의 음모가 맞는다면, 가벼운 전염병이 아닐 것이다.

'그때 만났을 때 어떻게든 정보를 얻었어야 했는데. 내가 너무 안일했어. 강제로 사로잡아서라도 해결책을 알아내야 하는 거였는데.'

후회가 밀려왔지만 이미 늦었다. 서제국으로 급하게 도주했는지 그는 종적을 감춘 뒤였다.

그러는 사이 황궁은 물론, 수도 전체에서도 감염자는 계속해서 늘어갔다. 300명, 500명, 700명…… 이윽고 환자가 1,000명을 넘기고 2,000명에 가까워졌을 때, 수도 백성들이 폭발했다. 전염병에 대한 공포에 질려 공황 상태에 빠진 것이다.

"계속 수도에 있다가는 우리도 전염병에 걸릴 거야!"

"저주받은 것이 분명해. 빨리 이 수도를 벗어나야 해!"

언제나 그렇지만, 전염병에 대한 공포는 사회를 순식간에 마비시킨다. 실제로 사망에 이른 환자는 많지 않았지만, 사람들은 당장 내일이라도 병에 걸려 죽을 것처럼 공포에 떨었다.

"큰일이군. 좀처럼 가라앉을 기미가 보이지 않아."

"네, 전하."

황태자와 재상은 고열로 파리한 안색을 한 채 대화를 주고받았다. 그나마 오른은 상태가 좋아지고 있는지 안색이 조금 나았지만, 황태자의 얼굴은 점점 더 나빠졌다.

"할 수 있는 조처는 다 하고 있겠지?"

"네, 그렇습니다."

"사망자의 수는?"

"아직은 많지 않습니다. 하지만 환자의 수가 기하급수적으로 늘어나는 중이라 사망자가 늘 것으로 보입니다."

"큰일이군."

황태자는 깊게 탄식했다.

"수도를 폐쇄할 수도 없고."

그 말에 마리는 근심 어린 표정을 지었다.

'어떻게 해야 하지? 더 늦으면 사람들의 피해가 걷잡을 수 없을 만큼 커질 거야.'

"저는 왕녀가 너무 늦지 않게 저를 찾았으면 좋겠습니다."

마리는 요하네프 3세의 말이 떠올라 입술을 깨물었다. 얼마 전 만남에서 그는 그녀가 자신의 여인이 되면, 재앙에 대한 해결책을 알려 준다고 약속했었다. 그러며 늦게 결정할수록 사람들의 피해가 커질 것이니 너무 시간을 끌지 말라며 경고했었다.

'내가 그의 여자가 되어야 한다고?'

상상하기도 싫은 일이었다. 그의 품에 안긴다고 생각하는 것만으로 온몸에 소름이 돋았다. 하지만 그녀가 자신을 희생하면 수도는 환난에서 벗어날 수 있을 것이다.

'싫어.'

아무리 많은 사람의 목숨이 걸린 일이라도, 그녀도 사람인지라 쉽게 결정할 수가 없었다.

'하지만 해결책이 보이지 않아.'

마리는 병에 시달리면서도 제국민을 위해 고뇌하는 황태자의 얼굴을 바라보았다. 그녀가 결정을 미루면 미룰수록 황태자와 사람들의 고통은 커질 것이다. 아무리 늦어도 오늘, 내일 중에는 결정해야 했다.

마리는 창밖으로 시선을 돌려 대성당의 십자가를 바라보았다. 그곳에는 이미 많은 사람이 몰려와 전염병에 대해 기도하고 있었다.

'주님. 제발. 제발…… 방법을 알려 주세요.'

그날 밤, 마리는 쉽게 잠이 들지 못했다. 어떻게 해야 할지 판단이 서지 않았다. 그녀는 숙소의 침대에 누워 고뇌에 빠졌다. 지금 이 순간에도 환자는 늘어나고 있다. 시간이 없었다.

그렇게 고민하다가 그녀는 깜빡 잠이 들었는데, 꿈속에서 눈을 크게 떴다. 마치 현실처럼 선명한 시야, 또렷한 감각. 꿈을 꾸게 된 것이다! 그녀에게 능력을 주는 신비한 꿈이었다.

「사망자가 계속해서 늘고 있습니다, 선생님!」

「벌써 런던 시내의 감염자가 1,000명을 돌파했어요.」

꿈속의 배경은 병원이었다. 수많은 환자가 병실에 누워 질병에 시달리고 있었는데, 한 의사가 고뇌에 찬 표정을 짓고 있었다.

「이대로는 안 돼. 이대로라면 1차 대유행 때의 악몽을 되풀이할 뿐이야.」

「정부에서 전염병의 원인인 독기를 제거하고 있다고 합니다. 그러니 전염병도 잠잠해지지 않을까요?」

한 의료진의 말에 의사는 고개를 저었다.

「이 전염병의 원인은 독기가 아니야. 1차 대유행 때도 독기를 다스렸지만, 사망자는 계속해서 늘어날 뿐이었어. 이 전염병을 유발한 진짜 이유를 찾아내야 해.」

그러며 의사는 말했다.

「지도를 가져오게.」

「지도요?」

의료진의 물음에 의사는 굳게 고개를 끄덕였다.

「조사를 통해 이 전염병을 유발한 진정한 원인을 찾아내야겠어.」

의사, 훗날 콜레라의 퇴치자이자 '역학의 아버지'라 불리게 되는 '존 스노 박사'는 굳은 목소리로 말했다.

"……!"

거기까지 꿈을 꾼 마리는 번뜩 눈을 떴다.

'이번 전염병과 연관된 꿈이 분명해!'

그녀의 얼굴이 흥분으로 상기되었다.

'무슨 능력을 얻게 된 거지?'

마리는 자신의 손을 바라보았다. 아쉽게도 사람을 치료할 수 있는 '의술' 능력을 얻은 것 같지는 않다. 얻게 된 능력은 바로 '역학자(Epidemiologist)'의 능력! 바로 전염병 전문 조사가의 능력이었다.

'이 능력이면 수도에 퍼지는 전염병을 해결할 방법을 찾을 수 있을지 몰라!'

마리는 다급히 침대에서 일어났다. 아직 이른 새벽이었지만 누워 있을 여유가 없었다. 지금 이 순간에도 환자는 계속해서 늘어나고 있었다. 그녀는 지금 당장 역학자로서 전염병을 조사해 보기로 했다.

'바로 시작하자.'

그녀가 향한 곳은 행정부였다. 전염병 관련해 조사한 자료가 모두 행정부에 있었다. 이른 새벽 난데없는 마리의 방문에 행정부 직원은 놀란 표정을 지었다.

"온 힐데른?"

"제가 이야기한 자료를 준비해 주세요. 최대한 빨리요."

마리는 급히 필요한 자료를 설명했다. 행정부 직원은 의아한 표정을 지었지만 군말 없이 자료를 가져왔다.

"여기 있습니다."

"감사해요."

좌악!

커다란 테이블에 지도를 펼친 그녀는 자료를 대조하며 전염병 패턴을 분석하기 시작했다.

"그런데 지금 무엇을 하시는 것입니까?"

"전염병 지도를 작성할 거예요. 이러면 전염병의 공통점과 특성을 알 수 있어요."

행정부 직원은 고개를 갸웃했다. 잘 이해가 되지 않았지만, 다른 누구도 아닌 마리다. 분명 무슨 뜻이 있는 것이리라 생각했다. 마리는 그대로 꿈쩍도 하지 않고 자료를 지도와 대조해 가며 분석해 나갔다.

'귀족들의 거주지에 주로 발생했고, 그곳의 공통점은…….'

그렇게 밤이 지나고, 새벽이 지나고, 아침 해가 떠오른 지 한참이나 지난 후, 그녀는 결론을 낼 수 있었다.

'이거야! 이게 전염병의 원인이야!'

마리는 역학자로서 판단했다. 그녀는 자신이 추측한 원인이 거의 맞을 것으로 확신했다.

'이제 이 원인만 해결하면 추가적인 환자가 발생하는 것을 막을 수 있어.'

마리는 당장 사자궁으로 향했다. 그녀의 판단을 확인하려면 황태자의 도움이 필요했다. 하지만 사자궁에 도착한 그녀는 의외의 난관에 봉착했다.

"전하께서 침소에 드셨다고요?"

"그래, 어제 밤새 대책을 논하다가 방금 침소에 드셨다."

오른이 말했다.

마리는 황태자의 상태가 걱정되었다. 비상시국에 이렇게 침소에 들 황태자가 아니었는데, 몸 상태가 더 안 좋아진 것 같았다.

'어젯밤에도 안색이 굉장히 안 좋으셨었지. 괜찮아지셔야 할 텐데.'

"그런데 전하께는 무슨 용무인 거지? 급한 일이면 나한테 이야기하도록."

마리는 주저했다. 그녀도 오른이 자신을 탐탁지 않아 함은 알고 있었다. 그래서 그에게 자신의 의견을 이야기하기가 꺼려졌다. 하지만 머뭇거릴 사안이 아니었다.

"상수도를 조사할 수 있게 해주십시오."

"상수도? 갑자기 그게 무슨 말이지?"

오른은 인상을 찌푸렸다.

"이번 전염병의 원인이 도시에 공급되는 상수도일 가능성이 높아 보입니다."

그렇다. 마리가 역학 지도로 판단한 바에 따르면 이번 전염병의 원인은 사람들이 사용하는 물일 가능성이 높았다.

'전염병은 대부분 황궁과 귀족의 거주지에서 발생했어. 그 지역들은 모두 같은 상수원을 사용하고 있어. 상수원이나 수로, 둘 중 하나가 감

염원에 의해 오염되어 있을 가능성이 높아.'

하지만 오른은 그녀의 의견에 쉽게 고개를 끄덕이지 않았다. 전염병의 원인이 물이란 것은 이 시대에는 통용되지 않는 개념이었기 때문이다.

"물이 오염되었다고? 그럴 리가 있나? 전염병은 나쁜 공기, 즉 독기에 의해 퍼진다. 똑똑한 네가 모를 리는 없을 텐데?"

오른이 이야기한 내용은 독기설로 먼 훗날 19세기까지 유럽을 지배하는 전염병 이론이었다. 당시 유럽 사람들은 모든 전염병은 독기에 의해 옮겨진다고 여겼다.

'하지만 이번 전염병은 아니야. 공기로 전염되는 질병과 전파되는 형태가 전혀 달라!'

마리는 오른의 말에 고개를 저었다.

"이 질병은 다른 전염병과 다르게 나쁜 공기에 의해 퍼지는 것이 아닙니다. 그 근거로 질병의 분포 형태가 수도 전체로 퍼지지 않고 일부 지역에 국한되어 있으며, 그 범위가 특정 상수도의 공급 범위와 정확히 일치합니다."

그렇게 설명한 마리는 조마조마하게 생각했다.

'내 설명을 받아들일까?'

오른의 자신에 대한 반감은 둘째 치고, 물로 전염병이 옮긴다는 것은 혁명에 가까운 발상이었다. 따라서 과연 그가 받아들일지 걱정이 들었다.

"물이라고?"

오른 공작은 그녀의 설명에 잠시 입을 다물었다. 오른도 명석한 두뇌를 가지고 있는 만큼 마리의 설명이 나름의 논리가 있음을 파악한 것이다. 하지만 그는 매섭게 문제점을 지적했다.

"공통점이 있다고 해서 반드시 원인이라고 할 수는 없지 않은가?"

"그건 조사를 해보면……."

"네가 말한 상수원과 상수도의 문제를 확인하려면 한두 명의 인원으로 될 것이 아니야. 너도 이 수도에 물을 공급하는 상수도가 얼마나 긴지는 알고 있겠지?"

마리는 입을 다물었다. 틀린 지적이 아니었다. 수도에 공급되는 수로의 길이는 거의 30㎞에 육박했다.

"필요한 조처를 하느라 그렇지 않아도 사람이 부족한데, 확실하지도 않은 추측에 많은 인력을 사용할 수는 없다. 네 추측이 맞는다는 보장도 없고, 만약 틀렸다면 가장 중요한 시기를 헛되게 보내게 되는 것이니까."

오른의 말도 틀린 것이 아닌지라 마리는 입술을 깨물었다.

'어떻게 하지? 나한테 신비한 능력이 있다고 설명할 수도 없고.'

한참을 고민하다 결국 방법이 없음을 깨달은 그녀는 정면으로 부닥치기로 했다.

"제발 부탁드립니다. 이번 한 번만 저를 믿어주세요."

그녀는 무릎을 꿇으며 고개를 숙였다.

"……!"

이마가 거의 땅에 닿을 정도로 깊이 고개를 숙이자 오른은 흠칫 놀란 표정을 지었다. 마리는 그 자세 그대로 간절한 목소리로 청했다.

"각하의 말씀도 물론 옳습니다. 하지만 전염병이 전혀 조절되지 않는 지금 다른 방법을 시도해 봐야 한다고 생각됩니다. 만약 조사를 해봤는데 제 추측이 틀렸다면, 그 책임은 제가 모두 지도록 하겠습니다!"

그 말에 오른은 진중한 눈으로 마리를 바라보았다.

"책임을 지겠다고? 넌 그 말의 무게를 모르는 것인가?"

"알고 있습니다."

"알아? 수많은 사람의 목숨이 걸린 일이다. 그 책임을 지려면 네 목숨으로도 모자라. 그걸 알고 하는 이야기인가?”

마리는 굳은 표정으로 오른을 바라보았다. 오른은 지금 빈말을 하는 게 아니었다. 그렇지 않아도 그녀를 의심하고 있는 그는 이번 일을 빌미로 정말로 그녀의 목을 치려고 할지도 몰랐다.

“알고 있습니다. 만약 저로 인해 사태가 악화한다면 책임을 지겠습니다.”

하지만 마리는 떨리는 마음을 억누르며 말했다.

“…….”

그녀의 답에 오른은 잠시 침묵에 잠겼다. 그의 눈동자가 복잡한 빛을 띠었다.

‘마리, 넌 도대체?’

솔직히 말해 오른은 마리의 정체가 실제로 모리나 왕녀이든 아니든 그녀를 제거하고 싶었다. 바로 황태자 때문이었다.

‘전하께서는 그녀의 정체가 어떻든 그녀를 자신의 비로 맞을 생각을 굳힌 상태인 게 분명해. 그건 안 돼. 절대로.’

곧 현황인 토른 2세가 붕어한다. 그러면 황태자는 진정한 제국의 주인이 된다. 정체를 확신할 수도 없는 그녀를 전하의 비가 되게 할 수는 없었다.

‘내가 이런 마음을 가지고 있는 걸 명민한 그녀가 모르지 않을 텐데, 이런 위험한 부탁을 한다고? 왜?’

오른은 혼란스럽게 생각했다. 이번 일은 마리에게 불리하기만 한 부탁이다. 일을 이루어도 그녀 자신이 얻을 이득은 없고, 실패 시 감수해야 할 책임은 굉장히 크다.

“어째서 그렇게 남을 위해 나서는 것이지?”

마리는 뭐라고 대답할 수가 없었다. 무슨 거창한 이유가 있는 것은 아니었다. 그저 그녀를 소중히 대해 주는 황태자가 고뇌하는 모습을 보고 싶지 않았고, 사람들이 전염병으로 괴로워하는 모습을 보고 싶지 않을 뿐이었다.

'물론 내가 능력이 없다면 어쩔 수 없었겠지만.'

손이 안 닿는 일까지 나서려는 것은 아니었다. 세상의 모든 사람을 도와주려는 것도 아니었다. 하지만 손이 닿는다면, 능력이 되는 선에서는 도움을 주고 싶었다.

'내게 능력이 내려진 것도 나 자신을 위해 쓰라고 내려진 게 아닐 테니까.'

한편, 그녀가 입을 다물고 있자 오른이 큰 한숨을 내쉬었다. 여러 복잡한 감정이 섞인 한숨이었다.

"어쨌든 안 된다."

"각하?!"

"정말로 인력이 없어. 필수적인 조처를 하는 것만으로도 인력이 모자랄 정도다."

마리는 다급해졌다. 이 전염병을 해결하려면 반드시 수로를 조사해야 한다. 다른 조처는 다 소용이 없었다.

"하지만……!"

그런데 그 순간이었다. 오른이 뜻밖의 말을 하였다.

"공식적으로는 그렇지."

"……네? 그게 무슨 말씀이신지요?"

"비공식적으로는 쓸 인력이 있다는 말이다."

마리는 그의 말을 이해하지 못해 얼떨떨한 얼굴을 하였다. 오른은 잔뜩 마음에 안 든다는 표정으로 말을 이었다.

"소비엔 공작가의 식솔을 모조리 동원하면 200명이 넘는 숫자이니, 그 정도면 수로를 조사하는 데 충분할 것이다."

"……!"

마리는 놀라 오른을 바라보았다.

"각하? 어째서?"

오른은 그녀를 탐탁지 않아 한다. 그런데 가문의 힘을 동원해서까지 도움을 주겠다니? 믿을 수 없었다. 오른은 인상을 찌푸렸다.

"네 말이 아예 근거가 없는 것은 아니니까. 할 수 있는 것은 다 해봐야 하지 않겠나. 그렇다고 부족한 인력을 불확실한 추측에 뺄 수도 없으니, 개인적으로 도움을 줄 수밖에. 어쨌든 난 너에 대한 개인적인 감정 때문에 공적인 일을 그르칠 얼간이는 아니야."

그 말에 마리는 크게 감사를 표했다.

"정말 감사합니다. 감사합니다!"

"감사는 됐다."

오른은 그녀를 똑바로 바라보았다.

"대신 한 가지 조건이 있다."

"……?"

"만약 네 추측이 틀렸다면, 그때는 넌 내가 하는 말을 한 가지 따라야 한다."

마리의 표정이 굳었다. 그가 그녀에게 평범한 것을 시킬 리가 없었다. 오른은 차가운 음색으로 말했다.

"내가 어떤 것을 시키든, 넌 그대로 따르겠다고 이 순간 맹세하거라. 만약 황태자 전하가 반대하더라도 말이야. 이게 바로 내가 내거는 조건이다."

마리는 오른의 조건을 받아들였다.

'어떤 걸 시키려는 거지?'

마리는 불안한 마음으로 생각했다. 분명 그녀에게 지극히 곤란한 내용이리라.

'정체를 다시 물으려는 걸까? 아니면 황태자 전하를 떠나라고?'

마리는 생각을 돌렸다.

'됐어. 지금은 일단 전염병을 해결하는 데만 집중하자.'

마리는 오른이 지원해 준 인원들과 함께 수로를 조사하러 떠났다. 황태자에게는 따로 고하지 못했다. 고열 탓인지 그가 좀처럼 깨어나질 못했기 때문이다. 창백한 얼굴로 고열에 시달리는 그의 모습에 마리는 가슴이 시큰했다.

'빨리 좋아지셔야 할 텐데.'

그녀는 갑자기 더럭 걱정이 들었다.

'혹시 더 상태가 악화하지는 않으시겠지? 만약 더 나빠지시기라도 하면?'

안 좋은 쪽으로 생각이 뻗어 그녀는 강하게 고개를 저었다.

'아니야. 원래 강인하셨으니 곧 회복하실 거야.'

애써 그렇게 생각했지만 불안한 마음이 가시지 않았다. 괜찮을 거라 생각하면서도 자꾸만 걱정이 들었다.

"너무 걱정하지 마. 제국 최고의 명의인 어의께서 계속 옆에 붙어 있으니까 수로를 조사하고 돌아오면 건강하게 나아 있으실지도 몰라."

믿는다기보다는 그렇게 되기를 간절히 기원하는 마음으로 중얼거리며 그녀는 말을 몰았다.

"온 힐데른. 어느 방향으로 가시겠습니까?"

소비엔 공작가의 기사가 물었다. 오른은 정말로 전폭적으로 지원해 주어 수도 근처에 머무는 소비엔 공작가의 식솔들이 모두 그녀를 따랐다.

"키로인산의 심정(深井)을 먼저 확인해 보겠습니다."

"상수원을 확인해 보려는 것이군요."

"네."

마리는 고개를 끄덕였다. 하지만 심정을 조사한 그녀는 실망한 표정을 지었다.

'깨끗해. 아무런 문제도 없어.'

상수원답게 심정은 맑고 깨끗하기 그지없었다. 전염병의 유발원이라고는 상상할 수 없었다.

'심정이 아니라면 수로에 문제가 생겼다고 봐야 해.'

그렇게 생각한 마리는 막막한 마음이 들었다.

'수로를 어느 세월에 다 조사하지?'

수로는 길이만 30㎞였다. 그걸 다 조사하려면 많은 시간이 소요될 것이 분명했다. 최소 1주일 이상은 걸릴 것이다.

'그럼 너무 늦어! 그사이 감염자가 수도 없이 늘어날 거야. 최대한 빨리 조사를 끝내야 해.'

마리는 고민에 빠졌다. 무턱대고 조사했다가는 모래사장에서 바늘을 찾는 격이 될 수 있었다. 최대한 합리적이고 계획적으로 접근해야 했다.

'수로의 분포 특성을 봐서 불필요한 부분은 제외하고, 문제가 생겼을 법한 부분을 위주로 조사하자.'

마리는 수로가 표기된 지도를 보며 사람들에게 우선적으로 조사할 부분을 지시했다. 곧 사람들이 뿔뿔이 흩어져 수로를 조사하기 시작했다.

'제발. 빨리.'

마리는 초조함에 두 손을 맞잡았다. 그녀는 자꾸 침상에 누워 있던 황태자가 마음에 걸렸다. 빨리 조사를 끝내고 황궁으로 돌아가, 그가 건강하게 일어나 있는 모습을 확인하고 싶었다.

그렇게 시간이 지나고 조사를 끝낸 사람들이 돌아왔다. 하지만 그들이 가져온 소식은 좋지 않았다.

"이상이 없다고요?"

"네, 예작님이 말씀하신 부분을 전부 조사해 보았지만 전혀 이상이 없습니다."

마리는 곤란한 표정을 지었다.

'이상이 없다고? 그러면 수로 전체를 다 조사해야 하는 건가?'

"혹시 놓친 부분이 있을 수도 있으니, 다시 한번 확인 부탁할게요. 저도 직접 확인해 볼게요."

하지만 조사를 거듭해도 이상한 점은 없었다. 마리는 눈앞이 컴컴해졌다.

'어떻게 하지? 무턱대고 수로 전체를 조사하면 시간이 너무 오래 걸릴 텐데. 좋은 방법이 없을까?'

마리는 입술을 깨물며 고뇌에 잠겼다. 막막한 마음으로 30㎞ 전 구간을 조사해야 할지 고민하고 있을 때, 그녀의 눈에 이상한 점이 들어왔다.

'어?'

마리는 행정부 관리에게 물었다.

"이곳 수로는 어떤 원리로 수도에 물이 공급되는 거죠?"

"그거야 낙차에 의한 것 아닙니까? 상수원이 수도보다 높은 곳에 위치하고 있으니, 그 낙차의 힘으로 물이 흐르는 것이지요."

관리는 당연한 상식을 왜 묻느냐는 듯한 표정을 지었다.

"100m당 낙차가 1㎝ 정도밖에 되지 않으니, 천 년도 훨씬 이전에 살았던 고대 로마인들의 기술력이 대단하긴 하지요. 그런데 그건 왜 묻는 것인지요?"

물론 마리도 몰라서 물어본 것은 아니었다. 그녀는 이상하다는 듯 지적했다.

“그런데 왜 여기 물의 흐름이 원활하지 않은 거죠?”

“네?”

“이 부분의 물의 흐름이 앞의 부분보다 원활하지가 않아요.”

관리는 눈을 크게 떴다. 마리의 말대로였다. 눈여겨보기 전에는 몰랐는데, 정말로 물의 흐름이 원활치 않았다. 마리는 속으로 외쳤다.

‘이건 낙차에 문제가 생긴 거야!’

잘 관리되던 수도교에 이유 없이 문제가 생길 리는 없다. 그녀는 해결의 열쇠를 찾았음을 직감했다.

마리는 물의 흐름이 원활치 않은 부위와 다시 원활해지는 접점으로 향했다. 멀지 않은 지점이었다. 그리고 그곳에 도착한 그녀의 눈동자가 흔들렸다. 물이 흐르는 수로 밑의 어느 부분이 살짝 위로 올라와 있었던 것이다. 마치 무언가를 안에 숨겨 둔 것처럼. 뒤따라온 관리가 밑을 확인해 보았고, 모두가 경악했다.

“이, 이럴 수가?”

“어째서 수로 밑에 이런 시체들이?”

수로 밑에 수없이 많은 썩은 쥐의 시체가 쌓여 있었던 것이다. 병에 시달리다 죽은 쥐들인지 정체 모를 반점들이 시체에 가득했다.

‘이게 전염병의 원인이었어.’

그녀는 창백한 표정으로 생각했다. 이 병에 걸린 쥐들의 시체가 이번 전염병의 원인이 분명했다. 쥐들의 몸에서 나온 균을 사람들이 먹고 병에 걸린 것이다.

‘이젠 전염병을 해결할 수 있어.’

마리는 주먹을 움켜쥐었다. 원인을 알아냈으니 해결은 쉬웠다. 이 쥐들의 시체를 없애고, 수로에서 공급된 물을 당분간 피하면 전염병은 사그라질 것이다. 그렇게 마리는 수도를 공포로 몰아가던 전염병의 원인을 파악해 냈다.

그녀는 곧바로 조치했다. 수로에 묻혀 있던 병든 쥐들의 시체를 없애고, 해당 수로에서 공급되던 물의 사용을 금지했다. 그러자 금방 효과가 나타나기 시작했다. 끝없이 늘어나기만 하던 환자들의 수가 뚝 끊긴 것이다.

"이제 끝인가? 전염병이 끝난 거야?"

"오, 신이여. 감사합니다!"

사람들은 드디어 막을 내린 전염병의 공포에 기쁨의 환호성을 질렀다. 전염병의 피해가 없었던 것은 아니지만, 그래도 이 정도면 다른 때에 비해 굉장히 양호했다. 모두 마리가 늦지 않게 원인을 파악한 덕분이다.

"이번에도 힐데른 예작이 공을 세웠다고 하던데?"

"정말이야?"

"그래, 수로가 오염된 것을 확인하고 조치한 게 모두 힐데른 예작님이라고 하더라고."

"하, 정말 대단하군. 도대체 힐데른 예작은 우리에게 얼마나 많은 도움을 주는 건지."

수도의 사람들은 너 나 할 것 없이 마리에게 감사한 마음을 가졌다. 그녀 덕분에 죽음의 공포에서 벗어날 수 있었기 때문이다. 더구나 그녀가 제국에 공을 세운 게 이번이 처음도 아니었다. 성배 도난 사건부터 이번 전염병 사건까지. 짧은 시간 동안 그녀가 제국을 위해 세운 공은 헤아릴 수도 없을 정도로 많았다.

"힐데른 예작님이야말로 하늘에서 내려온 천사가 아닐까?"

"천사라고?"

"그래, 이전에 그런 소문이 있었잖아. 힐데른 예작님이 이런저런 문제를 몰래 해결해 주던 황궁의 천사라고. 그런데 최근의 모습을 보니 단순한 황궁의 천사가 아니라, 우리 모두를 위해 내려온 천사가 아닐까 하는 생각이 드는군."

누군가의 말에 사람들은 고개를 끄덕였다. 만약 정말로 하늘이 제국을 위해 내려 준 천사가 있다면 그녀일 것이 분명했다.

"어쨌든 난 그분이 황태자비가 되는 것에 찬성일세!"

"나도 마찬가지야! 그분이 아니라면 누가 우리 제국의 황태자비가 된단 말인가?!"

"온 힐데른 만세!"

"황태자 전하 만세!"

그렇게 그녀 덕분에 죽음의 공포에서 벗어난 사람들은 마리와 황태자의 이름을 환호했다. 그리고 이 일로 인해, 평민들뿐만 아니라 귀족들 사이에서 그녀를 지지하는 이들이 대폭 늘어났다.

"나도 이번 일로 힐데른 예작에 대해 다시 생각하게 되었소."

"그러게 말입니다. 클로얀 왕국의 전쟁 포로 출신이라고 무시할 것이 아니었소."

이번 전염병은 주로 귀족들의 거주지에서 집중적으로 일어났다. 그런데 마리 덕분에 죽음의 위기에서 벗어날 수 있었던 것이다. 만약 그녀가 아니었다면 얼마나 큰 피해가 일어났을지 모른다. 목숨을 구제받은 귀족들은 그녀를 다시 바라보게 되었다.

"난 이제 황태자 전하의 뜻에 찬성하오. 단순히 출신 성분만 놓고 판단할 것이 아닌 듯하오. 그녀가 황태자비에 어울리지 않는다면, 그 누가 황태자비가 될 수 있단 말이오?"

"나도 동의하오. 이미 온 힐데른은 제국의 은인이나 다름없으니까

말이오."

"그녀가 받은 이름처럼 그녀야말로 성인(聖人) 힐데가르트에 조금도 못지않다고 생각하오."

그렇게 평민, 귀족 할 것 없이 그녀의 이름을 높였다. 그만큼 이번에 그녀가 세운 공은 대단했다. 하지만 모두가 그녀의 이름을 높이고 있을 때, 마리는 웃을 수 없었다. 전염병에 걸린 황태자 라엘의 상태가 갈수록 악화하고 있었기 때문이다.

"저, 전하."

마리의 목소리가 흔들렸다.

"……난…… 괜찮다. 신경 쓰지 말도록."

라엘은 침상에 기대어 누운 채로 옅게 미소를 지었다. 걱정하지 말라는 미소였지만, 안색이 파리하기 그지없었다. 마리는 다급히 그의 손을 잡았다. 한데 라엘의 손은 마치 끓듯이 뜨거웠다.

'어떻게 이런 고열이? 이전보다 더 심해졌어.'

마리의 표정이 딱딱하게 굳었다. 다른 전염병 환자들에 비해서도 심한 고열이었다. 전염병을 해결하기 위해 많은 조사를 한 그녀이기에 이 고열의 위험성을 알고 있었다.

'……사망한 환자 모두 이렇게 고열에 시달리다 사망했어. 한 명도 빠짐없이 전부 다.'

그녀의 안색이 하얘졌다. 전염병에 걸린 사람이 모두 죽는 것은 아니다. 하지만 죽음에 이른 사람은 한 명의 예외도 없이 저렇게 고열에 시달리다 사망했다.

'아, 아니야. 전하가 그렇게 될 리가 없어.'

마리는 강하게 부정했다. 하지만 핏기가 하나도 없는 그의 얼굴은 평소와 전혀 달랐다. 가슴이 시릴 정도로 여리게만 느껴졌다.

그때, 황태자가 천천히 손을 들었다. 그 간단한 동작조차도 힘든지 그의 손이 희미하게 떨렸다. 그는 그 손으로 그녀의 뺨을 어루만지며 말했다.

"난 괜찮다. 그런 표정 짓지 마라."

"……전하."

"참 묘하군. 이전에는 그대가 날 걱정해 주었으면 하고 바랐는데, 막상 걱정을 받으니 그대가 괜히 신경 쓸까 봐 오히려 걱정돼. 난 아무렇지도 않으니 정말 신경 쓰지 마라."

저렇게 아픈 와중에도 도리어 자신을 걱정하는 그의 모습에 마리는 가슴이 울컥했다. 저 남자는 왜 이렇게 바보 같단 말인가? 라엘은 고열로 흐릿해진 시야로 그녀를 바라보며 말했다.

"이번에도 큰 공을 세웠는데, 정말 고맙다. 그대가 아니었다면 정말 큰일 날 뻔했어."

"괜찮습니다. 이제는 더 말씀하지 마시고 쉬셔야 해요."

마리는 다급히 말했다. 라엘은 천천히 고개를 저었다.

"아니야. 그대가 세운 공에 대해 상을 주어야 하는데…… 잠시만……."

그렇게 말하는 그의 목소리가 점차 낮아졌다. 고열에 못 이겨 다시 잠이 든 것이다. 마리는 눈을 감은 라엘을 보며 멍한 얼굴을 했다.

'왜? 왜 이렇게 안 좋아지신 거지?'

아니, 이유는 중요하지 않았다. 그의 아픈 모습을 보니 설명할 수 없는 감정이 들었다. 가깝게 지내던 이가 아프니 걱정되는 것이 당연하지만, 이건 고작 그런 느낌이 아니었다. 누군가 가슴을 통째로 도려낸 것 같았다.

'괜찮을 거야. 곧 좋아지실 거야. 전하가 누구인데. 철혈의 황태자잖

아. 이러다가 금방 일어나 굳건한 모습을 보여 줄 거야.'

마리는 애써 좋게 생각했다. 그래, 다른 누구도 아닌 황태자가 병에 지다니. 그런 일은 상상할 수도 없었다. 그러니 그런 일은 일어나지 않을 거다. 그녀는 그렇게 굳게 중얼거리며 그를 간병했다.

앉듯이 기댄 자세를 편하게 눕히고, 펄펄 끓는 이마에 차가운 수건을 올려놓았다. 그리고 땀에 젖은 상의를 다른 옷으로 바꾸어주기까지 했는데, 평소라면 바로 깨어났을 그는 흐릿한 신음을 흘릴 뿐 전혀 눈을 뜨지 않았다. 그 모습을 보니 마리는 다시 가슴이 울컥했다. 자신도 모르게 눈동자가 시큰해지려고 해 그녀는 입술을 깨물었다.

"제발…… 일어나세요. 이런 모습 전하한테 어울리지 않아요. 제발. 제발……."

빈 물잔을 들고 침실 밖으로 나오니 어의인 고돈 준남작과 오른이 심각한 표정으로 대화를 나누고 있었다.

"그래서? 솔직히 말해보게. 전하의 상태가 어떤가?"

"일단 최선을 다해 치료하고 있습니다."

"최선을 다하고 있는 건 알아. 내가 알고 싶은 것은 정확한 상태야. 다른 누구도 아닌 재상인 나는 상태를 정확히 알고 있어야 해. 빨리 말해보게."

"하아."

마리는 고돈 준남작의 한숨을 듣는 순간 가슴이 덜컥 내려앉았다. 느낌이 좋지 않았다.

"그렇게 되지는 않을 거라 믿고 있지만, 사실 지금으로서는 장담할 수가 없습니다."

오른의 안색이 창백해졌다.

"장담할 수가 없다고? 그 말은?"

"네, 최악의 순간을 생각하고 있어야 할 듯합니다."

"그런……!"

그 순간이었다!

쨍그랑!

갑자기 물병이 깨지는 소리가 들려와 그들은 대화를 나누던 중 흠칫 고개를 돌렸다. 그곳에는 마치 시체처럼 안색이 질린 마리가 멍하니 서 있었다. 그녀는 자신이 물병을 떨어뜨렸는지도 모르고 있었다.

"아니에요."

"힐데른 예작님?"

"아니라고요. 전하가 그렇게 될 리가 없어요."

그녀는 흔들리는 눈동자로 말했다.

"금방 일어나실 거예요. 저, 전하시니까."

항상 침착하던 그녀가 이렇게 동요하는 모습은 처음 본 오른은 입을 다물었다. 고돈 준남작은 고개를 끄덕였다.

"예작님의 말씀이 맞습니다. 이 늙은이도 전하께서 금방 병을 떨치고 일어나실 거라 믿고 있습니다."

하지만 그들의 바람과 다르게 황태자의 상태는 하루가 지날수록 안 좋아졌다. 열은 떨어질 기미가 보이지 않았고, 이제는 깨어 있는 시간보다 의식을 잃고 있는 시간이 훨씬 길었다.

"이럴 수가. 전하……."

오른은 누워 있는 황태자를 보며 망연한 얼굴을 했다. 설마 이런 일이 일어날 거라고는 상상도 하지 못했었다. 다른 누구도 아닌 황태자가 전염병 때문에 사경을 헤매다니.

'이제 곧 토른 2세 폐하도 붕어할 텐데, 이를 어떻게 한단 말인가?'

오른은 황태자의 개인적인 친우의 입장에서뿐 아니라, 제국의 경영을 책임지는 재상으로서도 걱정했다. 극비이긴 했지만 현재 기식이 엄엄한 것은 황태자뿐이 아니었다. 현 황제인 토른 2세의 상태도 지극히 안 좋았다.

'토른 2세의 사망은 진즉부터 기다리고 있던 일이지만. 황태자 전하까지 한꺼번에 사경을 헤매게 되다니. 어떻게 해야 한단 말인가?'

현재 제국은 오로지 황태자의 통치 아래 통합되어 있었다. 황태자가 없는 제국은 상상할 수가 없었다. 그가 사망하는 순간 제국은 큰 혼란에 빠지게 될 것이다.

한편, 마리는 오른과 다르게 정치적인 문제는 생각할 수도 없었다. 그저 파리한 안색을 한 채 누워 있는 그의 모습만 눈에 들어올 뿐 아무런 생각도 떠오르지 않았다.

'전하.'

얼마 전 역학자로서의 능력을 얻었기에 지금 황태자가 어떤 상태인지 알 수 있었다.

'이건 패혈증이야.'

패혈증(Sepsis). 균이 전신을 떠돌아다니며 몸을 해하는 상태를 말한다. 사망률이 50%가 넘는 위험한 상황이다.

'그가 죽을 수도 있다고?'

마리는 멍하니 생각했다. 이전에 그를 두려워하며 도망 다닐 때는 그런 상상을 한 적이 있었다. 불의의 일로 황태자에게 문제가 생기기라도 하면 자신은 자유로워지지 않을까. 하지만 막상 그런 일이 닥치자 눈앞이 컴컴하기만 했다. 다른 생각은 아무것도 떠오르지 않았고, 그저 가슴이 아프고 머리가 멍했다.

그때, 침중한 표정을 짓고 있던 어의 고돈 준남작이 입을 열었다.

"이대로는 안 되겠습니다. 비방을 써야겠습니다."

"비방? 무슨 좋은 방법이 있는가?"

오른이 동아줄이라도 발견한 표정으로 물었다. 고돈 준남작은 무겁기 그지없는 목소리로 말했다.

"비소를 사용해야겠습니다."

"……!"

그 이야기에 오른과 마리의 얼굴이 굳었다. 비소가 어떤 약품인지 알고 있는 탓이었다.

"비소…… 라면 약이라기보다는 독에 가까운 약품 아닌가?"

"그렇습니다. 실제로 독으로도 더 많이 사용하지요."

"그런 독을 전하께 투약하겠다고?"

어의는 한없이 무거운 낯빛으로 고개를 끄덕였다.

"현재로서는 비소 말고는 다른 방법이 없습니다. 비소의 독성을 전하께서 이겨 내시길 기도할 수밖에요."

비소. 전신을 망가뜨리는 화학 물질로, 주로 독으로 많이 사용했다. 하지만 동시에 몸 안의 해로운 세균 등을 같이 죽이기에 이 시대의 유일한 항생 물질이었다. 따라서 이렇게 감염증이 최악으로 악화한 경우, 궁여지책으로 비소를 사용하곤 했다.

하지만 문제는 침투한 세균뿐만 아니라, 몸에도 치명적인 손상을 준다는 점이었다.

'아, 안 돼. 그렇지 않아도 몸이 약해진 상탠데 버티지 못할 거야.'

마리의 얼굴이 하얗게 질렸다. 그리고 그 생각은 오른도 마찬가지였다. 그는 고개를 저었다.

"난 동의하지 못하겠네. 비소라니. 너무 위험해."

"하지만 현재 비소 말고는 다른 방법이……."

결국, 오른이 참지 못하고 버럭 소리를 질렀다.

"방법을 찾아내! 그게 어의인 자네의 역할 아닌가! 비소라니! 말 같은 소리를 하게!"

"……!"

오른이 언성을 높이자 그 자리의 모두가 흠칫 놀랐다. 사적으로는 쾌활하고 공적인 업무에서는 침착한 그가 목소리를 높이는 것은 처음이었다. 오른은 참혹하게 일그러진 얼굴을 손바닥으로 감쌌다.

"화내서 미안하네. 어쨌든 전하께 비소는 안 돼. 다른 방법을 찾아내게."

"……네, 알겠습니다, 각하."

어의는 주춤주춤 물러났다.

곧 깊은 밤이 되었다. 어의에게 버럭 화를 낸 오른은 황태자가 누워 있는 침실 바로 옆의 집무실에서 괴로운 얼굴을 하고 있었다. 하지만 모두 알고 있었다. 어의를 닦달한다고 해서 없는 방법이 생겨나진 않는다는 것을.

마리는 황태자의 방에서 그를 간병하며 생각했다.

'더 늦기 전에 비소를 써야 할지도 몰라.'

마리는 속으로 중얼거렸다.

'더 상태가 악화하면 아예 비소를 써 볼 기회도 없어질지 모르니까.'

그녀는 흔들리는 눈동자로 황태자를 바라보았다. 비소 이야기까지 들으니 그의 상태가 위중하다는 것이 실감이 났다. 좋아질 거라 애써 믿고 있었지만 아니었다. 이대로라면 황태자는 정말로 죽을지도 몰랐다.

'그가…… 죽는다고?'

마리는 멍하니 중얼거렸다. 도저히 상상이 되지 않았다. 아니, 그가 죽는 상황을 떠올리는 순간 가슴이 찢어질 듯 아파져 와 생각을 이어 갈 수가 없었다.

"아……."

순간 그와 지냈던 시간이 떠올랐다. 솔직히 애틋했던 시간은 별로 길지 않았다. 처음엔 그가 두려워 도망만 다녔고, 사자궁에 온 다음에도 그를 피하기만 했으니까. 하지만 그의 진정한 속마음을 마주한 순간부터 많은 것이 변했다.

"고맙다. 이렇게 태어나 주어서. 나와 만나 주어서."

자신의 생일날 그가 해주었던 말.

"혹시나 잘못되기라도 하면 어떻게 하려고!"

"난 너를 아끼니 혹시나 너에게 곤란한 사정이 있다면, 다른 사람이 아니라 나한테 이야기해 주었으면 좋겠구나."

"마리, 넌 다른 누구도 아닌 내 것이다."

그 밖에 그가 자신에게 했던 말들이 떠올랐다. 그에 대해 너무나 많은 것이 떠올라 그녀는 아무런 생각도 할 수가 없었다.

그리고 그때 마리의 눈에서 눈물이 흘러내렸다.

"흐윽. 흑."

그녀는 급히 눈물을 닦았지만 눈물은 멈추지 않았다. 끝없이, 끝없이 흘러내렸다. 가슴이 무너져 내리는 것 같았다. 그 순간, 마리는 깨달았다. 황태자를 향한 자신의 마음을.

'난 바보야. 정말로.'

그저 흔들리고만 있다고 생각했는데 아니었다. 그녀는 이미 그가 없으면 살 수 없게 되었다. 그가 없는 세상은 상상조차 할 수 없었다. 너무 뒤늦은 깨달음이었다.

"제발. 제발…… 일어나 주세요. 제발……."

마리는 이제야 마음을 깨달은 자신을 원망하며 그를 끌어안았다. 이대로 그를 보낼 수 없었다.

마리는 창가 너머로 보이는 대성당을 바라보며 기도했다.

'제발…… 제발 부탁하옵니다. 부디 그를 살려 주시옵소서. 차라리 그 대신 제 목숨을 가져가 주시옵소서.'

마리는 그의 품에 눈물을 흘리며 후회했다. 왜 이제야 마음을 깨달았을까? 진즉 깨달았으면 이렇게 도망만 다니지 않았을 텐데. 어떻게든 그와 함께하려고 더욱더 노력했을 텐데. 너무나 후회되었다.

라엘의 품에 안겨 눈물을 흘리던 마리는 깜빡 잠이 들었는데, 꿈을 꾸었다. 바로 그녀에게 능력을 주는 꿈이었다.

'설마?'

이런 상황에서 능력을 주는 꿈이라니. 황태자를 치료할 수 있는 능력일지도 몰랐다.

'제발. 제발.'

그녀는 간절히 기원했다. 부디 이 꿈이 황태자의 치료와 연관이 있는 꿈이길. 꿈속의 배경은 먼 미래의 실험실이었다. 실험실에서 두 남자가 신기하다는 듯 대화를 나누고 있었다.

「허허, 이게 어떻게 된 일인지 모르겠군.」

「그러게 말입니다, 선생님. 휴가를 다녀왔는데 왜 배양하던 균들이 모두 죽어 있는지 모르겠군요.」

꿈속의 남자는 고개를 갸웃했다.

「이것 보게. 여기 죽은 균들 주위로 푸른곰팡이가 피어 있어. 혹시 푸른곰팡이가 균들을 죽인 것 아닐까?」

「어, 그러고 보니? 하지만 푸른곰팡이가 어떻게 균을 죽인 걸까요?」

「연구를 해봐야겠군. 푸른곰팡이가 가진 어떤 성분이 균을 죽인 게 분명해.」

그러며 꿈속의 남자, 인류 최초의 항생 물질을 발견한 '알렉산더 플레밍'이 말했다.

「어쩌면 대단한 발견을 해낼지도 모르겠어. 이건 '마법의 탄환'이 될지도 몰라.」

마리는 자리에서 벌떡 일어났다. 그녀는 환희에 가득 차 생각했다.

'알았어! 어떻게 전하를 치료할지!'

그녀는 곧바로 움직였다. 늦은 저녁 시간이었지만 지체할 틈이 없었다. 당장 꿈속의 지식을 이용해 치료 약을 만들어 내야 했다. 일 분, 아니, 일 초도 아까웠다. 마리는 침실을 나서기 전, 황태자를 돌아보았다.

'조금만. 조금만 기다려 주세요, 전하.'

그녀는 황궁 구석에 있는 연금술사의 연구실로 향했다.

"아니, 이곳에 예작님이 어쩐 일이십니까?"

부스스한 얼굴에 연금술사가 놀란 표정을 지었다. 마리가 원체 유명했던지라 연금술사도 그녀를 알아보았다.

"제가 이야기한 재료들을 준비해 주세요."

"네? 네?"

"자세한 설명을 할 시간이 없어요. 중요한 일이니 최대한 빨리 부탁해요."

다급한 그녀의 표정에 연금술사는 더 물어보지 않았다. 하지만 그녀가 준비해 달란 재료를 듣는 순간, 연금술사는 해괴한 표정을 지었다.

"빵에 핀 푸른곰팡이를 말입니까?"

"네, 최대한 많이요. 부탁할게요."

연금술사는 이해가 되지 않는다는 표정을 지었지만 고개를 끄덕였다.

"알겠습니다. 그 밖의 다른 재료는 필요 없습니까?"

"다른 재료는 옥수수 전분과 소금, 설탕, 아연…… 그리고……."

그녀는 푸른곰팡이에서 치료 물질을 추출할 흡착 물질의 재료를 읊었다.
"또 기름과 약산성의 용액도 같이 준비해 주세요."
"알겠습니다!"
특별히 희귀한 재료는 아니었기에 금세 구할 수 있었다. 마리는 플레밍의 지식을 이용해 푸른곰팡이에서 치료 물질을 추출해 내기 시작했다.
'일단 푸른곰팡이를 최대한 모으고…….'
곧 그녀의 앞에 수북한 푸른곰팡이가 쌓였다.
'흡착액을 만들어 치료 물질을 푸른곰팡이에서 분리하고, 다시 기름과 약산성액의 용액에 섞어서…….'
그렇게 한참을 씨름한 끝에 푸른곰팡이에서 추출한 치료 약이 완성되었다. 바로 균을 죽일 수 있는 치료 약이었다.
'됐어! 이 약이면 황태자 전하의 패혈증을 치료할 수 있어!'
마리는 약을 가지고 당장 황태자의 침실로 돌아왔다. 연구실에서 씨름하는 사이 시간이 많이 흘러 벌써 아침 해가 뜬 후였다.
'바로 이 약을 먹여야……!'
그런데 침실에 도착한 순간, 그녀는 난관에 부닥쳤다. 바로 어의인 고돈 준남작과 오른 공작이었다. 그들은 의아한 표정으로 마리의 손에 들린 액체를 바라보았다.
"그게 무엇이지, 힐데른?"
오른은 인상을 찌푸리며 물었다. 마치 마녀의 수프 같은, 기분 나쁜 느낌의 액체를 보는 듯한 표정이었다. 마리는 저들에게 어떻게 설명해야 할지 곤란했다.
'뭐라고 이야기를 해야 하지?'
황태자를 치료할 수 있는 비약이라고 말해봐야 믿지 못할 것이 뻔했다. 그들에게 이 약은 처음 보는 종류의 것이었으니까. 그들은 마리가 주춤하고 있자 원래 하고 있던 대화로 신경을 돌렸다.

"그래서? 결국, 비소를 투약해야 한다고?"

"현재로서는 이것 외에는 방법이 없사옵니다, 각하."

"하아."

오른은 깊은 한숨을 내쉬었다. 어의도 무거운 목소리로 말했다.

"소신도 전하의 옥체에 비소를 투약하고 싶지 않사옵니다. 하지만 지금으로서는 방법이 없습니다."

"그러한가. 정말 없는가?"

오른은 괴로운 표정으로 반문했다. 황태자의 몸에 독약이나 다름없는 비소를 투약하고 싶지 않았기 때문이다. 하지만 더는 방법이 없기에 오른이 어쩔 수 없이 비소를 투약하는 것을 허락하려는 찰나, 마리가 다급한 목소리로 그를 말렸다.

"잠깐만요. 전하께 비소를 투약하면 안 됩니다!"

"그러면? 무슨 방법이 있는가?"

마리는 침을 꿀꺽 삼키고 말했다. 믿을 거로 생각하지는 않지만, 지금으로서는 이야기해 보는 수밖에 없었다.

"여기 제가 전하를 치료할 약을 만들어 왔습니다."

"뭐?"

오른과 어의는 놀라 그녀를 바라보았다. 지금 뭐라고?

"치료 약이라고? 설마 손에 들고 있는 그것?"

그녀의 손에 들린 용액을 본 그들의 눈초리가 대번에 의심스럽게 변했다. 얼핏 봐도 기분 나쁘게 생긴 게 전혀 약처럼 보이지 않았다.

"그게…… 도대체 무슨 약입니까, 예작님?"

"몸 안에 떠도는 균들을 죽일 수 있는 치료 약이에요."

"그러니까, 그걸 어디서 알고?"

고든은 받아들이기 어렵다는 듯 물었다. 당연한 반응이었다. 그는 동제국에서 최고로 손꼽히는 명의. 그런 그에게 듣도 보도 못 한 액체를 들고 와 치료 약이라 하다니. 만약 그녀가 명성 높은 힐데른 예작이 아니었다면, 장난치지 말라고 버럭 소리를 질렀을 것이다.

"어떤 의서를 보고 제조한 것입니까?"

마리는 뭐라 대답할지 고민했다. 실제로 존재하는 의서를 대면 고돈이 모를 리가 없었다. 그렇다고 실존하지 않는 의서를 거짓으로 꾸며서 대답하면 근거도 없는 약을 황태자에게 먹이려는 꼴이 된다. 결국, 마리는 사실을 섞어서 이야기하기로 했다.

"이건 식빵에 피는 푸른곰팡이를 정제한 약이에요."

"푸른곰팡이 말입니까? 그 더러운 것을?"

고돈의 표정이 해괴한 이야기를 들은 것처럼 바뀌었다.

"네, 이전에 제가 상처가 곪았을 때 우연히 푸른곰팡이를 상처에 바른 적이 있는데, 깨끗하게 나았던 적이 있거든요. 이후로도 몇 번 확인해 봤는데 마찬가지의 효과가 있었고, 그 결과를 토대로 만든 약이에요. 전하의 현재 상태에도 도움이 될 것이 분명합니다."

그녀의 설명을 들은 고돈은 입을 다물었다. 나름의 사리를 갖춘 말이지만, 여전히 받아들이기 어렵다는 눈치였다.

"그래도 전하의 몸에 입증되지 않은 약을 투약하는 것은……."

그 순간이었다. 옆에서 뜻밖의 말이 들려왔다.

"마리. 넌 그 약이 전하를 치료할 수 있다고 생각하는가?"

"……!"

놀라 고개를 돌리니, 오른이 굳은 표정으로 그녀를 보고 있었다. 마리는 고개를 끄덕였다.

"네, 그렇습니다, 각하."

그녀는 그가 반대할 거라 생각하고 조마조마한 마음이 들었다. 하지만 오른의 반응은 예상 밖이었다.

"좋다. 마리, 네가 그렇게 이야기한다면 그 약을 투약해 보도록 하지."
"각하?!"
고돈은 물론 마리도 놀라 오른을 바라보았다.
'오른 공작이 이렇게 쉽게 고개를 끄덕이다니?'
솔직히 마리는 어의보다도 오른을 설득하는 것이 어려울 거라 예상했다. 그런데 이런 반응이라니? 오른은 평소와 같이 못마땅한 눈으로 그녀를 바라보았다.
"누누이 이야기하지만 난 너를 믿지 않는다. 알고 있겠지?"
"……네, 각하."
오른은 크게 한숨을 내쉬었다.
"하지만 널 의심하면서도 한 가지 인정하고 있는 것이 있지. 그건 바로 다른 사람을 향한 너의 마음과 늘 기적을 일으켜 온 너의 능력이다."
"……!"
"이번에도 전하를 위해 기적을 일으켜 줄 수 있겠느냐? 제발 부탁한다."
그의 목소리에는 미약한 동아줄이라도 잡고 싶은 절박함이 담겨 있었다. 마리는 입술을 깨물며 고개를 끄덕였다.
"네, 믿어주십시오."
이제 그가 없는 삶을 상상할 수 없기에 그녀는 다른 누구도 아닌, 자기 자신을 위해 황태자를 치료해 내야 했다.
마리는 푸른곰팡이에서 추출한 약을 들고 황태자에게 다가갔다. 어의가 안 된다는 표정을 지었지만, 오른이 굳은 표정으로 고개를 저었다.
"어차피 다른 방법도 없지 않나? 난 그녀를 믿어 보겠다."
마리는 오른에게 감사하단 표정을 지은 후, 먼저 자신의 입에 약을 머금었다. 의식이 없었기 때문에 자신이 직접 그의 입에 전달해 주어야 했다.

'제발. 제발 효과가 있기를.'

그녀가 추출한 약은 훗날 '마법의 탄환'으로까지 불리는 기적의 약이지만, 정말로 황태자를 살려 낼 수 있을지는 몰랐다. 사람이 최선의 치료를 해도 결과는 하늘에 달려 있으니까. 그녀는 간절히 바라는 마음으로 자신의 입에 머금은 약을 황태자의 입 깊숙이 넘겨주었다. 한 방울도 헛되이 흘리지 않게 정성을 다해.

'꼭…… 일어나 주세요. 제발…….'

그런데 우연이 일어난 것일까? 그 순간, 의식을 잃고 있던 황태자의 손이 그녀의 손을 움켜쥐었다.

"전하?"

마리는 흠칫 황태자를 바라보았다. 하지만 그저 우연이었던 것인지 황태자는 미동도 없었다. 그녀는 한숨을 내쉬고 말했다.

"약을 투약했으니, 이제는 기다려 봐야 할 것 같습니다."

"효과는 언제 나오는 것이지?"

"짧으면 하루. 길면 이틀 정도입니다."

오른은 무거운 얼굴로 고개를 끄덕였다. 이틀. 그 안에 효과가 나타나지 않는다면 그때는 더는 방법이 없다는 뜻이었다.

째깍째깍.

시간이 조금씩 흘러갔다. 이틀은 결코 긴 시간이라고 할 수 없었지만, 기다리는 이들에게는 아니었다. 일분일초가 마치 억겁처럼 길게 느껴졌다.

"아직 큰 변화는 없지?"

"네, 각하."

마리는 굳은 얼굴로 고개를 끄덕였다. 약을 투약한 지 이제 반나절. 눈에 보이는 변화는 없었다. 마리는 조금이라도 그의 회복에 도움을 주고자 정성 들여 간병했지만, 시간이 지날수록 초조해지는 것은 어쩔 수가 없었다.

'효과가 없는 것은 아니겠지? 그러면 어떻게 하지?'

오른이 한숨을 내쉬었다.

"하아. 그래, 아직 시간이 많이 지나지 않았으니 조금 더 기다려 보지."

모두가 초조한 마음으로 황태자의 회복을 기다렸다. 그나마 다행인 것은 계속 악화하기만 하던 지금까지와 다르게 상태를 유지하고 있다는 점이었다. 그렇게 약을 투약한 지 만 하루가 지나갔다. 그때까지도 뚜렷이 회복되는 기미가 없어 마리의 마음이 새카맣게 타들어 가고 있을 때. 믿을 수 없는 일이 일어났다.

"마…… 리?"

"전하?"

희미하게 들려온 목소리에 마리는 눈을 크게 떴다. 잘못 들은 건가? 하지만 아니었다. 황태자가 흐릿하게 눈을 뜨고 그녀를 바라보고 있었다.

"전하!"

드디어 눈을 뜬 그를 보자 마리는 왈칵 눈물을 쏟았다. 말로 형용할 수 없는 감정이 복받쳐 올라왔다.

"흐윽, 흑. 전하. 다, 다행입니다."

황태자는 천천히 손을 들어 그녀의 머리를 쓰다듬었다.

"왜 우느냐…… 난 괜찮은데……."

"전하…… 전하……."

그가 깨어나면 하고 싶은 말이 정말 많았지만, 가슴이 요동쳐 아무런 말도 꺼낼 수가 없었다. 그냥 기뻤다. 그가 눈을 뜬 것이, 그의 목소리를 다시 들을 수 있는 것이. 이게 꿈이면 어떻게 하나 덜컥 걱정될 정도로.

"네가 날 위해 이렇게 울다니. 꿈을 꾸고 있는 것인가."

"흐윽. 아, 아닙니다, 꿈이. 절대로."

그녀는 고개를 저었다. 그가 깨어난 지금의 상황이 꿈이면 절대로 안 되었다. 황태자는 아직 병색이 완연한 얼굴로 옅게 미소를 지었다.

"어쨌든 울지 마라. 너는 우는 것보다 웃는 것이 훨씬 더 잘 어울린다."

그 말에 마리는 억지로 웃음을 지었다. 펑펑 울다가 웃은 거라 얼굴이 엉망이었지만, 황태자는 따뜻하게 웃으며 그녀의 얼굴을 쓰다듬었다.

"그래, 웃으니 훨씬 예쁘지 않으냐. 네가 울면 내 마음이 많이 아프니 앞으로는 울지 마라. 나는 네가 웃는 모습만 보고 싶구나."

"……전하."

마리는 소매로 눈물을 닦으며 말했다. 하지만 아무리 닦아도 눈물은 끝없이 흘러나왔다.

"약, 약속해 주십시오. 제발. 앞으로는 절대 이렇게 아프지 않겠다고."

"그래."

황태자는 천천히 고개를 끄덕였다.

"앞으로 너를 결코 이렇게 울리지 않겠다고 약속하마."

그 따뜻한 목소리에 마리는 다시 왈칵 눈물이 쏟아졌다. 그였다. 그가 맞았다. 그의 목소리를 들을 수 있다는 사실이 너무나 안도되고 기뻐 그녀는 눈물을 멈출 수가 없었다.

마법의 탄환이라는 별명이 사실인지, 그녀가 추출해 낸 약은 정말로 놀라운 효과를 발휘했다. 황태자가 의식을 차린 지 얼마 안 되어 조금씩 열이 떨어지더니 이틀 정도 지났을 때는 완전히 정상 체온으로 돌아온 것이다. 상태의 위중함을 생각했을 때 기적과도 같은 일이었다.

"정말 대단하군. 마리, 네가 발견해 낸 약이라고?"

어느 정도 기력을 차리게 된 황태자가 수프를 들며 말했다.

"우연한 기회에 알게 되었습니다."

꿈에서 능력을 얻었다고 이야기할 수는 없어 마리는 그렇게 둘러대었다.

"이번에도 너에게 큰 도움을 받았구나. 수도를 구해 줬을 뿐만 아니라 나의 목숨도 살려 주었어."

"아닙니다."

마리는 고개를 저으며 겸양했지만 황태자의 감탄은 끊이지 않았다. 실제로 그가 한 말은 한 치의 과장도 없었으니까. 마리 덕분에 큰 피해가 생길 뻔한 전염병도 마무리되었고, 그의 목숨도 구할 수 있었다. 만약 그녀가 아니었다면, 일이 어떻게 진행되었을지 상상하는 것만으로도 아찔했다.

"이 약을 대량 생산하기는 어려운가?"

마리는 고개를 저었다. 설비가 없어서 소량 추출하는 것이라면 몰라도 당장 대량 생산하기는 어려웠다.

"그래도 이번 전염병 때문에 상태가 안 좋은 환자들에게는 약을 투약한 상태입니다."

"그래, 잘했다. 사망자의 수가 더 줄겠군."

황태자는 미소를 지었다. 최악의 상황이 닥쳤는데 다 잘 해결된 것이다. 모두 마리의 덕분이었다.

"그런데 한 가지 문제점이 있군."

"네, 어떤 문제점인지요?"

"약이 너무 써."

"……."

마리는 황태자를 바라보았다. 이게 갑자기 무슨 황태자답지 않은 소리? 라엘은 이어서 입을 열었다. 역시 이유 없이 그런 말을 한 것이 아니었다.

"써서 도저히 먹을 수가 없어."

"아무리 써도 꼭 먹어야 하는 약이니……."

"그대가 대신 먹여 주면 잘 먹을 수 있을 것 같군."

"……네?"

"내가 쓰러져 있을 때처럼 말이야. 그렇게 먹여 주면 아무런 문제 없이 먹을 수 있을 것 같은데 말이야."

마리의 얼굴이 화악 붉어졌다. 당시 그녀는 입술을 통해 직접 그에게 약을 먹여 주었었다. 지금 라엘은 그걸 이야기하는 것이다.

"그, 그건……."

마리는 빨개진 얼굴로 뭐라고 대답 못 하고 버벅거렸다. 당시에는 워낙 상황이 급박해서 별다른 생각이 없었는데, 따지고 보니 자신이 그에게 입맞춤을 했던 것이다.

'그, 그래도 그걸 어떻게 해!'

그녀가 울상을 지을 때, 그가 돌연 웃음을 터뜨렸다.

"농담이다. 농담. 설마 내가 그런 걸 부탁하겠는가?"

마리는 민망함에 얼굴이 더욱더 빨개졌다. 그녀는 밉다는 듯 그를 흘겨보았다.

"전하, 그런 농담은……."

하지만 그녀는 말을 끝맺지 못했다. 침대에 누워 있던 그가 그녀의 손목을 잡더니 자신 쪽으로 화악 끌어당긴 것이다. 덕분에 그녀는 그에게 완전히 안겨 버렸다.

"저, 전하?"
"가만히. 잠시 가만히 있도록."
마리를 자신의 품 안에 가둬 버린 그는 한 손으로 그녀의 머리카락을 쓰다듬었다.
"저, 전하…… 놔주십시오."
마리는 바둥거렸다. 그의 품에 안겨 그의 손길을 느끼고 있으니 가슴이 파르르 떨렸다. 하지만 그는 오히려 그녀의 귓가에 자신의 입술을 가져가며 물었다.
"왜? 왜 놔줘야 하지?"
"그, 그건…… 몸이 아직 안 좋으시니……."
황태자는 피식 웃었다.
"이렇게 그대를 안고 있으니, 오히려 몸이 좋아지는 기분인데?"
"그……."
마리가 뭐라고 말을 하려는 순간이었다. 황태자가 생각지도 못 한 행동을 하였다. 그녀의 목덜미를 지그시 깨문 것이다.
"……!"
마치 전기가 흐르는 듯한 느낌에 마리의 몸이 뻣뻣이 굳었다. 심장이 멎을 만큼 강한 자극이었다. 그 뒤 둘 사이에 잠시 침묵이 흘렀다. 마리는 목덜미를 자극했던 그의 느낌에 가슴이 놀라 뭐라고 이야기할 수가 없었고, 라엘은 그런 그녀를 품에 안은 채 부드럽게 머리를 쓰다듬었다.
"이제 슬슬 바빠지겠군."
마리는 멍하니 물었다.
"네, 네? 어째서?"
황태자는 태연한 목소리로 말했다.
"그대를 내 비로 맞을 준비로 해야 하니까. 아니, 곧 토른 2세가 붕어할 테니 그대는 황후가 되겠군."

"……!"

갑작스러운 이야기에 마리의 눈이 커졌다. 라엘은 나직한 목소리로 말했다.

"이제는 그대를 향한 마음을 더는 참을 수가 없어. 대관식을 치른 후, 그대가 이 제국의 황후가 될 것임을 공식적으로 선포하겠다."

날벼락 같은 이야기를 들은 후 이틀이 지났다. 마리는 멍한 표정으로 거울 앞에 앉아 있었다.

"예작님, 너무 예뻐요."

"피부가 좋으니 화장을 조금 더 밝게 하는 것이 어떨까요?"

오늘은 전염병이 큰 피해 없이 해결된 것을 기념하는 행사가 있었다. 그 주인공은 당연히 마리였다. 시녀들이 거울 앞에 앉은 그녀를 치장해 주며 떠들었다. 시녀들은 제국의 영웅이나 다름없는 그녀와 조금이라도 더 이야기를 나누고 싶어 했지만, 마리는 그럴 정신이 없었다. 얼마 전 라엘이 자신에게 던졌던 말만이 계속해서 떠올랐다.

"그대가 이 제국의 황후가 될 것임을 공식적으로 선포하겠다."

'내가 전하의 비가 된다고?'

물론 싫은 것은 아니었다. 이제 그녀는 그를 향한 자신의 마음을 깨달았으니까.

'하지만 나는…….'

마리는 입술을 지그시 깨물었다.

'전하는 아직 내 정체를 몰라.'

모리나 왕녀는 현재 제국의 가장 중요한 적이다. 자신이 아무리 많은 공을 세웠다고 이해해 줄 수 있는 문제가 아니었다.

'이 문제를 반드시 해결해야 해.'

그녀는 라엘을 떠올렸다.

'그와 함께하고 싶어. 떳떳하고 당당하게.'

솔직히 어떻게 해결해야 할지는 아직 모르겠다. 하지만 그녀는 그를 진정으로 마주하기 위해 어떻게든 방법을 찾아내기로 다짐했다. 그리고 이것 말고도 문제가 하나 더 있었다. 또 다른 문제를 떠올린 그녀의 표정이 한층 더 어두워졌다.

'이제 곧 토른 2세가 붕어하게 돼. 그러면 키엘 님과 황태자가 정면으로 충돌할 거야.'

현 황제인 토른 2세의 죽음이 멀지 않았다. 길어야 일주일, 아니면 당장 오늘 밤에 임종할지도 몰랐다. 토른 2세의 죽음은 이전부터 예정되었던 바이다. 문제는 이어질 숙청에서 희생될 키에르한이었다.

'키엘 님의 죽음을 두고 볼 수는 없어. 절대로.'

"하아."

전염병은 해결되었지만 여전히 겹겹이 쌓여 있는 문제에 그녀는 크게 한숨을 내쉬었다. 그 순간, 낮은 목소리가 들려왔다.

"왜 한숨이지?"

놀라 고개를 돌리니 철가면을 쓴 황태자가 그녀를 바라보고 있었다.

"전하를 뵙습니다!"

마리를 치장해 주던 시녀들이 급히 예를 올렸다. 마리도 허겁지겁 자리에서 일어나 예를 표하려는데 그가 그녀에게 다가와 어깨를 감싸 안으며 말했다.

"괜찮다. 치장 중인데 앉아 있도록."

"그, 그래도……."

"정말 괜찮아. 잘못 움직였다가 괜히 다 엉클어질 것 아닌가? 그나저나."

그는 그녀를 위아래로 훑어보았다. 무언가 타오르는 듯한 시선에 마리가 알 수 없는 긴장을 느끼는 순간 그가 말했다.

"오늘 정말로 아름답군. 당장 그대를 가지고 싶을 정도로."

"……!"

그렇게 말한 그는 그녀의 이마에 부드럽게 입술을 맞추었다. 노골적인 애정 표현에 입맞춤까지. 마리의 얼굴이 사과처럼 붉어졌다.

"노, 농담하지 말아주십시오."

마리는 애써 그렇게 이야기했지만, 라엘의 말이 진담인 것은 그의 눈빛만 봐도 알 수 있었다.

한편, 시녀들은 놀란 얼굴로 둘의 다정한 모습을 바라보았다. 둘 사이가 심상치 않은 것은 황궁 내에서 비밀 아닌 비밀이었지만 오늘 보니 심상치 않은 정도가 아니었다.

'역시 황태자비는 힐데른 경…….'

'소문이 사실이었어.'

시녀들은 속으로 생각했다.

황태자는 방 한구석으로 물러나 그녀가 치장을 마무리하는 것을 기다렸다.

"전하, 불편하실 테니 사자궁에서 쉬고 계십시오. 치장이 끝나면 제가 사자궁으로 가겠습니다."

"괜찮다."

"하지만……."

"그냥 그대가 보고 싶어서 온 것이다. 조금이라도 더 같이 있고 싶어 그러는 것이니 신경 쓰지 말도록."

그의 말에 마리는 살짝 민망한 표정을 지었고, 주변 시녀들은 속으로 어머 어머 하는 표정을 지었다. 얼굴에 쓴 철가면처럼 무섭기만 한 황태자가 저런 말을 하는 것은 꿈에서도 상상 못 했다.

곧 치장이 끝나고, 마리는 어색한 얼굴로 자리에서 일어났다. 간편하게 다니던 평소와 다르게 화장을 하고 이런저런 장신구를 다니 어색한 느낌이 들었다.

"……."

황태자가 말없이 자신을 바라만 보고 있자 마리는 조심스럽게 물었다.

"혹시…… 이상한가요?"

"아니."

그녀의 곁으로 다가온 그가 고개를 저으며 말했다.

"아름답다. 다른 놈들에게 보여 주기 싫을 만큼."

마리는 얼굴을 살짝 붉혔다. 어쩌면 유치할 수도 있는 말이지만 그에게서 들으니 괜히 가슴이 설레었다.

"정말 괜한 잡놈들이 들러붙을까 걱정이군. 치장을 다시 시킬까……."

뭔가 진지하게 중얼거리는 목소리인지라 그녀는 화급히 고개를 저었다. 그 말고 누가 자신을 예쁘게 봐주겠는가?

"그럴 리 없어요. 가요."

"흐음."

황태자는 그녀에게 하얀 장갑을 낀 손을 내밀었다.

"나에게 그대를 에스코트할 수 있는 영광을 주겠는가?"

레이디를 에스코트할 때 취하는 예였다. 마리도 예에 맞춰 라엘의 손을 잡았다.

"전하의 은총에 감사합니다."

둘은 준비된 마차에 올라탔다. 그들이 지금 가고 있는 곳은 전염병이 큰 피해 없이 해결된 것을 기념하는 연회였다. 즐기기 위한 호화로운 연회가 아니라 흔들렸던 민심을 다독이기 위한 행사였다.

'황궁에서는 간단한 연회를 열고, 백성들에게는 술과 음식을 무상으로 내준다 했지.'

곧 마차는 연회장에 도착했다.

"황태자 전하와 힐데른 예작이십니다!

연회장에 들어서자 모든 이가 움직임을 멈추고 그들을 돌아보았다.

"황태자 전하를 뵙습니다!"

모두 예를 표하면서도 그의 손을 붙잡고 있는 마리를 바라보는 것을 잊지 않았다. 전염병을 해결한 마리야말로 이 연회의 주인공이었기 때문이다. 아니, 비단 연회의 주인공일 뿐 아니라 제국의 영웅이라고 칭해도 손색이 없었다.

"그래, 다들 노고가 많았다. 이 연회는 그대들의 노고를 위로하고, 전염병으로 인한 아픔을 잊기 위한 연회이니 편하게 즐기도록."

"감사합니다!"

황태자의 이야기가 끝난 후 중요한 식순이 이어졌다. 이번 일을 해결한 제국의 영웅, 마리 폰 힐데른의 작위 수여식이었다.

"힐데른 예작은 앞으로."

모든 이의 시선이 마리에게 쏠렸다. 마리는 긴장된 마음에 숨을 살짝 들이쉬고 단상으로 나아갔다. 그녀가 자신 앞에 무릎을 꿇자 황태자는 황제의 권한을 상징하는 검을 쥐고 입을 열었다.

"동방 교국과의 협상과 성배 도난 사건부터 많은 공을 세워 온 마리 폰 힐데른은 마약 밀매 사건, 위조 화폐의 일을 비롯해 이번 전염병을 해결하는 데 지대한 역할을 하여 그 공로를 인정해 자작위를 내리노라."

그의 말에 사람들은 놀란 표정을 지었다. 자작이면 결단코 낮지 않은 작위였다. 유례가 없는 초고속 계급 상승이었다. 하지만 이의를 표하는 이는 없었다. 그만큼 그녀가 이룬 공들은 대단했기 때문이다.

황태자가 말을 이었다.

"또한, 마리 폰 힐데른에게 자작위와 더불어 덴틸슨 광산의 소유권을 내리노라."

그 말에 마리는 깜짝 놀란 표정을 지었다. 사전에 듣지 못한 포상이었다.

'뭐라고? 덴틸슨 광산이라고?'

덴틸슨 광산이면 금, 은이 채취되는 광산은 아니지만, 여러 광물이 다량으로 채굴되는 알짜배기 광산이었다. 그런 곳을 나에게 주겠다고?

"저, 전하 그건 너무 과한……."

마리는 사양의 의사를 표명했지만 황태자는 이렇게 답했다.

"내 목숨은 이런 광산보다도 더 값지다. 그러니 받아."

그 말에 마리는 더 거절할 수가 없었다. 그렇게 그녀는 이전의 천만 페나에 더해 광산까지, 졸지에 제국에서 손꼽는 거부가 되었다.

'돈 쓸 곳도 없는데.'

마리는 곤란한 마음으로 생각했다. 하지만 그때까지 그녀는 모르고 있었다. 자신이 받은 재산이 훗날 어떤 식으로 사용될지.

한편, 연회장의 귀족들은 그녀가 받은 포상에 묘한 표정을 지었다.

'봉토가 아니라 광산이라. 역시 그렇군.'

'황태자 전하의 뜻은 역시.'

사실 이번에 마리가 어떤 포상을 받을지는 귀족들 사이에서 굉장히 큰 관심사였다. 승작은 당연했고 어떤 봉토가 내려질지 궁금했던 것이다. 무려 황태자의 목숨을 구했으니 그저 그런 봉토가 주어질 리는 없다고 여겼다. 하지만 광산이라니. 일반적인 봉토와 의미가 전혀 달랐다.

'역시 황태자 전하의 뜻은 확고하군. 힐데른 자작을 비로 들일 생각인 거야. 어차피 황태자비…… 아니, 황후가 되면 봉토는 의미가 없어지니, 개인의 재산으로 삼을 수 있는 광산을 내린 거겠지.'

그렇게 귀족들의 마음속에 마리는 차기 황후로 강력하게 자리 잡았다. 이 자리의 수많은 사람 중 그녀가 황후가 될 거라는 사실을 의심하는 이는 마리 본인 외에는 아무도 없었다. 모두 그녀가 황후가 되는 것을 기정사실로 여겼다. 어쨌든 그렇게 작위 수여식이 끝을 맺었고, 연회가 이어졌다.

"그러면 편하게 즐기도록."

"네, 알겠습니다!"

전염병의 종식을 기념하는 연회인지라 화려함은 없었다. 단출한 음식에 잔잔한 음악이 흘렀고, 덕분에 귀족들은 편안한 마음으로 연회를 즐겼다. 황태자는 그 모습을 잠시 바라보다가 마리에게 손을 뻗었다.

"……전하?"

마리가 무슨 뜻인지 몰라 눈만 껌뻑이자 그가 말했다.

"춤."

그제야 마리는 당황해 고개를 저었다.

"추, 춤은 안 됩니다."

"어째서?"

"……제가 너무 못 춰 전하의 발을 밟고 말 거예요."

이전에 그녀는 그와 춤을 출 때 스텝이 엉망이었던 것은 물론, 수없이 그의 발을 밟아 댔었다. 황태자에게 그런 잘못을 또 할 수는 없었다.

"그 뒤로 연습 안 했나?"

마리는 기어가는 듯한 목소리로 답했다.

"네, 죄송……."

황태자는 상관없다는 듯 고개를 젓더니 그녀의 허리를 한쪽 팔로 강하게 감싸 안았다.

"……저, 전하!"

그녀는 눈을 동그랗게 떴다. 그가 갑작스레 자신을 감싸 안자 가슴이 빠르게 뛰었다. 라엘이 말했다.

"못 춰도 괜찮아. 그냥 그대와 함께 즐기고 싶은 거니까. 그대가 밟는 것은 얼마든지 괜찮으니 편하게 그냥 따라오기만 하도록."

황태자와 마리는 홀의 중앙으로 가 춤을 추었다.

"오, 전하와 힐데른 자작께서 춤을?"

두 주인공의 춤에 모두의 시선이 집중되었다.

"정말 잘 어울리는구려."

"그러게 말입니다. 황태자 전하의 기품이야 원래부터 말할 것도 없지만, 힐데른 자작께서도 참 아름다우십니다."

"힐데른 자작이 저렇게나 아름다운지는 오늘 처음 알았구려."

사람들이 마리에 대해 하는 말은 빈말이 아니었다. 원래도 귀여운 외모였는데, 오늘은 마치 꽃이 개화한 듯 아름다웠다. 평소 그녀의 꾸미지 않은 모습만 보던 사람들은 감탄한 표정을 지었다.

"그런데……."

누군가 조심스럽게 말했다.

"모든 면에서 완벽한 자작이지만, 춤은 좀 잘 못 추는 것 같구려."

"……."

사람들은 침묵으로 동의를 표했다. 둘은 단상 가운데서 춤을 추고 있었는데, 그녀가 쉬지 않고 황태자의 발을 밟아 대는 게 눈에 들어왔다.

콱!

또 황태자의 발을 밟으며 마리는 울상을 지었다.

"죄, 죄송합니다."

"괜찮다."

누가 봐도 아팠을 것 같은데, 황태자는 안색 하나 변하지 않고 답했다. 그녀는 어쩔 줄 몰라 하며 더욱 긴장하게 되었고, 그 결과 황태자의 발을 더욱더 밟는 악순환이 반복되었다.

그때, 황태자가 한숨을 내쉬었다.

“밟는 건 상관없는데 너무 긴장하는군. 편하게 추면 된다니까. 어쩔 수 없군.”

혀를 찬 그는 돌연 그녀를 자신의 품 안으로 바짝 끌어안았다.

“……!”

“괜찮으니 편하게 추어라.”

천천히 스텝을 밟으며 그의 손이 부드럽게 그녀의 등을 쓰다듬었다. 분명 긴장을 풀라는 의도였지만 오히려 역효과를 냈다. 등이 파인 드레스를 입은 탓에 그의 손의 감촉이 고스란히 느껴졌고, 심장이 터질 듯 두근거렸다. 얼굴이 사과처럼 변하며 당황으로 머릿속이 하얘졌다.

“부담 갖지 말고. 편안하게.”

‘저, 전혀 편안하지 않아요!’

마리는 속으로 외쳤지만, 아무런 말도 못 하고 그를 따랐다. 밀착한 그의 몸이 신경 쓰여 뭐라고 입을 열 수가 없었다. 그래도 한 가지 좋은 점이 있었다. 자신을 어루만지는 그의 손길에 가슴이 두근거리느라 춤에 대한 긴장은 조금 덜하게 되었다.

콰악!

발을 밟는 것은 여전히 마찬가지지만 말이다.

“흠. 긴장이 안 풀리나 보군. 조금 더 긴장을 풀게 해줘야 하나.”

“괘, 괜찮습니다!”

그가 또 어떤 행동을 할지 몰라 그녀는 화급히 고개를 저었다. 한편 귀족들은 그런 둘의 모습을 보며 흐뭇한 미소를 지었다.

“전하의 발등이 걱정되긴 하지만 보기는 좋구려.”

"그러게 말입니다. 좋은 부부가 될 것 같습니다."

"제국의 홍복이 아닐 수 없습니다."

차기 황후와 황제의 사이가 좋다면 그것도 나라의 복이었다. 귀족들은 기쁜 마음으로 둘을 바라보았다. 어쨌든 마리에게는 곤혹스러운, 다른 이들에게는 흐뭇한 춤이 끝이 났다. 그녀는 얼른 그의 품에서 벗어났다.

"수, 수고하셨습니다."

"한 곡 더……."

"그, 그건…… 안 됩니다! 죄송합니다! 그러면 전 잠시 이만……!"

그녀는 그가 강제로 붙들까 봐 도망치듯 벗어났다. 황태자를 피해 구석으로 숨어 오늘은 절대 춤을 추지 않겠다고 다짐하고 있는데, 다른 사람이 그녀에게 춤을 청하려고 다가왔다.

"죄송합니다, 저는 오늘은 춤을……."

거절하려던 그녀는 입을 다물었다. 춤을 청하기 위해 다가온 사람이 생각지도 못 한 인물이었기 때문이다.

"힐데른 예작? 아니, 이제는 힐데른 자작이군."

쾌활한 느낌의 보기 드문 미남이 살짝 눈매를 찡그렸다. 사교계의 쾌남 같은 인상이지만 공적인 업무에 있어서는 꽉 막힐 정도로 깐깐하고, 어떨 때는 비정할 정도로 냉혹한 남자.

"나와 춤을 추어주지 않겠나, 레이디 힐데른?"

오른 공작이 그녀에게 춤을 청했다.

거절할 수 있는 상대가 아니기에 마리는 그와 춤을 추게 되었다.

'왜 오른 공작이 나에게 춤을?'

마리는 혼란스러운 눈빛으로 오른을 바라보았다. 그런 그녀의 의문을 눈치챘는지 오른이 퉁명스럽게 내뱉었다.

"연회장에서 춤은 누구에게나 신청할 수 있는 것 아니었나? 그리고 나는 원래 춤을 추는 것을 좋아한다."

"……."

마리는 문득 그의 평소 소문을 떠올렸다.

'사교계에서는 쾌남으로 유명하다고 했던가.'

그는 사교계에서 유쾌하고, 여자들의 마음을 흔드는 바람둥이로 유명했다.

'업무를 볼 때는 냉철하지만, 퇴근 후 사적인 영역에서는 유쾌한 스타일이랄까?'

그녀는 그의 딱딱한 모습만을 보아온 터라 그의 쾌활한 모습이 전혀 짐작이 안 되지만, 그가 춤, 정확히는 사교계의 유흥을 즐기는 것은 사실인 것 같았다.

'하지만 아무리 춤이 좋아도…….'

그녀는 곤란한 표정을 지었다.

콰악!

'……이렇게 발이 밟히는 것을 좋아하지는 않을 텐데.'

또다시 그의 발을 밟아버린 마리는 어쩔 줄 몰라 하며 그의 눈치를 살폈다. 황태자의 경우에는 미안한 마음이 들었다면, 오른의 경우에는 무서웠다. 원래부터 사이가 안 좋았는데 이렇게 발을 밟아 대다가는 결투라도 신청받을 것만 같았다.

"끄응……."

아프긴 아픈지 오른은 신음을 흘렸다.

"마리, 넌 좀 더 연습을 해야겠군. 이렇게나 춤을 못 추다니."

"……죄송합니다."

그녀는 고개를 숙였다. 그런데 그가 뜻밖의 말을 하였다.

"황후가 되려면 춤은 기본 중의 기본에 속하는 소양이다. 최대한 빨리 숙달하도록."

"……!"

마리는 깜짝 놀라 그를 바라보았다. 지금 뭐라고? 오른은 여전히 못마땅한 얼굴로 말했다.

"뭘 그렇게 보지?"

"그게…… 방금?"

그는 지금껏 그녀가 황태자의 짝이 되는 것을 반대했다. 그런데 방금 그 말은 그녀를 인정하는 말이었다.

"난 너를 믿지 않아."

마리는 가만히 그의 말을 들었다.

"그래도 이번 일을 통해 조금 생각이 바뀌었다."

"어떤?"

"의심스러운 것은 여전하지만, 그래도 너라면 황후로서 손색이 없지 않을까 하고 말이야."

묘한 말이었다. 의심스럽지만 황후로서는 적합하다니?

"제 능력 때문에 그렇습니까?"

"아니, 그것보다도."

오른은 한숨을 내쉬었다.

"전하를 향한 네 마음이 진심인 것을 알았으니까. 최소 네가 전하께 해를 끼칠 일은 없다고 확신한 거다."

그의 말뜻을 이해한 마리의 눈동자가 흔들렸다.

"그래서 네가 전하의 짝이 되는 것을 더는 반대하지 않기로 했다. 그리고……."

거기까지 이야기한 오른은 입을 다물었다. 마리는 의아한 표정을 지었으나 그는 가만히 고개를 저을 뿐이었다. 그가 꺼내려다 만 이야기. 그건 바로 이것이었다.

'전하의 마음이 너를 향해 있으니까.'

“각하?”

“아니다.”

오른은 생각을 멈추고 춤을 추었다.

“수고하셨습니다, 각하.”

곧 춤이 끝난 후, 마리는 고개를 숙이며 예를 표했다. 오른은 그런 그녀에게 잠시 머뭇거리더니 말했다.

“……하나 하지 않은 이야기가 있군.”

“예?”

“이번 일. 고마웠다. 정말로.”

“……!”

“너에게 따로 감사를 표한다고 한 것이 계속 기회가 안 되어서 지금에야 이야기하는군. 네 덕분에 전하께서 살아나셨고, 제국은 큰 위기를 벗어날 수 있었어. 정말로 고맙다.”

그가 이렇게 감사를 표하는 것이 처음이라 마리는 당황해 고개를 저었다.

“아닙니다.”

“어쨌든 즐거운 연회 되도록.”

그렇게 오른과의 대화가 마무리되었다.

오른과의 대화 후 마리는 연회장을 빠져나와 벤치에 앉았다. 잠시 쉬고 싶었다.

“밤이라 그런가, 아직 날씨가 조금 춥네.”

그녀는 밤하늘을 바라보다 오른의 말을 떠올렸다.

‘황후라.’

그가 자신에게 그런 말을 꺼낼지는 상상도 하지 못했다. 그녀는 황후란 직위는 전혀 관심 없었다. 오로지 원하는 것은 그와 진정으로 하나가 되는 것일 뿐이었다. 그러기 위해서는 자신의 문제를 해결해야 했다.

'아무리 전하가 나를 원한다고 해도 이런 상황에서는 안 돼. 방법을 찾아야 해.'

이전처럼 무작정 피해야겠다는 생각은 하지 않았다. 그저 드는 생각은 어떻게 하면 라엘과 자신이 행복한 결과를 만들어 낼 수 있을까 하는 것일 뿐. 생각에 잠겨 있는데, 익숙한 목소리가 그녀를 불렀다.

"이곳에 있었구나."

"아, 전하."

황태자였다. 그가 성큼 다가와 그녀의 옆에 앉았다.

"이곳엔 어째서?"

"너 때문에."

"네?"

"갑자기 안 보여서 혹시나 무슨 일이 생겼나 찾았다."

"아……."

마리는 미안한 표정을 지었다.

"쉬고 있던 건가?"

"네, 바람을 쐬니 시원해서요."

"그렇군. 확실히 연회장보다는 시원해서 좋군."

특별할 것 없는 대화를 하며 마리는 신기하단 마음이 들었다. 옛날엔 그와의 대화가 긴장되기만 했는데, 이제는 굉장히 편안했다. 아니, 정확히 말하면 아늑하고 간질간질한 느낌이 들었다. 일분일초 시간이 흐르는 것이 아쉬울 정도였다. 그냥 계속 아무런 생각 없이 그와 함께 있고 싶었다.

그렇게 잠시 평안히 대화를 나누다 라엘의 목소리가 무겁게 가라앉았다.

"어쩌면 전쟁을 준비해야 할지 모르겠어."

"……!"

"마리, 네 말대로 이번 전염병이 요하네프 3세와 연관된 일이면 말이야."

마리의 얼굴이 굳어졌다. 그녀는 황태자에게 전염병이 요하네프 3세의 음모였다는 것을 이야기하였다. 혼자만 알고 있기에는 너무나 중요한 일이었기 때문이다.

"증거가 없으니 죄를 물을 수는 없겠지만, 상황이 안 좋아질 것을 대비하고 있어야겠어."

마리는 동의했다. 그의 말이 옳았다. 요하네프 3세의 목적은 결국 동제국을 정복하는 것일 거다. 그때, 라엘은 딱딱한 표정을 풀더니 마리를 바라보았다.

"공적인 이야기는 여기까지. 오늘은 이런 이야기 말고 그저 그대와 함께 있고 싶군."

"네, 전하."

그와 이렇게 시간을 보내고 싶은 것은 마리도 마찬가지였기에 고개를 끄덕였다. 그녀는 잠시 주저하다가 그의 어깨에 살짝 머리를 기대었다.

"……!"

라엘은 그녀가 자신에게 먼저 몸을 기대자 놀란 표정을 지었다. 마리는 민망한 얼굴로 말했다.

"혹시 불편하신가요?"

"……그럴 리가."

그는 미소를 지었다. 부드러움과 따뜻함이 담긴 웃음이었다.

"언제든지, 얼마든지 기대어도 좋다."

그는 자신에게 기댄 그녀의 머리카락을 쓰다듬어주었다. 지극히 소중한 것을 대하는 부드러운 손길이었다.

'편안해.'

마리는 눈을 감았다. 이렇게 그의 손길을 느끼고 있으니 머릿속의 모든 복잡함이 사라지는 듯했다. 그저 아늑하고 편안했다. 둘은 가만히 시간을 보냈다. 별다른 대화도 없었지만, 수많은 대화를 나누는 것보다 깊게 소통하는 느낌이 들었다.

"무슨 생각을 하지?"

"그냥…… 그냥요."

"잠깐만 저쪽을 봐라."

마리는 의아한 표정으로 고개를 들었다. 그리고 놀라 탄성을 내뱉었다.

"와…… 예뻐요."

밤하늘에 별똥별이 아름다운 선을 그리며 지나가고 있었다. 저렇게 선명하고 아름다운 별똥별은 처음이었다.

"전하, 소원 비세요."

"소원?"

"네, 별똥별이 떨어질 때 소원을 빌면 이루어진다는 이야기가 있잖아요."

"그건 근거 없는 미신일 뿐이다."

"그래도 한번 빌어 보세요."

거듭된 재촉에 황태자는 어쩔 수 없다는 듯 소원을 빌었다. 마리도 눈을 감고 소원을 빌었다. 잠시 후 황태자가 물었다.

"무슨 소원을 빌었지?"

"전하는요?"

"나야 당연히 그대와 내가 행복할 수 있기를 빌었지."

그의 말에 마리는 살짝 얼굴을 붉혔다.

"저는…… 비밀이에요."

라엘은 궁금해하는 눈치였으나, 마리는 알려 주지 않았다.

사실 그녀의 소원도 그와 똑같았다.

그와 자신이 행복할 수 있기를.

제발 이루어지기를 그녀는 다시 한번 간절히 바랐다. 바로 그 순간, 상황이 순식간에 바뀌는 일이 일어났다. 갑자기 저 멀리서 높은 목소리가 들렸던 것이다.

"전하! 전하! 급보입니다!"

심상치 않은 목소리에 라엘과 마리는 표정을 굳혔다. 갑자기 무슨 일이지? 곧 그에게 다가온 시종이 숨을 헐떡이며 말했다.

"토른 2세 폐하께서 서거하셨습니다!"

"……!"

마리의 얼굴이 하얘졌다. 결국 토른 2세가 사망한 것이다. 각오는 하고 있었지만 막상 상황이 닥치니 가슴이 덜컹했다. 반면 황태자는 그저 올 것이 왔다는 듯 덤덤한 눈치였다.

"알겠다. 장례 절차를 준비해야겠군. 궁내부장에게 이르도록."

"네, 알겠습니다!"

마리는 그런 그를 보며 마음을 졸였다. 이제 토른 2세가 사망했으니, 선황의 유지를 지키려는 세이튼 가문과 라엘은 본격적으로 충돌할 것이다. 그리고 결국 키에르한은 죽음을 맞이할 확률이 높았다.

'그것만큼은 절대로 안 돼.'

마리는 굳게 생각했다.

'막아 내야 해. 무슨 수를 써서라도.'

마리가 다짐하고 있을 때였다. 저 멀리서 다시 소란스러운 소리가 들려왔다.

"급보입니다!"

"뭐지?"

황태자는 의아한 표정을 지었다. 토른 2세가 사망한 와중에 또 다른 급보가? 곧 그들 앞으로 또 다른 전령이 도착했다.

"황태자 전하를 뵙습니다!"

전령을 본 황태자와 마리는 크게 놀랐다. 이곳 황궁 내에서 달려온 전령이 아니었다. 마치 전장에서 곧바로 달려온 듯 먼지가 가득한 갑주를 걸치고 있었고, 수많은 거리를 주파한 것인지 전신이 땀에 전 채 안색이 창백했다.

"그대는 누구지?"

"3군단, 알베론 백작님 휘하의 기사 워드입니다!"

전령의 소개에 황태자와 마리의 얼굴이 굳었다. 3군단이면 제국 서부 전선을 책임지는 군단이었기 때문이다. 3군단은 서제국을 경계하며, 클로얀 지방을 담당하고 있었다.

'설마?'

마리는 침을 꿀꺽 삼켰다. 불길한 예감이 스쳐 지나갔다. 그리고 그녀의 예감은 틀리지 않았다.

"클로얀 지방에서 반란이 일어났습니다!"

"……!"

방금 토른 2세의 붕어 소식과는 비교도 되지 않는 충격이 내려앉았다. 클로얀 지방에서 반란이 일어났다고?

"그게 사실인가?"

"네, 전하!"

"주동자는 누구지?"

마리는 순간 전(前) 왕실 기사단의 인물들이 떠올랐다. 반란의 주모자라면 그들일 가능성이 가장 높았다. 하지만 전령은 전혀 뜻밖의 이야기를 하였다.

"반란의 주동자는 클로얀 왕가의 모리나 왕녀라고 하옵니다!"

그 이야기를 듣는 순간, 마리의 시간이 멈추어 섰다.

'지금…… 뭐라고?'

Chapter 5
클로얀 왕국

토른 2세의 장례식은 담담하게 거행되었다. 국묘에 안치되는 토른 2세의 관을 바라보는 라엘의 얼굴은 무표정하였다. 친부이긴 했지만 그의 어머니를 죽인 것도, 누이의 독살에 관여한 것도 모두 토른 2세였다. 서자인 라엘이 인망을 얻는 것을 견제하기 위해 1황자의 손을 들어 숱한 암살을 시도하기도 했었다. 친부임과 동시에 원수와도 다름없었던 존재. 그래서 라엘은 감정의 동요가 크지 않은 듯했다. 그렇게 장례식을 마친 후, 황태자는 사자궁의 집무실로 돌아왔다.

"피곤하군."

오른은 고개를 끄덕였다.

"고생 많으셨습니다, 전하."

그렇게 말한 오른은 아차 하고 자신의 말을 정정했다.

"이제는 '전하'가 아니군요, 폐하."

폐하. 오로지 황제에게만 붙이는 존칭. 이제 토른 2세가 서거했으니 라엘이 황제가 된 것이다.

"진정한 제국의 지배자가 되신 것을 감축합니다."
하지만 라엘은 고개를 저었다.
"아직이다. 선제후들의 승인 절차를 거쳐야지."
"그거야 어차피 형식적인 절차 아닙니까?"
동방과 다르게 유럽에는 선제후(選帝侯)라는 직위가 있었다. 바로 황제 선출권을 가진 대귀족을 뜻하는 말로, 그들 모두의 승인을 받아야 진정한 황제로서 권한을 가질 수 있었다. 물론 오른의 말처럼 명목적인 절차일 뿐이긴 했다.
"어차피 형식적인 선제후 회의. 차나 한잔하고 끝나겠지요."
오른은 대수롭지 않게 말했다. 참고로 소비엔 공작가의 가주인 오른도 선제후 중 한 명이었다. 그런데 황태자가 가만히 고개를 저었다.
"아니, 이번에는 조금 다를 것이다. 키에르한 후작의 세이튼 가문이 내 즉위를 반대할 테니."
"……!"
"엄밀히 말하면, 정통성만을 따진다면 적법한 후계자는 내가 아니라 황후의 적통인 오스카니까."
오른이 딱딱한 얼굴로 말했다.
"만약 키에르한 후작이 반대하고 나선다면 어떻게 하실 것입니까? 선제후 회의는 만장일치로 통과되어야 합니다. 그게 우리 동제국의 황위 계승에 관한 법칙이니까요."
"만약 세이튼 가문이 끝까지 반대한다면 방법은 하나뿐."
라엘은 무거운 목소리로 말했다.
"세이튼 가문에 역모죄를 씌워 멸해야겠지."
옆에서 가만히 대화를 듣고 있던 마리의 얼굴이 하얘졌다. 역시나 예상하고 있던 대로 상황이 흘러가고 있었다.
"당장 내일이 선제후 회의이니 키에르한 후작이 어떻게 나올지는 곧 알 수 있겠지. 그나저나 이 문제보다는 클로얀 지방이 문제군. 어떻게 진행되고 있다고?"

황태자는 클로얀 지방에서 일어난 반란으로 화제를 돌렸다.

"3군단에서 2만의 병력을 반란을 진압하기 위해 투입하였습니다. 압도적인 병력 차니 무리 없이 진압할 것으로 보입니다."

"그래, 진압 자체야 문제가 없겠지."

황태자는 무거운 목소리로 말했다.

"문제는 반란을 일으켰다고 알려진 주동자다. 모리나 왕녀라고?"

오른이 3군단에서 전해진 보고서를 보며 고개를 저었다.

"일단 그렇게 소문이 퍼지긴 했습니다만…… 3군단장 알베론 백작이 추가적으로 올린 보고에 따르면 아닌 것으로 보입니다. 반란 세력이 퍼뜨린 거짓말이란 증거를 확보했다고 합니다."

라엘은 가만히 오른의 보고를 들었다. 오른은 가타부타 반응이 없는 황태자를 보며 생각했다.

'반란 세력이 가짜 모리나 왕녀를 세운 건 왕국민들을 선동하기 위해서야. 모리나 왕녀란 이름만 대면 수많은 클로얀 왕국 사람을 움직일 수 있으니까.'

문제는 이번 반란이 시작에 불과하다는 것이다. 클로얀의 정세상 이런 반란은 얼마든지 다시 일어날 수 있었고, 반란군들은 항상 모리나 왕녀의 이름을 전면에 내세울 것이다.

'마리.'

오른은 시선을 돌려 황태자 뒤에서 묵묵히 서 있는 마리를 바라보았다. 아직 오른은 마리의 정체를 확신하지 못하고 있다. 만약 그녀가 오른이 추측하는 대로 정말 모리나 왕녀가 맞다면, 지금 이 순간 그녀는 무슨 생각을 하고 있을까? 그리고 그런 그녀를 놓고 황태자는 어떤 선택을 할 것인가?

그때, 국방대신이 거친 목소리로 의견을 내었다.
"이대로는 안 됩니다. 이미 클로얀 지방을 달랠 안정책은 쓸 만큼 썼고, 이제 방법은 하나입니다."
모두가 국방대신을 바라보았다. 국방대신은 결연한 얼굴로 말했다.
"모리나 왕녀의 망령이 떠도는 한 이런 일은 계속 반복될 것입니다. 무슨 수를 써서라도 '진짜' 모리나 왕녀를 찾아내서 그녀의 목을 베어야 합니다."
국방대신의 말은 틀리지 않았다. 왕가의 마지막 후예인 모리나 왕녀를 죽이면, 왕국민들도 더는 왕국의 부활을 꿈꾸지 못할 것이다.
'전하.'
오른은 라엘의 눈치를 살폈다. 하지만 황태자는 철가면 아래로 아무런 말도 하지 않았다. 그저 깊은 생각에 잠긴 듯 무겁게 입을 다물고만 있었다.

다음 날, 상황은 역시나 더 안 좋게 진행되었다. 선제후 회의에서 키에르한이 반대 의견을 표명한 것이다.
"우리 세이튼 가문은 선황이신 토른 2세 폐하의 유지를 받들어, 라엘 전하의 황제 즉위를 반대합니다."
"……!"
선제후 모두가 숨을 죽이고 키에르한과 황태자를 바라보았다. 황태자는 차가운 눈동자로 키에르한을 노려보았다.
"다시 한번 묻겠다, 후작. 정말로 내 즉위를 반대하는가?"
"네, 그렇습니다."
"다시 한번 묻지. 정말인가?"

거듭된 물음에 선제후들은 침을 꿀꺽 삼켰다. 어차피 라엘이 황제가 되는 것은 정해진 사실이다. 만약 키에르한이 끝까지 뜻을 굽히지 않는다면, 그는 목숨을 잃게 될 것이다.

"그렇습니다, 전하."

여전히 흔들림 없는 대답. 라엘은 언성을 높이려다 입을 다물었다. 키에르한의 눈을 마주한 순간 그의 진정한 마음을 깨달은 것이다.

죄송합니다.

키에르한의 눈동자는 그렇게 이야기하고 있었다. 라엘은 입술을 깨물었다.

"이런 어리석은."

분명 키에르한도 라엘을 반대하고 싶지 않을 것이다. 하지만 그럼에도 가문의 입장상 라엘을 반대할 수밖에 없기에 눈빛으로라도 사죄하고 있는 것이었다.

"키에르한 후작. 아니, 내 친우였던 키엘. 마지막으로 한 번만 다시 묻겠다. 너희 세이튼 가문의 고고한 기치를 모르는 것은 아니나, 때로는 그 기치가 올바른 방향을 향하지 않을 때도 있는 법이다. 진정으로 제국과 너희 가문을 위한 길이 무엇인지 생각해 보아라."

그렇게 말하는 라엘의 목소리에는 진심이 담겨 있었다. 라엘도 한때 소중한 친우였던 키에르한의 목을 치고 싶지 않은 것은 마찬가지였다. 그 마음을 느꼈기에 키에르한은 잠시 입을 다물었다. 하지만.

"말씀에 감사합니다, 전하. 하지만…… 죄송합니다. 저희로서는 토른 2세 폐하의 유지를 거스를 수가 없습니다."

라엘은 주먹을 움켜쥐었다. 그는 키에르한이 이미 죽음을 각오하고 있다는 것을 깨달았다.

"……좋다. 네가 망령과도 같은 헛된 전통에 얽매인다면 어쩔 수가 없지."

라엘은 덜컥 자리에서 일어났고, 선제후 회의는 파장을 맞았다. 그리고 그날 밤, 황태자의 명에 따라 키에르한 후작은 스올의 탑에 감금되었다. 정치적 이유에 따라 여러 죄목이 그에게 덮어 씌워졌으나, 키에르한은 굳게 입을 다물 뿐 스스로를 변호하는 어떤 이야기도 하지 않았다.

세이튼 가문의 가주인 키에르한이 스올의 탑에 갇혔다는 소식은 곧 수도 전체에 퍼졌다.

"키에르한 후작께서?"

"그래, 대관식 전에 처형이 거행될 거라는군."

"제국 최강의 기사인 키에르한 후작이 이렇게 목숨을 잃게 되다니."

사람들은 안타까워하면서도 큰 충돌이 일어나지 않았다는 것에 안도했다. 만약 키에르한이 군사를 일으켜 저항했다면 세이튼 가문과 황실 사이에 내전이 일어났을 것이다.

한편, 마리는 자신의 방에서 괴로운 표정으로 고뇌하고 있었다.

'어떻게 해야 할까? 그가 죽는 것을 이대로 지켜볼 수는 없어.'

클로안의 반란만으로도 머리가 복잡해 터질 것 같았지만, 일단 키에르한의 목숨을 먼저 구해야 했다. 문제는 그를 구하는 일이 쉽지만은 않다는 것이었다.

'전염병을 해결한 대가로 그를 살려 달라고 빌어 볼까?'

그나마 가능성 있는 방법. 하지만 마리는 곧 고개를 저었다.

'아니야. 무려 황위 계승이 걸린 일이야. 이것만으로는 무언가 부족해. 그를 살려 줄 만한 더 큰 이유가 있어야 해.'

그녀는 끙끙거리며 고민했다. 어떻게 해야 그의 목숨을 구할 수 있을까? 이전 일들에 대한 공만으로 그를 살리는 데 부족하다면 더 큰 공을 세우면 어떨까?

가능성은 있는 이야기였다. 고래로 큰 공으로 벌을 면한 예는 많았다. 전염병 일에 더해 또다시 큰 공을 세운다면, 키에르한의 처벌을 면죄할 근거가 충분히 되었다. 무엇보다 황태자도 마음속으로는 키에르한을 처형하길 원하지 않고 있었다. 정치적 상황상 어쩔 수 없을 뿐이다. 그러니 그녀가 큰 공을 추가로 세우면 황태자에게 키에르한을 살려 줄 핑계를 마련해 주게 되는 것이다.

'하지만 그런 공을 어떻게 세우지?'

그 순간이었다. 한 가지 생각이 그녀의 머릿속에 번뜩 떠올랐다. 그녀가 방금 생각해 낸 방법은 성공하면 큰 공을 세울 수 있음은 물론, 황태자와 자신과의 문제도 동시에 해결할 수 있었다. 즉, 앞으로는 '마리'로서 그를 속이는 것이 아니라, '모리나'로서 그를 바라볼 수 있게 된다는 뜻이었다.

하지만 그 방법의 문제점을 떠올린 마리의 표정이 심각해졌다.

'내가 과연 성공할 수 있을까?'

무모한 시도일지도 모른다. 어쩌면 중간에 목숨을 잃을 수도 있다. 남들이 그녀의 생각을 들으면 미쳤다고 할지도 몰랐다.

'그래도 해야 해. 키엘 님뿐만 아니라, 전하와 나 자신을 위해서라도.'

굳게 다짐한 마리는 자리에서 일어났다.

'곧 처형일이 다가와. 일단 움직이자. 최대한 빨리.'

그녀가 먼저 향한 곳은 키에르한이 갇힌 스올의 탑이었다. 간수에게 간곡히 부탁해 그를 면회할 수 있었다.

"……키엘 님."

마리는 그를 본 순간, 가슴이 울컥해 손으로 입을 가렸다.

"마리 양, 이곳에는 어떻게……?"

독방에 갇혀 있던 키에르한은 놀란 표정을 지었다. 그러나 곧 그는 평소처럼 부드럽게 웃으며 말했다.

"이렇게 마리 양을 뵐 수 있게 되다니. 주님께서 제 소원을 들어주셨나 보군요."

그는 죽음을 앞두고 있었건만 별다른 동요 없이 차분한 기색이었다.

"……키엘 님."

마리는 입이 떨어지지가 않았다. 만나면 하고 싶은 말이 많았는데. 둘은 잠시 말없이 서로를 바라보았다. 키에르한은 아련한 시선으로 그녀를 바라보았고, 마리는 그의 눈빛이 가슴이 아파 입술을 깨물었다. 그녀가 뭐라고 입을 열려는 순간 키엘이 먼저 말했다.

"죄송합니다."

마리의 눈동자가 흔들렸다.

"무엇이 죄송하다는 거죠?"

"전부 다. 모든 것이 다 죄송합니다. 심려를 끼쳐 죄송하고, 어리석은 선택을 해서 죄송합니다."

마리는 한숨을 내쉬고 조심스럽게 말을 꺼냈다.

"뜻을 바꿀 생각은 없으신가요?"

"……."

"키엘 님이 방금 말씀하셨듯이 어리석은 일이에요."

"네, 잘 알고 있습니다."

키에르한은 씁쓸히 말했다.

"그래도 제 목숨 하나면 가문의 명예를 지킬 수 있으니까요."

가주인 키에르한이 이렇게 아무런 저항 없이 스스로 목숨을 바치는데, 라엘도 더 피를 흘리려 들지는 않을 거다. 하지만 마리는 그 말에 울컥했다.

"제 마음은요?"

"마리 양?"

"고작 목숨 하나라니요? 키엘 님이 죽으면 제 마음은 어떨지 생각 안 하는 건가요? 제가 얼마나 슬퍼할지는 상관없냐고요?"

마리는 감정이 격해져 입술을 깨물었다.

'고작 가문의 기치와 명예가 뭐라고?'

물론 안다. 고귀한 귀족 중에는 가문의 명예를 목숨보다 소중히 여기는 이가 많다는 것을. 하지만 솔직히 마리는 그들의 입장이 잘 이해가 되지 않았다.

'그렇게 죽으면 남겨진 사람들은 어떻게 하라고?'

키에르한이 탄식하듯 말했다.

"죄송합니다. 정말로…… 정말로 죄송합니다."

마리는 굳은 눈으로 그를 바라보았다.

"키엘 님. 한 가지만 묻겠어요."

"무엇입니까?"

"만약…… 살아날 수 있는 방법이 있다면 받아들이실 건가요?"

키에르한은 의아한 표정을 지었다.

"그게 무슨 말씀이신지?"

"대답해 주세요."

그는 씁쓸히 고개를 끄덕였다.

"거절할 이유는 없겠죠. 저도 죽음을 원하는 것은 아니니까요. 하지만 불가능한 일입니다."

그는 자신이 뜻을 굽히지 않는 한 죽음을 피할 수 없다는 것을 잘 알고 있었다. 하지만 마리는 거듭해서 물었다.

"만약 정말로 살아날 기회가 생긴다면, 그때는 어떻게 하실 건가요?"

"……!"

마리의 진중한 물음에 키에르한의 눈빛이 달라졌다. 모든 것을 내려놓은 듯한 눈동자에서 억눌러 있던 무언가가 타오르는 눈빛으로.

"만약 나에게 삶을 이어 갈 수 있는 기회가 주어진다면."

그는 천천히 입을 열었다.

"그때는 내 모든 삶을 당신을 위해 바칠 것입니다."

키에르한과의 대화를 마친 마리는 사자궁으로 돌아왔다. 다만 황태자의 집무실로 향하지 않고, 주방으로 향했다.

"자작님?"

갑작스레 그녀가 주방에 오자 주방장이 놀란 표정을 지었다.

"이곳에는 무슨 일이십니까? 식사 시간은 지났는데……."

지금 시간은 저녁 8시 정도였다. 마리는 고개를 저으며 말했다.

"전하께서 요즘 입맛이 없으신 듯해서 제가 간단한 요리라도 해드리려고요."

"아…… 그렇군요."

주방장은 고개를 끄덕였다. 최근 이런저런 일이 많아서인지 황태자의 식사량은 현저히 줄어든 상태였다. 그녀가 직접 요리를 해준다면 입맛이 더 날지도 몰랐다.

"얼마든지 사용하십시오. 귀한 설탕이든 후추든 뭐든지 사용해도 좋습니다."

"네, 감사해요."

간만에 주방에 선 마리는 요리 도구를 들며 생각했다.

'최대한 황태자 전하의 입맛에 맞추어서…….'

마리에게는 여러 요리사의 능력이 있었다. 과자 굽는 능력, 파티시에의 능력, 가정집 요리, 그랜드 비프 마스터의 솜씨. 그녀는 그 능력들을 최대한 발휘해 솜씨를 부리기 시작했다.

'전하는 깔끔하고 담백한 스타일을 좋아하시니까. 기름기를 뺀 요리를 하고, 이전에 좋아하셨던 디저트도 같이 만들자.'

마치 전문 쉐프처럼 그녀의 손이 쓱쓱 지나가자 여러 요리가 짠 하고 완성되었다.

최고의 요리사가 정성 들여 만든 것처럼 보기에도 아름답고 맛도 좋을 것 같은 요리였다.

'최대한 예쁘게.'

그녀는 마치 한 땀 한 땀 수를 놓듯이 정성을 다해 접시에 음식을 담았다.

"허허, 정말 대단하군요. 못하는 게 없으시다고 들었지만, 요리도 이렇게 정통하다니. 황궁 최고의 요리사라는 이름은 오늘부로 내려놓아야겠습니다."

사자궁의 쉐프가 감탄하며 말했다.

'와인도 가져가야겠다.'

마리는 이전에 황태자가 좋아했던 와인을 주방에서 찾아 꺼내었다.

'아무래도 술을 조금 마시는 게 이야기하는 데 낫겠지.'

마리는 한숨을 내쉬었다. 솔직히 자신이 이야기를 꺼내면 황태자가 어떤 반응을 할지 모르겠다. 최소한 기뻐하지는 않을 거다.

'아니, 화를 낼지도…….'

그녀는 오늘 자신이 생각한 방법을 황태자에게 이야기할 것이다. 이전 사건 때와는 비교도 되지 않게 위험한 일이니, 좋은 반응이 나올 리가 없었다.

'그래도 꼭 이야기해야 해.'

그녀는 마치 전장에 나서는 것처럼 각오를 다지며 음식을 들고 황태자의 집무실을 찾았다.

"전하, 들어가도 되겠습니까? 마리입니다."

"들어오도록."

황태자는 늘 그렇듯 서류를 보고 있었다. 알몬드는 근위 기사단의 일을 보러 간 것인지 보이지 않았다.

"그건?"

라엘은 마리가 들고 온 음식을 보고 놀란 표정을 지었다. 하나같이 그가 좋아하는 요리였다.

"아, 요즘 식사를 잘 못 하시는 듯하여 준비해 보았습니다. 입맛에 맞을지는……."

마리는 괜히 긴장돼 말을 더듬었다. 다행히 황태자는 이상한 점을 느끼지 못하고 그녀를 부드럽게 끌어안으며 고맙다고 말했다.

"네가 직접 한 요리인데 입맛에 안 맞을 리가 있겠느냐. 어쨌든 고맙구나. 그렇지 않아도 최근 마음이 복잡해 술이라도 한잔하고 싶었는데."

"……네."

그의 다정한 포옹에 마리는 살짝 얼굴을 붉혔다. 긴장된 상황과 별개로 그의 품은 언제나 두근거리고 따뜻했다. 라엘은 그녀가 요리한 음식을 감탄한 표정으로 보다가 고개를 저었다.

"그래도 다음부터는 이렇게 직접 요리하진 말도록. 네가 고생하는 것은 싫으니까. 알겠지?"

마리는 그의 품 안에서 가만히 고개를 끄덕였다. 둘은 집무실에 놓인 쇼파에 나란히 앉아 음식과 와인을 들기 시작했다.

"마리, 너도 같이 들도록."

"네, 전하."

마리는 원래 술을 마실 생각이 없었지만, 조금이라도 부드럽게 이야기를 꺼내기 위해 술을 살짝 마셨다. 황태자는 최근에 연달아 터진 일들로 마음이 좋지 않은지 묵묵히 술을 마셨다.

'전하.'

마리는 그런 그가 안쓰러웠다. 늘 흔들림 없는 모습을 보여 주지만, 그도 사람이니 심적으로 힘들 것이다. 특히 키에르한을 처형하기로 결정한 것은 아무리 그라도 마음이 편하지 않으리라. 서로 깊은 친우 사이였으니.

마리는 주저하다가 입을 열었다.

"전하."

"말해보도록."

"키에르한 후작을 살려 주실 수는 없으신가요?"

민감한, 어떻게 보면 주제를 넘는 질문이었지만 다행히 황태자는 화를 내지는 않았다. 그저 살짝 술기운이 올라온 얼굴로 씁쓸히 미소를 지을 뿐이었다.

"어렵지."

"……."

"나도 그를 처형하고 싶지는 않다. 하지만 반기를 든 이를 그대로 넘어가면 황권의 위엄을 올바로 세울 수가 없어. 어쩔 수 없는 일이다."

어쩔 수 없다, 이 말이 그녀의 가슴에 와서 박혔다. 라엘은 본인의 감정보다 대국적인 면을 우선시했다.

"그러면 전하, 혹시 이전에 하신 말씀을 기억하십니까?"

"어떤?"

"제가 큰 공을 세우면 한 가지 부탁을 들어준다고 하셨던 말씀 말입니다.”

과거 그녀에게 그런 약속을 하긴 했었다. 지나가듯이 말한 거라 크게 신경을 쓰지 않고 있었는데, 그녀가 그 이야기를 꺼내자 라엘은 의아한 표정을 지었다.

“그래, 기억나지. 말해보아라.”

“말씀드리기 전에 묻겠습니다. 들어주실 수 있는 부탁이면, 어떤 부탁이든 들어주시겠습니까?”

“당연하지. 이전에 약속하지 않았느냐? 난 약속을 어기는 이가 아니다.”

마리는 숨을 들이쉬었다. 이 말을 꺼내면 그가 어떤 반응을 보일지 두려웠다.

‘하지만 해야 해. 이 방법 외에는 없어.’

각오한 그녀는 말을 꺼냈다.

“저를 클로얀 지방으로 보내 주십시오.”

“……뭐?”

술잔을 입가에 가져가던 황태자의 얼굴이 뻣뻣이 굳었다. 있을 수 없는 이야기를 들은 사람처럼.

“지금 뭐라고? 내가 잘못 들은 거겠지?”

마리는 떨리는 가슴을 부여잡으며 말을 이었다.

“6개월의 시간만 주시면 제가 클로얀 지방의 혼란을 안정시켜 보겠습니다. 만약 제가 그렇게 해낸다면 이전 전염병을 해결한 공에 더하여, 그 공들로 키에르한 후작님의 목숨을 살려 주세요.”

“…….”

“이게 전하께 드리는 부탁입니다.”

말을 마친 마리는 황태자의 눈치를 살폈다.

'저질렀어.'

그녀가 생각하기에 모든 문제를 해결할 수 있는 방법은 이것 외에는 없었다. 황제 즉위를 반대한 키에르한의 목숨을 살리려면 그에 상응하는 공을 추가로 세울 수밖에 없었고, 현재로서는 혼란에 빠진 클로얀 지방을 안정시키는 방법만이 유일했다. 작금의 정세상 제국에서 가장 중요한 지방인 클로얀 지방을 안정시키는 공이라면, 키에르한의 목숨을 살리는 명분이 충분히 될 수 있었으니까.

'또한, 내 정체를 전하께 말씀드릴 수 있어.'

그녀가 그에게 진실된 모습을 드러낼 수 없는 것은 근본적으로 클로얀 지방이 혼란하기 때문이다. 만약 클로얀 지방이 안정된다면, 자신이 모리나 왕녀임을 드러내도 문제가 될 이유가 없었다.

'그러니 전하에게 내 진실된 모습을 드러내기 위해서는 클로얀 지방이 안정되어야 해.'

다만 문제는 이 일이 지극히 위험하다는 것이었다. 반란까지 일어난 상황에서 황제의 직권을 대리하는 행정관으로 파견되면 어떤 위험에 노출될지 모른다. 어떻게 보면 사지(死地)와 다름없는 곳으로 가는 것이다.

'그래도 해내야 해. 반드시.'

마리는 굳은 표정으로 황태자를 바라보았다. 한편, 라엘은 딱딱하게 굳은 표정으로 아무 말이 없었다. 하지만 그것도 잠시 곧 서늘한 목소리로 입을 열었다.

"클로얀 지방이라고? 그곳이 지금 얼마나 위험한 곳인지 모르지 않을 텐데. 진심으로 하는 이야기인가?"

"……."

"진심으로 하는 이야기가 맞느냐고 물었다."

낮은 목소리에 담긴 분노에 마리는 침을 꿀꺽 삼켰다. 지금껏 그가 화내는 것을 몇 번 본 적은 있지만, 이렇게까지 분노하는 것은 처음이었다. 마리는 눈을 질끈 감았다. 사실 당연한 반응이었다. 자신이 아끼는 여인이 사지가 될지도 모르는 곳으로 간다는 데 어떤 남자가 화내지 않겠는가?

"키에르한 때문인가? 지금 당장 그놈의 목을 치면 생각을 접을 것인가?"

마리는 깜짝 놀라 고개를 들었다.

"물론 키에르한 후작님을 위한 것도 있지만, 전하와 제국을 위한 마음이 더 큽니다."

그녀는 다급히 말을 이었다. 어떻게든 그를 설득해야 했다.

"현재 요하네프 3세의 서제국이 호시탐탐 수작을 부리며 전쟁을 일으킬 기회를 엿보고 있는 상황에서 클로얀 지방은 반드시 안정되어야 합니다. 만약 클로얀 지방의 상황이 더욱 악화한다면, 서제국과의 전쟁이 일어났을 때 어떤 재앙이 발생할지도 모릅니다."

마리의 말은 옳았다. 이대로 사태가 악화하면 클로얀 지방은 불붙은 화약고가 될 것이다.

"클로얀 지방이 중요한 것은 맞다. 하지만 네가 가는 건 안 돼."

"전하."

라엘이 돌연 목소리를 높였다.

"넌 지금 나보고 사랑하는 사람을 사지로 보내라는 거냐!"

"……!"

격한 음성에 마리는 입을 다물었다. 황태자는 치밀어 오르는 감정을 억누르며 깊게 한숨을 내쉬었다.

"하아. 너는…… 왜 너는 도대체 내 마음을 신경 쓰지 않는 거냐? 네가 조금만 눈에 보이지 않아도 무슨 일이 있을까 온종일 네 염려만 하거늘, 이제는 그런 위험한 곳까지 가겠다고?"

"……전하."

그의 분노에는 그녀를 향한 걱정과 마음이 절절히 담겨 있었다. 하지만 이번만큼은 물러설 수 없었다. 키에르한뿐 아니라 그와 자신을 위해서라도 클로얀은 안정되어야 한다.

"죄송합니다, 전하. 그래도 반드시 필요한 일입니다. 아무런 일 없이 무사히 돌아오겠다고도 맹세하겠으니, 제 부탁을 들어주십시오."

라엘은 굳은 얼굴로 그녀를 매섭게 바라볼 뿐 입을 열지 않았다. 그렇게 한참이나 그녀를 향해 분노에 찬 시선을 보낸 뒤, 그가 말했다.

"듣고 싶지 않다. 돌아가라."

"……전하."

"그대에게 더 화내고 싶지 않아. 명령이니 돌아가."

마리는 입술을 깨물고 고개를 숙였다. 지금 상황에는 더 이야기해 봤자 역효과만 날 것 같았다.

"……심려를 끼쳐 죄송합니다."

마리는 조심스럽게 집무실을 나왔다.

탁.

문을 닫은 그녀는 눈을 감았다.

'주여. 도와주소서.'

그녀가 나간 후, 황태자는 늦은 밤까지 술을 마셨다. 답답한 듯 술을 목으로 넘긴 그는 괴로운 표정을 지었다.

'마리, 너는 정말로 모리나 왕녀인 것이냐?'

그의 입에서 신음과도 같은 탄식이 흘러나왔다.

'만약 네가 모리나 왕녀가 맞다면, 그때는 나는 어떻게 해야 한단 말인가?'

지금껏 수도 없이 반복했던 고뇌. 깊게 한숨을 내쉰 라엘은 아까 전 마리와 나누었던 대화를 떠올렸다.

"네가 한 말 중 틀린 것은 하나도 없지."

사실 클로얀 지방을 안정시키는 것은 이전부터 그가 골똘히 고민하고 있던 것이다. 클로얀 지방은 반드시 안정되어야 한다. 그렇지 않으면 추후 어떤 재앙이 일어날지 모른다. 그리고 만약 정말로 마리가 모리나 왕녀가 맞다면, 그녀를 자신의 여인으로 맞을 수 있는 방법은 클로얀 지방을 안정시키는 것이 유일했다.

"……그래도 내가 어떻게 너를 클로얀 지방에 보내겠느냐. 어떤 위험이 있을지 모르는 곳에."

물론 그도 안다. 지금껏 숱하게 기적을 일으켜 온 마리라면 클로얀 지방에서도 기적을 일으킬지 모른다. 하지만 너무 위험했다. 그게 문제였다. 라엘은 그녀가 위험에 처할지도 모른다는 사실만으로도 가슴이 찢어질 듯 아파 왔다.

'도대체 어떻게 해야 한단 말인가.'

라엘은 손바닥으로 얼굴을 가렸다. 복잡하게 얽히고 얽힌 상황이 그의 가슴을 옥죄어 왔다.

'아무리 그래도 널 보낼 수는 없어. 차라리 내가 직접 가는 것이 낫지. 잠깐, 지금 뭐라고?'

번뜩 떠오른 생각에 그는 한참이나 말없이 생각에 잠겼다.

"그래…… 그렇군."

라엘은 천천히 고개를 끄덕였다.

"이 방법이면 모든 것을 만족할 수 있겠어."

그는 자신이 방금 떠올린 방법을 생각했다. 클로얀 지방은 무조건 안정되어야 한다. 그리고 그녀만큼 적합한 인물을 찾기도 어려웠다. 하지만 그렇다고 마리에게 위험을 감수하게 할 수는 없었다. 그녀의 손끝 하나라도 상한다면 자신은 견딜 수 없을 것이다. 그렇다면 자신이 방금 생각한 방법이면 괜찮지 않을까? 최소한 그녀에게 문제가 생기는 것은 막을 수 있을 것이다.

'다만 오른의 반대를 어떻게 하지?'

그는 고심하다가 밖의 근위 기사에게 말했다.

"오른을 불러오도록."

"지금 말입니까?"

근위 기사가 의아한 표정으로 물었다. 거의 자정에 가까운 시간이었다. 라엘은 고개를 끄덕였다.

"그래, 당장 불러오도록."

다음 날 해가 뜬 후, 스올의 탑에 갇혀 있던 키에르한에게 뜻밖의 명이 떨어졌다.

"키에르한 후작님, 보일 궁으로 출두해 주셔야 할 것 같습니다."

근위 기사단장 알몬드가 직접 키에르한을 찾아와 말했다. 제국 최강의 기사에 대한 예우였다.

"보일 궁에?"

키에르한은 의아한 표정을 지었다. 보일 궁은 황제가 직접 죄인을 판결할 때 사용하는 재판장이었다.

"후작님에 대한 처우를 최종적으로 결정한다 하셨습니다."

키에르한은 씁쓸한 표정을 지었다.
"어차피 처형하기로 결정된 것 아니었나?"
"저는 들은 바가 없어서 잘 모르겠습니다."
키에르한은 고개를 끄덕이며 자리에서 일어났다.
"알았네. 가지."

보일 궁에 가니, 의외의 인물들이 눈에 보였다. 우선 오른 공작이 있었다.
'칼루안 후작과 모르펜 백작도 있군. 저들이 왜?'
키에르한은 의외란 표정을 하였다. 칼루안 후작과 모르펜 백작뿐이 아니었다. 심지어 이디언 후작, 오레온 공작, 루캄 공작도 있었다. 모두 명망 높은 제국의 대귀족들로 선제후의 일원이었다.
'왜 선제후들이 한자리에?'
키에르한은 이해할 수 없다는 표정을 지었다. 그와 오른을 포함하면 무려 7명의 선제후가 모여 있었다.
'날 처형할 목적이면 이렇게나 거창한 인물들을 소집할 이유가 없는데?'
이 7명이면 사실상 선제후 전원이 모인 것이나 마찬가지였다. 그가 혼란스러워하는데, 곧 황태자가 도착했다.
"전하를 뵙습니다!"
"바로 시작하지."
상석에 앉은 황태자는 차갑게 말을 내뱉었다.
"황권을 능멸한 죄인 키에르한에 대한 처벌을 결정하겠다."
라엘은 무감정한 어투로 말을 이었다.
"키에르한 후작은 확인할 수 없는 선황의 유지를 빌미로 황위 계승자인 나 라엘의 계승을 반대함은 물론, 정통성을 의심해 위대한 황권을 능멸하였다. 이는 씻을 수 없는 죄인 바."

거기까지 들은 키에르한은 담담한 눈빛을 하였다. 당연히 사형선고가 나올 것이다.

그런데 그때, 라엘이 고개를 들어 키에르한을 바라보더니 뜻밖의 말을 하였다.

"세이튼 가문의 선제후 직위를 박탈하고, 황실 수호직을 박탈한다."

키에르한은 눈을 크게 떴다. 지금 이게 무슨?

"……전하?"

그의 목소리가 흔들렸다. 당연히 사형 판결이 나올지 알았는데 아니었던 것이다. 황태자는 선제후들에게 시선을 돌렸다.

"선제후들에게 묻겠다. 내 판결에 동의하는가?"

선제후 직위의 선출과 박탈은 다른 선제후 전원의 동의가 필요하다. 라엘은 그래서 이렇게 직접 그들을 판결에 부른 것이다.

"네, 소비엔 공작가의 대표로서 동의합니다."

"칼루안 후작가의 대표로서 동의합니다."

"모르펜 백작가의 대표로서 동의합니다."

선제후 전원이 동의하자, 황태자는 고개를 끄덕였다.

"그러면 선제후 전원의 동의로 세이튼 가문의 선제후 직위와 황실 수호직을 박탈하겠다."

판결이 나자 선제후들은 예를 표하고 자리에서 물러났다. 장내에 그들만 남게 되자 키에르한이 떨리는 목소리로 말했다.

"전하, 어째서 이런 판결을?"

라엘은 딱딱한 얼굴로 말을 하였다.

"마리 때문이다."

"그게 무슨 말씀이십니까?"

"그녀가 청하였다. 자신이 공을 세울 테니, 대신 네 목숨을 살려 달라고."

키에르한의 눈이 찢어질 듯 커졌다.

"공이라니?"

"그녀는 네 목숨을 구하는 대신 클로얀 지방을 안정시키는 공을 세우기로 나와 약속하였다."

그 이야기를 들은 키에르한의 손끝이 떨렸다. 지금 뭐라고? 그녀가 자신을 위해 무슨 약속을 했다고?

"이런 결정…… 받아들일 수 없습니다."

"……."

"마리 양을 클로얀 지방에 보내겠다니! 제가 목숨을 잃는 것이 낫습니다!"

키에르한은 거칠게 소리를 높였다. 그는 결코 이런 결말을 원하지 않았다. 죽음을 바랐던 것은 아니지만, 자신 대신 그녀가 위험에 처하는 거라면 차라리 그냥 죽는 게 나았다.

"그냥 저를 죽이십시오! 그녀가 클로얀 지방에 가는 것은 결코 용납할 수 없습니다."

키에르한은 그녀를 위험에 내모는 결정을 내린 황태자를 향해 거친 기세를 내뿜었다. 옆에서 지켜보고 있던 오른의 가슴이 내려앉을 정도로 그 기세는 강렬했다. 하지만 황태자는 전혀 주눅 들지 않고, 오히려 키에르한에게 다가와 그의 멱살을 움켜쥐었다.

"닥쳐."

"……!"

라엘은 끓어오르는 듯한 눈동자로 키에르한을 노려보았다.

"그녀를 누구보다도 걱정하는 것은 나야. 그리고 네놈 따위가 그녀에 대해 이래라저래라 할 자격이 있는가?"

라엘의 말에 키에르한의 안색이 파랗게 변했다. 라엘은 멱살을 움켜

쥔 주먹에 더욱 힘을 주며 언성을 높였다.

"네놈 때문에 그녀가 위험을 감수하게 되었다. 그런 주제에 뭐라고? 지금 당장에라도 목을 치고 싶으니 닥치고 있어!"

키에르한의 주먹이 파르르 떨렸다.

"그래도…… 그녀를 클로얀 지방에 보내기로 하면 안 되었습니다. 차라리 저를 죽이지 그랬습니까?"

그녀를 위험에 처하게 할 바에는 자신이 죽는 것이 낫다. 키에르한은 굳게 생각했다.

"어째서…… 이런 선택을 하신 것입니까? 전하라면 그녀의 부탁을 거절할 수 있지 않았습니까?"

라엘은 키에르한의 멱살을 잡았던 손을 거칠게 내려놓았다.

"물론 무방비로 그녀를 보낼 생각은 없다. 그건 미친 짓이지. 그녀의 안전은 확실하게 지킬 것이다."

"어떻게?"

키에르한은 이해할 수 없다는 듯 그를 바라보았다. 하지만 굳은 결의에 가득한 푸른 눈동자를 마주한 순간 그는 라엘의 뜻을 짐작했다.

"전하…… 설마?"

키엘은 황태자가 무슨 생각을 하는지 알아차렸다.

"그래, 네가 짐작하는 것이 맞다."

라엘이 나직한 음성으로 말했다.

"그녀가 클로얀 지방으로 향할 때 내가 은밀히 뒤따를 것이다."

"……!"

"뒤에서 그녀를 도와주며 지키겠다."

생각지도 못 한 라엘의 말에 키에르한은 침을 꿀꺽 삼켰다.

"그, 그건……."

황위에 오를 그가 그녀를 몰래 뒤따라가겠다니. 말도 안 되는 일이었다. 하지만 라엘은 단호히 말했다.

"현재 제국에 가장 중요한 클로얀 지방이니. 군주인 내가 직접 가도 과한 일은 아니지."

"하지만…… 위험할 것입니다."

라엘이 만약 클로얀 지방에서 정체가 드러난다면? 제국에 반감을 품은 클로얀인 모두의 표적이 될 것이다.

"알고 있다."

"그런데?"

"내게는 내 목숨보다 그녀가 중요하니까."

"……!"

라엘은 말했다.

"클로얀 지방에서 어떤 일이 있더라도. 그녀의 털끝 하나 상하지 않도록 지켜 내겠다."

그건 마치 맹세와도 같은 다짐이었다.

그렇게 키에르한의 일이 마무리되었다. 다행히 누구의 피도 흐르지 않았다. 곧 라엘의 대관식이 거행되었다.

"황제 폐하 만세!"

"폐하께 신의 은총이!"

"영광이!"

이미 라엘은 만인의 존경을 받는 군주였다. 그가 자신의 상징이 된 철가면을 쓴 채 단상에 올라가자 커다란 함성이 터져 나왔다.

"제국과 폐하의 앞날에 주님의 축복이……."

라엘은 무릎을 꿇고 주교의 축도를 받은 후 황제의 관을 썼다. 드디어 동제국의 진정한 군주, 황제가 된 것이다.

모두의 기쁨과 축복 속에서 대관식이 마무리된 후, 라엘은 생각지도 못 한 내용을 공표했다.

"힐데른 자작을 클로얀 지방의 총독으로 임명하겠다."

"폐하?"

모두가 깜짝 놀라 황제를 바라보았다. 힐데른 자작을 클로얀 지방의 총독으로 임명하겠다니? 그게 무슨?

"폐하, 그것은……."

"왜? 그녀의 능력이 모자라다 생각하는 것인가?"

"그건 절대 아닙니다."

모두 화급히 고개를 저었다. 세상 그 누가 마리의 능력을 의심하겠는가? 능력만 따지면 최고의 인선이라 할 수 있었다. 하지만 문제는.

"괜찮으시겠습니까? 힐데른 자작께서는……."

한 대신이 조심히 입을 열었다. 말끝을 흐렸지만, 모든 이가 뒤의 내용을 알아들었다. 힐데른 자작은 황후가 될 존귀한 여인이다. 그런데 위험하기 그지없는 클로얀 지방으로 보내겠다고? 자신들도 가기 싫은 그곳으로?

'전임 총독도 불의의 일로 사망했어. 이번에 일어난 반란은 거의 진압되었다고 하지만 여전히 위험한데.'

모두의 머리에 이런 의문이 떠올랐다.

'그녀를 황후로 삼으려고 했던 것이 아니었단 말인가?'

하지만 황제 라엘이 답했다.

"6개월 뒤, 그녀가 클로얀 지방을 안정시키고 돌아오면 바로 국혼을 치르겠다. 그녀는 세상에서 가장 존귀한 여인이 될 것이다."

"……!"

가장 존귀한 여인. 황후를 뜻한다. 드디어 라엘이 그녀와의 결혼을 선포한 것이다.

이로써 마리는 제국의 공식적인 예비 황후가 되었다. 이 놀라운 소식에 수도가 한차례 들썩였다. 사람들의 반응은 제각각이었다. 일단 그녀가 예비 황후가 된 것에 대한 반응은 모두 같았다.

"황제 폐하와 힐데른 자작께서 국혼을 치를 거라고? 최근 들었던 소식 중 가장 기쁜 소식이구먼."

"그래, 그분이 아니면 그 누가 황후의 자리에 어울리겠나?"

"제국의 큰 복이야. 정말로."

귀족이든 평민이든 할 것 없이 모두 한결같이 마리의 예비 황후 소식을 기뻐했다. 다만 그녀가 클로얀 지방에 총독으로 파견된다는 것에는 의견이 갈렸다.

"국혼을 치르기 전 클로얀 지방에 갔다 오신다고? 물론 그분의 능력이면 클로얀 지방의 혼란을 가라앉힐 수 있겠지만……."

"너무 위험할 것 같은데. 전임 총독도 불의의 일로 사망한 판국에."

"하지만 확실히 힐데른 자작님이라면 클로얀 지방을 안정시킬 수 있을 테니……."

"그래, 클로얀 지방은 현재 제국에서 가장 중요한 요충지 아닌가. 그래서 자작님이 직접 가시는 것일 거야."

그렇게 마리의 파견을 찬성하는 측과 염려하는 측으로 의견이 갈렸다. 의견은 다소 달랐지만 그녀야말로 현재 클로얀 지방의 문제를 해결할 적임자라는 생각과 그녀의 안위를 걱정하는 마음은 모두 동일했다.

"어쨌든 걱정이군. 아무런 탈 없이 돌아오셔야 할 텐데."

"오늘부터 자작님을 위해 기도라도 해야겠어."

"나도 같이 해야겠군. 이제 우리 제국에서 가장 존귀한 분이 될 텐데 다치기라도 하면 안 되지."

황제 라엘이 백성들의 존경과 경외를 받는다면 예비 황후 마리는 백성들의 사랑을 받았다. 수도의 백성들은 소식이 발표된 날부터 마리의 무사 귀환과 라엘과 그녀의 행복을 위해 기도하기 시작했다.

'주여, 예비 황후마마의 앞날을 지켜 주시옵소서. 축복해 주시옵소서.'

그렇게 사람들의 응원과 염려를 받으며 마리는 떠날 준비를 하였다. 정식으로 황제의 권한을 위임받는 총독으로 발령받는 거라 바로 훌쩍 떠날 수는 없었다.

'내가 클로얀 왕국에 돌아가게 되다니. 그것도 총독으로.'

마리는 복잡한 눈빛을 하였다. 이곳 황궁에 끌려올 때만 해도 클로얀 왕국에 돌아갈 거라고는 생각지 못했다. 그런데 총독으로 돌아가게 되다니.

'반드시 잘해 내야 해. 모두를 위해서.'

마리는 정원의 호수를 바라보며 생각했다. 이번 일은 단순히 자신과 황태자하고만 연관된 일이 아니었다. 직접적으로 클로얀 왕국 사람들의 삶과도 연결된 일이었다.

'모든 우선순위는 클로얀 왕국민들이야. 그들이 보다 나은 삶을 살 수 있게, 보다 더 행복해질 수 있게 노력해야 해.'

여러 복잡한 사정과 정세가 얽혀 있지만, 본질적으로 가장 중요한 것은 바로 클로얀 왕국민이었다. 다른 무엇보다 그들을 위해 노력하는 것이 중요했다.

'오로지 왕국민들을 위해 노력해야 해. 그 노력이 쌓여 그들의 마음을 움직여야 이번 일을 성공할 수 있을 거야.'

마리는 정확하게 판단했다. 클로얀 왕국을 안정시키려면 다른 것보다 왕국민을 위해야 했다. 그래야 이번 일을 성공할 수 있다. 아니, 일의 성공 여부를 떠나 그녀는 클로얀 왕국 사람들이 행복해졌으면 좋겠다고 생각했다. 자신의 노력으로 그들이 조금이라도 더 웃음 지을 수 있으면 좋겠다.

'잘할 수 있을지는 모르겠지만. 주여, 제발 도와주소서.'

그렇게 기도하고 있을 때, 그녀에게 뜻밖의 인물이 다가왔다.

"키엘 님?"

마리는 반가우면서도 난처한 마음이 들었다. 그를 위해 위험을 감수하기로 한 자신의 선택을 그가 뭐라고 탓할지 걱정이 되었던 것이다.

"마리 양."

과연 키엘의 목소리는 무거웠다. 마리는 그가 혼내기 전, 눈을 감고 재빨리 말했다.

"죄송해요. 키엘 님을 잃는 것을 도저히 참을 수가 없어 주제넘게 나섰어요. 반드시 무사히 돌아올 테니 용서해 주세요."

"……."

"죄송해요. 정말로."

그녀의 사과에 키엘은 깊게 한숨을 내쉬었다.

"이미 제가 뭐라고 할 수는 없겠죠. 대신 한 가지 부탁이 있습니다. 들어주시겠습니까?"

"네."

키엘은 깊은 눈동자로 그녀를 바라보았다.

"이전에 제가 했던 말 기억합니까? 만약 제게 더 삶을 이어 갈 기회가 주어진다면 당신을 위해 살겠다는 말 말입니다."

마리는 고개를 끄덕이며 의아한 표정을 지었다. 물론 기억나긴 했다. 하지만 갑자기 그 말을 왜? 그런데 그 순간, 키에르한이 뜻밖의 행동을 하였다. 그녀 앞에서 무릎을 꿇은 것이다.

"키, 키엘 님!"

그는 그녀의 한쪽 손을 잡으며 말했다.

"나 키에르한 드 세이튼이 레이디 힐데른에게 간절히 청하옵니다. 당신 덕분에 얻은 삶. 앞으로는 영원히 당신을 위해 바치는 것을 허락해 주시겠습니까?"
"……!"
마리의 눈동자가 찢어질 듯 커졌다. 지금 키에르한이 하는 말의 의미를 알고 있는 것이다.
"키, 키엘 님? 이, 이건……."
"허락해 주십시오."
마리의 눈동자가 흔들렸다. 그가 지금 청하는 것은 바로 레이디에게 하는 기사의 충성 맹세였다.
'받을 수 없어.'
키에르한의 충성 맹세라니. 받아들일 수 없었다. 마리가 고개를 저으려는 순간, 키에르한이 말했다.
"앞으로의 제 삶은 모두 당신 덕분에 얻은 것입니다. 앞으로의 삶, 당신을 위해 바치지 않는다면 제게는 아무런 의미가 없습니다."
그 말을 듣는 순간 마리는 깨달았다. 그가 결코 뜻을 거두지 않을 것임을. 그녀는 어쩔 수 없이 고개를 끄덕였다.
"……알겠습니다."
그녀의 승낙이 떨어지자 그가 마리의 손등에 조심스럽게 입을 맞추었다. 기사가 레이디에게 하는 맹세의 서약이었다.
'이건 아닌 것 같은데.'
마리는 곤란한 마음으로 생각했다. 비록 황실친위대의 단장직에서 물러났지만, 그는 여전히 세이튼 가문의 가주이며 제국 서북부의 국경을 책임지는 변경백이었다. 그런 그가 자신에게 충성의 맹세를 하다니. 마리는 이렇게 받아들여도 되는가 곤란한 마음이 들었다. 하지만 키에르한은 결단코 자신의 결정을 번복하지 않을 각오였다. 그렇게 아무도 지켜보지 않는 정원에서 키에르한은 마리를 향해 충성의 맹세를 하였다.

드디어 황궁을 떠나는 날이 가까워졌다. 마리는 무거운 얼굴로 황제 라엘에게 고개를 숙였다.

"죄송합니다, 폐하."

클로얀 지방에 가기로 청한 이후, 마리는 황제의 얼굴을 편하게 볼 수가 없었다. 그에게 얼마나 큰 걱정을 안긴 것인지 알고 있는 탓이었다. 비록 어쩔 수 없는 이유로 가는 것이라지만, 그는 이 황궁에서 자신을 염려하며 노심초사하리라.

"반드시 일을 완수하고 돌아오겠습니다.

마리는 굳게 다짐하며 말했다. 그때, 라엘이 고개를 저었다.

"약속이 잘못되었다."

"네?"

"일이 잘못돼 실패해도 괜찮아. 그것보다 중요한 것은 네가 무사히 돌아오는 것이다."

"……!"

"지금 이 순간, 약속해라. 털끝 하나라도 다치지 않고 돌아오겠다고."

마리는 고개를 숙였다.

"네, 약속하겠습니다. 꼭, 아무 일 없이 무사히 돌아오겠습니다."

그런 그녀를 라엘이 부드럽게 안아주었다.

"반드시. 반드시 조심해야 한다."

그의 따뜻하면서 아늑한 품을 느끼며 마리는 눈을 감았다. 이 품을 영원히 벗어나고 싶지 않았다. 하지만 진정으로 그를 마주하기 위해서는 나아가야 했다.

"……네, 전하."

그때, 그가 마리의 턱을 살짝 들어 자신을 바라보게 하였다.

"눈을 감아라."

"……네."

곧 그의 입술이 그녀의 입술에 와 닿았다. 이전처럼 거친 입맞춤은 아니었다. 오히려 애틋한. 그녀를 향한 마음이 절절히 느껴지는, 그래서 가슴이 아프기까지 한 키스였다.

'폐하.'

마리는 그의 키스를 받으며 눈을 감았다. 그의 마음이 느껴지기에 가슴이 울렁했다. 괜히 눈물이 나올 것만 같았다. 그렇게 달콤하지만 애달픈 키스가 끝난 후, 그가 고풍스러운 느낌의 십자가 목걸이를 그녀의 목에 걸어주었다.

"폐하, 이 목걸이는?"

"제국의 황후에게 대대로 대물림되는 목걸이다."

"아……."

라엘이 옅게 웃었다.

"즉, 그대가 내 것임을 입증하는 징표이지."

그가 다시 한번 그녀를 부드럽게 끌어안으며 이마에 입을 맞추었다.

"그러니 넌 어디에 있든 내 여인임을 잊지 마라. 알겠느냐?"

"네, 폐하."

마리는 손을 들어 목걸이를 어루만졌다. 그와 자신을 이어주는 징표라 생각하니 왠지 기분이 좋았다.

"그러면 다녀오겠습니다."

그녀가 물러간 후, 오른이 퉁명스럽게 내뱉었다.

"연기를 잘하시는군요, 폐하."

"그런가?"

"네, 오페라 배우를 해도 되겠습니다."

오른은 마음에 안 든다는 듯 투덜거렸다.

"어차피 바로 뒤따라갈 것이면서. 보는 제가 다 애절하더군요."
라엘은 피식 웃었다.
"그녀는 내가 뒤따라가는지 모르지 않는가. 그러니 제대로 작별 인사를 해야지."
오른은 깊게 한숨을 내쉬었다.
"다시 한번 부탁합니다, 폐하. 그냥 안 가시면 안 됩니까?"
"안 돼. 그녀 혼자 보낼 수는 없다."
"그래도 폐하가 직접 가시는 것은……."
라엘은 고개를 저었다.
"클로얀 지방을 안정시키는 것이 무엇보다 중요하다는 것은 그대도 동의하지 않는가? 그녀 혼자 가는 것보다 내가 가서 도와주는 것이 사태 해결에 훨씬 나을 거다."
"그거야 그렇지만 중앙은 어떻게 합니까?"
라엘은 의뭉스럽게 웃었다.
"어차피 이곳 수도에는 제국 최고의 명재상이 있지 않은가?"
"하아."
오른은 다시 한숨을 내쉬었다. 최근 하루에 백 번 이상 한숨을 내쉬는 것 같았다.
"다 좋은데. 위험하지 않습니까?"
"물론 위험에 노출되지 않도록 최대한 조심해야겠지."
그러며 라엘은 말했다.
"지난번 요하네프 3세가 사용한 동방의 역용술이 참 대단하더군. 그 역용술을 사용하면 감쪽같이 변할 수 있으니, 들킬 가능성은 거의 없을 거다."
동방의 역용술. 지난번 요하네프 3세가 동제국에 잠입할 때 카탈락 백작의 외모로 변한 수법이었다. 라엘은 당시 그가 사용한 역용술을 조사하였고, 어느 정도 자신도 사용할 수 있게 익힌 상태였다. 오른은 인상을 찌푸리며 말했다.

"솔직히 말해 폐하의 역용술, 어설픕니다."

"뭐?"

"요하네프 3세에 비해 완전히 어설퍼요."

쌓인 게 많은지 오른은 악감정을 담아 말을 내뱉었다. 라엘은 아니라는 듯 고개를 저었다.

"괜찮지 않나? 완전히 다른 사람의 외모로 변했는데?"

"외모는 변했지만 기품이나 위엄이 그대로입니다. 다른 사람에게는 몰라도 최소 힐데른에게는 금방 들킬 것입니다."

"……그래?"

"네, 그녀에게 들킬 확률은 백 프로입니다. 제 재상직을 걸겠습니다."

라엘은 입을 다물었다. 원래 그는 마리 몰래 그녀를 지키며 도움을 줄 생각이었다.

"……조금 더 노력해야겠군."

"노력해도 소용없을 것입니다. 무조건 들킵니다."

최근 쌓인 스트레스를 복수라도 하려는 듯 오른은 '무조건'에 악센트를 넣었다. 그렇게 다소 가볍게 이야기를 나누던 오른은 황제를 바라보며 말했다.

"폐하."

"무슨 일인데 그리 뜸을 들이지?"

"마리가 모리나 왕녀일 가능성에 대해 어떻게 생각하십니까?"

"……!"

순간, 라엘의 얼굴이 딱딱하게 굳었다. 속으로 짐작만 하고 있으면서 서로 직접적으로 입 밖으로 꺼내지 못한 이야기를 오른이 처음으로 언급한 것이다. 한참을 침묵하던 라엘이 입을 열었다.

"가능성을 배제할 수는 없겠지."
그는 고개를 끄덕이고는 가만히 말을 이었다.
"하지만 난 그녀를 믿는다. 모리나 왕녀이든 아니든 그녀가 나를 배신할 리가 없다는 것을 믿어."
라엘의 말에 오른은 한숨을 내쉬었다. 오른도 마리를 믿는다. 하지만 상황은 그렇게 녹록지가 않았다.
"만약 마리가 모리가 왕녀가 맞다면, 전 두 분의 결합을 찬성할 수 없습니다. 현재 모리나 왕녀는 존재 자체만으로도 클로얀 왕국을 불안정하게 만들고 있습니다."
"……."
황제는 무거운 눈빛으로 오른을 주시했다. 그때, 오른이 뜻밖의 말을 하였다.
"그러니 그녀를 폐하의 여인으로 맞고 싶다면 반드시 클로얀 지방을 안정시키십시오."
라엘은 그 말에 눈을 크게 떴다. 늘 마리와의 결합을 반대하던 그가 처음으로 제한적이나마 긍정적인 뜻을 비친 것이다. 라엘은 강하게 고개를 끄덕였다.
"당연히 그럴 생각이다."

한편 그 순간. 수도에서 머나먼 서쪽에 위치한 클로얀 지방. 달빛이 새어 들어오는 폐건물에 한 인물이 흥미롭다는 표정을 짓고 있었다.
"흐음. 일이 재미있게 되는군."
"끄읍! 끄읍!"
마치 여인과도 같이 고운 남자였다. 여린 얼굴선에 가냘픈 뼈대, 보는 이의 보호 본능을 자극하는 분위기가 감돌았다. 튀어나온 목울대가 아니라면 아무도 그를 남자로 생각하지 않을 것이다. 그런데 그 아름다운 남자의 주변이 이상했다. 몇몇 인물이 전신이 결박당한 채 재갈이 물려 있었던 것이다.

"읍! 읍!"

남자는 그런 이들을 신경 쓰지 않고 중얼거렸다.

"진짜 모리나 왕녀가 클로얀 지방에 온다라. 우리의 '계획'에 없던 일이긴 한데."

남자는 이를 드러내며 웃었다. 아름답지만 마치 악마와도 같은 섬뜩한 미소였다.

"어쨌든 나쁜 일은 아니군. 이용할 수 있는 경우의 수가 훨씬 늘게 되었으니."

"읍! 읍! 으읍!"

남자는 고개를 돌려 결박당한 이의 재갈을 빼 주었다. 그러자 거친 신음과 함께 고함이 들렸다.

"허억! 이게 무슨 짓이냐! 왜 우리에게 이런 짓을?!"

"흐음."

"이건 약속했던 바와 다르잖아! 우린 너만을 믿었거늘, 라키! 아니, 스토른 백작!"

남자의 입에서 나온 말은 놀라운 것이었다. 저 여인처럼 아름다운 이의 정체가 스토른 백작이라니! 스토른 백작은 바로 서제국의 악명 높은 재상의 이름이었다.

"흐음. 그걸 아직도 깨닫지 못하고 있다니요."

"뭐?"

"난 너희를 이용한 것일 뿐이야. 너희는 나에게 이용당한 것이고. 뭐, 더 설명이 필요한가요?"

결박당한 남자의 얼굴이 빨개졌다. 그는 분노에 차 몸을 비틀었지만 전혀 소용이 없었다.

"이! 이 개자식! 우린 너만 믿고 반란을 일으켰건만! 모리나 왕녀의 이름까지 걸고!"

"큭."

스토른 백작, 아니, 주위 인물들에게는 라키라 불리는 그는 피식 비웃음을 짓더니 품에서 단도를 꺼냈다.

"뭐, 뭐 하려고?"

결박당한 남자는 라키가 단도를 꺼내 들자 주춤 놀랐다.

"처리."

"뭐?"

"이용 가치가 끝난 말은 깨끗이 정리해야 뒤끝이 없으니까요. 너무 원망은 말길."

그렇게 이야기한 라키는 아무런 거리낌 없이 그의 목에 단도를 꽂았다. 남자는 비명도 제대로 못 지르고 목숨을 잃었다.

"흐음."

라키는 몸에 튄 피를 손수건으로 닦으며 자리에서 일어났다. 방금 살인을 저질렀다고는 상상할 수도 없을 만큼 태연한 얼굴이었다. 사람을 죽였건만 아무런 감흥도 없어 보였다. 그는 창밖을 바라보며 중얼거렸다.

"모리나 왕녀라…… 빨리 만나 보고 싶군."

그는 옅게 웃었다.

"곧 볼 수 있겠지."

클로얀 지방은 제국의 서쪽 국경에 붙어 있었다. 서제국과 동제국 중앙에 위치해 있었기에 클로얀 왕국은 역사적으로 양 제국 사이에서 힘의 균형을 맞추는 완충지 역할을 했고, 제국령이 된 현재는 핵심적인 요충지가 되었다. 클로얀 지방을 넘으면 동제국의 수도까지 아무런 지형적 장애물이 없었다. 탁 트인 평야밖에 없었기 때문에 단숨에 수도까지 진군할 수 있었다.

'그래서 클로얀 지방을 안정시키는 것은 중요해. 만약 클로얀 지방이 서제국으로 넘어가면 중부 지방, 수도까지 적의 영향권에 들어가게 되니까.'

마리는 마차를 타고 가며 생각했다.

'잘해야 할 텐데. 내가 잘해 낼 수 있을까?'

마리는 수심에 잠겼다. 당연히 최선을 다하리라 다짐하고 있지만, 솔직히 걱정이 들었다. 단순히 노력만으로 해결될 문제가 아니었기 때문이다.

그때, 그녀와 동행하던 근위 기사단장 알몬드가 말했다.

"표정이 안 좋으십니다, 각하."

"아…… 말씀을 편히 해주세요, 자작님."

마리는 알몬드의 경칭에 화들짝 고개를 저었다. 알몬드는 라엘의 명에 따라 마리를 호위했다. 그녀의 호위에 동원된 근위 기사의 수는 무려 200명. 황제나 왕이나 받을 법한 호위로, 그녀를 염려하는 라엘의 마음을 엿볼 수 있었다.

"그럴 수는 없습니다. 이제는 공식적으로 예비 황후마마이기도 하고, 동시에 폐하의 명을 받은 총독이시니까요."

총독. 황제의 직권을 대리해 지방을 통치하는 직위로, 보통 공작이나 후작에 준하는 대우를 받는다.

"오히려 각하께서 저에게 말을 편히 해주셔야 합니다."

"그, 그건……."

마리는 당황해 고개를 저었다. 차후 황후가 되면 그에게 말을 놓아야겠지만, 아직은 상상하기 어려웠다.

"한데 무슨 걱정을 그리 하십니까?"

"제가 과연 잘할 수 있을까…… 걱정되어서요."

마리는 작게 한숨을 내쉬었다.

"당당하게 이야기하고 온 주제에 자신이 없네요."

거구의 알몬드는 고민 없이 답했다.

"걱정하지 마십시오. 잘해 내실 겁니다."

"왜요?"

"남자의 직감입니다."

"……."

뭐랄까. 하나도 신뢰 안 가는 근거였다. 그녀가 그를 흘겨보자 알몬드가 머쓱하니 머리를 긁적였다.

"뭐…… 너무 걱정하지 마십시오. 걱정한다고 뾰족한 수가 생기는 것도 아니고, 최선을 다하다 보면 어떻게든 되지 않겠습니까."

마리는 고개를 끄덕였다. 알몬드의 말이 옳았다.

'그래, 최선을 다하자. 그러다 보면 어떻게든 될 거야.'

그녀는 굳게 다짐하며 생각했다.

'이런저런 복잡한 사정이 많지만, 결국 내가 해야 할 일은 하나야. 클로얀 지방의 사람들이 행복한 삶을 살 수 있게 만드는 것. 그것만 생각하자.'

마차를 타고 약 보름 정도 이동한 끝에 마리는 드디어 클로얀 지방에 도착할 수 있었다. 라엘이 최고급 품종의 말과 황족 전용 마차를 내

주었기에 시간을 단축할 수 있었다.

"클로얀 지방입니다, 각하."

"……네."

마리는 고개를 끄덕였다. 알몬드의 말이 아니라도 알 수 있었다. 이곳은 그녀의 고향이니까.

'이렇게 다시 클로얀의 땅을 밟게 되다니.'

감회가 새로웠다. 하지만 그녀의 반가운 마음과 달리 클로얀 지방의 상황은 좋지가 않았다.

'보고받았던 것보다 더 심각하구나.'

얼마 전 들이닥친 대홍수의 피해로 여기저기 흉측한 흉터가 남아 있었다. 연이은 가뭄에 이은 대홍수라 피해가 막심했다.

'국경 지대의 마을도 이런데, 홍수 피해가 가장 극심한 내륙 지방은 어떨지.'

그런데 그때였다.

"꺼져라, 제국 놈들아!"

탁!

어디선가 작은 돌이 날아와 그녀 근처에 떨어졌다.

"……!"

마리가 놀라 고개를 돌리니 눈이 빨개진 꼬맹이가 일행을 노려보고 있었다.

"감히."

알몬드가 꼬맹이를 노려보며 검을 들려 했다. 마리가 급히 그를 말렸다.

"괜찮아요."

"하지만 각하."

마리는 황제가 직접 임명한 총독이자 제국의 예비 황후이다. 그런 그녀에게 돌을 던진 것은 죽음으로 갚아야 할 중죄였다. 알몬드가 쉽게 검을 거둘 생각을 안 하자, 마리는 강한 목소리로 말했다.

"전 정말로 괜찮으니 그만두세요."

"……알겠습니다."

알몬드는 어쩔 수 없이 뒤로 물러섰다. 마리는 안쓰러운 눈으로 꼬마를 바라보았다. 넝마 같은 옷을 입고 있는 깡마른 꼬마 주위에는 아무도 없었다. 그녀는 꼬마가 왜 돌을 던졌는지 짐작할 수 있었다.

'전쟁고아구나.'

제국과 클로얀 왕국 사이에 일어났던 전쟁으로 수많은 이가 가족을 잃었다. 아마 저 꼬마도 그중 하나이리라. 그러니 제국을 증오하는 것도 당연했다. 마을 사람 중 하나가 급히 꼬마를 데려갔다. 그 마을 사람의 시선에도 제국을 향한 적의가 감돌고 있었다. 마리는 그 모습을 보며 한숨을 내쉬었다.

'하아.'

그녀의 마음이 납덩이를 얹은 것처럼 무거워졌다. 앞으로 그녀는 저런 이들의 마음을 돌려야 한다. 저들을 따뜻하게 품고, 궁극적으로는 행복한 웃음을 짓게 하여야 했다.

'주여, 저들을 축복해 주시고 저를 도와주소서.'

마리는 기도하며 마차를 달렸다. 며칠 뒤 그녀는 드디어 목적지인 클로얀 지방의 수도 커먼성에 도착했다.

커먼성은 왕성이 위치한 곳으로 과거 클로얀의 수도로 번성했다. 지금도 클로얀 지방을 통치하는 총독부가 위치해 있었다. 그런 커먼성의 분위기는 외곽 지역보다 훨씬 더 좋지 않았다. 얼마 전 대홍수로 가장 큰 피해를 받은 도시이기도 했고, 최근에는 반란까지 일어났다가 진압되었기 때문이다. 동시에 반 제국 세력인 전 왕실 기사단의 인물들이 비밀리에 활동하는 지역이기도 해서, 황실의 문양이 찍힌 그녀의 마차를 바라보는 눈빛은 흉흉하기 그지없었다.

"분위기가 좋지 않군요. 총독 관저 밖으로 나올 때는 조심해야 할 것 같습니다."

알몬드의 말에 마리는 고개를 끄덕였다. 시커멓게 가라앉은 안색으로 그녀를 바라보는 거리 사람들의 눈에는 적의가 강하게 깃들어 있었다.

그렇게 시내를 한참 통과한 후, 알몬드가 그녀에게 말했다.

"목적지에 도착했습니다, 각하."

마리는 고개를 들어 마차 밖을 바라보았다. 웅장한 백색 성이 시야에 들어왔다. 과거 클로얀 왕국의 왕성이었다. 모리나 왕녀였던 그녀가 유폐되었던 통원의 궁이 있는 곳이기도 했다. 총독부의 핵심 인물 2명이 그녀를 마중 나왔다.

"힐데른 총독 각하를 뵙습니다. 총독부의 행정을 담당하는 서기관 린 남작이라고 합니다."

말을 한 이는 자잘한 서류 업무부터 모든 행정적 절차를 총괄하는 린 남작이었다.

'와…….'

마리는 지금껏 긴장하던 것도 잊고, 린 남작을 보고 눈을 크게 떴다.

'이렇게 예쁜 남자가 있다니.'

은발에 가까운 옅은 백금발, 투명한 푸른 눈동자, 선이 가는 얼굴선. 그저 수식적인 표현이 아니라 정말로 여인처럼 아름다운 이였다. 골격도 작고 여려 도저히 남자로 보이지 않았다.

'나보다 훨씬 예쁘잖아. 혹시 남자가 아닌 것은 아니겠지?'

그녀의 시선을 눈치챈 듯 린 남작이 살짝 웃었다. 여자는 물론 남자의 가슴마저 설레게 할 예쁜 미소였다.

"이래 뵈어도 건강한 남자가 맞는답니다. 그러니 부담 갖지 마시고 마구 부려 먹어도 됩니다."

"아…… 네."

"어쨌든 이렇게 각하를 뵙게 되어 기쁩니다. 이전부터 간절히 뵙고 싶었습니다."

마리가 의아함에 눈을 크게 뜨자 린 남자가 미소를 지으며 말했다.

"이전부터 여러 번 이야기를 들어 궁금했거든요. 과연 어떤 분인지."

그러며 린 남작은 그녀의 눈을 똑바로 바라보며 싱긋 웃었다.

"그래서 정말로, 정말로 뵙고 싶었습니다."

그런데 그 웃음을 본 순간, 마리는 흠칫 등줄기에 소름이 돋았다.

'뭐지?'

아름다운 외모만큼이나 부드러운 미소였다. 그런데 왜 이런 섬뜩한 느낌이 드는 건지 그녀는 알 수가 없었다.

'그냥 피로해서 드는 착각인가?'

마치 거짓이었다는 듯 흠칫한 느낌은 금방 사라졌다. 마리는 꺼림칙한 느낌이 들었지만, 더 깊게 생각할 만한 근거가 없었다. 무엇보다 저 개미 한 마리 못 잡을 것처럼 여리고 선해 보이는 남자가 위험한 인물일 거라는 것은 도저히 상상하기 어려웠다.

"여기 이분은 신임 고문관인 윈터 백작님이십니다."

고문관은 총독부에서 총독 바로 다음 서열로 그녀를 도와 대내외적인 일을 총괄하는 직위이다.

'라엘 폐하께서 믿을 만한 인물을 신임 고문관으로 보낸다셨지.'

문득 라엘 생각이 난 그녀는 그가 그리웠다. 벌써 못 본 지 20일이 넘어간다. 보고 싶었다. 그때, 린 남작의 소개를 받은 윈터 백작이 앞으로 나섰다.

"윈터 백작이라고 한다."

"……!"

순간 그 자리의 모두가 흠칫 놀라 윈터 백작을 바라보았다. 그가 초면에 신임 총독이자 예비 황후인 그녀에게 너무나 편하게 하대를 했기 때문이다. 그런데 그 하대가 너무나 자연스러워 전혀 이상하단 생각이 들지 않았다.

"아, 실수를 했군. 윈터 백작이라고 합…… 니다, 각하."

윈터 백작은 모두가 자신을 보자 실수를 깨닫고 말을 정정했다. 하지만 경어가 더 어색했다. 평생 하대만 하고 산 것처럼 경어를 쓰는 것이 익숙하지 않은 것 같았다.

'윈터 백작님이 이렇게나 카리스마가 넘치는 인물이었나?'

마리는 눈을 깜빡거렸다. 뭐랄까. 굉장한 카리스마와 위압감이 느껴졌다. 호랑이가 억지로 몸을 낮추고 고양이인 척하고 있는 느낌이랄까?

'뭐지? 듣던 거랑 많이 다르네?'

다른 것은 분위기만이 아니었다. 외모도 초상화와 전혀 달랐다. 마치 신이 직접 붓을 들고 그린 그림처럼 아름다운 얼굴이었다. 마리는 이렇게나 아름다운 얼굴선을 가진 인물을 지금껏 한 명밖에 보지 못했다. 바로 라엘 황제였다.

"어쨌든 두 분 다 잘 부탁해요. 부족하지만 신임 총독으로 부임받은 마리 폰 힐데른이라고 해요."

마리는 총독부의 두 중요 인물과 인사를 나누었다.

"일단 안으로 들어가 여독을 푸시지요. 총독 관저는 클로얀의 왕이 사용하던 궁을 그대로 사용하고 있습니다."

린 남작은 전반적인 상황을 설명할 서류를 챙겨 오겠다며 자리를 떠났다. 떠나는 뒷모습도 부드럽고 예뻐, 마리는 신기하단 마음이 들었다. 어떻게 남자가 저렇게 예쁠 수 있는 건지 놀라웠다.

'그나저나 전 국왕이 사용하던 중앙궁을 총독 관저로 사용하고 있다고?'

마리의 얼굴이 심각해졌다.

'그래도 되는 걸까? 클로얀 지방의 백성들이 불쾌하게 여길 수도 있을 텐데.'

마리는 이 문제를 다시 한번 고민해 보기로 하였다. 그때, 윈터 백작이 말했다.

"따라와라. 음식과 씻을 물을 준비해 두었다."

그는 또 아차 한 표정으로 말을 바꾸었다.

"준비해…… 두었습니다."

엄청 어색한 말투라 마리는 쿡쿡 웃음을 지었다. 사실 웃을 일은 아닌데, 왜인지 이유 없이 그에게서 친숙한 느낌이 들며 웃음이 나왔다. 그런데 그렇게 걸어가던 중 윈터 백작이 그녀를 바라보며 머뭇거렸다. 무언가 하고 싶은 말이 있는 표정이라 마리는 의아한 얼굴을 했다.

"무슨 하실 말씀이라도 있으신가요?"

윈터 백작의 입에서 나온 이야기는 전혀 뜻밖의 것이었다.

"혹시 오는 중 힘들지는 않았습니까?"

생각지도 못 한 염려에 마리는 살짝 놀란 표정을 지었다.

"아, 걱정해 주셔서 감사합니다, 그렇게 힘들지는 않았어요."

"식사를 거르거나 하지는 않았습니까? 잠자리는 괜찮았습니까?"

"네, 그냥……."

그녀가 얼떨떨한 표정으로 고개를 끄덕이자 윈터 백작은 냉기가 가득한 얼굴로 이렇게 말했다.

"무슨 일이 있어도 몸을 챙겨야 합니다. 식사도 거르지 말고. 알겠습니까?"

"……네, 명심할게요."

마리는 어벙한 표정으로 고개를 끄덕였다.

'뭐지? 닿으면 베일 것 같은 차가운 얼굴로 저런 말이라니? 그냥 표정만 저런 거고 원래는 굉장히 따뜻한 성격인 건가?'

그녀는 고개를 갸웃했다.

'꼭…….'

마리는 윈터 백작과 비슷한 성격의 남자를 떠올렸다. 바로 라엘이었다. 라엘도 늘 저렇게 무뚝뚝한 말투로 자신을 걱정해 주었었다. 그때는 그 소중함을 잘 몰랐는데, 이렇게 떨어지니 알 수 있었다. 그립고, 못 보니 계속해서 떠올랐다.

'보고 싶어요, 폐하.'

그녀는 속으로 중얼거렸다.

"이상이 현재 클로얀 지방의 상황입니다, 각하."

간단히 휴식을 취한 후 린 남작의 보고를 들은 마리는 심각한 표정으로 말했다.

"최악이군요."

"네, 맞습니다."

린은 고개를 끄덕였다.

"사실 지금껏 폐하가 펼쳐 온 융화책은 잘못되지 않았습니다. 오히려 세금을 감면해 주고, 여러 혜택을 보장하는 등 굉장히 훌륭한 융화책이었죠. 하지만 문제가 생겼으니."

린은 천천히 말을 이었다.

“바로 수년을 거듭한 가뭄과 대홍수입니다. 실제로 재난에 제국이 관여한 바는 전혀 없지만, 백성들은 제국이 왕국을 점령했기 때문에 이런 재난이 왔다고 여기고 있습니다.”

마리는 무겁게 입을 열었다.

“하필 점령 후부터 가뭄이 왔으니까요.”

린 남작은 고개를 끄덕였다.

“네, 맞습니다. 그래서 제국이 아무리 친화적인 융화책을 펼쳐도 왕국민들은 꿈쩍도 안 하는 것이지요. 그리고 여기에 더 큰 문제가 있습니다.”

마리는 린 남작이 무엇을 말하려는지 짐작했다.

“모리나 왕녀군요.”

“역시 제국의 성녀, 힐데른 자작님이시군요. 맞습니다.”

린 남작이 감탄하며 말한 표현에 마리는 민망한 표정을 지었다. 제국에서 세운 공들로 최근 그녀를 ‘제국의 성녀’라 부르는 사람들이 있었다.

“힘든 처지에 처할수록 사람들은 정신적 도피처를 찾으려 하니까요. 왕가의 마지막 후예이자 어린 나이임에도 여러 구제 활동을 펼쳤던 ‘얼굴 없는 성녀’, 모리나 왕녀가 그 도피처가 된 것이지요.”

“…….”

“실제로 왕가의 부활을 바라는 잔당 세력이 퍼뜨린 소문까지 합쳐져, 백성들은 모리나 왕녀를 자신들을 구원해 줄 희망으로 여기게 되었습니다.”

거기까지 들은 마리는 깊게 한숨을 내쉬었다. 알고는 있었지만 상황이 예상보다 심각했다.

“어떻게 하겠습니까?”

린 남작과 윈터 백작이 동시에 물었다. 같은 물음이었지만 안에 담긴 뉘앙스는 조금 달랐다. 린 남작은 그 유명한 힐데른 자작이 어떤 묘책을 낼지 기대된다는 눈치였고, 윈터 백작의 눈에는 그녀에 대한 염려와 신뢰가 동시에 담겨 있었다.

'상황이 복잡하지만 해야 할 일은 명확해.'

마리는 생각을 정리 후 입을 열었다.

"일단 백성들의 생각을 직접 들어 봐야겠어요. 외유를 준비해 주세요."

신분을 숨긴 후 거리에 나간 마리는 직접 사람들의 이야기를 들었다. 착한 인상의 그녀에게 사람들은 별다른 경계심 없이 자신의 생각을 들려주었다.

"이렇게 재앙이 온 것도 다 피의 황태자가 우리 왕국을 침략해서야. 하늘이 노한 거라고."

"맞아. 가뭄이 계속되다가 이번에는 대홍수라니. 이전에는 이랬던 적이 한 번도 없었다고."

전쟁이 끝나자마자 찾아온 가뭄에 대홍수, 반란까지. 연이은 재난에 사람들은 괴로운 삶을 이어 가고 있었다. 당장 내일 먹을 끼니를 걱정하는 이도 많았다. 그렇게 삶에 지친 백성들은 희망을 찾았다.

"모리나 왕녀께서 빨리 오셨으면 좋겠어. 왕녀님이라면 우리를 구해 줄 수 있을 텐데."

"맞아. 유폐당한 어린 시절에도 우리를 위하던 분이니, 분명 우리를 도와주실 거야."

"그렇지 않아도 옆 동네의 신묘한 힘을 가진 집시가 미래를 예지하는 꿈을 꾸었는데, 모리나 왕녀가 곧 오신다더군."

"그게 정말이야?"

"그래, 그리고 또 다른 이야기가 있는데 이건 비밀이니 아무한테나 떠들지 말게."

"무슨 이야기인데?"
사람들은 한 남자의 이야기에 귀를 기울였다. 마리도 사람들 틈에 섞여서 이야기를 들었다.
"모리나 왕녀가 은밀히 전 왕실 기사단에 연락을 취했다는 거야. 곧 클로얀 왕국을 해방시키러 온다고."
"그게 정말이야? 지난번 반란처럼 거짓인 것은 아니야?"
"아니야. 이번에는 정말인 것 같아."
남몰래 그 이야기를 듣고 있던 마리는 황당한 표정을 지었다.
'내가 언제? 난 그런 말 한 적 없는데.'
그것뿐이 아니었다. 성 안에는 모리나 왕녀에 대한 별의별 소문이 다 돌고 있었다. 왕국을 해방하기 위해 치밀한 준비를 하고 있다느니, 곧 군대를 몰고 올 거라느니, 사실은 모리나 왕녀가 천사라느니. 진짜 모리나 왕녀인 그녀로서는 황당하기 그지없는 이야기였다.
'생각보다 모리나 왕녀를 바라는 목소리가 높구나.'
이런 황당한 유언비어가 떠도는 이유는 하나였다. 바로 백성들이 그만큼 그녀를 바라고 있었기 때문이다.
'어떻게 하지?'
왕국민들이 설마 이 정도로 자신을 바라고 있을 줄은 몰랐던 마리는 난감한 표정을 지었다. 괜히 라엘이 모리나 왕녀의 목을 치려고 한 것이 아니었다. 사람들의 의견을 충분히 들은 마리는 관저로 돌아왔다.
'이대로는 안 돼.'
직접 들은 민심은 굉장히 심각했다. 이대로 놔두면 클로얀 지방은 혼란에서 벗어나지 못할 것이다.
'방법을 생각해야 해.'
그녀는 골똘히 대책을 강구했다.
'일단 가장 첫 번째 과제는 왕국민들의 삶을 안정시키는 거야. 이렇

게 궁핍한 상황에서는 어떤 방법도 통하지 않을 거야.'
마리는 복잡한 상황에 현혹되지 않고 사태의 본질을 꿰뚫었다. 백성들이 제국에 등을 돌린 가장 큰 이유는 결국 삶이 궁핍하기 때문이다. 모리나 왕녀를 찾는 것도 그녀가 자신들을 구해 주길 바라는 것이다.
'일단 추수철 때까지 버틸 식량을 배급해야 해. 이대로는 수많은 사람이 아사하고 말 거야.'
마리는 린 남작과 윈터 백작을 불러 자신의 생각을 이야기했다. 윈터 백작은 고개를 끄덕였다.
"옳은 생각입니다. 하지만 재원은 어디서 마련할 것입니까?"
"총독부에서 가용 가능한 금액이 얼마나 되지요?"
그건 린이 답했다.
"빠듯하게 모으면 50만 페나 정도 추가로 사용할 수 있습니다."
마리는 실망한 표정을 지었다. 50만 페나. 턱없이 모자랐다.
"적군요. 더 사용할 수 있는 돈은 없나요?"
"이것도 제국 황실에서 지원해 주어서 가능한 금액입니다. 거듭해서 재난을 당한 클로얀 지방민들에게 세금을 거의 면제해 주었기 때문에 총독부 재정은 이미 파탄 상태입니다."
마리는 침음을 흘렸다.
'폐하께 지원을 요청할까?'
하지만 곧 고개를 저었다. 제국 황실도 재정이 빠듯함은 보좌관이었던 그녀가 잘 알고 있었다. 거대 제국은 들어오는 수입도 많지만, 나가는 지출은 더 많다. 이미 클로얀 지방에 밑 빠진 독에 물 붓는 식으로 재정을 퍼붓고 있기 때문에 더 이상의 지원은 불가했다.
그때, 윈터 백작이 말했다.
"어떻게 하겠습니까? 구휼이 필요하다는 것에는 고문관인 저도 동의합니다. 재정이 문제라면 황제 폐하께 내가 어떻게든 잘 이야기해 보겠습니다."

그 말에 마리는 고맙다는 표정을 지었다.

"네, 감사해요. 하지만 제국 황실도 재정이 부족하기는 마찬가지라 먼저 다른 방법을 강구해 봐야 할 것 같아요."

"하지만 없는 돈을 갑자기 만들 수는 없는 노릇 아닙니까? 황제 폐하께서도 이해하실 겁니다."

윈터 백작의 말이 옳았다. 다른 문제라면 몰라도 재정 문제는 그녀가 아무리 날고 기어도 해결할 수가 없다.

'하지만 황실의 도움을 받는 건, 결국 제국민 전체에 부담을 강요하는 거야. 다른 방법은 없을까?'

정말 어쩔 수 없다면 손을 벌려야겠지만, 마리는 어떻게든 방법을 생각해 내고 싶었다.

그때, 린 남작이 한숨을 내쉬며 말했다.

"어디서 금광이나 보석 광산이라도 발견되었으면 좋겠군요. 그러면 펑펑 돈을 쓸 수 있을 텐데."

그 말을 들은 마리의 눈이 흠칫 커졌다.

'잠깐. 지금 뭐라고?'

"남작님, 방금 뭐라고?"

"네? 아, 그냥 광산이라도 발견되었으면 좋겠다고…… 왜 그러십니까?"

린은 의아한 표정으로 반문했으나, 마리는 그를 신경 쓰지 못했다. 방법이 떠올랐던 것이다.

'그래, 그거야! 그거라면 황제의 도움을 받지 않고 재정 문제를 해결할 수 있어!'

윈터 백작이 그녀에게 말했다.

"그러면 황궁에 연락해 재정 지원을 받도록 하겠습니다."

"아니에요. 그럴 필요 없어요. 돈을 마련할 방법이 있어요."

린 남작과 윈터 백작이 놀란 표정을 지었다.

"어떻게 말입니까, 각하?"

"제 개인 재산을 사용하면 돼요."

린 남작은 황당한 표정을 지었다.

"물론 각하께서도 돈이 많긴 하겠지만 왕국민 전체를 대상으로 하는 구휼입니다. 한두 푼으로 될 것이……."

"천만 페나."

"……네?"

마리는 품속에서 서류 한 장을 꺼내었다. 그 서류를 본 린 남작의 눈이 화들짝 커졌다. 예치 증명 서류였는데, 정말로 천만 페나란 금액이 적혀 있었던 것이다.

"제가 가진 재산이에요. 이걸로 백성들을 구휼하겠어요."

천만 페나. 이전 카탈락 백작, 아니, 요하네프 3세와의 도박에서 승리한 대가로 얻은 돈으로 어마어마한 거금이었다. 이 정도면 백성들을 구휼하고도 남았다.

"천만 페나라니…… 어마어마한 부자셨군요."

린 남작이 고개를 저으며 말했다.

"그냥 운 좋게 얻은 돈일 뿐이에요."

도박으로 딴 거니 운 좋게 얻은 거는 맞았다.

'완전히 잊고 있었어.'

마리는 머쓱하게 생각했다. 개인적으로 돈을 만질 일이 없다 보니 천만 페나를 받은 것을 까먹고 있었다.

'어쨌든 다행이야. 이 정도면 급한 불은 충분히 끄겠지.'

그때, 린 남작이 묘한 목소리로 물었다.

"그런데 괜찮으시겠습니까? 천만 페나를 다 잃게 되는 건데. 되돌려

받지도 못 할 겁니다. 아깝지 않으십니까?"

마리는 잠시 입을 다물었다. 그녀도 사람이니 물욕이 없는 것은 아니었다. 전혀 아쉽지 않다고 하면 거짓말이리라.

"제가 가지고 있으면 어차피 은행에서 썩을 돈이에요. 반면 이렇게 사용하면 수많은 사람의 생명을 구할 수 있으니까요. 어차피 주님께서 거저 주신 돈. 이렇게 사용하는 것이 맞다고 생각해요."

그렇게 말한 그녀는 기어가는 목소리로 조심히 말했다.

"그래도 조금은 아쉬우니…… 일만 페나만 남겨 주세요. 아, 아니, 혹시 모자라면 괜찮고요."

린의 눈빛이 더욱더 오묘해졌다. 남을 위해 전 재산이나 다름없는 거금을 내놓는 것이 이해할 수 없다는 시선이었다. 그러나 그 묘한 눈빛도 잠시, 쿡쿡 웃음을 터뜨린 그는 고개를 끄덕였다.

"일만 페나 정도는 충분히 남을 겁니다. 걱정하지 마십시오."

그때, 가만히 듣고 있던 윈터 백작이 말했다.

"황제 폐하께는 뭐라고 할 겁니까? 그 천만 페나는 폐하가 각하께 직접 하사한 것이 아닙니까?"

마리는 잠시 고민하다 답했다.

"아마…… 폐하라면 기뻐하실 거라 생각해요. 제가 아는 폐하는 누구보다도 백성을 생각하는 분이니까요."

그 대답에 윈터 백작이 옅게 미소를 지었다.

"그렇군요. 오히려 폐하라면 더 차고 넘치게 부어주실지도 모르겠습니다. 어쨌든 구휼미를 마련하는 것은 내가 담당하도록 하겠습니다. 오래 걸리지 않을 겁니다."

그는 이렇게 덧붙였다.

"최대한 싸게 구하도록 하겠습니다. 일만 페나 이상은 충분히 남겨 줄 테니 걱정하지 마십시오."

마리는 살짝 얼굴이 빨개졌다.

“그, 그냥 해본 말이에요. 안 남겨 주셔도 괜찮으니…….”

“아니, 남겨 주겠습니다. 그것도 아주 넉넉하게요.”

윈터 백작은 피식 웃으며 자리에서 일어났다.

“내가 이래 뵈어도 여러 인맥이 많으니 아마 다들 싸게 팔려고 노력할 것입니다.”

그렇게 마리의 사비를 턴 구휼이 시작되었다.

인맥이 많다는 윈터 백작의 말은 허언이 아니었는지 구휼 식량은 순식간에 마련되었다. 곧 식량을 잔뜩 실은 수레 마차들이 왕국 곳곳으로 달려갔다.

“저게 뭐지?”

거듭된 재난으로 퀭한 눈동자의 사람들은 갑자기 나타난 마차들을 경계 어린 눈빛으로 바라보다 곧 눈을 휘둥그레 떴다. 수레에 쌓여 있는 산더미 같은 식량을 본 것이다.

“저, 저건? 뭐지?”

굶주림이 길었던 탓에 다들 침을 꿀꺽 삼켰다. 그때, 총독부에서 나온 관리가 큰소리로 외쳤다.

“다들 줄을 서십시오! 구휼 식량이 나왔으니, 사람 수에 맞추어 배급을 시작하겠습니다!”

“……!”

왕국민들은 깜짝 놀라 서로를 바라보았다. 갑자기 구휼 식량이라고?

“뭐지?”

어쨌든 사람들은 너 나 할 것 없이 서둘러 줄을 섰다. 이런저런 것을 따지기에는 배고픔이 너무 길었다.

"그런데 왜 갑자기 구휼 식량을 주는 거지?"

"신임 총독이 왔다던데, 그 총독이 베푸는 건가?"

"에이, 설마."

사람들은 배급을 기다리며 고개를 갸웃했다. 생각지도 못 했던 구휼인지라 다들 이 식량의 출처를 궁금해했다. 거듭된 흉년으로 클로얀 지방에서는 이런 식량을 마련할 여력이 없었다. 누군가 용기를 내서 물었다.

"저, 관리님."

"왜 그러십니까?"

"이 식량은 어떻게 마련된 것입니까?"

그 물음에 관리는 놀라운 대답을 하였다.

"총독 각하 개인의 사비로 마련한 것입니다."

모두의 얼굴이 놀람이 떠올랐다. 이 많은 식량이 총독 각하 개인의 재산으로 마련한 거라고? 사람들은 믿을 수 없다는 얼굴로 웅성거렸다. 그때, 누군가 다른 질문을 하였다.

"그러면 이 구휼미는 어느 정도의 이율로 언제 갚아야 하는 것입니까?"

사람들이 가장 궁금해할 내용이었다. 세상에 공짜 구휼 식량은 없었다. 아무리 구휼이라도 훗날 추수가 끝나면 갚아야 했다. 때로는 이 과정에서 폭리를 취하는 악독한 군주도 있었다.

그 물음에도 관리는 친절한 태도로 답하였다. 혹시나 백성들에게 고압적인 태도를 보이지 않도록 마리가 사전에 단단히 주의를 준 덕이었다.

"갚지 않아도 됩니다."

"……네?"

"이 구휼은 전적으로 힐데른 총독 각하의 개인 사비를 들여 배급하는 것입니다. 그러니 여유가 된다면 갚아주시지만, 그렇지 못하다면 갚지 않으셔도 됩니다."

대홍수를 겪었으니 추수철 작황도 안 좋을 것이 뻔했다. 마리가 판단하기에는 겨울을 나는 것도 모자랄 것이 분명해 무상 배급을 결정한 것이다.

"믿을 수 없는……."

왕국민들은 서로를 바라보았다. 세상에 살면서 무상 배급이라니. 듣지도 보지도 못 한 일이다.

"이번 신임 총독은 상상할 수도 없는 부자인 건가?"

"그러게 말이야. 돈이 너무 많이 남아 도저히 주체할 수 없는 부자인가 봐."

충분히 그럴 법한 오해였다. 돈이 정말 차고 넘쳐 주체할 수 없는 한 이런 일을 할 수는 없는 법이니까.

"돈이 많으니까 이런 일도 가능한 거지."

"그러게. 신임 총독은 얼마나 부자인 건지 짐작도 안 되는군."

하지만 오해는 곧 밝혀졌다. 원체 마리가 유명 인사였던지라, 클로얀 지방에서도 그녀의 이야기를 들어 알고 있는 사람이 많았던 것이다.

"시녀 출신이었다고? 그것도 하급 시녀?"

"그래, 그뿐 아니라 전쟁 포로 출신이라 거의 봉급도 받지 못했었다고 하던데?"

"그런데 어떻게 이런 돈을?"

"이전에 큰 공을 세우고 받은 포상금을 턴 거라고 하더라고. 전 재산을 탈탈 턴 거라고 하던데?"

그 말을 들은 왕국민들의 표정이 묘해졌다.

"가진 전 재산을 털어 구휼 식량을 마련한 거라고?"

그들은 자신들의 손에 들린 식량을 바라보았다. 그런 왕국민들의 머릿속에 떠오른 생각은 모두 같았다.
'어째서 이런 일을?'

의아해하는 이는 왕국민들만이 아니었다. 본토에 사는 제국인들, 특히 몇몇 귀족 중에는 의아함을 넘어 강한 목소리로 그녀를 비난하는 이도 있었다.
"그 큰돈을 그렇게 낭비하다니요. 더 가치 있게 쓸 수 있는 일도 많았을 텐데."
"그러게 말입니다. 제국 본토에도 돈이 필요한 일이 많은데."
하지만 마리는 그들의 비난을 한마디로 일축했다.
"어차피 제 개인 돈이니, 어떻게 사용할지는 모두 제 권한이에요."
물론 마리도 안다. 천만 페나면 할 수 있는 다른 일이 많다는 것을. 하지만 당장 굶어 죽을 위기에 처한 이들을 구하는 것보다 급한 일은 없다고 생각했다.
'그래도 돈도 꽤 남았어. 윈터 백작님이 저렴하게 식량을 구해서.'
도대체 무슨 인맥을 동원한 것인지 윈터 백작은 시세보다 싼 가격에 식량을 구해 왔다. 그것도 보통 싼 것이 아니라 믿을 수 없을 정도로 놀라운 가격으로 사 왔다.
'불법적인 수단을 쓴 것은 아니겠지? 정상적인 거래로는 절대로 불가능한 가격인데.'
마치 칼을 들이밀고 협박이라도 한 듯한 가격. 마리는 얼떨떨하게 생각했다.
'어쨌든 급한 굶주림은 해결했으니, 다음에는 복구 작업을 해야 해. 아직까지 수해가 제대로 복구되지 못하고 있어.'
역시 이번에도 문제는 복구 작업에 필요한 돈이었다. 클로얀에는 피해를 복구할 만한 돈이 부족했다.

'정말 재정이 빠듯하구나. 하긴 이건 어느 나라나 다 마찬가지겠지.'

마리는 새삼 라엘의 고충이 이해가 되었다. 그가 가장 고민했던 것도 재정 문제였다.

'일단 구휼 식량을 구하고 남은 돈으로 급한 복구라도 해야겠구나.'

마리는 총독 관저에서 하늘을 올려다보았다.

'하늘에서 돈이라도 떨어졌으면 좋겠다. 주님, 도와주세요.'

그런데 그러고 나서 며칠 뒤, 말도 안 되는 기적이 일어났다.

"뭐라고요?"

마리는 눈을 휘둥그레 떴다.

"덴틸슨 광산에서 금강석이 발견되었다고요?"

"네, 자작님. 축하드립니다!"

부랴부랴 달려온 광산 관리인이 기쁜 표정으로 외쳤다.

덴틸슨 광산. 그녀가 전염병을 해결한 공로로 라엘에게 받은 광산이었다. 나름 알짜배기 광산이긴 했지만 금은은 채취되지 않아 2급의 광산이었는데, 다이아몬드의 원석인 금강석이 발견되었다는 것이다.

"매장량은요?"

"아직 정확히는 모르겠지만, 그래도 적지 않은 것으로 보입니다."

마리는 기쁜 표정을 지었다. 그렇지 않아도 쪼들렸는데 재정 문제에서 한숨 돌릴 수 있게 된 것이다. 당분간은 돈 걱정을 크게 하지 않아도 되리라.

"대단하군요. 정말 각하께는 신의 가호라도 함께하는 것 같습니다."

린 남작이 말했다. 이렇게나 딱 맞춰 호재가 터지다니. 그는 다소 황당해하는 눈치였다. 그러나 그것도 잠시. 린은 예쁜 얼굴에 미소를 지으며 말했다.

"어쨌든 다행입니다. 앞으로는 복구 작업을 훨씬 수월하게 진행할 수 있게 되었군요."

"네, 다행이에요."
"그러면 저는 관련 서류들을 다시 한번 정리해 올리겠습니다."
"부탁할게요."
린 남작은 고개를 숙이고, 마리의 집무실에서 나왔다.

그렇게 클로얀 지방은 대규모 복구 작업을 시작하며 모처럼의 활기를 띠게 되었다.
"영차!"
"거기 조심하게!"
사람들의 얼굴에 간만에 밝은 기운이 돌았다. 좋은 일이 이어지니 저절로 밝은 표정이 지어질 수밖에 없었다.
"그나마 다행이네. 그렇지 않아도 경작지와 수로를 제대로 정비하지 못해 가을 작황이 걱정이었는데."
"그러니까. 이대로 놔두면 곧 다가올 여름철에 전염병도 심했을 텐데, 정말 다행이야."
복구 작업을 하는 사람들의 대화가 자연스레 신임 총독으로 흘렀다.
"이번 일도…… 신임 총독이 도와준 거라고 하지?"
"그렇다고 하더군."
사람들은 알 수 없다는 표정을 지었다.
"어째서 우리를 이렇게까지 도와주는 거지?"
사람들은 공통적으로 의문을 표시했다. 물론 어진 총독이 온 것은 기쁜 일이다. 하지만 이건 단순히 어진 정도가 아니지 않는가?
"이 정도면 보통 큰돈이 드는 것이 아니었을 텐데……."
"넌지시 총독부에서 일하는 친척에게 들으니 가진 재산을 다 털어놓고 있다고 하더군."
"그러니까, 도대체 왜?"

고깝게 생각한 누군가가 이렇게 말했다.

"우리를 현혹하려는 것 아닐까? 돈으로 눈을 멀게 하는 거지."

그 생각에 많은 이가 동의했다. 제국의 군마에 짓밟히고 가족을 잃은 게 채 5년도 되지 않았다. 따라서 그들은 아직 제국을 곱게 바라볼 수가 없었다. 하지만 그때, 이렇게 말하는 이들이 있었다.

"그래도…… 우릴 현혹하려는 목적이라도 난 고맙다는 마음이 드네. 이렇게 사비를 털어 우리를 도와주는 게 쉬운 일은 아니었을 텐데."

그 말에 사람들은 입을 다물었다.

"모리나 왕녀만을 간절히 기다리고 있고, 앞으로도 그럴 것이지만…… 그래도 신임 총독분도 나쁜 분은 아닌 것 같네."

"부임한 지 얼마 되지도 않았어. 아직은 몰라."

"그렇긴 하지. 그래도 제국 내에서도 '제국의 성녀'라고 불린다지 않나? 어떤지 한번 지켜보게."

사람들은 말없이 고개를 끄덕였다. 그런 사람들의 반응에서 볼 수 있듯이 마리가 이번에 한 일이 클로얀 왕국민들의 마음을 돌아세운 것은 아니었다. 왕국민들은 여전히 제국을 증오하고, 모리나 왕녀를 원하고 있었다. 하지만 계기. 왕국민들이 한 번쯤 다시 생각해 보게 되는 계기가 되었다. 투자한 자원에 비하면 보잘것없는 성과일 수도 있지만, 마리는 그것만으로도 만족했다.

이제 시작일 뿐이었고, 무엇보다 힘들어하던 클로얀 왕국민들이 처음으로 웃기 시작했으니까. 그러니 충분했다. 어쨌든 확실한 것은 왕국민들 모두에게 선명히 마리란 이름이 선명히 박혔다는 것이다.

한편, 총독부 관저 조용한 방에서 묘한 표정을 짓고 있는 인물이 있었다.

"오자마자 변화가 일어나는군."

여인보다도 아름다운 얼굴. 나지막하게 중얼거린 남자의 이름은 린 남작이었다.

"요하네프 폐하의 말씀처럼 그녀의 곁에는 정말 신의 가호라도 함께 하는 것인가."

그런 린 남작의 얼굴은 마리에게 보여 주었던 것과는 달리 싸늘하기 그지없었다.

"신의 가호라……."

린…… 아니, 서제국의 악명 높은 음모가 라키 드 스토른 백작은 창문을 통해 저 높은 하늘을 바라보았다.

"웃기고 있군."

그렇게 마리는 클로얀 지방의 급한 불을 어느 정도 끌 수 있었다.

'다음은 민심이야. 사람들의 마음을 품어야 해.'

마리는 고민에 잠겼다.

'왕국민들은 아직 제국을 원망하고 있어. 어떻게 그 마음을 위로해야 할까?'

쉬운 일은 아니었다. 어떤 노력을 해도 괜한 현혹으로만 받아들일 수 있기 때문이다. 진심을 다해 조심스럽게 접근해야 한다.

'일단 관저 먼저 옮기자. 왕의 궁을 총독부 관저로 사용하는 것은 클로얀 왕국민이 느끼기에 불쾌할 수도 있으니까.'

결정을 내린 그녀는 곧바로 관저를 왕궁 옆의 행정부 건물로 옮겼다. 대단한 조치는 아니지만 그래도 왕국민들의 마음을 배려한 조치였고, 왕국민들도 어느 정도 그녀의 배려를 눈치챘다.

"총독부 관저가 이동했다는군."

"어디로?"
"왕궁 옆의 이전 행정부 건물로 옮겼다는데?"
"그래? 루비 궁에 비하면 지내기가 편하지는 않을 텐데……."
왕국민들은 의아한 눈빛으로 왕성, 정확히는 총독부를 바라보았다.
"어쨌든 옮기니 좋긴 좋군."
"그러게. 총독부가 루비 궁에 있어서 속으로 보통 불쾌한 것이 아니었는데."
그러면서 사람들은 아리송한 눈빛을 했다.
"그런데 왜 갑자기 총독부를 옮긴 거지? 총독이 지내기는 루비 궁이 훨씬 좋을 텐데."
"설마…… 우리를 배려해서?"
사람들은 고개를 갸웃했다. 하지만 한 가지 확실한 것은 있었다. 이번 총독은 무언가 다르다는 것이다.

총독부를 옮긴 마리는 다시 고민에 잠겼다.
'이것만으로는 부족해. 무언가 사람들의 마음을 움직일 만한 일을 해야 해.'
보여주기식은 소용없었다. 단박에 생색내기임을 알아챌 것이다. 실제로 왕국민들을 위하는 일을 해야 했다.
'쉽지가 않구나.'
마리는 한숨을 내쉬었다. 그녀는 잠시 서류를 내려놓고 창밖을 바라보았다. 제도가 있는 동쪽 방향이었다.
'폐하는 잘 지내고 계시겠지? 내 생각은 가끔 하고 계실까? 난…… 이렇게 많이 생각나는데.'
바쁜 와중에도 계속해서 그가 생각났다. 푸른 눈동자로 자신을 바라보던 모습이 생각났고, 무뚝뚝한 모습으로 배려해 주던 것도 생각났다. 다시 그의 품에 안기고 싶었다. 보고 싶었다.

'왜 이렇게 보고 싶지. 바보같이.'

갑자기 감정이 치밀어 올라 마리는 급히 눈가를 닦았다. 그때, 노크 소리와 함께 의외의 목소리가 들려왔다.

"들어가도 되겠습니까?"

"아, 백작님. 들어오세요."

윈터 백작이었다. 마리는 의아한 표정으로 그를 맞았다. 늦은 시간인데 혹시 안 좋은 일이라도?

"무슨 일이신지요? 혹시 특별한 문제라도 있나요?"

윈터 백작은 무뚝뚝한 표정으로 답했다.

"왕성에 특별한 문제는 없습니다."

"그러면?"

"끼니를 제대로 못 먹는 것 같아, 간단히 먹을 거를 챙겨 왔습니다."

"네, 네?"

생각지도 못 한 용건에 마리는 당황했다. 저 무뚝뚝한 남자가 자신을 생각해 음식을 챙겨 왔다고?

"괘, 괜찮아요. 신경 써 주시지 않아도……."

하지만 윈터 백작은 아랑곳하지 않고 집무실 밖에 놓아둔 트레이를 끌고 왔다. 고소한 냄새가 나는 갓 구운 빵, 윤기가 흐르는 스테이크, 예쁜 과일 타르트. 하나같이 정성이 가득해 보이는 음식이었다.

'모두 내가 좋아하는 요리잖아.'

마리는 놀라 윈터 백작을 바라보았다. 지금 나온 음식들은 라엘과 둘이 식사할 때 그녀가 좋아해 종종 먹던 요리였다. 그는 여전히 무뚝뚝한 말투로 말했다.

"점심도 거의 안 먹었으면서 저녁은 손도 안 댔더군요."

"아…… 네. 바빠서."

윈터 백작은 인상을 찌푸렸다.

"아무리 바빠도 식사는 거르지 말아야 합니다. 그러다 몸이라도 상하면 어떻게 하려고. 네 몸은 네 것이 아니라, 내……."

거기까지 이야기하던 윈터 백작은 흠칫 입을 다물었다. 마리는 끝 부분의 말을 듣지 못해 의아한 표정을 지었다.

"백작님?"

"……어쨌든 바빠도 몸은 챙기십시오."

"네, 감사해요."

그는 아직 밤바람이 차다고 하면서 열린 창문도 닫아주고, 심지어 걸치고 있을 담요도 갖다 주었다.

"너무 늦기 전에 주무십시오."

그렇게 말하고 나가는 백작의 뒷모습을 보며 마리는 묘한 눈빛을 했다. 백작의 무뚝뚝한 배려가 그녀와 가까운 누군가를 너무 닮았기 때문이다.

'혹시?'

마리는 고개를 갸웃했다.

'설마 폐하는 아니겠지?'

말도 안 되는 일이라고는 하지만 혹시 모른다. 이전에 요하네프 3세도 다른 인물로 분한 적 있지 않은가?

'정말로 설마?'

오른의 장담처럼 얼마 되지도 않아 마리는 윈터 백작의 정체를 의심하기 시작했다.

그날 밤, 마리는 오랜만에 꿈을 꾸었다. 능력을 주는 신비한 꿈이었다.

'무슨 꿈이지?'

눈을 깜빡거리고 있는데, 갑작스러운 비명이 꿈속에서 터져 나왔다.

「출혈이 심해요! 혈압 떨어져요!」

「거기 거즈로 지혈해 주세요!」

「빨리 교수님 불러와!」

삭막한 느낌의 수술방에 피가 낭자했다. 간호사와 의사는 어떻게든 환자를 살리기 위해 고군분투했지만, 상황은 좋지 않았다.

「혈압 더 떨어져요!」

「교수님은? 출혈이 잡히지가 않아!」

「연락했으니, 이제 곧……!」

그런데 그 순간이었다. 수술방 문이 거칠게 열리며, 그들이 손꼽아 기다리던 인물이 도착했다.

「교수님!」

「상황은요?」

나타난 인물은 피가 낭자한 수술방과 전혀 어울리지 않는, 여리고 아름다운 여인이었다. 하지만 환자를 바라보는 눈빛만은 굳세고 강렬했는데, 마리는 여린 겉모습과 다르게 여인이 강철 같은 의지를 지닌 외과의사임을 느낄 수 있었다.

「장갑 주세요. 바로 수술 시작하겠어요.」

여인, 역사에 획을 그은 명의(名醫), 엘리제 드 클로랜스는 메스를 들었다.

「오픈하겠습니다.」

그렇게 메스가 움직이고, 피가 튀어 올랐다.

"……!"

마리는 눈을 깜빡했다. 늘 그렇지만, 꿈에서 깨니 정신이 멍했다.

'뭐지? 외과의사? 왜 외과의사의 꿈을?'

그녀는 자신의 손을 내려다보았다.

'의사의 능력을 얻게 된 걸까?'

확실하지는 않지만 그런 것 같았다.

'왜? 외과의사인 거지?'

마리는 심각한 표정을 지었다. 어떤 일이 일어나려고 의사의 꿈을 꾼 걸까? 하지만 곧 그녀는 의사의 꿈을 꾸게 된 이유를 알 수 있었다. 아침에 참석한 회의에서 린 남작이 급보를 전한 것이다.

"드릴 말씀이 있습니다, 각하."

"무슨 일이죠?"

마리는 가슴이 철렁해 물었다.

'혹시?'

역시나 좋지 않은 소식이었다.

"밤사이, 보수 작업 중 사고가 있었습니다. 도개교 일부가 무너져 상당히 많은 사상자가 나왔습니다."

마리의 얼굴이 하얘졌다.

"얼마나 많은 사상자가 나온 거죠?"

"경상은 수도 없고, 중상만 7명에, 한 명은 사경을 헤매고 있다고 합니다. 아마 시간이 지나면 사망자가 꽤 생길 듯합니다."

린 남작은 감흥 없는 말투로 사고에 대한 보고를 마쳤다. 총독의 입장에서 이런 일은 그냥 알고만 있으면 된다. 애석한 일이긴 해도 그렇게까지 신경 쓸 일은 아니니까.

"그러면 다른 사안을 이야기하도록 하겠습니다. 각하께서 지난번에 말씀하신……."

하지만 그때, 마리가 말했다.

“부상자들은 어디에서 치료받고 있죠?”
“근처 의원에서 치료받고 있을 겁니다. 한데 무슨 일이십니까?”
“의원에 가 봐야겠어요. 외유를 나가겠습니다.”
“어째서입니까?”
린 남작은 의아한 표정을 지었다. 마리는 굳은 얼굴로 답했다.
“부상자들의 상태를 살펴봐야겠어요.”

부상자들이 모인 의원은 완전히 아수라장이었다.
“아악!”
“내 다리! 내 다리!”
“정신 차려! 눈을 떠!”
부상자들이 비명을 질렀고, 의사들은 헐떡이며 치료를 하고 있었지만 역부족이었다.
“하아. 어째서 또 이런 일이?”
누군가 하늘을 올려다보며 탄식했다. 그나마 살 만해지나 싶었는데, 또 이런 사고가 생긴 것이다.
“이게 다 제국 놈들 때문이야!”
“맞아! 다 그놈들 때문에 저주가 내린 것이 분명해!”
사람들은 목소리를 높였다. 이번에 발생한 사고와 제국은 전혀 상관이 없었지만, 누구든 원망할 대상이 필요했던 것이다. 그런데 그 순간, 제국을 욕하던 이들이 입을 뚝 하고 다물었다. 의원의 문이 열리며 기사들의 호위를 받는 소녀가 들어온 것이었다.
“제국 근위 기사? 그러면 저 소녀는……?”
사람들은 눈을 휘둥그레 떴다. 근위 기사의 호위를 받는 소녀라면 단 한 명밖에 없었다. 제국의 예비 황후이자, 신임 총독인 힐데른 자작이었다.

"이곳에는 무슨 일이십니까?"

왕국민들은 경계심 가득한 표정으로 그녀를 바라보았다. 여러 노력을 하긴 했지만, 반감을 해소하기에는 아직 역부족이었다.

"부상자들의 상태를 보러 왔어요."

"어째서입니까?"

딱딱한 표정의 의사가 물었다.

"다들 상태가 좋지 않습니다. 죄송하지만, 환자들의 상태가 안정된 후 다시 오시는 것이 좋을 것 같습니다."

의사도 반감이 깊은 눈치였다. 특히 의사는 마리가 부상자들을 보러 온 것이 보여주기식 쇼라고 생각하고, 더욱 거부감을 드러냈다.

"특별히 신경 쓰이게 하지는 않을게요. 그저 살피기만 할 테니……."

"안 됩니다. 외부인이 방문하는 것만으로도 환자들의 안정에 안 좋은 영향을 끼칩니다."

마리는 곤란한 표정을 지었다. 예상보다 반응이 너무 완강했다.

"저도 어떻게든 도움을 드리고 싶어서 그러는 거니……."

그 순간이었다. 중환자를 모아 놓은 방에서 간병인이 뛰쳐나오더니 다급하게 외쳤다.

"안스 선생님, 큰일이에요! 한스 군과 메릴 양의 상태가 지금!"

"……!"

"곧 사망할 것 같아요! 빨리 와서 봐주세요!"

안스라 불린 의사는 하얗게 질린 얼굴로 중환자 방으로 뛰어들어갔다. 마리도 다급히 그를 뒤따라갔다.

'이런! 두 명 다 심정지 직전의 상태야!'

마리는 한눈에 환자들의 상태를 알아보았다. 그건 안스도 마찬가지인지 고개를 절레절레 저으며 보호자들에게 말했다.

"마음의 준비를 하셔야 할 것 같습니다."

"아아! 선생님! 제발! 제발 우리 아이들을 살려 주세요!"

임종을 앞둔 환자들은 이제 십 대 중후반쯤 되어 보이는 소년, 소녀였다. 형제였는지, 부모들이 절규하며 안스에게 매달렸다. 안스는 괴로운 표정으로 고개를 저었다.

"죄송합니다. 지금으로서는 더는 방법이……."

사형선고나 다름없는 그 말에 부모들의 얼굴이 절망으로 뒤덮이는 순간, 생각지도 못 한 목소리가 그들에게 들렸다.

"아니, 살릴 수 있어요."

"……!"

모두가 눈을 찢어질 듯 크게 뜨며 고개를 돌렸다. 그곳에는 작은 소녀, 마리가 굳은 표정으로 서 있었다.

"그게 무슨 말입니까, 각하? 이미 임종 직전의 환자들입니다."

"아니에요. 상태가 중하기는 하지만 아직 포기하기는 일러요. 살릴 수 있어요."

안스는 인상을 찌푸렸다. 그가 판단하기에 이미 손을 쓸 수 있는 상태가 아니었다.

"도대체 무슨 말씀을 하는 건지…… 만약 조롱하려는 것이면 그만두십시오. 죽음을 앞둔 이들입니다."

"조롱하려는 것이 아니에요."

마리는 안스의 눈동자를 똑바로 바라보았다.

"전 이들을 살리고 싶어서 그러는 거예요."

"……!"

안스의 눈빛이 흔들렸다. 저 소녀의 눈빛은 환자를 위하는 마음으로 타오르는 의사의 눈빛이었기 때문이다.

'뭐지?'

그가 혼란스러워할 때, 마리는 부모들에게 말했다.

"신임 총독으로 부임한 마리 폰 힐데른이라고 합니다."

그 말에 부모는 경황 중에도 무릎을 꿇었다. 총독이면 그들 같은 평민보다 까마득하게 높은 귀족이었다. 마리는 몸을 낮춰 그들과 눈을 마주했다.

"전 저 환자들을 살리고 싶어요. 저를 믿고 자식분들을 맡겨 주실 수 없으실까요?"

"……!"

부모들은 침을 꿀꺽 삼켰다. 원래로라면 말도 안 되는 이야기였다. 처음 보는, 그것도 그들이 증오하는 제국의 총독에게 자식들의 목숨을 맡기라니? 하지만 마리의 간절한 눈동자가 마음을 흔들었다. 그들은 본능적으로 느낄 수 있었다. 마리의 마음이 거짓 없는 진심임을.

그때, 안스 의사가 말했다.

"저희가 당신을 어떻게 신뢰할 수 있겠습니까?"

"만약 제가 당신들에게 거짓을 말하는 거면."

마리는 짧게 답했다.

"나중에 저에게 돌을 던져도 괜찮아요."

결국, 안스의 부모가 고개를 끄덕였다.

"알겠습니다, 각하. 부탁합니다."

그들은 애원하듯 말했다.

"각하를 믿겠으니, 제발! 제발 저희 자식들을 살려 주십시오!"

마리는 고개를 끄덕인 후 환자들에게 다가갔다. 첫 번째는 조금 더 상태가 안 좋아 보이는 한스였다.

'맥이 굉장히 빠르고 약해. 전형적인 쇼크 증상이야. 반면에 혈압은 낮으면서도 경정맥이 확대된 것으로 봤을 때 심장에 문제가 생긴 게 분명해.'

마리는 꿈에서 꾼 외과의사가 되어 생각했다. 동맥의 맥을 느끼고 결막의 창백도를 확인하는 등 빠른 속도로 진찰한 결과 진단명이 나왔다.

'이건 심낭 압전이야!'

심낭 압전(Cardiac tamponnade). 외상 환자 중 피가 심장 근처에 차올라 심장을 짓누르는 상태를 뜻한다. 최대한 빨리 처치하지 않으면 사망에 이른다.

"구멍이 뚫린 바늘을 주세요."

"네? 갑자기?"

안스 의사는 이해할 수 없다는 표정으로 바늘을 가져다주었다. 뒤이은 마리의 행동을 본 기겁하여 외쳤다.

"지금 무슨 짓을 하려는 것입니까?! 심장에 바늘을 찌르려고 하다니!"

"위험한 것이 아니에요. 심장 근처에 고인 피를 빼내려 하는 것이에요."

지금 그녀가 하려는 처치는 심장 주위에 찬 피를 빼내는 심낭 천자(Pericardiocentesis). 하지만 가슴에 바늘을 찌르다니! 안스의 입장에서는 결단코 용납할 수 없는 행위였다. 그가 목소리를 높여 반대를 하려는 순간, 낮은 목소리가 안스를 붙잡았다.

"그녀를 믿어라."

싸늘한 인상의 미남자. 윈터 백작이었다.

"……!"

"난 그녀가 실패하는 것을 한 번도 본 적이 없다. 내 이름을 걸 테니 그녀를 믿어 보도록."

그 목소리에 담긴 위압감에 안스는 입을 다물었고, 마리는 고맙다는 눈빛을 보낸 후 바로 처치에 들어갔다. 커다란 바늘을 심장을 향해 푸욱 찌른 것이다. 마치 검으로 가슴을 찌르듯 망설임 없는 손길에 모두의 가슴이 덜컥 내려앉았다.

"저, 저……!"

안스가 경련하듯 손을 떨었다. 그 자리에서 침착한 것은 오로지 마리 한 명뿐.

'정확한 위치에. 최대한 조심히.'

마리는 바늘을 더욱더 심장 쪽으로 밀어 넣었다. 심낭 천자의 관건은 정밀함에 있었다. 조금이라도 깊으면 심장의 벽이 관통되어 사망할 수 있고, 얕으면 치료 효과가 없다. 극도의 정밀한 손놀림이 필요한 술기였다. 마리는 천천히, 천천히 바늘을 찔러 넣었다. 점점 더 심장을 향해 파고들어 가는 바늘의 모습에 지켜보는 사람들이 아찔해할 때였다.

왈칵!

바늘 사이로 뚫린 구멍을 통해 죽은 피가 주륵 흘러나왔다. 성공한 것이다!

"이, 이건? 어떻게 된?"

안스 의사가 말을 더듬거리며 물었다. 마리는 어느새 이마에 송골송골 맺혀 있는 땀을 닦으며 말했다.

"심장 주위에 차오른 죽은피를 빼 주는 것이에요. 다행히 성공했으니 곧 좋아질 거예요."

그녀의 말대로 환자의 맥은 금방 호전되기 시작했다. 심장을 짓누르던 피가 사라지니 제대로 펌프질할 수 있게 된 덕이었다.

"감사합니다! 정말 감사합니다, 각하!"

죽을 뻔한 아들을 살려 준 마리에게 부모는 허리를 숙이며 연신 감사의 인사를 했다. 안스는 도저히 믿을 수 없다는 표정이었다.

"어, 어떻게? 도대체?"

마리는 이번에는 두 번째 환자 메릴을 바라보았다.

'아직 끝나지 않았어. 이 소녀도 살려 내야 해.'

안스가 혼란이 가라앉지 않은 표정으로 말했다.

"배 깊은 곳에서 출혈이 심합니다. 도저히 손을 쓸 수 있는 상황이……."

그 설명을 들은 마리는 가만히 메릴을 진찰하였다. 맥을 짚어 대략적인 혈압을 파악하고, 눈꺼풀 아래를 봐 빈혈 상태를 확인하고, 배를 면밀히 살펴 출혈의 원인을 짐작했다.

"좌측 복부를 다쳐 그쪽에서 피가 난 것 같은데, 이건 도저히……."

안스는 고개를 저었다. 이제 그의 목소리에는 그녀를 불신하는 빛은 없었다. 하지만 불신과 신뢰를 떠나, 이 환자를 치료하는 것은 그의 상식으로는 불가능했다. 그러나.

"수술을 준비해 주세요."

"각하?"

안스는 다시 한번 눈을 크게 떴다. 오늘 몇 번째 놀라는 것인지 모를 그였다.

"물론 각하께서도 대단한 의학 지식을 가지고 있는 것으로 보이지만, 이 소녀를 치료하는 것은 불가능합니다."

"불가능하지 않아요."

마리는 짧게 말했다.

"가능해요. 물론 적은 확률이긴 하지만, 가능성이 있다면 최선을 다해 봐야 하지 않을까요?

"……!"

안스는 입술을 깨물었다. 그녀의 말을 듣자 알 수 없는 뜨거움이 가슴에서 치밀어 올랐다. 그렇다. 가능성만 있다면 일단 최선을 다해 봐야 한다. 그게 히포크라테스의 후예인 의사의 의무이니까.

"알겠습니다. 수술을 준비하겠습니다."

그렇게 응급 수술이 시작되었다. 수술대 앞에 선 마리는 기본적인 형태의 수술칼을 들었다. 마취는 미약을 이용했다. 준비된 도구와 약제는 형편없는 수준이었지만 어쩔 수 없었다. 열악한 환경이라도 최선을 다해야 했다.

“오픈하겠습니다.”

수술칼로 복벽을 가르는 순간, 배 안에 차 있던 피가 튀어 올랐다.

“거기, 피를 닦아주세요! 이 부위를 강하게 압박해 주시고 출혈 부위를 지혈해야 하니 시야를 확보해 주세요!”

복강 내 상태를 본 마리가 다급히 외쳤다. 보조를 선 안스는 이를 악물고 그녀의 지시를 따랐다. 그렇게 생과 사가 교차하는 전쟁이 시작되었다.

다행히 수술은 성공적으로 끝났다. 안스는 두 눈으로 직접 보고도 자신의 눈을 믿지 못했다. 평생을 의학에 정진했고 명의란 소리도 듣는 그였지만, 생각해 보지도 못 한 경지의 실력이었다.

“도대체 각하께서는…….”

마리는 대답하지 못했다. 설명할 말도 없었고, 그것보다 급한 환자가 너무 많았기 때문이다. 처음 두 명 말고도 다른 중환자들에 대한 응급처치를 하고 나니 까마득한 저녁이었다.

“후우.”

마리는 벽에 기대 지친 한숨을 내쉬었다. 정신없이 일하고 났더니 피곤했다. 그런 그녀에게 안스가 머뭇거리며 다가오더니 넙죽 고개를 숙였다.

“각하, 정말 죄송했습니다!”

“아, 아니…….”

마리는 갑작스러운 사과에 당황했다.

“처음 각하의 진심을 무시하고 건방지게 굴었습니다! 정말 죄송합니다! 이 죄는 엄히 다스려 주십시오!"

"괘, 괜찮아요."

마리는 고개를 저었다. 그가 처음에 그녀를 무시했던 것은 맞지만 사실 당연한 반응이었다.

"괜찮아요. 크게 신경 쓰지 않고 있으니."

"아닙니다. 잘못은 잘못. 정당한 벌을 내려 주십시오."

뭔가 이 의사, 옹고집적인 면이 있는 것 같았다. 마리는 곤란한 표정을 짓다가 좋은 생각이 떠올랐다. 왕국민들에게도 좋고, 그녀에게도 이득인 방법이.

"그러면 제 부탁을 들어주세요."

"무엇입니까?"

"앞으로도 가끔 제가 이 병원에서 환자를 돌볼 수 있게 해주세요."

"……!"

안스는 놀란 표정을 지었다. 마리는 조심히 물었다.

"어려울까요?"

"아, 아닙니다! 오히려 제가 부탁하고 싶은 이야기입니다! 감사합니다!"

오늘 그녀가 보여 준 의술의 경지는 안스를 까마득하게 뛰어넘는 것이었다. 그런 그녀가 병원에 나와 준다면 안스는 물론 환자들에게도 큰 도움이 되리라.

"네, 그러면 앞으로 잘 부탁할게요."

마리는 웃으며 말했다.

그렇게 그녀는 정무를 보는 중에 시간을 내서 안스의 병원에서 환자를 돌보는 일을 시작했다. 마침 안스의 병원은 커먼성 내에서도 손꼽히는 규모인지라 금방 소문이 돌기 시작했다.

"신임 총독이 의원에서 환자들을 치료하는 일을 하고 있다고?"
"그래, 계속 일하는 것은 아니고 중간중간 와서 진료한다더라고."
"무슨 생각인 거지?"
"그러게."
소문을 들은 이들의 반응은 반으로 갈렸다. 의아해하는 이가 반, 보여주기식 선전일 거라고 폄훼하는 이가 반. 어쨌든 그녀가 진짜로 환자들을 위해 나선 것이라 여기는 이는 아무도 없었다.
하지만 시간이 지나면서 아주 조금씩 사람들의 생각이 바뀌기 시작했다. 그녀에게 직접 치료받은 이들이 소문을 내기 시작한 것이다.
"힐데른 자작님은 그런 음흉한 분이 아니야. 말 함부로 하지 말게."
"뭐라고?"
"난 그분 덕분에 살 수 있었어. 그분에 대해 못 믿겠으면 직접 병원에 가 보게. 그분의 진료를 받고 싶어서 대기하는 사람이 한두 명이 아니니까."
사람들은 못 믿겠다는 표정이었으나 한 명 두 명 그녀를 옹호하는 사람이 늘어났다. 모두 그녀에게 직접 치료받거나 그녀가 치료하는 것을 목도한 사람들이었다. 그녀가 진정으로 타인을 위하는 모습을 본 그들은 이전처럼 마리를 욕할 수가 없었다.
"힘들지는 않습니까?"
진료 후 관저로 돌아가는 마차 안에서 윈터 백작이 그녀를 향해 물었다.
"힘들어요."
마리는 진이 빠진 목소리로 답했다.
"난 솔직히 각하가 병원 진료까지 보는 것은 반대입니다. 너무 몸에 무리가 가고, 돌발적인 위험에 노출될 수 있습니다."
그의 말은 옳았다. 하지만 마리는 이렇게 답했다.

"그래도 이렇게 해서 왕국민들의 마음이 조금이라도 풀린다면 충분히 할 만한 일이라 생각해요."

"……."

"그리고 비단 민심을 달래는 목적만이 아니라, 다른 사람들을 도와줄 수 있다는 것만으로도 가치 있는 일이니까요."

마리는 처음 능력을 얻을 때를 떠올렸다. 당시 모든 면에서 무능했던 그녀는 능력을 얻길 바랐고, 그 능력으로 다른 사람을 도와주는 삶을 살고 싶어 했었다. 요즘엔 조금은 당시의 목표를 이루며 사는 느낌이 들었다. 그래서 그녀는 몸이 부서지도록 피로했지만 기분이 좋았다.

"그냥…… 좋아요."

그는 한숨을 내쉬었다.

"그래도 이러다가는 몸이 상할 것 같군요. 주방장에게 일러 특대 보양식이라도 만들어 놓으라고 해야겠습니다."

"아니, 보양식은 어제도 먹었는데요?"

"오늘도 먹으십시오. 내일도 먹고요."

"사, 살찔 거예요!"

"살쪄도 예쁩니다."

무뚝뚝한 어투로 쑤욱 찔러 들어오는 그의 말에 마리의 얼굴이 붉어졌다. 저 백작과 함께하고 있으면 자꾸만 한 인물이 떠올랐다.

'왜 이렇게 닮았지? 솔직히 얼굴 빼고는 다 똑같잖아.'

사실 얼굴도 흡사했다. 처음에는 몰랐는데, 전체적인 얼굴선 느낌이 그와 빼다 박았다.

'설마? 정말로?'

마리는 눈을 가늘게 뜨고 그를 바라보았다.

"왜 그렇게 보십니까?"

"아, 아니요."

고개를 저은 그녀는 기회를 봐서 며칠 안에 그의 정체를 확인해 보기로 결심하고 다른 용건을 꺼냈다.

"백작님, 황궁에 연락을 부탁할게요."

"황궁? 폐하께 드릴 말씀이 있는 것입니까?"

"아니요. 황제 폐하 말고 다른 분께요."

"그러면 누구에게?"

"바한 경이요."

"……바한?"

의아한 표정을 짓던 그는 곧 바한이 누군지 떠올린 듯했다. 그는 그녀의 의도를 깨달았다.

"황궁 악단의 마에스트로군요. 그는 어째서? 혹시?"

"네, 짐작하신 게 맞아요."

마리는 고개를 끄덕였다.

"음악회를 열 생각이에요."

"음악회를 통해 사람들의 마음을 달래 볼 생각이군요."

"네, 맞아요."

"좋은 생각이긴 하지만 당장 눈에 띄는 큰 효과는 없을 겁니다. 반발하는 사람도 많을 거라 봅니다."

마리는 그의 말에 동의했다.

"네, 그럴지도 모르죠."

"그러면?"

"한 번에 사람들의 마음을 돌리려는 것은 아니에요. 그래도 조금씩, 조금씩 가랑비에 젖듯이 사람들을 위해 이것저것 노력하다 보면 언젠가는 의미 있는 변화가 있지 않을까 싶어서요."

그러며 마리는 말했다.

"그리고…… 음악은 듣는 사람에게 행복을 주니까. 그것만으로도 해볼 만한 가치는 충분하다 생각해요."

그녀가 클로얀 왕국으로 돌아올 때 다짐한 것이 있었다. 여러 복잡한 사정은 잊고, 왕국민을 행복하게 하는 것에 주력하자. 다른 것은 두 번째 문제다. 그녀는 그 다짐을 잊지 않고 있었다.

연락을 받은 바한과 황궁 악단은 곧바로 클로얀 지방으로 달려왔다.

"자작님!"

"반가워요, 바한 경."

둘은 반가운 재회를 하였다.

"와 주셔서 감사해요."

"아닙니다, 불러 주셔서 저희가 감사하지요. 뜻깊은 일을 할 수 있게 되어 기쁩니다."

바한은 기대에 찬 눈빛으로 말했다.

"그러면 저희가 연주할 곡은 어떤 것입니까? 자작님께서 간만에 음악을 작곡하셨다길래 밤잠을 설치며 달려왔습니다."

원래는 악장인 바한이 작곡한 곡을 연주하는 것이 원칙이지만 이번만큼은 달랐다. 클로얀 왕국민들을 위해 마리가 직접 밤을 새워 가며 곡을 작곡했기 때문이다. 바한은 간만에 마리의 수준 높은 곡을 연주할 수 있다는 생각에 어린애처럼 흥분한 눈치였다.

그렇게 악단은 연주회를 열기 시작했다. 화려하고 거창한, 대규모의 연주회는 아니었다. 오히려 길거리를 배경으로 한 소박한 거리 연주회였다. 삶에 지친 사람들이 오가다 음악을 들으며, 한줄기 휴식을 취할 수 있게 하자는 뜻이었다.

“뭐지? 제국 황궁 악단?”

“에이, 기분 나빠. 다른 데 가세.”

처음에는 예상대로 왕국민들의 반응이 좋지 않았다. 하지만 마리의 부탁대로 악단은 흔들림 없이 연주를 지속했고, 한 명 두 명 음악에 귀를 기울이는 사람이 생겨나기 시작했다. 일단 그냥 무시하고 지나치기에는 음색이 너무나 아름다웠다. 정치적인 입장을 떠나 음악은 아름다운 것이니까.

“…….”

사람들은 광장을 오가며 음악을 들었다. 처음부터 끝까지 자리를 지키며 듣는 사람도 있었고, 그냥 지나가며 슬쩍 듣다 떠나는 사람도 있었다. 어쨌든 음악은 듣는 사람이 누구든 모두의 가슴에 조용히 내려앉았고, 삶에 지친 이들에게 한줄기 휴식을 주었다.

“……좋군. 음악이 이렇게나 좋은 것이었나.”

누군가 자신도 모르게 중얼거렸다. 다른 누구도 고개를 끄덕였다.

“……그러게.”

저 음악을 연주하는 이들이 제국의 악단인 것은 못마땅한 일이었지만, 그래도 음악의 훌륭함은 누구도 부정하지 못했다. 아름답고 따뜻한 곡들이었다.

짝. 짝.

어디선가 들리는 박수 소리에 악장 바한은 놀란 표정을 지었다. 누군가 처음으로 박수를 쳐 준 것이다. 고개를 돌리니 제법 많은 사람이 연주를 듣고 있었다. 못마땅한 기색의 사람도 많았지만 음악을 들으며 평온한 표정을 짓고 있는 사람도 많았다.

‘좋구나.’

바한의 얼굴에도 따뜻한 미소가 떠올랐다. 자신이 연주하는 음악이 사람들에게 행복을 줄 수 있다는 것은 음악가로서 최고의 기쁨이었다.

"바로 다음 악장 갑니다. 아다지오(Adagio)로, 비올라부터."

조금씩, 조금씩 변화가 일어났다. 여전히 클로얀 왕국민들의 마음은 완고했지만, 작은 돌이 호수에 파문을 일으키듯 변화는 분명히 일어나고 있었다.

"대단합니다, 각하."

린 남작이 감탄한 목소리로 말했다.

"왜 각하께서 제국의 성녀라 불리는지 알겠습니다."

지금까지의 총독들이 클로얀 왕국민들의 마음을 달래는 시도를 하지 않았던 것은 아니었다. 하지만 모두 반감만 불러일으켰을 뿐, 그녀처럼 성공적인 성과를 낸 이는 아무도 없었다.

"아니에요. 그저 운이 좋았던 것 같아요."

마리는 머쓱한 표정으로 말했다.

"운이 아니지요."

린 남작은 고개를 저었다. 그녀가 이런 성과를 낼 수 있었던 것은 왕국민들을 정치적인 목적이 아닌 진정으로 위하는 마음으로 접근했기 때문이다. 린 남작, 아니, 서제국의 스토른 드 라키 백작은 그 사실을 잘 알기에 진정으로 감탄했다. 이 세상 누가 그녀처럼 할 수 있을까? 그는 웃음 지으며 말했다.

"어쨌든 축하합니다. 모든 일이 순조롭게 풀려 나가고 있습니다."

"아니에요. 남작님께서 도와주신 덕분이에요."

둘은 화기애애하게 대화를 나누었다. 어쨌든 린 남작의 말처럼 모든 일이 굉장히 순조로웠다. 이렇게 잘 진행되어도 되나 싶을 정도였다. 이대로 진행하기만 하면 클로얀 지방을 안정시키겠다는 목적도 무리 없이 달성할 것 같았다. 그래서였다. 마리는 물론 알몬드 자작을 비롯한 호위 인력의 경계가 느슨해진 것은.

"연주회에 참석하려 하십니까?"

"네, 가끔은 제가 가서 직접 피아노를 연주해 보려고요."

마리는 깔끔한 연주용 드레스로 옷을 갈아입고 말했다. 생각보다도 연주회의 효과가 좋았다. 음악은 사람들의 딱딱한 마음을 녹여 주는 효과가 있었다.

"알겠습니다. 준비하겠습니다."

마리는 근위 기사단의 경호를 받으며 광장으로 향했다. 이미 광장에는 상당히 많은 사람이 연주를 기다리고 있었다. 광장의 중앙에 설치된 단상에 먼저 마에스트로 바한이 올라섰다.

"이 자리에 참석해 주신 여러분께 감사의 말씀을 올립니다. 오늘은 조금은 특별한 연주자를 초빙하였습니다. 오늘 연주할 곡의 작곡가이자 최고의 비르투우소인 마리 폰 힐데른 자작님이십니다."

열화와 같은 박수는 없었다. 모두 단상에 오르는 마리를 멀뚱멀뚱 쳐다볼 뿐이었다. 그래도 처음 커먼성에 도착했을 때 느껴졌던 적의가 희석된 것이 확실히 느껴졌기에 마리는 만족했다.

"이렇게 뵙게 되어 반갑습니다. 부족하지만 피아노 솔리스트로 이 자리에 서게 되었습니다. 모두 즐거운 시간 되셨으면 합니다."

그렇게 말한 마리는 살짝 미소를 지으며 고개를 숙였다. 그런데 그 순간이었다! 생각지도 못 한 참사가 일어났다.

후웅!

묵직한 무언가가 바람을 가르는 소리가 들렸고, 갑작스러운 불길함이 그녀의 등줄기를 가로질렀다. 그리고 그녀의 눈동자가 커지는 순간!

퍼억!

마리의 머리가 크게 흔들렸다.
"마리!"
"자작님!"
"꺄악!"
그녀의 주변에서 찢어질 듯한 비명이 터져 나왔다. 자신의 의지와 달리 마리는 털썩 무릎을 꿇었다. 무슨 일이 일어난 건지 파악이 되지 않았다. 시야가 흐릿하고 몸에 힘이 들어가지가 않았다. 마리는 손을 들어 머리를 어루만졌다. 간단한 동작인데 손이 덜덜 떨렸다.
'피?'
홍건한 피가 손에 묻어 있었다. 바닥에 떨어진 피 묻은 돌도 보였다.
'돌에 맞은 건가?'
그녀는 멍하니 생각했다.
"마리! 마리! 제기랄! 마리!"
윈터 백작이 창백하게 질려 자신에게 달려오는 것이 보였다. 저 멀리서 제국을 저주하는 외침도 들렸다. 그리고 거기까지. 그녀의 시야가 급속도로 어둠에 물들었다.

마리, 아니, 모리나는 꿈을 꾸었다. 능력을 주거나 미래를 보여 주는 꿈이 아닌, 그저 평범한 꿈이었다. 꿈에서 그녀는 행복했다. 오래전 헤어졌던 엄마를 만났기 때문이다.

「엄마, 나 굉장히 신기한 일들을 겪었어요.」
모리나는 엄마의 손을 잡으며 그간 자신이 겪었던 일들을 이야기해 주었다. 꿈속에서 엄마는 안쓰러운 눈으로 그녀를 바라보았다. 모리나가 겪은 마음고생을 그녀보다 더 속상하게 여겨 주었다.

「그래서 모리나, 너는 지금 행복하니?」

엄마의 물음에 모리나는 고민에 잠겼다. 솔직히 힘들었다. 어깨에 쏟아지는 무게를 감당하기 어려웠다. 하지만…….

「행복해요.」

「어째서?」

정말 너무나 힘들어 당장에라도 모든 것을 놓고 싶었지만, 행복하다고 할 수 있는 이유는.

「함께 하고 싶은 사람이 있어서요.」

소중한 사람이 있기에. 그와 함께하는 미래를 바라고 있기에. 그녀는 행복하다고 이야기할 수 있었다.

「그렇구나.」

엄마는 애잔한 눈으로 모리나를 바라보았다. 그녀는 딸의 머리에 손을 얹었다.

「주께서 부디 너를 축복하시길.」

마리는 천천히 눈을 떴다.

'아파.'

처음 든 감각은 극심한 두통이었다. 마치 망치로 두드려 맞은 듯 두통이 극심했다. 그리고 온몸이 물에 젖은 것처럼 무거웠다.

'도대체 어떻게 된 거지?'

날아온 돌에 머리를 맞은 것까지 기억났다. 하지만 그다음 어떻게 된 건지 알 수 없었다. 그때, 떨리는 목소리가 그녀를 불렀다.

"마리?"

이 순간 가장 듣고 싶었던 목소리. 마리는 자신이 들은 목소리가 그가 맞는지 입을 열었다.

"폐…… 하?"

"마리!"

단단한 몸이 그녀를 와락 껴안았다. 익숙한 느낌에 마리는 정말로 라엘이 맞음을 깨달았다.

'역시 윈터 백작님이 폐하가 맞으셨구나.'

하지만 그녀는 깊게 생각할 수 없었다. 라엘이 괴로움이 가득한 표정으로 입을 열었던 것이다.

"정말 미안하다. 내가 부주의해서 너를 다치게 하다니! 역시 클로얀 지방에 너를 보내는 것이 아니었는데! 정말 미안하다!"

가슴이 찢어질 듯한 음성. 다친 자신보다도 더욱 괴로워하는 모습에 마리는 힘겹게 마주 손을 들어 그를 안아주었다.

"저, 전 괜찮…… 아요……."

마리는 떠듬떠듬 말했다. 통증 때문인지 말이 잘 나오지가 않았다.

"그, 그냥 이렇게 폐하를 보게 된 것만으로도 기쁘니……."

거기까지 이야기한 순간이었다. 마리의 눈에서 갑자기 왈칵 눈물이 쏟아져 나왔다.

"흐윽. 흑. 흐윽."

왜 눈물이 나오는 것일까. 아파서? 진심을 다했건만 결국 이런 꼴이 된 게 아프고 속상해서? 모르겠다. 그냥 그의 품에 안겨 있으니 괜히 눈물이 나왔다. 바보같이.

그녀의 눈물을 본 라엘은 입술을 깨물었다.

"무슨 일이 있어도 그대를 지켜 낼 거라고 다짐했건만 미안하다. 정말로 미안해."

"흐윽. 아, 아니에요. 그, 그냥 괜히 눈물이 나와서……."

한참을 울고 나서 진정한 마리는 그에게 물었다.

"윈터 백작님. 폐하가 변장하신 거였죠?"

"……."

라엘은 침묵하다가 고개를 끄덕였다.

"도대체 왜 그런 일을 하신 거예요?"

"곁에서 너를 지키려고. 물론…… 이런 일을 당해 버렸지만."

라엘은 죄책감 가득한 표정으로 말했다. 마리는 대강의 상황을 짐작할 수 있었다. 황제의 신분 그대로 클로얀 지방에 들어오는 것이 무리이니, 정체를 숨겨 자신을 따라온 것이다.

'날 위해서…….'

마리는 다시 울컥한 마음이 들었다. 그는 자신이 이런 꼴이 된 것에 극심한 죄책감을 느끼는 것 같지만 마리는 아니었다. 이게 어떻게 그의 책임이겠는가. 그저 자신을 이만큼이나 생각해 주었다는 것이 먹먹할 만큼 고마울 뿐이었다.

"고마워요. 정말…… 정말로 감사해요."

마리는 그의 품에 더욱 깊이 안기며 말했다. 이 품을 벗어나고 싶지 않았다.

라엘이 굳은 얼굴로 말했다.

"어쨌든 내가 잘못 생각했다. 어떤 이유가 있더라도 이런 위험한 곳에 그대를 보내는 것이 아니었어."

"폐하?"

"지금 당장 황궁으로 돌아가도록. 클로얀 지방의 일은 내가 알아서 해결하겠다. 그대는 더는 신경 쓰지 마."

마리는 화급히 고개를 저었다.

"그럴 수는 없어요! 전 돌아가지 않을 거예요."

"그대가 여기 있으면 얼마나 더 위험할지 몰라서 그러는 건가?"

"괜찮아요. 앞으로는 더 조심하면 돼요."

그녀의 말에 라엘은 감정이 복받쳐 올라 말했다.

"내 말 따라! 명령이다!"
"……!"
"내가 이번에 어떤 마음이 들었는지 짐작이나 하는가? 그대를 잃는 줄 알고 얼마나 절망했는지 아느냐 말이야!"
거친 그의 음성에 마리는 주춤했다. 그의 푸른 눈동자에는 아득한 고통과 괴로움이 가득했다. 마리는 자신이 쓰러져 있는 동안 그가 얼마나 괴로워했을지 짐작할 수 있었다.
"……죄송해요. 하지만……."
"안 돼. 무슨 말을 해도 소용없다."
라엘이 완강히 말하자 그녀는 곤란했다. 그의 뜻을 거스르고 싶지 않았다. 하지만 이번 일만큼은 그녀도 양보할 수가 없었다.
"제발 부탁이에요, 폐하. 이렇게…… 이렇게 간절히 빌 테니 돌아가라는 명령만은 거두어주세요."
"……."
"제발요. 제발……."
그녀는 애원했다. 클로얀 지방의 문제를 해결하면 그와 자신 사이에 가로막는 모든 것이 해결된다. 그렇게만 되면 정체를 숨길 필요가 없었다. 그와 진정으로 마주할 수 있게 된다. 그러니 그녀는 반드시 클로얀 지방에 남아야 한다.
라엘은 입을 굳게 다물었다가 결국 깊은 한숨을 내쉬었다.
"하아."
그는 안타까운 목소리로 말했다.
"마리, 내가 이렇게 부탁한다. 황제로서 하는 부탁이 아니야. 너를 바라는, 너만을 바라보는 사람으로서 하는 부탁이다. 제발 돌아가 줄 수는 없겠느냐?"
"……."

"제발 부탁이다."

마리는 눈을 질끈 감았다. 괴로워하는 그의 말을 들으니 가슴이 찌르르 아팠다. 하지만 그녀는 그의 말을 따를 수 없었다. 오로지 그와 함께하기 위해서.

"죄송합니다."

그녀의 단호한 대답에 라엘은 땅이 꺼질 듯한 한숨을 내쉬었다. 그 순간이었다. 그녀가 깨어났다는 소식을 들은 것인지 방문이 거칠게 열렸다.

"각하!"

나타난 이는 알몬드 자작과 린 남작이었다. 호위를 담당했던 알몬드는 죽을죄를 진 죄인처럼 그녀 앞에 무릎을 꿇었다.

"정말 죄송합니다! 제 부주의로 이런 봉변을! 제 목을 쳐 주십시오!"

"아, 아니…… 괜찮아요. 전 괜찮으니 일어나세요."

마리는 당황해 고개를 저었다. 아무리 호위 기사라도 하늘에서 날아오는 돌까지 어떻게 막겠는가? 굳이 잘못을 따지자면 부주의했던 그녀 자신의 잘못이었다.

"지금 근처 민가를 샅샅이 수색 중이니 범인은 곧 잡을 수 있을 것입니다!"

그 말에 마리는 순간 멈칫했다.

"민가요?"

"네, 범행 후 민가에 섞여 들어가 수색에 난항이 있었습니다. 하지만 주위의 민가를 모조리 뒤지고 있으니 곧 잡을 수 있을 것입니다."

마리는 고개를 저었다.

"수색은 그만두세요."

"네?"

그녀의 말에 모두가 놀란 표정을 지었다. 하지만 마리는 굳은 얼굴로 이렇게 말했다.

"기사들이 민가를 뒤지면 죄 없는 사람들도 모두 공포에 질릴 거예요. 간신히 민심이 안정되고 있었는데, 그건 치명적이에요. 그러니 그만둬 주세요."

"하, 하지만……."

알몬드는 받아들일 수 없다는 표정이었다.

"총독이자 제국의 예비 황후마마를 해하려 한 이입니다. 그러니 반드시 잡아 엄벌에 처해야 합니다."

하지만 마리는 고개를 저었다.

"됐어요. 부탁이니 그만둬 주세요."

그때, 둘이 대화하는 것을 묘한 눈으로 바라보던 린 남작이 가만히 물었다.

"각하, 만약 범인을 잡으면 범인에게 벌을 주실 것입니까?"

마리는 잠시 고민하다 답했다.

"당연히 안 줄 수야 없겠지요."

"그렇군요."

린 남작은 옅게 미소 지으며 고개를 끄덕였다. 그의 예쁜 미소가 어떤 의미를 가지고 있는지는 아무도 짐작하지 못했다. 어쨌든 그렇게 그날의 대화는 일단락되었다. 알몬드는 불만이 가득한 눈치였지만 마리의 의견을 거스를 수는 없었다.

그리고 라엘은-

"그대가 계속 고집을 부리겠다면 어쩔 수 없지. 나도 그대의 곁을 떠나지 않겠다."

"폐하!"

지금처럼 윈터 백작으로 분해 계속 마리의 곁을 지키기로 했다. 마리는 말도 안 된다는 듯 고개를 저었다.

"위험합니다."

"그러는 그대는?"

"저보다야 폐하의 옥체가 훨씬 중하니……."

라엘은 사나운 표정을 지으며 그녀에게 말했다.

"중요? 그걸 말이라고 하는가? 나한테 너보다 중요한 것은 아무것도 없어!"

결국 그렇게 그는 그녀의 곁에 있기로 결정되었다. 의사가 재차 그녀를 진료했고, 다행히 뇌진탕 외에는 머리 안쪽을 크게 다치진 않아 잘 요양하면 후유증은 남지 않을 것 같았다. 날아온 돌에 얻어맞은 것에 비하면 기적적으로 가벼운 부상이었다. 그래도 라엘은 마리의 이마에 둘린 붕대를 볼 때마다 마음이 상하는 듯했다.

"범인을 잡았어야 했는데."

"괜찮아요. 잡으면 그게 더 곤란해요."

어차피 반 제국 감정에 의한 범행일 것이다. 만약 범인을 잡으면 벌을 안 내릴 수가 없는데, 그러면 반 제국 감정이 더욱 악화할 것이다. 악순환의 반복이니 마리는 그냥 넘어가는 게 낫다고 생각했다. 하지만 늘 그렇듯 일은 그녀의 뜻대로 풀리지 않았다.

"각하, 기쁜 소식이 있습니다."

"네?"

"각하를 해한 범인을 검거했습니다."

"……!"

린 남작의 말에 마리의 눈동자가 굳었다. 린 남작이 예쁜 얼굴로 미소를 지으며 말했다.

"범인은 예비 황후마마이자 총독인 각하를 해하려 한 중죄인. 검거할 수 있어서 천만다행입니다."

범인은 결박당한 채 왕성으로 끌려오고 있었다.

“놔! 이 더러운 제국의 개놈들아!”

“시끄럽다!”

범인은 거칠게 욕설을 내뱉었고, 왕국민들은 놀란 눈으로 범인이 압송당하는 모습을 지켜보았다.

“끌고 가도록!”

“꺼져! 내 몸에 손도 대지 마! 이 더러운 놈들아!”

한창 소동이 벌어지고 있을 때, 마리가 도착했다.

“멈추세요.”

갑작스러운 그녀의 등장에 근위 기사들은 움직임을 멈추었다.

“각하를 뵙습니다!”

왕국민들은 침묵에 휩싸였다. 그녀의 머리에 둘린 붕대를 본 것이다. 저 소녀는 한결같이 그들에게 잘해 주려고 노력해 왔다. 그럼에도 머리에 돌을 맞았다. 목숨을 잃었을 수도 있는 큰 부상이었다. 왕국민들이 아무리 제국에 반감을 가지고 있었다 해도 저 상처를 보니 마음이 편치 않았다. 모두 복잡한 눈으로 소녀를 바라보았다.

“저자가 범인인가요?”

마리는 밧줄에 결박당한 남자를 바라보았다. 이제 십 대 후반으로 보이는 어린 사내아이였다.

“그래, 내가 범인이다! 이 제국의 개야!”

소년은 시뻘게진 눈으로 외쳤다.

“이놈이!”

근위 기사들이 발끈하여 소년을 바닥에 쓰러뜨렸다. 분위기가 험악해지려 하자, 마리가 다급히 말했다.

“잠깐! 멈추세요!”

“하지만 각하!”

"명령이에요."

근위 기사들은 불만이 가득한 표정으로 멈추었다. 알몬드가 딱딱한 얼굴로 말했다.

"당장 즉결 처형해야 합니다. 자비를 베풀 여지가 없습니다."

이것만큼은 결코 양보할 수 없다는 목소리에 마리는 한숨을 내쉬었다. 원칙적으로 따지면 알몬드의 말이 옳았다.

'하지만 이번 일은 그렇게 풀 문제가 아니야.'

마음을 정한 마리는 쓰러져 있는 소년에게 다가갔다.

"이름이 무엇이지요?"

"……."

소년은 입을 우뚝 다물었다. 마리는 조용한 음성으로 다시 입을 열었다.

"이야기해 주세요."

"……에일이다."

당장 자신의 목을 칠 거라 생각한 소년은 의아한 표정을 지었다.

"그래요, 에일. 이유야 어쨌든 당신은 큰 중죄를 지었어요. 알고 있나요?"

에일은 이를 악물었다.

"날 조롱할 생각이라면 집어치워! 죽는 것은 무섭지 않으니, 당장 목을 쳐!"

마리는 고개를 저었다.

"그렇게 말하지 않아도 전 당신에게 큰 벌을 내릴 것입니다."

그녀가 잠시 말을 멈추자 모두가 마리의 입을 바라보았다. 과연 저 소녀가 어떤 벌을 내릴까? 알몬드는 당연히 사형이란 눈빛이었고, 윈터 백작, 아니, 라엘은 가만히 그녀의 의견을 기다렸다. 그렇게 모두의 시선이 그녀의 입에 집중되어 있을 때 마리가 입을 열었다.

"에일, 당신에게는 앞으로 제 모든 행적을 기록해야 하는 벌을 내리겠습니다."

범인, 에일의 눈이 찢어질 듯 커졌다.

"그게…… 무슨 말이지?"

놀란 것은 범인만이 아니었다. 모두가 이해할 수 없다는 표정을 지었다. 이런 판결은 들어 본 적도 없었다.

"당신의 목을 베는 것은 가장 손쉬운 처벌이겠죠. 하지만 전 그런 벌을 내리지는 않겠습니다."

마리는 낮게 한숨을 내쉬었다.

"전 이 클로얀 왕국민들을 위해 끝없이 노력할 생각입니다. 어떤 난관이 닥치더라도요. 당신은 제 그런 행적을 직접 눈으로 지켜보고 기록하세요."

"……."

"그래서 훗날 모든 일이 마무리된 후, 당신이 직접 눈으로 보고 쓴 기록을 보며 저에게 저질렀던 일을 후회하게 하는 것. 그게 제가 당신에게 내릴 벌입니다."

소년의 눈동자가 흔들렸다.

"어째서…… 나에게 자비를 베푸는 거지? 난 너를 죽이려고 했다."

"자비를 베푸는 것이 아니에요."

마리는 고개를 저었다.

"전 그저 당신이 훗날 오늘의 일을 진심으로 후회하는 모습을 보고 싶은 것일 뿐이에요."

그녀는 소년의 눈을 정면으로 바라보았다.

"앞으로 절 똑바로 지켜봐 주세요. 잘못한 것이 있다면 여과 없이 기록하세요. 하지만!"

그녀는 말했다.

"만약 제 노력이 당신의 마음을 움직인다면, 그때는 편견 없이 저를 바라봐 주세요. 그리고 이건 당신만이 아닌 왕국민 모두에게 드리는 부탁입니다."

그렇게 사건이 마무리되었다. 마리가 내렸던 판결은 클로얀 왕국 전체로 퍼져 나갔다. 그날 마리의 말은 단순히 범인에게만 전하는 말이 아니었다. 클로얀 왕국민 전체에게 하고 싶었던 말이었다.

"만약 제 노력이 당신의 마음을 움직인다면 그때는 편견 없이 저를 바라봐 주십시오."

돌에 얻어맞은 상황에서도 그런 판결을 내린 마리를 보며 왕국민들은 설명할 수 없는 감정을 느꼈다. 제국은 여전히 밉고 그들은 여전히 모리나 왕녀를 그리워하고 있지만, 마음이 흔들리는 것은 어쩔 수 없었다. 그렇게 그녀를 보는 시선이 조금씩, 조금씩 마치 얼음이 녹듯 바뀌어 갔다.

한편, 알몬드는 마리의 판결이 불만족스러운 눈치였다. 그는 몇 번이고 범인을 처형했어야 했다고 투덜거렸다. 라엘은 감정적으로는 알몬드의 의견에 동의했지만, 그래도 마리를 칭찬해 주었다. 그녀가 현 상황에서 가장 현명한 판결을 했음을 알고 있기 때문이다.

반면 린 남작, 아니, 스토른 백작의 의중은 짐작하기 어려웠다. 아무런 일 없었다는 듯 평소와 같은 모습이었지만, 속으로 어떤 생각을 하고 있는지는 아무도 알 수가 없었다. 확실한 것은 그녀를 바라보는 시선이 더욱 깊어졌다는 것이다.

"타고난 선한 사람이라……."
린 남작, 아니, 라키는 마리의 뒷모습을 보며 가만히 중얼거렸다.
"더럽히고 싶군. 철저히."

사건이 마무리된 후, 마리는 꿈을 꾸었다. 마치 현실처럼 선명한 시야. 능력을 주는 자각몽이었다.
'이번엔 또 무슨 꿈이지?'

깡! 깡!
건설 현장이었다. 커다란 공터에 한창 건설 중인 바실리카(Basilica)가 놓여 있었다.
「더! 그런 식이 아니야! 조금 더 아래쪽으로!」
고집 센 인상의 노인이 소리를 질렀다. 옹고집처럼 보이는 노인이었으나, 건설 현장의 모두는 군말 없이 지시에 따랐다. 노인이 어떤 자인지 잘 알고 있었기 때문이다.
「모든 건축물에는 이 세 가지를 반드시 갖추어야 해! 바로 견고함과 유용성, 또 아름다움이야!」
그때, 나직한 소리가 그에게 닿았다.
「수고가 많군.」
「아, 프린켑스.」
프린켑스(Princeps). 첫 번째 시민이란 뜻으로 고대 로마 시대 황제를 칭하는 호칭 중 하나였다. 노인의 뒤에 선 황제는 한창 건설 중인 바실리카를 바라보며 말했다.
「멋진 건물이 나오겠군.」

「과찬입니다.」
황제는 웃으며 말했다.
「자네의 이름은 자네가 남긴 건축물과 더불어 영원히 이어질 걸세.」
황제는 후대의 건축술에 지대한 영향을 끼친 「건축술에 대하여(De Architectura)」의 저자이자 위대한 건축가인 노인의 이름을 불렀다.
「그렇게 생각하지 않나, 마르쿠스 비트루비우스 폴리오?」

마리는 번뜩 눈을 떴다.
"웬 건축가?"
그녀는 고개를 갸웃했다. 갑자기 왜 건축가의 꿈을 꾸게 된 건지 알 수가 없었다.
'특별히 건물을 지을 계획은 없는데?'
고민해 보았으나 딱히 짚이는 것이 없었다. 그때, 노크와 함께 익숙한 목소리가 들렸다.
"들어가도 되겠나?"
"아, 네! 폐…… 아니, 백작님!"
마리는 밝은 얼굴로 답했다. 문이 열리고 들어온 이는 윈터 백작으로 분한 라엘이었다.
"먹을 걸 가져왔다."
"괘, 괜찮은데…… 직접……."
마리는 곤란한 표정을 지었다. 대 제국의 황제가 직접 식사를 가져다주다니. 마리는 몇 번이나 사양했으나 라엘은 뜻을 굽히지 않았다.
"내 즐거움이다. 몸이 완전히 나을 때까지만이라도 받도록."
그렇게 그녀는 아침마다 라엘이 챙겨 주는 밥을 먹게 되었다.
"와아."
마리는 음식을 보고 감탄을 터뜨렸다. 치즈가 섞인 오믈렛과 고소한 냄새가 나는 갓 구운 빵. 그리고 훈제된 고기까지. 모두 그녀가 좋아하는 요리였다.

"혹시 폐하께서 직접 하신 건가요……?"

라엘은 무뚝뚝하게 답했다.

"그냥 시간이 남아서 요리한 것이다. 할 일이 없으니 이런 일이라도 해야지."

마리는 그 대답에 감동했다.

'나를 위해 직접…….'

간단한 요리들이지만 얼핏 봐도 정성을 쏟은 것이 눈에 보였다. 요리가 익숙할 리도 없으니, 분명 아침 일찍 일어나 자신을 위해 노력한 것이리라.

"입맛에 맞을지 모르겠군. 안 맞으면 말하도록. 버리고 새로 내오도록 할 테니까."

마리는 화들짝 고개를 저었다.

"아니에요. 제가 다 먹을 거예요. 하나도 안 남기고."

그녀는 포크를 들어 음식을 먹기 시작했다. 맛은 괜찮은 편이었다. 아니, 솔직히 말해 굉장히 훌륭했다. 그의 정성이 들어가 있어서인지 그녀에게는 세상 어떤 요리보다도 맛있게 느껴졌다.

"맛있어요. 정말로. 정말 감사해요."

그렇게 한참을 먹다가 마리는 의아한 표정을 지었다. 그가 말없이 가만히 자신을 바라보고 있었던 것이다.

"왜 그렇게 보세요?"

"예뻐서."

마리는 얼굴을 붉혔다.

"놀리지 마세요. 뭐가 예뻐요. 엉망인데……."

그녀는 막 일어나서 부스스한 것은 물론, 아직 부상이 낫지 않아 이

마에 붕대를 두른 채였다.
"놀리는 게 아니다."
고개를 저은 그는 그녀의 곁으로 다가왔다. 마리가 의아한 표정을 짓는 순간, 그가 고개를 숙이더니 그녀의 입술 곁을 혀로 핥았다.
"……!"
갑작스러운 스킨십에 그녀의 얼굴이 빨개지자 그가 피식 웃으며 말했다.
"소스가 묻어서. 묻히지 말고 먹도록."
"그, 그런 식으로 안 닦아주셔도 되거든요!"
마리는 민망한 얼굴로 소리를 높였다. 라엘은 쿡쿡 웃음을 짓더니 덮치듯 그녀를 껴안았다.
"폐하?"
그녀의 몸이 기우뚱 기울었고, 커다란 침대에 서로 붙어 앉아 있었던 탓에 함께 풀썩 침대 위로 넘어지게 되었다. 졸지에 그의 품에 갇히게 된 그녀의 얼굴이 사과처럼 물들었다.
"폐, 폐하. 놔주세요."
라엘은 빨개진 그녀의 얼굴을 어루만지며 말했다.
"싫은데?"
두근!
이렇게 그의 품에 안긴 채 침대에 누워 있으니 심장이 미칠 듯이 뛰었다. 마치 맹수에게 붙잡힌 토끼가 된 듯한 느낌이었다. 금방이라도 잡아먹힐 것만 같은 긴장감이 들었다.
"마리."
"……네, 폐하."
그의 손가락이 그녀의 뺨을 지나 귀를 어루만졌다. 귀의 예민한 끝부분을 간지럽히듯 어루만지자 마리의 얼굴이 더욱더 붉어졌다.

"너는 모를 것이다. 내가 어떤 마음으로 너를 지켜보고 있었는지, 얼마나 아파했는지, 얼마나 애달프게 바랐는지."

"……."

"상상도 못 할 것이다."

나직한 목소리에 담긴 그의 마음에 마리는 심장이 세차게 뛰었다. 그녀는 그의 가슴에 머리를 묻으며 고개를 저었다.

"아니…… 저도 알아요."

"알아?"

"네."

마리는 고개를 끄덕였다. 그래, 안다. 간절히 바라보고 있는 것은 그만이 아니니까. 자신도 그를 그렇게 바라보고 있으니까.

"저도 전하를 싫어하지 않으니까. 아니…… 사실은……."

마리는 자신의 마음을 말하려다 말이 꼬여 버렸다. 이런 표현을 해 본 적이 없어서 그런지 말이 잘 나오지 않았다. 다행히 라엘은 그녀가 말하려는 바를 이해했다. 행복과 열망이 타오르는 듯한 눈빛으로 그녀에게 입을 맞춘 것이다.

"아…… 폐, 폐하……."

거칠게 들어오는 그의 느낌에 마리는 신음을 내뱉었다. 마치 그녀의 모든 것이 자신의 것이라는 듯, 그의 혀가 그녀를 강하게 집어삼켰다. 온몸이 마비되는 듯한 강렬한 자극에 마리는 주먹으로 그의 상의를 움켜쥐었다. 너무나도 강렬한 키스의 감촉에 아무런 생각도 들지 않았다. 오로지 그밖에 느껴지지 않았다.

"하아……."

그는 한참이나 그녀를 괴롭힌 다음에야 키스를 멈추었다. 그리고 살짝 눈물이 맺힌 그녀의 눈가에 입을 맞추며 말했다.

"나에겐 이 세상 무엇보다도 네가 소중하다. 그러니 무슨 일이 있어도 날 떠나지 말아라."

마리는 눈을 감으며 답했다.

"네."

이후 며칠이 흘렀다. 아직 부상이 완전히 낫지 않은 상태인지라, 마리는 조금 더 정양하기로 했다. 그녀는 활동할 수 있다고 주장했지만 라엘이 단호히 명령했다.

"완전히 나을 때까지 방에서 나오는 것은 금지다."

그렇게 그녀는 강제로 휴식을 취하게 되었고, 덕분에 라엘과 알콩달콩한 시간을 보낼 수 있었다.

"꿈만 같아요."

"어떤 것이?"

둘은 침대에 나란히 기대어 앉아 있었다. 그녀가 그의 어깨에 얼굴을 기대며 말했다.

"이렇게 폐하의 곁에 있을 수 있다는 것이요."

마리의 서류를 대신 검토해 주던 라엘은 한 손으로 그녀의 머리를 쓰다듬으며 말했다.

"앞으로는 영원히 함께할 것이다."

"정말인가요?"

"당연하지."

뭘 그런 걸 묻느냐는 어투의 답에 마리는 배시시 웃었다.

'그래, 영원히.'

불의의 사고가 있긴 했지만, 모든 일이 순조로웠다. 이대로만 가면 클로얀 지방을 안정시키고 그와 진정으로 하나가 되는 것도 꿈이 아니리라.

그때, 라엘이 창밖을 바라보며 말했다.

"비가 많이 오는군."

"그러네요. 벌써 4일째인데."

"곧 멈출 것 같긴 하겠지만 혹시나 길어질까 봐 걱정되는군."

마리도 같은 걱정이 들었다. 대홍수의 참사가 얼마 전이었기 때문이다. 라엘은 고개를 저으며 말했다.

"그래도 아직 제방이나 댐 수위에는 여유가 있지?"

"네, 만수위가 될 때까지 여유가 있어요."

"다행이군. 그래도 만전을 기하고 있는 게 좋겠어."

마리도 그 의견에 동의했다.

"네, 그렇게 할게요."

그렇게 대화를 마친 그들은 말없이 서로를 느꼈다. 라엘은 그녀의 머리를 쓰다듬었고, 마리는 그 손길을 느끼며 빗소리를 들었다.

'좋다. 편안해.'

그냥 꿈만 같았다. 그와 함께 있는 것이 가슴이 먹먹할 정도로 행복해 그녀는 괜히 눈물이 나올 것 같았다. 이 행복이 떠나갈까 봐 두려웠다.

'이제는 그가 없는 삶을 상상할 수가 없는데, 그가 없어지면 나는 어떻게 하지?'

너무 행복하고, 동시에 두려워 눈물이 날 것 같았다.

'나…… 정말로 그를 좋아하는구나.'

마리는 몰래 눈가에 맺힌 눈물을 닦으며 말했다.

"폐하, 잠시 산책하러 나가면 안 될까요?"

"산책을? 비가 오는데?"
"안에만 있다 보니 답답해서요. 의사도 조금 돌아다니는 것이 좋다고 했잖아요."
라엘은 서류를 내려놓으며 고개를 끄덕였다.
"알겠다. 그래도 비에 젖을 수 있으니, 나한테 꼭 붙어서 걷도록."
마리는 웃으며 고개를 끄덕였다.
"네."

둘은 클로얀 왕성을 거닐었다.
"절대 무리하면 안 된다. 힘들면 바로 이야기하도록."
"저 거의 다 나았어요. 이 정도는 거뜬해요."
왕성에는 최소한의 관리 인원밖에 없었기에, 그들은 남들의 시선을 신경 쓰지 않고 손을 잡고 걸었다.
"이곳도 나름 운치가 있군. 황궁과는 다른 느낌이야."
"맞아요."
마리는 고개를 끄덕였다. 제국의 황궁이 화려하고 웅장하다면, 클로얀 왕성은 고즈넉하고 고풍스러웠다.
'왕성을 제대로 보는 것은 나도 거의 처음이구나.'
통원의 궁에 주로 갇혀 지냈던 터라 왕녀였던 그녀도 왕성을 느긋하게 구경해 본 적이 없었다.
"그러고 보니 그대는 이곳 왕성 출신이군. 가 보고 싶은 곳이 있나?"
"저도 잘 몰라서……."
"그래? 그러면 그냥 걸어 보지. 정경이 예쁘니까."
둘은 서로 손을 잡고 정처 없이 왕성을 걸었다. 비가 살짝 거세긴 했지만 그와 함께 산책하니 마리는 평안한 마음이 들었다.
'좋아.'

그들은 정원을 산책하다가 비어 있는 궁에 도착했다.

“잠시 들어갈까? 빗줄기가 점점 거세지는군.”

“네, 폐하.”

둘은 궁 안으로 들어갔다. 아무도 사용하지 않는 궁은 적막하니 고요했다.

“비에 많이 젖었군. 돌아가면 감기에 걸리지 않도록 바로 몸을 말려야겠다.”

라엘은 걱정하며 그녀의 몸에 묻은 물기를 털어주었다.

“잠깐 안이나 살펴보지. 어차피 당장 나가기에는 빗줄기가 너무 거세니까.”

“네, 그렇게 해요.”

마리는 고개를 끄덕였다. 두 사람은 마치 관광이라도 온 기분으로 궁 안을 살폈다. 그렇게 한참 안을 걷다가 라엘은 고개를 저었다.

“별다른 것은 없군. 잠시 안에서 쉬었다가 돌아갈까?”

그러며 빈방을 가리키는데 그녀를 바라보는 그의 눈빛이 왠지 심상치 않았다. 저 으슥한 방에 따라 들어갔다가는 왠지 몹쓸(?) 일을 당할 것만 같아 그녀는 고개를 저었다.

“싫어요. 또 이상한 짓 하려고…….”

“이상한 짓? 무슨?”

짓궂은 물음에 마리는 얼굴을 붉혔다.

“몰라요. 빨리 돌아가요.”

하지만 그 순간, 라엘이 그녀를 자신의 품으로 끌어안으며 입을 맞추었다.

“……!”

갑작스러운 기습 키스에 마리의 눈동자가 커졌다. 그녀는 그의 품에서 벗어나려 했지만, 곧 농밀한 자극에 힘이 풀렸다.

"사랑한다, 나의 마리."

잠시 키스를 멈춘 라엘이 그녀의 귓가에 대고 속삭였다. 그 달콤한 음성에 마리의 심장이 요동쳤다.

"저도 정말 많이 사랑해요."

둘은 다시 키스를 이어 갔다. 아무도 없는 고요한 궁에서 서로를 탐닉했다. 이윽고 키스가 끝나 그의 품에서 벗어난 마리는 얼굴을 사과처럼 붉게 물들였다. 인적 없는 궁에서 키스라니. 괜히 부끄러웠다.

"왜 그러지?"

"아, 아니요."

"흐음?"

"아, 아무것도 아니에요!"

마리는 화들짝 고개를 저었다. 라엘은 그런 그녀가 귀엽다는 듯 입꼬리를 들어 올렸다. 그는 그녀의 어깨를 포근하게 감싸 안으며 말했다.

"이만 돌아가지."

"……네."

어깨에 와 닿은 그의 부드러운 느낌에 마리는 가슴이 두근 뛰었다. 설레면서도 포근한 느낌이었다. 이 행복을 놓치고 싶지 않았다. 마리는 궁 밖으로 시선을 돌려 커먼성의 전경을 바라보았다. 무슨 일이 있어도 클로안을 안정시켜 그에게 자신의 정체를 밝히고 그와 함께할 것이다. 어떤 난관이 가로막는다고 하더라도 절대로 무릎 꿇지 않으리라 그녀는 다짐했다.

그때, 라엘이 물었다.

"무슨 생각을 하지?"

"아무것도 아니에요."

그녀는 고개를 가로젓고는 진심을 담아 말했다.

"사랑해요."

며칠이 지났다. 그녀의 몸은 이제 다 나았고, 둘 사이는 행복했다. 다만 문제가 있었으니, 그건 멈추지 않는 비였다.

"좀처럼 멈추질 않는군. 아직은 괜찮지만 빗줄기가 더 거세지면 큰 일 날 수도 있겠어."

"제방의 상태를 다시 확인해 봐야겠어요."

마리는 굳은 얼굴로 말했다. 수위에 아직은 여유가 있었지만 그녀는 계속 찝찝한 마음이 들었다.

'왜 건축가의 꿈을 꾸었던 것일까?'

처음엔 건물 건축과 연관된 일이라 생각했지만 아닌 것 같았다. 왜 그런 꿈을 꾼 것인지 짐작이 되지 않아 계속 불안했다.

'혹시 지금 내리는 비와 연관이 있는 걸까?'

그때, 라엘이 자리에서 일어났다.

"레멘강 유역을 살펴보고 오겠다. 범람에 대비해야겠어."

"아, 그건 제가 가서."

"됐다. 그대를 도와주러 온 것이니 열심히 일해야지."

그는 그녀의 입술에 가볍게 입을 맞추었다. 마치 출근할 때 아내에게 하듯 다정한 키스였다.

"다녀오마. 쉬고 있도록."

"……네."

마리는 붉어진 얼굴로 고개를 끄덕였다. 그가 나간 후 마리는 한숨을 내쉬었다.

'별일 없어야 할 텐데.'

간신히 안정화되기 시작한 클로얀 지방이다. 만약 다시 제방이 범람하기라도 한다면 모든 것이 원점으로 돌아간다.

'왜 또 홍수가…….'

답답한 마음에 그녀는 우산을 들고 방을 나섰다. 걸으며 생각이라도 정리해야 할 것 같았다.

그렇게 왕궁 정원 깊은 곳을 걷고 있을 때, 마리는 의외의 인물을 보고 놀란 표정을 지었다.

'어?'

한 남자가 비를 맞으며 멍하니 하늘을 올려다보고 있었다. 은발에 가까운 백금발, 여인처럼 아름다운 얼굴. 린 남작이었다. 온몸이 비에 젖은 채 하늘을 올려다보는 그의 표정은 굉장히 고통스러워 보였다. 마리는 주춤 멈추어 섰다. 뭐라고 말을 걸기가 어려운 모습이었다.

'왜 저런 표정을?'

그저 바라보기만 해도 가슴이 아픈 얼굴이었다. 그의 눈빛은 마치 왜 자신에게 이런 고통을 준 것이냐는 듯, 하늘을 원망하고 있는 듯했다. 그저 예쁜 얼굴로 차분한 모습만 보아 와서 저런 아픔이 있을 거라고는 상상하지도 못 했다.

"아, 각하."

인기척을 느낀 린 남작이 흠칫 놀라며 그녀를 바라보았다. 금세 평소와 같이 차분한 표정으로 돌아갔지만, 마리는 그가 순간 멈칫하는 것을 놓치지 않았다.

"……무얼 하고 계셨나요?"

마리는 주저하다가 물었다.

"……."

린 남작은 답하지 않았다. 아무렇지도 않은 척하고 있지만, 이런 자신의 모습을 들킨 것이 당황스러운 기색이었다.

"여기는 어떻게 오신 것입니까? 아무도 찾지 않는 곳인데."

"그냥 우연히 걷다 보니…… 혹시 안 좋은 일이 있으신 건가요?"

마리는 자신이 실례하는 것일까 봐 조심히 말했다.

"아, 혹시 말씀하기 어려운 일이면 괜찮아요. 그냥 도움을 줄 수 있는 일이 있을까 해서……."

그녀의 말에 린 남작은 미소를 지었다. 무언가 평소와 다른 느낌의 미소였다.

"각하 생각을 하고 있었습니다."

"네?"

"각하에 대해 생각하고 있었습니다."

생각지도 못 한 말에 마리는 당황했다.

"농담하지 마세요."

"전 농담하는 성격이 아닙니다."

린 남작은 여전히 미소를 지은 채 말했다. 마리는 이해할 수 없다는 표정을 지었다.

"왜 제 생각을?"

린 남작이 고개를 저었다.

"저도 잘 모르겠습니다. 왜 각하 생각을 한 것인지. 그냥 요즘 들어 계속해서 각하 생각만 나는군요. 저도 이런 제가 이상할 정도입니다."

얼핏 들으면 오해의 소지가 충분한 말이었다. 하지만 그의 말에 담긴 뉘앙스는 라엘이나 키에르한, 심지어 요하네프 3세와도 전혀 달랐다. 뭐라고 설명해야 할지 모르겠지만 마리는 그렇게 느껴졌다.

"아마 제가 각하와 너무 달라 그런 것 같습니다."

"달라요?"

고개를 끄덕인 린 남작은 다시 하늘을 올려다보았다. 잠시 말없이 그렇게 하늘을 보던 그는 그녀를 돌아보았다.

"죄송합니다. 저도 제가 왜 이런지 모르겠군요. 특별히 신경 쓰지 않으셔도 됩니다. 그냥 모른 척해 주십시오."

마리는 뭐라고 대답할 말이 없어서 한숨을 내쉬었다.

"그렇게 비에 젖으면 감기 들어요."

그녀는 그에게 다가가 우산을 씌워 주었다.

"돌아가요."

"네."

그렇게 함께 빗길을 걷는데 그가 입을 열었다.

"각하, 궁금한 것이 있는데 한 가지만 물어봐도 되겠습니까?"

"말씀하세요."

"각하께서는 어떻게 그렇게 선하실 수 있는 것입니까?"

마리는 고개를 갸웃했다. 그의 목소리에 흐르는 분위기가 묘했던 것이다. 무언가 꺼림칙한 느낌이 들었다. 자신을 바라보는 눈빛도 기이했다. 마리는 괜히 흠칫한 마음이 들었다.

'뭐지? 그냥 착각인가?'

마리는 다시 린 남작을 살폈다. 그는 평소처럼 단아한 미소를 짓고 있을 뿐이었다.

"전 남작이 생각하는 것처럼 선하기만 한 것은 아니에요. 클로얀 왕국을 안정시키는 게 제 개인적인 목적과 일치하기에 노력하고 있을 뿐이에요."

"그렇습니까? 알겠습니다."

여전히 묘한 느낌의 음성이었다. 마리는 고개를 갸웃했다. 왜 이런 걸 묻는 건지 알 수 없었다. 그녀가 입을 열어 물어보려는 순간이었다. 갑자기 저 멀리서 다급한 소리가 울려 퍼졌다.

"각하! 각하! 급보입니다! 큰일 났습니다!"

놀라 고개를 돌리니 제방을 관리하는 건설 책임자였다.

'설마?'

그녀가 갑작스럽게 드는 불길함에 물었다.

"제방에 문제가 생긴 건가요?"

"아닙니다. 각하의 명으로 보수 작업을 해서 제방에는 문제가 없습니다. 문제는 레멘강이 아닙니다!"

"그러면 무슨 큰일이 일어난 건가요?"

그는 제방 따위는 비교도 되지 않는 일이라는 듯 사색이 된 표정으로 외쳤다.

"댐이! 이레테강 상류에 설치된 댐이 붕괴할 위기입니다!"

"……!"

"지금 당장 하류의 성민들을 피난시켜야 합니다!"

댐이 붕괴할 위기다! 마리는 하류에 사는 사람들에게 당장 피난 명령을 내린 후, 한달음에 댐이 위치한 곳으로 달려갔다. 다행히 이레테강 상류는 수도와 멀지 않아 금방 도착할 수 있었다.

"맙소사. 신이여."

마리는 댐의 상태를 보고 창백하게 질려 중얼거렸다. 댐 여기저기에 누수가 발생하고 있었다. 얼마 버티지 못하고 붕괴할 것이 분명했다.

'댐이 붕괴하면 물길에 위치한 마을은 한순간에 쓸려 나갈 거야. 어마어마한 사망자가 나올 것이 분명해.'

마리는 물었다.

"물의 예상 경로에 위치한 성읍은 어디가 있나요?"

"가장 큰 성은 서핀성입니다. 10만이 넘는 인구가 거주 중입니다. 그 외에 3만이 사는 캠타성도 있습니다. 피난을 준비 중이나 워낙 인구가 많아……."

마리의 표정이 다급해졌다.

'안 돼. 상태를 봤을 때 오래 버티지 못하고 붕괴할 거야. 그러면 피난을 못 간 사람들은 모두 사망할 거야.'

두 성읍만이 문제가 아니었다. 성읍 사이에 수많은 마을도 있었다. 소식이 전해지지 않은 마을도 많을 테니, 그들은 아무것도 모르고 있다가 급류에 휘말릴 것이다.

'어떻게 하지? 아무리 급하게 피난시킨다고 해도 한계가 있어. 이대로는 수없이 많은 희생자가 나올 거야.'

이 상태에서 방법은 하나였다. 댐이 붕괴하기 전 보수하는 것! 그래야 희생자가 생기는 것을 막을 수 있었다.

"보수 작업을 할 수는 없나요?"

"바로 옆에 벅시성이 있으니 자재를 마련할 수는 있습니다. 하지만 문제는 저 댐을 보수할 만한 기술자가 근방에 없습니다. 그리고 있다고 해도 과연 나서 줄까 의문입니다. 워낙 현재 댐의 상태가 위험해서……."

마리는 그 말에 침음을 삼켰다. 관리인의 말이 옳았다. 언제 붕괴할지 모르는 댐이다. 보수 작업 중 급류에 휘말릴 수도 있는데, 누가 나서려고 하겠는가?

그런데 그 순간이었다. 그녀의 머리에 한 가지 방법이 떠올랐다.

'내가…… 건축가의 꿈을 꾼 이유가 이것이었구나.'

그녀라면, 꿈의 능력을 받은 그녀라면 저 댐을 보수할 능력이 있었다. 마리는 누수가 시작된 댐을 바라보았다. 보는 것만으로도 아찔했다.

'붕괴까지 얼마나 걸릴까?'

그건 모른다. 며칠이 걸릴지, 아니면 1시간 뒤에 바로 붕괴할지. 지금은 누수이지만 균열로 이어지는 순간 곧바로 붕괴였다. 그 시기는 아무도 예측할 수 없었다.

'작업 중 댐이 붕괴하면 그대로 사망할 거야.'

아무리 그녀라도 목숨이 아깝지 않은 것은 아니다. 당연히 주저하지 않을 수 없었다.

'그래도 사람들의 희생을 막으려면 이 방법 외에는 없어.'

외면하기에는 너무나 많은 사람의 생명이 걸려 있었다. 마리가 각오를 다지며 입술을 깨무는 순간, 누군가 그녀의 어깨를 강하게 움켜쥐었다. 라엘이었다.

"안 돼."

"……."

"네가 무슨 생각을 하는지 안다. 너에게 기적을 일으킬 힘이 있는 것도 알고. 그래도 안 돼."

마리는 입을 다물었다. 라엘의 입장에서는 말리는 것이 당연했다. 만약 입장을 바꿔서 라엘이 위험한 일에 나선다고 하면 자신도 싫을 것이다. 아니, 무슨 수를 써서라도 말리려고 할지 몰랐다.

"폐하."

"안 돼. 안 된다고."

마리는 입술을 깨물었다. 라엘의 눈동자는 그녀를 향한 걱정으로 파르르 흔들리고 있었다. 그녀는 매번 그의 가슴을 타게 하는 것 같아 마음이 아팠다. 하지만 이번만큼은 마리도 어쩔 수가 없었다. 그녀가 포기하는 순간, 얼마나 많은 인명이 희생될지 몰랐으니까.

"죄송해요."

"……."

"반드시 무사히 끝낼게요. 제게 안전히 공사를 마무리할 방법이 있어요."

사실 거짓말이었다. 이건 도박과도 같은 시간과의 싸움이었으니까. 언제 붕괴할지 모르는 상황에서 아무리 그녀가 꿈의 능력을 받았다고 해도 성공을 장담할 수 없었다.

"하아."

라엘이 깊은 한숨을 내쉬었다. 마리는 당연히 반대할 거라 생각하고 어떻게든 그를 설득할 작정이었다. 그런데 그가 뜻밖의 이야기를 하였다.

"좋다. 허락하겠다."

"……!"

마리는 놀란 표정으로 그를 바라보았다. 라엘이 씁쓸한 표정으로 말했다.

"넌 절대 내 말을 듣지 않겠지?"

"……."

"네 고집을 못 꺾을 바에는 실랑이 벌일 시간에 한시라도 빨리 공사를 시작하는 게 낫다고 판단해서 허락하는 거다. 이건 시간과의 싸움이니까. 단, 한 가지 조건이 있다."

거기까지 이야기한 라엘이 굳은 표정으로 말했다.

"이 공사에는 나도 참가한다."

"폐, 폐하?"

마리는 말도 안 된다는 듯 고개를 저었다.

"그건 안 됩니다. 위험합니다."

"위험? 너는?"

"저와 폐하는 입장이 다르지 않습니까!"

마리는 목소리를 높였다. 그는 황제다. 아니, 그런 걸 떠나서 그가 이 위험한 공사에 참여하는 것이 싫었다. 이기적인 생각일지도 모르지만 위험을 감수하는 것은 자신만으로 충분했다.

"이 나라의 백성을 위한 거다. 가장 앞에 나서서 백성을 지켜야 할 의무가 있는 나는 가만히 있고 너만 나서겠다고?"

"……!"

"그리고 이건 그대가 위험에 처할 확률을 조금이라도 줄이기 위해서다."

라엘은 말을 이었다.

"어차피 너 혼자서 할 수 있는 작업도 아니지 않은가? 지금 와서 사람을 구하려면 또 시간이 훌쩍 지나갈 거다. 그리고 내가 이래 뵈어도 이런저런 작업을 많이 해봐서 웬만한 숙련공 못지않다."

그는 근위 기사단의 인원들을 가리켰다.

"그건 저들도 마찬가지이기도 하고."

마리는 입을 벌렸다.

"아니, 황자랑 기사분들이 무슨 작업을?"

"내전 초기에 우리는 항상 형편없이 열세여서 신분을 따질 상황이 아니었다. 두 팔이 있다면 뭐든 다 해야 했지."

피식 웃은 라엘은 가만히 대기하고 있던 근위 기사들을 돌아보았다. 비밀리에 그가 라엘임을 알고 있는 그들이었기에 그는 하대로 말했다.

"대충 상황은 들어 알고 있을 것이다. 목숨이 걸린 일이니 강요하지는 않겠다. 원하는 이만 앞으로 나오도록."

그 자리에 따라온 오십의 근위 기사는 한순간도 망설이지 않고 앞으로 나섰다. 한 명도 빠지지 않고, 모두 다.

라엘은 눈썹을 꿈틀했다.

"다시 말하지만 이건 명령이 아니다. 탓하지 않을 테니 빠지고 싶으면 빠져도 좋아. 목숨은 하나밖에 없다."

"그냥 성공하면 되는 것 아닙니까?"

알몬드가 뭐가 문제냐는 듯 말했다. 다른 근위 기사들도 말을 이었다.

"맞습니다. 성공하면 그만이지요. 그리고 저희는 실패하지 않습니다. 폐하와 함께이니까요. 내전 당시 이것보다 힘든 상황이 얼마나 많았습니까?"

"맞습니다! 그때에 비하면 이 정도 일은 위험한 것도 아니지요. 폐하와 함께하는 한 저희는 불패입니다!"

근위 기사들이 기사도의 구호를 외쳤다.

"주군께 충성을 바치며!"

"레이디를 존중하며!"

"약자를 보호한다!"

"그러니 시간 없으니 빨리 시작하기나 합시다!"

"끝나면 위험수당으로 술이나 내려 주십시오!"

그들의 용기백배한 외침에 라엘은 어깨를 으쓱하며 마리를 보았다.

"그렇다는군. 시간 없으니 바로 시작하지."

그 모습을 보며 마리는 괜히 마음이 울컥했다. 가슴이 뜨거워지는 광경이었다.

"그러면 먼저 누수가 되는 곳을 수리해야겠지?"

라엘의 물음에 마리는 '건축가'의 시선으로 댐을 바라본 후 고개를 저었다.

"아니에요. 누수보다 더 급한 것이 있어요."

"무엇이지?"

"여수로의 정비예요."

라엘은 곧바로 그녀의 말뜻을 알아들었다.

"그렇군. 댐의 붕괴를 막으려면 여수로 먼저 뚫어야겠군."

여수로(Spillway). 댐에서 물이 하류로 흘러내려 가는 길로, 이 댐의 경우에는 일정 수위 이상으로 물이 차오르면 수문이 열리며 자연스럽게 물이 내려가도록 여수로가 설치되어 있었다.

"네, 퇴적물이 쌓여서인지 여수로가 모두 제 기능을 못 하고 있어요. 그 때문에 물이 빠져나가지 못해 댐이 받는 압력이 커져 누수가 발생한 것이에요. 그러니 일단 여수로를 뚫어 압력을 해소해 주어야 해요.”

라엘은 고개를 끄덕였다.

“알겠다. 그러면 그대는 근위 기사들을 데리고 여수로를 뚫도록. 나는 누수가 더 심해지지 않도록 보강 작업을 하겠다.”

그렇게 시간과의 전쟁이 시작되었다. 수많은 이의 목숨이 걸린 전쟁이었다.

‘최대한 빨리 끝내야 해. 언제 붕괴가 시작할지 몰라!’

점점 누수가 되는 부위가 늘어나고 있었다. 이러다 아차 하면 붕괴할 것이다.

“영차!”

“거기 빨리 치워!”

근위 기사들은 땀을 뻘뻘 흘리며 여수로의 퇴적물을 치웠다. 하지만 퇴적물을 치워도 문제는 해결되지 않았다. 어떤 이유에서인지 수문이 제대로 작동하지 않고 있는 것이다.

‘왜지? 지금까지 문제가 없었던 것으로 아는데?’

마리는 의아한 마음이 들었으나, 지금은 원인을 따질 여유가 없었다. 일단 문제를 해결하고 봐야 했다.

‘이 문의 구조는…….’

그녀는 수문에 발생한 문제를 해결해 나갔다. 복잡한 구조였지만 건축가의 능력을 십분 활용해 해결할 수 있었다.

그리고 이윽고.

좌악!

시원한 물이 하류로 뻗어 나갔다. 여수로 한 곳이 드디어 뚫린 것이다.

“와아!”

작업 중인 근위 기사들이 함성을 질렀으나, 마리의 표정은 좋아지지 않았다.
'작업 속도가 너무 더뎌.'
그럴 수밖에 없는 것이 이 댐은 로마 시대에 건축된 것으로 총길이만 1㎞가 넘었다. 그런 댐을 오십 명밖에 안 되는 인원으로 정비하고 있으니, 시간이 오래 걸릴 수밖에 없었다.
'이대로는 붕괴되는 속도가 더 빠를지도 몰라. 어떻게 하지?
마리는 초조한 마음에 생각했다. 하지만 아무리 그녀가 능력을 가지고 있어도 인력이 부족한 문제는 해결할 수가 없었다.
그때, 가슴이 철렁한 일이 일어났다.
파앗!
"누수가 더 심해진다!"
댐 측면에서 추가적으로 누수가 발생하기 시작한 것이다.
'안 돼!'
안 좋은 신호였다. 댐의 내구성이 점점 한계에 도달하기 시작한 것이다.
'어떻게 하지?'
마리는 침을 꿀꺽 삼켰다. 이제 선택을 해야 했다.
'댐을 포기해야 할까?'
어쩌면 그게 옳은 선택일 수도 있었다. 댐이 붕괴하면 이 자리의 모두는 목숨을 잃을 것이니까. 하지만 저 하류에서 피난하지 못한 사람들을 떠올리자 도저히 포기할 수가 없었다. 포기하는 순간, 얼마나 많은 사람이 죽을지 몰랐다.
'어쩌지?'
그 순간이었다. 생각지도 못 한 기적이 일어났다. 드높은 함성이 댐을 향해 울려 퍼졌던 것이다.
"우리도 나서자!"

"저희도 같이하겠습니다!"
"제국에게만 맡겨 두지 말자! 댐의 붕괴를 막자!"
마리의 눈동자가 떨렸다. 수백 명이 넘는 사람이 댐을 향해 몰려오고 있었다. 인근의 왕국민들이 소식을 듣고 일을 거들기 위해 나선 것이다.
'아…….'
제국의 기사들과 왕국민들이 한 몸으로 섞여 일하기 시작하는 모습을 본 마리는 가슴이 울컥했다. 그녀가 지금껏 간절히 바라던 모습이었다. 왕국민들은 몸을 돌보지 않는 그들의 모습에 마음이 움직여 나서게 된 것이다.
"지시를 내려 주십시오, 각하!"
왕국민 중 누군가가 외쳤다. 마리도 목소리를 높여 지시를 내렸다.
"인원을 나눠 일부는 여수로의 퇴적물을 치우고, 일부는 누수가 되는 부위에 강화 작업을 해주세요! 시간이 없으니 최대한 빨리 움직여 주세요!"
"네, 알겠습니다!"
인원이 열 배 가까이 늘어나자 작업은 순식간에 진행되었다. 일단 누수 부위를 수리해 물이 새는 것을 막고, 여수로를 뚫어주었다.
쏴아! 쏴아!
수문이 연달아 열리고 물이 폭포 같은 기세로 떨어지며 하류로 흘러내리기 시작했다. 가슴이 시원해지는 광경이었다. 다행히 빗줄기도 많이 약해져 댐의 수위가 점차 내려가기 시작했다.
'됐어!'
마리는 안전한 곳으로 사람들과 함께 피난 후, 초조한 마음으로 댐을 바라보았다. 할 수 있는 것은 다 했다. 이제 수위가 안정적으로 내려갈 때까지 수리한 댐이 버텨 주기를 기도하는 수밖에 없었다.

'제발, 주님.'

그때, 라엘이 그녀에게 다가와 말했다.

"괜찮을 거다. 너무 걱정하지 말도록."

"네."

그렇게 시간이 흘렀다. 이윽고 빗줄기가 그치고 무지개가 떠올랐다. 폭우 끝에 떠오른 무지개는 눈부시게 아름다운 모습이었다. 그리고 그때까지 댐은…… 아무런 문제 없이 무사했다. 결국, 그녀와 사람들의 노력이 기적을 일으킨 것이다.

"와아!"

사람들은 기쁨의 함성을 질렀다. 그 기쁨에는 제국의 기사나 왕국민이나 구별이 없었다. 지금 이 순간만큼은 모든 것을 잊고 서로를 바라보며 기뻐했다.

그렇게 삶의 터전을 지키게 된 왕국민들은 마리가 있는 곳으로 올라왔다. 그런 그들을 알몬드 자작이 막아섰다.

"계속 댐을 살피다 방금 잠이 드셨다. 매우 무리한 상태이니, 방해하지 말도록."

그 말에 왕국민들은 나무에 기대어 앉아 있는 소녀를 바라보았다. 이마에 비에 젖은 붕대를 감고 있는 소녀는 지친 표정으로 눈을 감고 있었다.

그 모습을 보니 왕국민들은 가슴이 흔들렸다. 모두 저 작은 소녀가 자신들을 위해 얼마나 노력하고 있는지 알고 있었다. 이번에도 저 소녀의 목숨을 건 노력 덕분에 자신들은 살 수 있었다. 아무리 그들이 모리나 왕녀를 기다리고 있다지만, 마음이 안 흔들릴 수가 없었다.

그때, 누군가가 어딘가를 후다닥 갔다 오더니 머뭇거리며 알몬드에게 다가갔다.

"무엇이지?"

"그…… 추우실 것 같아서 담요를 가져왔습니다. 물에 젖지 않은 담요입니다."

알몬드는 눈에 이채를 띠었다. 그렇지 않아도 천이란 천이 다 비에 젖어 덮어줄 것이 없었던 참이다.

"고맙군."

왕국민 중 한 명이 마리에게 직접 담요를 덮어주었다. 깊게 잠든 것인지 마리는 잠에서 깨지 않고 숨을 고르게 내쉬었다.

담요의 포근한 느낌이 좋은 것인지 마리의 얼굴에 살짝 미소가 떠올랐다. 그런 그녀를 바라보는 왕국민들의 얼굴에도 미소가 떠올랐다. 비가 그치고 따스한 햇살이 모두의 어깨에 내려앉았다.

3권에서 계속…